Der Autor

Ronan Winter ist aktiv in der Klimagerechtigkeitsbewegung, macht Erlebnis- und Wildnispädagogik, ist in den 90ern geboren und in Freiburg zuhause.

Das Buch

Mika ist eine ganz normale Siebzehnjährige: Sie hasst Schule, mag Mangoeis und will den Kapitalismus stürzen. Als die Polizei fälschlicherweise eine Hausdurchsuchung bei ihr macht, weil sie verdächtigt wird, Maschinen der Firma Kerogreen sabotiert zu haben, platzt Mika der Kragen: Der Energiekonzern hat eine Genehmigung erlangt, in der Nähe der Stadt nach Schiefergas zu bohren und schreckt dabei vor keiner Umweltzerstörung zurück. Zusammen mit ihren Freundinnen Nova und Sana nimmt Mika den Kampf gegen die Klimakrise auf, und das Trio heckt kreative Aktionen aus, um den Industriegiganten in die Enge zu treiben. Und dann ist da auch noch Aaron, mit dem Mika sich stundenlang über Anarchie unterhalten kann, und ein Sommer, der nach Revolution schmeckt.

RONAN WINTER

ÖKOTERRORISTIN

DER KLIMAWANDEL WARTET NICHT,
BIS DU DIE SCHULE FERTIG HAST.

1. Auflage 2019

Ronan Winter
c/o AutorenServices.de
Birkenallee 24
36037 Fulda

Lektorat: Textkabinettchen – Daniela Seiler

Cover: Ronan Winter
Referenzbild: Jörg Farys / Fridays For Future
https://tinyurl.com/y59uosh8

Illustrationen: Ronan Winter

Buchsatz: Ronan Winter
gesetzt mit *SPBuchsatz*

erhältlich auf: black-mosquito.org

dieUmweltDruckerei GmbH – gedruckt auf 100 % Recyclingpapier – 100 % Verwendung von Druckfarben auf Pflanzenölbasis

ISBN: 978-3-00-064481-8

Für alle, die kämpfen und verändern wollen.

Glossar:
Dieses Buch versucht, für alle so verständlich wie möglich zu sein. Wenn ein Begriff nicht erklärt ist oder du etwas nachschlagen möchtest, kannst du das auf den letzten Seiten im Lexikon des Widerstandes tun.

Trigger:
Es gibt in diesem Buch ein paar Szenen, in denen Polizeigewalt beschrieben wird. Wenn du Erfahrungen damit gemacht hast und davon getriggert werden könntest, überlege dir, diese Szenen auszulassen.
Polizeigewalt findet sich vor allem in den Kapiteln 19, 20 und 30.
Kapitel 20 und 28 beschreiben Grenzüberschreitungen und Übergriffigkeit, sowie Gefühle von Hilflosigkeit.
In Kapitel 20 kommt ebenfalls Diskriminierung gegen trans Menschen vor.

Geschlechtergerechtere Sprache:
Um im Text verschiedene Geschlechter-Identitäten zu kennzeichnen, wird manchmal das * verwendet (z. B.: Schüler*innen). Bei einigen Worten wird auf das Sternchen verzichtet, und stattdessen als Endung ein geschlechterneutrales -is verwendet (z. B.: Aktivistis statt Aktivist*innen).

0

BIKINI KILL – REBEL GIRL

Hey.

Du bekommst diese Nachricht über Freunde. Über Menschen, die dir vertrauen. Zusammen haben wir etwas Großes vor, und du bekommst diese Nachricht, weil du dabei helfen kannst. Vielleicht hast du aufgegeben, okay. Du glaubst nicht mehr dran, dass du irgendwas ändern kannst. Vielleicht denkst du, Veränderung ist Aufgabe der Politik, und Politik machen nur irgendwelche Politiker. Die unterstützen dann die Firmen, die ihnen die meisten Geschenke machen, wo sie später, wenn sie ihr Amt verlassen, schicke, überbezahlte Jobangebote bekommen. Und Fortschritt bitte nur, solange Fortschritt bedeutet, dass die Reichen noch reicher werden.

Stimmt alles. Aber eine Sache stimmt nicht: dass du nichts ändern kannst! Wenn du diese Nachricht kriegst, dann weißt du, dass du nicht allein bist. Wir sind viele. Und zusammen erkämpfen wir eine bessere Welt.

Klingt das unmöglich? Kann sein. Aber das war am Anfang bei allen Bewegungen so – bei der Abschaffung der Sklaverei, bei der Frauenrechtsbewegung, verdammt, bis zu den 90ern war Homosexualität noch als Krankheit eingetragen. Wenn wir uns zusammen tun, dann können wir auch etwas bewegen.

Das ist auch deine Welt. Das ist dein Leben. Du entscheidest, wie es sein soll.

1

PINK FLOYD – ANOTHER BRICK IN THE WALL

Die Triebe der Bäume sind grün wie die Jacken der Flixbus-Fahrer. Im Wald riecht es nach Bärlauch, in der Stadt riecht es nach staubigen Bauarbeiten. Es ist April und ich habe noch keine Pläne zum radikalen Weltverbessern. Das heißt, keine Konkreten.

Ich bin an einem Ort, wo dir jegliche Pläne zum Weltverbessern systematisch ausradiert werden. Hier riecht es nicht nach Bärlauch, sondern nach verbranntem Milchreis, Reinigungsmitteln und alten, nassen Wänden unter drei Schichten Raufasertapete. Hier herrscht Hackordnung, Anwesenheitspflicht und Frontalunterricht. Willkommen in der Bildungsfabrik.

Diese Woche war wieder die Hölle auf Erden. Eine Hölle, in der ich jeden Mathetest verkacke, wo sich immer jemand zum Heulen in die einzige funktionierende Klokabine eingeschlossen hat, wenn ich gerade dringend auf Klo muss. Eine Hölle, in der weder Sana noch Nova Hygienezeug dabei haben, wenn ich meine Tage kriege und wo ich vor der ganzen Klasse nach einem Tampon fragen muss. Und eine Hölle, wo die Vertretung für Kunst uns Mandalas ausmalen lässt. Mandalas! Sind wir hier im Kindergarten oder was?

Aber jetzt ist Freitag, der Tag auf den ich die ganze Woche gewartet habe. Nicht nur, weil ich danach zwei Tage Pause von diesem Wahnsinn habe, sondern auch, weil ich diese beschissene Woche mit einem Feuerwerk verabschieden werde. Ich fummele mit schwitzigen

Händen an dem USB-Stick in meiner Hosentasche. Er verursacht die ganze Zeit ein Phantom-Vibrieren, als wäre er ein Handy und genauso aufgeregt wie ich. Jedes Mal, wenn diese Woche mehr Mist dazugekommen ist, habe ich an heute gedacht.

»Mika? Ziehst du es durch?«, fragt Nova mich auf dem Gang und nudelt einen Strohhalm in ihre Capri-Sonne, der genauso orange ist wie ihre kilometerlangen Haare. Ich kann mich nicht erinnern, dass sie die jemals geschnitten hätte – wahrscheinlich würde sie dann ihre Superkräfte verlieren oder so.

Ich zucke die Schultern.

»Jetzt ist es eh zu spät, um mir was anderes auszudenken.«

Auf dem USB-Stick in meiner Tasche ist die Präsentation für mein Geschichtsreferat, für den großen Knall. Die Uhr im Gang zeigt zehn vor zwei, keine Zeit für Panik.

Nova zieht an ihrem Strohhalm, was ein obszönes Schlürfgeräusch verursacht.

»Wenn du von der Schule fliegst, stell ich zur Erinnerung ein Bild von dir in der Pausenhalle auf.«

»Danke. Aber ich glaub so krass wird's nicht.«

»Sie könnte dich immer noch durchfallen lassen.«

Ich rolle die Augen.

»Solltest du mich nicht eigentlich supporten?«

»Tu ich doch, darum das Bild«, sagt Nova, und grinst.

»Wenn du das machst, denken bestimmt alle, dass ich gestorben bin oder so was.«

»Stimmt. Die Krätzemilbe würde dich bestimmt plötzlich total feiern und eine Schweigeminute veranstalten. So passiert das immer mit Diktatoren. Wenn sie ihre Feinde beseitigt haben, dann waren sie plötzlich beste Freunde.«

»Bitte, ich krieg Albträume.«

Frau Krätzemilbe heißt eigentlich Kressemann, ist unsere Geschichtslehrerin und zufällig die beste Freundin der Rektorin – was sie quasi immun macht gegen alle Maßnahmen, sie loszuwerden.

Selbst die geballte Kraft der Helikoptereltern kann nichts gegen sie ausrichten. Stell dir mal vor: Da wird man zehn Jahre lang gezwungen, jeden Tag um sieben Uhr aufzustehen, acht Stunden auf einem unbequemen Holzstuhl zu sitzen und sinnlose Scheiße nachzuplappern. Und dann bekommt man auch noch eine urdeutsche weibliche Variante Kim Jong-Uns als Geschichtslehrerin, die der Meinung ist, Bildung bestünde zu gleichen Teilen aus Gehorsam und der Fähigkeit Jahreszahlen auswendig zu lernen.

Bildung ist uns wichtig. Wirklich. Vor einem Monat gab es eine Demo zur Bildungspolitik, für die Abschaffung von Noten und Anwesenheitspflicht, und für mehr Vielfalt in der Erstellung von Lehrplänen. Rate mal, ob wir dafür vom Unterricht freigestellt wurden? Nö.

»Alle, die nicht zum Unterricht erscheinen, bekommen diesen Tag als unentschuldigt gefehlt eingetragen, genau wie an jedem anderen Tag auch«, hat unsere Rektorin gesagt. »Natürlich ist das ein wichtiges Thema, aber wir können uns nicht leisten, die knappe Zeit zum Lernen zu verlieren.«

Seit wir wieder in dreizehn statt in zwölf Jahren Abi machen, müssten wir eigentlich ein ganzes Jahr zum Demonstrieren übrig haben. Aber in diesem System geht's ja nicht darum, uns zu selbstständigen, politischen Menschen zu erziehen. Also habe ich es mir zur Aufgabe gemacht, das System auszutricksen.

Heute halte ich eine Präsentation in Geschichte und ich habe das Thema selbst ausgesucht, um die Krätzemilbe so arg wie möglich anzupissen. Wenn sie mir schon nicht zuhört, dann sitzen in der Klasse zumindest noch achtundzwanzig andere Gehirne, die hoffentlich mitdenken.

»Viel Erfolg, man«, sagt Nova und klopft mir ein bisschen zu fest auf die Schulter.

Ich mache mich auf den Weg zum Raum, die Treppe rauf. Durch die großen Fenster kann man auf den Hof schauen und da spielen noch ein paar Leute Tischtennis, obwohl es zwei Mal geklingelt hat. Ich bekomme einen Tunnelblick und meine Hände zittern ein bisschen. Ich kenne diesen Ort wie keinen anderen.

Seit sieben Jahren schlafwandle ich durch die Gebäude, kann mich jederzeit hierher versetzen, wenn ich nur die Augen schließe. Dann sehe ich die langen Flure, die Klassenzimmer mit den staubigen Fenstern und den Kaugummis unter den Tischen. Meine Finger kennen die Rillen an der Tischkante vom letzten Tisch links in Raum 109, wo jemand drei kleine Vierecke ins Holz geritzt hat. Ich kann den Geruch von Schweißfüßen aus den Umkleiden der Turnhalle heraufbeschwören und die stickige, warme Luft der Cafeteria. Das saure Piksen von Capri-Sonne auf der Zunge. Das Summen der Heizung, wenn bei Klausuren alles leise ist, und den nervtötenden Ton des Feueralarms, der jeden dritten Monat getestet wird. Aber ich muss mich nie hierher versetzen, ich bin sowieso immer hier. Und wenn ich die Augen schließe, dann um mir einen besseren Ort vorzustellen. Hogwarts, Narnia oder den Wald oben auf dem Schlossberg, von wo ich die Schule sehen und auf sie herunter spucken könnte.

Nicht mehr lange, denke ich. Noch anderthalb Jahre, dann hab ich das Stück Papier. Vielleicht hat Nova auch Recht und sie schmeißen mich vorher raus. Das würde mir wenigstens die Entscheidung abnehmen, ob ich bis zum Abi bleibe. Aber das Problem ist, dass die Schulpflicht erst mit achtzehn vorbei ist, und ich mir also nur aussuchen kann, ob ich freiwillig zur Schule oder zur Ausbildung gehe, oder unfreiwillig im Polizeiauto hergebracht werde. Damit haben meine Eltern vor zehn Jahren schon gedroht, wenn ich nicht zur Schule wollte.

»Dann fährst du eben im Streifenwagen hin.«

Die schöne, freie Demokratie. Ich habe in letzter Zeit sehr viel Zeug über das deutsche Bildungswesen gelesen, um mich auf mein Referat vorzubereiten. Es ist krass, was man bei ein bisschen Internetrecherche alles herausfindet. Dass der Schulzwang ein Nazi-Gesetz von 1938 ist, zum Beispiel.

Oder was alles im Schulgesetz von Baden-Württemberg verankert ist: Die *Erziehung zum Christentum, zur Liebe für Volk und Heimat*, und zum *Leistungswillen*.

Ich will keine Christin werden, kann kein »Volk« lieben und habe keine Lust, irgendwas leisten zu müssen, um etwas wert zu sein.

Ich gehe durch den Flur zum Raum, vorbei an Jessica und Melina, an Dimitri, der gerade noch Hausaufgaben abschreibt, und denke: Vor Referaten ist immer alles schlimmer. Wenn ich dann vor der Klasse stehe, und angefangen habe zu reden, wird es meistens ein bisschen besser und ich bin im Survival-Modus. Meine Mutter hat mir mal einen Trick verraten, beim Präsentieren immer irgendwas in der Hand zu haben, ob das jetzt 'ne Tasse, ein Zeigestock oder ein Stressball ist. Einfach damit man weiß, was man mit seinen verdammten Händen machen soll.

Ich schiebe die Tür zum Klassenraum mit dem Fuß auf und klemme mich hinter den Tisch neben Sana. Sie ist die dritte in unserer Clique. Jeden Tag hat ihr Kopftuch eine andere Farbe. Heute ist es waldgrün, von einem kleinen Button zusammengehalten, auf dem ein durchgestrichenes Hakenkreuz ist. Sana ist auch keine Christin, ist nicht in Deutschland geboren und braucht keinen Leistungswillen. Sie schüttelt die guten Noten einfach aus dem Ärmel.

»Hey«, flüstere ich und zerre nervös den USB-Stick aus meiner Hosentasche.

Sana gibt mir ein High-Five.

Und da kommt auch schon Frau Krätzemilbe *hust* Kressemann. Sie ist mal wieder in bester Laune, was man schon an den Hassfalten zwischen ihren Augenbrauen und den herunterhängenden Merkel-Mundwinkeln sieht.

»Frau Özgül, Sie sind dran mit referieren«, sagt sie anstelle einer Begrüßung.

»Ich weiß«, sage ich und knete gestresst meinen Stressball, während die Präsentation vom USB-Stick auf den Laptop lädt. Irgendwann kommt dann auch endlich die Titelseite und große Buchstaben werden an der Wand von dreißig paar Augen aufgesogen.

»Schule und Industrie: Bildungsfabriken nach der Industriellen Revolution in Amerika«.

Industrielle Revolution, das ist schon wieder unser Thema. Hatte ich bei verschiedenen Lehrerinnen mindestens zwei Mal, aber die sprechen sich ja nie ab.

»Boah, scheiße. Ich dachte, du machst was Interessantes«, sagt Henri aus der dritten Reihe.

Ich rümpfe die Nase. »Wenn man keine Ahnung hat, einfach mal die Fresse halten.«

»Na, na, na«, sagt Frau Krätzemilbe.

Aber Henri und ich führen seit der Grundschule eine Fehde, die sich nicht so einfach beilegen lässt, und jetzt bin ich wütend. Besser als nervös, aber mein Herz klopft trotzdem fast so krass wie ein Presslufthammer.

»Es geht um die Entstehung unserer Schulsysteme und warum du rein gar nichts lernst, außer pünktlich zu sein und deine Arbeit zu machen. Kannst ja noch mal überlegen, ob das jetzt interessant ist oder nicht.«

»Das war als Kompliment gemeint«, sagt Henri augenrollend, aber setzt sich gerader hin. Und alle anderen auch.

»Das sind ja radikale Theorien«, sagt Frau Krätzemilbe. »Ihnen ist klar, dass es um 30 % Ihrer Endnote geht?«

Ich ignoriere ihre Einschüchterungsversuche und fange mit der Präsentation an.

Es ist nämlich so: Die Schule wurde gar nicht erfunden, damit wir lernen, kritisch zu denken oder so was. In den USA wurden Schulen erst gebaut und verpflichtend gemacht, als den Fabrikbesitzern aufgefallen ist, dass ihre Arbeiterinnen viel zu kritisch gedacht haben. Damals gab es noch keine gemeinsame Schulbildung. Keinen Staat, der befohlen hat, dass alle Kinder zur Schule gehen müssen oder sonst mit dem Streifenwagen hingefahren werden.

Mädchen durften zuerst gar nicht arbeiten gehen, nur zuhause für die Familie den Haushalt machen und in Familienbetrieben helfen, aber in den Fabriken durften sie dann vierzehn Stunden pro Tag schuften, von 5 bis 19 Uhr. Irgendwann ist es ihnen zu blöd geworden. Und weil viele der Mädchen in ihrer knappen Freizeit Bücher gelesen haben, sind sie auf die Idee gekommen, Streiks zu veranstalten, um gegen die Arbeitsbedingungen zu protestieren. Sie haben gesagt, die Fabriken sollten denen gehören, die in ihnen arbeiten.

Die Fabrikbesitzer fanden das natürlich gar nicht cool und haben darauf reagiert, indem sie Schulen gründeten und die Mädchen zum Besuch der Schulen verpflichteten.

Den Alltag an diesen Schulen kennen wir auch: Anwesenheitskontrolle, Aufteilung des Tages in Unterrichtseinheiten, Tests, Auswendiglernen unnötiger Fakten. Dieses Auswendiglernen haben die Lehrer damals »moralische« Bildung genannt, die zu »industriellen Gewohnheiten« führen sollte: nämlich Pünktlichkeit, Disziplin und Gehorsam. Das hatte nichts mit Selbstständigkeit, Demokratie oder kritischem Denken zu tun. Die Mädchen haben gelernt, zu gehorchen. Und dann? Keine Streiks mehr.

Von Anfang an gab es also einen Zusammenhang zwischen der Industrie und dem Bildungssystem. Die Schule sollte auf den Beruf vorbereiten, aber nicht, indem handwerkliche Fähigkeiten dafür gelernt wurden, sondern damit alle ihre Arbeit machen, ohne zu meckern.

Klar gab es in Deutschland schon viel länger Schulen als in den USA, an denen man zum Beispiel gelernt hat, die Bibel zu lesen. Auch total autoritär. Vor den Weltkriegen hat sich das ein bisschen verändert, aber nach dem Zweiten Weltkrieg stand Deutschland ja zu großen Teilen unter amerikanischer Herrschaft. Da wurde dann auch das amerikanische Schulsystem hier hergebracht.

»Wenn ihr noch mehr über die Schulgesetze von heute wissen wollt: Ich hab das Schulgesetz auf die letzte Seite des Handouts gepackt. Da steht auch, dass der deutsche Staat in der Schule nicht infrage gestellt werden darf«, sage ich, verbeuge mich schnippisch und setze mich wieder an meinen Platz. Der Stressball ist so nass, dass ich ihn an meiner Hose abtrocknen muss. Ich würde mich jetzt gern entspannen, aber ich weiß, dass wir noch nicht fertig sind, und warte angespannt darauf, dass Frau Kressemann das Wort ergreift. Im gesamten Raum herrscht betretenes Schweigen und die meisten Augenpaare wandern von mir zurück zum Pult, wo Frau Kressemann einen sehr langen Atemzug ausstößt.

»Danke für Ihr Referat. Ich muss Sie leider an ein paar Stellen verbessern, bevor wir in die Diskussion gehen.«

Sie wirft einen prüfenden Blick durch den Raum, während sie sich wieder nach vorne hinters Pult stellt. Sana legt ihre Hand auf meinen Arm, entweder um mich zu beruhigen oder um mich festzuhalten, weil sie Angst hat, dass ich gleich aufspringe und unseren Tisch umschmeiße. Und dann legt Frau Kressemann auch schon los.

»Das ist ja schön und gut, was Sie da über die Industrielle Revolution sagen. Den Bogen zur Gegenwart zu schlagen, das ist mir allerdings zu weit gegriffen. Es ist ja auch wichtig, dass wir uns mit der Geschichte beschäftigen, damit solche schlimmen Dinge wie das Dritte Reich nicht noch mal passieren und damit wir wissen, wie es früher war. Frauen hatten keine Rechte, Juden wurden verfolgt und die Menschen waren arm und hatten keine Krankenversicherung. Und das ist zum Glück heute alles nicht mehr so. Darum darf der demokratische Staat nicht infrage gestellt werden.«

Sie betrachtet uns eindringlich über den Rand ihrer Brille.

Sana zerdrückt fast meinen Arm und ich muss ihre Hand abschütteln. In Sanas Gesicht lese ich, dass sie diejenige ist, die gerne unseren Tisch umschmeißen würde.

»Ähm, Entschuldigung«, sagt sie, ohne sich zu melden, »aber Frauen bekommen immer noch nicht den gleichen Lohn für die gleiche Arbeit wie Männer. Und Frauen haben durchgehend mit Sexismus zu tun.«

Frau Krätzemilbe runzelt die Stirn.

»Also, ob Frauen durchgehend mit Sexismus zu tun haben, da wär ich mal skeptisch. Und es ist ja auf jeden Fall so, dass junge Frauen wie Sie damals gar nicht zur Schule gehen durften, wie Frau Özgül das so schön erläutert hat. Das ist in Ihrem Herkunftsland ja noch immer so.«

Sana saugt scharf die Luft ein.

»Wie bitte?«

»Sana ist deutsch«, sage ich.

»Aber ihre Eltern kommen doch aus Afghanistan«, sagt Frau Kressemann.

Sanas Hände sind unter dem Tisch zu Fäusten geballt.

»In Afghanistan gab es vor den Taliban sehr viele Schulen, an denen Frauen sogar unterrichtet haben. Meine Mutter ist Ärztin, meine Oma hat auch studiert! Und übrigens sind die Taliban auch nicht einfach so an die Macht gekommen, sondern von den Amerikanern unterstützt worden.«

Frau Kressemann seufzt, als ob Sana sie missverstanden hätte, und stützt sich mit beiden Händen auf dem Pult ab.

»Ich meinte das gar nicht persönlich. Ich wollte nur darauf hinweisen, dass es durchaus Errungenschaften gibt, auf die wir hier stolz sein können. Jetzt würde ich gern den Rest der Klasse fragen, ob Sie Feedback zum Referat geben möchten, oder Fragen haben.«

Sana zittert ein bisschen vor Wut, aber ich weiß, dass sie bis zur Pause nichts mehr sagen wird. Sie wird einen ihrer Comics in ihr Geschichtsheft zeichnen, in dem Frau Kressemann auf einer Bananenschale ausrutscht oder ihr ein Geschichtsbuch auf den Kopf fällt. Erschöpft lehne ich mich gegen die Stuhllehne, irgendwie leer gesaugt, wie eine von Novas Capri-Sonnen.

Die Zeiger der Uhr an der Wand schleppen sich mühsam voran, während der Rest des Unterrichts irgendwie an mir vorbeigeht. Ich merke fast nicht, wie ein kleiner Zettel zu mir rüber wandert, bis er bei mir auf dem Tisch landet.

Gar nicht mal so kacke, also Eier hast du. Wann zünden wir die Schule an?

Ich muss schmunzeln und schaue hoch, um zu sehen, von wem

der Zettel kam, aber gucke nur auf eine Reihe von Hinterköpfen, die starr nach vorne gerichtet sind. Die Krätzemilbe erzählt gerade irgendwas über die Berufsorientierungswoche und über die Firmen, die ihre Vertreter zu uns schicken, um potenzielles neues Futter für ihre Maschinen zu scouten.

»Von wem war der?«, frage ich Jessica, die vor mir sitzt und die Letzte in der Zettelkette gewesen sein muss, aber sie zuckt nur mit den Schultern.

Hm, denke ich. Egal. Wenn ich auch nur bei einem Menschen was gerissen habe mit dem Vortrag, dann war es das wert, egal welche Note ich jetzt kassiere.

2

FEINE SAHNE FISCHFILET – WUT

Ich schließe mein Fahrrad auf und mache einen Umweg durch die Stadt, um fürs Abendessen einzukaufen.

Frühling liegt in der Luft wie ein Parfüm aus Sonnenstrahlen, Fahrradreifen und frischen Blättern. Wenn ich nicht so müde wäre, könnte ich fast ein leichtes, fröhliches Gefühl in meiner Magengegend spüren, eins, wo man über Blumenwiesen spazieren oder einen kitschigen Ausflug in den Wald machen will. Wenn man keine Hausaufgaben hätte.

Und die Fußgänger sehen typisch Freiburg auch schon wieder so happy aus. Arschlöcher. Die gehen bestimmt nicht zur Schule. Die sind bestimmt alle auf dem Weg zu Alnatura um Wurstaufschnitt fürs Picknick zu kaufen.

Auf der Eschholzsstraße komme ich an der Kleingartensiedlung vorbei, wo ein großes Schild mit der Aufschrift *Hier entstehen bald dreißig neue Büros* aufgestellt wurde und auf das jemand eine Farbbombe geworfen hat. In meiner Straße steht ein Polizeiwagen, was eigentlich nichts Ungewöhnliches ist. Manchmal kommt es mir so vor, als müsste Freiburg eine der am meisten polizeilich überwachten Städte Deutschlands sein. Die sichere, grüne Oase zum Kinderkriegen. Das Polizeipräsidium ist nicht weit von hier, gleich um die Ecke vom autonomen Zentrum. Für einige Zeit hatten sie mal eine Kamera auf einem der Hochhäuser angebracht, die auf den Eingang der

KTS – das ist das autonome Zentrum – gerichtet war und gefilmt hat, wer rein und raus geht. Was bescheuert ist, weil da hauptsächlich Konzerte und Kneipenabende stattfinden. Und jeden zweiten Mittwoch wird zusammen vegan gekocht. Total gefährlich natürlich. Man könnte sich beim Kochen in den Finger schneiden. Na ja, als es rauskam, mussten sie die Kamera wieder abmontieren.

Ich knalle die Wohnungstür aus Versehen ein bisschen zu fest zu, aber jetzt weiß Karo wenigstens, dass ich zuhause bin.

»Mika, Schatz, hast du Gemüse mitgebracht?«

Karo ist irgendwie auf diesem Weight Watchers Hype hängen geblieben, obwohl das wieder so was von out ist mittlerweile. Außerdem will sie lieber beim Vornamen genannt werden als »Mama«, weil sie meint, dass sie ja – auch wenn sie Mutter ist – noch eine Persönlichkeit hat. Ich habe damit kein Problem, aber alle anderen denken ständig, dass sie meine Stiefmutter ist.

»Ja«, schreie ich zurück.

Ich setze die Einkäufe auf dem Küchentisch ab und fange an, sie in den Kühlschrank einzusortieren.

Wenn Karo nicht bei der Zeitung im Büro sitzt, arbeitet sie meistens von zuhause. Sie verbringt sowieso die meiste Zeit damit, irgendwelches Zeug online zu recherchieren. Ich höre draußen einen Knall und drehe mich zum Fenster. Die Polizistis sind dabei, aus dem Auto zu steigen, und gehen mit den Türen so ähnlich um wie ich. Vielleicht hatten sie auch einen schlechten Tag.

»Wie war Schule?«, ruft Karo aus dem Wohnzimmer.

»Scheiße wie immer«, rufe ich zurück.

Es klingelt an der Haustür.

»Machst du auf?«, ruft Karo.

Ich nehme mir einen Müsliriegel, beiße ein Stück ab und gehe zur Tür. Sie hat eins von diesen verzerrten Fenstergläsern, hinter dem sich die Polizistis als schwarze Farbkleckse abzeichnen. Sieht irgendwie cool aus, irgendwie #aesthetic. Ich würde jetzt gern ein Foto machen und es hochladen, aber das wär vielleicht ein bisschen ... sagen wir mal provokativ, und die können bestimmt auch sehen, dass ich auf der anderen Seite der Tür stehe. Es klingelt noch mal. Okay, denke ich. Was Wichtiges können die ja nicht wollen. Bestimmt nur so eine Befragung. Ich öffne die Tür zur Hälfte. Es sind vier von ihnen, drei Männer und eine Frau und dahinter steht noch eine ältere Frau im Wollpulli.

»Hallo?«, sage ich.

»Sind Sie Frau Özgül?«, fragt der größte der vier.

Er ist blond und hat einen dieser schleimig aussehenden Undercuts mit extra viel Gelee drin.

»Äh, ich bin die Tochter«, sage ich.

»Nein, das ist schon richtig«, sagt der Polizist. »Mika Özgül. Wir haben einen Durchsuchungsbefehl gegen Sie.«

»Äh, was?«

Ich brauche einen kurzen Moment, bis die Worte bei mir ankommen, und der letzte Bissen vom Müsliriegel bleibt mir fast im Hals stecken. Es ist verdammt creepy, wenn jemand, den du noch nie gesehen hast, deinen Namen kennt. Erst recht, wenn die Person eine Uniform trägt.

Durchsuchungsbefehl. Ich versuche, mich verzweifelt an alles zu erinnern, was ich über Hausdurchsuchungen weiß, während der Rest meines Gehirns aus Panik die Melodie von Tetris spielt.

Kann das wegen der Krätzemilbe sein? Hat sie mich bei der Polizei gemeldet? Gibt es bei Lehrer*innen so ein Programm zur Früherkennung von potenziellen Systemkritiker*innen? Nee, das kann's nicht sein. Dann wär diese Welt ja noch viel abgefuckter, als ich sie ohnehin schon finde.

»Haben Sie den Durchsuchungsbefehl denn dabei?«, frage ich, in Erinnerung an einen Vortrag, den ich mal in der KTS gehört habe. Sie dürfen nicht rein ohne Durchsuchungsbefehl.

»Ah, so eine sind Sie also«, sagt der Einsatzleiter.

»Was für eine?«, frage ich. »Eine, die ihre Rechte kennt?«

Zumindest schadet es nicht, so zu tun.

Die Polizistis hinter dem Einsatzleiter werden langsam ungeduldig und packen ihre Gummihandschuhe aus.

»Jetzt passen Sie mal auf«, sagt er. »Sie täten gut daran, von Ihrem Recht zu schweigen Gebrauch zu machen.«

»Das gedenke ich auch zu tun«, schieße ich zurück.

Das muss doch gerade ein komischer Traum sein. Das ist doch nicht real.

»Wer ist es denn?«, ruft Karo aus dem Wohnzimmer.

»Polizei«, schreie ich durch den Flur.

Man hört das *Klack-Klack* von Karos Absätzen auf dem Parkett. Dann baut sie sich neben mir im Türrahmen auf.

»Guten Tag, ich bin Frau Özgül«, sagt Karo und streckt dem Einsatzleiter die Hand entgegen.

Er hat keine andere Wahl, als sie zu schütteln, und ich sehe, wie er schmerzvoll das Gesicht verzieht. Karo hat einen verdammt festen Händedruck, was daher kommt, dass sie bei der Arbeit schon mehr Stressbälle zerquetscht hat als andere Leute Socken besitzen. Wenn meine Mutter will, kann sie einen Raum restlos einnehmen. Sie nennt das die Karriere-Bitch-Ausstrahlung und ich glaub, heute bin ich zum ersten Mal froh drüber.

»Darf ich fragen, worum es geht?«, sagt Karo, kackscheißfreundlich wie eine Kundendienstberaterin.

»Gegen Ihre Tochter ist leider ein Ermittlungsverfahren anhängig. Wir würden gern reinkommen, um uns etwas umzusehen.«

Aha, jetzt würden sie es also *gern* und *leider*. Wär ich doch nur zehn Zentimeter größer und hätte die Karriere-Bitch-Ausstrahlung. Oder den Händedruck vom Terminator.

Karo wirft mir einen kurzen Blick zu, der sagt, *wir unterhalten uns später*, und stützt die Hände in die Hüften. Ich frage mich, was sie wohl denkt? Ich hab ja selbst keine Ahnung, was ich verbrochen haben soll.

»Haben Sie denn einen Durchsuchungsbefehl?«, fragt Karo.

Das Augenlid des Einsatzleiters beginnt zu zucken, aber diesmal verkneift er sich den Kommentar. Stattdessen holt er einen Brief aus der Brusttasche. Das hätte er auch früher machen können.

»Es geht hier wie gesagt um Ihre Tochter, und wir werden die ihr zugehörigen Räume untersuchen und gegebenenfalls Beweismittel beschlagnahmen.«

»Beweismittel für was?«, fragt Karo und nimmt den Durchsuchungsbefehl entgegen. »Was ist denn der Tatverdacht?«

»Störung öffentlicher Betriebe, außerdem Zerstörung wichtiger Arbeitsmittel.«

Ich kann richtig sehen, wie Karo sich beim Lesen des Durchsuchungsbefehls ein bisschen entspannt. Von allen Sachen, die sie mir hätten vorwerfen können – Sachbeschädigung (ja ... ich hab vielleicht ein paar Mal Aufkleber auf Ampeln geklebt), illegaler Drogenbesitz (ich habe vielleicht mal ein oder zwei Joints geraucht), illegale Downloads (wer hat denn noch nie Musik runtergeladen?), Umgehen der Schulpflicht (ja, verhaftet mich, ich schwänze manchmal), oder Verunglimpfung des Staates und seiner Symbole (ja, ich habe auch schon mal die Nationalhymne umgedichtet) – ist das wohl der lächerlichste Tatverdacht, den man sich ausdenken kann.

Störung öffentlicher Betriebe? Was soll das überhaupt bedeuten? Ist die Schule ein öffentlicher Betrieb? Falls ja, dann ist es vielleicht doch nicht so abwegig, aber deswegen machen die doch keine Hausdurchsuchungen. Und Zerstörung wichtiger Arbeitsmittel – weil ich meine Bleistifte immer am Ende zerkaue?

Karo weiß, dass ich nichts Schlimmes gemacht habe. Und ich weiß es auch. Aber beruhigen tut mich das nicht. Es gibt ja trotzdem einen Grund, warum diese Leute hier sind und sie werden trotzdem mein Zimmer umkrempeln. Dass sie sich diesen Tatverdacht ausgedacht haben, heißt ja nur, dass sie mir nicht sagen wollen, was sie wirklich suchen. Oder?

»Was für ein öffentlicher Betrieb denn?«, frage ich.

»Es besteht der Verdacht, dass Sie zu einer Gruppe Ökoterroristen gehören, die letzte Woche einen Anschlag gegen die Firma Kerogreen begangen hat. Das können Sie alles später mit einem Anwalt erörtern und Sie machen es sich selbst einfacher, wenn Sie uns jetzt ohne weiteren Widerstand in die Wohnung lassen.«

Ökoterroristen? Was soll das denn sein?

Karo tritt zur Seite.

»Sie haben wohl nichts dagegen, dass ich als Zeugin anwesend bin und eine Anwältin am Telefon über das Geschehen informiere? Und dann hätte ich gern noch Ihre Dienstnummer.«

»Das ist Ihr Recht«, grummelt der Einsatzleiter.

Sie lassen uns die Treppe voraus zu meinem Zimmer gehen. Die anderen Polizistis und die Frau im Wollpulli sagen nichts, außer dass sie als Zeugin der Behörde auftritt.

Wenn ich damals gewusst hätte, dass die Cops Hausbesuche bei mir machen, hätte ich vielleicht kein Schild mit der Aufschrift *Chaos? Anarchie ist Ordnung ohne Herrschaft* an meine Tür gehängt. Und ich hätte meine dreckige Unterwäsche nicht über dem Wäschekorb hängen lassen, den ich nur knapp verfehlt habe, aber zu faul war, um die paar Schritte extra zu machen. Damit rechnet ja auch keiner. Karo ist am Telefon mit Birgit, ihrer Freundin, die Anwältin ist.

»Mhm, okay, ja«, sagt Karo und nickt, während die Cops Fotos von meinem Zimmer machen und in die Schubladen schauen.

»Was ist das?«, fragt einer der Cops, der gerade meine Schubladen durchwühlt, und hält einen kleinen, batteriebetriebenen Metallstab hoch. »Ist das eine Waffe?«

Es fühlt sich an, wie in einem dieser Träume, wo man plötzlich nackt vor einem lachenden Publikum steht, nur hundertmal schlimmer. Die Polizistin greift seinen Arm und schüttelt den Kopf. Ich räuspere mich.

»Das ist ein Vibrator«, sage ich trocken.

Immer ruhig bleiben. Lass dich nicht provozieren.

Der Polizist zieht eine Augenbraue hoch und wirft meiner Mutter einen amüsierten Blick zu, bevor er den Vibrator zurücklegt.

»Die Jugend heutzutage«, murmelt er.

»Wo leben Sie denn? Hinterm Mond?«, frage ich.

»Mika, am besten du sagst gar nichts«, sagt Karo.

Ich muss stumm dabei zusehen, wie die Polizistis in meinen Sachen herumschnüffeln. Wie sie zwei Kart-Mützen auf den Tisch legen, die mein Vater und ich vor ein paar Jahren gekauft haben, als wir öfter auf die Go-Kart-Bahn gegangen sind. Dazu kommt noch eine Sonnenbrille, eine Rakete, die von Silvester übrig geblieben ist, ein Schnitzmesser, ein Buch über Anarchie und ein Stapel Aufkleber gegen Braunkohle, Kapitalismus und Tierfabriken. Karo fordert, dass sie das alles in ein Beschlagnahmeprotokoll schreiben und uns aushändigen. Als sie mir den unterschriebenen Zettel geben, steht da: Kleidungsstücke zur Vermummung, Feuerwerkskörper, Propagandamaterial, Messer und ein Laptop.

»Sie wollen meinen Laptop mitnehmen?«

»Vorläufig, ja«, sagt der Einsatzleiter. »Sie bekommen das aber alles zurück.«

»Das ist doch absurd!«, sage ich.

Das ist totaler Schwachsinn! Fuck. Ich habe zwar keine Straftaten begangen, aber das heißt ja nicht, dass ich nichts zu verbergen habe. Auf dem Laptop sind abertausende Bilder von mir und Freundinnen, vielleicht sogar ein paar Nacktbilder, die ich mal aus Neugier gemacht habe (Am Ende werde ich noch wegen Kinderpornografie angezeigt oder so was). Chatverläufe mit Freunden, meine Browser-History der letzten Wochen, die ich noch nicht gelöscht habe. Ich gerate ein bisschen in Panik bei dem Gedanken daran, was ich in den letzten Tagen als Vorbereitung für mein Referat recherchiert habe. Wenn sie mich verdächtigen, Anschläge auf irgendeine Firma zu planen, dann könnte sich der Verdacht vielleicht erhärten.

Aber dann fällt mir ein, dass sie dafür auch erst meine Verschlüsselung knacken müssten und die sollte sie ziemlich lange beschäftigen. Ein einfaches Passwort zu knacken ist für die Polizei nicht so schwierig. Die machen so was mit *Brute Force*, das heißt, dass sie einen Computer anschließen, der einfach innerhalb von Sekunden ein paar

Tausende Kombinationen ausprobiert. Aber meine Festplatte ist verschlüsselt und mein Passwort ist verdammt lang und steht nicht im Wörterbuch.

Vielleicht ist es aber auch umso verdächtiger, wenn sie nicht in meinen Laptop kommen. Als Beweis reicht das safe nicht, aber wie lange werden sie ihn behalten? Vier Wochen? Vier Monate? Und was mache ich so lange ohne Laptop? Das war alles Novas Idee, denke ich, und kaue auf meiner Unterlippe. Nova, die viel zu krass auf Edward Snowden steht, die als Wahlkurs Informatik hat und vor einem Jahr Sana und mich gezwungen hat, alles zu verschlüsseln.

»So, und dann Ihr Mobiltelefon«, sagt der Einsatzleiter.

Ich zucke vor Schreck ein bisschen zusammen.

»Was?«

Das kann doch nicht wahr sein. Die können mir doch nicht einfach alles wegnehmen!

Die einzige weibliche Polizistin tritt vor und fängt plötzlich an, mich abzutasten. Aber mein Handy ist noch im Rucksack unten in der Küche.

»Finger weg von meiner Tochter«, knurrt Karo, als die Polizistin ihre Daumen in meinen Hosenbund steckt. Karo macht ein paar Schritte auf sie zu.

»Ich lege augenblicklich Widerspruch ein. Bringen Sie das zu Protokoll.«

Die Polizistin rollt die Augen, aber nimmt ihre Finger wieder aus meiner Hose.

»Hören Sie mal –», beginnt sie, aber Karo hört ihr gar nicht zu, sondern redet aufgeregt ins Telefon.

»Ja, das Handy. Nein. Aha.« Dann wendet sie sich wieder dem Einsatzleiter zu. »Auf welcher Rechtsgrundlage wollen Sie das Handy meiner Tochter beschlagnahmen?«

»Gefahr im Verzug«, brummt er.

»Liegt dazu ein richterlicher Beschluss vor?«, fragt Karo und trommelt mit den Fingern auf meiner Kommode. »Dann würde ich den gerne sehen, ansonsten haben Sie derartige Aktionen zu unterlassen.«

Der Oberpolizist schnaubt, dreht sich dann einfach weg und winkt die anderen hinter sich her. Nachdem die Polizistis auch die Küche, das Badezimmer (samt Spülkasten), Wohnzimmer und unseren Müll durchsucht haben, wandelt sich meine Panik in Übelkeit.

Sie haben alles bis auf die Rakete in einen Koffer gepackt, die ist zu lang und passt nicht rein, und einer von ihnen muss sie in der Hand behalten.

»Sie werden von uns hören«, sagt der Einsatzleiter wie eine Drohung und macht sich auf den Weg zu gehen.

»Moment«, rufe ich, wieder klar genug, um zu sprechen. »Was haben Sie gesagt, wie die Firma heißt?«

Der Polizist runzelt die Stirn.

»Sollten Sie das nicht besser wissen als ich?«

Er stößt die Haustür mit der flachen Hand auf.

»Die Firma heißt Kerogreen«, sagt die Polizistin zu mir und folgt ihm nach draußen.

Und dann sind sie weg. Wenige Augenblicke später biegt der Polizeiwagen um die Ecke und verschwindet auch.

Karo ist immer noch am Telefon, aber ich kann mich nicht darauf konzentrieren, was sie sagt.

Ich setze mich aufs Bett. Draußen scheint die Sonne und über den Boden ziehen sich die Streifen der Jalousie, die halb geschlossen ist. Alles sieht aus wie sonst, nur auf meinem Schreibtisch ist ein leerer Fleck und im Regal eine Lücke zwischen den Büchern. Die echte Veränderung ist unsichtbar. Wenn sie sichtbar wäre, dann wäre der Boden bedeckt mit den Abdrücken von Stiefeln, die Schränke voller fremder Fingerabdrücke und die Luft voller misstrauischer Blicke. Ich kann nicht glauben, dass die Frau wirklich meine Unterhose durchsuchen wollte …

Ich hole meinen Rucksack aus der Küche, fische nach meinem Handy und tippe mit zitternden Fingern eine Nachricht in den

Gruppenchat mit Nova und Sana, bevor ich mich zurück aufs Bett schmeiße.

Karo legt auf, setzt sich neben mich aufs Bett und nimmt mich in den Arm.

»Na, das war ja was«, sagt sie. »Wie geht es dir?«

Ich zucke mit den Schultern und lasse sie meine Haare streicheln, was ich sonst hasse.

»Du, Birgit sagt, wir kriegen das alles hin. Weißt du, wie das passiert sein kann? Hast du schon mal was von dieser Firma gehört? Kennst du vielleicht jemanden, der da mit verwickelt sein könnte? Was ist mit dem obdachlosen Punk, wie hieß er noch mal?«

»Hannes«, sage ich.

Karo presst die Lippen zusammen. »Wir hätten den doch nicht hier wohnen lassen sollen.«

Ich schüttle den Kopf.

»Das hat nichts mit Hannes zu tun. Ich hab seit fast 'nem Jahr nichts mehr von ihm gehört.«

»Oh, ich dachte, ihr hättet eine Brieffreundschaft.«

Ja, Karo, reib es rein. Danke.

»Mika, Liebes, ich glaube, es wäre besser, wenn du erst mal nicht mehr in die KTS gehst.«

»Das ist jetzt nicht dein Ernst«, sage ich.

Kein Kochen mehr? Keine Konzerte? Keine Lesebühne? Keine Filmabende? Und kein Laptop. Was soll ich denn dann überhaupt mit meiner Zeit machen? Hausaufgaben?!

»Karo, KTS heißt Kulturtreff in Selbstverwaltung, nicht Kriminelle Terror Sekte.«

»Ja, Schatz, weiß ich doch. Darum erst mal. Wenn wir das alles mit Birgit geklärt haben und die Lage sich entspannt, dann darfst du ja auch gern wieder hingehen.«

Ich schiebe ihre Hand von meinem Kopf weg. »Darf ich noch zur SUSI zum Kochen, oder ist das jetzt auch verdächtig?«

»Solange SUSI nicht für ›Sex Unter Systemkritischen Individuen‹ steht. Ihr Anarchos mit euren Abkürzungen, das wird euch noch mal zum Verhängnis.«

»YOLO.«

»YOLO? Das ist, wie sagt ihr? So 2015, Mika. Das benutzen nicht mal mehr die Omis auf Facebook. Und du sagst, der Polizist lebt hinterm Mond.«

»Verdammt, du hast mich enttarnt«, sage ich augenrollend. »Ich bin gar nicht deine siebzehnjährige Tochter, sondern eine Eidechse aus der Hohlerde, die sich ein Fleischkostüm angezogen hat.«

»Na, dir scheint's ja schon wieder besser zu gehen.«

»Eidechsen haben keine Gefühle.«

»Dann fühlen sie also auch nicht, wenn ich sie durchkitzle?«, sagt Karo und wackelt mit den Fingern.

»Nein! Wag es nicht! Ich bin zu alt dafür!«

Und ich bin gerade auch echt nicht in Spaß-Stimmung. Ich fliehe in die Küche. Die Einkäufe sind noch nicht eingeräumt. Ich nehme mir noch einen Müsliriegel und rufe Karo entgegen, dass ich frische Luft brauche. Das ist nicht mal eine Lüge.

3

ARBEITSTITEL TORTENSCHLACHT – LIEBESLIED

Ich schwinge mich wieder aufs Rad und schreibe eine Nachricht an Nova und Sana, die mittlerweile den ganzen Chat zugespammt haben.

Krisenmeeting!
Treffen bei mariotti in 10 min.

Wenn mir jetzt irgendwas helfen kann, dann ist das ein Mangoeis. Die Eisdiele ist fast direkt am Fluss und nicht weit von der Uni, deswegen ist wieder alles voller Studis, die Mate trinken und sich über ihre Prüfungen unterhalten. Ich setze mich auf das Geländer der Straßenbahnhaltestelle und fische nach meinem Handy.

Was tun nach einer Hausdurchsuchung?

Wenn eine Hausdurchsuchung bei dir gelaufen ist, kannst du mit hoher Wahrscheinlichkeit davon ausgehen, dass dein Telefon und dein Handy abgehört werden.

Na super. Muss ich jetzt richtig paranoid werden? Also, noch paranoider als vorher?

Auf dem grünen Mittelstreifen blühen ein paar Gänseblümchen. Sie beobachten mich, sie beobachten mich nicht.

Die Bremsen von Sanas Fahrrad quietschen und sie schließt es mit einer dicken Kette ans Geländer an, bevor sie sich neben mich setzt und mich umarmt.

»Ey, ich weiß nicht mal, was ich sagen soll. Was für 'ne Riesenscheiße.«

Ich nicke.

»Weißt du jetzt, was sie gesucht haben?«

Nova kommt um die Ecke gerannt, die Haare kleben ihr an der verschwitzten Stirn.

»Ich war noch in der Umkleide, sonst wär ich schneller gewesen«, sagt sie schwer atmend und schmeißt ihre Sporttasche auf den Boden. »Fuck. Was ist eigentlich los heute? Erst Frau Krätzemilbe und jetzt die Cops?«

»Wollt ihr nicht auch ein Eis?«, frage ich.

Die beiden schütteln den Kopf. Ich schwinge mich vom Geländer und gehe alleine rüber zum Laden. Zwei Kugeln Mango, mit extra Streuseln. Und zartbitter Schokosoße.

»Schlechten Tag gehabt?«, fragt Giovanni.

»Und wie.«

Das Eis prickelt auf meiner Zunge, vielleicht der erste gute Moment heute.

»Sagst du jetzt mal, was los war?«, fragt Sana, als ich mich wieder zu den beiden setze.

»Okay«, sage ich, in einer Hand das Eis haltend, in der anderen mein Handy. Ich nehme den Akku raus, sicher ist sicher.

»Musst du jetzt in den Knast?«, fragt Nova.

»Boah, Nova«, sagt Sana. »Stress nicht. Wenn Mika irgendwas Krasses abgezogen hätte, wüssten wir ja wohl davon. Oder?«

Die beiden schauen mich herausfordernd an, fast ein bisschen gekränkt.

»Was traut ihr mir eigentlich zu?«, frage ich und zerknacke ein paar Streusel mit meinen Backenzähnen. Sie bleiben auf den Kauflächen kleben wie diese komischen Kekse meiner Oma.

»Hmm«, sagt Nova und kratzt sich am Kinn, als ob sie einen Bart hätte. »Schwänzen, Widerstand gegen Vollstreckungsbeamte, Lidl beklauen, Erregung öffentlichen Ärgernisses, Vandalismus.«

»Ich hab noch nie im Lidl geklaut!«, sage ich beleidigt.

»Aber im REWE.«

»Oh Gott, Sana, das war *ein* Mal.«

Sana kichert. Dann sage ich den beiden, was passiert ist. Als ich fertig bin, verschwindet die Sonne gerade hinter den Häusern und mein Eis ist halb geschmolzen. Ich versuche, die laufenden Tropfen von der Waffel abzulecken.

»Okay, warte«, sagt Nova. »Die haben dein Zeug durchsucht, weil sie denken, du hast 'nen Anschlag gemacht? Was fürn Anschlag soll denn das gewesen sein?«

»Auf 'ne Firma die Kerogen heißt oder so. Nie gehört.«

»Doch!«, ruft Sana. »Die kommen auch zur Berufsorientierungswoche. Hat die Krätzemilbe doch angekündigt. Wir sollen alle 'ne Firma von der Liste raussuchen und gucken, was man für 'ne Ausbildung braucht, um da zu arbeiten. Manchmal bringt es doch was, zuzuhören.«

»Streber«, sagt Nova, bindet ihre Haare zusammen und starrt auf ihr Handy.

»Kerogreen. Hier. Energiekonzern. Ist in Baden-Württemberg seit letztem Jahr. News ... Ah, ok. Letzte Woche sind in der Nähe von Freiburg bei denen ein paar Maschinen beschädigt worden. Mehr steht da nicht zu.«

»Wenn ich dazu jetzt Zeug recherchiere«, sage ich. »Mach ich dann Hausaufgaben, ohne es zu wollen?«

»Ist doch geil«, sagt Sana.

»Dazu brauch ich aber 'nen Laptop.« Denn von meinem Handy aus traue ich mich nicht, nachzuschauen. Ich baue es trotzdem wieder zusammen, bevor Karo wieder Krawall macht, dass ich nicht erreichbar bin.

»Wir können zu mir gehen, meine Mutter macht Mantu, ich kann fragen, ob sie auch vegane machen kann«, bietet Sana an.

»Ich kann nicht«, sagt Nova. »Meine Eltern stressen wegen der Bioklausur.«

Aber ich kann die Mantu schon riechen.

»Sana?«, sage ich. »Ich wusste, dass es einen Grund gibt, warum wir befreundet sind.«

Sana wohnt in einem der Reihenhäuser in Vauban, was in Freiburg so was wie das Ökobonzen-Viertel ist. Da wohnen Leute, die seit Jahrzehnten die Grünen wählen und auf Anti-Atomkraft eingestellt sind. Bei Biomärkten kaufen, aber dann darauf scheißen, dass ihr Quinoa aus Bolivien und Peru kommt, wo die Menschen sich wegen dem Hype oft selbst kein Quinoa mehr leisten können. Besonders klimafreundlich ist es halt auch nicht, das Zeug einschiffen zu lassen. Ich habe auch mal gelesen, das Wähler*innen der Grünen mehr fliegen als Wähler*innen von irgendeiner anderen Partei. Das meine ich mit Ökobonzen. Wenn ich drüber nachdenke, sind meine Eltern wahrscheinlich auch welche.

Was soll's ... Das sind zum Glück nicht die Einzigen, die da wohnen. Es gibt noch eine Menge Studierende und die Leute, die in den umgebauten Militärkasernen auf SUSI leben. SUSI, das sind die Häuser, die bunt angemalt sind und wo es jeden zweiten Mittwoch im Café gemeinsame Küche gibt, wenn die nicht in der KTS stattfindet. Und es gibt Sana.

Sanas Eltern sind Ärzt*innen, die in einer Praxis in der Altstadt arbeiten. Ihre Mutter ist eine kleine, etwas rundliche Frau und ihr Vater ein dünner Mann mit dichtem Bart und blauen Augen, die aussehen, als könnte er dich damit durchleuchten.

»Ah, Mika, *Salam*«, sagt Sanas Vater, als wir zur Tür reinkommen. »Wie geht's Mama und Papa?«

Es riecht schon nach Essen, und aus der Küche hört man etwas in ein paar Pfannen brutzeln.

»Gut«, sage ich, während Sana mich am Wohnzimmer vorbei durch den Flur schiebt, vorbei an den historischen Fotos von Kabul, den antiken Kommoden und über die geknüpften Teppiche.

Meine Eltern haben ihre mal zum Essen eingeladen und sich ausgetauscht. Dabei hat Sanas Vater gesagt, dass sie wieder zurückgehen würden, nach Kabul, wenn es sicher genug wäre, und erzählt, dass sie dort ein großes Haus mit Garten hätten. Damals sind Sana und ich auf mein Zimmer gegangen. Sana hat sich auf den Boden gesetzt und geweint, und gesagt, dass sie nie zurückgehen will, weil sie hier zuhause ist. Ich musste an den 23-jährigen Afghanen denken, der nach acht Jahren in Deutschland abgeschoben wurde und der bei der Ankunft in Kabul Suizid begangen hat.

»Du kannst auch bei uns wohnen, falls das passiert«, habe ich gesagt. Und leise habe ich gedacht, ich würde Sana auch verstecken. Mich an ihr festketten. Irgendwas.

»Meine Eltern hätten bestimmt nichts dagegen.«

Aber das hat irgendwie nicht geholfen.

Sana hat gesagt: »Na ja, eigentlich bringt es nix, zu heulen. Es wird sowieso nie wieder sicher sein, solange sie leben.«

Das fand ich dann irgendwie so traurig, dass ich auch geheult habe.
Mein Handy klingelt.

»Mika, wo bist du?«, fragt Karo.

»Bei Sana.«

»Ich hab doch gesagt wir wollen zusammen essen«, seufzt Karo. »Du, ich habe mit Birgit geredet, sie versucht, deine Sachen so schnell wie möglich wieder zu bekommen, aber wir müssen einen Termin mit ihr machen.«

»Ja, ich bin gleich zuhause.«

Sana hat ihren Laptop aufgeklappt und sich im Schneidersitz auf den Teppich gesetzt.

»Okay, nach was suchen wir?«

Ich ziehe an der untersten Schublade von Sanas Kleiderschrank, in der zwei Festplatten und zwei USB-Sticks liegen. Auch so eine von

Novas Spinnereien. Wir haben beide unsere Backups bei Sana gelagert, natürlich auch verschlüsselt. Ob Nova sich wohl jemals gedacht hätte, dass die Cops meinen Laptop beschlagnahmen? Bestimmt nicht. Damals hat mich der ganze Aufwand genervt, jetzt würde ich Nova am liebsten die Füße küssen.

Ich nehme meinen USB-Stick aus der Schublade.

»Erst mal schreib ich ’ne E-Mail.«

Sana legt den Kopf schief.

»An wen?«

Ich nehme ihr den Laptop ab, höre ein »Pling« als mein USB-Stick angenommen wird, und gebe mein Passwort ein. Jetzt kann ich, dank der Keys auf dem USB-Stick, auch auf meine verschlüsselten E-Mails zugreifen.

»Sag nicht an Hannes.«

Ich zucke mit den Schultern.

»Boah, Mika. Er wird sowieso nicht antworten.«

»Das weißt du nicht. Vielleicht hat er, da wo er ist, keinen Internetzugang. Vielleicht ist er auch tot.«

»Oder«, sagt Sana, »er ist einfach nur ein Penner, der nicht mit dir reden will.«

»Ja, kann sein«, murmele ich, ohne richtig zuzuhören.

Ich hab das alles schon dreißig Mal hören müssen. Dass ich zu viel Energie auf den Typen verschwende, dass Leute, denen man hinterher rennen muss, es eh nicht wert sind. Dass er bestimmt stinkt, wenn er ständig unter Brücken schläft. Aber Sana und Nova kennen Hannes halt auch nicht. Sana war damals noch nicht in unserer Klasse und Nova war gerade für einen Austausch in England. Was sollen die also wissen? Und nur so zur Info: Hannes stinkt nicht, er riecht nach Dreadlocks. Nach Kernseife und Wolle, nach Mensch. Zumindest hat er so gerochen, damals.

Ich halte mich kurz, schreibe Hannes nur, dass ich durchsucht wurde und frage, ob er schon mal was von Kerogreen gehört hat. Ein Teil von mir hofft, dass ihn das neugierig macht. Ich klicke auf absenden, bevor ich es mir anders überlegen kann. Dann sehe ich, dass Karo mir noch drei Nachrichten geschrieben hat. Puh. Recherchieren müssen wir wohl später.

»Sag Işık und Karo einen Gruß«, ruft Sanas Vater, als ich meine Schuhe anziehe, und ihre Mutter packt mir noch drei Mantu in eine Tupperdose ein, bevor ich mich aufs Fahrrad schwinge.

»Mika, *lütfen*, kannst du einmal am Tisch sein, wenn Essen fertig ist?«, sagt mein Vater, als ich zur Tür reinkomme.

Karo hat ihm alles erzählt. Das merke ich an den roten Flecken an seinen Schläfen, die er sich zu viel gerieben hat. Ich setze mich vorsichtig an den Tisch.

»Polizei, Mika?«, sagt mein Vater. »In unserem Haus?«

Ich rücke das Besteck zurecht und fange an, mit den Fingernägeln das Etikett vom Holundersirup abzupulen.

Mein Vater schüttelt den Kopf. »Wir haben wirklich genug Probleme. Ich arbeite mich kaputt, damit wir in diesem Land akzeptiert werden, und was macht meine Tochter? Sie hat nichts Besseres zu tun, als allen auf der Nase herum zu tanzen. *Hıyar kızı!*«

»Ich kann doch nichts dafür«, sage ich zähneknirschend. »Ich weiß doch auch nicht, was die wollten!«

Karo verzieht den Mund. »Was hast du zu ihr gesagt, Işık?«

»Tochter einer Gurke«, übersetze ich.

Da muss Karo lachen. Sie legt einen Arm um meinen Vater.

»Ist gut, mein Gürkchen«, flüstert sie ihm zu. »Birgit regelt das für uns, das hat sie mir versprochen.«

Mein Vater seufzt mürrisch, aber er muss ein wenig lächeln, als Karo ihn auf die Wange küsst.

Ich rücke mit dem Stuhl ein bisschen von ihnen weg. »Bäh, könnt ihr das bitte woanders machen?«

Karo kichert.

»Wenn ich nicht heute deinen Vibrator gesehen hätte, würde ich dich fast für verklemmt halten, Schatz.«

Das Blut steigt mir ins Gesicht und ich würde Karo am liebsten gegens Bein treten.

»Deinen was?«, fragt mein Vater.

»Mantu«, sage ich, um vom Thema abzulenken. »Grüße von Sanas Eltern.«

Ich lege die Dose auf den Tisch und meine Eltern fangen gnädigerweise an, sich über das Wetter zu unterhalten. Es ist immer gut, bestechliche Eltern zu haben. Ich esse ein bisschen von allem, so, dass es nicht auffällt, dass ich keinen Hunger habe, und verschwinde dann auf mein Zimmer.

Fast die ganze Nacht liege ich wach. Habe die Augen zu, sehe schemenhafte schwarze Gestalten hinter meinen Lidern. Breite, weiße Männer in Uniform. Ich bin ihnen schon begegnet, immer wieder, als wären sie das Endprodukt einer Fabrik, die sie in Serie herstellt: Polizei-Ken und Polizei-Barbie. Sie wollen nicht mit mir reden, sie wollen mir Angst machen. Es funktioniert. Ich habe Angst.

Ich starre an die Decke. Mein Kopf juckt. Mein Fuß juckt. Ich erfinde irre Antworten für die nächste Personenkontrolle.

»Wo wollen Sie denn hin?«

»Tut mir leid, meine Mutter hat gesagt, ich soll nicht mit Fremden reden. Schon gar nicht mit Bewaffneten.«

Braucht es eigentlich einen Durchsuchungsbefehl, um meinen Rucksack zu durchsuchen? Brauche ich eigentlich Rechte, wenn machtfröhliche, gewaltbereite Systemroboter mein Zimmer betreten können, ob ich was getan habe oder nicht?

Meine Füße sind schwitzig, wenn ich sie unter der Decke habe, kleben sie am Stoff, wenn ich sie rausstrecke, frieren sie. Ich stehe auf, um sie abzuduschen.

Im Bad ist das Fenster gekippt. Durch den Spalt dringt das Heulen einer Polizeisirene. Ist schon ironisch, dass ich nie wirklich was Illegales gemacht habe, weil ich zu viel Angst vor den Konsequenzen hatte. Und jetzt hab ich beides. Ich bin gar nicht so extrem, wie alle denken. Nicht wirklich. Ich hatte zwar schon immer einen Sinn für Gerechtigkeit, aber ich hatte auch viel zu viel Angst. Ich glaube, wir werden alle mit einem Gerechtigkeitssinn geboren, nur damit er uns systematisch abtrainiert wird.

Ich lege mich zurück ins Bett, mache die Augen zu und bin wieder in der Grundschule, da, wo alles angefangen hat. Ich bin sieben Jahre alt, ich bin immer noch da, in dem Raum mit den dreckigen Fenstern und den bunten Buchstaben über der Tafel, und dem Käsefußgeruch der Sitzkissen in der Sockenecke.

Wir sitzen auf unseren Plätzen, vor unseren Aufgabenzetteln. Der Rand von meinem Stuhl schneidet mir in die Oberschenkel, die viel zu dünn sind, so dünn, dass die anderen mich mindestens einmal pro Woche magersüchtig nennen.

Wir sind alle still, so still wir können, damit wir hören, ob die Stöckelschuhe der Lehrerin schon das Ende der Treppe erreicht haben. Damit wir hören, wenn die Tür zum Treppenhaus zufällt und sie sich auf den Pausenhof stellt, um sich eine ihrer Menthol-Zigaretten anzuzünden.

»Ich glaub, sie ist draußen«, flüstert Annika.

»Bist du sicher?«, fragt Markus.

Frederik öffnet die Tür einen Spalt.

»Sie ist weg. Ich steh Schmiere.«

Alle Aufgabenzettel sind vergessen. Wer ein Handy dabei hat, holt es aus der Tasche.

»Ich hab so ein geiles Video gefunden gestern!«

»Ich hab ’ne Flatrate!«

»Wer traut sich, was an die Tafel zu malen?«

Lena pikst Acar mit einem Bleistift ins Ohr, Acar quietscht und verfolgt sie durchs Klassenzimmer.

Und dann: ein klirrendes Krachen.

Das Schneckenterrarium verteilt Glassplitter, Erde und Schnecken auf dem Boden. Acar wird kreideblass.

Frederik kommt rein gestürmt.

»Was macht ihr für 'ne Scheiße?«

Alle sind zurück an ihren Plätzen. Mucksmäuschenstill. Nova sitzt neben mir und hat die linke Hand in den Stoff ihres Pullis gekrallt. Alle halten Stifte in der Hand und starren auf ihre Aufgabenblätter. Dann das Geräusch von Stöckelschuhen. Die Tür geht auf und knallt zu. Die Augen der Lehrerin scannen das Klassenzimmer, bevor ihr Blick auf das kaputte Terrarium fällt.

»Derjenige, der dafür verantwortlich ist, kommt sofort nach vorne«, sagt sie mit einer Stimme kalt wie Glas.

Wenn wir nicht sagen, wer das Terrarium kaputtgemacht hat, dann werden wir alle bestraft. Dann müssen alle nachsitzen.

Da meldet sich Kim und sagt, dass es Acar war.

Acar muss nach vorne kommen und sich vor die ganze Klasse stellen. Sich anhören, dass seine Eltern ihm wohl nicht beigebracht hätten, Verantwortung zu übernehmen und dass die ganzen Einwanderer ja sowieso undankbares Gesindel sind.

Wir sitzen alle schweigend da und wissen, dass das falsch ist. Dass es verdammt ungerecht ist. Aber wir sind alle froh, dass wir nicht selber vorne stehen. Das ist wirklich passiert.

Was wäre passiert, wenn wir alle dicht gehalten hätten? Wenn unsere Lehrerin gesagt hätte, dass wir jetzt alle nachsitzen müssen und wir einfach alle aufgestanden und gegangen wären? Dann hätte sie rein gar nichts tun können. Weil wir keine Angst vor ihr gehabt hätten. Aber wir hatten Angst. Und ich bin immer noch wütend, dass ich nicht aufgestanden bin. Nichts gesagt habe. Ihr nicht gesagt habe, dass sie ein widerwärtiger Mensch ist. So schwach, dass sie einen Kick daraus bekommt, Grundschulkinder fertig zu machen.

Ich habe endlich etwas verstanden. Das heißt, ich habe es schon lange verstanden, aber nur mit dem Kopf. Jetzt, wo ich weiß, dass mich rauszuhalten mich nicht schützt, fühle ich es endlich auch mit dem Bauch: Dass es um Angst geht. Dass die Menschen, die von diesem System profitieren, Angst vor den Angstlosen haben.

Die Angst hält uns klein. Nur wenn wir keine haben, dann werden wir gefährlich. Dann könnten wir auf die Idee kommen, mehr zu wollen als einen Arbeitsplatz, wo wir von morgens bis abends rumsitzen, E-Mails ausdrucken, Papierbällchen daraus knüllen und in den Mülleimer werfen. Wir könnten auf die Idee kommen, dass wir mehr wollen als arbeiten, heiraten und Kinder kriegen. Wir könnten auf die Idee kommen, dass wir den ganzen Scheiß nicht brauchen, keine neuen Hemden jede Woche, keinen Urlaub auf Mallorca, keinen neuen VW. Und dann würden wir nicht mehr aus Angst und Frust nach unten treten, auf die noch Ärmeren, die noch Schwächeren, und wir würden uns zusammen tun und ein gerechteres Leben führen.

Wer würde dann noch für ein paar Cent die Stunde die Kleidung nähen, die im H&M an der Stange hängt? Wer würde sie für 9€ die Stunde verkaufen? Wer würde sie kaufen und damit die Taschen der Konzerne füllen?

Vor ein paar Jahren habe ich eine Doku gesehen, in der es um die Modeindustrie ging. Scheiße, habe ich geheult damals. Ich wusste die ganze Zeit, dass unsere billige Kleidung in Bangladesch zu unmenschlichen Arbeitsbedingungen hergestellt wird. Aber das war das erste Mal, dass ich eine Näherin gesehen habe. Gehört habe, wie sie erzählt hat, dass sie sich mit den anderen Näherinnen zu einer Gewerkschaft zusammenschließen wollte, um bessere Arbeitsbedingungen zu fordern und dass sie dafür von ihren Chefs mit Prügeln bestraft wurden.

Was macht besser Angst, als überwacht zu werden? Wenn es gar nicht erst zum Protest kommt, weil die Gewissheit, überwacht zu werden, dich daran hindert, deine Meinung frei zu sagen? Und jetzt liege ich hier im Bett und frage mich, woher die Polizei wusste, dass ich dieses System stürzen will, bevor ich überhaupt damit angefangen habe. Ob mein Handy, mein Laptop infiziert sind, ob in meinem Zimmer Kameras oder Mikrofone angebracht sind. Ich will kotzen. Ich weiß nicht, was ich noch sagen und denken kann. Überwachung funktioniert wie ein Gefängnis fürs Gehirn, hat Nova gesagt.

Und ich dachte die ganze Zeit, wenn ich nur Petitionen unterschreibe, wenn ich nur bei legalen Demos mitlaufe und versuche, ganz legal einfach weniger zu kaufen, dann kann mir nichts passieren. Dann bin ich sicher.

Ich bin nicht sicher. Ich spüre es unter meinen Rippen, wo sich alles zusammenzieht. In meinem Hals, wo ein dicker Kloß sitzt. In meinen Fingern, die sich an der Bettdecke festhalten.

Ich setze mich im Bett auf und beobachte das Muster, dass die Straßenlaterne durch die Äste der Bäume vor dem Haus auf meine Wand wirft, und ich treffe eine Entscheidung. Ich werde keine Angst mehr haben. Oder, besser gesagt, ich werde Angst haben, aber ich werde mich davon nicht klein kriegen lassen.

Ich schleiche ins Wohnzimmer, setze mich an Karos Schreibtisch und öffne ihren Laptop. Weil ich nicht weiß, ob der Laptop clean ist, mache ich nichts, was der Polizei zusätzliche Informationen über mich geben könnte. Kein Social Media, keine E-Mails checken. Stattdessen öffne ich eine Suche nach Kerogreen. Der Name klingt schon irgendwie mit Persil Weichspüler grün gewaschen. Ich klicke auf den ersten Artikel, der das Gleiche berichtet, was Nova mir vor ein paar Stunden gesagt hat: dass auf dem Gelände der Firma ein paar Maschinen beschädigt wurden und die Tat mit »Ökoterrorismus« in Verbindung gebracht wird. Weil es seit einiger Zeit Widerstand gegen Gas-Bohrvorhaben der Firma gibt.

Und die bohren mit *Fracking*.

Sana?

Bist du noch wach?

Bruder es ist halb 2.
Geh pennen.

Muss sie gerade sagen.

Ich wische die schwitzigen Fingerabdrücke vom Bildschirm.

Und du?

Ich bete.

Jetzt??

Nachts hört Allah mich besser da ist weniger los.

Wieso bist du noch wach?

Weißt du was kerogreen eigentlich für ein energiekonzern ist?

Ich schicke ihr den Artikel, den ich gerade gelesen habe.

Iih.

Ich dachte immer das fr*cking illegal ist wegen der chemikalien und so.

Tja.

Anscheinend war es das auch. Bis 2022. Warum danach nicht mehr, das findet Sana heraus. Sie schickt mir ein Statement von der Seite der Bundesregierung:

Aufgrund der nachlassenden Erträge deutscher Gas und Ölfelder soll wieder Fracking eingesetzt werden, um tiefer liegende Ressourcen zu erschließen. Fracking wird dabei eine wichtige Brückentechnologie *zum Kohleausstieg sein, da die Verbrennung von Öl und Gas wesentlich weniger CO_2 ausstößt als die Verbrennung von Kohle.*

Okay, weniger CO2 klingt ja gar nicht so kacke. Aber erinnerst du dich auch an diese videos aus den USA?

Wo die das wasser aus ihren Wasserhähnen anzünden konnten?

War das nicht wegen der chemikalien?

Nee, das kommt weil mit öl und gas auch methan aus den bohrungen kommt, und manchmal ins grundwasser geht. Methan ist ja brennbar.

METHAN??

Ich bin vielleicht kein Science Nerd wie Sana, aber dass wir echt kein entweichendes Methan brauchen, weiß ich auch, weil das ein Treibhausgas ist und damit die Erdatmosphäre kaputtmacht.

Yay, Klimawandel! Wieso tun eigentlich alle so, als hätten wir noch Zeit für Brückentechnologien? Kann ja sein, dass die Verbrennung von Öl und Gas nicht ganz so viel CO_2 ausstößt wie Kohle, aber bevor man das Zeug aus der Erde bohrt, kann man doch genauso gut die Stromnetze für erneuerbare Energien ausbauen?

Methan ist auch 30x schlimmer als CO2. Also wenn es rausleckt.

Verdammt.

Plötzlich wünsche ich mir, ich wäre bei der Aktion, wegen der die mein Zimmer durchsucht haben, dabei gewesen. Dann wär's wenigstens nicht ohne Grund gewesen. Jetzt mache ich mir selbst ein bisschen Angst. Manchmal habe ich das Gefühl, ich hätte nur auf so etwas gewartet, darauf, dass jemand mich aufweckt und mir sagt, was ich zu tun habe. Dass irgendwas passiert. Sich eine Tür öffnet wie bei Harry Potter in der Winkelgasse und ich nur noch durch gehen muss. Dass Hagrid vorbeikommt und mir sagt: »Du bist ein Zauberer, Mika«. Oder Obi-Wan, der mir ein Lichtschwert in die Hand drückt und mir erzählt, ich müsse das Universum retten. Aber es ist niemand da, der mir sagt, was der nächste Schritt ist.

Manchmal, wenn ich in der Schule sitze und auf Durchzug schalte, dann träume ich davon, dass Hannes zurück nach Freiburg kommt. Dass er die Tür zum Klassenzimmer aufstößt und mich fragt, ob ich die Schule schmeiße und mit ihm weglaufe, um die Welt reise, Obstbäume pflanze und Baumhäuser baue. Aber Hannes kommt nicht. Er hat vielleicht keine Lust, mein Obi-Wan zu sein.

Fick dich auch, denke ich.

Dann bin ich eben mein eigener Obi-Wan.

4

KONNY – KARRIERESONG

Bevor Hannes aus Freiburg verschwindet, heißt er Bambi. Und bevor Hannes Bambi heißt, ist er irgendein Typ, der halb betrunken vorm Konzerthaus sitzt, umzingelt von ein paar Bierflaschen und anderen Punks. Vor ihnen liegt ein ausgefranster Hut, auf dem ein gelber Klebezettel pappt.

Wettervorhersage 1€ steht drauf. *Horoskop 2€. Bier 4€.*

Ich bin fünfzehn und auf dem Weg nach Hause. Am Konzerthaus vorbei, zum Bahnhof, um Chips zu kaufen. Ich werfe einen Blick auf die Punks, mit ihren abgetragenen, angesprayten Lederjacken mit Nieten dran und den abgebrochenen Mercedes Sternen, und fühle mich komisch, in meiner nagelneuen, quietschgelben Regenjacke. Ich gucke schnell wieder weg, schiebe mein Fahrrad an ihnen vorbei und hoffe, dass sie mich nicht sehen. Dass sie mir nicht hinterherrufen. Mich nicht nach Geld fragen, denn dann würde ich Nein sagen und mich noch komischer fühlen. Ich habe Angst vor ihnen und weiß nicht genau warum. Vielleicht sind sie zu laut, zu anders. Drogenabhängig und gefährlich.

»Ey«, ruft einer von ihnen.

Verdammt, denke ich. Ich bin nicht der Typ, der andere Menschen auf der Straße ignoriert. Ich kann es einfach nicht. Auch wenn es sexistische Kommentare sind, es dunkel und creepy ist, ich habe immer zurückgeschrien. Ich weiß, das ist nicht das Schlaueste. Manchmal, sagt Nova, muss man einfach mal die Fresse halten und sich aus der Gefahrenlage rausziehen. Sagt Nova! Die boxen kann. Vielleicht lerne ich das auch irgendwann. Boxen und die Fresse halten. Aber nicht heute. Heute drehe ich mich um.

»Was?«

»Komm doch mal her«, sagt einer der Punks.

Ich werfe einen Blick zum Bahnhof. Irgendwo ganz weit weg sind zwei Menschen mit Rollkoffern, die auf ihren Zug warten. Auf dem Fahrradweg radelt alle paar Minuten jemand vorbei. Irgendwer wird schon kommen, wenn ich schreie.

Der Punk ist klein und hat Haare, die nicht nur straßenköterblond sind, sondern auch straßenköterverfilzt, und um den Hals trägt er eine dicke Metallkette, mit der man sonst Eingangstore verschließt. Ich frag mich, ob das nicht schwer ist.

»Ich hab kein Geld«, lüge ich.

»Das Fahrrad tut's auch«, sagt der Punk und zwinkert mir zu. »Nee, ehrlich, kann ich mal drauf fahren?«

Ein zweiter Punk kommt dazu, unter die Straßenlaterne. Er hat einen Iro aus blauen Dreadlocks, die in dem grellen Licht giftig aussehen. Irgendwie Alien, aber cool, verdammt cool.

»Ich geb dir meine Jacke als Pfand, die is' viel mehr wert als das Fahrrad«, sagt der Punk mit den Dreadlocks.

»Alter, Bambi, deine Jacke ist scheiße«, sagt Punk Nummer eins. »Die würde nicht mal ein dreckiger Crustie tragen.«

»Bambi?«, frage ich.

»Weil der so süße Rehaugen hat, siehste?«, sagt Punk Nummer eins zu mir.

Und er hat recht. Die Augen vom Dreadlock-Punk sind groß, braun und warm, auch in dem grellen Licht.

Ich blinzle ihn an.

»Deine Mutter wurde aber nicht erschossen, oder?«

»Was? Komm mal klar. Wenn meine Mutter jetzt echt tot wär, was würdest du dann machen?«

Bambi zieht seine Lederjacke aus und wirft sie mir zu. Ich falle fast um, so schwer ist sie, voller Nieten und Aufnäher.

»Ist deine Mutter denn tot?«

»Nur totgesagt.«

»Von wem?«

»Von mir. Pass auf, ich fahr 'ne Runde auf dem Fahrrad und wir geben dir kostenlos 'ne Wettervorhersage und ein Horoskop und du setzt dich dazu und trinkst ein Bier mit uns.«

»Das ist ein Angebot, das ich nicht abschlagen kann«, sage ich, weil ich diesen Satz irgendwo mal gehört habe. Obwohl ich weiß, dass es morgen regnet, nicht an Horoskope glaube und eigentlich auch kein Bier mag.

Bambi nimmt mir mein Fahrrad ab. Er umkreist die Metallstatuen auf dem Platz vorm Konzerthaus, die von oben bis unten bedeckt sind mit Taubenkacke. Die Dinger sollen aussehen wie Tornados, aber ich muss immer an umgedrehte Hundehaufen denken. Ich setze mich zu den anderen Punks auf die Bank und bete, dass mein Fahrrad heil bleibt.

Punk Nummer eins drückt mir eine Dose 0.5 in die Hand. Er heißt eigentlich Knochen, sagt er mir. Die anderen sind Mütze, ein bärtiger Typ mit zu vielen Piercings, und Spinne, ein Mädchen mit pinken Haaren. Alle paar Minuten verfällt Spinne in einen Hustenanfall, als hätte sie Schmirgelpapier in der Lunge stecken.

»So«, sagt Bambi, kommt zurückgefahren, parkt mein Fahrrad, setzt sich neben mich und nimmt sich auch ein Bier. »Prost.«

Seine Hände stecken in schwarzen, fingerlosen Handschuhen, er hat Dreck unter den Fingernägeln und ein altes Pflaster um den Ringfinger kleben.

»Und wie wird jetzt das Wetter?«, frage ich.

Bambi grinst mich an.

»Also, ich würd sagen, die nächsten fünf Minuten auch noch trocken und mild. Das Horoskop ist spannender.«

»Ah ja?«

»Ja. Und dein Horoskop ist – lass mich überlegen. Du bist nicht so richtig zufrieden mit deinem Leben. Du bist irgendwie anders als die anderen. Du bist'n guter Mensch, weißt du? Also, dein Problem ist, dass dir alles viel zu wichtig ist. Und das macht dich traurig, manchmal.« Er starrt mich an. »Du hast oft das Gefühl, dass immer wieder das gleiche passiert. Wie in 'nem Labyrinth gefangen zu sein, jeden Tag die gleiche Scheiße fressen.«

Ich verdrehe die Augen.

»Das könntest du echt zu jedem sagen«, sage ich. »Musst du für mein Horoskop nicht wissen, was mein Sternzeichen ist?«

»Sternzeichen sind doch dumm«, sagt Bambi, »da gibt's ja Millionen von Menschen, die das gleiche haben. Und Menschen sind doch nicht alle gleich. Zeig mal deine Hand, dann sag ich dir deine Zukunft vorher.«

Das ist doch Bullshit, denke ich, aber ich gebe ihm meine Hand und er tut so, als würde er irgendwas in den Linien meiner Handfläche sehen können und zieht sie mit seinen Fingerspitzen nach. Seine Fingerkuppen sind rau, als hätte er sie abgeschmirgelt.

»Dein Leben wird sich sehr bald verändern«, flüstert er grinsend. »Du wirst eine ganz neue Welt entdecken und ein neuer Mensch werden.«

»Aha?«, sage ich. »Und was für ein Mensch?«

»Hm.« Bambi macht eine dramatische Handbewegung. »Ich prophezeie – du wirst Punk!«

»Yay!«, ruft Spinne.

»Alter, halt doch mal die Fresse«, sagt Mütze und boxt Bambi in die Schulter. Zu mir sagt er: »Fall bloß nicht auf diese Masche rein, du, wie heißt'n du eigentlich?«

»Ja, das würden wir auch gern wissen, einmal alle Ihre Ausweise vorzeigen, bitte.«

Hinter unserer Bank stehen plötzlich zwei Polizistis in Uniform, die so aussehen wie Polizistis immer aussehen. Er etwas beleibter, weiß, blond und mit Bart. Sie mit blondem Pferdeschwanz.

»Ähm, wieso?«, frage ich erschrocken.

Ich wurde noch nie von der Polizei kontrolliert, nur einmal, als ich abends ohne Licht am Polizeirevier vorbei gefahren bin.

»Verdachtsunabhängige Personenkontrolle«, sagt der Typ.

Ich drehe mich zu der Frau um, weil ich denke, dass sie mir das vielleicht besser erklären kann. Sie zückt ihre Taschenlampe, schweigt und leuchtet mir ins Gesicht. Ich kneife die Augen zusammen.

»So, die Ausweise«, wiederholt der Polizist genervt und streckt die Hand aus.

»Was machen Sie dann mit den Ausweisen?«, frage ich, während die anderen in ihren Taschen herumwühlen und die kleinen Plastikkarten herausholen.

»Wir geben Ihre Namen dann über Funk durch.«

Mir ist ganz mulmig im Bauch, noch viel schlimmer als wenn ich es mit einem Lehrer verkackt habe und mal wieder zur Schulleitung muss. Das hier ist anders.

»Wozu?«, frage ich.

Bambi stößt mich mit dem Ellenbogen an.

»Gib denen einfach deinen Ausweis«, murmelt er.

»Wir müssen ja feststellen, ob irgendwas mit Ihnen vielleicht nicht stimmt«, sagt die Frau.

»Was soll mit mir denn nicht stimmen?«, frage ich.

Bambi stößt mich wieder an.

»Ob Sie vielleicht gesucht werden«, sagt sie. »Geben Sie uns einfach Ihren Ausweis, das macht für Sie weniger Ärger.«

»Von wem denn gesucht?«

»Na ja, entweder Sie sind von zuhause weggelaufen oder Sie werden wegen eines Verbrechens gesucht.«

»Sie kommen aus Konstanz?«, fragt der Polizist, als er Bambis Ausweis anleuchtet. »Was machen Sie denn hier in Freiburg?«

»Freunde besuchen«, sagt Bambi.

»So, jetzt aber zackig«, sagt die Polizistin zu mir. »Ihr Ausweis. Ich sag's nicht noch mal.«

»Ich hab keinen«, gebe ich zu. »Ich bin unter sechzehn.«

»Da sollten Sie aber bald mal nach Hause gehen. Sie haben doch ein Zuhause, oder?«

Ist das, was mit Kindern passiert, die von zuhause weglaufen? Dass sie von der Polizei gejagt und belästigt werden?

»Ja, hab ich«, murmele ich genervt.

»Die Telefonnummer Ihrer Eltern?«, fragt der Polizist.

»Es ist erst neun.« Ich bin froh, dass ich gerade kein Bier in der Hand habe. Und ich habe noch eine ganze Stunde, die ich legal draußen sein darf.

»Name?«

»Mika Özgül.«

Der Polizist notiert sich das in ein kleines Buch und geht mit den Ausweisen der anderen ein Stück zur Seite. Er gibt unsere Namen am Telefon durch.

»Speichern Sie die Daten?«, frage ich die Polizistin.

Wenn ich schon dafür belästigt werde, dass ich einfach nur existiere, dann werde ich wenigstens so viele nervige Fragen stellen, wie mir einfallen. Fragen stellen ist schließlich nicht illegal, oder?

»Nur für sechs Monate«, sagt sie.

»Und wozu speichern Sie die?«

»Das machen wir zu Ihrem Schutz.«

Wie es mich schützen soll, wenn die Polizei weiß, dass ich an einem Dienstagabend um neun am Konzerthaus war, erklärt sie nicht. Und ich denke, vielleicht hatte ich deswegen Angst vor den Punks. Es lag nicht an ihnen. Sie sind nett. Sie haben mir ein Bier geschenkt. Sie haben mich nicht ausgelacht, weil meine Klamotten zu neu sind und meine Eltern zu reich. Ich hatte Angst, was der Rest der Welt von mir denkt, wenn ich zusammen mit einem Haufen Punks am Hauptbahnhof sitze.

»Scheint alles in Ordnung zu sein«, sagt der Polizist, als er zurückkommt, und den Punks die Ausweise gibt. »Aber sehen Sie zu, dass Sie nach Hause kommen. Und nicht so viel Lärm machen.«

Die beiden gehen. Meine Hände zittern ein bisschen, als ich nach der Bierdose greife, die noch neben der Bank steht. Ich halte mir das kühle Alu gegen die Stirn.

»Daran musste dich gewöhnen«, sagt Knochen.

»Passiert das oft?«, frage ich.

Knochen zuckt mit den Schultern. Bambi will ihm ein Bier in die Hand drücken, aber Knochen schüttelt den Kopf.

»Kein Bock mehr«, sagt er. »Lass packen.«

Mütze und Spinne haben schon ihr Pfand eingesammelt.

»Echt jetzt?«, fragt Bambi. »Wegen den paar Bullen?«

Ich kaue auf meinen Lippen. Wenn sie jetzt gehen, dann sehe ich sie vielleicht nie wieder, denke ich.

»Wenn du 'nen Platz zum Pennen willst dann komm mit jetzt«, sagt Knochen.

»Du kannst auch bei mir schlafen«, sage ich, »wenn du noch bleiben willst.«

Bambi guckt mich verwundert an. »Hab ich's nicht gesagt! Du wirst'n Punk!«

Wenig später sitzen wir zu zweit an der Dreisam und teilen uns einen Müsliriegel, den ich noch dabei hatte.

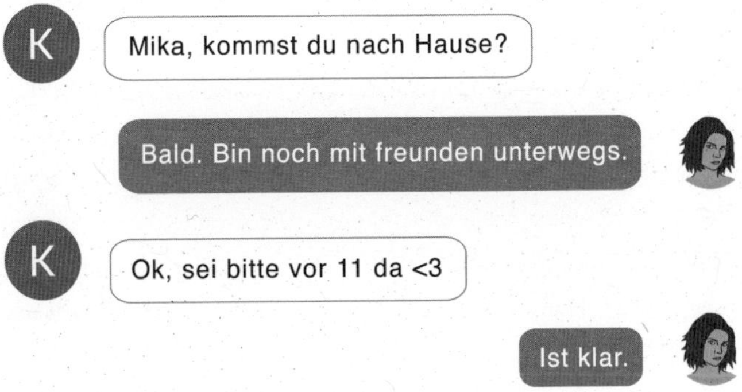

Bambi holt eine Ukulele aus seinem Rucksack.

Ich sehe zu, wie seine Finger über die Plastikstränge wandern.

»Was ist das für ein Lied?«, frage ich, während Bambi an den Saiten zupft.

»Gar keins«, sagt er. »Aber ich kann mal was Richtiges spielen, wenn du willst.«

Und dann singt er.

Whoa, krass, denke ich. Ich würde mich das nicht trauen, vor jemandem zu singen, den ich gerade erst getroffen habe. Und das Lied ist echt traurig, auf diese blöde Art und Weise, die mich direkt trifft, als ob der Text für mich geschrieben wär.

»Die ganze Kindheit rumgesessen und den ganzen Scheiß gefressen, den sie dir erzählt haben, um dich – zu 'nem Arbeitstier zu machen und so viele gute Sachen machtest du deswegen lieber nich'. Und die ganze Lernerei ging dir so am Arsch vorbei, was hatte das zu tun mit deinem Leben? Doch du hast das durchgezogen und du bist jetzt wohlerzogen und man soll ja Arbeiten geh'n.«

Die Dreisam ist fast schwarz in der Dunkelheit, nur die Lichter der Straßenlaternen spiegeln sich im Wasser und das Geräusch der Strömung vermischt sich mit dem Verkehrslärm. Ich blinzele eine Träne aus meinen Wimpern. Bambi hört auf zu spielen und legt die Ukulele weg.

»Alles ok?«, fragt er.

Nein, denke ich. Nichts ist ok.

»Ja«, sage ich. »Hast du das geschrieben?«

Bambi lacht.

»Nee, das ist von Konny. Ist ziemlich nice oder?«

Ich nicke.

»Vielleicht hast du recht, vielleicht sollte ich Punk sein.«

»Klar, jeder Mensch, der einigermaßen okay ist, sollte Punk sein. Aber werd bloß nicht wie der Haufen vorhin.«

»Warum?«

»Glaub mir, das willst du nicht. Leberschaden mit zwanzig. Die Spinne ist erst sechzehn und die kommt überhaupt nicht mehr klar.

Die machen nix Politisches mehr, die schnorren nur und saufen. Nicht, dass ich was gegen schnorren hab, weißt du?«

Ich schüttle den Kopf.

»Ich dachte, das wär Punk?«

Ehrlich gesagt dachte ich, Punks gibt's gar nicht mehr.

»Kommt drauf an was fürn Punk du bist. Ob du noch was verändern willst oder dich nur ausklinken. Und ich mein, okay, manchmal kann man halt einfach nicht mehr.«

»Was denn verändern?«

Bambi guckt mich an.

»Dein Ernst jetzt? Das ganze scheiß System. Die Ausbeutung von Mensch und Tier. Dass Kinder in China unsere scheiß Schuhe nähen. Dass wir Wälder abholzen, um noch mehr Kohle abzubauen, um noch mehr scheiß CO_2 in die Atmosphäre zu pumpen. Dass Millionen von Menschen in Kriegen oder im Mittelmeer verrecken, und die, die es hierher schaffen gleich wieder zurückgeschickt werden oder in dreckige Container gesteckt. Dass Nazis die scheiß Container auch noch anzünden.«

Seine Stimme bricht ein bisschen.

»Aber wie soll man das ändern?«, frage ich, und zupfe an einem Stück Haut neben meinem Fingernagel.

»Eben«, sagt Bambi. »Keiner macht was dagegen. ›Was soll ich schon alleine dagegen ausrichten?‹, fragt die Hälfte der Menschheit. Wir tun alle so, als ob uns das Leben von den anderen nichts angeht. Und wir reden nicht miteinander. Aber dann gibt's auch so Leute wie dich, und du redest mit mir und lässt mich bei dir pennen, das ist korrekt. Echt. So was gibt mir 'n bisschen Hoffnung. So, wie jedes Mal, wenn ich an der Autobahn steh und mich jemand mitnimmt. Einfach so. Es gibt korrekte Menschen, vergiss das nie. Wenn du das vergisst, dann wirst du zum Arschloch.«

»Okay«, sage ich und muss ein bisschen lächeln. »Kein Arschloch werden. Ist notiert, Jedi Meister Bambi.«

Bambi boxt mich in die Schulter.

»Du nimmst mich nich' ernst, oder?«

»Doch«, sage ich. Doch. In Wahrheit fühlt es sich an, als ob ich all diese Gedanken schon mal gehabt hätte und sie nur nicht in Worte fassen konnte. Aber das will ich ihm nicht sagen.

»Kannst mich Hannes nennen übrigens.«

»Jedi Meister Hannes?«

»Ich hab Star Wars nicht gesehen.«

»Du hast was? Du hast Star Wars *nicht gesehen*?«

»Hast du denn ›Der Grüne Planet‹ gesehen?«

Ich schüttle den Kopf.

»Siehst du? *Das* ist ein Klassiker.«

Mein Handy klingelt, weil es elf ist und meine Mutter sich wahrscheinlich Sorgen macht.

»Geht das klar mit deinen Eltern, wenn ich bei dir penne?«

Ich zucke mit den Schultern. »Du kannst durchs Fenster klettern, oder?«

Hannes schüttelt den Kopf und gibt empörte Laute von sich. »Rebellisch.«

»Ich lerne von den Besten. Oder so.«

Und so kommt es, dass Hannes zwei Wochen bei mir wohnt.

Je nachdem, wen man fragt, ist Hannes entweder mein verschollener bester Freund, meine tragische große Liebe oder eine versiffte Zecke. Mich fragt leider keiner. Vielleicht ist das auch gut so. Ich könnte es nicht erklären.

Ich sitze immer noch vor Karos Laptop, zu müde um aufzustehen. Es juckt mich in den Fingern, meine E-Mails zu lesen und nachzugucken, ob Hannes mir vielleicht endlich mal zurückgeschrieben hat, aber wenn der Computer infiziert ist, kann ich mir die Verschlüsselung auch schenken. Das ist es nicht wert. Ich will gerade den Browser schließen und den Laptop zuklappen, da aktualisiert sich der Newsticker. Mein Zimmer ist nicht das einzige, das durchsucht wurde. Unter einem Bild von einem Polizeiwagen steht die Überschrift:

Vier Razzien in Freiburg, auch im autonomen Zentrum.

Radio Dreyeckland hat eine kurze Info dazu veröffentlicht: *Polizeiberichten zufolge handele es sich hierbei um die Wohnungen »radikaler Ökoterroristen«, die einen Anschlag auf die Firma Kerogreen verübt hätten. Auch die KTS wird verdächtigt, Knotenpunkt für die Planung von Straftaten zu sein, was erneut eine Razzia zur Folge hatte. Dabei wurden mehrere Schlösser aufgebrochen und Datenträger beschlagnahmt.*

Ich lehne mich im Stuhl zurück. Die KTS. Natürlich. Das steht für KnotenpunkT Straftatenplanung! Wieso hab ich es vorher nicht erkannt! Ich schüttle den Kopf und hab das Bedürfnis die Augen zu verdrehen, auch wenn mich hier – hoffentlich – keiner sehen kann. Ich klappe den Laptop zu und schleiche auf kalten Füßen zurück in mein Zimmer. Zumindest ist jetzt klar, was ich tun muss: In die KTS, rausfinden, bei wem die anderen Razzien waren, rausfinden, warum ich als verdächtig gelte. Karo hat gesagt, wir müssen jetzt vorsichtig sein und alles daran setzen, mich zu entlasten, aber das nervt mich. Es klingt, als hätte ich etwas Falsches getan. Und das habe ich nicht. Was falsch läuft, ist, dass Konzerne wie Kerogreen immer weiter unseren Planeten ausbeuten dürfen, denke ich, bevor ich zähneknirschend einschlafe, und einen Plan fasse. Dass ich mir das nicht gefallen lasse. Weder Hausdurchsuchungen, noch Fracking hier, oder irgendwo anders.

5

FRÜCHTE DES ZORNS – BRENNEN

Die KTS ist so ziemlich einer der besten Orte in Freiburg. Vom ersten Mal an, als ich da war, hatte das alte Bahngebäude immer etwas Abenteuerliches. Etwas Verbotenes, wie es neben Gleisen und Maschendraht durch das Gestrüpp hindurchblitzt, mit seiner von oben bis unten besprayten Fassade und den Glasscherben vor der Tür. Den aus Paletten gezimmerten Bänken um die Feuerstelle herum und dem Totenkopf aus Metall, der abends manchmal über das Feuer gestellt wird und von innen rot leuchtet, während Funken aus seinen Augenhöhlen springen.

Das klingt ziemlich metal, oder? Und auf den ersten Blick ein bisschen beängstigend, genauso wie die Leute mit den Nieten auf den Schultern ihrer Jacken, die man nicht umarmen kann, ohne sich das Kinn aufzuspießen. Bis man die Leute kennenlernt. Merkt, dass sie genauso awkward sind, wie man selber. Dann hat sich das.

Dann kommt Frühling und alles wird grün. Menschen bepflanzen Beete vor der KTS. Es gibt Samba-Workshops, Komposttoilettenbau-Workshops und Konzerte mit Glitzer.

Das ganze Wochenende musste ich mit Karo, Papa und Birgit reden, um die Sachen mit der Durchsuchung zu klären. Montag und Dienstag hatte ich lange Schule, wobei Karo ein Adlerauge darauf hatte, dass ich direkt nach Hause komme. Deswegen ist es doch erst Mittwochabend, als ich die Treppen unter der Eisenbahnbrücke hochlaufe. Ich bin zuhause aus dem Fenster geklettert und habe eine Entschuldigung auf meinen Schreibtisch geklebt. Was nicht bedeutet, dass ich später keinen Stress kriege, aber wenigstens gibt es mir ein bisschen Zeit und meine Eltern wissen, dass ich nicht entführt wurde.

Der neue *Koraktor*, das Veranstaltungsheftchen für April, liegt in Kisten drinnen auf der Treppe und riecht nach frischer Druckerschwärze. Ich vergrabe kurz meine Nase zwischen den Seiten, bevor ich ein Heft einstecke und nach unten zur Küche gehe, wo es nach Zwiebeln duftet. Ich war ein paar Wochen nicht hier, aber auch wenn ich nichts von der Razzia gewusst hätte, wäre mir aufgefallen, dass etwas anders ist. An der Tür zum Getränkelager fehlt das Schloss. Niemand hat Musik angemacht.

Ich drücke Sana kurz und löse sie beim Zwiebeln Braten ab, damit sie ihre Augen entspannen kann. Dafür fangen meine auch sofort an zu tränen.

»Boah, sind wir hier auf 'ner Beerdigung?«, fragt Joe, als er in die Küche kommt, und dreht irgendwas fröhlich-folkiges an der Musikanlage auf. Dann nimmt er mir grinsend den Pfannenschaber ab, wobei seine Zahnlücke aufblitzt. Joe ist einer der wenigen Menschen, die Hannes kennen, weil sie früher zusammen Straßenmusik gemacht haben. Die Zahnlücke hat er bei einer Nazi-Aufmarsch-Blockade bekommen, zumindest erzählt er das.

»Dich hat man auch lang nicht mehr gesehen«, sagt er zu mir. »Cool, dass du wieder da bist, dachte schon, wir hätten dich jetzt auch an die Kanaren verloren. Wo ist Hannes noch mal hin?«

»So 'ne Insel«, murmele ich. »La Godzilla oder sowas.«

Ich stehe ein bisschen planlos da, weil ich nichts mehr in der Hand und nichts mehr zu tun habe. Ich lehne mich in den Türrahmen und hoffe, dass es lässig aussieht.

»Ich hab von der Razzia gehört«, sage ich. »Wollte mal gucken, ob ich euch irgendwie helfen kann.«

»Hat leider nicht nur die KTS erwischt«, sagt Joe und streicht sich die kaputtgefärbten Haare aus der Stirn und unter sein pinkes Stirnband.

»Bei mir waren sie auch. Bei Maria. Bei Ingrid. Maria kommt gar nicht drauf klar. Wir haben jetzt zum Glück eine Anwältin. Das ist so eine große Scheiße.«

»Bei Ingrid?«, frage ich. »Die Oma, die hier manchmal ist?«

»Oma!«, ruft eine Stimme. »Das hab ich gehört.«

Ich drehe mich um, und da steht Ingrid plötzlich am Waschbecken und zupft Feldsalat. Ups. Dann fängt sie an zu lachen, wobei ich ihre Goldfüllungen zählen kann.

»Nene, hast ja recht, wenn man drei Enkel hat darf man auch mal Oma genannt werden.«

»Sorry«, sage ich trotzdem.

Ich finde Ingrid eigentlich ziemlich cool. Sie ist anders als die Omas, die ich sonst kenne. Die in den Straßenbahnen mit ihren Gehstöcken fuchteln, weil sie sich genau auf den Platz setzen wollen, den ich mir gerade ausgesucht habe, auch wenn noch dreißig andere frei sind. Ingrid fährt immer noch Fahrrad und sie ist auf jeder Demo dabei. Meine deutsche Oma wählt CDU und meine türkische wahrscheinlich die AKP.

»Wir machen 'ne Demo morgen Abend«, sagt Joe. »Da kannst du auf jeden Fall kommen, und eine Soli-Party am Freitag, um Geld für die Gerichtskosten zu sammeln, vielleicht kannst du da 'ne Barschicht machen, das wär cool.«

»Kommst du mal kurz mit?«, frage ich.

Joe guckt mich komisch an. Wir reden eigentlich nie zu zweit, aber er lässt sich von mir aus der Küche ziehen und setzt sich mit mir an den Rand der Bühne, wo sonst Konzerte gespielt werden.

»Bei mir gab es auch 'ne Durchsuchung«, sage ich leise.

»Was?«, sagt Joe. »Jetzt Freitag?«

»Ja«, sage ich.

»Bei dir? Wegen was?« Wie Joe das sagt, klingt es ein bisschen, als wäre es absurd, dass ich verdächtig sein könnte. Bin ich ja auch nicht.

Aber irgendwie nervt mich das, als würde er denken, ich wär nicht radikal genug.

Ich rolle die Augen. »Wegen der Maschinensabotage.«

»Aber du warst doch gar nicht dabei«, sagt Joe, was dann wohl bedeutet, dass er dabei war.

»Ich weiß. Meine Anwältin meinte, sie bekommt hoffentlich demnächst eine Aussage dazu, was die Ermittler auf mich aufmerksam gemacht hat.«

»Deine Anwältin?«, fragt Joe.

»Ja, wieso?«

»Na ja, das wär halt besser wenn wir alle von der gleichen Anwältin repräsentiert werden.«

Ich zucke die Schultern. »Ist 'ne Freundin meiner Mutter.«

Joe kratzt sich am Kinn. »Weißt du, wer die fünfte Person ist, die durchsucht wurde? Also, ich weiß halt, dass nur Leute aus der Klimagruppe durchsucht wurden und jetzt du, aber da ist wohl noch jemand. Steht in der Polizeimeldung.«

»Keine Ahnung. Aber ich würd vielleicht gern zu eurem nächsten Treffen kommen.«

»Du bist, glaub ich, eh auf unserem E-Mail-Verteiler.«

»Was?«

»Ja, als wir den Vortrag zu Klimawandel im globalen Süden gemacht haben, da hast du dich, glaub ich, eingetragen.«

Ich erinnere mich vage an eine Power-Point mit Bildern von Frauen, die ihre Kinder auf dem Rücken durch eine Wüste tragen.

»Ach so«, sage ich.

»Unicorn_queen@hotmail oder so.« Joe grinst.

Ich werde ein bisschen rot. »Die Adresse benutz ich nicht mehr«, sage ich. Tu ich wirklich nicht. Ehrlich!

Ich schreibe Joe meine aktuelle E-Mail-Adresse auf ein abgerissenes Mate-Papier.

Weil das Wetter so schön ist, können wir heute Abend draußen essen und ich helfe Joe, ein paar Tische und Bänke nach oben zu tragen. Das Geld fürs Essen wird heute an die KTS selbst für die Reparaturen gespendet, um die kaputten Schlösser auszutauschen. Ich quetsche mich mit Sana an einen Tisch. Die Sonne ist hinter den Gleisen verschwunden, aber der Himmel ist noch rosa. Eigentlich ist alles schön. Eigentlich sollte das jetzt die Zeit sein, wo ich genau das mache: zusammen draußen sein, leckere Sachen essen, Sonne tanken. Mich verlieben, zum ersten Mal Sex haben, rausfinden wer ich bin und was ich mag. Und nicht die Zeit, in der Abistress mich auffrisst und ich mich mit Klimawandel und einer Hausdurchsuchung rumschlagen muss.

»Alles ok bei dir?«, fragt Sana.

»Ja«, sage ich automatisch und spieße ein Stück Kartoffel mit der Gabel auf.

»Ich bin nich' dein Vater«, sagt Sana. »Du kannst mit mir reden, ok? Und wenn du irgendwas brauchst, sag Bescheid. Echt!«

»Hast du Bock, zu übernachten?«, frage ich.

Bei dem Gedanken, noch eine Nacht alleine in meinem Zimmer zu hocken, mit den Schatten an den Wänden und den Gedankenfäden in meinem Kopf, die sich zu Wollknäueln verheddern, vergeht mir ein bisschen der Appetit.

Sana rümpft die Nase. »Morgen ist Schule.«

»Ich weiß.«

Sie schnalzt mit der Zunge. »Du weißt doch, meine Eltern ... Freitag vielleicht.«

»Ist ok«, sage ich, und schaffe es, sie anzulächeln. »Echt. Mach dir keinen Stress.«

»Nee, tut mir trotzdem leid.«

Ich schüttle den Kopf. »Kannst ja nichts dafür.«

Aber kacke ist es trotzdem, das wissen wir beide.

»Was ist mit Nova?«, fragt Sana.

»Was ist mit Nova?«

Sana zieht sich eine Pflanzenfaser aus einer Zahnlücke, betrachtet sie für einen Moment und schmiert sie auf ihren Tellerrand.

»Na ja, ihr macht irgendwie voll wenig miteinander in letzter Zeit. Und ich find's ein bisschen komisch manchmal, weil ihr ja zuerst befreundet wart. Ich will da nich' irgendwie dazwischen stehen. Kann sie nich' bei dir schlafen? Ich mein, ihre Mutter würde es bestimmt nicht mal merken.«

»Boah, du bist jetzt nicht neidisch auf Novas Mom, oder?«

»Nicht mit Absicht«, sagt Sana.

Wenn ich überlege, dann habe ich wahrscheinlich noch die besten Eltern abgekriegt. Zumindest solange, wie ich nicht nach Hause komme. Da sitzen die beiden nämlich im Wohnzimmer, meine Mutter liest auf dem Sofa, mein Vater ist im Sessel eingeschlafen und seine dunklen Haare locken sich auf dem Blumenmuster vom Kissenbezug. Als ich zur Tür reinkomme, klappt Karo ihr Buch mit einem passiv-aggressiven Knall zu und hält mir meine Notiz unter die Nase wie ein Beweismittel.

»Işık, wach auf«, sagt Karo.

»Hm?«, grummelt mein Vater und reibt sich die Augen.

»Unsere liebe Tochter hat sich dazu herabgelassen, auch mal nach Hause zu kommen. Und hat acht verpasste Anrufe.« Ups. »Mika, wo warst du?«

»Bei Sana«, sage ich, was nicht unbedingt eine Lüge ist.

Karo macht einen Schritt auf mich zu und schnüffelt an meinem Pullover.

»Aha«, sagt sie. »Und bei Sana habt ihr natürlich Pfannengemüse in einer großen Eisenpfanne gekocht. Sei froh, dass ich dich nicht abholen gekommen bin, Mika. Ich weiß ganz genau, wie peinlich du das findest.«

Manchmal denke ich, Karo hätte Investigativjournalistin werden sollen oder Detektivin, das würde besser zu ihr passen als ein Schreibtischjob. Und zu ihrer Angewohnheit, sich ständig in mein Leben einzumischen. Ich sage lieber nichts.

»Nein, du wirst jetzt nicht gleichgültig!«

Ich starre auf einen Punkt an der Wand über Karos linkem Ohr.

Ich wünsche mir, drei Jahre älter zu sein und mit Nova und Sana in einer WG zu wohnen, bis spät nachts in der Küche zu sitzen, philosophische Gespräche zu führen und Wein zu trinken.

»Hör auf deine Mutter«, sagt mein Vater. »Wir haben den ganzen Abend hier gesessen und uns Sorgen gemacht.«

»Ihr hättet ruhig schlafen gehen können.«

»Mika, ich habe dir explizit gesagt, dass du nicht in die KTS gehen sollst. Ist das so schwierig? Wir haben Freitag ein Treffen mit Birgit. Kannst du bitte eine Woche die Füße still halten, ist das etwa unmöglich?«

»Karo, in der KTS gab es auch eine Durchsuchung«, sage ich. »Da war super viel kaputt, das muss jetzt alles ersetzt werden und die müssen Geld sammeln.«

»Noch ein Grund mehr, nicht hinzugehen! Bitte sag mir wenigstens, dass du keinen Kontakt zu den Leuten hast, die das verbaselt haben«, sagt Karo. »Das fehlt noch, dass du dich mit Kriminellen anfreundest.«

Der Sessel knarzt als mein Vater sich nach vorne lehnt und seine Nasenwurzel kneift.

»Karo, *yeter*, sie hat es verstanden.«

»Nein, ich hab's nicht verstanden!«, sage ich. »Und ja, ich kenn Leute, die auch durchsucht wurden. Vielleicht sind sie kriminell, ist mir scheißegal. Die haben Maschinen kaputtgemacht, keine Menschen. Die haben niemandem wehgetan.«

»Mika –«, sagt mein Vater.

»Nein«, sage ich. »Ich bin jetzt echt zu müde dafür und ich hab Schule morgen. Ich geh schlafen.«

Aus dem Augenwinkel sehe ich, wie Karo sich zu meinem Vater umdreht und die Hände in die Luft wirft. Egal. Sollen sie sich doch aufregen. Ich gehe in mein Zimmer. Bin wieder allein. Lehne mich mit dem Rücken zur Tür und atme einmal tief durch.

Karo hat recht, meine Klamotten stinken. Jetzt noch Nova zu fragen, ob sie rüberkommt, würde es mit meinen Eltern auch nicht besser machen. Wenn man Zeit einfach vorspulen könnte, dann würde ich so weit spulen, bis ich nicht mehr zur Schule gehen muss, bis ich ausgezogen bin. Aber dann müsste ich wahrscheinlich auch irgendeinen beschissenen Job machen, trotzdem morgens früh aufstehen, mich irgendwo unterordnen und meine Zeit verkaufen. Nicht dran denken, Mika. Nicht dran denken. Sonst sitzen wir hier in drei Stunden noch mit Zukunftsängsten und einer Lebenskrise. Boah, erst Mitte der Woche und ich brauch schon 'ne Delfintherapie.

Ich wähle Novas Nummer.

»Sie sind verbunden mit dem nächtlichen Freiburger Sorgentelefon, bitte warten Sie, zurzeit sind alle Leitungen besetzt.«

»Novaaaaaa«, sage ich.

»Ist was passiert?«, fragt Nova. »Also, außer dass du jetzt polizeibekannt bist, auf der Abschussliste von mindestens drei Lehrern stehst und dem Punk hinterher trauerst?«

Ich werfe mich auf mein Bett, ohne mich auszuziehen und mache das farbverändernde Nachtlicht an, damit ein bisschen Atmosphäre reinkommt, die nicht aussieht, als würde ich in einem Crime Drama mitspielen.

»Du kennst mich zu gut«, sage ich.

Mein Handy vibriert mit einem Bild von einer Katze, die in einer Glasschale sitzt.

»Danke, jetzt geht es mir gleich viel besser«, sage ich.

»Ich hab auch Memes«, sagt Nova. »Memes, die so abstrakt sind, dass du mindestens einen Tag drüber nachdenken musst, das lenkt ganz gut ab.«

»Danke, ich komm klar«, sage ich. »Und nee, es ist nicht wirklich was Neues passiert. Aber Sana hat heute was gesagt und ich wollte kurz drüber reden. Hast du Zeit?«

Ich höre Nova am anderen Ende der Leitung atmen, ihr Atem füllt die Stille wie die Katze die Glasschale, irgendwie flüssiger als gedacht. Ich benutze das Ende vom Räucherstäbchen auf meinem Nachttisch, um den Dreck unter meinen Fingernägeln raus zu kratzen.

»Ähm, okay«, sagt Nova. »Ja, hab Zeit. Ich guck nur Let's Plays. Was hat Sana gesagt?«

»Oh, von was?«

»Bioshock 4.«

»Nicht spoilern«, sage ich. »Ich will das auch spielen.«

»Ich spoiler nicht. Aber es geht ab. Mein Laptop packt nur die Requirements nicht. Zu retro. Und ich hab grad keine Kohle für 'nen Neuen.«

Ich erinnere mich an die ganzen Nächte, als wir dreizehn, vierzehn waren, als Nova noch zum »Übernachten« rübergekommen ist. Wo wir bis zum Morgengrauen durchgezockt haben, anstatt zu schlafen. Auf dem Computer, den wir extra dafür zusammengebaut und für den wir die alten Geräte unserer Eltern ausgeschlachtet haben. Nova ist gut mit so was, oder vielleicht einfach in der Lage, sich stundenlang durch Foren zu wühlen, rauszufinden, welches Motherboard gut zu welchem Prozessor passt, welches RAM damit kompatibel ist. Eine gute Grafikkarte haben wir trotzdem mit unserem Budget nicht bekommen. Am Ende liefen auch nur ältere Spiele drauf, aber das hat uns nicht gestört, wir waren viel zu stolz drauf, dass wir das Teil selbst zusammengebaut haben. Das hat es irgendwie legitim gemacht, so dass unsere Eltern auch viel chilliger damit waren, wenn wir gezockt haben. Ich glaub, ich hab seit Ewigkeiten kein Spiel mehr gespielt. Nicht, seit wir in der Oberstufe sind.

»Warum machen wir eigentlich nur noch so wenig zusammen?«, frage ich. Meine Stimme hört sich komisch an und ich bin froh, dass ich Nova gerade nicht in die Augen schauen muss. In meinem Bauch grummelt ein schlechtes Gewissen und ich weiß nicht wieso.

»Hat das was mit Sana zu tun? Weil, ihr seid beide korrekt, ok? Und ich wollte dich nicht austauschen oder so. Sana wollte das bestimmt auch nicht.«

»Puh«, sagt Nova. »Ja, kein Plan. Du und Sana haben halt mehr gemeinsam, oder?«

»Was meinst du?«

»Na ja, eure Eltern sind Ausländer und ihr redet über Jungs und Feminismus, und ich weiß nicht, ich hab manchmal das Gefühl, dass ich da nicht so viel zu sagen hab. Und dann seid ihr mittwochs immer bei der Küche in der KTS und ich hab mittwochs Sport bis acht und mach dann Hausaufgaben. Ich bin halt auch nicht so wie ihr, ich kann's mir nicht leisten Hausaufgaben fünf Minuten vor Abgabe anzufangen. Ich bin nicht so overpowered.«

»Overpowered? Ich bullshitte mich doch auch nur durch. Das ist reine Dreistigkeit.«

»Ja, dann bist du halt overpowered im Bullshiten. Und ich feier das auch. Aber ich hab null Bullshit Skills.«

»Okay. Vielleicht kannst du trotzdem mal mitkommen? Die Leute beißen ja nicht. Ist ja kein Fetisch-Club oder so.«

»Dafür tragen sie aber genug Ketten, Nieten und schwarz.«

Ich kann mir das Lachen nicht verkneifen. »Okay, vielleicht gibt es Überschneidungen. Aber sie beißen dich bestimmt nicht ohne deine Zustimmung. Morgen Abend ist 'ne Demo, übrigens. Also, ich bin nicht die einzige, bei der es 'ne Durchsuchung gab und die Demo ist deswegen. Ich bin auf jeden Fall mit am Start.«

»Demo?«, sagt Nova. »Boah, weißt du noch, was für ein Abfuck die Bildungsdemo war? Die ganze Zeit frieren, rumlaufen, rumstehen, schlechte Lautsprecher, auf denen schlechte Texte vorgelesen werden.«

»Ja, okay, also, ich will dich auch nicht zwingen.«

»Geht Sana?«

Ich kratze mich an der Nase. »Ja, ich glaub.«

»Ich denk drüber nach«, sagt Nova. »Mein Akku ist gleich tot. Morgen erste Stunde Mathe, oder?«

»Ja, bis morgen.«

Am anderen Ende der Leitung ist ein Tuten zu hören.

Hm, denke ich und werde das Gefühl nicht los, dass es etwas gibt, das Nova mir nicht sagt.

6

GROSSSTADTGEFLÜSTER – FICKT-EUCH-ALLEE

Bei dem ganzen Stress um die Hausdurchsuchung habe ich komplett vercheckt, dass wir Hausaufgaben zur Berufsorientierungswoche hatten. Weshalb ich die Pause damit verbringe, im Computerraum die Liste der Firmen durchzugehen, die uns bald ihre Vertreter*innen schicken.

Für jede stelle ich ein Firmenprofil auf und schreibe, warum ich definitiv nicht dort arbeiten werde und dass es mir deshalb egal ist, welche Anforderungen sie an Berufseinsteiger*innen stellen.

Siemens: aufgestiegen in Nazi Deutschland, weil sie ihre Produkte von versklavten jüdischen Menschen herstellen lassen haben.

Volkswagen: steht wegen gefälschter Abgaswerte sowieso nicht hoch im Kurs.

Apple: outsourced die Produktion der Elektronik an chinesische Firmen wie Foxconn, deren Mitarbeitende sich regelmäßig das Leben nehmen, weil die Arbeitsbedingungen dermaßen schlecht sind. Es gibt sogar einen Foxconn Arbeiter, der Gedichte darüber geschrieben hat. Eins von den Gedichten packe ich in den Anhang. So für die Menschlichkeit. Ja, und dann, Kerogreen. Ein »lokales« Unternehmen. Direkt hier in Freiburg. Wie schön. Ich kopiere kurz eine Liste der potenziellen Umweltschäden durch Fracking aus Wikipedia. Fertig. Ach ja, die Bundeswehr kommt auch noch. Muss man dazu echt noch was sagen?

Ich trommele mit dem Stift auf dem Tisch. Es riecht leicht säuerlich im Computerraum, wahrscheinlich weil es der einzige Raum mit Teppich ist und man den nicht richtig reinigen kann.

»Boah, kannst du das mal lassen?«

Henri sitzt am Tisch gegenüber. Das Tank-Top hängt ihm fast bis zum Bauchnabel und ein Schweißtropfen läuft die Unterseite seiner aufgepumpten Arme runter. Henri wär so ein Kandidat, der zur Bundeswehr gehen würde, um sich in seiner Männlichkeit bestätigt zu fühlen. Er würde sich anschreien lassen, durch den Dreck robben und sich beibringen lassen, Menschen zu töten, um sich dabei als heroischer Beschützer von deutschen Frauen und Kindern zu fühlen. Total altruistisch. Denn es ist so selbstlos und männlich, sich im Nahen Osten in die Luft sprengen zu lassen. Nachdem man dort Menschen umgebracht hat, um die wirtschaftlichen Interessen eines Staates zu verteidigen, in dem man rein zufällig geboren wurde. Und wenn man nicht in die Luft gesprengt wurde, erzählt man zuhause halt allen, man würde Brunnen und Straßen bauen und Entwicklungshilfe leisten.

Als ob Entwicklungshilfe nicht auch in den meisten Fällen der letzte Dreck wäre, der nur zum Ziel hat, Entwicklungsländer in das globale ausbeuterische System einzugliedern. Als ob die Straßen nicht hauptsächlich gebaut werden würden, um die Edelmetalle zu transportieren, die wir dort ausgraben lassen, damit sie nach China geschifft und von Lohnsklav*innen in unsere Smartphones eingesetzt werden können.

Verdammt, jetzt ist mein Stift abgebrochen.

Sollte ich noch eine allgemeine Kritik an der Lohnarbeit schreiben? Nee, ich hab nur noch fünf Minuten. Und sehen wir es ein, die Krätzemilbe hasst mich sowieso.

Zehn Minuten später starrt sie leer auf meinen Aufsatz, dann legt sie das Blatt schweigend zur Seite, nicht auf den Stapel mit all den anderen.

»Gibt's ein Problem?«, frage ich. Dieses Ziehen im Bauch, das mir sagt, dass es Stress geben wird. Dass ich kurz davor bin, mich mit ihr anzulegen.

Sana hat mal gesagt, dass ich für meine Stressfähigkeit gefürchtet und geliebt werde. In den ersten Reihen raschelt es, als würden die gleich ihr Popcorn rausholen. Feiglinge.

»Ich hatte Ihnen eine eindeutige Aufgabe gegeben, die haben Sie nicht erfüllt«, sagt Frau Kressemann und beäugt mich über den Rand ihrer Brille.

»Sie können es sich ja wenigstens durchlesen, oder? Bevor Sie das beurteilen.«

»Es gibt in dieser Klasse genug Schüler, die ihre Hausaufgaben gewissenhaft gemacht haben und die ehrliche Arbeit leisten, um später die Berufschancen zu bekommen, die sie verdienen. Ich glaube, ich möchte meine Zeit lieber auf diejenigen Schüler fokussieren, die davon profitieren können.«

Ich setze mich still zurück auf meinen Platz und zähle in meinem Kopf bis zehn. Stelle mir vor, wie Frau Krätzemilbe in Flammen aufgeht und spüre dreißig Paar Augen, die meine Wut gierig aufsaugen, wie eine Maxi-Cola mit Strohhalm.

»Es gibt in der Klasse auch Schüler*innen*«, sagt Sana. »Sogar drei mehr als Schüler.«

Frau Kressemann verdreht die Augen.

»Natürlich, Frau Rahmani. Vielen Dank, dass Sie uns darüber aufklären. Das hätte ich sonst nicht gemerkt.«

»Bitteschön«, sagt Sana mit einem entwaffnenden Lächeln.

Ich atme wieder.

»Danke«, flüstere ich ihr zu.

Keiner guckt mich mehr an. Die geballte Aufmerksamkeit springt zurück zur Tafel und zu Frau Kressemann, die vor dem Pult auf und ab schreitet.

»Da wir das nun geklärt haben, wollte ich Sie noch einmal daran erinnern, dass der normale Unterricht während der Berufsorientierungwoche ausfällt.« Kollektives Jubeln. »Anwesenheitspflicht gibt es trotzdem. Auch wenn einige von Ihnen diese Woche vielleicht für überflüssig halten, weil Sie nicht vorhaben, nach der Schule zu arbeiten, sondern zu studieren und Bafög zu beziehen. Oder gar nichts zu machen und sich auf dem Sozialstaat oder Papis Geldbeutel auszuruhen.«

Kollektives Stöhnen.

»Wer nicht kommt, bekommt das als Fehltag angerechnet. Ganz einfach.«

Ich kann nicht mehr. Nein. Echt nicht. Es reicht.

»Gilt das auch, wenn wir uns schon für einen Beruf entschieden haben?«, frage ich.

Die Luft steht still im Klassenraum, stickig und dickflüssig wie in einem Einweckglas. Man kann die gebannte Erwartung hören, dass ich gleich irgendwas Provozierendes sage. Selbst Frau Kressemann wartet gespannt.

»Tu's nicht«, flüstert Sana, aber es ist zu spät, mein Mund ist schon offen und es kommen Worte heraus, die ich nicht mehr aufhalten kann:

»Ich wüsste nämlich einen, wo ich dumm und faul sein kann und dafür bezahlt werde, dass ich Minderjährige runtermache.«

Kollektive offene Münder. Wenn es echt Popcorn gäbe, würden sie jetzt vergessen, dass sie es essen wollten und ihre Hände würden, die gelben Krümel haltend, in der Luft hängen bleiben.

»Ah, ich verstehe«, sagt Frau Kressemann. »Sie möchten unbedingt mal wieder ein Treffen mit der Rektorin. Gut, das lässt sich einrichten. Wie wäre es mit Freitag?«

Freitag ist unser Termin mit Birgit, denke ich.

»Da kann ich nicht.«

»Da werden Sie aber können müssen.«

Ich schnaube genervt.

Frau Kressemann lächelt und sagt: »Ja, Frau Özgül, das hätten Sie sich vorher überlegen sollen. In diesem Ton wollen wir hier nicht miteinander reden.«

Doch, ich will in keinem anderen Ton mit ihr reden.

»Echt, Mika, lern mal, die Fresse zu halten«, sagt Henri. »Ich kann laute Mädchen nicht ausstehen.«

Sana prustet.

»Mädchen können dich zum Glück auch nicht ausstehen.«

Ein paar Leute lachen, auch wenn's nicht stimmt und Henri eigentlich viel zu beliebt ist.

»Schleiereulen noch weniger. Hast du überhaupt Haare aufm Kopf? Oder bist du so ein hässliches krebskrankes Kind?«

»Hast du überhaupt Haare aufm Sack?«, frage ich. »Davon ist nämlich auch nix zu merken, du benimmst dich mal wieder wie ein Zehnjähriger.«

»OOOOOOOH«, schreit die halbe Klasse.

»Ruhe jetzt!«, schreit Frau Kressemann. »Herr Marquard, Frau Özgül und Frau Rahmani, Sie gehen jetzt alle mal zehn Minuten vor die Tür, ich will Sie hier drinnen nicht haben.«

»Was hab *ich* denn gemacht?«, fragt Henri. »Ich hab gar nichts gemacht!«

»Raus!«

Sie schiebt uns auf den Gang und knallt die Tür zu.

»Ihr dummen Schlampen«, sagt Henri und spuckt vor uns auf den Boden.

»Wo gehst du hin?«, fragt Sana.

»Geht dich 'nen Fickdreck an. Du glaubst doch nicht, dass ich Bock hab, mit euch hier zu gammeln.«

»Lass ihn halt«, sage ich und setze mich vor der Tür auf den Boden, etwas weg von Henris Spucke. Ich falle fast nach hinten, als Frederik die Tür öffnet.

»Was machst du jetzt hier?«, zischt Sana.

»Chill mal, ich muss pissen«, sagt Frederik und rollt die Augen. »Aus dem Weg, ihr Aussätzigen.«

»Selber aussätzig«, murmele ich.

»Oh, buh, habt ihr eure guten Comebacks aufgebraucht?«, fragt

Frederik und watschelt zur Toilette. Sana setzt sich im Schneidersitz neben mich und stützt das Kinn auf die Hände.

»Scheiße«, sage ich.

»M-hm«, sagt Sana.

»Der Typ macht mich einfach immer so wütend.«

»Wirklich? Nur der? Nicht die Krätzemilbe und die Hälfte der Menschheit?«, fragt Sana.

»Ja, keine Ahnung. Wenn ich die Krätzemilbe fertigmache, dann trete ich wenigstens nach oben und nicht nach unten.« Ein ungutes Gefühl sammelt sich in meiner Magengrube. Nicht, weil Henri *nicht* eines der größten Arschlöcher ist, die ich kenne. Nicht, weil ich es okay finde, was er zu uns gesagt hat. Sondern weil ich mich auf sein Niveau herabgelassen hab. Ich wusste genau, was ich zu ihm sagen muss, um den größtmöglichen Schaden zuzufügen. Ich kenn das Spiel ja. Wir sind die ganze Zeit dabei uns gegeneinander zu behaupten. Hierarchien eben. Hackordnung. Hack die anderen oder werde gehackt. Das ist Schule.

»Fuck«, sage ich. »Das war nicht gut.«

Sana schüttelt den Kopf.

»Nee. Nicht wirklich.«

»Wenn wir anarchistisch leben wollen«, sage ich.

»Und feministisch«, ergänzt Sana.

»Ja. Dann sollten wir das nicht mitspielen.« Ich kaue auf meiner Unterlippe. »Was hast du zu ihm gesagt?«

»Dass Mädchen ihn nicht geil finden«, sagt Sana.

»Und ich hab gesagt, dass er keine Haare auf dem Sack hat.«

Ich vergrabe das Gesicht in den Händen. Scheiße.

»Er hat uns gesagt, dass wir keine richtigen Frauen sind. Weil ich laut bin und du Kopftuch trägst. Und wir haben ihm gesagt, dass er kein richtiger Mann ist, weil er keine Haare auf dem Sack hat und Mädchen ihn nicht geil finden?«

»Ja«, sagt Sana. »Nicht unser bester Tag.«

»Sollten wir uns bei ihm entschuldigen?«, frage ich.

Sana verzieht das Gesicht. »Bist du lebensmüde?«

Frederik kommt von der Toilette zurück.

»Alter, Henri hat den Spiegel im Klo kaputt geschlagen«, sagt er. »Der Typ ist total psycho.«

Sana wirft mir einen Blick zu, der sagt, *hab ich's nicht gesagt?*

Als Frederik eine Hand auf die Türklinke legt, halte ich ihn am Ärmel fest.

»Was?«

»Würd es dir was ausmachen, das keinem zu sagen?«, frage ich. »Das mit dem Spiegel?«

Frederik zuckt mit den Schultern.

»Lässt du was rüberspringen?«

»Fünf Euro.«

»Zehn.«

»Sieben.«

»Fünf und ein Döner.«

»Okay«, sage ich.

»Ich schweige wie ein Grab«, sagt Frederik, macht eine Handbewegung vor seinem Mund und öffnet die Tür.

Ⓐ

Als ich mein Fahrrad vor der KTS anschließe, sind Joe und Maria schon da, über ein Bettlaken gebeugt, dass sie auf dem Asphalt ausgebreitet haben, umringt von Pinseln und Farbtöpfen.

»Jo, Mika!«, ruft Joe. »Banner-Mal-Session. Was sollen wir drauf schreiben?«

Ich gebe Joe eine einarmige Umarmung und nicke Maria etwas awkward zu. Auf dem Banner sind bis jetzt nur die Outlines einer Faust zu sehen, die aus dem Boden kommt. Um die Faust ringt sich eine Baumkrone, so als wäre der Arm ein Baumstamm.

»Ist das für die Demo?«, frage ich.

»Für was sonst?«, fragt Maria, guckt mich misstrauisch an und nimmt einen Zug an ihrer Zigarette, wobei etwas Asche auf das Bettlaken fällt. Die Krempe ihrer Cap wirft einen Schatten über ihr Gesicht, das von gebleichten Haarsträhnen gerahmt ist.

»Und was hat das mit Fracking zu tun?«, frage ich.

Joe wackelt mit den Augenbrauen. »Bäume. Natur. Umwelt. Den Planeten schützen.«

»Ich wollte 'nen brennenden Bohrturm drauf haben«, sagt Maria. »Aber Joe meint, wir sollten jetzt lieber einen auf peacig und Natur machen.«

»Bevor sie das auch noch als Beweismittel einpacken«, sagt Joe und verzieht das Gesicht.

»Okay, macht Sinn«, sage ich, aber Maria schnaubt.

»Bei dir haben sie nichts gefunden«, sagt Joe zu Maria. »Du kannst 'ne große Fresse haben.«

»Was haben sie bei dir denn gefunden?«, frage ich.

Joe zuckt mit den Schultern und drückt mir einen der großen Pinsel in die Hand.

»Die Klamotten, die ich anhatte. Einen Hammer. Der hatte damit nix zu tun, aber na ja.«

»Fuck«, sage ich. »Und jetzt? Was sagt deine Anwältin?«

»Ist noch nicht raus. Wird sich alles noch zeigen. Ich hol mal was zu trinken.« Joe verzieht sich nach drinnen. Maria und ich gucken uns an, dann auf das Banner.

»Man könnte vielleicht ›Respect existence or expect resistance‹ drauf schreiben«, sage ich. »Das ist nicht super peacig, aber auch nicht super provokant.«

»Kannste schon machen«, sagt Maria und verschränkt die Arme, »aber ist halt lang und die Bullen können eh kein Englisch.«

Zugegeben, wir waren noch nie einer Meinung. Nicht, dass wir uns besonders gut kennen würden. Maria ist einer dieser Menschen, die sich irgendwo ganz am Rande meiner Wahrnehmung aufhalten und meistens so mies drauf gucken, dass ich gar nicht mit ihnen reden will. Irgendwann hat sie sich mal den Spitznamen militante Maria eingefangen, aber nicht so ganz gecheckt, dass es wahrscheinlich nicht als Kompliment gemeint ist.

»Cheers«, sagt Joe, als er mit drei Mate zurückkommt und mit uns anstößt. Wir malen den Rest vom Banner aus, bevor wir uns um den Text kümmern. Es ist schon so warm, dass man für längere Zeit draußen sein kann. Die Mate schäumt ein bisschen, und es fühlt sich gut an, etwas Sinnvolles zu tun. Die Knie in den Asphalt zu drücken, dem Vogelgezwitscher zuzuhören. Und den Zügen, die alle fünfzehn Minuten ein paar Meter hinterm Zaun an uns vorbeifahren. Irgendwann kommt jemand mit einer Gitarre vorbei, setzt sich auf eine der Bänke an der Feuerstelle, zündet sich einen Joint an und macht Musik. Ich mag den Geruch von Gras, der hat so was Erdiges. Es riecht nach Hannes. Es ist das erste Mal seit der Hausdurchsuchung, dass ich mich ein bisschen entspanne und auf die Demo freue.

»Wir haben übrigens rausgefunden, bei wem noch 'ne Durchsuchung war«, sagt Joe. »Kennst du Aaron?«

Ich schüttle den Kopf und fülle den letzten weißen Fleck der Baumkrone mit einem satten Grün.

»Der organisiert manchmal so Aktions-Klettertrainings mit. Ich glaub, der macht auch was mit Robin Wood.«

»Was für Trainings?«

»Na ja, wo man klettert als Aktion. Zum Beispiel, um Bäume zu beschützen, weil die Bullen einen erst mal runter holen müssen, bevor sie den Baum fällen können.«

»Ah, okay.«

»Der ist aber auch nicht bei uns in der Klimagruppe. Kein Plan, warum der durchsucht wurde. Hast du eigentlich schon 'ne Verkleidung? Bock, mit uns das Front-Transpi zu tragen?«

»Vermummung ist doch illegal auf Demos«, sage ich.

»Also illegal ist nur, was vorm Mund zu haben, aber ich nehm einfach 'ne Perücke und Sonnenbrille. Wenn du vorne läufst, ist das manchmal besser, wenn du nicht so erkennbar bist.«

»Okay«, sage ich. »Ich geh mit Sana und Nova.«

Wieso fühlt sich das komisch an? Ich spüre wieder Marias Augen auf mir, wie einen Stempel, der mir »Feigling« auf die Stirn drückt und bilde mir zumindest ein, dass Joe enttäuscht ist. Dabei will ich doch echt nur mit Sana und Nova laufen.

Der Typ auf der Bank stößt einen anerkennenden Pfiff aus.

»Nice. Bekommt das noch Text?«

Ⓐ

Am Ende prangt »FRACK YOU!« auf dem Banner, unter dem wir uns am Bertoldsbrunnen vor der Volksbank versammeln. Es ist 17 Uhr und es herrscht Hochbetrieb und Feierabendverkehr. Fast alle Straßenbahnlinien treffen sich hier, in der Mitte der Einkaufsmeile, zwischen Kaufhäusern und Arztpraxen, dm und MyMuesli. Und an jeder Ecke steht ein Trupp Polizistis, ihre weißen Helme zwischen Arm und Hüfte geklemmt, Polizei Barbies und Polizei Kens. Einer von ihnen trägt eine gelbe Weste mit der Aufschrift »Anti-Konflikt-Team« und sucht verzweifelt nach einer Demoleitung, mit der er sprechen kann.

Nova, Sana und ich teilen uns eine Thermoskanne Tee, die Sana von zuhause mitgebracht hat, und ich versuche mich darauf zu konzentrieren, wie der Tee schmeckt und nicht auf die schwarz gekleideten Knüppelträger.

Jemand macht eine Ansage durch das knisternde Megafon und liest einen Text vor, der verdächtig nach etwas klingt, was Maria geschrieben haben könnte. Ich stöhne.

»Das versteht doch keiner. Normale Leute benutzen doch keine Worte wie Repression und schon gar nicht Klassenkampf.«

»Was ist Repression?«, fragt Nova.

»Wenn der Staat versucht dich zu unterdrücken«, sagt Sana. »Mit Polizeigewalt und Anklagen und so.«

Ich schaue mich skeptisch um.

»Wollen die etwa, das alle Fußgänger denken, wir sind wieder nur irgendwelche komischen Linken die sich unnötig über irgendwas aufregen?«

»Deswegen mag ich keine Demos«, sagt Nova. Aber gekommen ist sie trotzdem.

»Warte erst mal, bis wir loslaufen«, sage ich.

Vorne steht Joe mit dem Banner. Ich denke zumindest, dass es Joe ist, weil er mir zuwinkt. Er trägt eine gelbe Lockenperücke, eine John Lennon Brille und ein pinkes Kleid über einer Leggins mit Leopardenmuster. Ich winke zurück.

Und dann laufen wir auch schon los. Es sind nicht viele geworden. Vielleicht so um die sechzig, siebzig Leute. Laut sind wir, als wir die Straße zum Rathaus runter laufen. Das Rathaus anschreien. Weiterziehen und auf den Platz der Synagoge strömen, direkt vor dem Theater und der Unibibliothek, die protzig in den Himmel ragt wie ein dunkles Ufo.

Auf dem Platz der Synagoge, der so heißt, weil dort wirklich mal eine stand, die in der Reichspogromnacht von den Nazis zerstört wurde, sammeln wir uns für eine Kundgebung. Jetzt steht da ein Denkmal, eine Platte im Grundriss des Gebäudes, über die Wasser fließt. Am Rande des Platzes, vor dem großen Hörsaal, stehen Holzbänke und Plattformen und zwei Bäume, die aus den Plattformen herauswachsen. Gerade klettern zwei vermummte Menschen auf die Bäume und hängen das Banner auf. Die Bäume sind nicht besonders hoch, aber es sieht schon cool aus, wie das Banner so im Wind flattert und für den gesamten Platz zu lesen ist. Ich bin ein bisschen stolz drauf, es mit gemalt zu haben. Die zwei Gestalten klettern wieder runter und werden von einer Traube Menschen umringt, damit sie unerkannt bleiben können, während sie sich umziehen.

Über das Megaphon ist Joes Stimme zu hören:

»Liebe Freund*innen, liebe Fußgänger*innen, liebe Polizei. Na ja, ob ich Sie als lieb bezeichnen sollte, weiß ich nicht. Ich habe eben eine Nachricht bekommen, die ich gern teilen würde. Und zwar hat Deutschland heute den CO_2-Overshoot Day erreicht.«

Ein Raunen geht durch die Menge. Nova und Sana werfen mir einen fragenden Blick zu, aber ich muss nichts erklären, das macht Joe schon.

»Es ist Mitte April«, sagt er. »Das heißt, dass Deutschland heute, nach nur dreieinhalb Monaten, so viel CO_2 in die Atmosphäre gepumpt hat, wie wir es uns für das ganze Jahr leisten können, wenn wir das Pariser Klimaabkommen von 2015 einhalten und unter 2 Grad Erderwärmung bleiben wollen. Jegliches CO_2, das ab heute für dieses Jahr von Deutschland ausgestoßen wird, treibt den Klimawandel weiter voran, als für die Erde auch nur im Entferntesten tragbar ist. Deshalb fordern wir den sofortigen Ausstieg aus fossilen Energien. Wir fordern auch eine drastische Veränderung der konventionellen Landwirtschaft, des Verkehrs und Transports und außerdem, dass Aktivist*innen nicht weiter kriminalisiert werden. Klimaschutz ist kein Verbrechen! Wir müssen jetzt handeln. Frau Oberbürgermeisterin, Sie könnten mit einem Frackingverbot anfangen.«

Alle klatschen. Ich werfe einen Blick zurück auf die Menschentraube um die Kletteraktion, die sich gerade auflöst. Meine Augen bleiben an einem Menschen mit verwuschelten braunen Haaren hängen, der unauffällig ein paar Karabiner in seinem Rucksack verschwinden lässt. Hm.

»Bin gleich wieder da«, sage ich zu Nova und Sana und bahne mir einen Weg durch die Demo. Dafür, dass die Demo so klein ist und diese Stadt auch nicht gerade groß, kenne ich erstaunlich wenige Menschen. Ein paar hab ich öfter bei der KTS Küche gesehen, die meisten sind älter als wir. Aber die Gruppe um die Kletternden müsste auch noch zur Schule gehen.

»Bist du Aaron?«, frage ich, beim Grüppchen angekommen.

Er zippt seinen Rucksack zu, richtet sich auf und streicht sich unsicher die langen Haare aus dem Gesicht.

»Wer will das wissen?«, fragt er.

»Aaron, kannst du mir mal die Acht geben? Ich pack die doch lieber selber ein«, sagt das Mädchen hinter ihm.

Aaron stöhnt.

»Und aus dem Grund benutzt man Aktionsnamen.«

Er macht seinen Rucksack wieder auf, in dem ein Klettergurt ist, und gibt dem Mädchen hinter ihm eine lila Acht raus.

»Sorry«, sagt sie und verzieht das Gesicht.

»Aha, du machst also Kletteraktionen«, sage ich grinsend. »Das werd ich gleich mal in mein Kripo-Notizbuch schreiben.«

Aaron blinzelt mich verständnislos an. Vielleicht war es etwas zu früh für solche Witze, immerhin hat der Typ auch gerade eine Hausdurchsuchung hinter sich. Mist.

Ich drehe mich zu Nova und Sana um, die ich zehn Meter weiter habe stehen lassen. Die beiden haben ein großes Fragezeichen über dem Kopf schweben, genauso wie die Leute, die hinter Aaron stehen. Vielleicht ist hier nicht der richtige Ort zum Reden.

»Sorry. Also, wenn's gerade schlecht ist, kann ich dir einfach meine Handynummer geben«, sage ich und wühle in meinem Rucksack nach einem Stift und Papier.

»Ähm, okay?«, sagt Aaron und schaut zu, wie ich einen Fetzen aus meinem Notizbuch reiße, über meinem Knie glatt streiche und meinen Namen und Telefonnummer drauf kritzle.

»Tschau«, sage ich, drehe mich um und schlängele mich zurück durch die Demo. Das ist jetzt nicht so gelaufen wie geplant, denke ich. Da war meine Klappe irgendwie wieder schneller als mein Hirn. Na ja. Passiert. Wenn er mich anschreibt werd ich noch genug Zeit haben, um rauszufinden, warum er durchsucht wurde. Warum ich auch durchsucht wurde.

Erst, als ich den halben Weg zurückgelegt habe, merke ich, dass Nova und Sana nicht mehr da sind und dass dort hinten irgendwas los ist, aber die Menschen vor mir versperren den Blick. Viele von denen sehen genauso verwirrt aus wie ich.

»Was geht da ab?«, höre ich jemanden fragen.

»Die Bullen haben irgendwen rausgezogen.«

»Warum?«

Wo sind Nova und Sana? Ich quetsche mich durch eine Gruppe Menschen hindurch und sehe ich eine Polizeikette mehrere Demonstrant*innen zurückhalten, indem sich die Polizistis vor ihnen aufbauen und sie anpöbeln.

»Kann mal jemand die Demoleitung holen?«, fragt jemand.

»Es gibt keine Demoleitung«, sagt jemand anderes.

»Was ist passiert?«, frage ich die Menschen, die neben mir stehen. Eine kleine, rundliche Frau mit Sidecut und Brille, die auf ihren Zehenspitzen wippt, um besser sehen zu können, antwortet:

»Da war so ein Mädchen mit Kopftuch, das haben sie rausgezogen. Keine Ahnung wieso.«

7

ZSK – HERZ FÜR DIE SACHE

Es ist sieben, als die ersten Menschen wieder aus der Polizeistation rauskommen, aber es sind nicht Nova und Sana. Nachdem Sana mitgenommen wurde, gab es noch vier andere Festnahmen, erzählt Joe. Ich warte seit einiger Zeit mit ihm und ein paar Leuten von der Demo vorm Eingang und wir vertreiben uns die Zeit damit, »BRD, Bullenstaat, wir haben dich zum Kotzen satt« zu rufen und Snacks untereinander aufzuteilen, aber ich kann nichts essen. Mein Bauch ist ein Ameisenhaufen – und das nicht auf die frisch verliebte Art und Weise. Sana und Nova sind meinetwegen auf die Demo gekommen und jetzt sind sie seit einer Stunde dort drinnen, und ich weiß nicht mal warum.

Joe legt einen Arm um mich. »Die packen das schon«, sagt er. »Wenigstens sind sie zu zweit und 'ne Anwältin von uns ist auch drinnen.«

Ich nicke. Fühle aber bloß eine stumpfe Gelassenheit, weil ich rein gar nichts tun kann. Selbst wenn ich am liebsten durch den Eingang stürmen und Tische umschmeißen würde.

»Hier guck mal, den wollte ich dir eigentlich schon vorhin geben, aber hab's vergessen.«

Joe kramt in seiner Jackentasche und gibt mir einen Aufnäher, auf den eine springende schwarze Katze gestickt ist.

»Vielleicht hast du noch 'nen Platz frei auf deiner Jacke. Obwohl, hm. Wird schwierig. Die ist ja fast so voll wie Leute aufm Punkkonzert um halb drei.«

Ich muss lachen.

»Vielleicht auf deiner Tasche?«

»Ja, oder vielleicht auch hier an der Schulter«, sage ich und reibe die Stelle, auf der noch kein Patch klebt. »Danke. Das ist voll lieb. Der ist voll schön.«

Joe räuspert sich. »Dachte mir, du hast es bestimmt auch grad nicht leicht, wegen der Durchsuchung.«

»Geht schon.« Ich bin immerhin nicht die, die gerade auf einer Polizeistation herumsitzt. »Und du? Wie geht es dir damit so?«

Joe kratzt sich am Kinn, an dem ein paar Bartstoppeln wachsen, und das Geräusch ist selbst über den Lärm der Leute zu hören.

»Wird sich alles schon irgendwie einrenken«, sagt er. »Ich glaub, wenn wir –.«

Die Tür öffnet sich und Nova und Sana kommen aus der Polizeistation, die Arme eingehakt. Novas Haare zerzaust und Sanas Kajal verschmiert, weil sie 100 % geweint hat. An ihrem Kopftuch fehlen die Nadeln, sodass sie es mit einer Hand festhalten muss. Ich stürme auf die beiden zu, bevor ich es so ganz gemerkt habe.

»Sana!«, rufe ich. »Nova!« Ich breite die Arme aus und lass die beiden hineinlaufen. Wir verschmelzen zu einer untrennbaren Kuscheltraube und Novas Haare kitzeln mich unter der Nase.

»Was ist passiert?«, frage ich. »Ich wollte zurück, aber ihr wart plötzlich weg.«

Sana löst sich ein Stück aus der Umarmung. »Sie haben mich einfach am Arm gegriffen und aus der Demo rausgezogen«, sagt sie. »Richtig doll.«

»Scheiße. Ist dein Arm ok?«

»Ich glaub, ich bekomm noch blaue Flecken, aber sonst ja.«

»Aber warum?«, frage ich.

Nova löst ein paar Sicherheitsnadeln von meiner Jacke und gibt sie Sana, damit sie ihr Kopftuch befestigen kann.

»Musstest du dein Kopftuch ausziehen?«, frage ich entsetzt.

»Sie musste Kopftuch, Jacke und Schuhe ausziehen«, sagt Nova. »Und sie haben sie abgetastet und ihre Tasche durchsucht.«

»Und deine nicht?«

»Doch. Aber nur, weil ich sie so genervt habe.«

»Genervt?«

»Sie wollten nur Sana festnehmen, aber ich wollte Sana nicht loslassen. Dann hat so ein Typ hier reingedrückt.« Sie zeigt mir einen blauen Fleck auf ihrem Oberarm und mein Magen macht eine kleine Drehung. »Dann haben sie mich auch mitgenommen.«

»Du warst voll cool«, sagt Sana, umarmt Nova noch mal und vergräbt ihr Gesicht in Novas Haaren. »Ich bin so froh, dass ich nicht alleine da drin war. Echt.«

»Ey, das tut mir voll leid, dass ich nicht da war«, sage ich.

»Konntest du ja nicht wissen, dass so was passiert«, sagt Nova. »Wussten wir ja auch nicht.«

»Ja, aber warum haben sie euch denn rausgezogen?«

Sana gibt einen Laut von sich, der wie eine Mischung aus Lachen und Schluchzen klingt.

»Sie meinten, ich wäre vermummt.«

»Was? Wegen dem Kopftuch?«

»Ja, und weil Sana 'nen Schal umhatte«, sagt Nova. »Aber der war nicht vorm Mund.«

»Das ist doch totaler Bullshit«, sage ich. »Das haben die sich doch ausgedacht!«

»Das hat die Anwältin von der Demo auch gesagt«, sagt Sana. »Sie hat gesagt, die denken sich immer neue Sachen aus, um Demos zu stoppen. Und sie hat gesagt, ich soll 'ne Dienstaufsichtsbeschwerde machen.« Sana steigen die Tränen in die Augen. »Wenn meine Eltern das mitkriegen, die drehen durch.«

»Haben sie deine Eltern nicht angerufen?«

Sana schüttelt den Kopf.

»Nee. Noch nicht.«

»Aber du hast ja auch nichts falsch gemacht«, sage ich.

»Das ist meinen Eltern aber egal! Die hören nur, dass ich auf der Polizeiwache war. Und die denken, wenn die Polizei das macht, dann muss es schon richtig sein. Ey, die haben so krass Angst vor Leuten in Uniformen. Is' halt so. Wenn die das rausfinden kann ich unter 'ne Brücke ziehen.«

»Also, bevor du unter 'ne Brücke ziehst, ziehst du bitte erst mal zu mir«, sage ich. »Meine Eltern können auch mal mit deinen reden, falls das hilft?«

»Hey, ihr drei.«

Die Anwältin, die mit Sana und Nova auf der Station war, kommt noch einmal zu uns rüber. Sie wickelt sich in eine Daunensteppjacke und mir ist plötzlich auch etwas kalt.

»Wie geht's euch jetzt?«

»Ganz okay«, sagt Sana.

»Ich kann jemanden finden, der euch nach Hause fährt. Oder ihr könnt noch zur Abschlusskundgebung der Demo kommen, wenn ihr möchtet.«

Sana schüttelt den Kopf. »Danke, das geht schon.«

»Hier, falls du doch eine Beschwerde einlegen möchtest, du kannst mich gerne anrufen.«

Die Anwältin überreicht Sana eine Visitenkarte.

»Wir bringen dich nach Hause«, sage ich zu Sana.

Sie nickt und wir gehen zur Tram.

»Jetzt haben wir alle 'nen Knacks weg, oder?«, fragt sie, als wir an ihrer Station, am Paula-Modersohn-Platz, aussteigen. »Hausdurchsuchungen, auf Demos eingesackt werden, was bitte kommt als Nächstes?«

»Als Nächstes tun wir was dagegen«, sage ich.

»War das nicht dagegen?«, fragt Nova. »War das nicht die Demo gegen die Hausdurchsuchungen?« Ihre Haare hängen träge auf ihren Schultern und die Haut unter ihren Augen sieht noch dünner aus als sonst. Wir brauchen alle dringend 'ne Mütze Schlaf.

»Eine Demo tut ja keinem weh«, sage ich. »Nächstes Mal kicken wir sie, wo es wehtut.«

Nova runzelt die Stirn und Sana sieht auch nicht begeistert aus. Ich kaue auf meiner Unterlippe.

»Also, ich meine, ich will euch zu nichts überreden. Das ist extrem scheiße, was heute gelaufen ist und wenn ihr jetzt keinen Bock mehr habt, dann kann ich das auch irgendwo verstehen.«

Nova verschränkt die Arme. »Aber?«

»Aber für mich ist das keine Option mehr. Das hinzunehmen. Mir ist es egal jetzt. Ich hab nicht das Gefühl, noch was zu verlieren zu haben.«

»Du hast alles zu verlieren!«, sagt Sana. »Willst du, dass die dich verknacken? Willst du, dass die dich begrapschen und ausziehen, deine Fingerabdrücke nehmen, dich beleidigen, deine ganze Zukunft kaputtmachen?«

»Nein«, sage ich. »Natürlich nicht.«

»Das klang jetzt nicht so überzeugt«, sagt Nova.

Ich schaue auf die Kaugummiflecken auf dem Pflaster. »Ich seh halt keine Zukunft, die sie mir kaputtmachen könnten«, sage ich und kicke eine Bierdose an den Rand des Bürgersteigs.

»Wie meinst du das?«, fragt Sana.

Ich zucke mit den Schultern. »Was für 'ne Zukunft haben wir denn? Wie lange haben wir noch, bis der Planet endgültig den Bach runtergeht? Auch wenn wir in Deutschland leben und wahrscheinlich als letztes draufgehen, lässt einem das doch keinen Frieden. In einem System zu leben, in dem Menschen, die gegen Ausbeutung aufstehen, niedergeknüppelt und eingeschüchtert werden. Wenn ich mir vorstelle, jetzt nach der Schule irgendeinen dummen Job zu machen, ich glaub, das würd mich killen. Da nehme ich das, glaub ich, lieber in Kauf, Stress mit der Polizei zu haben.«

Sana schnalzt mit der Zunge. »Das hat Nova auf der Station auch gemacht.«

»Hab ich nicht.«

»Stimmt, du hast den Polizisten nur gesagt, deine Oma hätte sie alle Faschisten genannt, die blind ihren Befehlshabern folgen.«

»Ui, ganz knapp an Beamtenbeleidigung vorbei geschrammt«, lache ich.

Nova läuft etwas rot an. »Das waren Arschlöcher. Ich war halt wütend.«

»Und jetzt? Bist du jetzt nicht mehr wütend?«

»Doch!«

»Dann lasst uns doch was tun, verdammt!«

Sana lehnt sich mit dem Rücken an ihre Haustür. »Pssst! Ey, wie oft soll ich es noch sagen? Meine Eltern drehen durch, wenn sie davon was mitkriegen.«

»Okay. Ich halt die Klappe. Denkt drüber nach, okay?«

»Okay«, sagt Sana.

Wir umarmen uns noch mal, alle drei, und da merke ich, dass ich ein bisschen zittere.

»Wir packen das«, sage ich, mehr um mich selbst zu beruhigen. »Wir lassen uns nicht einschüchtern. Wir sind immer füreinander da, okay?«

»Okay«, sagt Nova, die Arme über unseren Schultern wie bei einer Fußballmannschaft, die sich gerade bespricht. Vielleicht brauchen wir einen Kampfschrei oder so was. Einfach, um diese ganze nervöse Energie rauszulassen.

»Sicher, dass du gerade alleine sein willst, Sana?«, frage ich.

Sie nickt. »Muss erst mal runterkommen.«

»Aber du musst nicht alles alleine machen.«

Sana lächelt. »Weiß ich. Danke. Und Nova? Danke, wegen – wegen allem.«

Sie dreht sich um und geht leise zur Haustür.

»Du machst mir manchmal ein bisschen Angst«, sagt Nova noch zu mir, als wir uns auf den Rückweg machen.

»Wieso?«

»Wenn du so redest. Wie eine Revolutionsführerin. Also, du hast ja schon immer so geredet. Aber damals war das ja irgendwie ein Spiel, oder? Nicht so richtig real. Es macht ja auch voll Spaß, so zu tun. Als ob wir wirklich was verändern könnten. Aber heute auf der Polizeistation, das war nicht so geil, to be honest.«

»Ja, weil's unnötig war«, sage ich. »Aber wenn du weißt, wofür du es tust, dann ist es doch was anderes, oder?«

»Hm, okay«, sagt Nova. »Ganz unnötig war's ja nicht. Wenn ich nicht da gewesen wär, das wär schon kacke gewesen für Sana.«

»Wachse, radikaler Samen!«, sage ich.

Nova zieht mir mit ihrer leeren Plastikflasche eins über.

Ⓐ

»Wie war die Demo?«, fragt Karo, als ich zur Tür rein komme.

»Scheiße wie immer«, antworte ich aus Reflex. »Ach so, die Demo. Äh ...«

Der Abendbrottisch ist gedeckt und es duftet nach Couscous Salat. Auf einmal bin ich froh über das bisschen Normalität, über diesen langweiligen Familienabend, der schon siebzehn Jahre so stattgefunden hat und wahrscheinlich auch noch mindestens ein Jahr so stattfinden wird.

»War okay«, sage ich, weil ich gerade keine Lust habe, Karo die Details zu erklären.

Ich setze mich und schmiere mir ein Brot. So, als wäre ich eine ganz normale Siebzehnjährige. Als würde ich mir maximal Sorgen um meine Noten machen, mich fragen, welcher Junge auf mich steht und davon träumen, eine Weltreise zu machen. Es gibt vielleicht ein Paralleluniversum, wo ich genau das bin. Wo meine Lehrer*innen etwas weniger scheiße sind. Wo ich keine so große Dosis Weltschmerz abgekriegt habe und wo ich irgendeinen Sinn im Leben finde, der nicht darin besteht, alles abreißen zu wollen, um neu zu bauen. Das wär kein schlechtes Leben. Aber dann wär's auch nicht meins.

»Papa, muss der Fernseher beim Essen an sein?«

»Tagesschau kommt gleich.«

Mein Vater kratzt sich am Bart und schiebt eine Scheibe Brot in seinen Mund, ohne mich anzugucken. Im Fernsehen läuft irgendein Werbespot für leicht verdauliche Joghurts mit den netten Muttis, die sich gegenseitig Ernährungstipps geben.

»Ja, ich finde auch, dass die Glotze jetzt nicht an sein muss«, sagt Karo. »Du bist grad erst nach Hause gekommen.«

Sie füllt mir etwas Couscous auf.

»Das ist mir aber wichtig jetzt«, sagt mein Vater.

Karo rollt die Augen. Ich schneide eine Grimasse. Er sieht uns nicht und wir kichern. Die Tagesschau Titelmelodie kommt.

»Merkst du überhaupt, was du isst?«, fragt Karo.

Mein Vater grummelt vor sich hin. Ganz normal. Alles ganz normal wie immer.

»Ich hab mich heute wieder mit Frau Krätzemilbe angelegt«, sage ich mit vollem Mund. »Also, ich muss morgen zur Rektorin. Können wir den Termin mit Birgit verschieben?«

Karo seufzt. »Mika. Was war jetzt schon wieder?«

»Sie meinte, dass wir das als Fehltage angerechnet bekommen, wenn wir nicht zur Berufsorientierungswoche da sind, auch wenn wir eh nicht vorhaben zu arbeiten und uns auf dem Sozialstaat auszuruhen, so faul, wie wir uns benehmen. Da hab ich gesagt: Ich weiß schon, was ich später arbeite, wo ich dumm und faul sein kann und dafür bezahlt werde, dass ich Minderjährige runtermache.«

»Das hast du nicht gesagt«, sagt Karo und lacht in ihre Hand. Dann räuspert sie sich und versucht ernst zu gucken.

»Doch«, sage ich, und schmiere mir noch ein Brot mit Gartenkräuter Streichcreme. »Kann sein, dass sie euch noch anruft.«

»Mika, warum kannst du nicht einfach mal den Mund halten?«, sagt mein Vater. »Du machst dir noch mal wirklich Ärger damit. Die Frau ist gestört, das wissen wir ja alle, aber die hat nun mal Macht und du kannst jetzt nicht dein Abi gefährden.«

Karo nickt, auch wenn sich immer noch ein Schmunzeln auf ihrem

Gesicht abzeichnet. »Schau mal, Liebes, es ist nur noch ein Jahr und dann siehst du sie nie wieder.«

»Ja, aber sie ist ja nicht die Einzige! Wenn sie die Einzige wäre, okay. Aber es ist das ganze blöde Scheiß-System womit ich nicht klar komm und das werd ich auch niemals. Und ihr müsst aufhören, mich da reinzupressen, sonst spring ich irgendwann aus dem Fenster! Und wenn es für euch okay ist, unter autoritären Psychos zu leben, warum sind wir denn dann nicht in der Türkei? Warum besuchen wir Oma nicht mehr?«

Ich verschränke die Arme und rutsche ein Stück von meinem Stuhl runter.

Stille. Meine Eltern gucken sich besorgt an. Im Hintergrund irgendwas über gefälschte Abgaswerte bei mehreren Autoherstellern. Alles ganz normal.

Karo räuspert sich. »Aber du interessierst dich doch so für Umweltschutz. Wenn du dein Abi hast, dann kannst du so was bestimmt auch studieren. Wär das nicht was?«

Ich stelle mir kurz vor, drei Jahre in muffigen Vorlesungssälen zu sitzen und gemischt qualifizierten Leuten stundenlang zuzuhören, wie sie mir die Welt erklären. Mir wird ein bisschen schlecht.

»Ja, vielleicht«, sage ich.

»Schweinerei«, sagt mein Vater, den Blick wieder auf den Bildschirm gerichtet. »Vielleicht sollten wir uns auch ein elektrisches Auto kaufen, so einen Hybrid. Die sind viel effizienter und besser für die Umwelt.«

»Papa, das ist Greenwashing. Das ist auch nur 'ne Marketingstrategie. Es gibt sogar Studien darüber, dass Leute, wenn sie ein besseres Gewissen dabei haben, noch viel mehr verbrauchen. Das war bei Energiesparlampen auch so. Wenn du was für die Umwelt tun willst, dann hör auf, Auto zu fahren. Alle denken immer, sie sind so umweltfreundlich, aber keiner will aufhören, in seinem scheiß Luxus zu leben.« Ich kicke nach einem der Tischbeine.

»Mika, manchmal bist du echt ein Moralapostel«, sagt Karo. »Du hast dich noch nie beschwert, wenn wir dich zum Judo gefahren haben.«

»Da war ich acht. Da wusste ich noch nicht mal, womit Autos fahren. Da dachte ich, die fahren mit Feenstaub. Boah, ihr kapiert gar nichts.«

»Doch, Mika, ich versteh das schon«, sagt Karo, mit ihrer säuselnden Stimme, von der sie denkt, dass sie irgendwie einfühlsam klingt. Aber nur zu sagen »Ich versteh das schon« zieht bei mir schon lang nicht mehr.

»Wir machen uns ja auch Gedanken. Da bist du nicht die Einzige. Aber wie soll Işık zur Arbeit kommen ohne Auto, hm? Hast du darüber nachgedacht? Er kann sein Werkzeug nicht einfach mit dem Fahrrad mitnehmen.«

Die Tagesschau ist zu Ende und mein Vater zappt einen Kanal weiter. Da kommen gerade die Lokalnachrichten.

»Ist das nicht die Demo, auf der du warst?«, fragt er.

Auf dem Bildschirm ist ein kurzer Ausschnitt zu sehen, wie wir loslaufen, mit einer Drohne gefilmt. Man sieht nichts außer den vielen Köpfen. Kein einziges Banner kann man lesen. Man!

»Heute marschierten einige linke Autonome in Freiburg«, liest die Nachrichtensprecherin von ihrem Blatt ab. »Dabei kam es zu Ausschreitungen mit der Polizei. Sechs Personen mussten in Gewahrsam genommen werden.« Ich verdrehe die Augen. »Auslöser der Proteste waren die Razzien nach einem Anschlag auf die Firma Kerogreen. Bislang wird gegen drei Menschen wegen Hausfriedensbruch und Sachbeschädigung ermittelt.«

Autonome. Ausschreitungen. Anschlag. Ich liebe Fernsehen! Was mich überrascht, ist, dass sie tatsächlich jemanden von Kerogreen vor die Kamera bekommen haben. Eine Mittvierzigerin in schwarzer Bluse, die konservativer nicht aussehen könnte, steht vor einem Bohrturm und blickt professionell ernsthaft in die Kamera.

»Frau Marquard, Sie sind im Vorstand von Kerogreen. Was haben Sie zu den Sabotageaktionen zu sagen?«

Irgendwie kommt es mir vor, als hätte ich die Frau schon mal gesehen. Sie räuspert sich.

»Wir sind natürlich sehr erschüttert über den Vorfall und bedauern, dass es dazu gekommen ist. Wer sich ein bisschen über unsere Bohrvorhaben informiert hat weiß, dass unsere Qualitätsstandards sich an den topaktuellen technischen Möglichkeiten orientieren und dass wir keine Kosten und Mühen gescheut haben, um sicher zu stellen, dass in Freiburg und auch sonst wo keinerlei Umweltauswirkungen zu spüren sein werden.«

»Glauben Sie, das es zu weiteren Protesten und Sabotageaktionen gegenüber Kerogreen kommen wird?«

»Wir arbeiten derzeit eng mit der Polizei zusammen, um weiteren Straftaten vorzubeugen. Des Weiteren haben wir eine Informationsveranstaltung geplant, auf die wir gerne auch unsere Kritiker einladen möchten, um sich von unserer Technologie zu überzeugen.«

»Vielen Dank, Frau Marquard.«

»Ist das nicht die Mutter von Henri?«, fragt Karo. »Der, mit dem du früher so dicke warst?«

Stimmt.

»Ja«, sage ich. »Das ist Henris Mutter.« Nur sieht sie jetzt sehr viel älter aus, als ich sie in Erinnerung habe.

»Wusste gar nicht, dass die jetzt auch dort arbeitet. Von Boris hab ich's mitbekommen.«

»Henris Vater?«, frage ich.

»Ja, der hat doch ganz lange als Chemiker gearbeitet. Dann hat er letztes Jahr bei Kerogreen angefangen.«

Leute! Wusstet ihr dass henris eltern
im vorstand von kerogreen sind?!

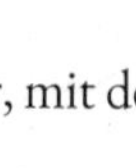

»Mika, keine Handys beim Essen«, sagt Karo.

Mein Handy vibriert aufgeregt.

Was?

Alter hast du auch grad tv an?

Ok, dann wundert es mich nicht dass er so ein *** ist?

»Mika!«, schimpft Karo.

»Wir arbeiten eng mit der polizei zusammen um weiteren straftaten vorzubeugen« …

»Ich bin fertig mit essen und wenn Papa fernsehen darf, dann darf ich ja wohl auch am Handy sein«, sage ich.

Ja und die infoveranstaltung

Ey ich hab keine ahnung was ihr labert

Die machen eine infoveranstaltung zu fracking denkt ihr was ich denke?

?

Wir gehen da hin?

»Und ich darf dann wohl die Spülmaschine einräumen?«
»Mika, hilf Karo beim Abräumen«, sagt mein Vater.

8

ANTI-FLAG – 1 TRILLION DOLLARS

»Boah, ey, dieses Land macht mich fertig«, sagt Sana, als wir nach der Schule auf einer der Tischtennisplatten im Hof sitzen.

»Lina hat eben in Kunst zu mir gesagt, ich soll einfach das Kopftuch abnehmen, dann denkt auch keiner mehr, ich bin unterdrückt oder Islamistin. Und wenn ich dann noch 'n Kleid anzieh. Ich komm nicht drauf klar, was die immer für 'ne Scheiße labert.«

»Joar, das ist Feminismus à la Alice Schwarzer«, sage ich.

»Wer?«, fragt Nova und beißt in ihr Brot, das sie in der Pause nicht geschafft hat, weil sie Hausaufgaben abschreiben musste.

»Diese super alte deutsche ›Feministin‹. Die hat ein ganzes Buch drüber geschrieben, wie der Islam und Kopftücher den Feminismus bedrohen. Und sagt, PEGIDA ist ein Symptom von berechtigtem Unbehagen und so ein Scheiß.«

»Ist voll geil, wenn so Leute einfach sagen: Kopftuch ist gleich Unterdrückung«, sagt Sana. »Anstatt mal die Frauen zu fragen, die eins tragen. Wenn ich es abnehme, dann pisst es meine Eltern an. Aber wenn ich es trage, pisst es ganz Deutschland an. Was ist jetzt Unterdrückung?«

»Ist halt auch wieder das Ding, Frauen zu sagen, was sie anziehen sollen, und was nicht, oder?«, sagt Nova und zuckt mit den Schultern.

Sana nickt.

»Bei Murat ist es ja noch krasser. Im Edeka denken ständig alle, dass er klaut, und er muss voll oft seinen Rucksack vorzeigen. Er meinte, toll jetzt kann er auch gleich klauen, die denken ja eh das Schlimmste von ihm, egal was er macht.«

Murat ist Sanas Bruder, der schon mit der Schule fertig ist und in unserem Lieblingscafé jobbt.

»Und Lina meinte, er kann sich ja auch einen Anzug anziehen, sich rasieren und studieren und vielleicht ist er dann irgendwann angepasst genug, dass er auch akzeptiert wird.«

»Boah«, sage ich.

»Und dann kam die wieder damit, dass die ganzen Flüchtlinge ja Frauen nicht respektieren und dass ich als Feministin mir da mal Sorgen machen sollte und Integrationsarbeit machen oder so.«

»Nicht dein Ernst.«

»Doch. Aber Integrationsarbeit is' ja auch so fürn Arsch. Du kannst dich nicht vor 'ne Klasse Geflüchtete stellen und denen sagen, dass Frauen hier respektiert werden. Danach gehen die auf die Straße und sie laufen an Plakaten von nackten Frauen vorbei und sie gehen in Clubs wo deutsche Männer Frauen angrapschen. Habt ihr mal gehört, wie deutsche Männer über Frauen reden? Dann glauben sie dir gar nichts mehr was du darüber sagst, wie Frauen hier ja so krass respektiert werden.«

»Ja, und deutsche Männer können jetzt immer die Schuld auf Geflüchtete schieben, dann müssen sie noch weniger drüber nachdenken, was sie selber für Ekelpakete sind«, sage ich. »Hallo Oktoberfest. Boah, lasst uns über was anderes reden, sonst werde ich wieder so wütend.«

»Eine Sache check ich aber nicht«, sagt Nova. »Wenn es euch um Gleichberechtigung geht, warum heißt es dann eigentlich immer noch Feminismus?«

Ich beiße ein Stück von ihrem Brötchen ab, kaue und denke.

»Na ja, also, am Anfang ging es halt schon erst mal um Frauenrechte«, sage ich. »In Deutschland durften Frauen bis in die Sechziger ja nicht mal ein eigenes Bankkonto eröffnen. Lief alles über den Mann. Und Vergewaltigung in der Ehe ist auch erst seit '97 strafbar.«

»What?«, sagt Nova.

Sana verzieht das Gesicht und sagt: »Wusste ich auch nicht. Aber das Ding ist doch, dass Männer eh alles dürfen. Und Frauen sich alle ihre Rechte erst mal erkämpfen mussten.«

»Aber meint ihr nicht, das ist jetzt relativ ausgeglichen?«, fragt Nova. »Kann man das jetzt nicht *Equalism* oder so nennen?«

Sana kaut an ihren Fingernägeln, dann sagt sie: »Okay, denk mal drüber nach. Was ist das Schlimmste, was man über einen Mann sagen kann?«

»Dass er 'ne Memme ist? Oder ein Weichei, oder 'ne Heulsuse?«, sagt Nova, während sie sich die Haare über die Schulter flechtet. »Oder schwul.«

»Und was ist eine Memme?«, frage ich.

»Ein Mädchen?«

Ich zucke mit den Schultern. »Wenn das Schlimmste, was ein Mann sein kann, ein Mädchen ist, eine Heul*suse* oder schwul, was ja heißt, dass er Männer liebt und das tun ja angeblich auch nur Frauen, sind wir dann echt so weit, dass Frauen genau so viel wert sind wie Männer?«

»Hm«, sagt Nova. »Aber das geht doch auch andersrum? *Mannsweib* zum Beispiel.«

»Ja, aber guck mal«, sagt Sana. »Mannsweib ist eine Beleidigung gegen Frauen, die bossy und sportlich sind oder keine sexy Kleidung tragen. Das ist eine Beleidigung, die Frauen ihren untergeordneten Platz zeigen soll: lieber schüchtern und körperlich schwach, sich objektifizieren lassen und den Haushalt schmeißen. Und wenn du einen Mann eine Memme nennst, dann meinst du das doch genau andersrum. In beiden Fällen ist ja *Frau-sein* das Schwache und *Mannsein* das Mächtige.«

Nova macht ihren Zopf mit einem Haargummi fest und pustet sich eine lose Haarsträhne aus der Stirn.

»Okay, vielleicht. Aber es gibt doch auch Bereiche, wo Männer benachteiligt sind, oder? Also, dass von ihnen erwartet wird, immer zu arbeiten, dass ihnen Kindererziehung nicht zugetraut wird und so was. Dass sie nicht weinen dürfen …«

»Genau!«, sage ich. »Und der Feminismus den wir heute haben, der beschäftigt sich auch damit. Wir wollen jetzt ja nicht nur gleiche Rechte haben, sondern auch die Rollenbilder in die Mülltonne. Damit Männer eben auch alles sein können, was sie wollen, auch Hausmann oder Ballerina.«

Nova grinst. »Ja, aber warum denn dann nicht einfach den Namen zu *Equalism* ändern?«

»Weil«, ich hole tief Luft, »das Patriarchat auch in Frauenköpfen verankert ist und Frauen toxisches männliches Verhalten übernehmen, um im kapitalistischen System an die Spitze zu kommen. Das Patriarchat existiert also immer noch auf eine Art.«

Sana prustet, Nova runzelt die Stirn.

»Noch mal auf Deutsch bitte.«

»Hm.« Ich überlege kurz. »Also, Kapitalismus, Macht und Männlichkeit, das gehört zusammen. Wenn du überlegst, was den perfekten Mann ausmacht …«

»Weiß, gut verdienend, hetero, dominant, stark, rational …«, zählt Sana auf.

Ich nicke. »Das meiste sind Eigenschaften, die du brauchst, um im Kapitalismus mitzuspielen. Um Chef einer Firma zu werden. Dann hast du Macht. Wenn du dich ›wie ein Mann‹ verhältst.«

»Und wenn es um Gleichstellung geht«, bemerkt Sana, »dann wollen weiße Frauen auch immer mit reichen, weißen Männern gleichgestellt werden. Nicht mit schwarzen, armen, schwulen Männern. Nicht mit geflüchteten Männern. Die haben ja so schon viel weniger zu sagen als weiße, deutsche Frauen.«

»Okay«, sagt Nova.

Dann fällt mir ein Zitat von Laurie Penny, meiner Lieblingsfeministin, ein:

„Das Problem ist nicht, dass nicht genug Frauen in Vorstandszimmern sitzen, das Problem ist, dass keines von ihnen brennt. Also, wenn wir alle so leben wie gut verdienende, weiße Männer, dann ist es mit diesem Planeten noch viel schneller vorbei.«

»Und deswegen heißt es Feminismus?«, fragt Nova verwirrt.

Sana nickt. »Na ja. Weil es um die Bekämpfung dieser männlichen Werte geht. Wenn es männlich ist, Profit vor alles andere zu stellen, dann müssen wir dem Ganzen weibliche Werte entgegensetzen. Fürsorge, Miteinander und Empathie.«

»Hä? Also meint ihr, Frauen sind die besseren Menschen?«

»Nein, wie kommst du darauf?«, frage ich.

»Weil wir angeblich so emphatisch sind?«

»Nee, also wenn ich *männlich* und *weiblich* sage, dann meine ich damit nur das, was die Gesellschaft denkt, was männlich und weiblich ist«, sagt Sana. »Nicht, dass Frauen *so* und Männer *so* geboren werden. Dass Frauen genauso gut nach diesen dummen männlichen Werten leben können, das merkt man ja daran, dass es auch Chefinnen gibt und Bundeskanzlerinnen und Soldatinnen, die alle teilweise bescheuerte Dinge tun.«

Ich schnippe aufgeregt mit den Fingern. »Es sind ja auch nicht alle sogenannten männlichen Eigenschaften schlecht und toxisch. Was wir meinen, ist, dass die angeblich weiblichen Werte einfach nicht genug Raum bekommen um 'ne gute Welt aufzubauen. Und darum: Feminismus.«

»Okay, das ergibt schon eher Sinn«, sagt Nova. »Aber wenn *ich* das nicht checke, und ich hänge schon ewig mit euch ab, woher sollen ganz normale Menschen das denn wissen? Und meint ihr nicht, dass so ein Wort wie Feminismus die eher abschreckt?«

»Vielleicht müssen wir halt mit denen reden«, sagt Sana.

Mir kräuseln sich ein bisschen die Zehennägel bei dem Gedanken, jemandem wie Henri Feminismus zu erklären. Muss ich wirklich mit Leuten reden, die mich nicht mal als Menschen wahrnehmen? Vielleicht könnte er ja einfach mal ein Buch lesen.

»Apropos reden …« Sana klatscht auf ihre Oberschenkel. »Wir sollten echt mal über Kerogreen reden, weil, diese Infoveranstaltung, die machen sie am Sonntagabend. Was ist unser Plan?«

»Bist du dabei?«, frage ich und kann mir ein Grinsen nicht verkneifen. Nachdem die zwei drüber geschlafen und die Demo haben sacken lassen, hat sich die Stimmung schlagartig verändert. Auch Nova hat ein diebisches Funkeln in den Augen.

»Ja«, sagt Sana. »Ich will ein paar gut verdienende weiße Männer ärgern. Habt ihr Zeit am Wochenende, euch was auszudenken? Ich mein, das wird ein Info*dialog*, oder? Da könnten wir vielleicht auch an ein Mikro kommen und was sagen. Ganz legal.«

Um ehrlich zu sein bin ich extrem erleichtert. Ich glaube, alleine hätte ich vielleicht nicht den Mut, wirklich etwas zu tun. Aber wenn wir zu dritt sind, dann kann uns keiner aufhalten.

»Kommt ihr zur Party heute?«, frage ich. »Vielleicht macht Joe ja mit, der hat ein bisschen mehr Erfahrung mit Aktionen.«

Nicht, dass ich uns nicht zutraue, alleine was zu stemmen. Aber wohler fühlen würde ich mich trotzdem, wenn noch jemand dabei wär, dem wir vertrauen können.

»Ah, stimmt, die Soli-Party ist ja auch heute!«, sagt Sana. »Ich hab da übrigens noch was für euch.«

Sie zieht eine kleine Papiertüte aus ihrer Tasche heraus, in die wir hineingreifen dürfen. Ich öffne meine Hand und sehe eine Sicherheitsnadel, auf die ein kleines, blaues Glasauge gefädelt ist.

»*Cheshm nazar*«, sagt Sana.

»Bei uns heißt das *nazar boncuğu*«, sage ich.

»Was ist das?«, fragt Nova.

»Das wendet den bösen Blick ab«, erklärt Sana. »Und ich dachte, vielleicht können wir alle eins gebrauchen. Sicherheitsnadeln sind ja auch immer praktisch.«

Sie fasst sich unbewusst ans Kopftuch.

»Ja, sie halten Dinge zusammen«, sage ich grinsend.

»Zusammenhalten?«, fragt Sana.

»Zusammenhalten!«, rufen Nova und ich.

»Scheiße, Mika, musst du nicht zur Rektorin?«, fragt Nova nach einem Blick auf ihr Handy.

»Fuck! Stimmt. Danke. Bis nachher!«

Ich springe auf, schnappe meine Tasche und renne zurück ins Schulgebäude.

Mein Treffen mit der Rektorin verläuft so angenehm wie beim Zahnarzt eine neue Füllung verpasst zu bekommen. »Anpassungsstörung« und »Arbeitsverweigerung« sind Diagnosen, die ich ins Gesicht gerieben bekomme. Ganze dreißig Minuten, in denen sich der gespitzte Mund der Rektorin unaufhörlich bewegt und einen Schwall von Geringschätzung auf mich herablässt. Danach müsste sich selbst ein Riese wie ein Zwerg fühlen.

»Du packst das schon, Mika«, sagt Karo, als ich mit ihr auf dem Parkplatz vor der Schule im Auto sitze. Der Dufttannenbaum, der vom Rückspiegel baumelt, dreht sich im frischen Frühlingsluftzug. »Bald sind schon wieder Pfingstferien, dann Sommerferien und dann ist es schon das letzte Jahr. Guck mal, in einem Jahr habt ihr schon Abiturprüfungen.« Sie streichelt mein Knie. Soll mich das etwa erleichtern?

»Sie hat gesagt, ich soll mich vielleicht lieber nach einer Ausbildung umgucken«, murmele ich und wische mir eine Träne von der Wange, von der ein bisschen in meinen Mundwinkel gelaufen ist und nach Salz schmeckt.

»Bitte was?«, sagt Karo.

Ich schaue aus dem Autofenster auf den verlassenen Schulhof. Auf das Wäldchen am anderen Ende des Fußballplatzes, wo sich die Baumwipfel im Wind wiegen, als würden sie mich zu sich heran winken. Als wären sie nicht nur ein kleiner Streifen Grün, sondern ein tiefer, weiter Wald, der mich schlucken könnte. Weg von der Zivilisation. Irgendwo einen Felsvorsprung finden, dort schlafen. Feuer machen. Mich von Pflanzen, Insekten und kleinen Tieren ernähren. Würde ich das überleben?

»Mika, du bist auf dem Gymnasium eindeutig richtig«, sagt Karo. »Deine Noten sind doch okay, du bist nur nicht so fleißig, wie sie es gerne hätten.«

»Ich hab nicht die politische Einstellung, die sie gern hätten«, murmele ich.

»Aber du bist zum Studieren gemacht!«, sagt Karo. »Wenn *du* nicht studierst, wer dann?«

Ich zucke mit den Schultern.

»Das wär doch super schade, das kurz vorm Abi noch hinzuschmeißen. Jetzt hast du schon so viel Zeit da rein investiert. Und mit dem Abi in der Tasche, da steht dir alles offen.«

Ich spiele mit dem Reisverschluss an meinem Rucksack herum, bis er abreißt. Mist, auch das noch. Genervt lehne ich den Kopf zurück. Ein Vogel hat auf die Windschutzscheibe gekackt, und die Form des Tropfens sieht auch ein bisschen aus wie ein Vogel.

»Können wir einfach zu Birgit fahren?«, frage ich und gucke auf die Uhr. »Wir sind eh schon spät dran.«

Karo seufzt und zündet den Motor.

»Lass dir niemals einreden, du seist nicht intelligent genug.«

Ich schnaube.

»Nee, das ist nicht das Problem.« Das nicht. »Können wir das jetzt einfach hinter uns bringen? Ich kann nicht mehr.«

Karo nickt und fährt los.

Ⓐ

Ich weiß nicht, was mich nach dem ganzen Stress auch noch dazu bewegt hat, eine Barschicht in der KTS zu übernehmen. Doch jetzt schenk ich Shots ein, die ich selbst nicht mal trinken darf und meine Eltern denken, ich übernachte bei Nova. Und Novas Eltern denken, sie übernachtet bei Sana, und Sanas Eltern denken, wir tanzen in Bikinis in irgendwelchen Bars und spritzen uns Heroin.

»Birgit meinte, es sieht nicht so schlecht aus«, sage ich zu Sana, die über der Bar lehnt. »Im Grunde haben sie nichts Stichhaltiges, aber meinen Laptop kriegen sie nicht geknackt und das macht sie sauer. Die wollten, dass ich den entschlüssel, aber Birgit meinte, ich muss gar nichts.«

»Nice«, sagt Sana.

»Ja, sie hat schon was drauf. Ich hoffe, Joe und die anderen kommen auch gut raus.«

»Wär trotzdem besser, wenn du weißt, warum sie gerade dich durchsucht haben, oder?«, sagt Sana. »Vor allem, wenn wir jetzt wirklich was starten. Nicht, dass die dich überwachen und so.«

Ich muss an Aaron denken, dessen Verstrickung in die ganze Sache auch ein Mysterium ist und werfe einen Blick durch den Raum. Ich kann ihn nirgends sehen, wenn ich mich überhaupt genau erinnere, wie er aussieht. Geschrieben hat er mir auch nicht, das scheint so ein Ding zu sein mit Jungs und mir. Und ich hasse es, auf Nachrichten zu warten.

Ich reiche Sana noch eine Mate über die Bar.

»Ich muss um zehn spätestens zuhause sein«, sagt sie zum dritten Mal und nimmt einen Schluck.

Ich seufze. »Kannst du nicht Murat anrufen und dich von ihm babysitten lassen?«

»Murat in der KTS?«, fragt Sana.

»Ja, wieso nicht?« Ich werfe unauffällig einen Blick auf Nova, die auf der Tanzfläche am Pogen ist, bestens vorbereitet durch ihre drei Jahre im Kampfsportverein. Nova hätte bestimmt nichts dagegen, wenn Murat hier zufällig auftauchen würde. Die würden sich wieder stundenlang über Computerspiele unterhalten.

»Du musst aufhören zu versuchen die zwei zu verkuppeln«, sagt Sana genervt.

Ups. Wohl doch nicht so unauffällig.

»Das Drama braucht keiner. Fändest du das geil, wenn ’ne Freundin von dir anfängt, deinen großen Bruder zu daten?«

»Keine Ahnung. Ich hab keinen.«

Leider. Er müsste nicht unbedingt groß sein, aber manchmal nervt es schon, Einzelkind zu sein, auch wenn alle mit Geschwistern das Gegenteil behaupten. Dann gäbe es jemanden, der meine Eltern ablenken könnte, weil er auch Mist baut, nicht immer nur ich.

»Scheiße, halb zehn. Ich muss los!«, sagt Sana und gibt mir den Rest ihrer Mate bevor sie ihren Rucksack über die Schulter schwingt und abzischt.

Maria kommt vorbei und ruft mir irgendwas zu, was ich wegen der Lautstärke der Band nicht verstehe.

»Ich hab gesagt, ich lös dich ab«, schreit sie mir ins Ohr, als sie neben mir auftaucht.

»Oh nein, bitte nicht. Ich weiß nicht, was ich auf Partys machen soll, wenn ich nichts zu tun hab.«

Entwaffne sie mit Ehrlichkeit. Aber Maria wirft mir nur einen gelangweilten Blick zu, als könnte es ihr nicht egaler sein, wie ich jetzt die Zeit totschlage.

»Hast du Joe gesehen?«, frage ich.

Ich wollte ihn noch fragen, ob er mit zur Infoveranstaltung von Kerogreen kommt, aber seit der Demo ist er wie verschwunden.

»Joe kommt nicht.«

»Wieso?«

»Diese Razzien haben die ganze Gruppe zerfetzt.«

Maria öffnet sich ein Bier mit etwas mehr Gewalt als nötig, wobei der Deckel hochspringt und mit einem leisen *Pling* irgendwo hinter ihr in den Untiefen der Getränkekisten landet.

»Krissi ist raus. Joe ist raus. Ingrid sagt, sie kann jetzt auch mal wieder mehr Zeit mit ihren Enkeln haben.«

»Joe ist raus?«

»Der hat'n totales Burnout. Der hat jetzt halt echt Stress wegen der Aktion. Er meinte, er packt's nicht mehr, sich dann noch um die Gruppe zu kümmern. Und jetzt bin halt nur noch ich über.«

Ich weiß nicht, was ich darauf antworten soll. Tut mir leid? Das ist schade? Fragen, ob sie bei der Infoveranstaltung mitmacht, will ich nicht, dazu geht sie mir viel zu viel auf die Nerven. Mir fällt auf, dass ich nicht einmal Joes Handynummer habe, um ihm gute Besserung und viel Glück zu wünschen. Er war einfach immer da, überall, immer dabei, da gab es gar keinen Grund, seine Handynummer zu haben. Mein Bauch grummelt.

»Ich schau mal in den Infoladen«, sage ich, um mich aus der Situation zu ziehen.

Ich tanze nicht gern, schon gar nicht Pogo. Rauchen tu ich nicht, Gespräche kann man hier auch nicht richtig führen, da bleibt mir nur übrig, mich an meine Mate zu klammern und die Treppen hoch zu fliehen.

Der Infoladen ist verlassen. Alle sind unten bei der Party oder vor der Tür am Rauchen. Es stehen noch Flaschen und Knabberkram von einem Plenum auf dem Tisch, der bedeckt ist mit Flyern und Aufklebern und über dem Sofa hängt eine blaue Jacke. Von der Wand baumelt ein Flaschenöffner, darüber klebt ein Schuhschoner, in dem eine kleine Trompete steckt – ja, ich weiß auch nicht, warum. Hat bestimmt eine Geschichte, wie die zahlreichen anderen seltsamen Dinge, die man in der KTS finden kann. Das Plastikauge, das im Flur von der Wand auf einen herabschaut, wie um zu sagen *Big Brother is watching you*. Die undefinierbaren Gegenstände im Umsonstladen: über zwanzig Jahre alte Elektrogeräte, deren Nutzen keiner mehr kennt, und getöpferte Vasen, die aussehen, als hätte sie jemand im Kindergarten gemacht.

Im hinteren Bereich des Infoladens, der so was wie die Bibliothek der Szene ist, quellen die Regale über vor Büchern zu Geschichte, Antifaschismus, verschiedenen Aktionsratgebern. Hier habe ich vor einem Jahr mein erstes Buch über Anarchismus ausgeliehen. Die Schrift auf dem roten Einband ist mir sofort entgegengesprungen: *ANARCHIE!* stand drauf, in Großbuchstaben und mit Ausrufezeichen, als ob es dir jemand ins Gesicht schreien würde.

Anarchie? Die ersten Dinge, die mir in den Sinn gekommen sind, waren Chaos und ganz schwarz angezogene, vermummte Menschen, die Autos anzünden. Mit einem Kribbeln im Bauch habe ich das Buch aus dem Regal gezogen. Das hatte was Aufregendes. Wie die verbotene Abteilung der Bibliothek in Hogwarts.

Ich glaub, ich fand es schon immer spannend, mich mit Themen zu beschäftigen, die irgendwie tabu sind und damit meine eigenen Vorurteile herauszufordern. In der Schule haben wir uns sonst nur mit Monarchie, Diktatur und Kommunismus beschäftigt, wobei der Kommunismus in der Sowjetunion ja auch eine Art Diktatur war. Da war es einfach zu sagen: Demokratie ist eben das kleinste Übel. Aber Anarchismus? Darüber haben wir nie geredet. Und plötzlich hatte ich ein ganzes Buch darüber in der Hand und die Vorurteile sind von mir abgefallen wie alte Blätter im Herbst.

Anarchismus, stand in dem Buch, bedeutet nicht Chaos, sondern Freiheit von Herrschaft. Dass alle Menschen für sich selbst entscheiden können und niemand regiert. In vielen Beziehungen leben wir sowieso anarchistisch. Zwischen Freund*innen zum Beispiel. Sana, Nova und ich, keine von uns sagt den anderen, was sie tun und lassen müssen.

Die Sicherheitsnadel, die Sana mir geschenkt hat, trage ich im Ohr, statt einem Ohrring, und ich finde, dass das ziemlich punkig aussieht. Ich spiele mit dem kleinen blauen Auge, während ich in den Regalen stöbere. Ich ziehe ein Buch mit dem Titel *Beautiful Trouble – Anleitung für eine unwiderstehliche Revolution* von seinem Platz zwischen den Direct Action Manuals und den *Earth First!* Magazinen und fange an zu blättern.

Nach ein paar Minuten ist mir klar: Das ist das perfekte Buch, um sich auf die Infoveranstaltung vorzubereiten. Darin sind Techniken zur Unterwanderung, für Blockaden, politisches Theater, Flash Mobs und direkte Aktionen erklärt. Ich trage mich in die Liste zum Ausleihen ein und schlendere rüber zum Umsonst-Laden. Dort kann man alle Dinge, Bücher und Klamotten abgeben, die man nicht mehr braucht, und alle Dinge, Bücher und Klamotten mitnehmen, die man brauchen könnte. Es muss erst vor Kurzem aufgeräumt worden sein, denn es liegen weniger Bücher und Kabelsalat als sonst auf dem Boden herum. Im Kleidungsbereich ist Licht an und es raschelt. Ich stecke meinen Kopf durch die Tür. Ein langer, dünner Mensch steht vor dem Spiegel und begutachtet sich, wie er einen – hoffentlich künstlichen – Pelzmantel und einen pinken Federhut trägt und eine Handtasche schwingt.

»Elegant«, sage ich und der Mensch lässt aus Versehen die Handtasche fallen. Es ist Aaron, wenn ich das zwischen dem ganzen Pelz und Pink richtig erkenne, und in diesen Klamotten sieht er wie eine Frau aus.

»Ja, oder?«, sagt er und hebt die Handtasche wieder auf. »Ich bin nicht der beste Partymensch, aber mein Modegeschmack ist vom Feinsten.«

Ich lache und lehne mich gegen eins der Regale, das doch nicht so fest steht, wie ich dachte, und fast umkippt. Ich stell mich wieder gerade hin und wische mit dem Ärmel ein paar Tropfen von meiner Mate ab, die ein bisschen ausgekippt ist. Typisch Mika. Jetzt ist auch noch meine Hand klebrig.

»Ich bin auch kein Partymensch«, gebe ich zu. »Ist das echter Pelz?«

Aaron dreht den Kopf, um an seinem Mantel zu riechen. »Auf jeden Fall echter Mottenkiller.«

»Ew.«

»Was liest du?«

Er zeigt auf das Buch in meiner Hand.

»Ah. Das ist ein Buch über kreative Aktionsformen.« Ich stecke es in meine Tasche. »Könnte hilfreich sein.«

Aaron nimmt den pinken Hut ab und schüttelt seine Haare, die sich nach allen Seiten ausbreiten. Ohne Hut sieht er noch mehr aus wie eine Frau. Ich mag das.

»Ich wollte noch mit dir reden«, sage ich.

»Oh?«, sagt Aaron verwirrt.

»Joe meinte, dass bei dir auch 'ne Durchsuchung war.«

»Ah«, sagt Aaron, reibt seinen Nacken und sieht noch verwirrter aus als vorher.

»Ja, bei mir war auch eine. Und bei allen anderen ergibt es Sinn, weißt du, aber ich war nicht mal in der Klimagruppe dabei und du auch nicht«, sage ich.

»Und darum willst du mit mir reden?«, fragt Aaron.

»Äh, ja«, sage ich.

»Oh«, sagt Aaron.

»Was dachtest du denn?«, frage ich.

Aaron lacht verlegen.

»Ich dachte irgendwie, du würdest mit mir flirten oder so.«

»Was?«

»Na ja, du hast mir einfach deine Handynummer gegeben, ohne irgendwas anderes zu sagen. Wer macht denn so was?«

Oh. Daran hab ich gar nicht gedacht.

»Äh. Ja. Das war vielleicht missverständlich. Sorry.«

Aaron grinst.

»Entweder das, oder du bist wirklich von der Polizei.«

»Ja, der Witz war vielleicht auch ein bisschen unangebracht nach der Durchsuchung«, gebe ich zu. »Ich bin echt nicht so taktvoll manchmal.«

»Bist du ein Spiegel?«, fragt Aaron.

»Was?«

»Du bist so reflektiert.«

»Ich lache aus Mitleid«, sage ich.

Aber das ist vielleicht eine Lüge, mein Lachen ist vielleicht 40 % echt und das merkt Aaron vielleicht auch. Er schält sich aus dem Pelzmantel, der bestimmt viel zu heiß ist, und hängt ihn zurück an die Garderobe.

»Wollen wir nach draußen gehen? Ich bin ein bisschen paranoid seit der Durchsuchung, und hier waren sie ja auch drin. Ist nicht so unrealistisch, dass hier Wanzen sind.«

Scheiße. Daran hatte ich gar nicht gedacht.

Draußen ist es immer noch mild. Dieser April ist wirklich warm, auch für Freiburger Verhältnisse. Irgendwo muss ein Baum blühen, denn da, wo der Strahl meiner Taschenlampe über den Boden huscht, ist der Asphalt bedeckt mit dicken gelben Pollen.

»Bestimmt alles Klimawandel«, sagt Aaron, als wir an den Bahngleisen entlang schlendern.

»Bist du öfter hier?«, frage ich.

Eigentlich ist es unmöglich, dass wir uns in dieser kleinen Szene noch nicht über den Weg gelaufen sind. Aaron wirft mir einen amüsierten Blick zu.

Ich verdrehe die Augen.

»So war das nicht gemeint.«

Verdammt. Wieso ist alles, was ich sage so zweideutig?

»In letzter Zeit schon. Bin aber erst letztes Jahr hier her gezogen. Hab vorher in Leipzig gewohnt.«

Eine Glasscherbe knirscht unter Aarons Schuhen.

»Alleine?«

»Mit meiner Mutter. Was denkst du bitte, wie alt ich bin?«

»Keine Ahnung. Älter als ich.«

»Wieso, wie alt bist du?«, fragt Aaron.

Kurz überlege ich, ob ich behaupten soll, dass ich achtzehn bin. Es wär so einfach. Aber wozu? Damit ich cooler wirke?

»Siebzehn.«

»Welcher Monat?«

»Juli.«

»Siehst du?« Aaron zeigt auf sich. »September.«

»Ich bin älter als du?«, frage ich geschockt.

»Wieso nicht? Ist es der Vollbart?«

Aaron lacht und streichelt sein absolut haarloses Kinn.

»Keine Ahnung, du wirkst nicht so jung. Ich mein, du machst

Kletteraktionen und bist voll aktiv und –«, ich wedele mit den Armen in seine Richtung und weiß selber nicht ganz, was ich damit ausdrücken will.

Aaron zieht eine Augenbraue hoch, was mich ziemlich neidisch macht. Ich bin neidisch auf alle Menschen, die ihre Augenbrauen unabhängig voneinander bewegen können. Jedes Mal, wenn ich das versuche, sehe ich nur aus wie eine überraschte Ente.

»Also erst mal bin ich nicht ›voll aktiv‹, und ich mache auch nicht viele Aktionen. Seit ich hier wohn auch eher nur so Online-Aktivismus. Und ich wär zum Beispiel nicht einfach zu dir hingelaufen und hätte dich angequatscht.«

»Wieso nicht?«

Aaron zuckt mit den Schultern.

»Ich find's nicht so leicht Leute anzusprechen.«

»Mit mir zu reden klappt jetzt aber doch ganz gut oder?«, sage ich grinsend.

Er legt den Kopf schief, wodurch ein paar Haarsträhnen von seiner Schulter fallen. Okay, vielleicht ist Aaron doch ein sehr schöner Mensch, irgendwie. Aber wenn er dachte, dass ich mit ihm flirte und mich nicht angeschrieben hat, obwohl er meine Nummer hatte, dann ist da wahrscheinlich eher weniger Interesse. Ist auch okay. Ich hab nix dagegen, mit schönen Menschen befreundet zu sein.

»Ja, du bist ganz okay«, sagt Aaron.

»Ey«, sage ich.

Wir grinsen uns an. Okay, ein sehr, sehr schöner Mensch. Vielleicht gefährlich.

Ich fasse den Plan, mich nicht zu verlieben. Sonst muss ich der Polizei am Ende noch dankbar dafür sein, dass wir uns ihretwegen kennengelernt haben. Haha. Nope. Kommt nicht in Frage.

»Wie war deine Hausdurchsuchung?«, frage ich, als wären wir Arbeitskollegen und ich würde so was fragen wie: »Wie war dein Urlaub?«.

Aaron lacht wieder. Hm, denke ich. Ich bin nicht witzig. Wenn

Menschen trotzdem lachen, dann ist das eigentlich das offensichtlichste Zeichen, dass sie mich mögen.

»War ganz okay, ein bisschen hektisch, ein bisschen zu gedrängt, nicht genug Privatsphäre«, sagt Aaron.

Ich nicke verständnisvoll.

»Ja, diese Pauschalhausdurchsuchungen sind auch nicht mehr das, was sie mal waren.«

»Wie war's bei dir?«, fragt Aaron. »Sind deine Eltern cool damit? Meine Mutter ist zum Glück voll der Hippie, die kratzt das nicht so. Die hatte das auch schon. Wegen einer Hanfpflanze.«

»Echt? Meine sind schon angepisst, irgendwie. Also, nicht super doll, aber ich glaub, sie wünschen sich, dass ich angepasster wäre und sie sich nicht auch noch mit so was rumschlagen müssen, zu allem anderen.«

»Allem anderen?«

»Ich bin ein bisschen ein Problemkind«, sage ich und strecke die Zunge raus.

»Und stolz drauf«, sagt Aaron.

»Ich bin nur politisch problematisch, sonst echt ganz okay. Keine Drogen, keine Schlägereien. Ich fordere nur ein gerechtes, freies Leben für alle. Und die Abschaffung der Bundesrepublik. Und des Kapitalismus. Und der Zeitumstellung.«

Aaron nickt und fistbumped mich.

»Kann verstehen, wo das problematisch sein könnte. Aber wieso die Zeitumstellung?«

»Die Zeitumstellung ist ein Ausdruck des kapitalistischen Systems, indem sie im Rahmen der Leistungsoptimierung die ideale Nutzung der Tageszeit fördert.«

Ich bemühe mich krampfhaft, ein ernstes Gesicht zu behalten, aber Aaron guckt so verwirrt, dass ich doch lachen muss.

»Du machst Witze«, stellt er fest.

»Ich mach Witze.«

Aaron schüttelt den Kopf und betrachtet mich nachdenklich von der Seite, als wüsste er nicht ganz, wie er mich einschätzen soll, als wär ich eins dieser Pop-up-Bücher, die einem auf jeder Seite plötzlich unerwartet mit etwas Neuem entgegenspringen.

»Was ist dieser Blick?«, frage ich.

»Welcher Blick?«

»Der.«

Aaron dreht sich gespielt um, als würden noch mehr Leute hinter ihm stehen, deren Blicke ich vielleicht meine.

»Ich weiß nicht, was du meinst«, sagt er, aber grinst mich dabei an. »Aber mal ehrlich, wundert es dich noch, dass wir durchsucht wurden? Vielleicht hatten sie einfach wieder 'ne Kamera auf die KTS gerichtet, hab gehört das war mal ein Ding.«

»Ja, vielleicht«, sage ich, obwohl ich die letzten Monate gar nicht hier war und weiß, dass es das nicht gewesen sein kann.

»Du nimmst das ziemlich locker, oder?«, frage ich.

Aaron kickt einen Stein vor sich her, der über den Asphalt schlittert und dann in den Büschen verschwindet.

»Nicht wirklich«, gibt er zu. »Ich seh immer noch überall Polizei. Das auf der Demo, das war eigentlich dumm von mir, da zu klettern. Also, ich hatte echt Angst, dass sie mich noch festnehmen. Aber ich hatte schon versprochen, dass ich mitmache. Na ja. Man lernt nie aus, oder?«

Ein kleiner Teil von mir will wieder eine flammende Rede halten, Aaron irgendwie dazu überreden, mit uns zur Infoveranstaltung zu kommen, mit uns die Revolution auszurufen. Aber Aaron sieht zusammengesunken aus, die Schultern angespannt, und ich denke, ich will ihn zu nichts zwingen oder ihm das Gefühl geben, dass er sich mir beweisen muss. Vielleicht muss ich das noch lernen, die Menschen um mich herum nicht so zu pushen.

»Ja, man lernt nie aus«, sage ich.

»Cooler Ohrring übrigens, sehr punkig«, sagt Aaron, mit einem amüsierten Funkeln in den Augen.

»Gebe ich mir zu viel Mühe?«, frage ich.

»Gibst du dir denn Mühe?«
Ich überlege kurz. »Nein, ich mag es einfach.«
»Ich mag es auch.«
»Okay, vielleicht gebe ich mir doch ein bisschen Mühe.«
Aaron hat ein echt schönes Lachen.

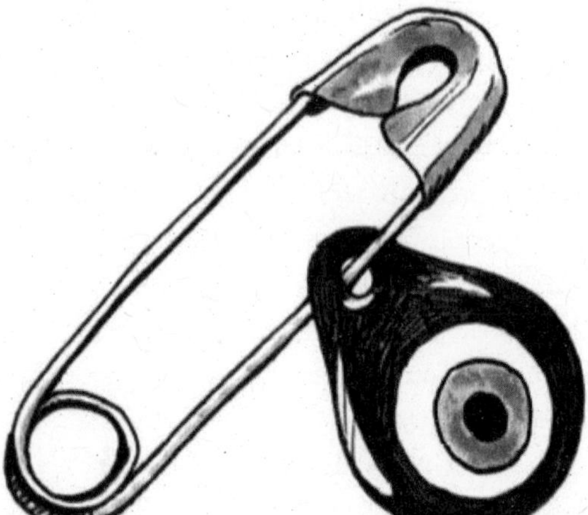

9

KILLING TOFU – PLASTIKWELT

In der Nacht träume ich von Hannes.

Ich träume Dinge, von denen ich später nicht mehr weiß, ob sie Traum oder Erinnerung sind, so sehr verschmelzen die Bilder vor meinen Augen. Ich bin mir nicht mal mehr sicher, ob Hannes Haare grün wie Moos waren oder in Wahrheit blau wie Slushie-Eis. In meiner Erinnerung liegt Hannes auf dem Boden neben meinem Bett, ohne Schlafsack, ohne Matratze, nur mit einer Wolldecke zugedeckt, weil er, ehrlich gesagt, ein bisschen bescheuert ist und behauptet, das Leben als Obdachloser hätte ihn »hart« gemacht.

Aber wenn er schläft sieht er trotzdem aus wie ein weiches Baby mit bunten Haaren. In meiner Erinnerung scheint immer der Vollmond durchs Fenster, die ganze Woche, die Hannes bei uns gewohnt hat, auch wenn das nicht sein kann.

Hannes zieht ein Buch unter meinem Bett hervor.

»Urin – ein ganz besonderer Saft«, liest er vor. »Was ist bei dir denn kaputt?«

Ich rolle die Augen. »Das ist von meiner Mutter, die hat so ein Ding mit Homöopathie.«

Ich höre, wie er ab und zu die Seiten umblättert, sehe, wie er seine Kopflampe anknipst, um besser lesen zu können. Sie lässt ihn wie einen Höhlenforscher oder einen Bankräuber aussehen.

»Mach das mal aus«, sag ich. »Ich hab morgen Schule.«

»Das ist voll abgefahren«, sagt Hannes nur. »Das war so 'ne Radiosendung über Urin und die haben ein ganzes Buch nur aus Hörerbriefen gemacht. Crazy.«

»Ich kenn das Buch«, sage ich und starre an die Decke, während Hannes immer wieder umblättert und laut lacht.

Ich drehe mich auf die Seite und beobachte ihn heimlich durch meine halb offenen Augenlider. Mein Blick wandert von Hannes gebräunten Händen, die das Buch halten, zu dem zerschlissenen Freundschaftsarmband an seinem Handgelenk, zu der Narbe an seinem Ellenbogen.

Etwas in mir will raus, ein Wortbrei, der keinen Sinn macht. Gibt es ein Gefühl zwischen Liebe und Freundschaft?

Der Strahl der Kopflampe blendet mich.

In meiner Erinnerung ist es immer Mai und Hannes fischt einen Karton Erdbeeren aus der Mülltonne hinterm REWE. Oder waren es Himbeeren? Eine ist schimmlig, aber alle anderen sind noch gut, süß, saftig.

Wir sitzen auf dem Spielplatz oben auf dem Schlossberg und Hannes krümelt kleine grüne Klumpen auf den Tabak in seinem Zigarettenpapier.

»Ist das Gras?«, frage ich.

Hannes summt und nickt.

»Ist das nicht illegal?«

Er leckt das Papier an und rollt sich eine Tüte, deren Ende er eindreht, bevor er sie sich in den Mund steckt und ein Feuerzeug hervorzieht, das an einem seiner Dreads befestigt ist. Das Papier kräuselt sich, der Tabak glimmt rot auf.

»Eigenbedarf geht durch«, sagt Hannes, zieht tief und bläst den süßlich riechenden Rauch in die Luft.

»Krieg ich auch 'nen Zug?«, frage ich.

Meine Beine baumeln von der Mauer, auf der wir sitzen. Unter uns liegt die Stadt. Von hier kann man direkt auf die Brauerei sehen und die Dreisam, die geradlinig zwischen den Häusern durchfließt.

Man sieht den Bromberg auf der anderen Seite und etwas weiter rechts die Johanneskirche. Irgendwo dahinter versteckt sich die KTS und noch weiter dahinter muss unser Haus sein. Und meine Eltern, weit weg, unwichtig.

»Wie alt bist du noch mal? Fünfzehn? Keine Chance. Deine Eltern kriegen jetzt schon 'nen Hals wegen mir, nimm lieber ein Bier.«

Hannes fischt ein Ötti aus seinem Rucksack und öffnet es mit seinem Feuerzeug. Sein Lippenpiercing wippt, wenn er grinst.

»Kiff dir mal lieber nicht die Birne weg, wenn du noch dein Abi machen willst.«

»Kiff dir nicht die Birne weg, wenn du Bauer werden willst«, schieße ich zurück.

»Die dümmsten Bauern haben die dicksten Kartoffeln. Und bei mir is' das was anderes«, sagt Hannes. »Je mehr ich kiffe, desto besser kann ich mit den Pflanzen reden, glaub mir. Aber bei dir is' ja das ganze Gehirn noch 'ne Baustelle, da kannste leicht Psychosen und so was entwickeln.«

»Boah, blablabla. Kannst du mal aufhören, wie mein Opa zu reden?«, frage ich. »Du bist vier Jahre älter, nicht sechzig. Blas dich mal nicht so auf, wir sind außerdem aufm Berg, es gibt nix zum Festhalten, wenn du wegfliegst.«

Hannes lacht und ich nippe an dem Bier. Ich mag gar kein Bier, aber ich will irgendwas in der Hand haben.

»Du würdest mich nicht festhalten?«

»Vielleicht, wenn du mich mal ziehen lässt. Wir können auch shotgunnen.« Ich kämpfe gegen mein Herz an, das mir bis in den Hals schlägt, und das Blut, das in meinen Ohren rauscht. Alina hat mir davon erzählt, vor ein paar Wochen, dass man beim shotgunnen den Rauch von jemand anderem einatmet. Dass es fast wie ein Kuss ist. Ich weiß nicht, ob ich Hannes küssen will. Ich kann mir einfach nicht vorstellen, wie es wäre. Vielleicht muss ich es einfach mal ausprobieren.

Hannes hustet und klopft sich auf die Brust.

»Shotgunnen?«

»Ja, ich hab gehört, das soll weniger schädlich sein«, sag ich unschuldig und trinke schnell noch mehr Bier.

»Manchmal weiß ich echt nicht, wer hier wen verdirbt«, sagt Hannes und hebt eine gepiercte Augenbraue.

Ich hab noch nie einen Jungen geküsst. Mein erster Kuss war mit Nova, als wir in der Grundschule waren und ich kann mich nicht mehr dran erinnern, ob es gut war.

Ich sehe zu, wie Hannes einen tiefen Zug nimmt und sich zu mir beugt. Dann presse ich einfach meinen Mund auf seinen. Vielleicht schreibt er mir deswegen nicht mehr, weil er denkt, dass ich unsterblich in ihn verliebt bin oder so. Als ob.

In meiner Erinnerung ist immer Mittwoch und Hannes und ich gehen die Basler Straße runter, neben dem rasenden Verkehr, unter den Eisenbahnbrücken durch. Hannes hat einen Arm um meine Schultern gelegt und vor uns laufen seine Freunde, laut und verrückt. Sie geben einen Scheißdreck darauf, was die Normalbevölkerung von ihnen denkt, zeigen Autofahrer*innen den Mittelfinger und spucken in hohem Bogen auf die Straße. In der KTS gibt's Essen für umme, erklärt Knochen, der dringend Essen gebrauchen kann. Das wird KüfA genannt, sagt er, Küche für Alle.

»Du warst noch nie in der KTS?«, fragt Hannes ungläubig. »Echt noch nie?«

In meiner Erinnerung klettern wir die Treppen zu einem alten Eisenbahngebäude rauf, das von oben bis unten voller Graffiti ist. *Kein Gott, kein Staat, keine Parkplätze*, steht auf einem Schild.

»Ist das besetzt?«, frage ich.

»Nee«, sagt Knochen. »Das wird sogar von der Stadt gefördert. Um die Szene ruhig zu halten und so.«

In meiner Erinnerung stößt Knochen die alte, mit Stickern vollgeklebte Tür auf. Wir gehen eine Treppe runter und kommen in einen Raum, der voller Menschen ist, nach Essen duftet, und wo Punkmusik läuft. Die Menschen dort haben Sidecuts, Buzzcuts und rote, grüne, pinke Haare, und tragen T-Shirts mit Löchern. Und mein Leben verändert sich für immer.

Der Samstag vergeht wie immer schneller als ich »Wochenende« sagen kann. Vormittags bin ich mit Nova auf dem Flohmarkt, wo ich für 2,50€ ein Buch über Klimawandel bekomme, das so deprimierend ist, dass ich nach zwanzig Seiten wieder aufhören muss zu lesen. Dann sind plötzlich 26 Grad im Schatten, weshalb wir zum Dietenbach See radeln und uns mit einer Schale Weintrauben, die wir gestern nach der Party containert haben, unter die Bäume auf die Wiese legen. Ich blättere in *Beautiful Trouble* herum und frage mich, was Aaron gerade macht und ob er seine Sachen von der Hausdurchsuchung schon zurück hat, als mein Handy vibriert.

Hey, das ist jetzt ne verschlüsselte
Nachricht, oder? – A

Ja, absolut geheim.
Bleibt hier alles zwischen uns ;)

Jo, also sieht aus als ob die bei mir
keine Anklage erheben.
Und ich krieg mein Zeug zurück.

Wie sieht's bei dir aus?

Sana schielt mir über die Schulter, aber ich halte das Handy so, dass sie nicht mitlesen kann. Ich will nicht, dass sie was Falsches denkt. Ich habe ihr und Nova nichts von Aaron erzählt, weil es da ja auch nichts zu erzählen gibt.

»Leute, denkt nach. Was sagen wir morgen?«, fragt Sana und trommelt mit einem Stift auf ihren Zeichenblock.

Ich tippe schnell eine Antwort.

Noch nichts gehört. 

 Hm, kommt bestimmt bald.

idk, ich hab mich geweigert meinen laptop zu entschlüsseln ... 

Nova streicht sich die Haare von der Schulter und schnippt einen Grashüpfer von ihrem blassen Bein.

»Wie wär's wenn wir ein paar Farbbomben mitnehmen und Öl rein füllen und Milan Ast damit bewerfen?«

»Milan Ast kommt?«, frage ich.

Milan Ast ist der CEO von Kerogreen, so ein »junger und dynamischer Typ«, den die Medien lieben.

»Man, die nehmen das echt ernst.«

Sana rollt die Augen.

»Also ich hab jetzt nicht so Bock, direkt wieder bei der Polizei zu landen. Außerdem kontrollieren die bestimmt Rucksäcke am Eingang.«

»Ja, und wenn wir jemanden mit was bewerfen, das kommt auch nicht so gut«, sage ich. »Dann werden wir nur wieder gewaltbereite Chaoten genannt.«

»Also bewerfen wir sie mit Fakten«, sagt Sana. »Wenn wir an das Mikrofon kommen, in der Fragerunde. Ich hab gestern Nacht noch ganz viel recherchiert, welche Studien es so gab zu Fracking. Ist echt nervtötend so Industriejargon. Aber war relativ easy zu kapieren, wie viele Störfälle es in Deutschland schon gab, bevor Fracking 2015 verboten wurde: Austreten von Methan, Explosionen, Erdbeben, Grundwasserverunreinigung und so was.«

Ich schüttle den Kopf.

»Also, ja, ich mein ... voll nice, dass du die Fakten hast, aber glaubt ihr ehrlich, dass wir mit Fakten weit kommen? Wir sind drei Siebzehnjährige ohne Autorität.«

Nova runzelt die Stirn. »Du sagst doch immer, dass man nie zu jung ist, um was zu verändern.«

»Ja, aber es bringt ja nix, wenn die Leute uns nicht glauben. Dann sagen wir: ›Wir haben die Fakten, Fracking belastet die Umwelt‹. Und dann sagen die Anzugträger, die verschiedene Wissenschaftler in der Tasche haben, dass unsere Fakten falsch sind und dass sie die echten Fakten haben. Wir müssen sie irgendwie in eine Sackgasse drängen. Sie da kicken, wo es wehtut.«

Nova nickt und steckt sich einen Grashalm zwischen die Zähne, was sie ein bisschen wie einen Cowboy aussehen lässt.

»Okay, versteh, was du meinst. Das ist wie mit Verschwörungstheoretikern, 'ne? Gegen die bringen Fakten auch nix.«

»Exakt.«

»Was würde denn was bringen?«, fragt Sana.

»Vielleicht was Emotionales«, sagt Nova. »Auf moralischer Ebene. Da können sie nicht widersprechen. Und da ist es vielleicht auch gar nicht so kacke, dass wir siebzehn sind. Wenn man mal real ist, wir sind die Zukunft. Wir erben diesen Planeten.«

»Wenn wir den Ast irgendwie dazu kriegen könnten, dass er zugeben muss, dass Fracking umweltschädlich ist, das wär perfekt«, sage ich und beobachte, wie eine nackte ältere Dame vom FKK Bereich langsam in den See spaziert, der noch verdammt kalt sein muss. An manchen Stellen ist er mit gelbem Pollenstaub bedeckt. Am Rand schwimmen ein paar Algen. Man, ich will nicht wissen, wie viele Leute da schon rein gepinkelt haben. Trinken sollte man das Wasser wahrscheinlich nicht.

»Leute!«, sage ich.

»Ah, Mikesh hat eine Idee«, sagt Nova grinsend.

»Kennt ihr Erin Brockovich?«

»Wen?«, fragt Sana und klappt ihren Zeichenblock zu.

»Ist das nicht so ein Film mit Julia Roberts?«, fragt Nova.

»Ja. Aber die gibt's wirklich. Das ist so 'ne Frau in den USA, die hat in einer Anwaltskanzlei gearbeitet. Die hat gegen so eine Firma wegen Grundwasserbelastung gekämpft und den Chefs das Wasser zum Trinken auf den Tisch gestellt. Das können wir genauso auch machen. Wir nehmen Wasser aus der Nähe der Bohrung und wir fordern Milan Ast auf, es zu trinken.«

Sana lehnt sich enttäuscht zurück.

»Es ist Samstag. Wir haben keine Zeit, Wasser zu holen. Ich wüsste gerade nicht mal wo, und wir haben auch kein Equipment.«

»Fuck«, sage ich, und sinke ein bisschen zusammen.

»Nein!«, sagt Nova. »Das ist doch voll egal. Wir nehmen einfach ganz normales Leitungswasser.«

Sana und ich drehen uns beide zu ihr um und ich kann von Sanas Gesicht ablesen, dass wir das gleiche denken: Nova hat 'ne Schraube locker.

»Checkt ihr's nich'?«, fragt Nova. »Es ist scheißegal, welches Wasser wir nehmen. Er wird es nicht trinken.«

»Ja?«, sage ich.

»Es kommt nur auf die Reaktion an. Es müssen nur alle denken, dass wir das Wasser aus der Nähe der Bohrung genommen haben. Es geht doch nur um die Story, die wir erzählen.«

»Ein Hoax«, sage ich.

»Ein Hoax«, sagt Nova.

»Supernova, du bist genial!«

»Hm«, sagt Sana, sich mit dem Stift am Kinn kratzend. »Würdet ihr Wasser trinken, dass drei jugendliche Fracking-Gegnerinnen zu eurer Veranstaltung mitbringen? Nachdem vorher ein paar eurer Maschinen kaputtgemacht wurden? Kann ja sein, dass wir ihn vergiften wollen, auch wenn das Grundwasser selbst ungiftig wär.«

»Ich glaube, das ist egal«, sage ich. »Solange es einen kurzen Moment gibt, in dem es echtes Frack-Wasser sein könnte. Wenn's mit Glück eine Schlagzeile gibt, in der steht, dass Milan Ast sich geweigert hat, das zu trinken. Wir müssen dazu vielleicht 'ne Pressemitteilung oder so was schreiben.«

Ich schlage das Buch auf und zeige den anderen beiden das Kapitel *Nimm den Medien die Arbeit ab.*

»Wer schreibt die Mitteilung?«, fragt Nova.

»Mika«, sagt Sana. »Mika kann am besten schreiben. Und ich kann dir noch die Fakten schicken, die ich gesammelt habe.«

»Echt? Sind wir uns einig?«, frage ich.

Die anderen beiden nicken.

»Aktion Brockovich«, sagt Nova und hält ihre Hand in die Mitte. Sana und ich legen unsere Hände auf ihre.

»Aktion Brockovich«, schreien wir zu dritt. Ein paar nackte FKK Opis drehen sich zu uns um.

Ⓐ

Sonntag ist genauso warm wie Samstag. Kerogreen hat sich sogar die Mühe gemacht, ein paar Bierzelte aufzustellen. Die Mitarbeitenden wurden anscheinend gebeten, ihre Kinder mitzubringen, denn auf der großen Wiese tummeln sich kleine Menschen, die grüne Ballons mit dem Firmenlogo ans Handgelenk gebunden haben und sich an einem der Stände schminken lassen können. Da hinten gibt's sogar ein Puppentheater. Am Eingang ist ein Zelt mit einer Tour durch Kerogreens »Grüne Energie« Projekte aufgebaut. An verschiedenen Stationen kann man Holzbrettchen umklappen, die einem erklären, dass Kerogreen ein paar Millionen Euro in die Erforschung von Biokraftstoff aus Algen investiert und an Bill Gates Projekt zur Verdunkelung der Sonne mitarbeitet.

Das ist kein Witz: Dieses Projekt gibt es wirklich. Ein paar Wissenschaftler hatten die tolle Idee, man könne das Problem mit dem

Klimawandel doch einfach lösen, indem man ein paar Chemikalien in die Atmosphäre schießt, die einen Sonnenschirm über die Erde legen. Damit gar nicht erst so viel Sonne reinkommt und wir weniger Treibhauseffekt haben.

Wie mit der Aschewolke bei einem Vulkanausbruch.

Das klappt wirklich. Man hat nämlich beobachtet, dass das Klima nach großen Vulkanausbrüchen, wenn die ganze Asche hochgegangen ist, deutlich abkühlt und wieder mehr Regen fällt. Aber das macht es noch lange zu keiner guten Idee, die Sonne zu verdunkeln. Das haben die in *Matrix* schon gemacht. Solarenergie funktioniert dann nämlich auch nicht mehr. Ganz zu schweigen davon, dass unser ganzes Biosystem darauf ausgelegt ist, dass es Sonne gibt und wir gar nicht abschätzen können, welchen Einfluss das auf den Planeten haben würde.

So wie mit den Korallen. Das hätte auch keiner gedacht, dass die einfach verrecken, wenn die Ozeane nur ein paar Grad wärmer sind. Und mit ihnen verrecken mindestens 50 % der Fischpopulationen, die dort ja zum Laichen hingehen.

Es ist halt alles verbunden.

Ich frage mich manchmal, wie man so intelligent und reich wie Bill Gates sein kann, aber dieses einfache Konzept nicht kapiert. Aber vielleicht geht es Bill Gates auch gar nicht wirklich darum, die Welt zu retten.

So wie es Kerogreen gar nicht wirklich darum geht, nachhaltige Alternativen zu fossilen Energien anzubieten, sondern ihr Geschäft möglichst ungestört weiter laufen zu lassen. Und wenn das heißt, dass man als Publicity Stunt etwas Geld in ein paar schwachsinnige, scheinbar grüne Technologien investiert, was sind schon die paar Millionen?

Wir gehen an einer lebensgroßen Aufstellpappe von Milan Ast vorbei, der einen Anzug und einen Schlips mit Sonnenblumenmuster trägt. In einer Hand hält er einen kleinen Erdball, wie einen dieser Reichsäpfel, die Könige früher hatten.

Die Zukunft in guten Händen, steht auf der Pappe.

»Alter, wo sind wir hier eigentlich gelandet?«, fragt Sana.

»In der Zukunft«, sage ich trocken.

»Darf ich ihm einen Schnurrbart malen?«, fragt Nova und zückt einen Edding. »Bitte.«

»Nein«, sagt Sana.

»Wenn das die Zukunft ist, will ich bitte in den 27er Club«, sagt Nova dunkel. »Lieber mit Kurt Cobain chillen, als mit Milan Ast down zu sein.«

Durch den Eingang des Zeltes weht uns der Geruch von Currywurst entgegen. Deutsche Männer mit Bierbäuchen mischen sich mit deutschen Frauen mit Perlenketten. Mit geschminkten Kindern, Anzug tragenden Kerogreen Vertreter*innen, besorgten Omas, mit Reporter*innen und mit ein paar jungen Familien, die die Gelegenheit und das gute Wetter ergriffen haben, um einen informativen Ausflug zu machen. Und hier sind wir. Drei nicht so deutsche Mädchen auf einer Mission.

»Huch, was macht ihr denn hier?«, fragt eine Stimme hinter uns, als wir uns auf den Weg zur Bühne machen.

»Was machst du hier?«, frage ich Karo, die sich gerade eine neue Schicht Lippenstift aufträgt.

»Ich arbeite, Schatz.«

»Ja, wir arbeiten auch.«

»An der Revolution«, sagt Nova.

Karo lacht. »Na, dann mal gutes Schaffen. Muss ich mir Sorgen machen, dass hier irgendwas abbrennt?«

Sana verschränkt die Arme. »Wir praktizieren einen friedlichen Widerstand!«

»Machst du einen Artikel über Kerogreen?«, frage ich Karo.

»Ich lasse mich eben auch mal von der Jugend inspirieren«, sagt sie, wünscht uns noch viel Spaß und marschiert rüber zum Rest der Journalistis.

»Okayyyyy«, sage ich.

»Ist das jetzt komisch? Dass sie auch da ist?«, fragt Sana.

»Meine Mutter war bei der Hausdurchsuchung dabei, wo sie meinen Vibrator gefunden haben. Ich glaube, das hier ist weniger komisch. Boah, jetzt hab ich Bock auf Currywurst. Eigentlich könnte ich Karo auch unsere Pressemitteilung geben. Oder ist das Vetternwirtschaft?«

»Ich hab ein paar Nüsse dabei«, sagt Nova.

Nüsse sind auch gut.

»Wir können sie ja zumindest fragen«, sagt Sana.

»Auf geht's«, sage ich und wir marschieren über die Wiese, um Karo wiederzufinden. Sie steht bei einer Gruppe Frauen, die durch ihre weißen Blusen schwitzen und Presseausweise um den Hals hängen haben.

»Karo?«, frage ich zaghaft.

»Ja, Liebes?«

»Wenn wir zufällig schon eine Pressemitteilung hätten, für das, was wir gleich machen, würdest du dann deinen Artikel darüber schreiben?«

Karo kneift die Augen ein Stück zusammen, so als würde sie in die Sonne blinzeln. »Das war ernst gemeint vorhin?«, fragt sie.

Ja, was denkt sie denn, dass wir zum Spaß hier sind? Dass wir schon immer mal Milan Ast auf einer Bühne sehen wollten? Also zugegeben, der sieht schon nicht super schlecht aus, aber unsere politische Einstellung würde sich, glaube ich, nicht vertragen. Weder Nova, noch Sana oder ich geben eine Antwort. Karo seufzt.

»Mika, könnt ihr nicht eine andere Art finden, euch einzusetzen? Vielleicht Greenpeace beitreten oder so was? Die haben da schon mehr Erfahrung und Anwältinnen und –«

»Aber die suchen sich nur ein bis zwei Projekte pro Jahr aus und das war's dann«, sage ich. »Mir ist das hier wichtig. Das. Hier. Jetzt. Wir machen auch nichts Illegales. Versprochen.«

Karo kaut sich den Lippenstift von der Unterlippe, eine Gewohnheit, die sie wahrscheinlich an mich vererbt hat.

»Okay«, sagt sie. »Okay. Dieses Mal.« Sie streckt die Hand aus. »Was habt ihr?«

Ich schüttle den Kopf und komme mir dabei vor wie ein Mafia-Boss oder so.

»Geben wir dir nachher. Wird 'ne Überraschung.«

Milan Ast hat tatsächlich ein paar Stunden in seinem zweifellos wichtigen und absolut vollgestopften Terminkalender freigemacht und ist höchstpersönlich aufgetaucht. Jung und dynamisch springt er auf die Bühne und lässt sich lässig das Mikro überreichen. Er macht einen Witz darüber, dass er heute Abend erst mal ein paar Emissionsausgleichspapiere kaufen muss, weil er extra mit dem Flugzeug aus New York hergeflogen ist. Das Publikum lacht, die Journalistis halten ihre Aufnahmegeräte und machen sich Notizen auf ihren iPads. Gefilmt wird auch.

Auf der linken Seite vorne sitzen Henris Eltern. Und Henri ist auch da, trägt eins von seinen Tanktops und hat sich eine Sonnenbrille in den Ausschnitt gesteckt. Hoffentlich hat er uns nicht gesehen, denke ich, obwohl es nur eine Frage der Zeit ist.

Na ja, die Aktion abblasen werden wir deswegen jetzt nicht. Dafür sind wir schon viel zu weit gekommen, durch die Kontrollen am Eingang, die Planung, die Zweifel.

Was soll Henri schon machen, außer lästern? Und das ist mir mittlerweile echt egal. Soll er doch. Soll er doch nach dem Abi bei Kerogreen anfangen.

Milan Ast führt das Publikum durch die Geschichte Kerogreens. Erklärt, wie Fracking Deutschland zuverlässig mit eigener Energie versorgt und auch noch mindestens 50 Jahre versorgen kann. Mit fortschreitender Technologie wahrscheinlich noch länger. Er ist jung, weiß und männlich, und er kann reden, als wäre er Iron Man, das Genie, das die Welt und unsere Wirtschaft retten wird.

Hinter der Bühne geht die Sonne unter und die riesige Leinwand, auf der das Firmenlogo prangt, hebt sich immer deutlicher von der Umgebung ab.

Eine flashige Präsentation läuft über den Screen, mit coolen Clips, mit Blümchenwiesen, auf denen Solarpanels und Windkraftanlagen stehen, die es so aussehen lassen, als wären erneuerbare Energien Kerogreens Hauptbestandteil. Dabei sind nur 2 % der Energie, die sie produzieren, aus erneuerbaren Ressourcen. Und als wäre Fracking das sicherste Verfahren überhaupt, so sicher wie das Amen in der Kirche. »Nachhaltiges Schiefergas« heißt die Präsentation. *Nachhaltig.* Erneuert sich das Gas durch Magie? Gibt es Mikroorganismen, von denen wir nichts wissen, die das Gas reproduzieren?

Nova reibt ihre schwitzigen Hände an ihrer Hose ab. Wir haben entschieden, dass sie diejenige sein wird, die zum Mikrofon geht. Warum? Weil Nova die Einzige von uns ist, die unfehlbar als »weiß« durchgeht. Weißen Frauen hören die Leute eher zu als welchen, die Kopftücher tragen.

»Wieso kann Mika das nicht machen?«, hat Nova gefragt. »Die geht auch die Hälfte der Zeit als weiß durch und kann eh besser Deutsch als ich. Ich werd bestimmt aus Versehen denglischen.«

»Schon vergessen? Ich hatte gerade ’ne Hausdurchsuchung und die haben mir immer noch nicht meinen Shit zurückgegeben. Außerdem bist du hübscher als ich.«

»Ugh.«

Nach dem Prinzip *Zieh dich nicht an wie ein Demonstrant* hat Nova heute ihre Haare zu einem schicken Katniss Everdeen Zopf geflochten und sich angezogen wie für ein Vorstellungsgespräch minus der Perlenohrringe. Niemand würde darauf kommen, was sie vorhat. Auch Sana hat Leggins, Sweatshirt und Hijab in Pastelltönen kombiniert, sodass sie aussieht wie ein Model aus einem Modekatalog.

Und ich? Na ja. Ich hab nicht mal ein Shirt ohne Löcher gefunden, und hab mir dann ein grünes Merinoshirt von Karo geklaut, was ich jetzt bereue, weil es in dem Ding viel zu heiß ist.

»Du packst das«, flüstere ich Nova zu. Sie kneift die Lippen zusammen und nickt. Ich öffne meinen Rucksack und ziehe das Glas mit dem »Frack-Wasser« heraus, sowie einen durchsichtigen Plastikbecher. Beides drücke ich Nova in die Hände. Sie atmet einmal tief durch.

»Und weil das hier nicht nur ein schönes Frühlingsfest, sondern auch ein Infodialog ist, und uns Ihre Bedenken natürlich wichtig sind, wollen wir allen Anwesenden die Chance geben, sich zu äußern, damit wir sie etwas beruhigen können. Freiburg bleibt weiterhin grün und friedlich, mit dem einzigen Unterschied, dass wir Sie in Zukunft noch zuverlässiger mit Energie versorgen können«, sagt Milan Ast.

Shut up. Shut up. Shut up, denke ich.

Ast zeigt auf ein Podium, an dem zwei Männer und eine Frau vor schicken, silbernen Mikrofonen sitzen und erklärt, dass Kerogreens Sachverständige alle Fragen beantworten werden. Dann geht er von der Bühne.

Scheiße. So war das nicht geplant.

»Fuck, fuck, fuck«, murmelt Nova.

»Chill«, sagt Sana. »Sag einfach, dass die Frage direkt an ihn geht, dann wird er schon wieder hochkommen.«

»Das weißt du aber nicht«, sagt Nova.

»Ist egal«, sage ich. »Die Leute beim Podium tun's auch. Ist nicht perfekt, aber besser als nichts.«

Es ist halt unsere erste Aktion. Es gibt so viele Arten und Weisen, auf die es schief gehen könnte. Das ist normal, sage ich mir. Wir können nicht erwarten, dass es beim ersten Versuch klappt. Nova ist gut vorbereitet, aber wir müssen auch einfach ein bisschen Glück haben.

Die erste, die das Mikrofon bekommt ist eine ältere Frau aus dem Publikum, die sich als Vorsitzende der Anti-Fracking Bürger*innen-Initiative vorstellt.

»Können Sie uns vielleicht erläutern, inwiefern Fracking dazu beitragen soll, dass wir uns von fossilen Energieträgern entfernen?«, fragt die Frau.

Einer der Anzugträger auf dem Podium räuspert sich und rückt das Mikrofon näher an sich heran.

»Vielen Dank für diese erste Frage. Sie ist sehr einfach damit zu beantworten, dass erneuerbare Energien noch nicht mit Erdgas, Öl und Kohle konkurrenzfähig sind. Wir arbeiten aber daran, dass das passieren wird, und da ist jeder Euro, den wir durch den Verkauf von Erdgas gewinnen, eine hilfreiche Investition in unsere Forschung zu erneuerbaren Energien.«

Sana knirscht mit den Zähnen.

»Wie viel investieren Sie derzeit in diese Forschung?«, fragt die Frau von der Initiative.

»Nur eine Frage pro Person bitte«, sagt der Anzugträger.

Ein Mann mit Brille aus der gleichen Gruppe tritt ans Mikro.

»Ich würde die Frage dann gerne übernehmen«, sagt er und lächelt verlegen.

»Wir investieren derzeit zwei Millionen Euro in verschiedene Nachhaltigkeitsprojekte.«

»Wie groß ist der Anteil des Gesamtkapitals von Kerogreen, der in diese Nachhaltigkeitsprojekte investiert wird?«, fragt die nächste Person.

»Tut mir leid, da habe ich leider gerade keine Zahlen parat. Vielleicht können Sie sich das auch selbst errechnen.«

Es treten auch ein paar Menschen vor, die andere Sachen fragen: Wie viele neue Arbeitsplätze durch die Frackingvorhaben geschaffen werden könnten, wie groß das Schiefergasvorkommen in Baden-Württemberg eingeschätzt wird und dann auch, welche Chemikalien in den Frack-Flüssigkeiten eingesetzt werden. Dazu meldet sich die einzige Frau am Podium zu Wort:

»Leider können wir Ihnen die genaue Zusammensetzung unserer Frac-Fluide nicht verraten, da es sich hier um unsere eigene Rezeptur handelt, die wir ungern an unsere Konkurrenten weitergeben würden. Sie dürfen aber versichert sein, dass von den verwendeten Chemikalien für Sie keinerlei Gefahr ausgeht. Wir unterziehen die Fluide einer strengen Qualitätskontrolle, recyceln einen Großteil des Wassers und bohren so tief, dass die verwendeten Chemikalien nicht ins Grundwasser gelangen können.«

Ich stoße Nova an.

»Das ist der Moment! Jetzt! Jetzt!«

Hastig steht Nova auf und bahnt sich ihren Weg durch die Stuhlreihen zur Mitte vor der Bühne, wo sie das Mikro übernimmt. Den Plastikbecher und das Glas stellt sie auf dem Mikrofon-Podest ab. Dann schweigt sie. Dieses Schweigen ist wahrscheinlich das, was ihr die gesammelte Aufmerksamkeit der Anwesenden verschafft.

Ich schaue rüber zur Ecke der Journalistis und sehe beruhigt, dass einige ihre Kameras auf den Tisch mit dem Glas gerichtet haben. Die Neugier steigt mit jeder Sekunde, die Nova nichts sagt. Hat sie ihren Text vergessen oder macht sie das mit Absicht?

Sana und ich umklammern beide die Hand der anderen. Ohne es zu merken, sind wir auf unseren Stühlen nach vorne gerutscht, so, dass wir nur noch auf der Kante sitzen.

»Ich bin Lisa Bräuer«, sagt Nova.

Wir haben uns alle für die Aktion neue Namen gegeben.

»Ich bin siebzehn Jahre alt, mache nächstes Jahr mein Abitur. Ich weiß noch nicht, was ich nach der Schule machen möchte. Es gibt ja vieles, was man in einem Leben machen kann. Arbeiten, wandern, reisen.«

Ihre Stimme ist etwas angestrengt, aber sie zittert nicht, sie redet so laut und deutlich wie die da vorne auch. Sie hat immer noch keine Frage gestellt und die Anzugträger müssen sie reden lassen.

»Ich glaube, ich spreche für viele Menschen in meinem Alter, wenn ich sage, dass ich mir eine Zukunft wünsche, in der ein lebenswertes, gesundes Leben möglich ist. Ein Leben, wo ich mir keine Sorgen um meine Gesundheit machen muss oder um die meiner Kinder. Aber so ein Leben ist nur möglich, wenn wir die natürlichen

Ressourcen schützen, von denen wir leben. Wenn wir den Klimawandel nicht weiter vorantreiben und unser Wasser sauber halten. In den USA sind durch Fracking viele Menschen krank geworden, das Grundwasser wurde durch die Bohrungen verseucht, so, dass sie ihre Kinder nicht einmal mehr darin baden konnten.«

Sie macht eine kurze Pause.

»Meine Frage geht direkt an Milan Ast, und wenn es möglich ist, würde ich ihn bitten, auf die Bühne zu kommen.«

Sana und ich halten den Atem an. Sana spricht ein kurzes Gebet aus, die Leute vor uns drehen sich misstrauisch zu ihr um. Und dann kommt Milan Ast zurück auf die Bühne.

Yesss, denke ich, und würde am liebsten die Faust in den Himmel strecken.

»Vielen Dank«, sagt Nova.

Sie hebt das Einweckglas mit dem »Frack-Wasser« hoch, damit die Kameras es auf jeden Fall mitkriegen.

»Wir haben dieses Wasser aus einer Trinkwasserleitung in der Nähe der neuen Bohrung in Meisenheim entnommen. Wenn Ihre Aussagen stimmen, sollte dieses Wasser doch völlig einwandfrei und trinkbar sein.«

Nova öffnet das Einweckglas und gießt einen Teil des Wassers in den Plastikbecher.

»Herr Ast, vielleicht würden Sie einen Schluck trinken?«

Milan Ast starrt auf Nova herunter. Sanas Fingernägel krallen sich in meinen Handrücken. Milan Ast lacht nervös, als Nova mit dem Becher ein paar Schritte um das Podest herum und auf die Bühne zu geht, um ihm den Becher zu überreichen.

»Security«, sagt Ast und weicht einen Schritt zurück.

Zwei schwarz gekleidete Stiernacken springen aus dem Schatten der Bühne und greifen Nova links und rechts. Das Wasser schwappt auf den Boden. Die Securitys eskortieren Nova zum Ausgang, aber wir können deutlich sehen, dass sie ein Lächeln auf den Lippen hat. Wir springen ebenfalls auf, um Nova hinterherzulaufen.

Die Menge ist noch etwas perplex, aber dann passiert etwas Unvorhergesehenes: Ein paar Leute aus der Bürger*innen-Initiative beginnen zu klatschen. Und dann sind es nicht nur sie, sondern Leute überall im Publikum verteilt. Ein paar von ihnen stehen auf, so, als wäre das gerade ein Theaterstück gewesen. Viele bleiben auch sitzen und klatschen nicht, aber ich hätte überhaupt nicht damit gerechnet, dass es so gut läuft.

»Geh vor!«, rufe ich Sana zu und mache einen Bogen, um Karo unsere Pressemitteilung in die Hand zu drücken. Karo schmunzelt mich an, schüttelt dann den Kopf und steckt das Blatt Papier in ihre Umhängetasche.

»Bis nachher!«, sage ich und renne zum Ausgang, wo Nova und Sana gerade unsanft durch den mit Kerogreens Logo geschmückten Torbogen geschoben werden.

»Gehören Sie dazu?«, grunzt einer der Securitys mich an.

»Ja!«, sage ich. »Schönen Abend noch!«

Wir verabschieden uns mit lautem Wolfsgeheul und laufen die Straße hinunter bis zu der Stelle, wo wir unsere Fahrräder abgestellt haben.

10

CISTEM FAILURE – A BIGGER CAGE IS STILL A PRISON

Als ich am Montagmorgen aufstehe und verschlafen die Treppen zur Küche runter krieche, wo es nach Kaffee und frischen Brötchen duftet, liegt eine Zeitung auf dem Tisch. Aufgeschlagen auf der zweiten Seite prangt ein Bild von Nova, die einem blöd guckendem Milan Ast ein Wasserglas entgegen hält.

Schüler fordern Kerogreen auf, »Frack-Wasser« zu trinken – CEO Milan Ast lehnt ab.

Auf der anderen Seite des Tisches sitzt Karo, zerknittert und mit tiefen Augenringen, und mein Vater steht an der Theke und kocht Kaffee. Ich setze mich vorsichtig und greife nach der Zeitung.

»Ich hab natürlich noch mal alles fact-checken müssen, was ihr da geschrieben habt«, sagt Karo und gähnt wie ein Löwe.

Meine Augen springen von Wort zu Wort, überlesen die Hälfte, müssen noch mal von vorne anfangen.

Das Wasser sei ganz normales Leitungswasser gewesen, heißt es in einer Presseerklärung der Gruppe jugendlicher Aktivisten, für die Lisa Bräuer agiert. Es ginge ihnen lediglich um die Reaktion des Energieriesens, die bewiesen hätte, dass es an der Unbedenklichkeit des Wassers um die neuen Bohrungen im Raum Freiburg Zweifel gäbe.

»Boah, so viel Konjunktiv«, sage ich. »Hätte, hätte, Fahrradkette. Und wieso denn *Schüler* und *Aktivisten*? Jungs waren da doch gar keine dabei.«

Karo zieht eine Augenbraue hoch und schnaubt. »Du weißt, wie das ist, bei den konservativen Zeitungen. Die Redaktion gibt uns das so vor, dass wir nur die männliche Form benutzen dürfen. Da sitzt nun mal ein Haufen alter Männer in der Chefetage, die verstehen das nicht.«

Ich verdrehe die Augen und lese weiter.

Milan Ast wollte sich zu diesem Vorfall persönlich nicht äußern. Allerdings verwiesen Mitglieder des Vorstands von Kerogreen darauf, dass bei bisherigen Kontrollen der Umweltbehörde keinerlei Grundwasserverunreinigungen in der Region festgestellt werden konnten. Heiß diskutiertes Thema des Infodialogs am Sonntag waren unter anderem die in den Frac-Fluiden eingesetzten Chemikalien, die eine Grundwasserverunreinigung verursachen könnten. Kerogreen hält noch immer einen Teil der Chemikalien als Firmengeheimnis unter Verschluss.

»Es ist ein Unding, dass so etwas vor der Öffentlichkeit geheim gehalten wird«, sagte die Vorsitzende der Bürger-Initiative »Anti-Fracking« Anette Liebig dazu. Sie fordere die Politik seit Beginn des Jahres auf, einen sofortigen Fracking-Stopp zu erwirken, bis die Risiken ausreichend geklärt seien. Vertreter der Initiative Anti-Fracking legen derzeit Klage gegen Kerogreen beim Verwaltungsgericht ein. Die erste Anhörung wird am fünften Mai stattfinden.

Es steht noch einiges anderes drin, von den Studien, die Sana im Internet gefunden hat. Und von ein paar Geschichten von Betroffenen in den USA, die ihr Land während des großen Fracking-Booms an Firmen verpachtet haben.

»Iss mal was«, sagt Karo und schiebt mir ein fertig geschmiertes Brötchen rüber. »Sonst fällst du uns gleich vom Fahrrad. Ohne Mampf kein Kampf, Schatz.«

Ich werfe einen Blick auf die Uhr. Merke, dass es schon wieder viel zu spät ist, schiebe die Zeitung in meinen Rucksack, das Brötchen in meinen Mund, klopfe Karo auf die Schulter und gebe ihr ein thumbs-up, bevor ich nach draußen verschwinde.

»Ey, yo, da kommen die Powerpuff Girls«, ruft Dimitri uns entgegen, als Nova, Sana und ich uns in der ersten Pause im Gang treffen. Die ersten beiden Stunden montags haben wir alle getrennt: Sana hat Chemie, Nova hat Informatik und ich hab Kunst.

»Hat er uns gerade Prostituierte genannt?«, fragt Sana, die einen Stapel Biobücher in den Armen hält.

Nova stößt ein grunzendes Lachen aus. »Nein, das ist so ’ne Serie über drei Mädchen mit Superkräften oder so. Die lief auf Kabel Eins, glaub ich.«

»Wir hatten nur Al-Jazeera als ich klein war«, sagt Sana.

Ich schnippe mit den Fingern.

»Habt ihr Zeitung gelesen?«

»Zeitung? Wer bin ich, dein Opa?«, fragt Nova. »Der morgens seine Zigarre raucht und sein Käffle trinkt und gechillt seine Zeitung liest? Alter, ich fall vom Bett direkt in die Schule. Ich steh doch nicht noch früher auf, um fucking Zeitung zu lesen.«

Ich ziehe die Zeitung aus meiner Tasche und drücke sie Nova in die Hand. »Seite zwei.«

Nova ringt mit den dünnen Seiten, die sich verselbstständigen wie Zeitungen das nun mal machen, echt unpraktisch, und sie und Sana beugen sich beide über das Papiermonster. Vielleicht hätte ich ihnen einfach den Link schicken sollen.

»Krass«, sagt Sana.

»Ja, Karo hat voll saubere Arbeit gemacht und sie hat voll viele deiner Quellen benutzt, Sana.«

»Richtig nice!«

Nur Nova sagt nichts.

»Alles okay?«, frage ich sie.

Nova gibt mir das ausgebreitete Papiermonster zurück.

»Mika, da ist ein Bild von mir in der Zeitung.«

»Ja! Ein richtig Gutes! Schau, wie dumm der Ast guckt.«

»Ich sehe aus wie eine Bankangestellte«, sagt Nova. »Wie soll ich das meinem Satanistenklub erklären?«

Wir lachen. Ich lege einen Arm um Novas Schultern.

»Du warst richtig krass«, sage ich. »Echt. Ich weiß nicht, ob ich das hingekriegt hätte. Ich glaub, ich hätte mich eingepisst.«

»Ich hatte eine Windel an«, sagt Nova.

»Echt?«, fragt Sana und ihre Augenbrauen verschwinden fast unter ihrem Kopftuch.

»Nein«, sagt Nova und rollt mit den Augen. »Aber ich hätte eine anhaben sollen. Ich hätte mich nämlich echt fast eingepisst.«

»Aber du kamst so cool rüber!«, sage ich.

Nova schüttelt den Kopf. »Ich bin fast gestorben da vorne. Echt, nächstes Mal muss das jemand anderes machen.«

»Bereust du es?«, frage ich.

»Nö. Wir haben es geschafft. Eins zu null.«

Mein Handy klingelt. Es ist Karo und erst denke ich, dass irgendwas Schlimmes passiert sein muss, aber dann kommen noch mehr gute Nachrichten oben drauf:

»Mika, Schatz! Sie erheben keine Anklage gegen dich. Du bekommst deine Sachen zurück. Birgit hat gerade angerufen. Küsschen. Muss weiter arbeiten, eure Story kam sehr gut an. Bis später.«

Das kann doch gar nicht wahr sein. Was kommt als Nächstes? Ein Frackingverbot? Ich tippe schnell eine Nachricht an Aaron.

Hey! Sorry, dass ich mich so spät melde.

War etwas busy. Wenn du heute in die zeitung guckst weißt du warum ;)

Ich bekomm auch meine sachen zurück! Keine anklage!

Aber wir hätten vielleicht wissen müssen, dass das Glück irgendwann ein Ende hat.

Den ganzen Tag über habe ich das Gefühl, beobachtet zu werden. Ist es meine Paranoia? Ist es Henri, der mir die ganze Englischstunde über in den Nacken starrt und dann schnell wegschaut, wenn ich mich umdrehe? Er ist still, zu still, hat weder zu Nova etwas gesagt, noch zu mir. Und das, obwohl er ja definitiv dabei war, als wir den Infodialog gekapert haben.

Mein Handy vibriert. Aaron hat zurückgeschrieben, aber die Schmetterlinge in meinem Bauch werden genauso schnell ausgelöscht, wie sie gekommen sind. Stattdessen fühlt es sich an, als hätte sich ein Loch unter mir geöffnet. Freier Fall.

Joe hat einen Strafbefehl bekommen. Neunzig Tagessätze.

Sorry, ich kann mich gerade nicht so freuen.

In der Nacht regnet es und es hört nicht wieder auf. Es schüttet weiter den ganzen Dienstag durch, während wir in der Schule sitzen und dumme Aufgaben zur Industriellen Revolution bearbeiten, während Joe sich irgendwo mit dem Gesetz rumschlägt.

Aaron schreibt mir ab und zu, was der Stand der Dinge ist: dass Joe als allererstes Einspruch gegen den Strafbefehl eingelegt hat. Dass seine Anwältin aber meint, die Aussichten stehen schlecht, vor Gericht zu gewinnen, weil sie wohl Videoaufnahmen haben, wo seine Klamotten erkennbar sind, und dass er, wenn er verliert, auch noch die Verfahrenskosten zahlen müsste. Dass Joe nun überlegt, ob er für die neunzig Tage in den Knast gehen will, statt die Tagessätze zu bezahlen.

Eins zu eins gegen die Freiheit.

Drei Monate Knast. Dazu noch eine Unterlassungserklärung,

was bedeutet, dass Joe das Kerogreen-Gelände nie wieder betreten darf. Wenn er es doch tut, passiert irgendwas Schlimmes, sagt Aaron. Schlimmer als drei Monate Knast?

Das Wasser läuft in Schlieren die Fensterfront des Klassenzimmers hinunter, als würde da draußen ein Aprilmonsun toben oder eine Sintflut, die uns alle ertränken wird. Ich will mir eine Arche bauen, alle Menschen, die ich gerne mag, mit an Bord nehmen und wegsegeln. Irgendwo hin, wo es noch eine sattgrüne Insel gibt, mit Wäldern, in denen wir uns verstecken können, wo uns niemand findet, keine Lehrer*innen, keine Bürokrat*innen, keine Polizei.

Bis um zwei Uhr nachts habe ich mit Aaron geschrieben.

»Sind du und Joe gut befreundet?«, habe ich gefragt.

»Nicht wirklich«, hat Aaron geschrieben. »So gut kennen wir uns nicht.«

Ich frage mich, ob es jemanden gibt, der Joe wirklich gut kennt. Oder ob er für alle einfach nur da war, irgendwie zur KTS dazu gehört hat, wie die Bahn, die alle fünfzehn Minuten am Gebäude vorbeifährt. Wie die abgewetzten Sofas, die wackeligen Holzbänke, die bunt besprayten Mauern, die man einfach nicht wegdenken kann. Ich weiß gar nicht, was er macht, wenn er nicht dort ist.

Während die Krätzemilbe vorne irgendwas über die *Spinning Jenny* labert, nähe ich unter dem Tisch heimlich den Katzen-Aufnäher, den Joe mir gegeben hat, auf die letzte freie Stelle meiner Jacke.

Es ist nicht fair. Es hätte jeder von uns sein können. Wenn ich davon gewusst hätte, verdammt, ich hätte wahrscheinlich mitgemacht. Aaron und ich haben geschworen, das wir Joe ganz viele Briefe schreiben werden, dass wir ihn nicht im Knast verschimmeln lassen, aber ich fühle mich damit nur unwesentlich besser. Einer sitzt, gemeint sind wir alle. Niemand ist frei, bis wir alle frei sind.

Ich nehme mir fest vor, Joe noch mal zu sehen, bevor er seine Haft antritt und ihm zu sagen, dass wir ihn vermissen und definitiv nicht aufgeben werden.

Die Schulglocke läutet durch die Lautsprecher, alle fegen ihre

Bücher vom Tisch und zwängen sich in ihre Regenjacken, die vom Morgen immer noch nass sind. Mein Rucksack, der an den Nähten nicht ganz wasserfest ist, hat einige dunkle Stellen am Boden, und weicht die Ecken meiner Bücher auf, deren Seiten schon angefangen haben sich zu wellen.

Ich mache einen kurzen Umweg, um sie in meinen Spind einzuschließen, statt sie noch mal durch den Regen zu tragen, und da ist es wieder: das Gefühl, beobachtet zu werden. Ich klappe die Tür zu und da steht Henri, ein paar Spinde weiter.

Er fixiert den Inhalt des Schrankes, als ob sich dort die Geheimnisse des Universums offenbaren würden. Als würde dort das neue GTA vorgestellt werden oder Steve Jobs von den Toten wieder auferstanden sein und das iPhone XYZ 3000 ankündigen, das jetzt auch noch vierdimensional ist. Na ja, du verstehst, was ich meine.

Ich kenne Henri schon fast so lang wie Nova. Vielleicht waren wir im Kindergarten sogar befreundet. Vielleicht haben wir damals auch nackt in der Dreisam gebadet und Tauben mit Wasserbomben beworfen. Und dann kam der Tag, wo Henri entschieden hat, dass Mädchen scheiße sind und dass er deswegen nicht mehr mit mir befreundet sein will. Kein anderer Grund. Nur das.

Seitdem ist Henri das Arschloch, das wir kennen. Jedenfalls kenne ich Henri gut genug, um zu sagen, dass er seit Montag dezent weniger unausstehlich ist als sonst. Das beunruhigt mich, weil das heißt, dass sich irgendwas anbahnt, was wahrscheinlich noch schlimmer ist als die üblichen Sticheleien.

Henri dreht plötzlich den Kopf und erwischt mich dabei, wie ich ihn anstarre.

»Was?«, faucht er.

Ich hab dich nackt gesehen, du Kakerlake, denke ich, hebe verteidigend die Hände, dreh mich um und gehe. Das ist ein Gewitter, in dem ich nicht landen will.

Nova und Sana warten am Ausgang auf mich. Es regnet immer noch, sieht so aus, als würde es nie wieder aufhören. Als gäbe es tatsächlich einen Gott, der uns bestrafen will, indem er uns alle ertränkt. Sana hat einen pinken Regenschirm dabei, den sie über uns aufspannt und wir drängen uns zu dritt darunter, auf dem Weg zu den Fahrradständern, die zum Glück überdacht sind.

In der Ecke, dort, wo der Regen gerade noch vom Dach aufgehalten wird, steht eine Frau auf einen Gehwagen gelehnt. Vielleicht ruht sie sich aus, vielleicht will sie warten, bis der Regen wieder etwas schwächer wird. Wir schließen unsere Fahrräder auf.

»Es gibt gar keine Lisa Bräuer«, sagt eine heisere Stimme aus der Ecke und hustet.

»Was?«, frage ich und drehe mich um.

Die Frau zeigt mit einem Finger auf Nova, ihre Hand lugt aus einer mintgrünen Regenjacke und ist mit seltsamen Flecken übersät. Die Haut in ihrem Gesicht sieht blass und dünn wie Reispapier aus. Nova hält inne und richtet sich auf.

»Du heißt gar nicht Lisa«, sagt die Frau. »Du heißt Anabelle Yevchenko.«

Ein unangenehmes Kribbeln läuft mir den Rücken runter, wie eine Ameisenstraße über die Wirbelsäule.

»Woher wissen Sie das?«, frage ich.

Nova hält die schwere Kette ihres Fahrradschlosses in den Händen, als würde sie damit rechnen, die Kette gleich als Garrotte benutzen zu müssen. Sie wüsste wahrscheinlich sogar wie.

»Ein bisschen Recherche«, sagt die Frau und rollt mit ihrem Gehwagen ein paar Schritte vor. »Was ihr heutzutage alles freiwillig ins Netz stellt, da ist das nicht so schwierig.«

»Was wollen Sie von uns?«, fragt Sana, die Arme vor der Brust verschränkt.

Die Frau schaut nach links und nach rechts wie in einem verdammten Spionagefilm oder so, und senkt ihre Stimme.

»Ich habe Informationen, die euch interessieren könnten.«

Wir werfen einander Blicke zu und sind uns einig. Die Frau hat einen Knall. Die ist vollkommen durchgedreht. Vielleicht ist sie gefährlich. Obwohl, wenn der Gehwagen echt ist, dann können wir immer noch weglaufen. Solange sie keine Schusswaffe unter der Jacke versteckt hat.

»Was für Informationen?«, fragt Sana.

»Informationen über Kerogreen.«

»Was denn für Informationen?«, fragt Sana noch mal.

»Pssssst!« Die Frau legt warnend einen Finger auf die Lippen und wirft schon wieder einen Blick über ihre Schulter.

»Nicht hier!«, sagt sie.

Nova räuspert sich. »Wenn Sie irgendwas haben, wieso sollten Sie das uns geben?«

Das will ich auch wissen. Wenn man mich fragt, ist der Fakt, dass sie mit ihren Informationen, welche auch immer das sein sollen, zu drei Jugendlichen kommt, nur noch ein Zeichen dafür, dass sie irgendwo eine Schraube locker hat.

»Ihr habt Kontakt zur Presse. Euch hören die zu. Mir hört ja keiner zu«, sagt die Frau. »Keiner. Als das Wasser angefangen hat zu blubbern, da haben sie gesagt, ich hätte einen Hörschaden. Dann ist meinen Katzen das Fell ausgefallen. Puschi, Mister John und Frau Holle. Aber Frau Holle hat es am ärgsten getroffen, der Armen musste ich jeden Tag Pfefferkörner verabreichen, das ist eine Hausmedizin meiner Großmutter, das hat sie früher immer mit kranken Hühnern gemacht. Aber mir hört ja keiner zu.« Sie wiegt betroffen den Kopf hin und her.

»Das Wasser?« Jetzt werde ich doch neugierig. »Was war mit dem Wasser?«

»Nicht hier!«, zischt sie wieder und greift mit einer zitternden Hand in ihre Jackentasche. Meine Muskeln verspannen sich, vielleicht holt sie jetzt doch noch eine Waffe raus, aber dann ist es doch nur ein Stück Papier, auf das sie eine Adresse geschrieben hat.

»Ich bin den ganzen Tag zuhause«, sagt sie. »Außer samstags, da spiele ich Skat.«

Sie überreicht mir den Zettel, weil ich vorne stehe, und schiebt dann ihren quietschenden Gehwagen in Richtung Dreisambrücke und in den Regen.

»Aber lasst eure Telefone zuhause«, sagt sie noch. »Man weiß nie, wo die Aasgeier ihre Ohren haben.«

Ich schaue hinunter auf den Zettel.

»Meisenheim. Die wohnt in dem Dorf, wo die Bohrung ist.«

Sana schnalzt mit der Zunge. »Du willst da doch nicht hingehen, oder?« Sie schiebt ihr Fahrrad neben meins.

Hausbesuche bei einer verrückten Katzenfrau? Nein, das ist auch nicht, wie ich mir meine Nachmittage vorstelle.

»Wenn wir das Wasser dort irgendwie testen können«, überlege ich, »wenn wir beweisen können, dass Kerogreen lügt und das Wasser echt belastet ist, dann können wir damit vielleicht noch einen Artikel in die Zeitung bringen.«

»Glaubst du echt, dass sie uns irgendwas Brauchbares geben kann?«, fragt Nova. »Ich mein, ich hätte auch Bock, einfach mit den Katzen zu spielen, aber nicht, wenn ich mir dafür ihr Gelaber reinziehen muss.«

Ich schnaube.

»Mega creepy«, fügt Nova hinzu. »Man weiß nie, wo die Aasgeier ihre Ohren haben.«

»Die haben ihre Ohren meistens an den Seiten vom Kopf«, sagt Sana wissend.

»Ich glaube, das war eine Metapher«, sage ich und werde dafür von Sana ans Ohr geschnipst.

Als ich zuhause ankomme, fahren Karo und ich zum Polizeirevier, wo mir meine Sachen zurückgegeben werden und ich ein paar Unterschriften abgeben muss, um zu bestätigen, dass ich alles zurückbekommen habe.

Dann sitze ich in meinem Zimmer am Schreibtisch, mein Laptop vor mir, der Zettel der Katzenfrau liegt daneben. Ich traue mich nicht, meinen Laptop aufzuklappen. Werde das unangenehme Gefühl nicht los, das die Begegnung bei mir hinterlassen hat.

Hat meine Verschlüsselung gehalten? Die Hausdurchsuchung ist keine zwei Wochen her und wenn sie die Verschlüsselung geknackt haben, dann ging das verdammt schnell. Ein bisschen mehr Widerstand hätte ich der Verschlüsselung eigentlich zugetraut. Hatten die Cops einfach keine Lust mehr?

Ich drehe den Laptop um, auf die Rückseite, wo das Gehäuse mit zehn kleinen Schrauben zusammengehalten wird. An drei der Schrauben sind winzige Kratzer zu sehen. Komisch. Ich habe meinen Laptop noch nie aufgemacht. Das heißt, entweder waren diese Kratzer schon immer da, sind irgendwie bei der Herstellung drauf gekommen ... oder jemand anderes hat meinen Laptop auf- und wieder zusammengeschraubt. Ich krame in meinen Schubladen nach einem Schraubenzieher.

»Papa?«, rufe ich. »Hast du meinen Schraubenzieher?«

Mein Vater taucht im Türrahmen auf und hält einen kleinen Kreuzschlüssel in der Hand.

»Suchst du den?«

Er wirft ihn mir zu und beugt sich dann mit mir über den umgedrehten Laptop.

»Die Batterien vom Telefon waren leer«, sagt er. »Was machst du denn da?«

»Gucken, ob da irgendwas drin ist, was nicht reingehört.«

Mein Vater kratzt sich am Bart. »Was nicht reingehört?«

»'ne Wanze, irgendwas.«

»Eine Wanze«, wiederholt mein Vater. »Wer söll denn da eine Wanze eingebaut haben?«

Mir fällt auf, dass es wahrscheinlich schon jetzt das längste Gespräch ist, das ich mit meinem Vater diesen Monat geführt habe. Was vielleicht daran liegt, dass wir uns meistens nur beim Abendessen sehen und er den Großteil seiner Zeit damit verbringt, reichen Leuten ihre Rosenbüsche zu trimmen. Mein Vater ist Gärtner und müsste lange nicht so viel arbeiten, wie er es tut. Aber sein Ego verlangt, dass er, wenn er schon nicht so viel verdient wie Karo, wenigstens doppelt so hart arbeitet wie sie. Was vielleicht daran liegt, dass meine Oma ein feuerspeiender Drache ist, der ihm ständig in den Ohren liegt, was mein Opa für ein geiler Hengst war, der sein Leben lang nur geschuftet hat. Mein Vater hat drei ältere Brüder, die alle, wie Oma sagt, etwas Anständiges gelernt haben. Architekten und Anlageberater geworden sind und ihren Frauen ein angenehmes Leben ermöglichen. Ich glaube, es ist unnötig, zu sagen, dass Karo und meine Oma keine besten Freundinnen sind.

»Die Polizei?«, sage ich. »Wer sonst?«

Mein Vater runzelt die Stirn. »Wieso sollte die Polizei was in deinen Laptop bauen?«

»Wenn sie mein Zimmer durchsuchen, können sie mich auch überwachen.«

Mein Vater legt mir eine Hand auf die Schulter.

»Mika-*canım*, das ist doch kein Grund, jetzt paranoid zu werden. Das war doch nur schlampige Polizeiarbeit, dass sie bei uns gelandet sind. Denen ist der Mauszeiger ausgerutscht. Du hast ja nichts gemacht. Es ist ja alles geklärt, jetzt. Sie haben ihren Job gemacht, sie haben die echten Verbrecher gefunden, du hast deine Sachen wieder.« Er legt die andere Hand auf meinen Kopf und wuschelt durch meine Haare.

»Ich bin kein Hund!«, sage ich und schüttle seine Hand ab. »Gott! Warum müssen du und Karo immer meine Haare anfassen? Ist das ein Elternreflex oder was?«

»Man, bist du wieder geladen!«

»Ich bin nicht geladen!«

»*Tamam*. Ich lass dich in Ruhe. Schraub eben deinen Laptop auf, aber frag nicht nach einem Neuen, wenn du ihn kaputtmachst«, sagt mein Vater und macht die Tür hinter sich zu.

Die echten Verbrecher … Wenn sie die echten Verbrecher hätten, dann wäre Fracking verboten und Joe würde ganz bestimmt nicht in den Knast gehen.

Ich setze den Schraubenzieher an und schraube mit minutiöser

Präzision eine Schraube nach der anderen aus dem Gehäuse, bis ich den Boden vorsichtig abnehmen kann. Ich lege mein Handy daneben, auf dem die *iFixit* App läuft, die das Modell meines Laptops kennt und mir ein Bild davon zeigt, wie er im Normalzustand aussehen müsste, und vergleiche.

Das ist vielleicht der Vorteil davon, wenn man so ein Ding nicht selbst zusammenbaut. Es dauert nicht lange, bis ich etwas finde. Wer auch immer an meinem Laptop war, hatte keine besonders gute Feinmotorik, auch hier drinnen sind wieder ein paar Kratzer und ich frage mich, ob das Ding jetzt überhaupt noch funktioniert. Neben dem Akku und zwischen Trackpad und Tastatur ist ein kleiner Knopf, der auf dem Foto in der App nirgends zu sehen ist.

Ich rufe Nova an.

»Guten Tag. Sie haben die Nummer der chinesischen Geldwäscherei erreicht, wie kann ich Ihnen weiterhelfen?«

»Du kannst mir sagen, wieso Polizeiarbeit in die Überwachung von siebzehnjährigen Klimaaktivistis ohne Vorstrafen fließt.«

»Was?«

»Ich hab gerade meinen Laptop aufgeschraubt und da wurde was eingebaut.«

»Ein Keylogger?«, fragt Nova.

»Ich hab keinen Plan, was ein Keylogger ist.«

»Damit kann der gesamte Input, den deine Tastatur bekommt, aufgezeichnet werden. Also wenn du zum Beispiel ein Passwort eingibst, bekommt der Keylogger das mit. Und eigentlich auch alles andere was du schreibst.«

»Fuck«, sage ich und atme aus. »Was mach ich dagegen?«

»Nichts«, sagt Nova. »Du könntest ihn zwar rausnehmen, aber das würden sie wahrscheinlich irgendwann merken. Und dann kann theoretisch immer noch Spyware auf dem Laptop installiert sein, die du niemals finden wirst.«

»Muss ich jetzt mein ganzes Betriebssystem platt machen und neu aufsetzen?«

Nova summt unzufrieden.

»Nee, ich glaub nicht, dass sie reingekommen sind. Dann hätten sie auch einfach Überwachungssoftware installieren können. Dafür braucht's keine Hardware. Eigentlich ist das Ding safe der Beweis dafür, dass sie nicht reingekommen sind. Wär auch krass, wenn sie so schnell deine Verschlüsselung geknackt hätten.«

Sag ich ja. Ich atme einmal tief ein und wieder aus.

»Okay. Und würdest du mir raten, ihn rauszunehmen? Der sendet doch sonst alles, was ich tippe, an die Polizei?«

»Unwahrscheinlich«, sagt Nova. »Das ist das Ding, wenn der alles speichert. Dann müssen sie ihn auch wieder abholen.«

»Also noch eine Hausdurchsuchung«, sage ich.

»Exakt.«

Ich lege auf. Was ist das bitte für ein Leben? Ich lasse den Blick durch mein Zimmer schweifen und stelle mir vor, ich wäre Polizistin. Er bleibt an der Zeitung auf meinem Bett hängen und dem Zettelchen, das die Frau mir gegeben hat. Vielleicht sollte ich so was lieber nicht rumliegen lassen. Ich krame in meiner Schreibtischschublade nach einem Feuerzeug. Die gelbe Flamme frisst sich träge durch das Papier, dann zerfällt der Zettel zu Asche. Mein Rauchmelder fängt an zu piepen. Was für ein Tag.

11

MOOP MAMA – HELDEN

Das Haus steht ganz am Ende der Straße, versteckt hinter drei dunklen Tannen. Nur ein enger Gang zwischen den Bäumen hindurch gibt den Blick auf die Haustür frei.

»Knusper, knusper Knäuschen«, sagt Nova, als wir unsere Fahrräder abstellen. »Seid ihr sicher, dass ihr da klingeln wollt?«

Mein T-Shirt klebt an meinem Rücken, da wo mein Rucksack war. Ich vergleiche die Hausnummer noch mal mit der, die auf meinem Arm steht und muss einsehen, dass wir leider an der richtigen Adresse sind. Der Wind rasselt ein bisschen in den Baumwipfeln und ist gefährlich kalt auf meiner schwitzigen Haut, jetzt wo wir nicht mehr in Bewegung sind. Die Luft ist schwer vom Geruch klebriger dunkelvioletter Blüten, die ich nicht zuordnen kann, und unter den Fenstern wächst eine ungezähmte Buxbaumhecke.

Ich zucke mit den Schultern.

»Wenn sie uns dick füttern will, stoßen wir sie einfach in den Kamin.«

Wie gefährlich kann so eine alte Frau schon sein? Und ich glaube nicht an Hexen.

Statt einer Klingel gibt es nur einen schweren Türklopfer in Form eines Löwen. Das Messing ist kalt in meiner Hand. Die ganze Straße ist so ausgestorben, dass man das Klopfen wahrscheinlich bis zum anderen Ende hören kann. Wir warten. Auf der anderen Seite der Tür klingt es, als würde jemand mit einer Klapperschlange wrestlen, dann öffnet sich die Tür einen Spalt, so weit, wie die schwere Eisenkette dahinter nun mal erlaubt. Wir hören die Frau einen Moment atmen, bevor sie etwas sagt.

»Ihr habt eure Telefone zuhause gelassen?«

»Ja«, sage ich.

Die Tür geht noch mal zu, dann öffnet sie sich ganz, und da steht die verrückte Katzenfrau mit ihrem Gehwagen. Einen Aluhut hat sie nicht auf, obwohl mich das auch nicht mehr überrascht hätte.

»Kommt rein, schnell, schnell«, sagt sie und scheucht uns ins Haus, das genauso dunkel ist wie der Garten, voll scheußlich gemusterter Tapeten und Porzellanstaubfänger in Form von verschiedenen Tieren, die sich zusammen mit ein paar glitzernden Elfen auf den Regalen reihen. Sie bittet uns nicht, die Schuhe auszuziehen und schiebt ihren quietschenden Gehwagen voraus ins Wohnzimmer, das auf den Garten hinter dem Haus blickt, wo es zum Glück etwas heller ist, aber nicht viel besser riecht. Staubig, nach Katzenfutter und kaltem Rauch. Nova und Sana setzen sich vorsichtig auf das grüne Polstersofa und ich bilde mir ein, dass um sie herum eine dünne Staubwolke aufwirbelt. Sana niest.

»Ich habe Kekse da«, sagt die Frau und stellt eine Schale mit trockenem Spritzgebäck auf den Tisch. Ich setze mich neben Nova und Sana und erinnere mich an eine Szene in Harry Potter, als die drei Luna Lovegoods Vater besuchen, der ihnen von den Heiligtümern des Todes erzählt. Der Typ ist auch nicht ganz dicht, hat aber in Teil fünf die einzige Zeitung rausgebracht, die nicht vertuscht hat, dass Voldemort zurück ist. Ich weiß, wir begeben uns hier auf dünnes Eis. Wenn die Alte doch nur eine Verschwörungstheoretikerin ist, dann kriegen wir nicht unbedingt mehr Glaubwürdigkeit, wenn wir uns mit ihr treffen. Aber jetzt gerade weiß sowieso niemand, wo wir sind. Hoffe ich jedenfalls.

Da springt mir plötzlich ein zerzaustes Etwas auf den Schoß und ich springe vor Schreck fast vom Sofa. Das Vieh faucht und läuft rüber zu Nova, die sofort anfängt, in Babysprache zu brabbeln und es zu streicheln, obwohl es da nicht mehr viel zu Streicheln gibt.

»Das ist Frau Holle«, sagt die Frau und lässt sich von ihrem Gehwagen vorsichtig und mit einiger Anstrengung auf ihren Sessel nieder. »Ich bin Frau Herzel, aber ihr dürft mich Renate nennen.«

Ist das ihr echter Name, oder hat sie sich den ausgedacht?

»Was ist mit der Katze passiert?«, frage ich und rücke noch ein Stück weg von Nova und dem Etwas auf ihrem Schoß. Vielleicht hat das Vieh Flöhe oder ansteckende Krankheiten.

»Ja, das hab ich mich auch gefragt«, sagt Frau Herzel. »Und dann ist bei mir das Gleiche passiert.«

Sie fasst sich an den Kopf und nimmt ihre Perücke ab, worunter nur ein paar spärliche, dünne Haare wachsen.

»Jeden Tag ein Knäuel Haare in der Bürste. Kopfschmerzen, Gliederschmerzen. So alt bin ich ja noch nicht.«

»Wie alt sind Sie denn?«, fragt Sana.

»Neunundvierzig.«

»Oh, ich hätte Sie auf siebzig oder so geschätzt«, sagt Sana.

Nova tritt ihr gegen das Schienbein. Ich stöhne innerlich. Frau Herzel tut so, als hätte sie den Kommentar überhört.

»Ja, ich war richtig flott auf den Beinen, bevor die angefangen haben hier zu bohren. Da hab ich eins und eins zusammengezählt, dass das Grundwasser belastet sein muss. Das ist erst ein paar Monate nach der ersten Bohrung passiert, was soll es sonst gewesen sein? Die ist ja gleich hier um die Ecke.«

»Und dann?«, fragt Sana.

»Na ja, dann habe ich da angerufen. Bei der Firma. Erst wollten sie davon gar nichts wissen. Aber dann gab es noch andere hier in der Straße, die sich bei Kerogreen gemeldet haben.«

Sie spricht den Namen der Firma so aus: *Kero-grehn*. So wie meine Oma *Globetrotter* ausspricht, *wöhrld-weid-web* und *Fräkking*.

»Die Antwort war immer, die Bohrung sei zu tief, als dass von dem Frackwasser was ins Grundwasser kommen könnte.«

»Und das haben Sie geglaubt?«, fragt Nova und krault die Katze hinter den nackten Ohren.

Renate lehnt sich zurück.

»Nein. Es kann auch an undichten Zementierungen der Bohrungen liegen und eben viel weiter oben ausgetreten sein. Wer weiß das schon. Aber das haben die alles geleugnet. Wir sind hier ziemlich ab vom Schuss. Die Leute interessiert das nicht, solang es nicht drinnen in der Stadt passiert. Was ist schon eine Straße und ein paar kranke Menschen? Das kommt vor. Beherrschbare Risiken nennen die das. Ich geb's ja zu, was da drüben in Botswana oder Timbuktu passiert, interessiert mich auch nicht. Kann ich ja keinem verübeln.«

Sie hustet und spuckt dezent etwas in ein altes Taschentuch.

Sacrifice-Zones sagt man dazu im Klima-Jargon. Gebiete, die zwar besiedelt sind, aber im Namen des Kapitalismus geopfert werden. Die weit genug weg sind, dass diejenigen, die von der Zerstörung profitieren, sie nicht angucken oder miterleben müssen.

»Und Sie wissen mit Sicherheit, dass es das Wasser war?«, fragt Nova, die mittlerweile von oben bis unten mit feinen Katzenhaaren bestäubt ist.

Renate nickt.

»Im März, da musste ich ins Krankenhaus. Multiples Organversagen. Die Ärzte konnten mich nicht behandeln, weil sie ja nicht wussten, mit was sie es zu tun haben. Ich hab denen Alles erzählt und sie haben versucht, die Liste mit den Chemikalien aus dem Frack-Wasser zu bekommen, aber das wisst ihr ja, dass sie die als Firmengeheimnis hüten.«

»Und dann?«, frage ich.

Dass Renate nicht gestorben ist, ist ja offensichtlich, außer wir reden hier mit einem Geist.

»Dann kam nachts ein Anruf beim Oberarzt«, sagt sie. »Jemand hat ihm die Zusammensetzung diktiert. Die durfte er zwar niemandem sagen, aber dann konnten sie mich endlich behandeln.«

Jetzt hängen wir ihr alle drei an den Lippen. Ein bisschen Sonne fällt durch die Fenster hinter uns und lässt die Staubkörner in der Luft tanzen.

»Und als ich wieder auf den Beinen war, da hab ich mir diese Liste besorgt«, sagt Renate und knackt mit ihren Fingern auf eine beeindruckend gruselige Art, bei der ich denke, dass ich mich mit ihr nicht anlegen will. »Aus dem Schreibtisch vom Oberarzt.«

Renate kramt einen etwas zerknitterten Umschlag aus der Brusttasche ihrer Strickjacke und schiebt ihn über den Tisch.

»Da, das ist sie.«

Nova rückt ein Stück vor, sodass die Katze mit einem Satz von ihrem Schoß springt. Sie zieht das Blatt Papier aus dem Umschlag und faltet es auf. Renate schweigt und wartet, bis wir uns über das Papier beugen, auf dem von oben bis unten in blauer Tinte und krakeliger Handschrift mehrere Chemikalien aufgelistet sind.

»Benzol, Toluol, Ethylbenzol, Xylol«, murmelt Nova.

»Die nennt man *BTEX-Chemikalien*«, sagt Renate.

»2-Butoxyl-Ethanol«, liest Nova weiter. »Das ist eingekreist. Ey, ich les jetzt aber nicht die ganze Liste vor.«

Sie gibt mir das Blatt. Ich habe keine Ahnung von Chemie.

»Das kann unter anderem seltene Tumore hervorrufen«, sagt Renate. »Wenn ihr ein bisschen recherchiert, werdet ihr sehen, dass das meiste da krebserregend ist.«

»Warum sind Sie damit denn nicht zur Zeitung gegangen?«, fragt Sana. »Oder zur Umweltbehörde.«

Renate lacht verbittert. »Und zugeben, dass ich die Liste geklaut habe? Ich kann ja nicht einmal beweisen, dass sie echt ist.«

Ja, das kann sie nicht. Sie hat uns nur eine Geschichte erzählt und uns einen Zettel gegeben

»Und was sollen wir dann damit?«, fragt Sana.

Renate zuckt mit den Schultern.

»Überprüft sie. Ihr habt ja einen guten Draht zur Öffentlichkeit. Findet die Beweise, die ihr braucht.«

Nova zieht die Beine an, legt ihr Kinn auf ihre Knie.

»Sollen wir bei Kerogreen einbrechen und eine Probe von dem Frac-Fluid mitnehmen oder was?«

Das wäre wahrscheinlich der einfachste Weg mit Joe im Knast zu landen.

»Offensichtlich«, sage ich, »nehmen wir erst mal Leitungswasser von hier mit.«

»Wie willst du das überhaupt testen?«, sagt Nova und lacht laut. »Trinken?«

»Hallo, Nova, wozu hatten wir ein Semester Hydrologie in Bio?«, fragt Sana.

Renate schüttelt den Kopf.

»Unser Wasser haben sie ausgetauscht. Die ganze Straße, da haben sie 'ne ganz neue Leitung verlegt. Mit der Bohrung hat das aber natürlich gaaar nichts zu tun.«

Ich sacke ein bisschen zusammen.

»Sie haben eine neue Leitung?«

»Ja. Alles einwandfrei jetzt«, sagt Renate.

»Das heißt, es gibt keine Beweise mehr«, stellt Sana fest.

»Haben Sie mal diesen Test gemacht, damals«, frage ich, »ob Sie Ihr Wasser anzünden können? Oder haben Sie was von dem Wasser aufbewahrt?« In den USA gab es einige Haushalte in der Nähe von Bohrungen, wo die ihr Leitungswasser anzünden konnten, weil beim Fracking auch Methangas in die Grundwasser-Schichten gekommen ist. Sana meint, das kann man an den Isotopen nachweisen, ob das Methan auf natürlichem Wege da rein kommt oder aus einer fossilen Gesteinsschicht. Was sind Isotope? Keine Ahnung. Frag eine Chemikerin. Vielleicht haben wir ja Glück und Renate hat auch ein Video von einem brennenden Wasserhahn aufgenommen.

»Ich bin doch nicht wahnsinnig!«, ruft Renate. »Mein Wasser anzünden, ihr habt vielleicht Ideen. Soll ich mich auch noch in die Luft jagen?«

Nicht wahnsinnig, sagt die Frau, die uns gestalked hat und mit drei halb nackten Katzen in einem Serienmörderhaus wohnt.

»Also haben Sie nichts«, sage ich.

»Immer mit der Ruhe«, sagt Renate. »Eine alte Frau ist kein W-Lan. Ich kann euch die Stelle zeigen, wo die alte Leitung abgeschnitten wurde.«

»Ich dachte, Sie sind nicht so alt«, sagt Sana. Nova kickt sie noch mal gegens Schienbein.

Ⓐ

»Ihr wollt euch 2.000€ teures Equipment für das Wochenende ausleihen, hab ich das richtig verstanden?«

Herr Lotz blinzelt Sana und mich an, als hätten wir ihn aufgefordert, einen Porsche rauszurücken, mit dem wir dann betrunken und ohne Führerschein Rennen auf der B31 fahren.

Es ist Freitag nach der Biostunde und wir haben gleich wieder Geschichte bei der Krätzemilbe, aber wir sind länger geblieben, um Herrn Lotz noch abzupassen, bevor er ins Lehrerzimmer verschwindet, um sich einen doppelten Espresso reinzuziehen. Der Typ ist Pegeltrinker und nie ohne seine Thermoskanne zu sehen, weshalb er auch manchmal ein bisschen koffeinierten Mundgeruch hat, aber wir verzeihen ihm das, weil er einfach viel zu gut aussieht. In der siebten Klasse war er unser Referendar und wir seine erste Klasse überhaupt. Er ist vielleicht der einzige Lehrer, der konsequent, egal bei welchem Wetter, mit dem Fahrrad zur Schule kommt.

Mittlerweile ist er mit seinem Freund verheiratet und sie versuchen, ein Kind zu adoptieren, deswegen gibt es Gerüchte, dass er bald in Elternzeit geht. Dann sind wir einen der letzten guten Lehrer auch noch los.

»Nur für das Wochenende«, wiederhole ich. »Sie haben doch gesagt, dass man das, was wir bei Ihnen lernen, auch wirklich anwenden kann.«

»Wo in Gottes Namen wollt ihr das anwenden?«

»In Meisenheim«, sagt Sana.

Herr Lotz kratzt sich am Hinterkopf.

»Okay, ich verstehe. Ich lese auch Zeitung. Man muss ja *up to date* bleiben, wie die Kids sagen, ge?«

Ich denke, das sagen eher die über dreißigjährigen Yuppies, aber okay, ich möchte seine Illusion nicht zerstören.

»Aber ausleihen kann ich euch die Sachen leider wirklich nicht. Wenn da was kaputt geht, und das kann ja immer mal passieren, dann greift die Haftpflichtversicherung nicht.«

»Herrrr Looootz«, sagt Sana und setzt ihren besten Hundeblick auf. »Bitttteeeee?«

Etwas zerstreut sortiert er die übrig gebliebenen Aufgabenblätter in seine Tasche und schaut auf seine Uhr.

»Also, ich finde das ja klasse, dass ihr euch am Wochenende noch mit Hydrologie beschäftigen wollt«, sagt er.

»Aber«, sage ich.

Er schaut entschuldigend zu uns hoch.

»Sie wollen doch Kinder haben«, sagt Sana.

»Genau«, sage ich. »Wenn die sich Sorgen um ihre Lebensgrundlage machen, sagen Sie dann auch, dass die Haftpflichtversicherung nicht greift? Wer versichert unseren Planeten?«

Herr Lotz setzt seine Tasche auf dem Tisch ab und streicht sich nervös durch die Haare.

»Okay«, sagt er und atmet aus. »Ihr könnt Montag nach der Schule mit eurer Probe zu mir kommen und dann analysieren wir sie zusammen.«

Wir grinsen.

»Wusste ich doch«, sagt Sana und boxt Herrn Lotz in die Schulter, »dass Sie der coolste Lehrer sind.«

»Und der Bestaussehendste«, ergänze ich.

»Und der Korrekteste«, sagt Sana.

»Ach, hört auf mir zu schmeicheln, ihr Schleimer«, sagt Herr Lotz und geht mit uns durch die Tür. Dann zwinkert er uns zu.

»Ihr habt ›der Kompetenteste‹ vergessen.«

Am Freitagnachmittag sitzen wir alle drei an der Dreisam mit Falafel-Yufka vom Amara, nur Sana hat sich eins vom Euphrat geholt, weil sie behauptet, dass die den Teig besser hinkriegen, was definitiv eine Lüge ist, und wir planen unsere nächste Aktion. Ich laufe endlich wieder barfuß und halte meine Füße ins frischkalte Wasser, während ich in meinen Yufka beiße und Hummus-Falafel-Salatgeschmack auf meiner Zunge explodiert. Auf Novas Schultern und auf meiner Nase ist schon der erste Sonnenbrand, meine Haut summt mit Wärme. Novas in Pappe gewickelter Yufka läuft unten aus und tropft pinken Rote-Beete-Saft auf die Steine, auf denen wir sitzen. Etwas weiter weg steht ein Graureiher unbeweglich im Wasser und wartet, dass ein Fisch vorbeikommt. Sana stellt ihre Lautsprecher auf und wischt durch die Musikbibliothek auf ihrem Handy, bis sie sich für *Moop Mama* entscheidet. Dann gibt sie plötzlich einen überraschten Laut von sich, macht die Musik wieder aus und reicht das Handy an Nova weiter.

»What the fuck?«, sagt Nova.

»Was?«, frage ich und versuche einen Blick auf das Display zu werfen, aber es ist so von in der Sonne glänzenden Fingerabdrücken verschmiert, dass ich rein gar nichts sehen kann.

»Kerogreen hat eine Reportage gedreht«, sagt Sana.

»War hier im Newsticker«, sagt Nova und reicht das Handy an mich weiter.

Kerogreen Mitarbeiter trinken Frac-Fluid, steht in der Headline des Artikels.

»Klick mal drauf, ich will das auch sehen«, sagt Nova.

Ich öffne das Video, während wir uns alle über den kleinen Bildschirm beugen. Novas Falafel tropft ihr unbemerkt auf die abgetragenen Sneakers.

Das Video ist anscheinend nur ein Ausschnitt einer etwas längeren

Reportage, die heute Abend im Fernsehen ausgestrahlt wird. In dem Video sieht man drei Kerogreen Mitarbeiter auf dem Bohrgelände in Meisenheim in ihren grünen Arbeitsanzügen und gelben Helmen herumlaufen, als wären sie Sonnenblumen auf Beinen.

»Wegen der Kritik an gefährlichen Chemikalien hat die Firma speziell für Schiefer eine neue Fracking-Flüssigkeit entwickelt«, sagt der Erzähler im Voiceover. »Sie enthält 99,8 % Wasser und zwei weitere Substanzen.«

Einer der grünen Anzüge hält ein Glas mit klarer Flüssigkeit in die Kamera, das mit einem weißen Etikett versehen ist, auf dem steht: *Frac-Fluid Schiefergas, Wasser 99,8 %, Cholinchlorid 0,14 %, Butylglycol 0,06 %.*

»Beide Stoffe sind nicht umweltgefährlich«, sagt der Anzug fröhlich, »nicht giftig und nicht gesundheitsschädlich.«

»Dann könnten Sie das ja eigentlich auch trinken, oder?«, sagt der Reporter.

»Von der Zusammensetzung her, von der Gefährlichkeit her, ja. Ein Chemiker müsste eigentlich nein dazu sagen. Wenn das aber das letzte Argument sein soll, das da überzeugen soll, dann würde ich das auch Trinken, das ist keine Frage. Nur sollte das nicht zur Gewohnheit werden, dass man Chemikalien trinkt.«

»Und so kommt es zum Selbstversuch«, sagt der Erzähler.

Auf dem Bildschirm füllen drei Kerogreen Mitarbeiter sich Shotgläser mit der Flüssigkeit ab, und der Anzug sagt: »Wenn's denn der Sache dient, trinken wir das jetzt.«

Sie stürzen die Shots.

»Und wie man sieht, geht es uns weiterhin gut.«

Er schaut so zufrieden in die Kamera, als hätte er gerade ganz alleine eine Sachertorte gegessen.

»Das kann doch nicht wahr sein, ey«, flüstert Sana. »Wollen die uns komplett verarschen?«

»Wir lassen uns eine Probe abfüllen, die wir mit in die Redaktion nehmen«, labert der Erzähler weiter.

Der Anzug überreicht dem Reporter mit viel offiziellem Getue ein Fläschchen.

»Und diese Probe möchten wir Ihnen überreichen, zur Sicherheit, als Rückstellprobe, dass keiner sagt, wir haben mit der Flüssigkeit getrickst.«

Krass, denke ich. Krass, krass, krass.

»Kann das echt sein?«, fragt Nova. »Sana?«

Von uns dreien hat sie sich wahrscheinlich am meisten mit dem Thema beschäftigt.

»Nie im Leben. Frac-Fluid ist dermaßen kompliziert. Das ist eigentlich eher so ein Gelee.« Sana kratzt sich an der Nase. »Erst mal funktioniert das Fracken ja mit Wasser, das man in die Bohrung schießt, um Risse ins Gestein zu sprengen, wo das Gas dann durch die Risse nach oben kommt. Und damit die Risse offenbleiben und nicht wieder zu gehen, packen die noch Sand dazu, sodass die Körner in den Rissen stecken bleiben.«

»Und wo ist das dann ein Gelee?«, frage ich.

»Da war ich doch grad dabei, das zu erklären. Also: Damit der Sand sich gleichmäßig verteilt kommen noch Chemikalien rein, die man ›gelling agents‹ nennt. Und reibungsmindernde Chemikalien, Chemikalien, die die Oberflächenspannung von der Flüssigkeit verringern und Biozide, weil es im Wasser immer Organismen gibt, die die Rohre der Bohrung zersetzen könnten – die killen die halt dann damit. Und am Ende noch mal Chemikalien, die das ganze Gelee wieder auflösen.«

»Puh«, sagt Nova.

»Ja. Kann ja sein, dass in dem Glas da wirklich das drin ist was sie sagen. Aber ich schwöre, es ist nie im Leben Frac-Fluid. Wie kann man bitte so dreist sein?«

»Also ja, sie wollen uns komplett verarschen«, sagt Nova.

Ich gebe Sana das Handy zurück, vorsichtig, weil ich mich echt beherrschen muss, es nicht in den Fluss zu werfen.

»Wir müssen das auch unbedingt filmen«, sagt Sana. »Wenn wir nach Meisenheim geh'n und das Wasser abfüllen. Und dann veröffentlichen wir das.«

»Sana, chill mal bitte«, sagt Nova. »Wir haben keine Kamera, kein Mikro, keiner von uns kennt sich mit so was aus.«

»Habt ihr nicht, als ihr klein wart, einen Computer gebaut?«, sagt Sana. »Und können wir nich' einfach Karo fragen, ob die Zeitung das mit uns filmt?«

Ich schüttle den Kopf.

»Es ist Freitag. Wenn wir das bei der Zeitung anfragen, dann dauert das doch erst mal mindestens zwei Wochen, bis das jemand entschieden hat.«

»Urgh«, sagt Sana. »Lasst uns wenigstens mal rum fragen, ob jemand eine Kamera hat.«

»Du willst doch nur den Fame«, sage ich grinsend.

Sana streckt mir die Zunge raus.

»Ja, ich werde krasser Influencer später und dann influence ich alle, ethisch korrekt zu leben und Feministinnen zu werden.«

»So funktioniert influencen nicht«, sagt Nova.

»Noch nicht«, sagt Sana.

Ich lasse die zwei weiter streiten, während ich meine Kontaktliste durchscrolle und überlege, wo wir so schnell eine Kamera herkriegen. Irgendwie gefällt mir der Gedanke schon, eigenständig loszuziehen und die Umweltschäden zu dokumentieren und dann wirklich zeigen zu können, wieso wir keine fossilen Energien mehr nutzen dürfen. Sind vielleicht die Journalistinnengene in mir.

Den Beitrag schauen wir uns am Abend alle bei mir zuhause an. Zwischen Karo, meinem Vater, Sana und Nova ist kaum noch Platz für mich auf der Couch, wobei mein Vater immer wieder desinteressiert auf die Uhr schaut.

»Mika, hast du schon mal drüber nachgedacht, dass mit dieser Firma alles in Ordnung sein könnte?«, fragt er, nachdem in der Doku einige dumme Landeier befragt wurden, was sie gegen Fracking haben: »Feuer aus dem Wasserhahn, nee, das muss ich nich' haben!«, und mehrere Pseudowissenschaftler*innen ausgiebig erläutert haben, wieso Fracking eine hervorragende Technologie mit beherrschbaren Risiken sei.

»Das Schiefergestein, das riecht ja so schön nach Gas«, sagt ein Geologe, »wirklich, ein sehr angenehmer Geruch.«

»Wie meinst du das?«, frage ich meinen Vater, ohne den Blick vom Bildschirm zu nehmen.

»Na ja, denk doch mal daran, dass dort vielleicht alles korrekt läuft. Bis jetzt ist unser Trinkwasser ja in Ordnung.«

Ich schnaube genervt. Die ganze Debatte dreht sich jetzt nur noch darum, ob Fracking eine Gefahr fürs Trinkwasser darstellt.

»Als ob es nicht noch zehntausend andere gute Gründe gibt, Fracking zu verbieten.« Mein Vater weiß ja auch nichts von Renate, denn wir mussten ihr versprechen, dass wir über unseren Besuch bei ihr kein Wort verlieren. Ich knirsche mit den Zähnen.

»Warum redet niemand über den krassen Wasserverbrauch von Fracking, der die Landwirtschaft austrocknet? Warum redet niemand über das entweichende Methan? Darüber, dass Schiefergas ein fossiler Energieträger ist und genauso schädlich sein kann wie Kohle? Warum redet denn niemand über den Klimawandel?«

Kein einziges Wort ist bisher in der Reportage darüber gefallen, dass Schiefergas ein fossiler Energieträger ist.

»In die Atmosphäre steigendes Methan und die Konsequenzen davon lassen sich eben nicht so gut in ein paar Bildern erklären«, sagt Karo. »Darauf kommt es an in den Medien.«

Ich werfe Sana und Nova einen Blick zu. Ja, denke ich. Ja, wir drehen eine Doku.

12

ALARMSIGNAL – BRENNENDE BARRIKADEN

Die nächsten paar Tage fühlen sich an wie eine Montage in einem Musikvideo, im Takt zu echt rotziger Punkmusik. Wir organisieren eine Kamera von Aarons Schule und mischen Meisenheim auf, bewaffnet mit einer schweren Picknickkiste, in der einige Gläser für die Wasserproben stecken. Die Kamera läuft.

Hier sieht man Sana Wasser aus der alten Leitung abfüllen. Das Bohrgelände: ein flaches Feld, dem der Wald weicht. Zäune. Kameraschwenk auf die Plaketten mit der Aufschrift *Lebensgefahr: Betreten verboten.*

Der Bohrturm, verwackelt, in der Ferne – Cut.

Schwenk über den frischen Asphalt, dort wo die neue Leitung verlegt wurde – Cut.

Wir versuchen, mit ein paar Anwohner*innen zu reden und Interviews zu bekommen. Close-up auf den Klingelknopf. Uns wird die Tür vor der Nase zugeschlagen – Cut.

Uns wird die Tür vor der Nase zugeschlagen – Cut.

Uns wird die Tür vor der Nase zugeschlagen. Kameraschwenk auf Nova, die die Backen aufbläst – Cut.

Die Speichen unserer Fahrräder, die sich drehen wie ein Hamsterrad. Eine Straße weiter. Eine Tür geht auf, eine Hand winkt uns rein. Schwenk auf zwei kleine Kinder, die an den Beinen ihres Vaters hängen – Cut.

Ein Interview. Dann weiter. Die Kamera hält auf den Horizont. Kurze Verschnaufpause und meine Stimme:

»Nervig, dass man Treibhausgase nicht sehen kann. Dass wir so selten anhalten und uns daran erinnern, dass wir ein winziger Punkt auf einem sich drehenden Planeten sind. Dass hier alles, einfach alles, zusammenhängt. Dass alles, was wir in die Atmosphäre pumpen, wieder zu uns zurückkommt. Wenn wir das kapieren würden, wenn es wirklich immer im Hinterkopf wäre, dann würden wir auch anders mit unserer Umwelt umgehen. Wir sind ja auf dieses Ökosystem angewiesen, darauf, dass alles funktioniert und alle kleinen Teile ineinandergreifen.«

Unabhängigkeit ist eine Lüge.

Weiter im Takt.

Meine Hand, die die Tür zu den Bioräumen aufstößt.

»Hallo Herr Lotz, wir haben Ihnen was mitgebracht«, flötet Sana und hievt die Picknickkiste auf den Tisch.

Herr Lotz, der uns die Ergebnisse entgegenhält. Erhöhte Werte von 2-BE, erhöhter Quecksilber- und Nitratgehalt.

»Wobei das Nitrat wohl aus der Landwirtschaft kommt«, sagt Herr Lotz. »Sana, du kannst uns bestimmt sagen, warum.«

»Dadurch, dass so viel Dünger auf die Felder gestreut wird, der ins Grundwasser sickert?«

»Genau.«

»Heißt das, da ist Tierscheiße drin?«, fragt Nova.

»In etwa, ja«, sagt Herr Lotz. »Gesund ist das nicht.«

»Ist da auch was drin, was mit Fracking zu tun hat?«, frage ich und zoome mit der Kamera auf die Wassergläser.

Herr Lotz kratzt sich an der Stirn. »Möglich. Der Benzolgrenzwert wurde tausendfach überschritten.«

»Benzol?«, frage ich.

»Das ist eine der Frack-Chemikalien«, sagt Sana.

»Ist das schlimm?«, fragt Nova.

»Das ist sehr krebserregend«, sagt Herr Lotz. »Sehr. Ich muss das auf jeden Fall der Umweltbehörde melden. Ihr müsst mir genau sagen, woher ihr dieses Wasser habt.«

»Wie schnell geht das?«, frage ich. »Die Bürgerinnen-Initiative klagt gerade gegen Kerogreen. Die brauchen diese Ergebnisse.«

»Wann ist denn die Anhörung?«, fragt Herr Lotz.

»Am fünften Mai«, sagt Sana.

»Das ist in einer Woche«, sagt Herr Lotz. »So schnell ist die Umweltbehörde nicht.«

Sana stöhnt. »Dann müssen Sie das eben selber machen! Bringen Sie das vor Gericht!«

Ich fange an, selbst die Dinge, die wir nicht filmen, von außen zu sehen, mich selbst dabei zu beobachten, wie ich nachts noch Hausaufgaben reinschiebe – Cut.

Mich im Bett hin und her wälze – Cut.

Die Kaffeemühle drehe. – Cut.

Mein Kopf hört nicht auf zu denken, zu arbeiten, zu überlegen, was noch in die Doku muss.

Schulweg – Cut.

Meine Füße im Takt zu Punkmusik, die nur ich hören kann. Henri hängt auf dem Schulhof herum, am Telefon, zur Unterrichtszeit. Ich bin zu spät, aber ich bleibe stehen und stelle mich unauffällig an die Ecke der Sporthalle und tue so, als würde ich mit meinem Handy rumspielen.

»Nein. Ey, ihr macht Witze, oder? Nein, ihr kommt nicht zur fucking Berufsorientierungswoche. Ist mir egal. Nein, man, nein. Ich schwör – nö. Wenn ihr da seid, bin ich krank. Nope.«

Er legt auf – Cut.

——— Ⓐ ———

Der Uhrzeiger an der Wand des Klassenzimmers kriecht vor sich hin und ich komme zum ersten Mal an diesem Tag von meinem koffein-induzierten High herunter. Mein Handy vibriert, als ich im

Matheunterricht sitze. Es ist Karo, die mir keine Pause gönnt, was in Ordnung ist, weil ich auch gar keine Pause will.

K

Mika! Ich habe einen Termin bei Kerogreen, wegen dem Beitrag im Fernsehen.
Möchtest du mitkommen und filmen?
:*

Das gesamte Gebäude riecht nach Reinigungsmitteln und ist ein einziges kastenförmiges Labyrinth, was wahrscheinlich ein Nebeneffekt davon ist, dass sie das ganze Ding in nur ein paar Monaten hochgezogen haben. Schnell, einfach, billig. An jeder zweiten Ecke steht eine Topfpflanze, die dem Ganzen noch irgendwie ein bisschen Natur verleihen soll. Karo hat ihr schickstes Work Outfit an und ich hab meine Hand schon in der Schlaufe der Kamera, als wir bei Herrn Marquard an der Tür klopfen.

»Marquard? Wieso hast du mir das nicht vorher gesagt?«, frage ich Karo.

»Was meinst du, wie ich den Termin bekommen hab?«

Ich rolle die Augen. Henris Vater hatte schon immer eine Schwäche für meine Mutter. Die zwei kennen sich noch aus der Uni, und angeblich gab es da auch mal einen abgelehnten Heiratsantrag oder was ähnlich Dramatisches. Frag mich nicht, ich will's eigentlich gar nicht wissen.

»Karo«, sage ich. »Weiß Papa davon?«

»Wovon? Dass ich unglaublich charmant sein kann?«

»Herein!«, ruft eine Männerstimme auf der anderen Seite der Tür. Das letzte Mal, dass ich Boris Marquard gesehen habe, muss auf irgendeinem Schulfest vor fünf Jahren oder so gewesen sein, und er ist nicht besonders gut gealtert. Ist das gemein? Sorry.

»Hallo Karo«, säuselt er. »Ah, sogar mit Tochter. Arbeitet ihr zwei jetzt zusammen? Mensch, Mika, du bist auch wieder – groß geworden.«

Mir läuft ein ekliges Kribbeln über die Haut, aber ich ignoriere es und setze mich auf einen der beiden Stühle vor dem klotzigen Schreibtisch.

»Boris.« Karo schüttelt seine Hand und setzt sich auch.

»Ist es okay, wenn ich filme?«, frage ich. »Wir drehen gerade eine Reportage.«

»Für die Schule?«, fragt Herr Marquard. »Davon hat Henri gar nichts erzählt. Eigentlich müsste ich das vorher mit der Chefetage besprechen.«

»Ich dachte, Sie sind die Chefetage«, sage ich.

Herr Marquard lächelt süßlich.

»Nicht ganz. Ich bin zwar im Vorstand und wissenschaftlicher Berater der Geschäftsführung, aber da gibt es noch ein paar andere, die ein Wörtchen mitzureden haben. Aber wenn das Ganze für die Schule ist, dann sollte es eigentlich kein Problem sein.«

Karo sagt nichts, ich sage auch nichts. Wenn er nicht weiß, dass ich auf der Infoveranstaltung war, wenn er nichts von meiner Hausdurchsuchung weiß, wenn Henri ihm nichts über mich gesagt hat, dann bin ich ganz bestimmt nicht die Person, die ihm davon erzählt. Ich mache die Kamera an, lehne mich im Stuhl zurück, ziehe die Beine an und balanciere die Kamera auf meinem Knie.

»Also, Herr Marquard«, sagt Karo und verfällt zurück in professionelle Distanziertheit. »Vielen Dank, dass Sie bereit waren, mit uns zu sprechen. Das demonstriert Dialogbereitschaft.«

»Selbstverständlich«, sagt er und verzieht keine Miene.

»Ich hätte da ein paar Fragen im Anschluss an die Reportage. Es gibt da eine Szene, in der Kerogreen Mitarbeiter eine Flüssigkeit trinken, die als Frac-Fluid gekennzeichnet ist. Wie beweiskräftig sind diese Bilder?«

»Diese Bilder beweisen, dass man das Frac-Fluid in kleinen Mengen gefahrlos zu sich nehmen kann«, sagt Herr Marquard. »Wir haben eigens an einer Zusammensetzung gearbeitet, die umweltfreundlich und gesundheitsverträglich ist.«

»In dem Video sieht man ja aber nur, wie drei Mitarbeiter diese Flüssigkeit zu sich nehmen, aber nicht, wie sie bei einer Bohrung verwendet wird«, sagt Karo.

Herr Marquard nickt. Mittlerweile weiß er vielleicht, worauf das Gespräch hinausläuft.

»Sie haben völlig recht, das hat keine Beweiskraft dafür, dass sie funktioniert.« Er überlegt eine Sekunde. »Manchmal versucht man, mit Bildern etwas zu unterstützen, was verbal nicht so gelingt. Natürlich muss man dieses Mittel genau probieren in einem Frac. Da wissen wir aber, dass es funktionieren würde.«

»Aber der Praxistest, der steht noch aus?«

Ich halte den Atem an. Auch Herr Marquard scheint etwas mit sich zu hadern.

»Der Praxistest an einer Schiefergasbohrung in Deutschland steht noch aus«, gibt er zu.

Cut. Es ist im Kasten. Ich will am liebsten auf dem Tisch tanzen, aber zwinge mich, still und mit Poker Face sitzen zu bleiben. Karo und Herr Marquard unterhalten sich noch weiter über die Risiken von Fracking und Kerogreens Pläne für die Zukunft, aber ich habe alles, was ich brauche und drifte ab, denk schon drüber nach, wie ich Sana, Nova und Aaron das Interview zeige.

»Wir sehen uns bestimmt bei eurer Berufsorientierungswoche!«, sagt Herr Marquard zu mir, als wir uns zum Abschied noch mal die Hände schütteln. »Christine und ich haben uns bereit erklärt, Kerogreen zu vertreten und euch ein bisschen den Firmenalltag zu erklären.«

»Cool, was sagt Henri dazu?«, frage ich. Karo wirft mir einen vernichtenden Blick zu, aber Herr Marquard hat den Sarkasmus nicht gehört, er ist schon dabei, durch einen Stapel Akten zu blättern, der auf seinem Tisch liegt.

»Henri freut sich natürlich auch auf die Möglichkeit, mal ein paar andere Unternehmen kennenzulernen«, sagt Herr Marquard. »Ich denke, ihm kommt das ganze Energiegerede schon aus den Ohren raus. Vielleicht wird es ja was bei Siemens.«

M-hm, denke ich. Im Moment sieht es eher nach Trainer im Fitnessstudio aus. Nicht, dass Fitness-Trainer was Schlimmes wären. Es gibt bestimmt auch ein paar, die pure body-positivity versprühen. Aber Henri? Na ja, immer noch besser als bei Kerogreen oder Siemens zu arbeiten. Aber das sage ich nicht.

Später sitze ich in St. Georgen, im Computerraum der Waldorfschule. Die Daten der Kamera laden rüber auf den schicken neuen Mac und Aaron hat echt *Film* als Unterrichtsfach, was mich mehr als nur ein bisschen neidisch macht.

»Wir werden halt auch auf die Realitäten des Arbeitsmarktes vorbereitet«, sagt er und verzieht dabei das Gesicht. »Jetzt können wir alle reich werden mit product placement in unseren vlogs.«

Der Computer gibt ein leises *Pling* von sich und da ist unser Filmmaterial, das jetzt nur noch geschnitten werden muss, zu einer Länge von weniger als zehn Minuten – darauf haben Sana, Nova und ich uns geeinigt. Ich setze mich auf den Tisch, neben den Bildschirm und baumele mit den Beinen.

»Aber du setzt deine Macht zum Guten ein«, sage ich. »Hör auf, dich zu beschweren.«

»Bezahlt ihr mich dafür?«, fragt Aaron, streckt mir die Zunge raus und dreht sich auf seinem Drehstuhl.

Ich schnipse gegen sein Ohr.

»Du bist das Waldorf Bonzenkind. Wofür brauchst du denn noch mehr Geld?«

»Aua. Was heißt hier Bonzenkind? Geld ist schon nice. Ich wollte schon immer mal eine Lobby gründen und die ganzen Politiker bestechen.«

Ich schnaube. Es gibt zwar Gesetze, die dafür sorgen wollen, dass Politiker*innen keine Geschenke annehmen, aber wenn so eine Lobby – das ist eine politische Interessengruppe – große Bankette für Politiker*innen veranstaltet, dann ist das erlaubt. Es ist auch erlaubt, dass es bei von Lobbys organisierten Events Wellness Angebote und Massagen gibt und es ist auch erlaubt, dass eine Politikerin, die im Bundestag als Wirtschaftsministerin gearbeitet hat, danach ein hoch bezahltes Jobangebot der Autoindustrie annimmt, für die sie jahrelang schöne profitable Gesetze durchgeboxt hat. Es gibt auch Lobbys, die von Bürger*innen bezahlt werden. Die haben nur leider nie so viel Geld und Einfluss, wie die Lobbys, die von großen Unternehmen bezahlt werden.

»Da braucht man halt Kohle«, sagt Aaron.

»Eine Lobby für was?«

»Kohle, sag ich doch. Die wollen die Kraftwerke schon in zwanzig Jahren abschalten! Wie sollen wir dann die ganzen Krankenhäuser mit Energie versorgen? Wenn wir jetzt dran arbeiten, Fracking zu stoppen, dann bleibt uns ja nichts anderes übrig. Dann müssen wir bei der Kohle bleiben.«

»Ich sehe ein ganz großes Sarkasmusschild über deinem Kopf blinken.«

»Aber mal ehrlich«, sagt Aaron. »Noch zwanzig Jahre Kohle? Kannst du dir das vorstellen?«

Zwanzig. So alt bin ich noch nicht mal.

»Nein«, sage ich. »Das ist ziemlich absurd. Wir haben Solar und Windkraft, und wenn man das mit Erneuerbaren ernst meinen würde, dann würde das auch gehen.«

Noch absurder ist, dass die jetzigen Ausstiegspläne auch nur grobe Ziele sind, alles andere als konkret. Wenn es so läuft wie bisher, wird das Ziel fünf Jahre vorher wieder fünf Jahre nach hinten verschoben und immer so weiter.

»Aber die Wirtschaft, Mika!« Aarons Mund ist ein gespielt entsetztes O. »Was, wenn die den Bach runter geht?«

»Wir sollten eh kein Wirtschaftssystem haben, das auf ständiges Wachstum ausgelegt ist. Das geht nicht auf einem Planeten mit endlichen Ressourcen. Das muss ich dir doch nicht erzählen?«

Aaron zuckt mit den Schultern. »Ja, aber ist langweilig, wenn wir uns immer einig sind.« Er zieht die Filmdateien in ein Cutting Programm und fängt an, sie nach Szenen zu trennen. »Apropos Wachstum, warst du schon mal auf 'nem Klimacamp? Die machen da 'ne Sommerschule zu dem Thema, so mit Kursen, für die man sich anmelden kann.«

Oh, Klimacamp. Ich wollte schon letzten Sommer hingehen, als meine Eltern mich gezwungen haben, mit ihnen in den Urlaub nach Italien zu fahren, um zwei Wochen in einem Schicki-Micki Hotelresort zu verbringen, wo man nichts Besseres zu tun hatte, als am Pool zu liegen und die ganzen Puddings aus der Minibar in sich rein zu fressen. Dieser Urlaub ist als traumatisches Erlebnis in die Familiengeschichte eingegangen. Das Klimacamp war nämlich genau zur gleichen Zeit wie unser Urlaub und ich wusste, dass Hannes auf dem Camp war. Boah, ich will gar nicht drüber nachdenken, was ich verpasst habe – und wie sehr ich deswegen ausgerastet bin, da bin ich nämlich auch nicht so stolz drauf.

»Nee, war ich nicht«, sage ich. »Aber dieses Jahr geh ich auf jeden Fall hin!«

»Ich auch«, sagt Aaron und guckt dabei konzentriert auf den Bildschirm.

»Vielleicht können wir zusammen gehen«, sage ich vorsichtig. Ich hatte geplant, Sana und Nova zu bequatschen, aber die beiden waren schon immer Wackelkandidatinnen, was längere Abenteuer angeht. Nova, weil sie eine angeborene Skepsis vor Sommercamps und Hippies hat, die da zweifelsohne auch rumlaufen, und Sana, weil ihre Eltern sie nicht einfach eine Woche unbeaufsichtigt lassen. Und Joe wird dieses Mal ja wohl auch nicht dabei sein ...

Aarons Gesicht verändert sich schlagartig, wie ein bewölkter Himmel, durch den plötzlich ein paar Sonnenstrahlen fallen.

»Ja, voll gern. Also, von den Klettermenschen fahren bestimmt auch welche hin, aber mit vielen von denen klicke ich dann doch nicht so krass.« Er schaut zurück auf den Bildschirm.

Heißt das, wir klicken krass?

»Danke noch mal«, sage ich.

»Wofür?«

»Dass du mit dem Schneiden hilfst. Das ist echt nice.«

»Kein Stress«, sagt Aaron. »Hier, ich kann dir erklären, wie das geht, dann kannst du auch 'nen Teil selber machen. Ist nicht so schwierig.«

Er zieht einen der Stühle neben seinen und wir sind die nächsten drei Stunden damit beschäftigt, das Material auf zehn Minuten runter zu schneiden. Wir probieren aus, Herrn Marquard in Zeitraffer reden zu lassen, bis es klingt, als wäre er eine Maus. Ich liege vor Lachen auf dem Tisch und Aarons Grinsen ist ansteckend. Schöner Mensch, denke ich. Schöner, schöner Mensch.

»Ich lese morgen nach der KüfA 'nen Text«, sagt er. »Bei der offenen Lesebühne. Wär es weird, wenn ich dich dazu einlade?«

»Ich bin sowieso da«, sage ich. »Wieso wär das weird?«

»Na ja, ich will nicht aufdringlich sein oder so. Wenn du Bock hast, hör es dir an, aber wenn nicht, kein Stress.«

Ich rolle die Augen.

»Red keinen Scheiß, natürlich hab ich Bock.«

Ich liege an dem Abend noch lange wach und versuche, meine Gefühle zu sortieren. Es ist so viel passiert in den letzten Tagen, dass mein Kopf schon davon summt, wenn ich nur mal kurz leise bin und darauf achte. Dann merke ich richtig, wie ich gerade alles verarbeite, wie ein Bild nach dem anderen durch meinen Kopf schießt. Ich bin so aufgewühlt, als wär in meinem Kopf ein großer, verärgerter Hornissenschwarm.

Als wir von Herrn Lotz das Ergebnis der Wasserproben bekommen haben zum Beispiel, da habe ich mich gefreut. Dabei sollte man sich über belastetes Wasser eigentlich nicht freuen, oder? Es ist doch verdammt scheiße, verdammt traurig, was da gelaufen ist.

Und trotzdem kam die Diagnose mit einem Gefühl von Genugtuung. So ein *endlich*. Endlich haben wir etwas in der Hand. Das ist doch nicht fair, den Menschen gegenüber, die wirklich unter der Umweltzerstörung leiden, oder? Aber der Vater mit den zwei kleinen Kindern, der uns die Tür aufgemacht hat, der wollte ja auch, dass wir es testen.

Vielleicht ist es so wie mit Krankheiten, für die man keine Erklärung findet. Man geht zum Arzt und es ist einfach alles normal, nichts Auffälliges da. Trotzdem weiß man, dass etwas nicht stimmt. Fühlt sich nicht gut. Hat Symptome, für die es einfach keine Erklärung gibt. Und wenn dann eines Tages doch eine Diagnose kommt, dann ist man erleichtert. Dann weiß man endlich, wie man das Problem bekämpfen kann, wie man es behandeln muss. Und das ist doch ein Grund zur Freude, oder? Oder zumindest der Genugtuung. Jetzt haben wir eine Diagnose. Und wir haben ein Video. Und wir haben eine Zeitung, die es veröffentlichen kann.

Am Mittwoch in der Pause zeige ich Sana und Nova, was Aaron und ich zusammengebastelt haben. Und am Nachmittag fahre ich zu Karo ins Büro, um ihr die Datei zu geben. Sie ist am Telefon, hat das Gerät zwischen Schulter und Ohr geklemmt, während sie furios irgendwas auf ihrem Laptop tippt, aber sie winkt mich trotzdem zu sich herein.

»Nein, Markus, darum geht es gar nicht. Markus? Markus! Jetzt hör mal zu. Ich bin nicht Journalistin geworden, um gleich den Schwanz einzuziehen, wenn ich mal dumm von der Seite angekläfft werde, ja? Das ist mein Job, den Leuten ans Bein zu pinkeln. Nein.

Ich lass mir keinen Maulkorb verpassen. Ach ja. Hey, meine Tochter ist gerade hier. Ich ruf dich zurück.« Sie legt auf.

»Nice Hundemetaphern«, sage ich und nehme einen Schluck von Karos Kaffee.

»Mika! Wie oft noch? Kaffee ist ungesund.«

»Du trinkst den doch auch!«

»Ich bin erwachsen, ich brauche das, um zu funktionieren.«

»Wie eine Maschine Öl braucht. Ja, ja. Ich weiß. Also, hier ist unser Video.«

Ich lege den USB-Stick zwischen uns auf den Tisch und Karo lehnt sich seufzend in ihrem Stuhl zurück.

»Ja, da kann ich gerade leider gar nichts versprechen«, sagt sie. »Die Rechtsabteilung macht Stress, die haben die Windeln voll, dass Kerogreen uns wegen Rufschädigung verklagt.«

»Was?«

»Da läuft gerade irgendwas gewaltig schief. Aber die inoffizielle Linie ist, dass unser Chefredakteur gerade einen Stopp auf Artikel über Fracking verhängt hat. Wir sollen uns alle mal wieder auf andere relevante Themen konzentrieren.«

»Aber das ist relevant! Und wir haben das ganze Wochenende daran gearbeitet, und Montag, und gestern! Und es ist echt gut geworden. Was ist mit dem Interview, das wir gemacht haben? Darfst du darüber auch nicht schreiben?«

Karo zuckt mit den Schultern. »Das ist alles unklar gerade, ich muss mich da noch ein bisschen festbeißen. Du weißt, wie das ist, das kann alles ein bisschen dauern.«

»Aber so viel Zeit haben wir nicht! Die erste Anhörung vor Gericht ist Montag! Was, wenn es dann niemanden interessiert?«

Fuck. Und ich hab den anderen schon so vorgeschwärmt, wie einfach es jetzt sein wird und dass ich alles im Griff hätte. Wie enttäuscht werden die wohl erst sein, wenn ich ihnen sagen muss, dass die Veröffentlichung geplatzt ist? Klar, wir können es immer noch im Alleingang machen, aber die fiese Stimme in meinem Hinterkopf sagt mir, dass unser Video dann eines derer sein wird, die in den Untiefen des Internets ihr Dasein fristen, unentdeckt und vergessen. Niemals bekommen wir in so kurzer Zeit die Reichweite, die wir brauchen.

Ich werfe einen Blick auf mein Handy.

»Scheiße.« Die Lesebühne.

»Hm?«, fragt Karo.

»Ich muss los«, sage ich.

»Noch was Wichtiges vor?« Karo hat dieses blöde Grinsen, als hätte sie mich gerade beim Haarbürsten-Karaoke zu Lady Gaga erwischt. »Wie heißt er denn?«

Ich rolle die Augen.

»Oder sie«, fügt Karo hinzu.

»Mama!«

Karo verzieht das Gesicht. Tja, das hat sie davon.

»Mami! Mutti! Frau Mutter!«

»Ja, ist gut. Ich hör auf, mich einzumischen. Lauf, Kind.«

Karo wirft mir einen Handkuss zu.

13

DOTA KEHR – FÜR DIE STERNE

»Kann ich mich zu dir setzen?«, frage ich Aaron.

Er hat sich mit seinem Notizbuch in die kleine Gartenecke gepflanzt, weit weg von allen anderen, die an den langen Tischen vor der KTS Gemüse schnippeln. Es ist jetzt schon so lange hell, dass selbst um sieben noch die Sonne über dem Schotter der Bahngleise hängt. Aaron murmelt etwas, das nach »Ja« klingt, aber er schaut mir nicht in die Augen. Ist er nervös, wegen der Lesebühne?

»Hast du schon mal einen Text vorgelesen?«, frage ich und setze mich neben Aaron ins Gras.

»In Leipzig, ja, aber hier noch nicht.«

Er blättert abwesend durch die Seiten, auf denen kleine Kritzeleien und längere Texte sind, und das ist mir irgendwie mega sympathisch. Ich weiß nicht. Menschen, die Sachen aufschreiben, das ist meine Art Mensch. Und Aaron? Aaron ist ganz anders als alle, die ich kenne. Es kommt mir so vor, als seien die ganzen Stempel, die uns ständig aufgedrückt werden, einfach an ihm abgerutscht. Vielleicht läuft an seiner Schule irgendwas richtig, vielleicht wird man da nicht gemobbt, wenn man anders ist. Ich weiß es nicht.

»Bist du nervös?«, frage ich.

»Hm, schon, ist ein sehr persönlicher Text«, sagt Aaron und streicht sich durch die Haare. »Und er reimt sich. Eigentlich hasse ich so was.«

»Also ist es ein Gedicht?«

Er verzieht das Gesicht.

»Na ja. Nein. Weiß ich nicht.«

»Ich bin sicher, dass es cool ist«, sage ich und greife mit meinen nackten Zehen nach einem Kleeblatt.

»Woher willst du das wissen?«

Ah, fuck it, denke ich. Ich will es nicht geheim halten, wenn ich jemanden mag. Ich will dieses Spiel nicht spielen, nicht so tun als wären mir alle egal.

»Na ja, weil du cool bist«, sage ich. »Und coole Menschen schreiben oft coole Texte.«

»Das ist nett von dir«, sagt Aaron.

»War nicht nett gemeint.«

Aaron lacht und klappt sein Buch zu.

»Also, wenn du mich jetzt noch nervöser machst, dann wird es auch nicht besser.«

»Mach ich dich nervös?«

»Vielleicht.«

Er lächelt mich an. Flirten wir jetzt doch?

»Worum geht's denn in dem Text?«, frage ich.

»Was Cooles«, sagt Aaron und streckt mir die Zunge raus.

Ich rolle die Augen.

»Na ja, eigentlich nicht. Es geht um Geschlechterrollen und wie die uns halt von Geburt an kaputtmachen, und uns ständig das Gefühl geben, nicht richtig zu sein. Wie das unser Leben ruiniert. Aber aus männlicher Perspektive.«

»Aus männlicher Perspektive auf Frauen?«, frage ich, mit einer schlimmen Vorahnung, dass es vielleicht so ein blöder Friendzone Text ist. So einer, in dem Frauen für alles Leid der Welt verantwortlich gemacht werden, inklusive der Jungfräulichkeit des Erzählers. Als ob Frauen Maschinen wären, in die man Komplimente wirft und Sex kommt raus.

Aber so schätze ich Aaron eigentlich nicht ein.

»Was? Nein. Aus männlicher Perspektive auf Männer. Beziehungsweise auf mich selbst.«

»Geschlechterrollen ruinieren dein Leben?«, frage ich und denke kurz darüber nach, ob Geschlechterrollen eigentlich mein Leben ruinieren. Es gibt genug Idioten, die meinen, ich müsste doch Kleider oder Lippenstift tragen und Kinder kriegen. Ich frage mich immer, woher die wissen wollen, was eine richtige Frau ist und tut. Vielleicht haben sie das von der Überraschungsei-Verpackung gelernt. Aber ich bin zum Glück nicht allein. Ich habe Nova und Sana, die auch beide nicht das sind, was man sich unter einem »perfekten Mädchen« vorstellt, wenn perfekt bedeutet, lieb und hübsch zu sein und als Arm-Candy den Status eines Typen aufzuwerten. Ich muss an Camille denken, als sie mit Henri zusammen war. Ob Geschlechterrollen Camilles Leben ruinieren? Oder Henris?

»Schon«, murmelt Aaron.

Vielleicht sind Waldorfschulen doch nicht ganz anders als der Rest der Welt. Und im Rest der Welt wird man schon mal »Mädchen« genannt, wenn man lange Haare hat. Als ob es das Schlimmste wär, ein Mädchen zu sein. Muss Aaron sich so was auch anhören? Und passt sich trotzdem nicht an? Wenn ich Aaron anschaue, dann hab ich ein Gefühl von Realness. Keine Marken, keine Statussymbole, so als würde er irgendwie nackt vor mir sitzen, nichts verstecken, sich zu nichts machen, was er nicht ist. Und das finde ich, um ehrlich zu sein, ganz schön krass.

»Hörst du dann ja gleich«, fügt er noch hinzu. »Wollte jetzt eigentlich nicht alles spoilern.«

»Liest du denn gern vor?«, frage ich. »Oder machst du das jetzt aus Selbsthass?«

»Hm, meinst du, ich hab ’ne leicht masochistische Ader?«, fragt Aaron und grinst. »Privat lieber als auf der Bühne. Also das Lesen, nicht der Masochismus.«

Ich blinzle ihn verwirrt an.

»Masochismus?«, frage ich. »Meinst du Maoismus?«

Bitte, bitte, lass ihn kein Maoist sein, denke ich. Wenn er am Ende doch Kommunist ist und irgendwo ein Bild von Mao hängen hat, dann kann ich ihn vielleicht doch nicht mögen.

»Äh«, sagt Aaron und lacht verlegen. »Nein. Das ist, wenn Leute auf Schmerzen stehen.«

»Oh«, sage ich. »Beim Sex?«

Ich würde am liebsten meinen Kopf ins nächste Beet stecken.

»Ja«, sagt Aaron.

»Okay, puh.« Ich halte mir dramatisch die Augen zu. »Dachte schon, du ziehst jetzt gleich die rote Bibel aus der Tasche oder so, und erzählst mir was von der Diktatur des Proletariats.«

Aaron lacht. Ich bringe ihn zum Lachen. Wie krass ist das?

»Also, wenn ich beim Lesen zugucken kann, was die andere Person über den Text denkt, das ist schon nice«, sagt er. »Wenn man vor so vielen Leuten sitzt und es dunkel ist, dann kriegt man davon eher nichts mit.«

»Du musst ihn auch nicht allen vorlesen, du kannst ihn auch nur mir vorlesen«, biete ich an.

Ein kleiner, egoistischer Teil von mir möchte vielleicht eine Sonderbehandlung. Möchte ein paar Seiten in Aarons Notizbuch, die mir gehören. Ein paar Dinge von ihm hören, die er niemand anderem erzählt. Ich schiebe den kleinen, egoistischen Teil in die hinterste Ecke meines Kopfes und pflücke das Kleeblatt zwischen meinen Zehen auseinander.

Aaron schüttelt den Kopf.

»Man wächst ja nur, wenn man sich herausfordert, oder? Wenn man Angst vor etwas hat, dann muss man es tun.«

»Außer man hat zu viel Angst und gute Gründe«, sage ich.

»Scheiße, warum muss immer alles relativ sein?«, fragt Aaron grinsend. »Das ist so die standard Gymnasiastenantwort.«

»Stimmt.«

»Beim Lesen ist es eh meistens ok. Und wenn die Leute es kacke finden, dann hatten sie wenigstens was Leckeres zu essen.«

»Ich wär auch hier, wenn es nicht Joes letzter Abend wär und es nichts zu essen gäbe«, sage ich.

»Echt?«

»Ja?«, sage ich.

»Oh, ok.«

»Was?«

»Hätte ich nicht mit gerechnet.«

Für einen Moment hört man nichts außer dem Klacken der Messer auf den Holzbrettern und den Vögeln in den Bäumen, die ihre Abendversammlung abhalten. Und in meinem Bauch halten die Ameisen eine Abendversammlung ab. Habe ich jetzt doch zu viel gesagt? Kommt jetzt der Moment, wo Aaron mir sagt, dass er mich leider nicht so cool findet, wie ich ihn?

»Danke«, sagt Aaron und lächelt mich an.

»Wofür?«

Er zuckt mit den Schultern und ich glaube ihm nicht, dass er nicht weiß, was er meint. Höchstens, dass er nicht weiß, wie er es sagen soll. Aber das ist gerade auch egal, denn er hat er sich von der stillen zurückgezogenen Version zurückverwandelt, in den Aaron, der lächelt und ein Funkeln in den Augen hat.

»Du bist auch ziemlich cool.«

Die Ameisenversammlung in meinem Bauch ist am Eskalieren und wird zu einem Ameisenvolksaufstand. Die Ameisenkönigin wird entthront und enteignet, das Volk regiert über sich selbst und alle können leben, wie sie wollen.

Jemand schlägt mit einer Kelle gegen eine Bratpfanne, um zu signalisieren, dass das Essen fertig ist.

»Ich weiß«, sage ich, zwinkere Aaron zu und mache mich auf den Weg zu dem Tisch, wo die anderen sitzen. Ich quetsche mich zwischen Maria und Joe. Joe gibt mir eine einarmige Umarmung und wuschelt durch meine Haare. Er hat darauf bestanden, dass »keine verdammte Grabesstimmung« herrschen soll und dass er noch einmal einen ganz normalen Abend mit Küche und Lesebühne haben will, bevor er morgen seine Haftstrafe antritt. Wir haben ihn immer wieder gefragt, ob wir nicht einfach einen Haufen Soli-Partys schmeißen sollen, damit er die Tagessätze abbezahlen kann und nicht in den Knast muss. Aber er meinte, dass er »lieber da drin verschimmelt, bevor er dem Scheißstaat auch nur einen Cent gibt.«

Und darum sagt niemand irgendwas von Abschieden oder Hausdurchsuchungen, aber alle sind ein bisschen netter zueinander und umkreisen Joe wie den Mittelpunkt eines Sternensystems.

Aaron setzt sich zu den Menschen, mit denen er bei der Demo das Transpi aufgehängt hat und ab und zu werfe ich mal einen Blick rüber. Langsam werde ich auch nervös, dabei lese ich noch nicht mal einen Text vor.

Als es mit der Lesebühne losgeht, ist die Sonne gerade verschwunden. Ein paar Leute haben eine Bühne aus Paletten gebaut, auf der ein Stuhl steht und ein Tisch, auf dem ein Mikro liegt, das violett angestrahlt wird, was ein bisschen episch aussieht. Maria geht als Erste hoch, während wir noch damit beschäftigt sind, den Nachtisch zu löffeln (Milchreis mit Zimt), und liest einen Text über Hippies vor. Die, dem Text nach zu urteilen, ungefähr so schlimm wie Hitler sind und Vegetarier sind sie auch noch.

Ich verstehe diesen Hate nicht so ganz, habe aber bei der Lesebühne schon mindestens drei solcher Texte gehört und mittlerweile hab ich das Bedürfnis, mal einen Hippie in den Arm zu nehmen und ihm zu sagen, dass er nicht von allen Linken gehasst wird. Eigentlich gibt's hier auch genug Leute, die sich wahrscheinlich selber als Hippies bezeichnen würden oder zumindest so aussehen.

Na ja, Maria halt. Darf man nicht ernst nehmen. Und ich vergesse den ganzen Text sowieso, sobald Aaron auf die Bühne geht. Das Erste was er tut, ist das Mikrofon auszuschalten.

»Könnt ihr mich trotzdem noch hören? Sorry, ich rede nicht so gern mit Mikro.«

Aber alle sind leise genug und wir sitzen eng genug zusammen, dass es keinen großen Unterschied macht.

»Ich hab einen Text mitgebracht. Den hab ich diesen Winter geschrieben. Vielleicht ist es eine Geschichte, vielleicht ist es ein Gedicht, vielleicht ist es eine Metapher oder alles auf einmal, könnt ihr euch aussuchen. Soll ich den lesen?«

»Ja!«, schreien ein paar Leute.

Aaron schlägt sein Notizbuch auf und holt ein paar gefaltete Seiten heraus. Er faltet sie auf und fängt an zu lesen.

»In dem Land, aus dem ich komme, werden für neugeborene Kinder Holzsärge gezimmert. Es war Winter, als ich auf die Welt kam. Sie hoben mich aus meiner Mutter heraus, durchschnitten die Nabelschnur, wuschen und trockneten mich und legten mich in meinen Sarg, der damals noch bloß ein paar Zentimeter umfasste. Für einen kurzen Moment sah ich die Welt mit meinem eigenen Paar Augen. Erstaunt, dass es hell war, dass es Farben gab und Luft zum Atmen, bevor es wieder dunkel wurde und sie den Deckel versiegelten, in den sie zwei kleine Löcher bohrten, dort wo meine Augen waren. Es roch nach Lösungsmittel, während sie mich von außen bemalten, und ich hörte, wie sie sich unterhielten.

»Was für ein charmantes Kerlchen«, sagten die Tanten.

»Der wird mir nichts, dir nichts den Mädchen den Kopf verdrehen«, sagten die Bekannten.

In dem Land, aus dem ich komme, lernt jeder, mit dem Mann zu leben. Er ist ein gern gesehener Gast auf Familienfesten, er spricht von Podien und ziert unsere Banknoten, im Klassenzimmer sitzt er hinten und führt Buch über die Farben der Kindersärge, dort wo der Lack abblättert, notiert er, dass ein neuer Anstrich nötig wäre.

Noch bevor an meinem Kinn die ersten Stoppeln wuchsen, schickte der Mann mich in die Löwengrube.

»Ich kann dir einen Dolch geben«, sagte er lächelnd, als er den Löwen die Ketten lockerte, »doch er wird dich etwas kosten. Gib mir deine Tränen, mein Sohn, ich reibe sie deinen Feinden als Salz in die Wunden.«

Zu spät bemerkte ich, dass auch die Löwen Kinder waren, die in bemalten Särgen steckten. Und in den Kindern steckten Dolche und an den Händen, die die Dolche hielten, klebte Blut.

In dem Land, aus dem ich komme, ist ein Wald, den zu betreten verboten ist. Keiner hat ihn unversehrt verlassen, um zu berichten, wer dort lebt, und wer dort war, dem wurde vom Mann der Mund zugenäht. Erzählt also keinem, dass ich ihn gesehen habe, vielleicht droht mir sonst eine schlimmere Strafe. Es war wieder Winter und ich ging in den Wald, um mich selbst zu suchen.

Ich hatte diesen Winter die Mutter verloren, es war kalt und meine Finger blau gefroren. Die Luft war voll Schnee und Äste knackten unter meinen Stiefeln. Es dauerte drei Tage, bis ich die verbotenen Bäume gesichtet hatte, die hoch zwischen den Wipfeln des Waldes ragten. Von hier an war der Wald abgeholzt, wo man ein Spiegelkabinett errichtet hatte.

Als ich zum ersten Mal etwas erblickte, zuckten meine Finger nach dem Dolch am Gürtel, doch es war nur ich selbst, eine bemalte Kiste, auf der Löwenfell klebte. Und in der Kiste war ein Kind und in dem Kind steckte ein Dolch, und an den Händen, die den Dolch hielten, klebte Blut.

In dem Land, aus dem ich komme, bluten die Frauen und es bluten die Männer. Nur der Mann blutet nicht, seine Weste bleibt weiß wie sein Gesicht. Er schickt die bemalten Kinder in Kriege, verteilt die Dolche, hält die Särge versiegelt. Wenn ein Sarg zu klein wird, wird ein neuer gezimmert, wo nur Späne am Boden an den alten erinnern. Der Mann sagt: Jeder Mann muss eine Waffe sein. Er lehrt uns das Kämpfen und wir verlernen das Schreien. Und auch der Körper muss Waffe werden. Was ich berühre, ist verdammt zu sterben.

In dem Land, aus dem ich komme, hat der Mann uns Macht und Reichtum versprochen. All unsere Träume würden sich erfüllen lassen, wenn wir uns nach seinem Bilde schaffen. Wenn wir uns mit seinen Farben schmücken, wenn wir lernen, das Kind in den Sarg zu drücken. In der Tat gibt es viele, die aussehen wie er.

Ein Anstrich aufs Holz, sein Gesicht auf den Särgen, gemalte Krawatten, gemalte Gebärden. Manchen enthält er seine Farben vor, manchen befiehlt er, sich mit Spitze und Lack zu verkleiden. Das sind jene, für die er bestimmt hat, besonders zu leiden. Wer ihnen ähnelt, soll Spott und Schläge ernten, doch wer sie verspottet, soll Ehre genießen. Und werden wir aus der Lehre entlassen, soll ein jeder mit einem der Spottsärge Ehe schließen.

In dem Land, aus dem ich komme, sind alle Spiegel zertrümmert. Jeder Teich ist bewachsen, jede Pfütze ölgetränkt und ein jeder hat zuhause ein Bild vom Mann aufgehängt.

»Jeden Morgen soll man sich rasieren«, hat mich damals mein Vater erinnert. Jeden Morgen stand er mit erhobenem Pinsel vor diesem Porträt, doch anstatt das Porträt des Mannes zu bemalen, hat er sich selbst die Farbe von Rasierschaum aufgetragen.

In dem Land, aus dem ich komme, sind Astlöcher selten, und wer eins besitzt, kann sich glücklich schätzen. Es herrscht Angst vor Holzwürmern, die die Särge zersetzen. Oh, würde mich doch nur jemand mit Holzwürmern anstecken. Es ist zu eng in den eigenen acht Wänden. Keine Tür, kein Fenster, keine Treppen herauf, nur Treppen hinunter, spiralförmig, unendlich ins Dunkle.

In dem Land, aus dem ich komme, wissen wir wenig voneinander. Wir sind Dickhäuter, wir strecken nur die Hände nacheinander aus. Aber es ist vergebliche Mühe, wir reiben nur den groben Anstrich aneinander ab.

Und sollte es mir doch gelingen, meine Brüder und Schwestern zu berühren, wic soll ich mit Dolchen in den Händen Beziehungen führen? Unter siebzehn Jahresringen versuche ich, zu ihnen durchzudringen, unter Stille und Schmerzen versuch ich zu lieben und kann nur verletzen.

Doch ich höre Stimmen, mal leise, mal lauter, durch die Wände dringen. Ich kenne Menschen, die mit den Särgen ringen. Ich habe Brüder, die auf die Dolche verzichten, die das Löwenfell ablegen und die Porträts vernichten. Wir malen uns selbst, mit allen Farben, erzählen neue Geschichten. Und den Mann, den hassen wir nicht. Ist er doch auch nur eine Geschichte, es gibt ihn gar nicht.

In dem Land, aus dem ich komme, sollen das Holz splittern und die Särge zerbersten. Kein Baum soll mehr fallen, um ein Mann zu werden.«

Aaron legt die Seiten zurück ins Buch und schaut hoch. Es ist sehr still. Ich sitze auf der Holzbank, als hätte er mich in eine Trance versetzt und meine Haut prickelt wie von Sonnenbrand.

Krass, denke ich. Krass, krass, krass. Die anderen fangen an zu klatschen und meine Hände schaffen es irgendwie, die Bewegung mitzumachen, aber ich bin noch nicht ganz da. Aaron schenkt der Menge ein leises Lächeln, bevor er von der Bühne geht. Sana gibt ein zufriedenes Nicken von sich, Nova beobachtet mich fragend, Joe hat das Gesicht in den Händen vergraben, die Schultern angezogen.

»Joe? Alles okay?«, frage ich.

Joe nickt, aber er zittert ein bisschen, auf diese Art, wie man zittert, wenn man weint. Sana legt eine Hand auf seinen Arm.

»Alles okay«, schluchzt Joe.

»Bist du sicher?«, frage ich.

»Ja«, sagt er und wischt mit dem Ärmel seines Pullovers sein Gesicht ab. »Scheiße ey, Aaron, boah. Fuck.«

»Hat mich jemand gerufen?«, fragt Aaron, und kommt zu uns rüber. »Hey, Joe? Alles ok?«

Wir schütteln kollektiv die Köpfe.

»Willst du ’ne Umarmung?«

»Ja, Umarmung wär gut.«

Joe klettert zwischen Sana und mir von der Bank und wird von Aaron aufgefangen. Dann stehen die zwei da, kuschelnd, Joes Gesicht in Aarons Haaren vergraben.

»Danke man«, sagt Joe. »War ein verdammt guter Text.«

Aaron streichelt Joes Rücken. »Mh, freut mich, dass er angekommen ist.«

»Ja, das war echt – kannst du mir den vielleicht schicken? Würd ihn gern noch mal lesen.«

»Klar.«

»Du kriegst einen feministischen Patch von mir«, sagt Sana zu Aaron. »Ich hab noch welche über. Also, wenn du willst.«

Aaron grinst Sana an.

»Bin ich dann offiziell ›von Sana lizensierter Feminist™‹?«

Sana schneidet eine Grimasse.

»Weil wir ja alle wissen, dass es nur einen richtigen Feminismus gibt, und zwar meinen.«

Es ist irgendwie schön, Aaron und Joe zuzugucken, zu sehen, dass sie sich mögen, dass sie keine Angst haben, sich das zu zeigen, und dass andere es sehen. Und dann muss ich daran denken, dass Joe wahrscheinlich die nächsten drei Monate gar nicht gekuschelt wird, dass die Atmosphäre im Knast wahrscheinlich das genaue Gegenteil ist, rau und hierarchisch und voll giftiger Männlichkeit. Mir läuft selbst eine Träne die Wange runter und ich wische sie schnell mit dem Handrücken weg.

Und dann passiert etwas, wovon keiner vorher wusste: Joe geht auf die Bühne. Er setzt sich auf den Tisch, der dabei fast umfällt, und fängt das Mikro noch, bevor es von der Kante rollt.

»Morgen ist der Erste Mai«, sagt Joe. »Das ist ein echt beschissener Tag um verknackt zu werden. Ich hoffe, dass ihr morgen alle für mich mit demonstriert. Und wenn ihr Bock habt, mir Briefe zu schreiben oder mir Bücher zu schicken, das wär auch echt cool. Ich mein, man kann's auch so sehen, ich hab jetzt endlich mal Zeit, die ganzen anarchistischen Klassiker zu lesen. Also wenn jemand von euch vielleicht das Brotbuch hat?«

Ein paar Leute lachen.

»Ich hab das Brotbuch!«, ruft Maria.

»Was ist das Brotbuch?«, flüstert Nova.

»Ein Buch von Kropotkin«, flüstere ich zurück. »So was wie ›Das Kapital‹ von Marx in der Anarcho Szene.«

»Also, ja. Wir sehen uns im August. Lasst euch nicht kleinkriegen. Denkt mal an mich. Ich hab euch lieb.«

Joe springt von der Bühne.

»Uns alle?«, ruft jemand.

»Ja. Euch alle.«

»Scheiß Hippie!«, ruft die Person zurück, und selbst Maria muss ein wenig lachen.

14

HEISSKALT – NICHT ANDERS GEWOLLT

Es ist eigentlich eine Demo wie jede andere. Auf dem Stühlinger Kirchplatz, der Wiese vor der Kirche, sind verschiedene Stände von politischen Gruppen aufgebaut, es gibt einen Wagen, wo man Crêpes kaufen kann und so langsam trudeln die Menschen ein. Die Stimmung is ruhig, die Leute sind noch nicht so richtig wach und es weiß eh jeder, wie es ablaufen wird. Die Route ist jedes Jahr die Gleiche, eine kleine Schleife durch die Stadt, die hier beginnt und auch hier endet. Eine Stunde lang rumlaufen, ein paar Sprechchöre rufen, fertig.

Anders als zum Beispiel in Paris, wo heute Straßenkämpfe ausgetragen werden, wo Molotow-Cocktails und Steine fliegen werden, Fenster eingeschlagen und Autos angezündet. Freiburg ist friedlich. Es ist nichts los auf den Straßen, die Läden haben zu, es ist wie ein Sonntag und ich hasse es, an Sonntagen zu demonstrieren, wenn einen eh keiner sieht und niemand zuhört. Heute geht Joe in den Knast und wir sollten wütend sein, aber das Wetter ist gut und die halbe Stadt schläft. Ich rolle die Fahne aus, die Joe mal für die KTS genäht hat, die aus einem schwarzen und einem grünen Dreieck besteht, die Farben des Öko-Anarchismus. Sana hat sich für heute eine anarcha-feministische, lila-schwarze Fahne besorgt, die mit einem weißen Weiblichkeitssymbol und einem A in der Mitte verziert ist. Nova hat keine.

»Dann müsste ich die die ganze Zeit tragen«, sagt sie. »Viel zu anstrengend. Ihr habt eh schon die guten Farben abgekriegt.«

Neben uns steht Aaron mit einer schwarz-roten Fahne, bei Weitem nicht die einzige heute.

»Was gibt es noch?«, fragt Sana.

»Schwarz-gelb«, sagt Aaron.

»Was ist schwarz-gelb?«

»Darüber reden wir nicht«, sage ich und strecke den anderen die Zunge raus.

»Anarcho-Kapitalismus«, sagt Aaron. Nova und Sana schauen ihn verständnislos an.

»Das geht?«, fragt Nova. »Wie soll das denn gehen?«

»Na ja«, sagt er. »Die Grundidee von Anarchismus ist ja, dass alle Menschen frei sein sollten und dass es keine Herrschaft gibt. Und Anarcho-Kapitalisten meinen halt, wenn der Markt komplett frei ist und es gar keine Regeln gibt, dann würde der Markt sich selbst regeln und das sei anarchistisch.«

»What?«, sagt Nova. »Das ist doch bullshit. Wer mehr Geld hat, hat doch auch immer mehr Macht. Ist das nicht auch 'ne Art von Herrschaft?«

»Eben«, sage ich. »Vor allem wenn es Zinsen gibt. Dann verleihst du dein Geld und kriegst dadurch immer mehr und mehr Geld, ohne dass du irgendwas dafür tun musst. Ausbeutung ist nie anarchistisch, wenn ihr mich fragt.«

Aaron nickt.

»Selbst wenn alle das Spiel mit dem gleichen Geld anfangen würden, würde sich so eine Schere sehr schnell bilden, glaub ich. Und Chancengleichheit ist nur Gerechtigkeit, wenn man es gerecht findet, dass einige Menschen viel mehr haben als sie brauchen und andere gar nichts. Wie bei Monopoly.«

In meinem Bauch breitet sich ein warmes, weiches Gefühl aus, das immer dann auftaucht, wenn Aaron den Mund auf macht und etwas Gutes sagt, und das ist ziemlich oft.

Ich schaue ihn von der Seite an. Wir stehen nahe der Kirche unter den Bäumen und das Licht sprenkelt durch die Baumkronen auf uns herunter. Aaron hat seine Haare zusammengebunden, aber es gibt eine Strähne, auf der linken Seite, die etwas kürzer ist als der Rest, die sich immer wieder aus ihren Fesseln befreit und ihm ins Gesicht fällt. Und die Sonne macht Dinge mit seinen Augen und das macht dann Dinge mit meinem Bauch, die ich hier nicht beschreiben will. Dann würde ich womöglich so klingen wie in einem dieser cheesy girl-meets-boy Jugendromane, in denen es nur darum geht, wer mit wem zusammen ist. Und das Wichtigste in meinem Leben ist definitiv nicht, einen Freund zu haben. Das fand ich in *Die Tribute von Panem* schon ziemlich cool. Dass Katniss in diesem nervigen Liebesdreieck feststeckt und dann zu Gale sagt: »Ganz ehrlich? Ich hab grad keine Zeit für so was. Es ist Krieg und ich bin mit der Revolution beschäftigt.«

Ich lege den Holzstab der schwarz-grünen Fahne über meine Schulter. Es fühlt sich gut an, sie zu tragen, sie hochzuhalten und im Wind wehen zu sehen, so als würde ich meine Ideale für alle sichtbar in den Himmel heben. Ich bin Anarchistin. Ich lasse mich nicht beherrschen. Nicht mich und auch niemand anderen.

Wir laufen los. Einer der Wagen hinter uns spielt die Internationale, das Kampflied der sozialistischen Arbeiterbewegung, das eigentlich aus der anarchistischen Pariser Kommune stammt. Diese Kommune gab es leider nur zehn Tage, bevor die alte Regierung, die es nicht cool fand, dass da plötzlich eine selbstverwaltete Kommune ohne Herrscher sein sollte, tausende Menschen in Paris niedergemetzelt hat. Das war alles vor den Weltkriegen. Danach hat noch die Sowjetunion das Lied als Nationalhymne benutzt. Kommunisten laufen hier auch mit, auch Leute von der Marxistisch-Leninistischen-Partei Deutschlands, die Banner mit Hammer und Sichel tragen.

Ich bin erst mal misstrauisch gegen alle Leute, die Marx und Lenin übertrieben feiern. Anarchist*innen wollen halt keinen Staat, auch keinen kommunistischen und keine Partei, die über uns regiert. Marx hat zwar echt gute Sachen gegen den Kapitalismus gesagt, aber er war auch ein elitärer, autoritärer Judenhasser. Und Lenin? Anarchist*innen waren in der Sowjetunion mit die Ersten, die Lenin ermorden lassen hat, nachdem sie ihm bei der Revolution geholfen hatten.

Eigentlich sind Anarchist*innen historisch gesehen immer am Arsch gewesen. Zum Beispiel wurde am 1. Mai 1886 und in den darauf folgenden Tagen der 8-Stunden Arbeitstag in den USA durch Streiks und Riots erkämpft. Darum ist es jetzt der Tag der Arbeit. Sieben der beteiligten Anarchist*innen wurden nach den Unruhen zum Tode verurteilt. Und heute ist es ein offizieller Feiertag – übrigens auch erst, seit Hitler ihn dazu ernannte und den Arbeiter*innen damit ihren Streiktag weggenommen hat.

Schon komisch, oder? Jetzt sind wir hier und demonstrieren gegen den Staat und den Kapitalismus, als würden wir ein historisches Theaterstück aufführen. Der Feiertag ist verstaatlicht und das Publikum sind wir selbst. Na ja, was soll's. Das Wetter ist gut.

Nachmittags gibt es noch ein großes Straßenfest im Grün, in der Straße, wo auch das Jos Fritz Café um die Ecke ist, das heute vollgestopft ist mit Menschen, die sich von den Bässen der neu aufgebauten Bühne das Hirn wegballern lassen.

»Murat hat letzte Woche schon gesagt, dass er heute auf keinen Fall arbeitet«, sagt Sana. »Letztes Jahr hatte er danach eine Woche Tinnitus.«

Wir holen uns ein paar Mate beim Kyosk und setzen uns dann an die Mauer direkt neben den Eimer – so heißt die Kneipe, in der meistens Rock und Metal gespielt wird. Die mit dem bärtigen Wirt, der aussieht wie ein Wikinger, aber eigentlich ganz lieb ist (jedenfalls hat er mich und Nova noch nie rausgeschmissen, wenn wir nach zwölf unser Bier noch nicht ausgetrunken hatten).

Vor uns ist eine kleine Bühne aufgebaut, mitten auf der Straße, und eine Liveband mit Banjo spielt Country Songs. Aaron verschwindet für einen Moment und kommt mit einer rosafarbenen Zuckerwatte zurück. Ich muss grinsen.

»Zuckerwatte?«

»Ja?«, sagt er, setzt sich neben mich auf den Boden und fängt an, mit zwei Fingern kleine Wolkenfetzen aus der Watte zu ziehen und sie sich in den Mund zu stecken.

»Sind wir dafür nicht zu alt?«

Aaron lacht. »Also, ich weiß nicht wie es bei dir ist, aber ich bin schon wieder in dem Alter, wo es mir egal ist, wofür ich zu alt bin. Das ist das wahre Erwachsensein.«

»Wir sind siebzehn. Wir sind noch nicht mal erwachsen.«

»Ooh«, sagt Nova und fällt mir in den Rücken. »Soll ich dich erinnern, an letzte Woche, als wir in PoWi über Wählen ab sechzehn geredet haben? Da hast du aber was anderes gesagt.«

»Kommt doch drauf an, ob man die nice oder die scheiße Seite vom Erwachsensein hat«, sagt Sana. »Auf lange draußen sein hab ich auch Bock, auf Müll rausbringen nicht so.«

»Gib's zu«, sagt Aaron, »eigentlich willst du was abhaben.«

Er hält mir ein Stück Wolkenfetzen vor die Nase. Ich hab gar keine andere Wahl, als den Mund aufzumachen, wenn ich nicht will, dass es awkward wird. Aber es wird awkward. Die Hälfte der Zuckerwatte bleibt an meinem Kinn hängen. Aaron lacht und leckt sich die Finger ab und für einen kurzen Moment hängt sich mein Gehirn auf und muss neu booten, weil ich mir vorstelle, wie es wäre, seine Finger abzulecken. Ich reibe mein Gesicht mit meinem Ärmel ab.

»Und, wie ist's?«, fragt Aaron.

»Was?«

»Die Zuckerwatte?«

»Süß.«

Wie du, füge ich fast noch hinzu, beiß mir zum Glück aber noch auf die Zunge. Ich bin doch mit der Revolution beschäftigt.

»Ich muss euch was gestehen«, sage ich stattdessen.

Die Köpfe der drei anderen drehen sich fragend zu mir um.

»Die Zeitung nimmt unser Video nicht. Ich wollt's euch gestern schon sagen, aber dann war zu viel anderes Zeug.«

»Was?«, sagt Sana. »Wieso? Ich dachte, Karo regelt das?«

Ich erkläre, dass die Zeitung halt ein eher konservatives Blatt ist und dass Karo schon öfter Stress mit der Redaktion hatte, wenn sie zu positiv über linke Projekte berichtet hat.

»Sie hat gesagt, der Chefredakteur will grad keine Beiträge über Fracking mehr.«

Der Effekt ist der, den ich erwartet hätte. Die Luft ist raus. Die ganze Arbeit – umsonst.

»Wir können es immer noch selbst hochladen und verbreiten«, schlage ich vor.

»Oh, ich freu mich schon darauf, zwei Views zu bekommen«, sagt Sana. »Von deiner Mutter und von meinem Bruder.«

»Wir haben nicht die Reichweite«, sagt Nova. »Keiner von uns. Niemals wird das einen Unterschied machen.«

Ich kaue auf meiner Lippe.

»Und? Wollt ihr jetzt aufgeben?«

Die anderen schweigen.

Aaron guckt auf sein Handy.

»Oh, ich sollte mal nach Hause«, sagt er und steckt seine Arme durch die Träger seines Rucksacks.

»Bist du zu Fuß hier?«, frage ich.

»Ja«, sagt Aaron.

»Warte, ich komm mit.«

Ich muss dringend weg von den enttäuschten Gesichtern der anderen. Also gebe ich Sana und Nova eine Umarmung, sage, dass ich das Video später hochlade, und folge Aaron die Straße herunter. Wir schlendern ein Stück an der Dreisam entlang, die zwischen zwei Baustellen hindurch fließt, wo gerade der Autobahnzubringer unter die Erde verlegt wird, was aber noch mindestens fünf Jahre dauern kann. Ich erinnere mich gar nicht mehr, ob es je eine Zeit gab, wo hier keine Baustelle war. Aber heute arbeitet niemand und es ist verhältnismäßig ruhig, nur der Fluss rauscht und Vögel zwitschern in den blühenden Bäumen. Die Graureiher hat's auch noch nicht verjagt. Einer von ihnen steht unbeweglich wie ein Plastikvogel in der Strömung.

»Sorry noch mal«, sage ich und streiche mir eine nervige Haarsträhne aus dem Gesicht. »Das war sau viel Arbeit und jetzt stecken wir fest. Und auch wegen gestern, ich wollte eigentlich noch sagen, dass ich den Text echt cool fand.«

»Fandest du?«, fragt Aaron.

»Ja klar. War nur unerwartet, musste ein bisschen drüber nachdenken und wollte dir in Ruhe sagen, was ich daran mochte.«

»Was mochtest du daran?«, fragt Aaron vorsichtig.

»Kennst du Krabat? Es hat mich vom Vibe her voll an Krabat erinnert. Und ich fand's cool, dass die ganzen Metaphern wiedergekommen sind. Und halt auch diese Stelle, dass es eigentlich keinen Mann gibt, der so ist, wie wir uns Männer vorstellen.«

Aaron schmunzelt.

»Von Krabat hab ich als Kind echt Albträume gekriegt. Aber sonst, danke für das Kompliment. Wieso war das unerwartet?«

»Ich weiß ja nicht, ob alles was du geschrieben hast, auch zu hundert Prozent deine Meinung ist, aber wieso meinst du, dass man in Beziehungen nur verletzen kann?«

Aaron zuckt die Schultern.

»Ist meine Erfahrung. Also war halt in meiner letzten Beziehung so. Ich konnte irgendwie nur voll schwer ausdrücken, was ich fühle. Und dann hab ich halt oft nicht so gut reagiert, wenn mir was wehgetan hat, weil ich nicht wusste, warum ich so fühle und wie ich das kommunizieren soll. Deswegen hab ich angefangen, meine Gedanken aufzuschreiben, einfach um das klar zu kriegen, was bei mir los ist. Ist 'ne ganz gute Methode, glaub ich. Hoffe ich. Weiß nicht. Wie ist deine Erfahrung?«

»Mit Beziehungen?«

»Ja«, sagt Aaron.

Ich beobachte, wie ein Hund gegen einen Mülleimer pinkelt.

»Zero.«

»Oh, sorry. Ich hab grad irgendwie angenommen, dass – sorry, das war blöd.«

»Kein Stress«, ich lächle ihn an. »Ich war bis jetzt einfach zu busy mit Welt retten.«

Aaron grinst. »Ja, das klingt sehr busy.«

»Und du?«, frage ich.

»Ich was?«, fragt Aaron.

Ich hab plötzlich Angst, dass meine Stimme komisch wird, wenn ich jetzt noch was sage, aber wenn ich zu lange nichts sage, wird es auch komisch.

»Wie busy bist du?«

Es ist ein sehr dünn verhüllter Versuch, meine Chancen herauszufinden, aber Aaron scheint es nicht zu merken.

»Ich hab morgen noch 'ne schriftliche Abiprüfung und danach noch die mündliche.«

»Oh fuck. Du machst gerade Abi? Und dann kommst du mit auf 'ne Demo?«

»Es ist nur Philosophie«, sagt Aaron, räuspert sich und schaut trotzdem etwas schuldbewusst.

»Aber dann bist du ja fast fertig, oder?«

»Ja«, sagt Aaron. »'ne Klasse überspringen war scheiße, aber einen Vorteil hatte es. Und danach kann ich endlich abhauen. Drei Monate, dann bin ich weg. Mindestens ein Jahr Reisen.«

Oh, denke ich. Okay. Das kommt mir irgendwie bekannt vor. Ich kämpfe mit dem ekligen, kotzgelben Neid, der in mir hochkommt, pushe ihn wieder nach unten und denke nicht an Hannes oder daran, wie sich gerade alles wiederholt. Aaron kann nichts dafür.

»Du hast noch ein Jahr, oder?«, fragt er.

Ich kicke ein kleines Steinchen aus dem Weg.

»Yup.«

»Packst du. Irgendwie.«

Ich will nicht drüber reden, nicht jetzt, nicht schon wieder, wenn ich eh fast jeden Tag darüber nachdenke.

»Wo gehst du hin?«, frage ich.

»Weiß ich noch nicht«, sagt Aaron. »Zu meinem Onkel erst mal, für 'nen Monat, bis ich achtzehn bin. Sonst könnte Reisen echt schwierig werden. Der hat Schafe in der Schweiz, muss ziemlich gechillt sein. Und Bartwachs verkauft der, im Internet. Eigentlich ein cooler Dude, so vom Typ Holzfäller, und ein bisschen exzentrisch. Aber nett.«

»Bartwachs?«, frage ich und lasse mich von Aarons Stories aufsaugen, während wir durch die Stadt laufen, das Wetter genießen und eine Mate Flasche hin und her reichen.

Ich merke gar nicht mehr, wo wir sind, bis Aaron plötzlich vor einem Hauseingang stehen bleibt und seine Schlüssel rausholt.

»Wohnst du hier?«

Wir sind in einer Straße irgendwo in der Wiehre, in regelmäßigen Abständen von blühenden Bäumen gesäumt, wo sich mehrstöckige Wohnhäuser mit hübschen Balkonen gegenüber stehen und Bioläden an jeder zweiten Ecke.

»Ja«, sagt Aaron. »Bei meiner Mutter. Ich würde dich auch echt einladen, aber ich glaub, ich sollte noch mal meine Notizen durchgucken.«

»Kein Stress«, sage ich.

»War auf jeden Fall schön«, sagt Aaron. »Und sorry, dass ich so wenig Zeit habe, gerade.«

»Kein Stress«, sage ich noch mal. »Ach so, hast du gehört? Maria hat gefragt, ob wir Montag beim Chaostag mitmachen. Sie hat einen Klima-Flashmob geplant und sie will nicht alleine da stehen.«

»Maria?« Aaron runzelt die Stirn. »Okay.«

»Also, wenn du zu busy bist, kein Problem. Aber wenn du mich sehen willst …«

Aaron lächelt, schaut zu Boden, schaut wieder hoch.

»Okay«, sagt er. »Okay, ich glaub, ich hab Zeit.«

»Cool. Viel Erfolg beim Lernen.«

Er schneidet eine Grimasse.

»Ich weiß nicht, ob ich mich heute noch gut konzentrieren kann. Aber danke.«

»Hey, es ist nur Philosophie«, sage ich und laufe zehn Minuten später noch mit einem Grinsen durch die Gegend.

Karo ist nicht zuhause, als ich zur Tür reinkomme. Auf dem Küchentisch steht eine verwaiste Kaffeetasse mit einem Lippenstiftabdruck am Rand und daneben liegt eine Zeitung. Draußen fängt es gerade an, zu regnen und zu gewittern, und jemand hat vergessen die Fenster zuzumachen. Eine kleine Pfütze sammelt sich auf der Fensterbank neben den Orchideen und ich schmeiße ein Küchentuch hin, um das Wasser aufzusaugen.

Mein Blick fällt zurück auf die Zeitung.

Fracking sicherer als befürchtet, lautet die Überschrift des aufgeschlagenen Artikels. Im Wohnzimmer steht Karos Laptop, noch aufgeklappt und angeschaltet.

»Karo?«, rufe ich durchs Haus, falls sie doch da ist.

Keine Antwort. Dann setze ich mich an den Laptop und mache mich daran, unser Video hochzuladen. Während es hochlädt, schiebe ich meinen USB-Stick in den Slot, öffne meine E-Mails und falle fast vom Stuhl. Da ist eine E-Mail von Hannes in meinem Postfach, diesmal, wo ich gar nicht darauf gehofft habe.

Mika, altes haus! Sonnige grüße aus la gomera. Beschissen mit der durchsuchng aber ich hoffe dir gehts gut. Ich habe hier eine kleine comunity gefunden mit bauerhof wo die ihr eigens bier brauen. bald ist hier ein rainbow, da werde ich am start sein und den hippis ein bischen punk nah bringen. in dem haus gibt es kein internet, aber in der näxten stadt gibt es ein internetcafe. grüß freiburg von mir.

bambi

Du Mistkerl, denke ich, als ich fertig bin mit lesen. Er muss es gemerkt haben, irgendwie. So Leute wie Hannes haben einen sechsten Sinn dafür, wenn man sie fast vergessen hat. Dann kommen sie aus ihrem Loch gekrochen und piksen dich von der Seite an, wie um dir zu sagen:

»Hey, es gibt mich noch, du findest mich doch immer noch cool, oder? Und du wirst jetzt wieder ein paar Wochen an mich denken, stimmt's? Also, nicht dass *ich* viel an *dich* denken würde, sonst würde ich ein bisschen Interesse an deinem Leben zeigen und dich fragen, wie es dir geht oder was du so machst. Aber das interessiert mich ja nicht. Sorry! Bis zum nächsten Mal, wenn du mich fast vergessen hast!«

Das ist Hannes, denke ich und schließe genervt den Tab. Oder vielleicht ist er das auch nicht. Vielleicht liegt es an mir, vielleicht bin ich echt nicht interessant genug. Oder vielleicht ist er einfach schlecht im E-Mails schreiben.

Aber ist das so unverständlich, dass ich ein bisschen Aufmerksamkeit will? Ein bisschen mehr als das? Immerhin war Hannes der erste Typ, den ich mochte, seit Henri zum Arschloch geworden ist. Und dann kam Joe und dann Aaron. Aber Joe steckt jetzt im Knast und von Aaron werd ich wohl auch nicht so viel sehen, wie ich gerne würde. Vielleicht ist das gut so, immerhin wird er in drei Monaten sowieso weg sein, da wär es doch das Dümmste, was ich tun könnte, mich jetzt in ihn zu verknallen.

Mika, du bist schon längst verknallt, sagt eine Stimme in meinem Kopf, die nach Sana klingt. Okay. Ja. Vielleicht. Aber das heißt ja nicht, dass es noch schlimmer werden muss.

Das Video ist hochgeladen. Eine halbe Stunde sitze ich da und aktualisiere die Seite, die konstant bei null Views bleibt.

Okay, denke ich. Okay. Irgendwie ist das doch machbar, mehr Views zu bekommen. Ich rufe Nova an.

»Guten Tag, Ingeborg Bachmann am Apparat«, sagt Nova. »Wollen Sie ein Gedicht vorgelesen bekommen?«

»Bitte nicht«, sage ich. »Machst du Hausaufgaben?«

»Ja«, sagt Nova.

»Kann ich dich was fragen?«

Nova gähnt. »Ja.«

»Wenn russische Fake Accounts die Wahlen in den USA beeinflussen können und so was, wie schwierig ist es, an solche Fake Accounts zu kommen, damit die Sachen folgen und liken und Klicks generieren können?«

»Klicks sind ziemlich easy«, sagt Nova. »Da kann man einfach ein Bot-Net benutzen. Das ist ein Netzwerk von mit Viren infizierten Computern, die man kontrollieren kann, wenn man sich beim Besitzer des Nets ein bisschen Zeit kauft. Und dann sagt man dieser Zombiearmee von Computern, dass sie eine bestimmte Seite aufrufen sollen.«

»Okay«, sage ich.

»Für Follows und Likes gibt's Sockenpuppen, das sind halt echte Accounts. Da wird's etwas schwieriger, die meisten großen Seiten haben Vorkehrungen dagegen, so wie, dass du dich mit deiner Handynummer verifizieren musst. Wieso?«

»Wenn wir so ein Bot-Net benutzen, können wir unser Video dann in die Trends bringen?«

»Kann sein, dass sie das Video runter nehmen und den Account sperren, wenn sie es checken«, sagt Nova.

»Aber das ist uns ja egal, solang es sich schnell genug verbreitet, oder?«

»Theoretisch, ja.«

»Und ich kann den Link zu ein paar NGOs schicken und zu dem Bürger*innen-Dings, die gucken das wahrscheinlich auch eher an, wenn es schon ein paar Tausend Views hat. Wie viel kosten so ein paar Tausend Views?«

»Paar Euro. Zwei, Drei.«

»Was? So wenig?«

»Ja, was denkst du denn?«

Ich drehe mich in Karos Drehstuhl. Fühle ich mich schlecht, wenn wir uns Views kaufen? Wenn es für einen guten Zweck ist? Wir machen ja keinen Profit damit. Und es gibt so viele Videos in den Trends, die es wirklich nicht verdienen angeschaut zu werden. Videos über Schwangerschaften von irgendwelchen Celebritys. Bah. Wenn Kerogreen es schafft, einen öffentlich-rechtlichen Sender, der mit Steuergeldern bezahlt wird, dazu zu bringen, Propaganda für sie zu betreiben, dann ist das Spiel eh schon schmutzig. Oder?

15

MOOP MAMA – ROBOTER

Übers Wochenende verschafft Nova dem Video 4.000 Views und der Lauf der Dinge schenkt uns ein paar Tausend weitere. Wir schicken den Link an die Bürger*innen-Initiative, an den KTS E-Mail-Verteiler, an Germanwatch, an Greenpeace und natürlich an die Zeitung, nur um ihnen zu zeigen, was sie verpasst haben. Dann schicke ich noch einen Link an Hannes, damit er weiß, dass ich nicht traurig rumsitze und an ihn denke, sondern viel Besseres zu tun hab.

Für einen Tag rutscht das Video tatsächlich auf *trending* und danach kommt eine Mail von der Bürger*innen-Initiative, die fragt, ob sie das Video auf ihrer nächsten Versammlung zeigen dürfen.

Am Montagmorgen haben wir es schließlich doch in die Nachrichten geschafft:

So belügen uns die Gaskonzerne: Frac-Cocktail doch giftig? Dieser Freiburger Biolehrer testet das Horror-Wasser.

Ich klaue eine Bild vom Bäcker, als die Bäckerin beschäftigt ist, weil ich diesen Scheiß niemals bezahlen würde, und kaufe dann extra viele Brötchen um mein Gewissen zu beruhigen. Dann fahre ich zur Schule, Brötchen und Zeitschrift im Rucksack.

Erst als ich zu den Physikräumen hoch laufe, fällt mir ein, welcher Tag es ist und dass wir ja gar keinen richtigen Unterricht haben. Es ist so weit. Die Woche, auf die wir alle gewartet haben. Endlich können wir uns noch mehr Stress über unsere Zukunft machen und überlegen, wie sich unsere Stärken am besten vom Kapitalismus ausbeuten lassen. Ein Hoch auf die Berufsorientierungswoche!

Es fängt mit einem Selbsttest an, der dreißig Seiten umfasst. Da müssen wir uns Punkte dafür geben, wie gut wir im Team arbeiten, wie verlässlich wir sind, ob wir uns als kreativ bezeichnen würden und so weiter, damit wir am Ende zu einem Arbeitsbereich und ein paar Unternehmen zugeordnet werden können.

»Erinnert mich ein bisschen an Harry Potter«, flüstert Nova. »Stellt euch vor, wir bekommen den Sortierhut aufgesetzt und er schreit ›Siemens!‹ und ›Apple!‹ und ›Google!‹.«

»Dich erinnert alles an Harry Potter«, sagt Sana.

»Stimmt«, sagt Nova und setzt noch ein Kreuz.

Am Ende landet Nova bei Informationstechnologie, Sana bei Naturwissenschaft und ich bei Design & Medien, obwohl ich nicht mal richtig zeichnen kann. Und mein Berufsvorschlag? Für einen Fernsehsender zu arbeiten. Als ob heute noch irgendwer unter vierzig ernsthaft Fernsehen gucken würde. Aber diese Fragebögen sind auch mindestens zehn Jahre alt.

Ich schaue alle paar Minuten genervt auf die Uhr. Wahrscheinlich habe ich in meinem Leben schon mehr auf die Uhr geguckt, als auf die Gesichter der Lehrer*innen. Noch zwei Stunden, bis ich vielleicht Aaron sehe. Noch eine Stunde. Noch eine Halbe.

Es ist nicht nur Berufsorientierungswoche, es ist auch der 5. Mai. Der Tag der ersten Anhörung und Marias Flashmob. Und Aaron hat gesagt, er wird da sein.

Vor dem Stadttheater, auf dem Platz der zerstörten Synagoge, haben sich bestimmt fünfzig Leute versammelt, um aus dem Platz eine Spielwiese zu machen, die aussieht wie ein Wanderzirkus. Es gibt Riesenseifenblasen, Kleidertausch-Partys und ein Bier-Mobil, das auf dem Platz seine Runden dreht. Leute jonglieren, schminken sich und führen ein Clownstheater auf.

Ich halte Ausschau nach Maria, die mich gestern extra noch angerufen hat, um zu fragen, ob wir beim Flashmob mitmachen.

»Da ist Aaron«, sagt Sana zu mir.

Er steht vor der Uni-Bibliothek, mit ein paar von den Klettermenschen. Jemand sagt etwas und er wirft den Kopf zurück und lacht. Seine Haare fallen wie in einer Werbung für Shampoo oder so was. Dann sieht er mich, fängt sich, lächelt mir zu und winkt.

»Was geht da eigentlich?«, fragt Sana und stößt mich mit den Hüften an.

»Nichts«, sage ich.

»Come on«, sagt Nova. »Das sieht ja ein Blinder mit Krückstock, dass da was geht.«

»Ja, *er* geht. Er ist nur noch drei Monate hier. Glaubt mir, ich habe keinen Bock auf Hannes 2.0.«

»Ach man«, murmelt Sana. »Dass du auch immer auf solche Typen stehen musst.«

»Auf welche?«

»Mit Hummeln im Arsch«, sagt Nova.

»Was?«, frage ich.

»Das sagt man so.«

»Was sagt man so?«, fragt Aaron, der gerade zu uns rüber gekommen ist.

»Hummeln im Arsch«, wiederholt Nova.

»Hey«, sage ich.

»Hey«, sagt Aaron.

Nova und Sana stoßen sich gegenseitig mit den Hüften an und grinsen. Ich habe ein bisschen Lust, die zwei mit rohen Eiern zu bewerfen, wenn sie sich nicht einkriegen. Nicht, dass ich Eier dabei hätte. Das wär ja nicht vegan.

Aaron runzelt die Stirn.

»Was ist so witzig? Hab ich noch Schokolade im Gesicht?«

Er reibt sich den Mund mit dem Handrücken ab.

»Wie lief deine Philosophie Klausur?«, versuche ich vom Thema abzulenken.

Aaron strahlt. »Richtig gut. Rate, was die Aufgabe war!«

»Du musstest entscheiden, ob der Zug über drei alte Leute oder einen jungen Menschen rüber fahren soll?«

»Nein, das wär ja voll schwierig gewesen. Das Thema war ›Eine Gesellschaft ohne Gesetze – Dystopie oder Utopie?‹.«

»Was? Das war deine Aufgabe?«

»Ja. Ich hab natürlich für Anarchie argumentiert. Den Gesellschaftsvertrag auseinandergenommen, den Gewaltapparat kritisiert. Die Probleme von Gefängnissen dargestellt. Wenn das nicht mindestens dreizehn Punkte werden, weiß ich auch nicht. Da muss sich in der Behörde irgendwo ein Utopist verlaufen haben, der jetzt solche Aufgaben fürs Abi stellt.«

»Findest du nicht, dass Gesetze wichtig sind?«, fragt Sana.

Aaron zuckt mit den Schultern.

»Nee, eigentlich nicht. Kommt natürlich drauf an, ob Menschen ein ethisches Bewusstsein entwickeln, das stattdessen greift. Und das tun sie im Kapitalismus eher selten. Weil wir im Kapitalismus nur lernen, auf unseren eigenen Vorteil zu schauen.«

»Also, ich bin schon froh, dass es Anti-Diskriminierungs-Gesetze gibt«, sagt Sana. »Und dass sexuelle Belästigung strafbar ist und so weiter. Das ist dir als weißem Mann vielleicht egal, weil du nicht diskriminiert oder belästigt wirst. Aber es ist ziemlich asozial zu sagen: Okay, jetzt schaffen wir Gesetze ab.«

»So hab ich das doch nicht gemeint«, sagt Aaron. »Ich glaub doch nicht, dass es schlau wär, von heute auf morgen keine Gesetze mehr zu haben. Das ist nur meine Idealvorstellung einer Gesellschaft.« Er schaut auf den Boden. »Klar ist es gut, dass Menschen vor Übergriffen geschützt werden. Aber das geht auch ohne Staat. Vielleicht sogar besser.«

Sana kneift die Augen zusammen.

»Und wie soll das gehen?«

»Indem wir die Verantwortung selbst tragen und uns gegenseitig unterstützen? Wenn die Gesetze uns wirklich schützen würden, wieso gibt es denn dann überhaupt Übergriffe und Morde?«

»Wer weiß, wie viele es ohne Gesetze geben würde«, sagt Sana und schaut Aaron herausfordernd an.

Aaron verzieht den Mund. »Aber die Gesetze verhindern es ja nicht, sie bestrafen nur, nachdem es passiert. Und nicht, weil der Staat ein Problem mit Gewalt an sich hat. Der Staat schützt dich ja nicht, weil er dich so lieb hat. Sondern weil er das Gewaltmonopol haben will. Der Staat hat ja nichts gegen Gewalt, solange er der Einzige ist, der das darf. Uns in Kriege zu schicken oder das Arbeitslosengeld so lange zu kürzen, bis man verreckt, ist ja okay. Menschen abschieben ist okay. Solange es der Staat ist, der über Leben und Tod entscheidet. Und das finde ich kacke.«

Sana grummelt etwas Unverständliches.

»War das jetzt echt nötig, mit der Weiße-Männer-Geschichte?«, frage ich sie.

»Okay, vielleicht nicht«, sagt Sana. »Ist halt so Gewohnheit. Sorry, Aaron. Ich wollte dich jetzt auch nicht als Sexisten darstellen. Ist nur so ein Ding – wenn man von allen Leuten immer wieder den gleichen Bullshit hört, dann denkt man irgendwie, dass alle so drauf wären. Dann werd ich irgendwie schnell wütend. In 90 % der Fälle ist es halt echt so. Ich will ja auch keinen Staat, der so asozial ist, dass er Arbeitslose verrecken lässt. Aber ich seh halt auch nicht, wie wir deine Utopie irgendwie in meiner Lebenszeit erreichen.«

»Ist ok, kann ich verstehen«, sagt Aaron, aber er wirkt trotzdem irgendwie geknickt.

Zum Glück kommt in dem Moment Maria dazu.

»Seid ihr ready fürs Klimaballett?«

»Ehrlich gesagt, nein«, sagt Nova. »Was für ein Ballett ist das? Muss man da echt tanzen? Ich kann nicht tanzen.«

Maria wirft den Kopf in den Nacken und stöhnt. »Es ist kein Ballett. Das heißt nur so. Wir sagen euch gleich übers Mikro, was ihr tun müsst.«

Sie schaut an uns runter. »Sind das etwa alle Klamotten, die ihr dabei habt?«

»Es ist voll warm«, sage ich.

Maria kneift sich die Nasenwurzel. »Ihr solltet doch extra was mitbringen, was ihr dann ausziehen könnt.«

Aaron streicht sich durch die Haare. »Äh, ich versteh nix.«

»Es ist ein Klima-Flashmob! Wir ziehen uns aus, weil es zu heiß wird, dann wieder an, weil es zu kalt wird. Hab ich alles in die E-Mail geschrieben. Wer lesen kann, ist klar im Vorteil.«

Sana rümpft die Nase.

»Ich zieh mich ganz bestimmt nicht aus«, sagt sie.

»Es soll ja nicht nackt sein«, sagt Maria. »Sind wir hier bei *Femen* oder was? Nein, ihr solltet echt nur 'ne Jacke oder Mütze oder so was mitbringen.«

Ich zucke mit den Schultern. »Ich wollte schon immer mal die Öffentlichkeit flashen.«

Letztendlich machen wir doch alle mit, laufen über die Wiese und animieren die Hälfte der Leute, die dort sind, uns zu folgen, und dann verteilen wir uns auf dem Platz. Maria und ein paar andere aus der KTS fahren einen kleinen Wagen mit Lautsprechern vor und jemand erzählt übers Mikrofon, wie schön das Wetter ist. So sommerlich, dabei ist eigentlich erst Frühling, eigentlich zu warm für diese Jahreszeit. Wir fächeln uns Luft zu, wischen uns den Schweiß von der Stirn, Aaron zieht sein T-Shirt über den Kopf. Meine Augen bleiben für einen Moment an seinem Rücken hängen, an diesen wunderschönen Schultern, aber dann wird es plötzlich kalt, denn eine riesige schwarze Wolke zieht auf. Ein Unwetter, ein Wirbelsturm. Wir müssen uns aneinander und an den Straßenlaternen festhalten, um nicht weggeweht zu werden.

»Der Meeresspiegel steigt!«, ruft der Mensch durchs Mikro.

Überall ist Wasser, es steigt und steigt und wir springen auf die Bänke vor der Bibliothek, helfen einander hoch, tun so, als wären sie Treibholz. Ein paar Leute schaffen es nicht, sie schwimmen auf dem Beton vor der Bibliothek.

Fußgänger*innen laufen verwirrt vorbei und ein paar Menschen versuchen, sie zum Mitmachen zu überreden. Maria hat Flyer über die Klage gegen Kerogreen ausgedruckt, die sie den verdutzen Leuten in die Hand drückt.

Wir finden uns in kleinen Gruppen zusammen, wärmen uns gegenseitig nach dem Pinguin-Prinzip, und ich habe endlich eine Ausrede, einen Arm um Aaron zu legen und seinen Rücken warm zu reiben. Schließlich strömen wir zurück auf die kleine Wiese vorm Theater und lassen uns ins Gras fallen.

»Voll nice«, seufzt Aaron. »Keine Festnahmen, ein bisschen rumalbern, von mir aus kann Aktivismus immer so sein.«

»Wir können es ja öfter so machen«, sage ich. »Vielleicht mit ein bisschen mehr Möglichkeiten zum Mitmachen, für die Leute die vorbei gehen, vielleicht mit noch mehr Menschen.«

»Wir brauchen ein Netzwerk«, sagt Maria.

Vielleicht stimme ich ihr diesmal sogar zu.

Am Abend taucht dann noch eine Überraschung auf der KTS-Website auf: Ein Brief von Joe aus dem Gefängnis.

*Hallo liebe Freund*innen (und Mensch, der die Post kontrolliert),*
Das hier ist der erste Brief. Ich hoffe, er kommt an. Sagt mir Bescheid, wenn Briefe fehlen. Ich habe hier nichts zu tun als lesen und Briefe schreiben.
Wie es mir geht? Okay, aber es war ja noch nicht mal eine Woche. Es fühlt sich an, als wären es schon mindestens zwei. Die Zeit vergeht langsam hier. Ich vermisse die Berge und den Wald. Die Sonne. Und euch. Und gutes Essen. Vegan läuft hier nicht, nur Reis und Brot und Kartoffeln. Ich habe versucht, den Wärtern zu erklären, dass die Hälfte der Treibhausgase aus der Tierhaltung kommen, aber es war ihnen egal. Für die bin ich nur eine Nummer, und wer im Knast sitzt, verliert für die sowieso die Glaubwürdigkeit. Ich hoffe, dass ihr weiter kämpft. Euch nicht kleinkriegen lasst. Mal an mich denkt. Ein Brief ist schon angekommen. Danke! Und danke auch für die nicen Zeichnungen!
Bis bald. – Joe.

Mit einem sauren Brennen im Bauch lege ich mein Handy weg, krame in meiner Schreibtischschublade nach einem Block Papier und schreibe einen Brief zurück an Joe. Ich erzähle ihm vom Klimaballett, von der Klage, die heute auch die Wasserwerte vor Gericht gebracht hat, von meinen Träumen, mit der Schule fertig zu sein und Reisen zu gehen. Als Letztes stecke ich den Brief in einen Umschlag und adressiere ihn an die JVA Freiburg. Einen Absender schreibe ich nicht drauf, will nicht, dass sie dort eine Liste führen, mit allen Menschen, die Joe Briefe schreiben. Er wird sowieso wissen, dass ich es bin.

Der Dienstag kommt nach dem Flashmob und den ganzen Gesprächen über Anarchie wie ein Kulturschock über uns hereingebrochen. Es folgt eine Stunde Vortrag darüber, wie unsere Bewerbungsmappen auszusehen haben.

»Ihr müsst etwas Besonderes haben«, erklärt Herr Gerlach, unser PoWi Lehrer mit dem Buckel, der aussieht, als käme er frisch aus einem Animationsfilm mit kleinen, gelben Kreaturen. »Besonders, aber nicht exzentrisch. Unkonventionell, aber nicht verrückt, damit ihr einen Eindruck hinterlasst.«

Ich stöhne innerlich.

»Bei diesen Firmen landen so viele Bewerbungen auf dem Schreibtisch, wenn ihr da nicht auffallt, landet ihr sofort im Mülleimer. Eine Schülerin von mir hat einmal Metallecken an ihrer Bewerbungsmappe gehabt, das ist auffällig, das ist ungewöhnlich. Wenn man so etwas in die Hand nimmt, ist der erste Gedanke ›Oh, die ist ja schwerer als die anderen.‹. So verschafft ihr euch einen Vorteil.«

Nova und ich werfen uns einen telepathischen Blick zu.

›Denkst du auch, was ich denke?‹, sagt dieser Blick.

Ja, ich denke, was du denkst. Spürst du auch die Ellenbogen links und rechts? Wer hätte gedacht, dass Metallecken an einer Bewerbungsmappe eines Tages als bahnbrechend unkonventionell gelten?

Erinnert mich daran, dass unsere Sexualkundelehrerin mal erzählt hat, wir sollten uns auf keinen Fall selbst entjungfern, weil das ja was ganz Besonderes sei und Typen da voll drauf stehen würden, wenn man mit neunzehn noch Jungfrau ist. Sei besonders. Sei eine Jungfrau mit Metallecken.

In der Pause weint wieder jemand auf dem Mädchenklo. Elisabeth und Tamara stehen an den Waschbecken, bürsten ihre Haare, unterhalten sich über Taurinkapseln zur Leistungssteigerung und andere Drogen, die man für Klausuren nehmen kann, und ignorieren das Schluchzen, das von der hintersten Klokabine kommt.

Ich bin auch nicht immun gegen die Scheiße. Will nicht drüber nachdenken, was ich nach dem Abi mache, wenn ich es überhaupt so weit schaffe. Jedes Mal, wenn ich doch drüber nachdenke, habe ich das Gefühl, dass mir der Boden unter den Füßen weg bricht, dass es keinen Beruf gibt, den ich machen könnte, ohne nach ein paar Monaten von einem Hausdach springen zu wollen.

Du bist faul, sagt eine Stimme in meinem Hinterkopf. Du bist verwöhnt. Du hast einfach keine Lust, zu arbeiten. Du hältst dich für was Besseres.

Ich gehe ans letzte freie Waschbecken, drehe den Wasserhahn auf und sammle eine Ladung kaltes Wasser in meinen Händen, die ich mir ins Gesicht klatsche. Es ist okay, sage ich mir. Es ist okay, nicht zu wissen, was du tun sollst. Du bist nicht faul. Guck doch, wie viel Energie und Zeit du in die Dinge steckst, die dir wichtig sind.

Elisabeth und Tamara packen ihre Bürsten ein und gehen. Ich klopfe vorsichtig an die letzte Klotür.

»Hey, alles okay bei dir?«

Ich beiße mir auf die Zunge. Was für eine dumme Frage.

»Brauchst du irgendwas?«

Die Person auf der anderen Seite schnieft einmal und ist dann komplett leise, und die Stille legt sich auf das Mädchenklo wie eine Schicht Staub. Sie will wohl nicht, dass ich weiß, wer sie ist.

»Okay«, sage ich. »Ich geh gleich und lass dich in Ruhe. Aber, hey, du, ähm. Vielleicht klingt das wie ein Klischee, aber du bist nicht alleine. Mich macht das auch fertig, was hier abläuft, wie wir gegeneinander ausgespielt werden und wie wir die ganze Zeit beurteilt werden und uns dann noch gegenseitig fertigmachen. Aber es ist nicht mehr lange, dann sind wir hier raus.«

Die andere sagt immer noch nichts.

»Du bist wertvoll. Egal welche Noten du hast und wie du aussiehst. Wie beliebt du bist und was du später arbeitest.«

Ich bin fast dabei zu gehen, dann höre ich, wie auf der anderen Seite ein Reißverschluss geöffnet wird, das Klimpern von Stiften und das Rascheln von Papier und dann schiebt jemand einen Zettel unter der Tür durch.

Toll. Inwiefern bin ich dann wertvoll? Wenn ich nichts kann und mich niemand respektiert?

»Das ist doch Bullshit«, sage ich. »Jeder kann irgendwas. Es werden halt nur die falschen Sachen für wichtig gehalten. Aber das können wir ja ändern. Wir können zusammen arbeiten, einander helfen, aufeinander aufpassen. Wozu müssen wir in irgendwas gut oder am besten sein? Scheiß drauf! Es gibt immer Menschen, die uns mögen, so wie wir sind.«

Ich kann die Person auf der anderen Seite atmen hören. Ein bisschen fühlt es sich an wie eine katholische Beichte oder so was. Nicht, dass ich schon mal gebeichtet hätte, ich hab bestimmt eh so viele Sünden begangen, dass ich nie damit fertig wär.

Ein zweiter Zettel kommt unter der Tür durch. Ich bücke mich, um ihn aufzuheben, und sehe dabei ein paar weiße Sneakers unter dem Türspalt hervorgucken, aber ich kann mich nicht erinnern, wem die gehören.

Ist einfach für dich zu sagen mit deinen Eltern.

»Ja, vielleicht«, sage ich. »Aber glaub mal nicht, dass meine Eltern nicht erwarten, dass ich nach der Schule studiere. Dass ich ›was aus mir mache‹. Das ist deren Generation. Die sind so drauf. Aber wir sind 'ne andere Generation. Wir werden es anders machen.«

Glaubst du das wirklich?

»Ja«, sage ich.

Stille. Atmen. Keine Zettel mehr.

»Okay. Ich geh jetzt mal. Ähm. Wenn du 'ne Umarmung willst oder so, sag Bescheid.«

Die Tür fällt hinter mir zu. Erst als ich mein nasses Gesicht mit meinem Ärmel abwische, merke ich, dass meine Hände zittern. Die Schulglocke läutet. Die Pause ist vorbei und ich soll mir noch mehr Insider Tipps zur Berufswahl anhören, aber ich glaube, ich kann nicht mehr. Mir ist schlecht. Ich versuche, mein Gehirn auf Durchzug zu stellen, es einfach über mich ergehen zu lassen. Da in meinem Stuhl zu sitzen und die Minuten verstreichen zu lassen.

Aber dann kommt Henris Mutter in den Raum. Frau Marquard, komplett mit Bleistiftrock, Perlenohrringen und peroxidblondem Haar. Weder an ihr noch an mir geht vorbei, dass Henris Stuhl leer ist. In einem kleinen Moment, als sie ihr Zeug auf dem Pult ausbreitet, folge ich ihrem Blick durch den Raum, wie er auf dem freien Platz hängen bleibt, wo nicht mal eine Jacke über dem Stuhl hängt oder ein Rucksack steht, und dann treffen sich unsere Blicke und ihre Augen verengen sich zu kleinen Schlitzen. Mittlerweile weiß sie wohl auch von dem Video.

Das muss ein interessantes Gespräch beim Abendessen gewesen sein, zwischen ihr, die für das Image der Firma zuständig ist, ihrem Mann, der vor meiner laufenden Kamera zugegeben hat, dass die Frac-Fluid Geschichte ein PR-Gag war, und ihrem Sohn, der mal mit mir befreundet war und jetzt geschworen hat, mich für immer zu hassen. Darüber sollten sie mal eine Fernsehserie drehen. Die Marquards. Hat doch was.

»So«, sagt Frau Marquard und lächelt. »Schön, so viel Potenzial vor mir sitzen zu sehen. Ich erinnere mich noch, als ich selbst zur Schule gegangen bin.«

Ah, sie will es auf die persönliche Schiene machen.

»Das mag mir nicht immer gefallen haben, aber es gibt eben auch

Dinge im Leben, durch die muss man sich durchkämpfen, und ich bin heute hier, um euch zu beweisen, dass es sich lohnt. Ich war die erste in meiner Familie, die überhaupt studiert hat. Ich habe es geschafft, dank harter Arbeit und Fleiß, und weil ich wusste, was ich will – und das war auf keinen Fall so zu leben wie meine Eltern.« Sie macht eine dramatische Pause.

Braves Gekicher aus den vorderen Reihen.

»Ich habe es geschafft«, sagt Frau Marquard, während sie andächtig und mit gefalteten Händen durchs Klassenzimmer schreitet. »Ich arbeite für eines der innovativsten, profitabelsten Unternehmen Deutschlands. Ich habe eine wunderbare Familie, ein wunderschönes Haus, zwei Autos, ein Pferd ...« Sie zwinkert. »Nur auf die Yacht sparen wir noch.«

Noch mehr Gekicher. Ist ja auch irgendwie cool, oder? Diese reichen Menschen, die ihren Reichtum nicht so ernst nehmen und Witze darüber machen können. Die sind ja genau so wie wir, nur, dass sie eben mehr Geld haben. Und wenn sie genau so sind wie wir, dann heißt das ja, dass wir auch so viel Geld haben können.

Wenn alles, was es braucht, harte Arbeit ist, dann kann es ja jeder schaffen. Auch du. Auch ich. Ich lass sie weiter labern, uns Luftschlösser vor die Augen zaubern, ihren Mythos ausmalen. Den Mythos, dass jeder reich werden könnte, wenn er oder sie nur hart genug arbeitet. Als ob die Menschen, die für ein paar Euro die Toiletten putzen, nur zu faul wären, um eine richtige Arbeit zu machen. Als ob es keine richtige Arbeit wäre. Als ob sie auch reich werden könnten, wenn sie sich nur nicht aufgeben, sich weiterbilden und fest an sich glauben würden. Als ob in diesem Land alle gleichzeitig reich sein könnten und dann keiner mehr die Toiletten putzen müsste.

Der Mythos, dass diejenigen, die reich sind, es auch verdienen, reich zu sein.

Wir müssen mal über die unangenehmen Wahrheiten reden, denke ich. Eine dieser Wahrheiten ist, dass es ein Maximum an »Reichtum« gibt, das für diesen Planeten überhaupt tragbar ist. Ein Maximum an Treibhausgasen, die unsere Atmosphäre aufnehmen kann, ohne dass die Biosphäre aus dem Gleichgewicht gerät. Einen Grenzwert an Chemikalien, die ein Fluss aufnehmen kann. Ein Maximum an Platz, den ein Mensch einnehmen kann, ohne dass andere sich quetschen müssen.

Alles was darüber ist, macht die Welt für den Rest der Menschen kaputt, verursacht Krankheit und Tod und ein Leben, das nicht lebenswert ist.

Wie viel Kohle, Öl und Gas kann jeder Mensch auf dieser Welt jährlich verbrennen? Wie viele Autos kann jeder Mensch auf dieser Welt besitzen? Wie viele Flüge kann sich jeder Mensch jährlich leisten, um in diesem Rahmen zu bleiben?

Nein, ich glaube nicht, dass es auch nur einen Menschen gibt, der seinen Reichtum verdient hat, wenn Reichtum bedeutet, dass dieser Mensch das Recht hat, die Überlebensgrundlage der restlichen Menschheit kaputtzumachen.

Es gibt kein Recht auf Reichtum. Keine Menge an Geld, keine Anzahl von Arbeitsstunden, die in eine Ausbildung gesteckt wurden, kein Maß an Bildung oder Fleiß, das es rechtfertigen würde, so zu leben, dass andere Menschen dadurch unterdrückt werden.

Ich schaue nach vorne, wo Frau Marquard immer noch auf und ab geht und uns das Blaue vom Himmel verspricht. Wenn wir uns nur genug anstrengen und wie sie später für Kerogreen arbeiten. Wie sie wohl reagieren würde, wenn ich ihr sagen würde, dass sie all den Reichtum nicht verdient?

Natürlich tut das weh, wenn man sein Leben lang eine Lüge geglaubt hat. Wenn man erzählt bekommen hat, dass der eigene Wert von der Leistung abhängt, die man erbringt, und dass Leistung bedeutet, wie viel Profit man damit macht. Wenn man sich zu Tode gearbeitet hat, damit man am Ende mit Luxus und All Inclusive Urlaub belohnt werden kann, nur um dann zu hören, dass man den Luxus nicht verdient.

Wenn die Aussicht auf diesen Luxus das Einzige war, das man

gebetsmühlenartig wiederholt hat, jeden Tag, wenn der Chef einen runtergemacht hat, wenn man vor Müdigkeit fast zusammengebrochen ist, wenn man sich mit Tabletten vollgehauen hat, nur um zu funktionieren.

Ich tu das für meine Zukunft. Nur noch ein bisschen weiter. Irgendwann bin ich reich, dann wird sich alles gelohnt haben. Dann schaut niemand mehr auf mich herab. Dann bin ich die mit dem Geld, die die Befehle gibt. Dann können andere mich bedienen.

»Wir sind in Deutschland so weit gekommen, dass jetzt auch Frauen in diese Positionen kommen«, sagt Frau Marquard. »Also, Mädels, lasst euch nicht zurückhalten.«

Mein Blick wandert wieder zu Henris leerem Stuhl. Ich denke an all die Mittagessen, die ich damals bei ihm zuhause war. Kartoffelpüree und Möhren, zubereitet vom Kindermädchen.

Hat sich das Kindermädchen zurückhalten lassen? Oder wurde das Zwangskorsett der weiblichen Geschlechterrolle einfach an sie outgesourced? Ich kann mir denken, warum Henri nicht hier ist. Jedes dieser Worte ist wie ein Schlag ins Gesicht und ich will gar nicht wissen, was seine Eltern hinter verschlossenen Türen sagen.

Ich mache das aus Liebe. Das ist eine harte Welt da draußen. Du lernst lieber schnell, wie es läuft. Du wirst lieber schnell hart genug. Lernst, es zu ertragen, es stillschweigend zu dulden, bis du an der Macht bist, dann kannst du alles tun, was du willst. Dann kannst du deinen Kindern die gleichen Lektionen erteilen. Missbrauch gebiert Missbrauch, gebiert Missbrauch.

Aber klar. Jeder kann es schaffen, der sich nur nicht unterkriegen lässt. Hier kann sich jeder das Recht erarbeiten, andere und seine Umwelt zu missbrauchen.

Das nennen wir Chancengleichheit. Und weil wir so nett sind, gibt es Almosen für all diejenigen, die nicht mitspielen wollen oder die es aus unerklärlichen Gründen nicht schaffen, reich zu werden, auch wenn sie mitspielen, drei Jobs machen und Abendkurse an der Uni belegen. Sie sind wohl einfach nicht hart genug.

Wir spucken auf diejenigen, die Sozialhilfe beziehen. Weil sie sich auf dem Geld des Staates ausruhen, ja, von dem hartverdienten Geld aus unseren Taschen leben, das uns ja gehört, das wir ja verdienen, weil wir so fleißig waren und sie nicht, sie haben keine Leistung erbracht, sie sind nichts wert.

Der freie Markt belohnt schließlich nur das, was auch gebraucht wird. Und wenn jemand es schafft, mit einem Toiletten-Raumspray reich zu werden, dann muss das bedeuten, dass so ein Spray auch wirklich gebraucht wird. Und wenn jemand es schafft, mit einer Werbung für ein Toiletten-Raumspray reich zu werden, die anderen Menschen in den Kopf pflanzt, dass sie ein Toiletten-Raumspray unbedingt brauchen, weil sonst jeder riechen kann, dass sie gerade scheißen waren, dann ist das nur vernünftig. Sonst würde es ja keiner kaufen!

Und wenn Menschen es nicht schaffen, mit einem Job in der Altenpflege genug Geld zum Leben zu verdienen, dann muss das bedeuten, dass Altenpflege nicht gebraucht wird. So ist eben der Markt. Der Markt regelt das schon. Amen.

16

DAVID ROVICS – SONG FOR ALISTAIR

Die Pfingstferien kommen schneller als gedacht, schon eine Woche nach der Berufsorientierungswoche. Dann ist Sana plötzlich weg, Familie in Kabul besuchen, und Nova kauft sich Dungeon Kill 3, am gleichen Tag, als es rauskommt, und fällt in ein Loch aus Zocken und Red Bull.

»Wieso sind Gaming Achievements so viel geiler, vom Gefühl her, als gute Noten?«, fragt sie mich, als ich am dritten Tag vorbei fahre, um zu sehen, ob sie noch lebt. Das Zimmer ist dunkel, die Jalousien runter gelassen, und ich brauche einen Moment, bis meine Augen sich umstellen, von der grellen Außenwelt auf Zockerhöhle. Der Bildschirm wirft einen blau-grünen Schimmer auf den Teppich, auf dem leere Dosen und Chipstüten liegen. Der süßliche Geruch der Energy Drinks sticht mir in der Nase.

»Du weißt aber schon, dass man von den Dingern sterben kann, oder?«, frage ich.

»Von Achievements?«, fragt Nova, ohne den Blick vom Bildschirm zu nehmen. Ich schnipse mit den Fingern.

»Ach so, Alter. Das war nur ein Typ in den USA, der kein Wasser mehr getrunken hat. Bist du jetzt meine Mom oder was?«

»Wo ist deine Mom?«

»Schläft.«

»Hast du gar kein Krav Maga?«

»Fällt aus in den Ferien.«

Nova hat diese Momente, in denen sie so alt wirkt und ich kann nie so genau sagen, woran es liegt, ob es ihre Körperhaltung ist oder etwas anderes, ihre Sprache ist es jedenfalls nicht. Wenn man genau hinguckt, sieht man, dass sie diese alten, traurigen Philosophenaugen hat, und man denkt, wenn man nur lange genug hinschaut, müsste sich ein Film auf der glänzenden Oberfläche ihrer Augen abspielen, der zeigt, was in ihr vorgeht.

Ich glaube, Nova ist schneller erwachsen geworden, als wir alle. Sie hat sich selbst die Schuhe zubinden gelernt, als alle anderen noch Klettverschlüsse getragen haben. Als sie sich in der dritten Klasse beim Waldausflug verlaufen hat, hat sie alleine wieder zurück nach Hause gefunden. Wir haben noch Stunden nach ihr gesucht, weil sie vergessen hatte, jemandem Bescheid zu sagen.

Ihren Eltern ist es weder aufgefallen, dass sie weg war, noch dass sie wiedergekommen ist. Nova hat in der Grundschule gelernt, sich selbst Essen zu machen, ans Telefon zu gehen und Pakete anzunehmen. Und jetzt zockt sie halt zwei Wochen. Was ist schon dabei? Wir haben hier schon so oft die Nächte durchgespielt, weil meine Eltern es nie erlaubt hätten. Will ich ihr das jetzt madig machen?

»Willst du zugucken?«, fragt Nova und zieht einen Hocker unter dem Schreibtisch hervor.

Ich setze mich neben sie und schaue zu, wie sie ein Monster erlegt. Es stirbt mit einer dramatischen Splatter-Animation.

»Kommst du mit aufs Klimacamp?«, frage ich, während Nova den Kadaver des Monsters ausschlachtet, um seltene goldene Items zu looten.

Das Ding ist, mir ist verdammt langweilig, mit Sana im Urlaub, Aaron mitten in den Vorbereitungen aufs mündliche Abi, Joe im Knast und Nova am Zocken. Ab und zu schreibt Maria mich an und wir stellen uns mit ein paar Leuten in die Fußgängerzonen, um Flyer gegen Kerogreen zu verteilen, aber ich fühle mich dabei, als würde ich Wasser auf einen heißen Stein tropfen.

Es reicht einfach nicht. Die Infoveranstaltung hat nicht gereicht, die Reportage hat nicht gereicht, die Flashmobs haben nicht gereicht. Und es stimmt, die Zustimmung zu Fracking in Deutschland ist massiv im Keller, aber das bewegt die Politik noch keinen Schritt. Es ist mir schon länger klar, dass wir etwas Größeres planen müssen, etwas Radikaleres. Eine direkte Aktion.

»Da sind dann zwar keine Ferien mehr, aber ich hab nachgeguckt und wir haben da eh keine Klausuren. Und ich dachte mir, wenn wir gegen Kerogreen eine Chance haben wollen, dann müssen wir lernen, wie ziviler Ungehorsam funktioniert.«

»Weil das ja gegen Braunkohle schon so gut klappt?«, fragt Nova. »So weit ich weiß sind die Gruben immer noch in Betrieb. Und die machen Aktionen seit …?«

»Über zehn Jahren«, sage ich.

Nova dreht sich zu mir, schaut mir in die Augen und sagt: »Merkste selbst oder?«

»Das heißt doch überhaupt nichts!«, sage ich. »Den Widerstand gegen Atomkraft gab es seit den 70ern. Und der Atomausstieg wurde 2011 erst beschlossen. Aber weißt du, wie viele einzelne Endlager und Kraftwerke bis dahin verhindert wurden?«

Nova schnaubt. »Und willst du das jetzt die nächsten vierzig Jahre machen?«

Ich verschränke die Arme.

»Ich mache das so lange, wie es braucht.«

»Ja, cool für dich, dass du diese Energie hast«, sagt Nova. »Ich hab sie ehrlich gesagt nicht.«

»Komm schoooon«, sage ich. »Es wird wie ein Ferienlager. Mit coolen Workshops und geilem Essen und ein bisschen Widerstand. Und ob wir so was dann auch hier machen wollen, da können wir ja immer noch drüber nachdenken, oder?«

Nova zuckt mit den Schultern.

Sana ist, als sie endlich wiederkommt, ähnlich begeistert, macht sich Sorgen um ihre Eltern (was ich auch verstehen kann) und wie sie eine Woche Schule verpassen soll, ohne dass »die Erwachsenen« es merken. Ich bin so frustriert, dass es sich anfühlt, als hätte ich gar keine Ferien gehabt. Es ist Anfang Juni, noch zwanzig Tage bis zum Klimacamp, und anstatt uns wirklich drauf vorbereiten zu können, schreiben wir einen Haufen Klausuren.

Ich drehe durch.

Ich auch …

Aber du bist am 20.6 fertig, oder?
Wir haben dann noch schule bis august.

Ja aber dann kommt der echte stress.

Zeugnisvergabe und abiball und alle werden anzüge & kleider tragen und so tun als wären sie immer best friends gewesen.

Oh ja du hast recht das ist natürlich schlimmer als die ganzen prüfungen :P

Du meinst ich mach witze?
Meine mutter wollte mir einen friseur termin machen.

Neeeeeiiiin die schönen haare.

Ich speichere schnell Aarons Profilbild.

Keine sorge, sie bleiben dran ;)

Oh ich habs ja komplett vergessen dir zu sagen.

?

Joe will wieder raus.

Er will den rest der tagessätze doch bezahlen. Müssen wir mal gucken ob wir ihn da irgendwie unterstützen können.

Das geht?

Ja, er hat jetzt noch 45 tagessätze übrig und wenn er die bezahlt dann darf er raus.

Und so passiert es. Wir schaffen es, zusammen die Tagessätze vorzustrecken, schmeißen eine Soli-Party, und die Rote Hilfe – das ist ein Verein zur Unterstützung linker Aktivistis – gibt noch etwas Geld dazu. Joe kommt frei.

Er weint Freudentränen, als wir uns das erste Mal in der KTS wiedersehen und lässt sich gruppenkuscheln. Wir fragen ihn aus, wie es im Gefängnis war, wozu er nicht viel sagt, außer dass er tatsächlich dazu gekommen ist, das Brotbuch zu lesen, dass es fürchterliches Essen gab, dass sein Zellnachbar wegen Drogendealen gesessen hat und dass er sich sehr über unsere Briefe gefreut hat.

In einem leisen Moment, wo ich mit ihm alleine auf einer der Bänke um die Feuerstelle sitze, frage ich Joe, warum er sich umentschieden hat.

Er nippt an seinem Bier, schluckt hörbar und sagt: »Ehrlich gesagt hat mich das ein bisschen wahnsinnig gemacht.«

»Was denn?«

»Das eingesperrt sein. Ich dachte, wenn ich einmal drin war, dann macht es mir danach vielleicht nicht mehr so Angst. So zum Ausprobieren. Dann kenn ich das schon. Dann hält mich die Angst von nix mehr ab.«

Joe starrt in die Flammen. Sie tanzen auf seinen Augen wie gelbes Gras im Wind.

»Aber die Wahrheit ist, ich bin verdammt scheiße drin, alleine zu sein. Und nichts zu tun zu haben. Nichts tun zu können. Ich komm damit nicht klar. Darum brauch ich das auch so, die ganze Zeit Aktionen zu machen. Sonst sitz ich nur traurig zu Hause und bin wütend auf die ganze Welt.«

»Oh«, sage ich nur.

»Ich hätte es so gerne durchgezogen, weißt du? Den Schweinen gezeigt, dass sie mich nicht kaputt kriegen. Dass sie keinen Cent von mir sehen.«

»Fühlst du dich jetzt schlecht deswegen?«, frage ich.

Joe zuckt mit den Schultern. »Ja, schon.«

»Aber das musst du nicht.«

»Andere schaffen das doch auch«, murmelt Joe. »Es gibt Leute, die sitzen jahrelang da drin und die kommen auch damit klar.«

»Die sind vielleicht auch besser darin, mit ihren Gedanken alleine zu sein«, überlege ich. »Aber selbst wenn ... Das kann doch nicht das Ziel sein, sich an so was Beschissenes zu gewöhnen, oder? Das ist doch keine Schwäche, wenn man das nicht aushält.«

Joe wippt mit dem Kopf.

»Schon, aber umgekehrt kann's auch voll stark sein, wenn man es aushält.«

»Ja, klar. Aber Menschen sind nun mal verschieden.«

»Ja«, sagt Joe. »Ist nur hart zu merken, dass man nicht der Mensch ist, der man dachte. Aber hey ...« Er guckt mich an. Da ist es wieder, das Joe-Grinsen, das Pferdestehlen-Grinsen. »Jetzt bin ich ja draußen und kann wieder vor meinen Gedanken weglaufen, indem ich drei Aktionen gleichzeitig plane.«

Ich werfe den Kopf in den Nacken und stöhne.

Joe lacht. »Entspann dich. Ich hab's ja verstanden.«

Ende Juni sind wir also doch zu sechst.

Joe und Sana bekommen es hin, einen Brief von der Schule so zu fälschen, dass es aussieht, als würden wir eine Klassenreise in Deutschlands größtes Braunkohleabbaugebiet machen, um dort an Kursen über Nachhaltigkeit teilzunehmen. Mit den richtigen Logos sieht der Brief so offiziell aus, dass Sanas Eltern es uns wirklich abkaufen. Ist ja auch fast die Wahrheit.

Meinen Eltern sage ich doch die ganze Wahrheit und sie sind nicht sonderlich begeistert, aber erinnern sich noch gut an das Drama letztes Jahr, als ich nicht zum Klimacamp konnte. Weder Karo noch Papa wollen, dass sich dieses Drama wiederholt und deswegen geben sie nach einigem Gemecker doch nach. Nur Novas Mutter glaubt, dass noch Ferien sind, und hat deswegen keine Einwände.

Wir stehen am Hauptbahnhof: Nova, Sana, Aaron, Joe und ich. Nova zieht gerade ein Quer-durchs-Land-Ticket aus dem Automaten. Weil auf das Ticket nur fünf Personen passen, hat Maria sich entschieden zu trampen.

Wir sind ein auffälliger Haufen: vier Jugendliche, ein »junger Erwachsener«, riesige Rucksäcke, Zelte und Aktionsmaterial – Banner, Farben, Seifenblasen, Absperrband. Wenn jemand fragt, gehen wir auf ein Festival. Es ist erst neun Uhr morgens, aber die Sonne prickelt warm in meinem Nacken und Aaron hat auch schon ein bisschen Sonnenbrand auf der Nase.

Das ist jetzt wahrscheinlich dieser Sommer, von dem die deutschen Popbands immer singen. Dieser eine Sommer, an den man sich für immer erinnert, wo man mit Freunden nachts baden geht, wo man sich unsterblich verliebt und auf Konzerte geht und die Limonade trinkt, die es zwei Jahre später nirgendwo mehr zu kaufen gibt. Wo jedes Bild im Nachhinein einen Filter drauf hat, der nach Sonne schmeckt. Na ja, wer schon mal ein Lied von Madsen, Kettcar oder Tomte gehört hat weiß ja, welchen Sommer ich meine.

Ich fühle mich ein bisschen, als würden wir eine Weltreise antreten. Als würden wir gerade Bruchtal verlassen, um den Ring nach Mordor zu bringen. Sana guckt immer wieder auf ihr Handy, Nova bindet sich alle fünf Minuten die Haare neu und meine Lippen sind mal wieder kaputt gekaut. Wir haben alle unsere nervösen Ticks.

»Alles ok bei dir?«, fragt Aaron, der neben mir steht.

»Ja«, sage ich. »Bin nur nicht sicher, was uns erwartet.«

Außer Joe hat keiner von uns Erfahrungen mit zivilem Ungehorsam oder war schon mal auf einem Klimacamp.

»Ich hab mir ein bisschen die Website durchgelesen und es klang so, als würden wir ganz viel auch noch lernen, wenn wir da sind«, sagt Aaron. »Aber ich bin auch nervös.«

Zugegeben, ich mache mir gar nicht so viele Sorgen. Nicht um mich selbst. Aber Nova und Sana sind meinetwegen hier und wenn den beiden etwas passieren sollte, weiß ich nicht, wie ich reagieren würde.

Vor meinem geistigen Auge stürmen Menschenmassen in weißen Anzügen durch Polizeiketten, wie wir es in den Videos von den bisherigen Aktionen gesehen haben. Da wurde auch gepfeffert, mit Schlagstöcken gefuchtelt, über den Boden geschleift. Einmal wurde ein Mensch von einem Polizeipferd niedergeritten.

Ich versuche, die Bilder abzuschütteln, und denke dran, was Joe gesagt hat: Das Klimacamps so ziemlich der coolste Ort in Deutschland sind. Dass alle aufeinander aufpassen und dass Pfefferspray zwar keinen Spaß macht, aber auch nicht das Ende der Welt ist.

Unser Zug fährt ein und wir finden zwei gegenüberliegende Vierersitze. Joe holt seine Ukulele raus und bringt uns ein paar Zeckenlieder bei. Wir sind wahrscheinlich nicht viel besser als die Fußballfans, die sonst unterwegs sind und mit ihrem Gegröle das ganze Abteil nerven, aber ich rede mir zumindest ein, dass wir besser singen können – und unsere Texte sind nicht sexistisch.

Aaron sitzt im Schneidersitz auf seinem Sitz und wippt im Takt mit den Füßen, die in weißen Socken mit kleinen Gespenstern drauf stecken. Joe ist barfuß, die Haare auf seinen Beinen schon sonnengebleicht. Novas Jeans ist an den Knien zerfetzt, Sana zeichnet kleine Comics in ihr Notizbuch.

Ich versuche, mir alle Details zu merken, und habe einen kurzen Moment, wo mir bewusst wird, dass wir nie wieder so jung sein werden. Was eigentlich klar ist, aber es fühlt sich trotzdem komisch an. Manchmal würde ich einfach gern Momente einfangen und mir immer wieder angucken, wirklich dort sein, nicht nur ein Foto haben. Denn irgendwann wird es wieder Winter und dann werde ich jeden Sonnenstrahl brauchen, den ich gerade aufsaugen kann.

Aber der Moment geht vorbei, die Zeit läuft weiter und ich werde hungrig und muss mal aufs Klo. Am Fenster ziehen Felder und Wälder vorbei, kleine und größere Städte und dann die Kohletagebaue, die wir aus diesem Winkel nicht ganz sehen können, sondern nur, dass dort nichts ist, ein großes Nichts. Der Horizont irgendwie leer, wie eine Wüste. Vielleicht taucht mal die Spitze eines Baggers auf, der Hunderte Meter in der Tiefe die Erde wegschaufelt.

Die Kohle, die dort abgebaut wird, wird auf Güterzügen zu den Kraftwerken transportiert, die immer häufiger aus der Landschaft ragen. Sie sehen aus wie große Öfen, mit ihren Heizkesseln, aus denen sich Rohre in alle Richtungen schlängeln, dort, wo die Kohle verbrannt und in Strom umgewandelt wird, wenn der Dampf durch die Turbinen läuft. Generatoren und Strommasten breiten sich aus. Und dicke, weiß dampfende Kühltürme und dünne Schornsteine, aus denen komplett unsichtbar das CO_2 steigt.

Als wir aus dem Zug klettern, gibt es direkt am Bahnhof schon einen Info-Point, damit wir uns nicht verlaufen, und ein Typ mit

Hausbesetzerfrisur sagt uns, welche Busse wir nehmen können. Auf einmal ist alles voller Menschen, die so aussehen wie wir. Seit wir in Köln umgestiegen sind, haben wir schon mindestens drei Gruppen getroffen, die mit Sicherheit auch zum Klimacamp wollen. Wir erkennen uns gegenseitig an den großen Rucksäcken, an den Second Hand Klamotten, den Piercings und den Frisuren.

Jetzt quetschen wir uns mit ihnen in einen Linienbus, wo der Busfahrer uns einfach durchwinkt, statt uns Karten zu verkaufen, und sagt: »Ich setz euch mal zwischen den Haltestellen ab, dann habt ihr weniger zu laufen.«

In einer Traube wandern wir zum Camp, das man schon aus der Ferne sehen kann. Das Zirkuszelt steht bereits, samt einer Reihe weißer Zelte, in denen diese Woche die Workshops stattfinden werden, und auf dem Acker daneben wurde ein Windrad aufgebaut.

Mein Rucksack scheuert und meine Schultern sind verspannt, aber als wir ankommen, vergesse ich, wie müde ich bin, und bin erst mal sprachlos. Ich kann nicht glauben, dass hier alles selbstorganisiert ist. Alle Zelte sind strategisch auf einer großen Wiese angeordnet, im Küchenzelt wird fürs Abendessen geschnippelt und gekocht, es gibt ein Trampolin, auf dem ein paar Kinder springen, und die meisten Menschen laufen barfuß oder sitzen in kleinen Gruppen im Gras. Ein paar spielen Gitarre und singen dazu, andere sind noch mit dem Aufbau der letzten Kompostklos beschäftigt. Die Sonne ist noch nicht mal untergegangen.

»Okay«, sagt Joe und wirft seinen Rucksack auf die Wiese. »Erst mal zum Infozelt?«

Mir wird schnell klar, dass ein Klimacamp ein komplexes System ist, das ganz anders funktioniert als der Rest der Gesellschaft.

Das Infozelt ist der Knotenpunkt für alles Organisatorische. Davor stehen große Tafeln, auf denen Lagepläne und Listen angebracht sind, über die Aufgaben vom Kloputzen bis zum Shuttle fahren bis zum nächtlichen Wachdienst verteilt werden. Drinnen bekommen wir ein Programm, Tipps, wo wir unsere Zelte aufbauen können und eine kurze Erklärung, wie das Leben hier die nächste Woche aussieht. Ich gucke mich im Zelt um. Es gibt einen Tisch mit solarbetriebenen Steckdosen, eine Lost & Found Box, ein paar Sofas, eine Mitfahrzentrale und einen kleinen Kiosk, der Mate zum Einkaufspreis verkauft. Ich glaube, ich bin im Himmel. Nova stößt mich an, zeigt auf die Mate und grinst.

»Ich weiß.«

»Mate Hipster«, sagt Sana.

Wir schlendern mit ein paar Flaschen rüber zum Zeltplatz. Niemand will sein Zelt im Dunkeln aufbauen und wir suchen einen Platz, der groß genug ist, dass wir unsere drei Zelte nebeneinander stellen können, und der möglichst weit weg vom großen Zirkuszelt ist, wo die Woche über Konzerte gespielt werden. Aaron und Joe wollen sich ein Zelt teilen und Sana, Nova und ich hatten eigentlich geplant, uns zu dritt in mein Zwei-Personen-Zelt zu quetschen. Als das Zelt dann aber steht, wird mir klar, dass es doch etwas kleiner ist, als ich es in Erinnerung hatte.

»Eine von euch kann auch bei mir pennen«, sagt Maria, die sogar noch vor uns angekommen ist. »Solange sie nicht schnarcht.«

Nova, Sana und ich tauschen Blicke aus, und ich erwarte schon, dass es super awkward wird, weil keiner von uns bei Maria schlafen will, aber dann zuckt Nova mit den Schultern und sagt:

»Ja, klar. Solang deine Füße nicht stinken.«

Maria lacht.

»Jetzt noch nicht, aber in ein paar Tagen bestimmt.«

Joe steckt den Kopf aus seinem Zelt, das noch nicht so ganz stehen will, um anzumerken, dass es auch Duschen gibt.

»Aw«, sagt Maria. »Duschen ist konterrevolutionär. Ich hatte mich eigentlich gefreut, richtig doll zu stinken, wenn die Bullen mich festnehmen.«

Ich klopfe den letzten Hering in den Boden und mein Zelt ist fertig aufgebaut. Nein, nicht ganz. Ich hänge noch eine Lichterkette ins Innenzelt, damit wir nachts eine vernünftige Beleuchtung haben. So.

Perfekt. Schon fast ein bisschen romantisch. Fast schon ein bisschen schade, dass ich mir kein Zelt mit Aaron teile.

Boah Mika, sage ich mir selbst. Bekomm deine Hormone unter Kontrolle.

Aber wenn ich dachte, dass meinen fetten Crush auf Aaron zu verstecken mein größtes Problem wird, dann habe ich mich geirrt. Denn nachdem wir gegessen haben und ich gerade vom Zähne putzen zurück auf dem Weg zum Zeltplatz bin, stoße ich mit der Person zusammen, die ich hier am wenigsten erwartet hätte.

Es ist dunkel und meine Kopflampe ist auf den Boden gerichtet, damit ich die Leute nicht störe, die schon in ihren Zelten schlafen. Ein paar Grillen zirpen, kleine Insekten fliegen in den Strahl meiner Lampe. Ich schaue, dass ich nicht gegen irgendwelche Zeltleinen laufe und übersehe dabei die Gestalt vor mir, die gerade zwischen den Zelten hervorkommt und keine Lampe trägt. Uff. Ich stolpere direkt in ihn hinein.

»Ey, pass auf wo du hinläufst.«

Diese nervtötende Stimme würde ich überall erkennen.

»Henri?«

Ich klappe meine Lampe um und leuchte ihm direkt ins Gesicht. Er blinzelt und flucht.

»Was machst *du* hier?«

»Mach die scheiß Lampe aus«, sagt Henri.

»Spionierst du uns aus?«, fauche ich.

Wir müssen zu unvorsichtig gewesen sein, zu viel in der Schule darüber geredet haben, irgendwann erwähnt haben, was wir planen. Und jetzt ist Henri hier. Fucking Henri. Wenn wir bei der Aktion mitmachen, wird er uns dann an die Cops verpfeifen und uns anzeigen? Fuck. Das kann doch nicht wahr sein.

»Chill«, sagt Henri.

»Chill?«, sage ich. »Ich soll chillen? Alter, du verfolgst uns in ein anderes Bundesland und lungerst in unserem Camp rum, und ich soll chillen?«

»Euer Camp?«, fragt Henri. »Gehört das jetzt euch oder was? Ich hab genauso ein Recht hier zu sein.«

»Ah, okay. Und wozu, wenn ich fragen darf? Überlegt der zukünftige CEO von Kerogreen schon mal, wie man den Widerstand zerschlagen kann?«

»Boah, fuck. Du denkst, du bist so cool. Mit deinen scheiß Patches auf der Jacke, dass auch alle sehen können, wie krass politisch du bist. Du bist auch nur ein Poser, der sich für was Besseres hält. Ich dachte echt, wir wären darüber hinweg.«

»Fick dich«, spucke ich.

»Gibt's ein Problem?«, fragt jemand, der gerade an uns vorbeilaufen wollte. Es ist Aaron und ich war noch nie so genervt, ihn zu sehen. Aaron ist zwar kein Typ, um sich mit jemandem zu schlagen, aber für Henri wär's ja nichts Neues.

»Oh, Mika«, sagt Aaron.

»Hey«, sage ich. »Geh schon mal vor.«

Bevor Aaron vielleicht doch noch auf die Idee kommt sich einzumischen und Henris Knöchel schmecken muss. Es gibt nichts Unattraktiveres als sich prügelnde Männer.

»Also kein Problem?«

Es klingt, als ob Aaron mir nicht so ganz glaubt.

»Nein«, sage ich und packe Henri am Arm, um ihn ein Stück weiter Richtung Bäume zu ziehen.

Keines wo du helfen könntest, denke ich. Meine Haut kribbelt unangenehm. Mir ist alles zu viel. Ich bin müde, mir ist kalt, ich will schlafen.

»Was soll der Scheiß?«, fragt Henri und reißt seinen Arm los.

»Ich will, dass du abhaust. Morgen früh bist du weg.«

»Keine Chance«, sagt Henri. »Ist mir egal, ob du ein Problem damit hast. Nicht mein Problem. Ich bin jetzt hier. Ob dir das passt oder nicht, geht mir am Arsch vorbei. Ihr seid echt das Letzte, was mich hier interessiert.«

»Was bitte willst du dann hier?«

»Denkst du echt, du bist die einzige politische Schlampe an der Schule, oder was?«

Politische Schlampe. Geil. Das nächste Mal, wenn ich mich irgendwo im Internet selbst beschreiben muss, werde ich das auf jeden Fall verwenden.

»Du willst mir erzählen, dass du, Henri Bonzenkind von Klimakillern, freiwillig auf ein Klimacamp gehst?«

»Du bist echt so nett, Mika. Solang die Leute in dein Bild passen, wo du alles besser weißt. Du bist aber nich' besser als ich.«

»Du hast recht, du passt nicht ins Bild. Wie willst du hier mit den Leuten klarkommen, wenn du nun mal ein Arschloch bist?«

»Ich seh nur ein Arschloch hier und aus dem kommt ein Haufen Scheiße raus.«

»Mach doch was du willst«, fauche ich. »Wenn du uns verrätst, bist du dran.«

»Ach ja, was willst du machen? Zu meinen Eltern gehen? Meinst du, die glauben dir, dass ihr Bonzenkind auf einem Klimacamp war? Meinst du, das interessiert die?«

Ich drehe mich um und gehe.

Scheiße. Fuck. Fuck. Fuck. Ich muss mit den anderen reden. Ich muss den anderen sofort –

»Mika? Alles okay?«

Aaron hat vor unseren Zelten auf mich gewartet, sitzt da im Gras mit der Taschenlampe auf seine Füße gerichtet.

»Was war da los?«, flüstert er.

»Scheiße«, sage ich.

Ich bin kurz vorm Heulen. Das hier war unser Ort. Das waren unsere Menschen. Ich wollte mich hier sicher fühlen und weit, weit weg sein von dem Mist, der jeden Tag in der Schule passiert. Es sollte schön werden, und jetzt ist Henri hier und hat wie ein Hund sein Revier markiert und an meine Laune gepinkelt.

»Nova, Maria und Joe schlafen schon«, sagt Aaron.

Aber Sana ist wach und kommt aus dem Zelt gekrabbelt.

»Ist was passiert?«, fragt sie.
»Ja«, sage ich. »Henri ist hier.«

17

DAVID ROVICS – I'M A BETTER ANARCHIST THAN YOU

»Henri«, wiederholt Sana.

»Henri?«, fragt Aaron. »Ist das der Typ, mit dem du mal befreundet warst, dessen Eltern –?«

»Ja«, sage ich.

»Oh, was will er denn hier?«, fragt Aaron.

»Spioniert er uns aus?«, fragt Sana.

»Das hab ich ihn auch gefragt. Aber er meinte, er bleibt jetzt hier und es geht uns 'nen Scheißdreck an.«

»Kacke«, sagt Sana.

»Soll ich morgen mal mit ihm reden?«, fragt Aaron.

»Wozu? Um ihn rauszuschmeißen? Aaron, ich will echt nicht, dass er dich schlägt.«

»Ich kann Maria mitnehmen«, sagt Aaron amüsiert. »Nein, natürlich nicht, um ihn rauszuschmeißen. Einfach nur, um mit ihm zu reden.«

»Und dann was?«, frage ich und lache verbittert. »Meinst du, er sagt dir, was er vorhat?«

Aaron zerschlägt eine Mücke auf seinem Arm.

»Ich glaube nicht, dass er sechs Stunden mit dem Zug fährt, sich ein Zelt aufbaut, sich von Mücken zerstechen lässt und vorgibt, gegen Braunkohle zu sein, nur um euch in die Scheiße zu reiten.«

Wut quillt in meinem Magen.

Du solltest auf meiner Seite sein, denke ich. Fuck.

»Du kennst ihn auch nicht. Ich kenn ihn besser als du.«

»Okay«, sagt Aaron. »War nur ein Angebot. Hey, es ist spät, ich gehe mal schlafen. Wir sehen uns morgen.«

Er gibt uns ein müdes Lächeln und verschwindet in Joes Zelt. Fuck. Warum fühlt sich das so mies an?

»Vielleicht sollten wir auch schlafen gehen«, sagt Sana. »Morgen noch mal mit den anderen darüber reden.«

Aber ich schlafe bestimmt eine Stunde lang nicht ein, höre stattdessen dem Zirpen der Grillen zu und der Eule, die irgendwo im Wald ruft. Wie viel hat Aaron von unserem Gespräch mitbekommen? Hat er gehört, dass ich Henri ein Arschloch genannt habe? Hat sich Aarons Meinung von mir jetzt geändert? Ich versuche, mich auf meinen Atem zu konzentrieren, ein und aus, ein und aus. Wenn Aaron Henri kennen würde, dann wüsste er, warum ich mich so aufrege. Aber er kennt ihn nicht. Und ich muss ausgesehen haben, als würde ich total überreagieren.

»Mika«, flüstert Sana, »du solltest schlafen.«

»Ich kann nicht.«

»Denk an was Schönes.«

»An was?«

»An Mangoeis.«

»Kann ich nicht mehr essen. Ist zu klimaschädlich. Mango muss importiert werden. Mit dem Flugzeug oder Container-Schiff. Das ist zu viel CO_2.«

Sana stöhnt.

»Okay, denk an deutsche, selbstgepflückte Eiszapfen.«

Ich wache davon auf, dass jemand auf dem Zeltplatz Dudelsack spielt. Es ist acht Uhr dreißig, die Sonne steht schon hoch am Himmel und die Schatten der Bäume zeichnen sich auf den Zeltwänden ab. Es wird trotzdem heiß im Zelt. Sana grummelt vor sich hin und hält sich die Ohren zu.

»Komm, steh auf.« Ich rüttle sie an der Schulter. »Kurse geh'n um zehn los.« Ich will vorher auf jeden Fall noch essen und den Morgenauftakt mitbekommen.

Die Luft ist noch frisch, ein bisschen Tau klebt an den Grashalmen und glitzert in der Sonne, als ich barfuß zu den Waschbecken laufe, die aus ein paar zusammengenagelten Holzbrettern bestehen, zwischen die jemand eine Plane als Auffangbecken getackert hat. Ein komplexes System aus Schläuchen läuft von den Waschbecken zu einem großen Wasserkanister, der immer wieder abgeholt und neu befüllt werden muss, bei dem Bauern, der uns für die Woche sein Land überlassen hat.

Ein paar Meter weiter sind nach dem gleichen Prinzip ein paar Duschen aufgebaut, verbunden mit einer Reihe Solarpanels für warmes Wasser, und geduscht wird mit biologisch abbaubarer Seife. Ich wasche mir nur das Gesicht und kämme mit nassen Fingern durch meine Haare, bevor ich zum Frühstück gehe.

Nach und nach finden wir uns alle auf der großen Wiese ein, essen unser Müsli mit Hafermilch und veganen Schokoaufstrich mit den leckersten Broten der Welt, frisch gebacken im Ofen des verrückten Franzosen, der seine gesamte Bäckereigerätschaft im Rückraum seines Autos hergefahren hat.

Sana gähnt immer wieder. Auch Aaron hat kleine müde Augen und verwuschelte Haare. Henri ist nirgends zu sehen, was nichts bedeutet, weil sich im Moment schon etwa sechshundert Menschen auf dem Camp befinden. Sana hat Nova beim Aufstehen erzählt, was letzte Nacht passiert ist, und die beiden sind sich einig, dass wir am besten erst mal abwarten, was passiert, und ob wir Henri noch mal über den Weg laufen. Mir wäre es lieber gewesen, zur Camp-Orga zu gehen, aber ich will nicht die Einzige sein, die versucht, Henri aus dem Camp zu schmeißen – schon gar nicht, nachdem Aaron mir nicht geglaubt hat, dass Henri unseretwegen hier sein könnte.

Ich versuche, mich auf andere Dinge zu konzentrieren und den Tag trotzdem zu genießen.

Wenigstens bin ich wach. Ausgeschlafen. Als der Morgenauftakt um neun im Zirkuszelt beginnt, wären wir sonst schon eine Stunde in der Schule und ich wäre platt wie eine Flunder. Aber nicht heute, nicht hier. Das ist eine komplett andere Welt.

Ein paar Menschen auf der Bühne erklären, wie der Tag ablaufen wird, während wir auf den Bierbänken sitzen und ein paar Becher Tee hin und her reichen. Nach den Kursen gibt es Mittagessen, dann eine Präsentation über Utopien und Treffen in unseren Nachbar*innenschaftsgruppen, damit wir unsere Gedanken dazu besprechen können. Abends spielt eine Band. Ich bringe meinen Teller zum Abwasch, entscheide, dass ich noch eine Viertelstunde Zeit habe, um beim Abwasch zu helfen, und laufe danach in Richtung der Workshop-Zelte.

Ich hab mich für Klimawandel & Kultur eingetragen, wo es darum geht, wie Klimawandel sich in unserer Gedankenwelt abzeichnet, wie er verstanden und kommuniziert werden kann. Die Workshop-Leiter sind Karim und Maxi: zwei Typen, die in Berlin studieren und seit ein paar Jahren auf dem Klimacamp dabei sind. Maxi trägt eine rote Brille und hat eines dieser übersympathischen Gesichter, die einen gleich »perfekter Schwiegersohn« denken lassen. Karim hat kurze Locken und diesen typischen Kifferblick, was ihn aber auch irgendwie nett aussehen lässt.

Wir fangen mit einer kurzen Kennlernrunde an. Fast alle in diesem Kurs sind Anfang zwanzig, nur zwei Menschen sind jünger als ich, ein paar sagen auch gar nichts zu ihrem Alter, und ein Mensch ist über fünfzig. Karim und Maxi spielen uns zwei Lieder vor, die über Klimawandel geschrieben wurden, und haben ganz viele Bücher dabei, die wir uns auch ausleihen dürfen.

»Was denkt ihr denn, sind so die größten Herausforderungen, wenn man über Klimawandel reden will?«, fragt Maxi.

Ein paar Leute melden sich.

»Wenn jetzt zum Beispiel Kohlearbeiter*innen hier aufs Camp kommen und wir denen erklären wollen, warum wir gegen Braunkohle sind?«, fügt Maxi hinzu.

»Na ja, also, verschiedene politische Einstellungen«, sagt eine Frau mit Sidecut neben mir, deren Namen ich schon wieder vergessen habe. »Nicht alle sind sich einig, dass Kapitalismus kacke ist, und viele denken, die Kohle hier abzubauen ist eben ein notwendiges Übel. Und bei dem Beispiel geht's ja auch konkret um die Jobs der Leute. Ist ja klar, dass die ihre Jobs behalten wollen und es wäre unfair von uns, das nicht zu berücksichtigen.«

Maxi und Karim sammeln die verschiedenen Punkte auf einem Flipchart. Es könnte fast wie Schule sein, wenn es sich nicht ganz anders anfühlen würde. Es gibt keinen Zwang, wir sind alle freiwillig hier und Maxi und Karim verhalten sich mehr wie Moderatoren als Lehrer, bewerten niemanden und lassen alle zu Wort kommen. Wir reden über Science-Fiction-Filme, die in der Zukunft spielen und welchen Blick sie auf den Klimawandel werfen. Lernen neue Wörter, die gerade erst erfunden wurden, um die neue Realität zu beschreiben. Solastalgia. Extraktivismus. Shifting Baseline Syndrome. Degrowth. Anthropozän.

»Wir sind vielleicht die erste Generation, bei der Klimawandel wirklich im Bewusstsein verankert ist, die ersten, die damit aufwachsen und viele der Folgen zu spüren bekommen werden«, sagt Karim. »Wenn man sich die Studien anschaut, die im Moment dazu rauskommen, zeichnet sich schon deutlich ab, dass sich ein großer Teil der Menschen unter dreißig Sorgen um die Zukunft im Bezug aufs Klima machen. Das war vorher noch nie so.«

Und deswegen sind wir jetzt hier, denke ich. Weil es allen vor uns scheißegal war. Weil unsere Eltern und Großeltern viel mehr damit beschäftigt waren, sich in einen Kokon aus Komfort einzupacken, einen Haufen an Plastik anzusammeln, der das Leben angenehmer machen sollte, während sie ihre Seelen an eine 40-Stunden-Woche verkauft haben.

»Kennst du das Wort Solastalgia?«, frage ich Aaron, als wir mit unserem Mittagessen auf der Wiese unter einem Apfelbaum sitzen. Es ist so heiß, dass sich kaum jemand in der Sonne aufhalten mag. Die meisten Menschen säumen das schmale bisschen Schatten am Rand der Zelte und unter den Bäumen. Sana sucht sich die ganze Zeit nach Zecken ab, hat schon drei krabbelnde Viecher auf ihren Beinen gefunden und zerquetscht. Die Dinger mögen wohl ihr Blut. Mehr Zecken sind auch eine Folge des Klimawandels. Weil die Biester sich nur bewegen können, wenn es warm ist, rücken sie durch immer längere Wärmeperioden immer weiter nach Norden vor und vermehren sich wie die Kaninchen.

Aaron legt den Kopf schief. »Nein, was heißt das?«

»So ein Gefühl von Verlust oder Angst, wenn sich die Umgebung durch Klimawandel oder Industrie verändert. Oder wenn alles bebaut wird. Und dann die Sehnsucht nach einer besseren Vergangenheit, wo die Natur noch ok war.«

»Solastalgia«, sagt Aaron und lässt sich das Wort auf der Zunge zergehen. »Das klingt eigentlich viel zu schön.«

»Ja, oder?«

»Ist das dieser Henri?«, fragt Joe und deutet in Richtung der Küchenzelte.

Ich werfe einen Blick rüber zur Essensschlange, die langsam kürzer wird, und sehe, dass Henri jetzt einer der Menschen ist, die anderen das Essen auffüllen. Barfuß ist er auch.

»Ja«, sage ich und drehe ihm wieder den Rücken zu.

Es ist ein seltsames Gefühl, Henri etwas tun zu sehen, das keinen direkten persönlichen Nutzen für ihn hat. Ich frage mich kurz, ob er uns vergiften würde, verwerfe den Gedanken aber wieder.

Später, nach dem Vortrag über Utopien, fängt es an, zu regnen und zu gewittern. Diese Spannung lag schon den ganzen Mittag in der Luft, diese drückende Hitze, die sich mit einem Film von Schweiß auf die Haut legt. Wir sind im Trockenen des Zirkuszeltes, in das sich immer mehr Menschen vor der Sintflut retten.

»Bleiben wir hier für unser Plenum, oder was meint ihr?«, fragt Joe mit einem Blick in den strömenden Regen und hält eine Hand raus ins Nasse. In dem Moment geht Henri an uns vorbei, immer noch barfuß, aber er trägt ein paar Schuhe in der Hand, die an den Schnürsenkeln verknotet sind. Und ich habe diese Schuhe schon mal gesehen. Nicht einfach so. Da war was – es dauert eine Sekunde, bis mir klar wird, wo ich diese Sneakers gesehen habe. Unter der Toilettentür im Mädchenklo.

»Fuck«, sage ich. Für einen Moment bin ich wie versteinert, versuche vergeblich, mein Bild von Henri zusammenzukleben mit dem Menschen, der auf dem Klo geweint hat. Ich will es nicht richtig wahrhaben. Meine Hände ballen sich zu Fäusten und mein Kiefer verspannt sich ein bisschen vor Wut.

Du Mistkerl, denke ich. Das ist nicht fair. Es passt alles so viel besser, wenn du einfach ein Arschloch bist und sonst nichts.

»Mika?«, fragt Joe.

Ich spüre, wie die Anspannung aus mir raus strömt wie die Luft aus einem Ballon, in den man mit einer Nadel gepikst hat.

Ich laufe raus in den Regen, Henris verschwommener Gestalt hinterher.

»Henri. Warte.«

Innerhalb von Sekunden bin ich bis auf die Haut durchnässt. Henri dreht sich kurz um, aber als er sieht, dass ich es bin, geht er nur noch schneller. Na toll. Ich verfolge ihn bis unter einen Baum, wo es zwar immer noch regnet, aber nicht mehr ganz so doll, und er endlich anhält. Wo will er überhaupt hin?

»Was willst du?«, knurrt Henri.

Ich deute auf die Schuhe.

»Was?«

»Das warst du auf dem Mädchenklo.«

»Oh, herzlichen Glückwunsch«, sagt Henri. »Was jetzt? Willst du mich erpressen? Allen erzählen, dass das Bonzenkind zum Heulen aufs Mädchenklo geht?«

»Nein.« Ich schlucke kurz meine Spucke runter. »Ich wollte mich nur entschuldigen.«

»Wofür?«

Man, warum muss er es so schwer machen?

»Dass ich dir nicht geglaubt habe, okay? Dass ich gesagt hab, du sollst gehen.«

Henri guckt mich nicht an. Irgendwas links hinter mir ist plötzlich viel interessanter.

»Also, das soll nicht heißen, dass jetzt alles okay ist oder so«, sage ich schnell. »Aber das war nicht cool und deswegen, sorry.«

Ich will das einfach nur hinter mich bringen, meinen blöden Fehler eingestehen, und jetzt am liebsten wieder gehen.

Henri lacht. »Was hast du eigentlich gegen mich?«

Ich muss auch lachen. Ein bitteres, böses Lachen.

»Was ich gegen dich habe? Du hast mich komplett verraten, schon vergessen?«

»Das vor zehn Jahren? Echt? Das ist dein Problem?«

Ich bin kurz davor ihn zu schubsen. »Du hast allen erzählt, ich wär in dich verliebt, weil's dich cool aussehen lassen hat. Du hast deinen scheiß Freunden erzählt, ich hätte mir Stifte zwischen die Beine gesteckt als wir im Kindergarten waren.«

»Du hast dir Stifte zwischen die Beine gesteckt.«

»Ich war fünf! Was geht die das an?«

Henri dreht sich weg. »Echt? Willst du das jetzt wieder ausgraben?«

»Du hast gefragt«, sage ich, schiebe meine Unterlippe vor und fühle mich, als wären wir wieder in der Grundschule, dabei, Schuld hin und her zu schieben. Aber Henri hat wirklich angefangen und ich hatte es echt nicht verdient. Aus irgendeinem Grund werden wir einfach beide zu der schlimmsten Version von uns selbst, wenn man uns aufeinander loslässt. Fast, als hätte ich einen Bruder, mit dem ich mich zerstritten habe.

»Man, mein Leben ist auch nicht einfach«, sagt Henri.

»Ach nee«, sage ich. »Aber macht es das besser? Nein. Wir müssen auch gar nicht drüber reden, okay? Ich wollte nur sagen: Du kannst bleiben und mir ist es egal, was du fürn Familiendrama schiebst, und mir ist es egal, wo du wann zum Weinen hingehst. Ich lass dich in Ruhe, du lässt uns in Ruhe. Das ist wohl das Beste, was wir machen können, oder?«

»Ich check nicht, wieso du dich überhaupt noch daran erinnerst«, sagt Henri, als hätte er gar nicht gehört, was ich gesagt habe. »Krieg dich mal ein, das ist über lange her.«

Ich wringe mein T-Shirt am Saum aus, der unangenehm an meinem Bauch klebt. »Ich check nicht, wieso du das nicht checkst«, sage ich. »Und nein, ich krieg mich nicht ein. Wir waren Freunde, okay? Und du hast mich komplett durch den Dreck gezogen. Ein paar von deinen scheiß Kumpels haben meine Filzer geklaut, um dran zu riechen und es kommen immer noch manchmal Kommentare deswegen. Weißt du, wie eklig das ist?«

»Ich wusste doch nicht, dass die das machen«, sagt Henri und wischt sich die nassen Haare aus der Stirn.

»Nein? Was dachtest du dann?«

Henri zuckt mit den Schultern. »Ey. Du bist halt 'n Mädchen. Das ging nicht mehr klar mit Mädchen befreundet zu sein. Irgendwann hätten eh alle gedacht, dass wir ficken, oder wenn nicht, dass ich schwul bin. Und ja, ich weiß, dass das Bullshit ist, okay? Aber es war halt so.«

Ich weiß nicht mal, was ich dazu sagen soll. Ich bin nicht mal mehr wütend.

»Ich mochte dich so, wie du mal warst«, sage ich.

Henri lacht verbittert. »Ich mochte mich auch mal.«

»Was meinst du?«

»Denkst du, das macht Spaß? Alles zu tun, um kein Opfer zu sein? Dass ich Bock hab, die ganze Zeit nach unten zu treten? Glaubst du echt, ich will später für meine scheiß Eltern arbeiten? Dass ich keine Angst hab, nur weil ich Geld hab? Oder dass es Camille jemals interessiert hat, was ich denke? Denkst du echt, ich guck am Ende des Tages in den Spiegel und sag: Geil, wieder ein nicer Tag?«

»Nein.«

»Eben.«

»Warum machst du es dann mit?«, frage ich.

Henri bindet die Schnürsenkel seiner Sneakers auf und geht in die Knie, um sie an seine nassen Füße zu ziehen.

»Tu ich ja nicht. Was denkst du, warum ich hier bin?«

»Okay«, sage ich. Und dann noch mal. »Okay.«

»Tut mir auch leid«, sagt Henri verbissen, während er seine Schuhe zubindet, so leise, dass ich es über das Prasseln des Regens kaum hören kann.

»Also. Das mit den Stiften.« Er räuspert sich. »Und dass ich dich Schlampe genannt hab.«

»Und Kampflesbe. Und Fotze. Und Mannsweib.«

»Ja, du weißt, was ich meine.« Henri steht wieder auf. »Ich such mir mal 'ne Regenjacke«, sagt er und geht.

Im Regen sieht man keine Tränen.

Nova schaut mich fragend an, als ich zurück ins Zelt komme. So wie alle anderen auch.

»Wir haben schon mal angefangen zu besprechen, ich hoffe, das war ok.«

»Alles gut?«, fragt Sana.

»Ist dir kalt?«, fragt Aaron und bietet mir sein trockenes T-Shirt an. Ich ziehe meins aus und seins an. Es ist grün, walddunkelgrün, und riecht nach Sonne und Haut und ein bisschen Schweiß, und ich bin kurz benebelt von Pheromonen oder so was.

Draußen hört es langsam auf, zu regnen. Wir haben uns genau den kurzen Moment gesucht, wo es richtig dramatisch ist, sich zu streiten. Wie in einem Film. Ich atme Aarons Geruch ein und denke, mein Leben ist immer mehr wie ein Film. Einer, den ich mir definitiv angucken würde, wenn er im Kino laufen würde. Nur es selbst zu leben ist manchmal ein bisschen viel.

»Ich hab mich entschuldigt«, sage ich. »Bei Henri. Und ... dann hat er sich bei mir entschuldigt.«

Was ich immer noch nicht so ganz glauben kann.

»Was? Echt?«, sagt Sana.

»Ja, wo das Thema gerade Utopien sind«, sage ich. »Passt doch ganz gut. Wenn Henri sich ändern kann, dann können wir auch die Welt ändern.«

»Smoothe Überleitung«, sagt Joe und wir fangen lachend an, zu diskutieren.

Die ersten vier Tage vergehen zu schnell, während wir von einem Workshop in den nächsten stolpern, vom Plenum zur Küche, vom Konzert ins Zelt. Und dabei würde ich alles tun, damit die Zeit langsamer läuft, damit sich die Tage hinziehen wie Honig. Ich frage mich, was die Leute in der Schule wohl denken, jetzt wo wir alle gleichzeitig abgemeldet sind, Nova, Sana und ich. Und Henri. Ich sehe ihn noch ein paar Mal übers Camp laufen. Höre Joe und Aaron erzählen, dass er im Workshop zu »kritischer Männlichkeit« war, wo sie über Männlichkeitsbilder und Stereotypen geredet haben und wie man als Mann damit umgehen kann.

Wir sind vorm Küchenzelt am Abwaschen. Es gibt da ein praktisches System mit mehreren Wasserbecken, die von links nach rechts immer sauberer werden.

»Was hat Henri gesagt?«, frage ich und lege einen Teller ins nächste Becken zu Aaron.

Aaron zuckt mit den Schultern. »Schweigepflicht.«

»Okay, ja, hast recht. Sorry. Wollte dich nicht ausfragen.«

Aaron lächelt. »Hey, ich find's cool übrigens. Dass ihr geredet habt. Das war krass von dir. Ich bewundere das ein bisschen.«

»Du bewunderst das?«, frage ich.

»Ja. Keine Ahnung. Das ist so wichtig, dass wir miteinander reden, und mir fällt's selbst nicht immer leicht. Also, meine Eltern reden gar nicht mehr miteinander und ich find's immer voll schön, wenn jemand das hinkriegt.«

Da sind sie wieder. Ameisen in meinem Bauch.

»Wieso reden deine Eltern nicht miteinander?«, frage ich.

Aaron schrubbt seit circa zwei Minuten den gleichen Teller, der längst sauber ist, aber ich will es ihm nicht sagen.

»Hm. Also mein Vater lebt seit Ewigkeiten in Japan und meine Mutter wollte da nie hin, und im Endeffekt hat er sich gegen sie entschieden, als sie gerade schwanger war, um da hinzuziehen. Er macht Musik, läuft da wohl ganz gut.«

»Oh, krass. Also hast du ihn noch nie gesehen?«

»Doch, ist aber schon wieder paar Jahre her«, sagt Aaron. »Man hat halt keine richtige Beziehung, wenn man kaum Kontakt hat, egal ob man jetzt biologisch verwandt ist oder nicht. Ist komisch, ich frag mich immer, warum Leute, die da keinen Bock drauf haben, Kinder kriegen. Da kann man ja mal vorher drüber nachdenken.«

»Aber voll gut, dass er nicht drüber nachgedacht hat«, sage ich. »Sonst gäbe es dich jetzt vielleicht nicht. Das wär echt schade. Und ich mein ... ich kann's nicht so gut beurteilen wie du, aber du bist auch ohne ihn ein echt cooler Mensch geworden.«

»Das ist auch was, das ich bewundere«, sagt Aaron grinsend. »Dass du sagst, was du denkst. Und Menschen sagst, was du an ihnen magst.«

»Tu ich das?«, frage ich und merke, dass ich seit Ewigkeiten den gleichen Teller schrubbe, der längst sauber ist. Ich tue so, als wär alles ganz normal und lege ihn in das nächste Becken. Der Schaum im Wasser macht ein Gesicht, als würde er mich auslachen.

»Ja«, sagt Aaron.

Es ist zu wenig Zeit, denke ich. Tu es nicht. Sag ihm nicht, dass deine Haut summt, wenn er in der Nähe ist. Wir haben kaum mehr als einen Monat bis er geht, und ich werde ihn so schon vermissen. Außerdem haben wir viel zu viel zu tun, mit dem Aktionsplan gegen

Kerogreen, und ich werde die nächsten Wochen alles geben müssen, um diesen Plan umzusetzen. Es ist eine dumme, dumme Idee. Eine dumme, schöne Idee.

Jemand ruft uns mit dem Megafon zum Plenum. Die Bildungsphase ist vorbei, ab jetzt ist Aktionsvorbereitung angesagt. Es ist dunkel im Zirkuszelt, die meisten Menschen sitzen auf dem Boden, dicht gedrängt, damit auch wirklich alle reinpassen, die dabei sein wollen. Nova legt einen Arm um mich, Sana legt ihren Kopf auf meine Schulter. Der Strom fällt aus, keine fünf Minuten nachdem es angefangen hat, und alles ist plötzlich stockfinster. Manchmal passiert das, aber es macht uns nichts aus. Wir singen alle zusammen ein Lied über Blockaden, das ganze Zelt zusammen, Hunderte harmonierende Stimmen in der Dunkelheit, bis der Strom wieder angeht. Ich habe mich vielleicht noch nie so geborgen, noch nie so zuhause gefühlt.

18

K.I.Z & HENNING MAY – HURRA DIE WELT GEHT UNTER

Das Erste, was mir an Luca auffällt, sind seine Arme. Gestern hatte er ein schwarzes ärmelloses Shirt an und war dabei, ein Stück Holz für das neue Windrad mit der Kreissäge auszusägen. Es sah fast ein bisschen aus, als würde sich der blau-grüne Drache, der um seinen Arm gewickelt ist, dabei bewegen und gleich Feuer speien.

Das Zweite, was mir auffällt, ist dass Luca wahrscheinlich kein Mann ist.

Wir sitzen in einem der weißen Workshop Zelte, um zehn Uhr morgens – besser gesagt, um Viertel nach zehn – und warten darauf, dass der Mensch für das Aktionstraining auftaucht.

Er soll uns beibringen, wie wir übermorgen an unser Ziel kommen, das wir blockieren wollen. Der Plan ist nämlich, dass wir mit mehreren Tausend Menschen in den Tagebau und auf die Schienen der Kohlebahn gehen, um dort eine Sitzblockade zu errichten, sodass die Maschinen nicht arbeiten und die Kraftwerke nicht befeuert werden können.

Luca kommt durch den Zelteingang, mit einem Flipchart unter dem Arm, und streicht sich verlegen über die zentimeterkurzen Haare.

»Sorry, dass ich so spät bin«, sagt er (sie?) mit einer Stimme, die für mich eher weiblich klingt. »Ich hab verschlafen. Meine Isomatte war zu bequem.«

Ein paar Leute lachen freundschaftlich. Ich kann nicht aufhören, Luca anzustarren, während sie (er?) das Flipchart aufbaut, sich eine Mate Flasche aufschraubt und einen Schluck nimmt. Einen Adamsapfel hat Luca nicht. Doch eine Frau?

»Also, erst mal, ich bin Luca. Ein paar von euch kennen mich ja aus Köln. Ich bin trans. Pronomen am liebsten ›er‹, wenn euch mal ›sie‹ rausrutscht, das passiert. Gebt bitte einfach euer Bestes.«

Oh. Okay. Es passiert hier öfter, dass Menschen sich mit ihren Pronomen vorstellen, oder einen fragen, wie man am liebsten genannt werden möchte. Aber bisher lief das alles so, wie ich es erwartet hätte: Menschen mit weiblichen Körpern: sie. Menschen mit männlichen Körpern: er.

Also klar, ich wusste schon vorher, dass es Menschen gibt, die sich mit dem Geschlecht, was ihnen bei der Geburt zugewiesen wird, nicht wohlfühlen. Ich fühl mich ja auch nicht so wohl mit dem Bild, was unsere Gesellschaft von Frauen hat. Aber ich hab noch nie drüber nachgedacht, deswegen meinen Körper oder meinen Stil oder meinen Namen und Pronomen zu verändern. Und ich glaube, ich finde meinen Körper auch eigentlich ganz okay.

Ich habe tausend Fragen: ob Luca Hormone nimmt, oder ob er sich operieren lassen hat, oder es noch vorhat. Ich glaube aber, dass diese Fragen gerade echt nicht angebracht sind. Und dass Luca so was wahrscheinlich ständig beantworten muss und bestimmt nicht immer Lust darauf hat.

Wir machen eine Vorstellungsrunde, in der alle ihre Pronomen sagen, und ob sie schon Erfahrungen mit zivilem Ungehorsam gemacht haben.

»Ziviler Ungehorsam ist alt«, sagt Luca. »Am schnellsten denkt mensch wahrscheinlich an Gandhi und Martin Luther King. Oder Rosa Parks, die sich während der sogenannten Rassentrennung in den USA geweigert hat, ihren Platz im Bus für einen weißen Menschen aufzugeben und einfach sitzen geblieben ist. Hat wer vielleicht Lust, zu erklären, was das ist, ziviler Ungehorsam?«

Ein Typ mit langen schwarzen Haaren und einem einzelnen Dread meldet sich.

»Zum Beispiel, wenn wir uns auf die Schienen setzen und die Polizei sagt, dass wir aufstehen müssen, dann ist es ziviler Ungehorsam, wenn wir nicht zuhören und sitzen bleiben. Die Regeln zu brechen, um damit ein Unrecht zu berichtigen.«

Luca nickt.

»Wenn die Gesetze nicht rechtens sind, brechen wir die Gesetze. Das ist ein sehr wertvolles Konzept, das wir auch heute noch anwenden können. Was fällt euch dazu noch ein?«

»Gewaltfreiheit«, sagt der Typ mit den schwarzen Haaren.

»Hm, ja«, murmelt Luca. »Ich schreibe das mal auf, aber lasst uns darüber etwas diskutieren.«

Er ploppt die Kappe von seinem Stift und schreibt in großen Buchstaben *Gewaltfreiheit?* auf das Flipchart.

»Was meint ihr, haben Gewaltfreiheit und ziviler Ungehorsam miteinander zu tun?«

Nova meldet sich.

»Ich kann mir vorstellen, dass es 'ne andere Außenwirkung hat, gewaltfrei zu bleiben«, sagt sie. »Also zum Beispiel den Medien keine Bilder zu geben, wo wir schlecht drauf aussehen.«

Trotzdem tauchen am Schwarzen Brett vor dem Infozelt in letzter Zeit immer mehr Zeitungsartikel auf, in denen verschiedene Politike*rinnen sich über die geplante Aktion aufregen und uns gewaltbereite Ökoterroristen nennen. Sie sagen, dass wir undemokratisch handeln, wenn wir uns über Gesetze hinwegsetzen und statt eine Petition zu starten oder eine Partei zu gründen, einfach in den Tagebau gehen und ihn lahmlegen.

Mit dem Undemokratischen haben sie vielleicht recht. Was wir machen, ist keine Demokratie in dem Sinne, wo man sich an das hält, was die Politik entscheidet – weil das nun mal zum Untergang der Menschheit führen würde.

Luca schreibt *Außenwirkung* auf das Flipchart.

»Ich finde das voll wichtig«, sagt ein Mädchen neben mir, das einen gelben Schal trägt. »Das ist meine erste Aktion und ich fühle mich echt sicherer, wenn ich weiß, dass wir uns nicht mit der Polizei prügeln und so. Ich kann mir vorstellen, dass viele Menschen da sonst nicht dran teilnehmen könnten, die Angst vor Gewalt haben. Also kann man vielleicht auch sagen, dass es inklusiver ist, gewaltfrei zu bleiben?«

»Oh«, sagt Luca. »Ja, ich versteh deinen Punkt. Ich will euch auch keine Angst machen, aber dazu kann es eben trotzdem kommen. Weil die Polizei das ein bisschen anders sieht als wir. Nur, dass euch bewusst ist, dass Gewaltfreiheit uns nicht unbedingt davor schützt, Gewalt zu erfahren. Und umgekehrt auch, dass wenn mensch Gewalt erfährt, es nicht bedeutet, dass die Person es irgendwie provoziert hätte.«

Ich merke, wie mehrere Menschen in der Runde anfangen, unruhig ihr Gewicht zu verlagern. Die Vorstellung macht mich auch ein bisschen nervös, aber ich habe ja auch schon die Videos der letzten Jahre gesehen, mit dem Pfefferspray und den Polizeipferden.

»Was wir machen können, wenn die Polizei uns gegenüber Gewalt anwendet, das besprechen wir gleich draußen«, fügt Luca hinzu. »Auf jeden Fall kann es hilfreich sein, sich vor einer Aktion darauf zu einigen, wie mensch sie durchführen will. Darum haben wir einen ›Aktionskonsens‹, den wir im offenen Plenum beschlossen haben. Der ist auch hier in der kleinen Infobroschüre drin.«

Luca hält einen der Flyer hoch, die auch im Infozelt zuhauf gestapelt waren. Von *Konsens* ist hier ständig die Rede. Das bedeutet, dass die meisten Entscheidungen in der Gruppe nicht durch Mehrheiten gefällt werden, sondern nur, wenn wirklich alle damit einverstanden sind. Das dauert oft länger, führt aber dazu, dass man überhaupt mal diskutiert, zuhört und auch seine Meinung ändert. Natürlich braucht man Konsens nur bei Dingen, die alle etwas angehen. Wir müssen zum Glück nicht als Gruppe darüber entscheiden, ob ich meine Kartoffeln mit oder ohne Salz esse. Trotzdem kann ich mir nicht vorstellen, wie bei einer Gruppe, die so groß ist, sich alle einig sein sollen, was denn nun »gewaltfrei« ist.

»Was Gewalt bedeutet, das ist doch total unterschiedlich, je nachdem wen man fragt«, werfe ich ein.

Luca nickt. »Hast du da ein Beispiel?«

Ich denke an Joe und die anderen, die bei Kerogreen die Maschinen kaputtgemacht haben. Das hat niemandem wehgetan und trotzdem ist Sachbeschädigung (rechtlich gesehen zumindest) Gewalt.

»Einen Zaun kaputtmachen, vielleicht. Ich finde, das ist keine Gewalt.«

»Stimmt«, sagt Luca. »Da gibt es total unterschiedliche Meinungen, was gewaltfrei eigentlich bedeutet. Für uns heißt das: Wir beschädigen keine Maschinen und Infrastruktur, und wir bringen keine Menschen in Gefahr, weder uns selbst, noch die Kohlearbeiter*innen, noch die Polizei.«

»Kann man nicht auch sagen, dass durch die Blockade ein Schaden entsteht?«, fragt der Mensch mit dem Dreadlock. »Also, zumindest ein finanzieller? Dass es auch Gewalt ist, etwas zu blockieren, weil man damit ja jemandem seinen Willen aufzwingt?«

»Ja«, sagt Luca schulterzuckend. »Kann mensch sagen. Vielleicht merkt ihr, wie schwierig es ist, eine gemeinsame Definition von ›Gewalt‹ zu finden. Oder einen Konsens darüber, ob Gewalt gut oder schlecht ist. Das Ziel sollte auch nicht sein, sich von allen anderen Aktionen zu distanzieren, nur weil sie nicht ›gewaltfrei‹ sind. Wenn mensch in einer anderen Aktion etwas kaputtmacht, einen Bagger zum Beispiel, finden viele von uns das gut und richtig. Der Grund, warum wir das bei dieser Aktion nicht machen, ist ganz einfach, dass wir möchten, dass sich auch Menschen anschließen können, für die Sachbeschädigung und Sabotage nicht in Frage kommen. Und auch, damit eine breite Öffentlichkeit hinter uns stehen kann.«

Einige Menschen wedeln mit den Händen, ein Zeichen für Zustimmung, das wir schon in der Workshop-Phase gelernt haben.

»Wär schön, wenn die Polizei auch so einen Aktionskonsens hätte, 'ne? Es kann aber schon sein, dass wir in Situationen kommen, wo die Polizei uns gegenüber gewaltbereit ist und sich uns in den Weg stellt, zum Beispiel, indem sie eine Kette bilden und damit das Gelände abriegeln. Unter anderem darauf bereiten wir uns heute vor.«

Luca führt uns durch ein paar Szenarien auf dem Flipchart und erklärt uns, was die Finger-Technik ist: Wir werden in großen Gruppen, die man »Finger« nennt, loslaufen, um die Kohle-Infrastruktur an verschiedenen Punkten zu blockieren. Oft, wenn so ein Finger kurz vorm Ziel ist, bildet sich spätestens dort eine Polizeikette, wo es auf das Betriebsgelände der Firma geht. Und durch so eine Kette kommt man am besten durch, wenn man geschlossen und zügig einfach auf sie zu geht und dann zu den Seiten wegfließt, sodass die Polizeikette sich noch weiter ausdünnen muss und Lücken entstehen, durch die wir durchlaufen können.

Mein Magen dreht sich ein bisschen um, vor Aufregung und Angst.

»Setzen die dabei kein Pfefferspray ein?«, fragt jemand.

»Doch, das passiert oft«, sagt Luca. »Darum ist es so wichtig, dass ihr Wasser zum Ausspülen dabei habt und in euren Bezugsgruppen bleibt, damit ihr euch um einander kümmern könnt.«

»Und was passiert mit den Menschen, die von der Polizei geschnappt werden?«, frage ich.

»Das kommt drauf an«, sagt Luca. »Die letzten Male war es oft so, dass die sich vielleicht als neue Gruppe zusammenfinden und es noch mal versuchen. Es kann aber auch sein, dass ihr direkt gekesselt oder festgenommen werdet, und erst mal in der GeSa, also in der Gefangenensammelstelle landet.«

»Gekesselt?«, fragt Nova.

»Umstellt«, sagt Luca.

Fuck, denke ich. Ich will eigentlich nicht schon an der Polizeikette zurückbleiben und festgenommen werden. Das klingt uncool.

»Da wird aber auch niemensch allein sein. Also, auch wenn wir durchkommen, werden wir am Ziel höchstwahrscheinlich von der

Polizei gekesselt werden und irgendwann abtransportiert. Entweder in die GeSa, oder, wenn die schon voll ist, dann werden Menschen oft auch einfach gehen gelassen.«

Luca kann wohl auf unseren Gesichtern sehen, dass einige von uns die Vorstellung einer Festnahme nicht sonderlich feiern.

»Geht auf jeden Fall noch zum Legal Team und lasst euch beraten, was ihr im Fall einer Festnahme tut. Ich war auch schon in der GeSa und bin relativ schnell wieder draußen gewesen. Das klingt manchmal alles ganz schlimm, bis mensch dann drin ist. Aber einschätzen müsst ihr das natürlich selber, und es ist auch total wichtig, dass während der Aktionen Menschen im Camp bleiben und das Camp weiter läuft, also fühlt euch nicht schlecht deswegen. Euer Beitrag ist genauso wichtig, wenn ihr Klos putzt und Essen kocht, wie wenn ihr in der Grube sitzt.«

Sana nickt. Ich frage mich, ob sie ihre Entscheidung schon getroffen hat.

»Vielleicht können wir ja mal 'ne Aufstellung machen, um in uns rein zu fühlen, wie komfortabel wir mit so einer Aktion sind«, schlägt Luca vor.

Er hält den Zelteingang für uns auf und lässt uns nach draußen auf die Wiese strömen, wo wir uns nach links und rechts verteilen, je nachdem, wie weit wir gehen wollen.

Wäre eine Festnahme für uns okay?

Wäre es okay, Pfefferspray abzubekommen?

Maria stellt sich, egal bei welcher Frage, immer direkt an die Spitze und mustert den Rest der Leute dann abschätzig.

»Es geht hier übrigens nicht darum, sich als Frontschwein zu inszenieren«, bemerkt Luca. »Ihr seid nicht cool, nur weil ihr im Wasserwerfer duscht.«

Ich muss grinsen. Luca ist mir sympathisch. Er teilt uns in zwei Gruppen ein, die sich als »Polizei« und »Aktivistis« gegenüberstehen, dann geht er an unserer Polizeikette vorbei und stattet uns mit Pfefferspray und Schlagstöcken aus – natürlich nicht echt: Das

Pfefferspray ist Wasser in kleinen Spraykanistern, wie man sie zum Orchideen gießen benutzt und die Schlagstöcke sind etwas kleinere Pool Nudeln. Ich bekomme leider nur eine Nudel ab.

Die anderen Leute im Camp fangen schon an, uns im Vorbeigehen belustigte Blicke zuzuwerfen. Sie wissen, was gleich kommt. Die Aktivistis und Luca stecken die Köpfe zusammen wie vor einem Fußballspiel. Ich werfe Aaron links und Joe rechts von mir einen Blick zu, wir nicken verbissen.

»Haltet die Linie!«, sagt Joe. »Lasst keinen durch.«

»Ey«, sagt Luca, und kommt zu uns. »Ich bin hier immer noch der Einsatzleiter.«

Mit dem Buzzcut könnte man ihm das sogar glauben, wenn er nicht etwas zu klein und von oben bis unten tätowiert wäre.

»Verräter!«, sagt Joe. »Eben noch mit den Krawalltouristen unter einer Decke!«

»Also«, lacht Luca. »Haltet die Linie! Lasst keinen durch.«

Wir lachen auch. Luca stellt sich mit einem Spraykanister neben mich, seine Zähne blitzen in der Sonne. Die Aktivistis tuscheln noch miteinander. Dann kommen sie als geschlossener Block in zügigem Tempo auf uns zu, eine ganze Masse Menschen, und mir wird bewusst, wie wenige wir sind, nur eine dünne Reihe, während die anderen wie ein Schwarm Hornissen auf uns zufliegen.

»Bleiben Sie stehen!«, brüllt Joe, der voll in seiner Rolle aufzugehen scheint.

»Auf geht's, ab geht's, Ende Gelände«, brüllen die Aktivistis einstimmig.

Und dann laufen sie und wir verlieren den Überblick. Völliges Chaos. Ich schlage mit der Pool Nudel um mich, aber sie laufen schon an mir vorbei, reißen Lücken in unsere Kette, wie bei einem Dammbruch, durch den das Wasser strömt.

Es ist vorbei. Alle Aktivistis bis auf zwei haben es hinter unsere Kette geschafft. Die zwei befinden sich in einer festen Polizeiumarmung.

»Ich hab eine!«, schreit Joe.

»Und alle anderen sind durch«, sagt Luca. »Gute Arbeit der Aktivist*innen. Irgendwelche Beobachtungen? Wie hat sich das für die Polizei angefühlt?«

»Krass«, sage ich. »Das ist schon etwas beängstigend, wenn so viele Leute auf einen zu rennen. Vielleicht ist das anders, wenn man gepanzert ist, aber so war es auf jeden Fall unangenehm.«

»Voll interessant, auch mal so die Perspektive der Polizei einzunehmen«, sagt Aaron. »Ich fühl mich jetzt, glaub ich, auch sicherer, in die Aktion zu gehen. Weil ich weiß, wie wenig Chancen die haben, irgendwas gegen uns zu machen.« Er grinst.

Luca nickt.

»Ihr müsst auch dran denken: Das war jetzt ein Spiel. In echt haben die natürlich auch echtes Pfefferspray und echte Schlagstöcke, und wie Mika gesagt hat: Sie sind gepanzert. Wollt ihr noch mal Rollen tauschen?«

Ich bin etwas überrascht, dass Luca sich meinen Namen gemerkt hat. Wir sind bestimmt dreißig Menschen und Namensschilder haben wir diesmal keine.

Die restliche halbe Stunde verbringen wir damit, Strategien zum Durchfließen der Polizeiketten auszuprobieren, Fragen zu stellen und über Bezugsgruppen nachzudenken. Wenn wir in die Aktion gehen, dann machen wir das in vielen kleinen Gruppen von sechs bis zehn Menschen, die man Bezugsgruppe nennt. Die Gruppe entscheidet zusammen, wo und wie sie an der Aktion teilnehmen möchte. Wir lernen, wie wir Konsens-Entscheidungen fällen können, wenn wir unter Zeitdruck stehen, und wie wir in einer Blockade ein Plenum abhalten.

Am Ende des Trainings hat Maria ein Piercing verloren und jemand hat seinen großen Zeh verstaucht, aber sonst sind zum Glück alle heil geblieben.

Zum Mittagessen setzen wir uns mit unserer Gruppe in den Schatten des Zirkuszeltes, um noch mal über die Aktion zu reden.

»Ich bleibe im Camp«, sagt Sana und schaufelt ein paar Linsen in ihren Mund. »Und ich fänd's auch ganz cool, wenn ich von uns nicht die Einzige bin, aber ich will auch niemanden zurückhalten, wenn ihr alle gehen wollt.«

Die Mittagshitze ist brütend, mein Shirt klebt an meinem Rücken und ein Tropfen Schweiß nach dem anderen läuft meine Unterarme hinunter. Ich frage mich, wie wir dieses Wetter in einer Kohlegrube aushalten sollen, ohne Schatten, nur mit dem Wasser, das wir mitbringen. Das macht mir fast mehr Angst, als die Polizei.

»Ich hab schon Respekt davor«, sagt Nova, als sie dran ist. »Und nicht so Bock, festgenommen zu werden. Aber andererseits sind wir ja auch hier, um diese Erfahrung zu machen. Also, ja. Ich denk drüber nach, aber ich glaube, ich werde mitkommen.«

»Ich bin raus«, sagt Joe, sicher auch, weil er gerade frisch aus dem Knast kommt. »Aber ich helfe bei der Aktionslogistik.«

Ich spüre Sanas Seitenblick auf mir und weiß, dass sie hofft, dass ich doch noch bleibe.

Ich denke an all die Treibhausgase, die, so lange ich lebe, schon in die Atmosphäre gepumpt wurden. All die Kohle, die verbrannt wurde, all die Menschen, die schon jetzt unter dem Klimawandel leiden und an den Folgen sterben, während ich nur ein paar Kilometer von einer der größten CO_2-Schleudern Deutschlands entfernt im Gras sitze und die Möglichkeit habe, zumindest hier diesen Wahnsinn zu stoppen.

Zumindest für einen Tag oder ein paar Stunden. Jede Stunde, in der keine Kohle abgebaut wird und die Kraftwerke nicht auf voller Kraft laufen, ist doch ein Erfolg. Wenn ich das mit meinem Körper erreichen kann, dann will ich es auf keinen Fall verpassen.

»Ich geh in die Aktion«, sage ich.

Sana zerpflückt einen Grashalm und sagt nichts, und ich nehme mir vor, nach unserem Plenum noch mal alleine mit ihr zu reden. Wie es aussieht, sind wir jetzt zu viert, Nova, Aaron und ich – und Maria, wenn Maria in unserer Gruppe bleiben will und nicht noch

Gleichgesinnte findet, die angemessen militant drauf sind. Vier sind nicht sehr viele für eine Bezugsgruppe und wir hätten eigentlich gerne noch jemanden mit mehr Erfahrung dabei.

»Wie wär's mit Henri?«, fragt Aaron, um mich zu ärgern.

Ich strecke ihm die Zunge raus.

Das Camp verwandelt sich. Von einem Tag auf den Nächsten verschwindet die Urlaubsatmosphäre und die Vorbereitungen beginnen. Strohsäcke werden gestopft, weiße Schutzanzüge werden mit Slogans besprüht, Staubschutzmasken verteilt. Aktionstrainings finden jetzt zu jeder Uhrzeit statt, manchmal gleich drei auf einmal, und das Camp summt mit aufgeregter Energie wie ein Bienenstock.

Da hinten verkloppen sich Leute mit Pool Nudeln, da drüben wird Mittagessen gekocht, vor dem Zirkuszelt macht jemand eine Megafon Durchsage, dass dringend noch Leute bei der Shit-Brigade gebraucht werden und die Nachtschicht unterbesetzt ist.

Alle diskutieren aufgeregt über die verschiedenen Finger, deren Orga-Teams sich gestern Abend beim Aktionsplenum vorgestellt haben. Fünf Finger für eine Hand: Blau, Grün, Rot, Gold und der Mittelfinger, der einzig dafür da sein wird, Polizeikräfte zu bündeln, in der Gegend rumzulaufen und so zu tun, als würden sie gleich irgendwo aktiv werden, damit immer ein paar Polizeiwagen mit ihnen mitkommen müssen, die solange woanders nicht eingesetzt werden können.

Und es gibt den Camp-Finger, der weiter kochen und versuchen wird, Essen an die Blockadepunkte zu liefern, und Leute vor die GeSa zu schicken, um alle zu betreuen und abzuholen, wenn sie wieder rauskommen. Der im Camp eine gute Atmosphäre schaffen wird, damit alle nach der Aktion wieder runterkommen können.

Bezugsgruppen Speed-Dating gibt es jetzt auch. Als wir zu viert daran teilnehmen, ist Luca auch wieder dabei. Er kommt von sich aus auf uns zu, und fragt, ob er uns beitreten darf. Zusammen mit Olli, einem Typen mit kurzen braunen Haaren und fast so vielen Tattoos wie Luca, der auch aus Köln kommt.

Die beiden haben letztes Jahr eine Fingerspitze organisiert und wollen dieses Mal ein bisschen langsamer machen. Manchmal klappen Dinge halt einfach und wir haben zum Glück noch einen ganzen Tag Zeit, um uns besser kennenzulernen, Plena abzuhalten und zu entscheiden, mit welchem Finger wir laufen wollen.

Ich überlege immer wieder, ob ich alle Materialien zusammen habe und wie ich bloß meinen Rucksack packen soll. Schlafsack mitnehmen oder hier lassen? Wie viel Wasser brauche ich? Wie viele Müsliriegel?

Nur die Fingerspitzen wissen, wo genau es lang geht, welchen Teil der Infrastruktur wir besetzen und wie lange wir im besten Fall bleiben. Sie haben uns nur kleine Hinweise gegeben: In diesem Finger wird auch Englisch gesprochen, dieser Finger wird eher nicht in die Grube gehen, bei diesem Finger werden viele Reporter*innen dabei sein, dieser Finger rechnet mit viel Polizeikontakt, oder es kann passieren, dass wir übernachten. Solche Dinge.

»Ich fühl mich wie 'ne Schachfigur«, hat Nova nach dem Plenum gesagt, weil wir so wenig konkrete Infos bekommen haben.

»Ich bin gerne 'ne Schachfigur«, hat Maria gesagt. »Vor allem hätte ich keinen Bock auf die Verantwortung. Außerdem kannst du ja auch ins Orga-Team. Die sind offen.«

Ich fand, dass Maria irgendwie recht hatte. Immerhin weiß auch jeder, dass Zivilpolizei auf dem Camp rumläuft und natürlich auch mithört, was geplant ist – echt ein unangenehmer Gedanke.

Zehn Mal überlege ich, ob mich irgendwas in meinem Rucksack identifizieren könnte. Mein Notizbuch habe ich ausgepackt, alle Karten aus meinem Geldbeutel genommen, auch meinen Perso. Ich habe mich entschieden, im Fall einer Festnahme meine Personalien nicht anzugeben. Sana wird unsere Persos aufbewahren, bis wir wiederkommen.

Wenn alles gut läuft, finden sie nicht raus, wer wir sind, und können uns deswegen auch keine Strafen aufdrücken. Das funktioniert solange, wie wir keine schwerwiegenden Vorwürfe bekommen. Hausfriedensbruch können sie uns zwar in den meisten Fällen unterstellen, aber bis jetzt wurden selbst dabei die meisten Menschen nicht länger als einen Tag festgehalten. Bei »Widerstand gegen Vollstreckungsbeamte« oder »tätlicher Angriff« wäre das was anderes. Da kann man schon mal in Untersuchungshaft kommen.

Ich bin in einer komischen Stimmung, so als wär Krieg oder eine Katastrophe, und ich wäre Teil einer Armee, die sich auf eine entscheidende Mission vorbereitet. Ist es nicht irgendwie schade, dass ich bei riesigen Menschenmengen, die zusammenarbeiten, als erstes an Krieg oder Katastrophen denken muss?

Aber es ist ja auch eine Katastrophe. Vielleicht die größte Katastrophe der Menschheit und wenn man es so betrachtet ist es vielleicht eher krass, mit welcher Leichtigkeit wir das Ganze noch nehmen. Dann ist es krass, dass wir »gewaltfrei« bleiben wollen, wenn unsere Zukunft und überhaupt unser Überleben auf dem Spiel steht.

Dann ist es krass, dass es echt Menschen gibt, die sich uns in den Weg stellen werden, um zu verhindern, dass wir unser Leben auf diesem Planeten retten.

Und, dass wir nur ein paar Tausend Menschen sind, wo es doch absolut jeden etwas angeht. Ich schüttle den Kopf. Das ist kein guter Gedankengang. Wir *sind* ein paar Tausend. Hätte ich das letzte Woche überhaupt für möglich gehalten? Hätte ich gedacht, dass es so viele andere Menschen gibt, die diesen Kampf nicht aufgeben?

Ich lasse meinen Blick über das Camp wandern, über diesen Organismus, der so gut funktioniert, und das einfach so, weil wir es wollen. Nicht, weil wir müssen. Nicht, weil wir dafür bezahlt werden. Nicht, weil uns jemand sagt, wie die Dinge zu laufen haben. Einfach so, aus uns selbst heraus.

Und für einen Moment liebe ich all diese Menschen, liebe ich Menschen an sich. Dafür, dass sie zu so etwas fähig sind.

Am Abend ist es entschieden: Wir gehen am nächsten Tag mit dem blauen Finger, wahrscheinlich sogar in die Grube.

Ich versuche, die Abendluft aufzusaugen, meine Aufregung herunter zu kämpfen, die Zeit zu verlangsamen, denn morgen wird alles anders sein.

Morgen werde ich Mango heißen, Aaron wird Rapunzel, Luca wird Loki, Maria wird Medusa, Olli wird Pluto sein und Nova bleibt Nova, weil das sowieso nicht ihr richtiger Name ist.

Unserer Bezugsgruppe geben wir den Namen »Freibier« und lachen uns kaputt, jedes Mal, wenn wir einander rufen und sich ein paar Leute hoffnungsvoll umdrehen. Wir geben einander eine Gruppenumarmung und verabreden uns für den nächsten Morgen bei den Strohsäcken, bevor wir auseinandergehen, packen und den Rest des Abends genießen.

Ich hätte nie gedacht, dass ein Ort so magisch sein kann. Aber hier sind wir, zwischen den Obstbäumen und den Feldern und der Himmel ist so dunkel und unverstrahlt, dass man die Milchstraße sehen kann. Ich bin immer noch barfuß, Grashalme kitzeln zwischen meinen Zehen. Jemand spielt auf der kleinen Holzbühne Akustikgitarre und singt.

Man erkennt die Menschen kaum noch, nur ihre Umrisse, und es ist auch ein bisschen egal, weil ich weiß, dass ich mich hier zu jeder Gruppe setzen könnte und wohl fast immer willkommen wäre. Aber ich will zu Aaron. Es dauert ein bisschen, bis ich ihn finde, unter all den langhaarigen Typen, die hier rumlaufen.

Aaron liegt in der Nähe eines Lagerfeuers im Gras, seine Haare breiten sich in alle Richtungen über den Boden aus.

»Darf ich mich dazulegen?«

»Klar.«

Irgendwie landet seine Hand in meiner. Ich weiß nicht, wie das passiert. Vielleicht braucht es die bevorstehende Aktion, damit ich alle Vorsicht über Bord werfe, so wie die Leute, die vor dem Krieg schnell noch heiraten. So fühlt es sich an, als sei es die letzte Chance.

Als wär da so ein Magnetismus, der uns aneinanderkleben lässt. Es passiert einfach so. Vielleicht, weil wir gar nicht so genau wissen, was hier passiert.

Dass wir, nur weil wir jetzt Händchen halten, ein Paar werden, heiraten und Kinder kriegen müssen, daran glaube ich sowieso nicht mehr. Das ist erst mal nur zusammen hier liegen. Weil es sich halt gut anfühlt. Es reicht, hier einfach nur zu liegen.

»Du bist total warm«, sagt Aaron. Sein Daumen reibt kleine Kreise in meiner Handfläche und meine Hand summt, als wäre sie mit Energie aufgeladen.

»Es ist Sommer«, sage ich.

»Hm. Nee. Also. Warm. Wie ein Feuer.«

Ich lache.

»Hast du schon mal Feuer angefasst? Feuer ist heiß.«

»Ja, also, heiß bist du auch.«

Das hat er jetzt nicht wirklich gesagt oder? Okay. Nicht vergessen zu atmen. Bei diesem Licht sieht eh alles leicht rötlich aus, da muss ich mir um mein Gesicht wahrscheinlich keine Sorgen machen.

»Aber ich meinte das mit der Wärme mehr so auf deine inneren Werte bezogen.«

Ich drehe mich auf die Seite und schaue Aaron an, und merke plötzlich, wie nah wir beieinanderliegen. Unsere Nasen berühren sich fast und Aaron riecht nach Rauch und Seife, immer noch ein bisschen nach Sonne auf der Haut.

Das Feuer spiegelt sich in seinen Augen, die mich angucken. Aaron hat kleine Lachfalten in den Augenwinkeln – als ob ich noch so ein Detail gebraucht hätte.

Ich hab gelogen, es reicht nicht, hier einfach nur zu liegen. Nicht, wenn wir irgendwann damit aufhören müssen. Nein, das ist so ein Moment für Momentmarmelade, die man in ein Glas abfüllt, damit man ein Jahr später noch trockene Lippen schmecken kann und Feuer, Sonne und Seife riechen.

Es ist eine dumme Idee. Eine schöne, dumme Idee. Aber wenn

ich mich bei der Revolution nicht auch verlieben kann, bin ich nicht mit dabei.

Ich denke ein bisschen drüber nach, was ich jetzt sagen soll. Irgendwas Intelligentes. Irgendwas Intelligentes und Lustiges. Ach, scheiß drauf.

»Ich mag dich«, sage ich.

»Ich mag dich auch«, sagt Aaron. »Sehr gern sogar.«

Das Lächeln geht nicht mehr aus meinem Gesicht, es ist festgewachsen, so wie unsere Hände ineinander. Warum haben wir dafür eigentlich so lange gebraucht?

Ich stelle die Frage laut.

Aaron zuckt mit den Schultern.

»Ich bin nicht der Typ, der jemanden einfach anbaggert. Ich dachte – hm. Also ich dachte, das ist ziemlich offensichtlich. Ich bin mehr so der steht-in-der-Ecke-rum-und-versucht-nicht-aufdringlich-zusein-Typ.«

»Aber du dachtest doch, ich flirte mit dir!«, sage ich. »Als ich dir meine Nummer gegeben hab. Warum hast du mir da nicht einfach geschrieben?«

»Äh«, sagt Aaron. »Sorry, aber das war ein bisschen überwältigend? Stell dir mal vor, ein wunderschöner Mensch, den du noch nie gesehen hast, kommt plötzlich auf dich zu und drückt dir eine Nummer in die Hand? Und geht dann einfach wieder. Ich dachte, das war bestimmt ein Missverständnis. Und war es dann ja auch. Stell dir vor, ich hätte dir irgendwas Dummes geschrieben.«

»Was Dummes?«

»Ja, so: ›Hey wollen wir uns mal treffen?‹. Und dann wärst du davon ausgegangen, ich will über die Hausdurchsuchung reden, und ich hätte gedacht, es sei ein Date. Außerdem kannte ich dich ja überhaupt nicht. Ich wusste nur, dass du gut aussiehst. Das reicht eigentlich nicht, damit ich mich mit jemandem treffen will.«

Aaron grinst.

»Und jetzt? Wo du mich ein bisschen kennst?«, frage ich.

»Ja?«, fragt Aaron.

»Würdest du mich treffen wollen?«

»Mika, ich halte gerade deine Hand.«

»Und?«, sage ich und grinse zurück. »Das heißt ja nichts.«

Ich lasse ihn los und stehe auf.

»Wo gehst du hin?«

Ich zwinkere Aaron zu. »Find es raus.«

Ich laufe vor, in Richtung des kleinen Waldstückes, welches das Camp umgibt, und Aaron muss aufspringen und hinterherlaufen, wenn er mich nicht in der Dunkelheit verlieren will.

Am Rande des Waldes hängt eine bunte Lichterkette, und man hört immer noch die Musik von der kleinen Bühne und das Zirpen der Grillen, und den Gesang der Nachtvögel. Ich verschmelze mit den Schatten der Bäume, lass mich vom Schutz des Waldes umarmen und ziehe Aaron zu mir, in den Wald hinein, wo uns niemand sehen kann. Ich höre seinen Atem, angestrengt vom Laufen. Spüre seine Körperwärme, Zentimeter von mir entfernt, seine Hände auf meinen Hüften und seinen Brustkorb, der sich unter meinen Händen hebt und senkt. Sein Gesicht ist ein Mosaik aus Schatten und Neon. Eine lange violette Linie zieht sich an seinem Kinn entlang, wo seine Haut die Farben der Lichterkette aufsaugt.

»Darf ich dich küssen?«, frage ich.

»Ja«, flüstert Aaron und beugt sich ein Stück zu mir runter.

Wir bleiben so, Nase an Nase, Stirn an Stirn, strecken diesen Moment ins Unendliche, zwei Paar Lippen erwartungsvoll geöffnet, so, dass unser Atem sich vermischt – ich atme Aaron ein und er atmet mich ein.

»Mika«, sagt Aaron und mein Name klingt aus seinem Mund wie ein Gebet.

»Hm?«

»Wolltest du mich nicht küssen?«

Als Antwort lasse ich meinen Mund ganz vorsichtig seinen berühren, ohne ihn wirklich zu küssen, mehr so, als würden meine

Lippen ihn streicheln. Da ist dieses Ziehen. Dieses Summen in meinem Körper, als würde ich mich über einen Abgrund beugen, mit dem Gedanken spielend, mich fallen zu lassen, einzutauchen, zu ertrinken, immer tiefer auf den Grund zu sinken.

Und dann küssen wir uns echt, langsam und vorsichtig und irgendwie super liebevoll, und ich versinke in einem Gefühl von Richtigkeit. Ich vergrabe meine Hände in seinen Haaren, lass ihn nicht wieder los. Und ich denke nichts mehr außer Aaron, Aaron, Aaron.

19

PETE THE TEMP – MISBEHAVERS

Diesen Morgen weckt uns kein Dudelsack, sondern jemand, der mit dem Megafon über den Zeltplatz läuft.

»Guten Morgen! Die Sonne scheint, es ist sieben Uhr und ein perfekter Tag, um die Kohle zu blockieren.«

Ich liege im Zelt und bin ein Knäuel der Gefühle. Ist das gestern wirklich passiert? Haben Aaron und ich uns wirklich geküsst? Und gehen wir heute wirklich los, um Bagger und Schienen zu blockieren, werden Polizeiketten durchfließen und vielleicht festgenommen? Ich glaube, ich bekomme einen doppelten Nervenzusammenbruch.

»Der grüne Finger ist schon losgelaufen, der blaue und rote Finger treffen sich in einer Stunde am Camp-Eingang«, schallt es durch das Megafon.

Eine Stunde. Okay. Das packen wir. Ich atme einmal tief durch und drehe mich zu Sana um, die mit offenen Augen reglos an die Zeltdecke starrt.

»Sana?«

»Hm?«

»Alles okay?«

Sie dreht sich auf die Seite und schaut mich an, in mein linkes, in mein rechtes und wieder mein linkes Auge, was ein Tick ist, der nur dann zum Vorschein kommt, wenn sie super gestresst ist.

»Ich überlege, doch mitzukommen«, sagt sie.

»Oh. Okay?«

»Was denkst du?«

Rechts. Links. Rechts.

»Soll ich dazu was denken? Ich mein, warum willst du denn jetzt doch mit?«

»Weiß nicht. Fühlt sich nur echt dumm an, als Einzige von uns hierzubleiben. Aber ich will auch echt nicht festgenommen werden und dass meine Eltern das jemals rausfinden.«

»Wenn du deine Personalien verweigerst, weiß es ja keiner.«

»Ja, wenn«, sagt Sana. »Aber hast du mal drüber nachgedacht, was ist, wenn du in dieser GeSa bist? Was, wenn sie dich extra länger da behalten, weil sie halt echt rausfinden wollen, wer du bist?«

»Das können sie aber nicht ewig machen, wenn das nicht von einer Haftrichterin angeordnet wird«, erinnere ich Sana. »Und da muss der Vorwurf ausreichen. Nur wegen Personalienverweigerung dürfen die das nicht.«

»Ich weiß trotzdem nicht, ob ich es so lange packe«, flüstert Sana. »Ein paar Stunden vielleicht ...«

»Es wär auch 'ne sehr spontane Entscheidung jetzt, oder?«

»Ja, ich will auch nicht, dass ich Panik kriege, wenn wir durch so 'ne Polizeikette durch müssen, und dass ihr dann meinetwegen nicht durch könnt.«

»Sana?«, sage ich. »Du bist echt cool. Und tough. Du musst nichts beweisen und wenn du hierbleibst, passieren ganz, ganz sicher auch voll spannende Sachen, die du uns dann erzählen kannst.«

Sie nickt. »Okay.«

Wir schweigen ein paar Minuten. Dann sagt sie:

»Boah. Ist schon so, dass einen die Stimmung ganz schön mitreißen kann, oder?«

Im Zelt neben uns kichert jemand. Ist das Maria? Und dann hören wir Nova quietschen. Sana zieht eine Augenbraue hoch, dann wickelt sie sich aus ihrem Schlafsack und zippt das Zelt auf. Es scheint, als wären wirklich alle auf den Beinen.

Das Camp fühlt sich immer mehr an, wie ein Militärcamp kurz vor einer Mission, nur dass es hier keine Hierarchien gibt, keine Befehle, kein Geschrei. Ungehorsam statt Gehorsam. Und sterben wird auch niemand. Trotzdem sind wir alle aufgeregt – auch diejenigen, die schon mal dabei waren, denn niemand will Pfefferspray in die Augen bekommen und niemand will einen Knüppel in die Rippen kriegen. Ich werde jedenfalls später noch davon träumen, meine Ausrüstung noch mal und noch mal durchzugehen. Ich treffe Luca bei den Waschbecken, als ich zum letzten Mal mein Wasser auffülle.

»Alles klar, Buddy?«, fragt er. Wir haben uns in der Bezugsgruppe noch mal zu Zweierteams, zu *Buddys* zusammengetan, die auf jeden Fall versuchen, zusammen zu bleiben.

»Ja«, sage ich.

Luca zwinkert mir zu und ich spüre noch Aarons Küsse auf meinen Lippen. Wo ist Aaron eigentlich?

Wir treffen uns dort, wo mal die Strohballen waren, die jetzt ein großer Haufen gestopfter Strohsäcke sind. Die gelten seit einiger Zeit als passive Bewaffnung, und die Polizei versucht immer wieder, sie uns abzunehmen, sagt Luca. Aber das hindert uns nicht daran, die Säcke immer wieder mitzunehmen. Sind auch verdammt praktisch die Dinger – nicht nur, um Schläge abzuhalten, sondern auch einfach um sich in einer Blockade darauf zu setzen.

»Hat jemand eine Uhrzeit?«, frage ich.

»Viertel vor acht«, sagt Nova.

Verdammt, wo bleibt Aaron? Ich setze mich neben Nova auf die Strohsäcke. Sie ist damit beschäftigt, ihre Fingerkuppen mit einer Sicherheitsnadel aufzustechen. Als ich genauer hingucke, sehe ich, dass es eine der Nadeln ist, die Sana uns geschenkt hat, die mit dem blauen Auge dran.

»Was machst du da?«, frage ich.

»Meine Fingerabdrücke weg. Hat Maria mir gezeigt.«

»Meinst du, das ist nötig?«

Nova zuckt mit den Schultern.

»Man weiß nie, wo und wie lange die so was speichern. Wenn die uns heute festnehmen und Abdrücke nehmen, und wir später noch mal irgendwo Abdrücke abgeben müssen – vielleicht wird das dann abgeglichen.«

Ich nehme die Sicherheitsnadel aus meinem Ohrläppchen.

»Okay. Was muss ich tun?«

Nova zeigt mir ihre Fingerkuppen, die ganz zerkratzt und zerstochen sind und ein bisschen weiß, wie wenn man zu lange in der Badewanne war.

»Nur die obersten Hautschichten«, sagt sie. »Und die kleinen Verzweigungen sind am wichtigsten.«

Ich lache. »Wenn meine Eltern uns jetzt sehen könnten …«

»Geh vorher mit dem Feuerzeug über die Nadel drüber«, sagt Nova und reicht mir ihres. »Wegen der Keime.«

Ja, das wär blöd, jetzt noch 'ne Blutvergiftung zu kriegen.

»Habt ihr auch Sekundenkleber dabei?«, fragt Luca, der seinen Rucksack mit einem Plumps ins Gras fallen lässt und sich neben uns auf die Strohsäcke setzt.

»Nee«, sagt Nova.

»Hier.« Er kramt eine kleine Tube aus seiner Bauchtasche. »Packt den am Ende noch über die Finger. Doppelt hält besser.«

Fünf Minuten bevor es losgeht, taucht Aaron endlich auf, die Haare verklettet und außer Atem.

»Sorry, sorry, ich hab verschlafen«, keucht er. »Aber ich glaub, ich hab alles.«

»Perso?«, fragt Luca.

»Ah, stimmt.« Er zieht das kleine Plastikkärtchen aus seinem Rucksack und gibt es an Sana ab.

Ich hätte total gern noch einen Moment mit Aaron alleine gehabt, aber daraus wird nichts mehr. Ich kann nur seinen Blick fangen und ihn anlächeln als hätten wir ein Geheimnis. Haben wir ja auch.

»Haben alle die Telefonnummer vom Ermittlungsausschuss irgendwo am Körper?«, fragt Luca.

Er lässt einen schwarzen Marker rumgehen, mit dem sich ein paar von uns noch die Telefonnummer auf den Arm schreiben. Dort rufen wir an, wenn wir in der GeSa landen, damit das Camp weiß, wie viele Leute festgenommen wurden.

»Wissen alle ihre eigene Nummer?«, frage ich.

Wir haben auch alle Nummern bekommen. Das ist nämlich das Einzige, was wir am Telefon darüber sagen werden, wer wir sind. Ich habe einen kleinen Zettel mit den Nummern der anderen, ohne Namen natürlich, in meiner Tasche versteckt. Damit ich, wenn ich alleine im Camp landen sollte, nachfragen kann, ob man was über die anderen weiß.

»Welche Nummer bist du noch mal?«, fragt Aaron mich total unauffällig.

»1044«, sage ich und bete, dass wir einander nicht verlieren.

Wir drücken Sana zum Abschied, und Joe, und schließen uns dann der Menschenmenge an, die sich unter der blauen Fahne am Camp-Eingang versammelt.

Ein Stück weiter ist der rote Finger und ich sehe Henri mit seiner Bezugsgruppe ein paar Staubschutzmasken untereinander verteilen. Zum ersten Mal seit Ewigkeiten habe ich kein schlechtes Gefühl im Bauch, wenn ich ihn sehe. Ich kann ihm sogar insgeheim und ehrlich viel Glück wünschen und ich hoffe wirklich nicht, dass er festgenommen wird.

Dann laufen wir auch schon die Straße hinunter, wo ein paar Busse auf uns warten. Es dauert ein bisschen, bis alle ihre Rucksäcke und Strohsäcke verstaut haben und eingestiegen sind. Ich sitze neben Luca und finde heraus, dass er gerade eine Ausbildung zum Tätowierer macht, und sich nach seiner ersten Aktion selbst das Kartensymbol für einen stillgelegten Tagebau auf den Knöchel tätowiert hat: zwei umgedrehte Hammer.

»Hat das wehgetan?«, frage ich.

Luca lacht. »Nicht so sehr, wie es wehtut, dass wir immer noch Kohle abbauen.«

»Und Gas«, füge ich hinzu.

»Ja, Nova hat erzählt, dass ihr Fracking habt in Freiburg? Das ist so krank.«

»Deswegen sind wir eigentlich hier. Also auch. Um zu üben, wie man eine Blockade macht. Damit wir das auch zuhause anwenden können.«

Lucas Augen leuchten. »Was, echt? Wann?«

»In einem Monat.«

»Seid ihr verrückt?«

»Ich weiß«, sage ich. »Aber es muss halt jetzt passieren.«

Ich erzähle ihm, dass die Bürger*innen-Initiative vor dem Verwaltungsgericht klagt, um ein Verbot für die Bohrung zu bekommen, und dass die Entscheidung schon Anfang August fallen soll.

»Krass. Dann ist das hier so was wie die Generalprobe?«

»Na ja.« Ich grinse. »Wir sind natürlich auch wegen der Braunkohle hier.«

Der Bus hält und wir drehen uns zu den anderen um.

»Alle bereit?«, frage ich.

So schnell wir können, ohne übereinander zu stolpern, steigen wir aus, ziehen unsere Staubschutzanzüge an, halten die Masken bereit und reichen noch eine Runde Aktionskarten rum, auf denen die Grube und die umliegenden Ortschaften verzeichnet sind. Bis jetzt wussten nur die Fingerspitzen, wo wir hinfahren. Jetzt sagt Momo, die die blaue Fahne trägt, kurz durchs Megafon an, wo wir sind. Der Punkt ist auf der Karte markiert.

»Wenn ihr irgendwo verloren geht, dann kommt hierhin zurück. Von hier wird es immer Shuttles ins Camp geben.«

Wir sind auf einer Wiese in einem kleinen Dorf gelandet, das gottverlassen und heruntergekommen am Rande des Tagebaus steht. Einige der Fenster sind mit Holzbrettern zugenagelt, niemand wohnt mehr hier. Es ist eines der Dörfer, die geräumt wurden, damit die Kohlegrube noch größer werden kann.

Eine Ex-Anwohnerin war vor ein paar Tagen im Camp und hat uns erzählt, dass sie in diesem Dorf aufgewachsen ist. Dass sie nicht gehen wollte, aber dass alle Grundstücke vom Energiekonzern aufgekauft wurden. Es war unmöglich, zu bleiben, wenn doch alle anderen, und damit auch die Infrastruktur, schon gegangen waren. Keine Läden mehr, keine Schulen, keine öffentlichen Verkehrsmittel.

Solastalgia, denke ich. Und obwohl ich diesen Ort niemals zu seinen Lebzeiten kannte, läuft mir beim Anblick der toten Fenster ein unangenehmer Schauer den Rücken runter. An einer Hauswand prangt ein riesiges Graffiti: *No Jobs on a dead Planet*.

»Wir werden jetzt versuchen, in die Grube zu kommen«, sagt jemand über das Megafon durch. »Bleibt in euren Bezugsgruppen, bleibt im Finger zusammen. Passt aufeinander auf.«

Die Polizei ist auch schon da. Mehrere Wannen folgen uns auf dem Weg die Straße runter, treiben uns wie eine Herde Schafe vor sich her. Luca weicht mir nicht von der Seite. In seinem Staubschutzanzug, mit Sonnenbrille und mit Tuch um den Kopf kann man ihn kaum noch erkennen.

Nova hat ihre langen Haare zu einem Zopf geflochten, wie bei der Infoveranstaltung. Ein paar Leute haben sich vor der Aktion auch geschminkt, tragen blaue und schwarze Streifen im Gesicht, um die Identifikation zu erschweren, falls sie fotografiert werden. Ich drehe mich immer wieder zu den anderen um, habe Angst, sie aus den Augen zu verlieren, dass wir irgendwie getrennt werden.

Wir sind aus dem Ort heraus, gehen eine Landstraße entlang, und dann fangen alle Menschen vor uns plötzlich an, der blauen Fahne hinterher auf das brachliegende Feld auf der rechten Seite auszuweichen und zu laufen. Wir haben nur eine Wahl und die ist mitlaufen. Mein Herz schlägt so schnell wie mein Atem, hektisch und nervös, und ich habe plötzlich eine unglaubliche Angst, auf dem unebenen Boden zu stolpern und zu fallen.

»Ich bin nicht so schnell«, rufe ich den anderen atemlos hinterher. Luca dreht sich zu mir um, greift meine Hand und läuft etwas langsamer neben mir her.

»Du packst das«, sagt er. »Wir bleiben zusammen.«

Zwischen den Menschen hindurch kann ich vorne die Grubenkante erkennen. Ein Erdwall, hinter dem die Welt abzubrechen scheint, erstreckt sich von links nach rechts, weiter als ich gucken kann. Polizeiautos rasen die Straße entlang und zwanzig Meter vor der Kante bildet sich schon die Kette, schwarz gepanzerte Gestalten mit Helmen und heruntergelassenen Visieren, genau vor uns. Wir schließen auf, werden wieder ein Block. Ich schaue mich um, es sind noch alle da und tauschen nervöse Blicke aus. Dann bewegt sich der Finger auf die Polizeikette zu, wir mittendrin, außer Atem.

»Bleiben Sie zurück!«, brüllt ein Typ, der noch breiter ist als alle anderen, und rennt mit erhobenem Schlagstock auf uns zu. »Zurück oder es fließt Blut!«

Wir weichen ihm aus, nach rechts ab, stolpern über die zerschlagenen Baumwurzeln im Boden, wo einmal ein Wald gewesen sein muss. Die ersten Leute brechen vor uns durch die Kette. Ich sehe, wie eine Polizistin eine Aktivistin ankreischt und mit dem Schlagstock schlägt. Mir ist schlecht.

»Los«, schreit Maria. »Da ist eine Lücke. Schnell, bevor Verstärkung kommt.«

Immer mehr Leute schaffen es auf die andere Seite der Kette.

»Ruhig bleiben«, ruft Luca, aber dann sehe ich, dass Nova humpelt und schmerzvoll das Gesicht verzieht. Fuck.

»Was ist passiert?«

»Fuß umgeknickt«, sagt Nova. »Ich kann nicht rennen.«

Die Lücke schließt sich. Immer mehr Polizei kommt dazu. Es sind jetzt schon fast alle durch die Kette geflossen, nur wir und vielleicht zwanzig andere sind noch hier. Wir entfernen uns ein Stück von der Polizei und bilden schnell einen Kreis.

»Lasst sie immer weiter ausdünnen«, ruft Luca. »Einfach weiter nach rechts an der Kante laufen!«

Wie wir es im Aktionstraining gelernt haben.

Die anderen nicken und wir wagen einen neuen Vorstoß, bleiben zusammen und laufen, so schnell es mit Novas Fuß eben geht, an der Kante entlang, die Polizei hinterher. Nach ein paar Minuten geben sie auf. Zwanzig Leute mehr oder weniger machen vielleicht auch keinen Unterschied, und wir können über den Erdwall klettern und zum Rest des Fingers zurück, der uns mit Applaus empfängt.

»Haben es alle geschafft?«, ruft jemand von der Fingerspitze.

Ich gehe unsere Bezugsgruppe durch. Mein Herz schlägt wie verrückt, aber es sind alle da. Ein paar Leute knien auf dem sandigen Boden und lassen sich das Pfefferspray aus den Augen ausspülen. Maria und ich haken Nova zwischen uns ein, bis wir Zeit haben, sie von einem Sani verarzten zu lassen.

»Alle bereit?«, ruft Momo durch das Megafon. »Wir sind jetzt fast am Ziel, bitte passt auch beim Abstieg in die Grube auf, zusammen zu bleiben und geht nicht auf eigene Faust die Kante runter.«

Ein paar Menschen lachen vor Erleichterung – ihre leuchtenden Gesichter sind ansteckend.

Da öffnet die Grube sich vor uns wie eine klaffende Wunde. So weit das Auge sehen kann, erstreckt sich der Tagebau über die Landschaft, Schichten um Schichten abgetragener Erde, die immer tiefer und tiefer werden.

Die Kohletransportbänder laufen kilometerweit in die Ferne und die Bagger stehen wie Hochhäuser inmitten der toten Flächen. Es sieht aus wie Mordor oder wie Isengard, ein Geschwür der Industrie, eine Zerstörung, die einem den Atem verschlägt. Wie eine winzige Ameise komme ich mir vor, die der Ameisenstraße die Sandhügel hinunter in die Grube folgt, schlittert, abrutscht, sich fängt, Staub aufwirbelt.

Zum Glück haben wir jetzt alle die Masken auf. Mein eigener heißer Atem klebt mir im Gesicht. Aber mir geht es gut und wir haben es geschafft. Wir sind durch, wir sind drin. Die ersten Menschen erreichen die nächste Schicht, auf der es sich leichter laufen lässt und strecken jubelnd die Fäuste in den Himmel. Wir helfen einander hinunter, bis wir ganz unten angekommen sind, zweihundert Meter in der Tiefe. Wir wandern noch ein kleines Stück, bis wir den ersten Bagger erreichen.

Geländewagen vom Werkschutz jagen durch die Grube, ein Alarmsignal plärrt unaufhörlich durch die ganze Gegend, fordert uns auf, den Tagebau sofort zu verlassen, und klärt uns darüber auf, dass wir uns strafbar machen. Wir ignorieren den Alarm. Wir sind am Ziel, und die Bagger stehen still.

»Es ist elf Uhr, wir beginnen unsere Blockade«, sagt Momo durch das Megafon. »Wir haben gerade Nachricht erhalten, dass der rote Finger es auch in die Grube geschafft hat und dass der grüne Finger seit zwei Stunden die Schienen besetzt, sodass keine Kohlezüge mehr fahren.«

Alle jubeln, setzen sich auf ihre Strohsäcke, holen Wasserflaschen und Sonnencreme aus ihren Rucksäcken und machen es sich so gemütlich wie möglich. Ein paar haben sogar ihre Trommeln und Ukulelen mitgenommen. Ich bleibe auf einem Strohsack sitzen, während Maria mit Nova einen Sani suchen geht. Olli reicht eine Tüte mit Nüssen herum und Aarons und meine Hände berühren sich kurz, als er die Tüte an mich weiter gibt.

Ich muss an gestern denken – wie gut es sich angefühlt hat, Aaron zu küssen. Ich würde es gerade so gern noch mal tun, aber vielleicht nicht hier, vor allen anderen. Wir haben nicht darüber geredet, was das alles bedeutet, und ich weiß nicht, ob er wollen würde, dass es alle wissen. Also lächle ich ihn nur an.

Aaron lächelt zurück, und es fühlt sich an, als wären wir zweihundert Meter über den Wolken und nicht in einer Kohlegrube.

Nova kommt mit einem Stützverband um den Knöchel zurückgehumpelt und wir setzen uns in einen Kreis, machen eine kleine Runde, um zu schauen, wie es allen geht. Bis auf Nova sind alle heil geblieben und die Stimmung ist fast euphorisch, weil wir wissen, dass die Aktion jetzt schon ein Erfolg ist.

Es bleibt so, ungefähr eine halbe Stunde, bis die Polizei uns einholt. Luca, als unser Gruppen-Delegierter, ist gerade in ein Plenum in der Mitte unseres Lagers gegangen, um den anderen Delegierten der Bezugsgruppen zu sagen, wie viele von uns im Fall einer Festnahme wahrscheinlich ihre Personalien verweigern: wir alle.

Keine fünf Minuten später halten mehrere Wannen in unserer Nähe und Hunderte gepanzerte Gestalten steigen aus, laufen auf uns zu und umstellen uns von allen Seiten. Etwas atemlos kommt Luca zurück, hockt sich auf den Boden und versammelt unsere Bezugsgruppe.

»Okay, passt auf«, sagt er. »Es sieht so aus, als ob fast alle ihre Personalien verweigern. Das gibt uns gute Chancen, dass sie keine Kapazitäten haben, uns in der GeSa mehr als ein paar Stunden festzuhalten. Die werden jetzt versuchen, uns nach und nach abzutransportieren. Wenn ihr euch einhaken wollt, dann macht das, aber passt auf, dass ihr niemensch festhaltet, der loslassen will, wenn sie Schmerzgriffe anwenden. So wie wir das im Aktionstraining geübt haben.«

»Okay«, sage ich.

Die anderen Delegierten sind auch gerade dabei, ihre Bezugsgruppen zu briefen, und ein paar fangen schon an, näher zusammen zu rücken, um sich einzuhaken. Ich setze meinen Rucksack auf und binde mich an den Rest der Sitzblockade an, die Arme eingehakt, unter den Beinen zusammengehalten, Luca auf meiner rechten und Nova auf meiner linken Seite, daneben Maria.

Aaron und Oliver sitzen uns gegenüber, mit dem Rücken an die Leute hinter ihnen gelehnt, so, dass wir mehrere Knäuel bilden.

Aarons Knöchel berührt mein Bein und die Polizei spricht gerade die erste Aufforderung aus, die Blockade eigenständig aufzulösen. Nach der Dritten werden sie anfangen zu räumen. Wenn ich meine Arme nicht unter meinen Beinen festhalten würde, dann würden meine Hände mit Sicherheit ein bisschen zittern. Hinter uns fangen einige Menschen an, zu singen.

»Solid as a rock, rooted as a tree. We are here. Standing strong. In our rightful place.«

Wir singen mit, singen uns selbst Mut an, während wir auf die dritte Aufforderung warten und dass die Polizei damit anfängt, Menschen aus unserer Sitzblockade zu reißen. Die Sonne knallt auf uns herunter, der Staub der Grube klebt auf meiner Haut und auf meinem Schutzanzug. Ich lasse Luca los, um einen Schluck aus meiner Wasserflasche zu nehmen.

Die dritte Aufforderung kommt. Wir halten uns fest. Wir sind viele, es wird Stunden dauern uns alle wegzutragen. Ein paar Leute, die, nachdem wir angekommen sind, alleine losgezogen sind, rufen uns von oben auf dem Bagger zu, und dann rollen sie ein riesiges gelbes Banner aus, auf dem in fetten schwarzen Buchstaben steht: LEAVE THE COAL IN THE HOLE.

Das Banner weht im Wind, wir jubeln, die Leute auf dem Bagger winken, die Polizei beginnt mit der Räumung. Ein paar Meter von uns entfernt versuchen sie, die ersten Aktivistis aus der Menge zu ziehen. Hinter dem Kessel haben sie sogar Polizeipferde. Wollen sie uns damit durch die Grube verfolgen, falls wir versuchen, wegzulaufen? Das ist doch bescheuert.

Novas Arm hakt sich fester in meinen, als sie die erste Person wegtragen, die sich mit den Armen unter den Beinen zum Paket gemacht hat und sich weigert, selbst zu gehen. Das geht ein paar Minuten so weiter, Gezerre und Getrage, bis die Polizistis keine Lust mehr haben und die erste Reihe der Sitzblockade einfach mal pfeffern. Wir werden nicht direkt getroffen, aber die Tröpfchen wehen herüber und beißen in meinen Augen, in meiner Nase, kratzen im Hals.

Bleib stark, sage ich mir. Du weißt, warum du hier bist. Du bist richtig hier. Du tust das Richtige. Du packst das. Du packst das.

»Bei dir alles okay?«, frage ich Nova. Sie nickt grimmig. Wenn irgendjemand es packt, gut durch eine Aktion zu kommen, dann sie. Trotzdem fühl ich mich etwas verantwortlich. Ich weiß, dass sie ohne mich nicht hier wäre.

Für jeden Menschen, der rausgeholt wird, klatschen wir, egal ob die Person aufsteht oder ob sie weggetragen wird. Wir sind ein Finger.

Haben ein Ziel. Die Menschen hinter uns fangen wieder an zu singen. Es ist wohl das Beste, was wir jetzt tun können.

Die Erste von uns, die weggetragen wird, ist Maria. Zwei Polizistinnen schieben ihre Schlagstöcke unter ihren Armen und Beinen durch und tragen sie wie ein aufgespießtes Spanferkel aus dem Kessel. Nova hat weniger Glück, zwei stiernackige Typen stürzen sich auf sie und sie gibt mir sofort das Signal loszulassen.

»Aufstehen!«, brüllt einer von ihnen.

»Sie kann nicht laufen«, sage ich. »Ihr Fuß ist umgeknickt.«

»Ruhe!«, brüllt der Bul– Polizist. »Sie laufen jetzt oder wir schleifen Sie.«

Fuck. Ist das sein Ernst?!

»Ich kann wirklich nicht laufen«, sagt Nova und deutet auf den Verband an ihrem Fuß. Die Polizisten rollen die Augen, packen sie dann aber doch links und rechts und »helfen« ihr, aufzustehen.

Auf der anderen Seite ist Aaron, der sich weigert, Oliver loszulassen, bis der Bulle ihm plötzlich die Finger in den Hals drückt, ihn am Kiefer hochzieht und in einem sehr schmerzhaft aussehenden Move aus der Blockade reißt. Mein Herz wird kalt, als würde es Eiswasser pumpen.

»Tragen Sie mich doch einfach«, stößt Aaron hervor. Die Bullen ignorieren ihn, schleifen ihn ein paar Meter, bis sein Staubschutzanzug zerreißt.

Bitte, bitte steh auf, denke ich, und bin kurz davor, selbst aufzuspringen, und – ich weiß nicht was. Da steht Aaron wirklich auf und geht selbst, und ich habe fast vergessen, dass ich die Nächste in der Reihe bin, bis sie anfangen, an meinen Armen zu zerren.

»Stehen Sie auf oder müssen wir Ihnen wehtun?«, fragt einer der beiden.

»Sie müssen mir gar nicht wehtun!«, sage ich.

»Also stehen Sie auf?«, fragt die Polizistin.

Es geht nicht an mir vorbei, dass die Polizistinnen meistens weniger aggressiv drauf sind und dass männlich gelesene Menschen unter uns definitiv ruppiger behandelt werden als Maria, als Nova und als ich, und dieser scheiß Sexismus geht mir schon wieder so auf den Keks. Ich will jedenfalls nicht geschleift werden, also gebe ich Luca das Zeichen und lasse mich, mitsamt dem schweren Rucksack, auf die Beine ziehen. Der Polizist und die Polizistin umklammern meine Handgelenke und steuern mich aus dem Kessel.

»Ist der Trichter schon fertig?«, fragt sie, als ob ich gar nicht da wäre oder nur ein Koffer, den die beiden in ihrer Mitte tragen.

Was zum Teufel ist ein Trichter?

Er grunzt nur und die beiden bringen mich zu einem der Autos, in dem noch mehr Polizistis sitzen und Formulare bereithalten.

»Sie machen uns doch wohl keinen Ärger, oder?«, fragt der Polizist und mustert mich.

»Was meinen Sie damit?«, frage ich, weil ich eigentlich extra dafür hergekommen bin, um Ärger zu machen.

»Na, dass Sie nichts versuchen, wenn wir Sie loslassen.«

»Ich habe nicht vor, jemanden zu verletzen«, sage ich.

»Gut«, sagt der Polizist.

Ich werde neben das Auto gestellt, wo ich meinen Rucksack abnehmen, meinen Staubschutzanzug und die Maske ausziehen muss, und die Polizistin mich abtastet. Ein paar Autos weiter passiert das gleiche mit Nova. Sie nickt mir kurz zu, damit ich weiß, dass es ihr gut geht. Ich nicke zurück. Wo ist Aaron?

Hinter mir wird gerade Luca zu den Wannen getragen, immer noch zu einem Paket gerollt.

»Ist da vielleicht etwas Gefährliches in Ihrem Rucksack?«, fragt der Polizist.

»Nein.«

Sie öffnen ihn, schauen hinein, nehmen ihn auseinander und verteilen sämtliche Gegenstände auf dem Boden.

»So, dann hätten wir gerne Ihre Personalien«, sagt die Frau mit dem Formular, die im Wagen sitzt.

»Ich werde meine Personalien verweigern«, sage ich.

»Jetzt hören Sie mal zu«, sagt der Polizist. »Sie müssen uns wenigstens sagen, wer Sie sind. Sie haben sich hier strafbar gemacht und die Verweigerung der Personalien ist ebenfalls strafbar. Das wollen Sie doch nicht.«

Ich bin jetzt ganz ruhig, gar nicht mehr so aufgeregt. Ich weiß, dass sie alles Mögliche versuchen werden, um meine Personalien zu bekommen. Aber ich kenne meine Rechte und ich halte den Mund, außer um immer wieder zu sagen, dass ich nichts sagen werde. Die Polizistin mit dem Formular in der Hand schaut mir verzweifelt ins Gesicht.

»Sagen Sie uns denn wenigstens, ob Sie minderjährig sind?«

»Ich möchte gar nichts über mich sagen«, sage ich und fühle eine ruhige Art der Überlegenheit. Es ist etwas ungewohnt, zu versuchen, Prozesse zu verlangsamen. Wir werden ja trainiert, alles so schnell wie möglich über die Bühne zu bringen, freundlich und zuvorkommend zu sein, wie eine Kassiererin bei Edeka, die versucht, so viele Kund*innen wie möglich in kurzer Zeit zu bedienen. Aber langsam zu gehen, wenn die Polizistis einen auffordern, schnell zu machen, freundlich seine Personalien zu verweigern, immer wieder »Nein« zu sagen und es ihnen so schwierig wie möglich zu machen, das erfordert totale Konzentration. Doch jede Minute, die die Grube still steht, ist eine Minute gegen den Klimawandel und das fühlt sich verdammt noch mal gut an.

»Tobi, ist der Trichter jetzt endlich fertig?!«, fragt eine der Polizistinnen.

Sie sind gestresst, unsicher, wissen nicht wirklich, wie sie mit so vielen Menschen umgehen sollen. Schließlich geben sie mir eine Nummer, die sie auch auf meinen Rucksack kleben, und führen mich in »den Trichter«, der ein kleiner Kessel aus Polizeiautos ist, in dem sich schon ein paar andere Menschen befinden, unter ihnen auch Maria.

Nova kommt dazu und wir umarmen uns kurz, und da ist auch Luca. Und Oliver. Aber wo ist Aaron?

»Hey«, sagt Luca zu mir. »Mach dir keine Sorgen, er war direkt vor mir.«

Bin ich so offensichtlich? Maria beginnt damit, die umstehenden Polizistis zu belagern. Da wir unter momentanem Freiheitsentzug stehen, sind sie ja auch für uns verantwortlich, sind eigentlich verpflichtet, uns Wasser zu geben und uns auf Toilette gehen zu lassen. Es gibt hier aber keine Toilette, jedenfalls noch nicht, aber wenn sie uns noch viel länger hier halten, müssen sie wohl auch eine Toilette mitbringen.

Vor meinen Augen spielt sich immer noch die Szene ab, wie sich die groben Polizistenhände in Aarons Hals bohren und seinen Kiefer nach oben ziehen. Und dann sehe ich jemanden in einem grünen T-Shirt in den Trichter kommen und es ist mir egal, ob es alle wissen. Ich lasse Aaron in meine Arme fallen und sein Kinn auf meine Schulter legen und streichle seinen Rücken.

»Bist du okay?«, murmele ich in seine Haare. »Wie geht es deinem Kiefer?«

»Ja, alles okay«, sagt Aaron. »Es tut noch weh, aber es ist okay. Bist du okay?«

»Ja«, sage ich und atme tief ein.

Wir setzen uns zu den anderen in den Staub.

»Was passiert jetzt?«, fragt Nova.

»Ich weiß es nicht«, sagt Luca und streicht sich über den Kopf. »Wahrscheinlich warten, dass sie Busse hier runter kriegen, um uns in die GeSa zu fahren.«

»Okay«, sagt Aaron. »Und da machen die dann Fotos und nehmen unsere Fingerabdrücke?«

»Nicht meine«, sagt Luca und hält seine Hände hoch, deren Fingerkuppen kreuz und quer zerschnitten sind.

»Nummer 34024«, ruft ein Polizist vom Eingang des Trichters. Wir schauen auf unsere Klebeschilder runter. Nummer 34024, das bin ich.

»Was soll ich tun?«, flüstere ich.

Luca beißt sich auch auf die Unterlippe.

»Ich weiß nicht. Keine Ahnung, was sie wollen.«

»Nummer 34024«, brüllt er noch mal. »Wenn Sie nicht von alleine kommen, dann kommen wir eben und holen Sie.«

Ich stehe auf, werfe den anderen noch einen besorgten Blick zu und gehe zu dem Polizisten, der mich aufgerufen hat. Ich bekomme meinen Rucksack zurück und muss dem Polizisten zu einem der Autos folgen, dessen Tür offen steht und den Blick freigibt auf einen sehr kleinen, viereckigen Raum mit einer ebenso kastenförmigen Sitzbank, auf die zwei Personen passen. Dort sitzt schon jemand, ein Mädchen mit kurzen, blonden Haaren, das ich nicht kenne.

»Wo bringen Sie uns hin?«, frage ich den Polizisten.

Er antwortet nicht, nimmt nur meinen Rucksack und wartet, bis ich mich gesetzt habe, um die Tür hinter uns abzuschließen.

20

ZAUNPFAHL – POLIZISTEN

»Hallo«, sagt die andere. »Ich bin Laura.«

Ich krame in meinem Kopf nach meinem Aktionsnamen.

»Mango«, sage ich, und komm mir dabei etwas albern vor. »Weißt du wo die uns hinbringen?«

Sie bläst die Backen auf wie ein Kugelfisch.

»In die GeSa wahrscheinlich?«

Die Zelle hat nur ein ganz kleines Fenster zur Fahrerkabine, ungefähr so groß wie ein Buch, und eines hinter uns, wo noch zwei weitere Zellen sind. Ich verrenke meinen Hals, um nach hinten zu schauen, und da sitzt Luca und irgendein Typ. Durch ihr Fenster kann man noch mal zwei Gestalten sehen.

Luca klopft gegen die Scheibe und sagt irgendwas, aber die Zellen sind so gut wie schalldicht.

»Wie geht es dir?«, lese ich von seinen Lippen ab.

Ich nicke. Besser. Jetzt, wo ich weiß, dass Luca auch da ist. Ich mache mir wenig Sorgen um mich, aber ich mache mir Sorgen um Nova und Aaron. Wo sie wohl sind? Immer noch in der Grube oder auch in einem Gefangenentransport?

Laura und ich schweigen den größten Teil der Fahrt, unsicher, wie viel wir sagen können und ob hier vielleicht Abhörgeräte sind.

Ich frage mich, ob es auch ihr erstes Mal ist und ob sie ganz alleine ist. Als ich das Autobahnschild Richtung Aachen durch das kleine

Fenster bemerke, beruhige ich mich ein bisschen. Wenn sie uns zur GeSa in Aachen bringen, dann weiß ich wenigstens, wo wir sind. Es dauert etwa eine halbe Stunde, bis der Gefangenentransport auf das Polizeigelände rollt.

Die GeSa sieht etwas aus wie eine Turnhalle und die Beamt*innen hier sind nicht gepanzert, sondern tragen ganz normale Hemden. Zwei Polizistis tragen mir den Rucksack hinterher, den ich jetzt nicht mehr anfassen darf, und bringen mich zum Eingang, wo ein Haufen verwirrter Leute in Dienstkleidung und zivil steht, die sich nicht ganz sicher scheinen, was sie jetzt mit uns machen sollen, und untereinander diskutieren.

Erst nehmen sie mir die Schnürsenkel weg, damit ich niemanden erwürgen kann. Dann stellen sie mich an eine Wand und machen ein Foto von mir, bevor sie mich tatsächlich in eine Turnhalle bringen. Dort sind mehrere Tische mit Computern aufgebaut, hinter denen noch mehr Beamt*innen sitzen. Laura ist direkt hinter mir und Luca wird gerade fotografiert. Dann muss ich mich auf einen Stuhl setzen und der Schreibtischbeamte vor mir mustert mich kritisch über seine Brille, sowie die Formulare, die er von meinen Wächtern gereicht bekommt. Er tippt etwas auf seinem Computer.

»Einen Namen haben Sie nicht, eine Arbeit haben Sie bestimmt auch nicht, oder?«

Ich beiße mir auf die Zunge. Das sind alles Provokationen, um Informationen aus mir herauszubekommen. Ich überlege kurz, ob irgendwas an meiner Antwort mich verraten könnte oder ein Geständnis wäre, und sage dann:

»Doch. Wär auch leichter, wenn Sie uns nicht ständig bei der Arbeit behindern würden, und dadurch die Konzerne schützen, die den Planeten zerstören.«

Der Beamte ist einer dieser Sorte: Mittvierziger, bestimmt Familienvater, Hemdknöpfe, die über dem Bauch spannen.

Er seufzt. »Hören Sie mal, wenn Ihnen dieser Krawalltourismus Spaß macht und Mami und Papi Ihnen das finanzieren, dann machen

Sie, was Sie wollen, aber da müssen Sie auch mit den Konsequenzen klar kommen.«

Ich sage nichts. Ziehe mich zurück in meine Schale, mit dem stummen Wissen, dass sie mir nichts anhaben können. Sie können mich fotografieren so oft sie wollen, meine Fingerabdrücke nehmen, mir Fragen stellen. Sie werden nicht rausfinden, wer ich bin. Und selbst wenn, was soll passieren? Ich würde eine Unterlassungserklärung bekommen, vielleicht eine Geldstrafe. Mit diesen Konsequenzen komme ich klar, mit denen eines uneingeschränkt weiterlaufenden Klimawandels nicht.

Der Beamte winkt mich davon und meine Wächter bringen mich zu einem Tisch, auf dem ein Fingerabdruck Scanner steht.

»Ihre Finger sind doch noch brauchbar, oder?«, fragt einer meiner Wächter. Ich habe mittlerweile einige Geschichten gehört, darüber, wie Leute versuchen, ihre Abdrücke zu verwackeln und dass es passieren kann, dass die Polizistis dann massiv Schmerzgriffe anwenden. Aber meine Fingerabdrücke sind ziemlich zerkratzt und verklebt, vielleicht klappt es sowieso nicht.

Mein Wächter drückt meine Finger auf den Scanner.

»Hm«, brummt er. »Unbrauchbar.«

»Dann warten wir eben, bis das abgeheilt ist«, sagt sein Kollege, der meinen Rucksack trägt, und etwas älter ist.

»Das kann ja ewig dauern«, sage ich. Bestimmt Tage.

»Tja, das hätten Sie sich vorher überlegen sollen.«

»Sie dürfen mich gar nicht so lange hierbehalten! Nicht ohne richterlichen Beschluss.«

Der Polizist, der meinen Rucksack trägt, grinst ein bisschen. Sein Kollege zuckt mit den Schultern.

Sie stehen noch einen Moment unschlüssig da, dann bringen sie mich zum Ausgang.

»Lassen Sie mich jetzt doch gehen?«, frage ich und glaube es eigentlich nicht so ganz. Viel eher stecken die mich in eine Zelle, das kann es ja noch nicht gewesen sein.

»Sieht so aus«, sagt der Jüngere von den beiden. »Wo geht's denn jetzt hin?«

»Mal gucken«, sage ich. »Wo sind wir hier? In Aachen?«

»Wo kommen Sie denn her?«, fragt er.

Noch so eine Frage.

»Aus dem Polizeiwagen«, sage ich.

Die beiden lachen.

»Humor haben Sie ja«, sagt der Ältere.

»Warum machen Sie das eigentlich?«, frage ich, während ich meinen Rucksack aufsetze. »Also, diesen Job?«

Der Jüngere kratzt sich am Kinn. »Ich muss ja auch irgendwie mein Brot verdienen.«

»Man kann sein Brot auch anders verdienen«, entgegne ich.

Der Ältere belächelt mich. »Ihr glaubt doch nicht wirklich, dass ihr mit eurer Aktion hier die Welt ändern könnt.«

»Nicht auf einmal, nicht alleine. Aber wenn wir zusammenarbeiten, klar können wir das«, sage ich, als sie mir das quietschende Metalltor öffnen.

»Na ja«, sagt der Ältere und lässt mich durch das Tor nach draußen. »Machen Sie's gut.«

Die Polizisten drehen sich um und gehen zurück zur GeSa.

»›Was kann ich alleine schon ausrichten?‹, fragt die Hälfte der Menschheit!«, rufe ich ihnen hinterher.

Dann ist es still und ich stehe alleine vor der GeSa.

Ich habe kein Handy dabei, keinen Ausweis, nur ein paar Euro in meinem Rucksack und die Telefonnummer vom Camp auf dem Unterarm. Sollte es nicht ein paar Leute geben, die vor der GeSa warten?

Aber hier ist niemand. Bin ich wirklich die Erste, die rausgekommen ist?

Ich setze meinen Rucksack auf einer Bank ab. Hier ist eine kleine Grünfläche mit zwei Bäumen, die Schatten spenden. Das Allererste, was ich mache, ist, die Schnürsenkel zurück in meine Schuhe zu ziehen. Dann stehe ich dort und weiß nicht so richtig weiter. Warten, bis die anderen auch rauskommen?

In dem Moment geht ein Spaziergänger mit Hund vorbei, so ein Typ in rosa Polo-Hemd. Ich laufe ihm hinterher und überwinde mich, ihn anzusprechen.

»Entschuldigung? Hätten Sie vielleicht ein Telefon, dass ich mir kurz ausleihen könnte?«

Er mustert mich von oben bis unten, während der Hund an meinen Beinen schnüffelt. Was ich wohl gerade für ein Anblick bin: verschwitzt, mit Kohle- und Sandstaub im Gesicht, fett bepackt mit einem Reiserucksack vor dem Polizeirevier.

»Wofür denn?«, fragt der Spaziergänger misstrauisch.

Ich entscheide mich, die Wahrheit zu sagen.

»Ich war beim Anti-Kohle-Protest, wurde festgenommen und gerade wieder frei gelassen. Jetzt muss ich hier irgendwie wegkommen.«

Der Typ runzelt die Stirn, aber er überreicht mir das Handy und beobachtet, wie ich die Nummer von meinem Arm tippe. Ich melde mich mit meiner Nummer und teile dem Camp mit, dass außer mir noch mindestens fünf andere Menschen in der GeSa sind. Ich sage, dass ich hier draußen ganz allein bin. Dann gebe ich das Handy zurück und bedanke mich.

»Viel Glück noch«, sagt der Spaziergänger und geht weiter. Was er sich wohl gedacht hat? Keine Ahnung. Hilfsbereit war er ja. Was vielleicht auch daran liegt, dass ich nicht aussehe wie ein typischer Krimineller. Wenn ich nicht jung wäre, nicht gut Deutsch könnte und kein Mädchen wär, ob er mir dann wohl auch sein Handy geliehen hätte?

Ich suche in meinem Rucksack nach einem sauberen T-Shirt, das nicht mit Kohlestaub und Dreck verschmiert ist, da kommt Luca durch das Tor.

Ich will vor Erleichterung auf ihn zu rennen und ihn umarmen, aber dann sehe ich, wie blass er ist – in sich zusammengesunken, gar nicht mehr euphorisch und selbstsicher. Komisch. Die ganze Zeit habe ich mich besser gefühlt, weil Luca dabei war. Irgendwie sicherer. Ich hab nie daran gedacht, dass es Luca nicht gut gehen könnte, wo er doch viel erfahrener ist als wir alle. Er hat bestimmt schon viel mehr weggesteckt als ich.

Luca macht einen Schritt auf mich zu und vergräbt sein Gesicht in meinem Nacken. Es ist nass.

»Hey«, sage ich und streichle seinen Rücken.

Wir gehen rüber zu der kleinen Wiese vor dem Tor und ich nehme ihm den Rucksack ab, gebe ihm etwas zu trinken und ein paar Taschentücher.

»Was ist passiert?«, frage ich.

Luca vergräbt das Gesicht in den Händen. Ich kann seinen Atem hören, schnell und rau.

»Ich musste mich ausziehen.«

»Was?«

»Musstest du nicht?«, fragt Luca.

»Nein. Ist das überhaupt legal?«

»Das hab ich auch gefragt. Sie haben mich einfach hinter so einen Vorhang gebracht und mich gezwungen mich auszuziehen. Und dann haben sie meine Körperöffnungen untersucht.«

»Was?!«

»Sie meinten, wenn ich das nicht will, hätte ich mir das vorher überlegen sollen.«

Fuck. Ich lege einen Arm um Luca, halte ihn fest und fühle mich hilflos.

»Das ist mir noch nie passiert«, sagt Luca und wischt sich die Tränen aus dem Gesicht.

»Das ist so eklig«, sage ich. »Haben die das noch bei jemandem gemacht, oder nur bei dir?«

»Ich weiß nicht«, sagt Luca. »Sie haben mich davor auch immer wieder gefragt, was ich bin. Also, Mann oder Frau. Und ich hab halt nichts gesagt.«

»Scheiße ey.«

»Wie geht es dir eigentlich?«, fragt Luca mit einem Seitenblick. »Sorry, dass ich jetzt erst frag.«

»Gar kein Stress. Mir geht's gut.«

Wir tauschen weiter unsere Erfahrungen aus und teilen unsere Snacks, bis auch die anderen aus unserem Gefangentransport aus der GeSa kommen.

Als das erste Shuttle aus dem Camp ankommt, um uns abzuholen, geht es Luca wieder einigermaßen okay. Wir entscheiden uns, noch ein bisschen zu warten, falls noch jemand aus unserer Bezugsgruppe in der GeSa ist. Laura und die anderen nehmen das Shuttle, wir bleiben unter den Bäumen sitzen und beobachten, wie jetzt ganze Busse gefüllt mit Aktivistis in die GeSa fahren, um erkennungsdienstlich behandelt zu werden, so wie wir. Ich hoffe, die haben auch alle Sekundenkleber auf den Fingern.

»Hast du nach den anderen gefragt, als du angerufen hast?«, fragt Luca mich.

»Ja, aber sie haben gesagt, sie haben grad keine Zeit, alle Nummern nachzugucken. Im Camp ist ein Brett, wo die Nummern dran geschrieben werden. Da streicht man seine Eigene durch, wenn man zurückkommt, da können wir nachher mal gucken.«

»Okay«, sagt Luca. »Ich hoffe, denen geht's gut.«

Ich auch.

»Ich hoffe, Maria hat nix Dummes gemacht.«

Luca lacht. »Weißt du, was das Unangenehme an Maria ist?«

»Ihre Einstellung? Dass sie eine Frau ist, und man ihr deswegen so schlecht sagen kann, dass sie mal das Maul nicht so weit aufreißen soll, ohne sexistisch rüber zu kommen?«

Luca prustet den Schluck, den er gerade aus seiner Flasche genommen hat, über die Wiese.

»Nein. Also, ja. Aber das meinte ich nicht.«

Ich lege den Kopf zur Seite und warte auf eine Erklärung.

»Sie erinnert mich voll an mich selbst«, sagt Luca und spielt mit den Festivalbändchen um sein Handgelenk. »Jetzt guck nicht so ungläubig.«

Ich schüttle den Kopf. Wenn Maria ein Faustschlag ins Gesicht ist, dann ist Luca das Auge des Sturms. Oder jedenfalls war er das, bis eben.

»Wie meinst du das? Ist sie trans?«

»Nein, also – nicht, dass ich wüsste. Lesbisch vielleicht.«

Ich lege den Kopf schief.

»Ja? Wieso meinst du?«

»Na ja, die Typen versucht sie mit ihrem Machogehabe bestimmt nicht zu beeindrucken.«

»Pfft. Ich steh auch auf Typen und ich kann extrem wettkämpferisch sein. Nur weil man keinen Bock hat, sich schwach zu geben, heißt das ja noch nicht, dass man lesbisch ist.«

Luca zuckt mit den Schultern.

»Ist so ein Vibe. Mein Gaydar schlägt aus bei ihr. Bei dir übrigens auch.«

»Was?«

»Gay und Radar. Gay-dar.«

»Nein, das weiß ich. Ich mein, wieso bei mir? Ich hab doch grad gesagt, dass ich auf Typen steh.«

»Aaron, oder?«, fragt Luca und lächelt wissend.

Ich weigere mich, jetzt rot zu werden.

»Auch«, sage ich.

»Auch?«, fragt Luca grinsend. »Wer noch?«

»Hier laufen sehr viele attraktive Menschen rum«, sage ich ausweichend.

»Menschen? Nicht Männer?«

»Ich seh keinen Grund, mich da einzuschränken«, entgegne ich und strecke Luca die Zunge raus.

Luca grinst. »Siehst du? Das Gaydar hat recht.«

»Bi-dar«, verbessere ich. »Wenn überhaupt. Keine Ahnung. Ich find's komisch, sich auf ein Geschlecht festzulegen, aber ich hab jetzt auch keine Erfahrung mit Frauen oder so. Kann schon sein, dass ich voll hetero bin.«

Ich überlege für einen Moment, ob ich je eine Frau attraktiv fand, aber mir fällt nichts ein.

»M-hm, *sure*«, sagt eine Stimme in meinem Kopf, die verdächtig nach Nova klingt. »Über Chloe aus *Life is Strange* hast du bestimmt drei Wochen lang geredet und wolltest dir wegen ihr die Haare blau färben.«

Zählen Frauen aus Videospielen auch als Frauen?

»Wie ist das eigentlich, wenn man trans ist?«, frage ich. »Also mit sexueller Orientierung?«

»Na ja, wenn mensch ein Mann ist, egal ob trans oder nicht, und auf Männer steht, ist mensch schwul. Und wenn mensch eine Frau ist, und auf Frauen steht, ist mensch lesbisch«, sagt Luca, als würde er mir das ABC erklären und grinst. Ich rolle die Augen.

»Und wenn mensch irgendwo dazwischen ist, kein Geschlecht haben will oder intersex ist, oder was auch immer, kann mensch sich das meiner Meinung nach aussuchen. Ich steh halt auf Frauen. Wie mensch das jetzt nennt, ist doch eigentlich auch egal, oder?«

Luca kratzt sich an den Unterarmen und ich bin fasziniert von seinen Tattoos und den Adern, die seine Arme herunter laufen, und den feinen Härchen auf seiner Haut.

»Hm«, sage ich. »Wenn ich mir eine ideale Welt vorstelle, dann ist es auch egal, welches Geschlecht jemand hat. Dann behandeln wir einfach alle Menschen wie Menschen. Kein Unterschied. Aber solange wir nicht in dieser Welt leben, ist es schon wichtig, Labels zu haben, oder? Um unsere Erfahrungen zu verstehen?«

»Ja, total«, sagt Luca. »Ich bin zwar keine Frau, aber ich wurde als Frau sozialisiert. Mein ganzes Leben so behandelt, wie unsere Gesellschaft Frauen nun mal behandelt. Insofern gibt's schon Situationen, wo es mir hilft, mir diese Kategorie anzuschauen.«

Ich nicke. »Wieso fühlst du dich denn nicht als Frau?«, frage ich vorsichtig.

»Puh«, Luca stößt ein bisschen Luft aus. »Wieso fühlst du dich als Frau?«

Ich pflücke ein Gänseblümchen mit meinen Zehen.

»Tu ich, glaub ich, gar nicht. Also nur, wie du gesagt hast, dass ich so aufgewachsen bin. Aber ich hab nicht das Gefühl, dass da irgendwas in meinem Kopf ist, was ein Geschlecht hat, weißt du? Ich hab immer gedacht, wir sind innen alle gleich. Also, deswegen frage ich mich grad ein bisschen, ob das bei dir anders ist.«

Luca kratzt sich am Kinn.

»Hm. Ja, ein bisschen. Ich hab immer mal wieder so Tage, wo ich Dysphorie habe, wo ich mich echt nicht wohlfühle in meinem Körper. Während der Periode ist es kacke, manchmal will ich meine Brüste nicht sehen, oder auch wenn Leute mich halt als Frau behandeln. Oder jetzt in der GeSa zum Beispiel. Dann denk ich schon manchmal über Operationen und so was nach. Wär schön, dann halt einfach oben ohne rumlaufen zu können. Auch wenn ich glaube, dass das Problem da echt die Gesellschaft ist, und nicht mein Körper.«

Ich nicke.

»Oh man, das würde ich auch gerne. Ohne, dass mich jemand anstarrt oder Kommentare kommen. Aber ich bin sonst mit meinem Körper eigentlich okay.« Ich halte inne. »Also, so okay wie man halt damit sein kann, als Siebzehnjährige in einem kapitalistischen Wirtschaftssystem. Das davon lebt uns einzureden, wie hässlich wir sind, wenn wir nicht irgendwelche Produkte kaufen.«

Luca lacht. »Ja, das kann schwierig sein.« Er schüttelt den Kopf. »Und ich verkaufe Tattoos, was macht das aus mir?«

»Tattoos sind was anderes«, sage ich. »Wer lässt sich denn bitte Tattoos machen, um sich schöner zu fühlen?«

»Viele Menschen«, sagt Luca.

»Ich dachte immer, die bedeuten irgendwas.«

Luca zeigt mir einen kleinen Fisch mit schillernden Schuppen, der sich um sein Fußgelenk wickelt.

»Das da bedeutet gar nichts. Das hab ich nur machen lassen, weil ich fand, dass es nice aussieht.«

»Echt? Ich dachte, das wär der Regenbogenfisch. Dass es bedeutet, seine Glitzerschuppen zu teilen ist besser, als was Besonderes zu sein, oder so.«

Luca hält sich die Rippen vor Lachen. »Mika. Du hattest zu viel Deutschunterricht.« Er legt sich ins Gras.

Es tut so gut, ein normales Gespräch führen zu können, inmitten dieser ganzen Aufregung.

»Das hier, das bedeutet was«, sagt Luca und deutet auf seinen Hals, um den sich ein großer bunter Schmetterling legt. Der rechte Flügel ist etwas größer als der linke. Er schillert blau und weiß, während der linke orange-gelb und gepunktet ist.

»Darf ich?«, frage ich. Mit einem Finger ziehe ich die Kontur des rechten Flügels nach. Das Tattoo muss relativ frisch sein, denn die Linien sind noch spürbar.

»Was bedeutet es?«

»Das ist ein gynandromorpher Schmetterling«, erklärt Luca. »Die gibt's wirklich. Die haben eine männliche und eine weibliche Hälfte. Gibt's auch bei Krebsen und Vögeln.«

»Voll schön«, murmele ich, bevor ich meine Hand wieder wegnehme.

Die Sonne geht unter und von den Menschen, die durch das Tor gekommen sind, war immer noch niemand aus unserer Bezugsgruppe dabei. Die Küche hat mittlerweile Essen gebracht und wir schlingen beide einen Bissen Nudeln herunter, bevor wir in ein Auto klettern, und uns auf den Weg zurück zum Camp machen.

Ich bin sehr müde, der Rucksack hinterlässt Druckstellen auf meinen Schultern und meine Haut prickelt von Schmutz und Schweiß. Wir finden den Weg von der Straße mit Kopflampen auf der Stirn und lassen unsere Rucksäcke in der Mitte des Camps stehen, bevor wir zum Legal Team gehen, um unsere Nummern von der Tafel zu streichen.

Das ist Novas Handschrift, die unsere Nummern geschrieben hat. Man geht keine zehn Jahre zusammen zur Schule, ohne zu wissen, dass Novas Vieren mehr aussehen wie kleine Dreiecke.

Wir schauen bei den Zelten nach, aber da ist niemand, auch keine Rucksäcke. Das ganze Camp ist noch auf den Beinen, im Zirkuszelt läuft ein Livestream einer der Blockaden, die immer noch im Gang ist. Einige Menschen werden wohl heute dort schlafen.

»Lass uns vielleicht am Eingang warten?«, schlägt Luca vor und da steht jetzt wirklich ein kleine Gruppe Menschen, die sich bei näherem Betrachten als unsere Bezugsgruppe herausstellt. Nova sieht mich zuerst, und obwohl sie dabei humpelt, kommt sie auf mich zugelaufen und zerdrückt mich fast mit ihrer Umarmung. Sana kommt freudestrahlend dazu.

»Alles okay?«, fragt sie. »Geht's euch gut?«

»Ja«, sage ich. »Wie waren in der GeSa. Ihr auch?«

Nova schüttelt den Kopf.

»Oha. Scheiße«, sagt Sana.

Hinter den beiden kommt Maria und bietet mir ein Stück Schokolade an, das ich dankbar annehme.

»Alles gut«, sage ich. »Wir sind ja draußen. Ging schnell.«

Luca kuschelt mit Oliver und da ist Aaron. Ich würde lügen, wenn ich sagen würde, dass ich nicht schon die ganze Zeit darauf warte, ihm endlich Hallo sagen zu können. Er macht ein paar Schritte auf uns zu und ich löse mich von Nova und Sana und lasse mich in seine Arme fallen. Dabei fällt auch die ganze Ungewissheit, die ganze Angst von mir ab. Aaron ist hier, unverletzt und riecht, als hätte er sogar noch Zeit gehabt, zu duschen. Seine Haare sind noch feucht, kühl und angenehm in meinem Gesicht.

»Geht es dir echt gut?«, murmelt er, während er sich an mich schmiegt und – verdammt, wie kann ein Mensch sich denn so gut anfühlen?

»Im Moment, ja. Ich glaub, ich hab noch ziemlich viel zu verarbeiten, aber es geht.«

»Ich auch«, murmelt Aaron und die Vibrationen seiner Stimme dringen durch seinen Brustkorb zu meinem und fließen wie Beruhigungsmittel durch meine Blutbahnen.

»Ich hab mir echt Sorgen gemacht«, sagt er. »Also, ich weiß, du bist tough und kannst mit den meisten Situationen umgehen, aber ich wusste nicht, wo sie euch hinbringen.«

»In die GeSa«, sage ich. »Ich hab mir auch Sorgen gemacht. Ihr wart nicht da?«

»Nee«, sagt Aaron. »Sie haben uns auch weggefahren, irgendwann, aber dann einfach auf der Straße rausgelassen. Wir sind zur Mahnwache zurück und von da hergefahren. Wir sind seit zwei Stunden hier.«

»Wie geht es deinem Kiefer?«, frage ich noch mal.

»Besser.«

»Gut genug für einen Kuss?«

Aaron schiebt mich ein Stück weg, um mich anzugrinsen.

»Wenn du möchtest?«

»Ja. Unbedingt.«

Es ist fast Mitternacht, als wir uns noch einmal im Kreis auf die Wiese setzen, um zu schauen, wie es allen geht, bevor wir müde zum Zeltplatz schleichen und in unsere Schlafsäcke kriechen. Ich war in meinem Leben noch nie so erschöpft und zufrieden zugleich. Wenn Leute in Schwarz an uns vorbei gehen, dann schaltet mein Kopf zwar immer noch auf »Vorsicht, Polizei«, aber den anderen scheint es genauso zu gehen. Vor den Zelten hält Nova uns zurück, wirft mir und Sana einen Blick zu, und wir stecken die Köpfe zusammen.

»Also«, sagt Nova.

»Also«, sage ich.

»Jetzt wissen wir, wie eine Blockade geht.«

»Aber?«, fragt Sana.

»Aber hat Mika nicht gesagt, dass wir danach einen besseren Plan davon haben, wie wir so was zuhause durchziehen?«

»Ja«, gebe ich zu. »Das hab ich gesagt.«

»Und?«, fragt Nova. »Was denkst du jetzt?«

Was denke ich? Dass wir vollkommen verrückt wären, so eine Aktion, die hier mit Tausenden von Menschen klappt, in Freiburg organisieren zu wollen? Dass wir sehr viel mehr abgebissen haben, als wir kauen können? Dass ich, als ich in der GeSa war, unglaublich dankbar dafür war, dass mir echte Anwält*innen den Rücken stärken, wenn etwas schief geht? Dass sogar parlamentarische Beobachter*innen da waren, denen wir von der Diskriminierung gegen Luca erzählen konnten und die daraufhin den Polizeichef zusammengeschissen haben? Dass wir drei das niemals schaffen?

»Ich denke, ich muss schlafen«, sage ich.

»Ja, lasst uns morgen reden«, flüstert Sana.

Aber schlafen ist dann doch nicht so einfach, denn auf die Innenseite meiner Augenlider hat sich ein Bild in HD eingebrannt. Immer, wenn ich die Augen schließe, muss ich wieder zusehen, wie Aaron am Kiefer aus der Blockade gerissen wird.

»Sind du und Aaron jetzt zusammen?«, flüstert Sana.

Ich knipse die Lichterkette wieder an und trinke einen Schluck Wasser. Das Geräusch, als ich die Flasche zudrehe, kommt mir unnatürlich laut vor.

»Ich weiß es nicht«, flüstere ich.

»Wie, du weißt es nicht?«

»Wir haben nicht drüber geredet.«

»Willst du mit ihm zusammen sein?«, fragt sie.

»Weiß ich auch nicht.«

Es ist nur noch ein Monat, denke ich. Ein verfickter Monat, in dem wirklich alles passieren muss. Die Aktion gegen Kerogreen, vier Klausuren, und dann vielleicht noch die erste Beziehung? Das ist mir alles zu stressig gerade. Aber das kann auch alles morgen noch stressig sein.

21

NEONSCHWARZ – ATMEN

Die Blockaden halten noch einen weiteren Tag, bis auch wirklich die letzte geräumt ist. Den ganzen Tag über strömen noch Leute aus den Gefangenensammelstellen und treffen im Camp ein, um mit Applaus und Essen empfangen zu werden. Im Zirkuszelt rechnet uns jemand vor, dass wir während der Aktionen etwa 12.000 Tonnen CO_2 vorm Ausgasen in die Atmosphäre bewahrt haben, weil die Kraftwerke während der Blockaden nicht mit Kohle beliefert werden konnten.

Momo ist auch wieder dabei, sie ist eine der Sprecherinnen des Camps. Charismatisch moderiert sie das Plenum und kündigt an, dass es von den Aktionen schon Videomaterial gibt, das sie uns am Abend zeigen werden. Wir packen an, wo wir noch können, und helfen im Schatten der Zelte das Gemüse fürs Mittagessen zu schnippeln. Nur Joe und Maria haben keine Lust mehr auf die Küche und treten stattdessen der Shitbrigade bei, wo sie blaue Gummischürzen tragen dürfen, auf die jemand mit Schablone einen goldenen Kackhaufen gesprayt hat. Wir hören die Shitbrigade bis zur Küche herüber ihre Kriegsschreie ausstoßen, während sie die Klos putzen.

»Was ist braun und stinkt nach Scheiße?«

»Eine Tonne voller Scheiße!«

Sana und ich würfeln die Zucchini klein.

»Wie war's eigentlich hier?«, frage ich.

»Nice!«, sagt Sana. »Ich hab ein bisschen Kinderbetreuung gemacht, beim Kochen geholfen, und richtig viele Leute kennengelernt, mit denen ich nie geredet hätte, wenn ich in die Aktion gegangen wär. Ein paar aus der Küche gehen auch öfter zu den Grenzlagern, wusstest du das? Also solche *No Border Kitchens*, wo sie Geflüchtete betreuen. Und einer hat drei Jahre in Frankreich in einem ZAD gewohnt.«

»ZAD?«, frage ich.

»Irgendwas mit Verteidigte Zone, oder so, auf Französisch, wo die halt ein ganzes Gebiet besetzen und da anarchistisch leben.«

»Oh, krass.«

Frankreich ist für mich irgendwie immer ein blinder Fleck. Bis auf Colmar und Straßburg, die ja direkt an Freiburg liegen, geht dieses Land irgendwie an mir vorbei. Obwohl die dort, wenn das stimmt, was man so hört, noch eine viel krassere Protestkultur haben. Und eine noch krassere, gewalttätigere Polizei.

»Und dann bin ich noch mit Joe zum Out-Of-Action Team und wir sind zu der GeSa in Mönchengladbach gefahren und haben Essen gebracht und Leute betreut, die gerade rausgekommen sind, und ich hab mich die ganze Zeit gefragt, ob ihr auch da drinnen seid.«

»Nee, Luca und ich waren in Aachen und die anderen waren schon im Camp.«

»Ja, ich weiß«, sagt Sana. »Ein paar Leuten ging's echt kacke, nachdem sie da raus waren, da war ich irgendwie auch froh, dass ich auf mein Bauchgefühl gehört hab. Und dass ich stattdessen von draußen helfen konnte. Eine war erst fünfzehn, die da raus kam. Voll mutig, so was mit fünfzehn schon zu machen. Das hat mich irgendwie an Malala Yousafzai erinnert. Die wurde ja mit fünfzehn von den Taliban in den Kopf geschossen, weil sie sich für Bildung für Mädchen in Pakistan einsetzt. Und dann denke ich auch wieder, dass ich irgendwie mehr machen sollte. Also, im Vergleich dazu hab ich Angst vor so kleinen Sachen. Ich riskier ja nicht mal mein Leben und das macht mir trotzdem schon Angst.«

»Boah, Sana«, sage ich, aber sie redet weiter.

»Wir haben ja meine Cousine besucht, über Pfingsten, und ich weiß ehrlich nicht wie die damit klar kommt.« Sie hält das Messer umklammert als müsste sie sich damit gleich gegen die Zucchini verteidigen.

»Sana«, sage ich noch mal. »Du sollst gar nicht dein Leben riskieren. Wem bringt das was, wenn du für irgendein Ideal stirbst? Keinem. Darum geht's doch hier, oder? Dass man sich nicht unter Druck gesetzt fühlt, was zu tun, was man nicht will. Darum entscheiden wir im Konsens, und wenn das nicht klappt, geht man nicht mit. Es ist doch totaler Bullshit zu denken, dass man sich irgendwie opfern muss.«

In dem Moment läuft Henri an uns vorbei, Dreck im Gesicht, ein blaues Auge und das T-Shirt am Kragen zerrissen, sodass eine von der Sonne verbrannte Schulter rausguckt.

»Ach du Scheiße«, sagt Sana.

Mein Herz setzt einen Schlag aus. Wir drehen beide die Köpfe und schauen zu, wie Henri zu den Waschbecken humpelt, seinen Kopf unter einen der Wasserhähne hält und sich schüttelt wie ein Hund. Wir lassen beide die Messer liegen und nähern uns ihm wie einem scheuen Tier.

»Henri?«, frage ich. »Bist du ok?«

Er richtet sich auf und befühlt sein Auge.

»Todeshässlich, oder?«, fragt er.

»Warst du schon bei den Sanis?«, fragt Sana diplomatisch.

»Nee«, sagt Henri und wischt sein Gesicht mit seinem zerfetzten T-Shirt trocken, wodurch er wieder ein bisschen Dreck drauf schmiert.

Wir haben schon gehört, dass der rote Finger ein bisschen auf die Fresse bekommen hat, aber es ist noch mal was anderes, das direkte Ergebnis zu sehen.

»Wie ist das passiert?«, fragt Sana.

»Beim durch die Bullenkette fließen«, sagt Henri und trinkt einen

Schluck Wasser aus seinen Handflächen. »Freund und Helfer, ey. Ich kann nicht glauben, dass ich als Kind zur Polizei wollte.«

Ich hole meine Flasche Mate und gebe sie Henri, damit er sein Auge kühlen kann.

»Willst du nachher mit uns Essen?«, fragt Sana und fängt sich dabei einen verwirrten Seitenblick von mir ein. Aber wirklich dagegen habe ich eigentlich auch nichts.

»Ich ess mit meiner Bezugsgruppe«, sagt Henri. »Aber danke. Wie kommt ihr eigentlich zurück?«

»Quer-Durchs-Land-Ticket«, sage ich. »Morgen.«

Es fühlt sich komisch an, so normal mit Henri zu reden. Als wären wir ganz normale Bekannte.

»Habt ihr noch 'n Platz frei?«, fragt Henri.

»Nee, sind schon zu fünft, sorry«, sagt Sana.

»Eigentlich«, sage ich, »denk ich drüber nach, ob ich einen Tag länger bleibe.«

»Was ist mit Schule?«, fragt Sana.

Ich zucke mit den Schultern.

»Den Montag noch verpassen ist jetzt auch nicht viel schlimmer, oder?«

Und es würde sich irgendwie seltsam anfühlen, nicht noch beim Abbauen zu helfen. Luca ist immerhin auch noch hier.

»Wie kommst du dann zurück?«, fragt Henri.

»Trampen«, sage ich.

Luca wird trampen und Maria trampt sowieso. Es juckt mich in den Füßen, mich auch so an die Straße zu stellen und nur Kraft meiner Ausstrahlung und der Hilfsbereitschaft anderer Menschen nach Hause zu kommen. Immerhin ist das eine der CO_2-ärmsten Methoden des Reisens, vom Wandern oder Fahrradfahren mal abgesehen, und Luca hat erzählt, dass er sich seit drei Jahren gar nicht mehr anders fortbewegt.

Henri zieht eine Augenbraue hoch, als würde er es mir nicht zutrauen. Klar, etwas Angst macht es mir schon, aber hallo? Ich war gerade in einer Aktion, ich habe einen Braunkohletagebau blockiert. Ich kann alles.

»Du bist doch noch nie getrampt«, sagt Sana.

»Es gibt immer ein erstes Mal.«

Am Abend kommen wir alle im Zirkuszelt zusammen, drängen uns dicht, entspannen uns auf den Strohsäcken, die von der Aktion übrig geblieben sind, teilen uns ein paar Mate und schauen gebannt auf die Leinwand. Ich habe einen Arm um Aarons Schultern gelegt und er einen Arm um meine Hüften geschlungen. Lucas Kopf liegt auf meinem Bauch, Joe lehnt gegen Aarons Bein, Sana lehnt gegen Joe und Nova und Maria sind irgendwo im Stroh verschwunden und versuchen sich gegenseitig in die Ohrläppchen zu beißen. Ja, ich weiß auch nicht, was da los ist.

Nova kreischt vor Lachen, Joe kickt Maria und hält sich einen Finger vor die Lippen und Maria zeigt ihm den Mittelfinger. Dann gehen die Clips von den Blockaden los und auch Maria und Nova sind still.

Erst jetzt erfahren wir, dass es eine kleine Gruppe gab, die mit dem grünen Finger auf die Schienen gekommen ist, um dann auf eigene Faust ein Stück weiter eine *Lock-On* Aktion zu starten, bei der sich zwei Menschen mit einer Betonpyramide auf die Schienen gekettet haben. Sie konnten erst vor einer Stunde gelöst werden, nachdem ein Spezialteam der Polizei aus dem Wendland angerückt ist, wo die solche Aktionen vom Anti-Atomkraft-Widerstand kennen. Das hat echt verdammt lange gedauert.

Es gibt Filmmaterial zu jedem Finger und wir sehen, dass alle Finger ihr Ziel erreicht haben – bis auf den goldenen Finger, von dem die Hälfte der Leute mitten auf einem Acker von der Polizei gekesselt wurde, und von denen es nur ein paar auf die Schienen geschafft haben. Einmal sehen wir uns selbst, für ein paar Sekunden, wie wir den Abhang der Grube hinunter schlittern, nur erkennbar durch unsere Rucksäcke. Die Vorstellung endet mit tosendem Applaus und mit spontanen Sprechchören.

»What do we want?«

»Climate Justice!«

»When do we want it?«

»Now!«

Wir grinsen einander an: ich und die Menschen, mit denen ich über die letzte Woche noch mehr zusammen gewachsen bin. Und die Menschen, die ich nur vom Sehen her kenne, vom aneinander Vorbeilaufen auf dem Weg von den Waschbecken zur Küche, zum Zelt, zu den Kompostklos. Mit denen ich mich in diesem Moment trotzdem extrem verbunden fühle. Weil ich weiß, was wir teilen, weiß, dass wir zusammen kämpfen, weiß, dass wir für einander da sind. Ich bin hier zuhause. Will, dass dieses Camp nie endet. Will, dass wir für immer so leben, die Felder um uns herum bebauen, noch mehr Windkrafträder basteln, Solarpanels aufstellen, die Zelte mit Hütten aus Weidenzweigen und Lehm ergänzen, im Herbst das Obst von den Obstbäumen ernten und so lange bleiben, bis der Tagebau geschlossen wird.

Aber es endet.

Bevor die anderen am Sonntag zum Bahnhof wandern, zieht Aaron mich noch einmal in den Schatten des kleinen Waldstückes und küsst mich, legt sein Kinn auf meine Schulter und riecht an meinem Nacken.

»Das kann nicht gut riechen«, bemerke ich.

Nach der Aktion habe ich einmal geduscht, aber seitdem auch schon wieder ein paar Liter geschwitzt.

»Doch«, flüstert er. »Ich mag, wie du riechst. Bist du sicher, dass du nicht mitkommen willst, damit ich noch den ganzen Tag an dir riechen kann?«

Ich lache.

»Das klingt ein bisschen creepy.«

»Sorry«, sagt Aaron, aber grinst.

»Henri kommt doch jetzt mit, statt mir. Kein Platz mehr für mich.«

»Aber Henri riecht nicht so gut«, sagt Aaron.

»Hast du schon an ihm gerochen?«

»Er riecht nach kompensierter Unsicherheit«, sagt Aaron. »Nach Fitness-Studio-Mief.«

»Bla«, sage ich. »Also, ja. Aber warst du nicht der, der meinte, ich bin ungerecht?«

»Mika«, murmelt Aaron. »Ich will doch einfach nur mehr Zeit mit dir.«

Da ist es wieder, dieses Kribbeln, diese Explosion von Glück in meinem Bauch, die dem Biss in einen Center-Shock-Kaugummi gleicht, Geschmacksrichtung *Saurer Apfel*.

»Du bist der, der in einem Monat weggeht«, sage ich.

»Ich weiß«, sagt Aaron. »Und – ich versteh auch, wenn du deswegen lieber Abstand willst, das wär ok. Also, nein, eigentlich wär's nicht ok, aber ich würd's verstehen.«

»Das wird wehtun, wenn du gehst«, sage ich.

»Ja«, sagt Aaron.

»Aber Abstand würde auch wehtun.«

Ich ziehe meine Schulter weg und lächle ihn an, kann gar nicht anders, denn es ist noch einen ganzen Monat hin. In einem Monat wird es vielleicht wehtun, aber wen interessiert das, wenn ich Aaron jetzt umarmen und küssen kann?

Am Montagmorgen laufe ich mit Luca und Oliver aus dem Ort heraus. Uns wurde explizit geraten, in der Nähe des Camps nicht zu trampen, weil es in den letzten Jahren manchmal zu Übergriffen durch Neonazis gekommen ist. Auf dem Weg fahren ein paar Radfahrer an uns vorbei.

»Kümmert euch gefälligst um euer eigenes Klima, scheiß Ausländer!«, ruft einer von ihnen mir zu und ich denke drei Sachen.

Erstens: Ich muss ganz schön dunkel geworden sein.

Zweitens: Als ob Klimawandel an den Grenzen anhält.

Drittens: Vollidiot.

»Ignorier das«, sagt Luca. »Die haben keine Ahnung.«

Den ganzen Weg zur Tramp-Stelle versucht er, mich so gut wie möglich aufs Trampen vorzubereiten:

»Versuche immer, auf Raststätten zu bleiben und dich dort absetzen zu lassen. Wenn du kein Pappschild hast, lauf rum und frag die Menschen, ob sie dich mitnehmen, sonst stell dich an die Ausfahrt und lass sie anhalten. Ist aber auch 'ne Gefühlssache. Nimm eine Karte mit. Lass dich nie in einer Stadt absetzen, die nicht dein Ziel ist. Kreisel und Tankstellen funktionieren auch, können aber länger dauern. Steig nicht zu Menschen, bei denen du ein schlechtes Gefühl hast oder die Drogen am Steuer konsumieren. Hab Spaß.«

Am Ende summt mein Kopf mit so vielen Infos. Ich habe weder Pappschild noch Karte, aber ich weiß ungefähr, wo ich lang muss. Irgendwie Richtung Karlsruhe, von da nach Freiburg. Fast 500 Kilometer. Oliver und Luca haben es dafür echt nicht mehr weit nach Köln, quasi ein Katzensprung.

»Meld dich mal, wenn du ankommst«, sagt Luca, als die beiden mich an einer Kreiselausfahrt absetzen, bevor sie sich an die nördlichere Ausfahrt stellen, auf der Köln schon ausgeschildert ist. Die beiden umarmen mich zum Abschied und Luca küsst mich auf die Wange.

»Danke noch mal«, sagt er.

»Wofür?«, frage ich verwirrt.

»Na, fürs da sein und cool sein, und dass du mein Buddy warst«, sagt Luca. »Wenn du mal nach Köln kommst, kannst du echt jederzeit Bescheid sagen. Meine Tür ist offen. Mein Bett auch.«

Das Gefühl in meinem Bauch kommt mir verdammt bekannt vor, aber ich habe keine Zeit, darüber nachzudenken, nicht jetzt. Nicht, wenn ich mir Sorgen darüber machen muss, wie ich nach Hause komme.

Luca und Oliver winken mir von der anderen Ausfahrt und keine fünf Minuten später hält jemand an und nimmt die beiden mit, und ich stehe alleine hier. Den Daumen ausgestreckt, mit meinem Monsterrucksack. Ich muss fast kotzen, so nervös bin ich.

Was, wenn mich keiner mitnimmt? Was, wenn es dunkel wird, und ich stehe immer noch hier? Was, wenn mich jemand mitnimmt, ich aber irgendwo zwischen Klimacamp und Freiburg stecken bleibe, wo ich noch weniger weiß, wo ich bin? Oh, vielleicht war das eine dumme Idee. Eine ganz, ganz dumme Idee. Und es ist viel zu heiß. Was, wenn ich verbrenne? Einen Hitzschlag kriege, oder so?

Ich bin kurz davor, zu heulen, als ein Auto hält und der Fahrer die Scheibe runterkurbelt.

»Wo willst du denn hin?«, fragt er, ein mittelalter Mann im Hawaiihemd.

»Äh«, sage ich. »Nach Süden. Richtung Karlsruhe.«

Das Auto ist ein verstaubter roter Golf mit Polstersitzen, die auch schon bessere Tage gesehen haben und vom Rückspiegel hängt ein Wackel-Elvis. Ich entscheide, dass dieser Mensch vertrauenswürdig ist. Er blinzelt mich angestrengt gegen die Sonne an.

»Ich fahr nach Koblenz, hilft dir das weiter?«

»Äh«, sage ich, keine Ahnung, wo Koblenz liegt.

»Das ist auf jeden Fall südlich von hier.«

»Dann ja«, sage ich, verstaue meinen Rucksack auf dem Rücksitz und steige ein.

»Du kommst vom Klimacamp, oder?«, fragt er, während ich mich anschnalle.

»Ist das so offensichtlich?«

Ich denke an die Nazis, vor denen wir gewarnt wurden, und ob die sich vielleicht als nette Menschen verkleiden würden, um mich dann in ein Waldstück zu fahren und zu verprügeln.

Mein Fahrer reicht mir eine Hand.

»Dieter«, sagt er. »Und ja, das ist ziemlich offensichtlich. Als ich so jung war, da hab ich auch noch bei so was mitgemacht.«

Und dann beginnt er zu erzählen, die ganze Fahrt lang, wie er früher in wilden WGs gewohnt hat, um die Welt gereist ist und LSD genommen hat.

»Ja, und dann kamen die Kinder«, sagt er, als wir kurz vor Koblenz auf einen Rasthof fahren. »Da war dann nix mehr mit Abenteuer erleben.«

»Aber das muss doch nicht so sein«, sage ich und muss an Gwen und Patrick denken, die zwei Freiburger Menschen, die auf ihrer Weltreise ein Kind bekommen und einen Film darüber gedreht haben. Die haben sich davon auch nicht abbringen lassen.

»Na, das hättest du mal meiner Frau erzählen sollen«, lacht Dieter und hilft mir, meinen Rucksack aufzusetzen.

»Was hast du denn da drin, Steine?«, fragt er, obwohl mein Rucksack schon leichter ist als auf dem Hinweg, weil ich Sana das Zelt mitgegeben habe.

Ich bedanke mich überschwänglich, wünsche ihm noch einen schönen Tag und mache mich auf dem Weg zu den Toiletten, wo ich heimlich unter dem Drehdings durchschlüpfe und meine Wasserflasche neu auffülle.

Die Sonne knallt unerträglich und ich kann die ersten Anzeichen von miesen Kopfschmerzen hinter meinen Augenlidern spüren. Ich esse eines der Brote, die ich mir im Klimacamp geschmiert habe, und laufe über den Rastplatz, nach Karlsruher Kennzeichen Ausschau haltend. Ich finde tatsächlich ein paar Leute, die aber alle keinen Platz haben, was ja eigentlich gut ist, wenn kein unnötiger Platz im Auto ist.

Dann finde ich ein junges Architektenpärchen, das einen schicken schwarzen BMW fährt und die gesamte Rückbank für mich und meinen Rucksack frei hat. Sie verstehen nicht so wirklich, warum ich trampe und was ein Klimacamp ist, aber sie bieten mir ein paar von ihren Maltesern an, was ich ziemlich nett finde.

»Hast du keine Angst, so alleine, auch noch als Frau?«, fragt der Typ, der Dennis heißt.

»Nein«, lüge ich und denke daran, was Luca mir über das Trampen gesagt hat. »Arschlöcher laufen ja überall rum, auch in der Stadt. Wenn ich so denke, dann trau ich mich vielleicht irgendwann auch nicht mehr aus dem Haus.«

»Ich würde mich das ja nie trauen«, sagt Leila, seine Freundin, und reicht die Packung Malteser nach hinten.

»Hab ich vor heute auch nicht«, sage ich. »Aber bis jetzt sind alle nett.«

Sie setzen mich an der nächsten Raststätte vor Karlsruhe ab. Die Raststätte heißt Bruchsal – das klingt fast wie Bruchtal bei Herr der Ringe und muss ein gutes Zeichen sein. Es ist fast 16 Uhr, aber ich habe nicht mehr so viel Angst, dass ich nicht ankomme, denn jetzt sind es nur noch um die 130 Kilometer und ich bin super gut vorangekommen. Es ist fast, als würden die Götter der Autobahn wollen, dass ich einen guten Eindruck vom Trampen bekomme, oder so was. Denke ich.

Aber dann finde ich niemanden, der nach Freiburg will. Alle wollen nur nach Stuttgart. Und obwohl ich heute Morgen noch geduscht habe, in der letzten Duschkabine, die noch stand, kleben meine Klamotten mir schon wieder unangenehm auf der Haut und ich kann meinen eigenen Schweiß riechen. Ich schleppe meinen Rucksack eine Stunde lang über den Parkplatz, quatsche Leute an, und muss mich dann in den Schatten setzen, um meine Schultern auszuruhen und gegen die Kopfschmerzen anzukämpfen. Bleib ruhig, Mika, sage ich mir. Es wird schon irgendwie klappen. Wenn du jetzt niemanden findest, dann nur, weil das perfekte Auto noch nicht hier ist. Das hat alles seinen Sinn.

Ich bin echt nicht gläubig, aber wenn ich an irgendwas glauben müsste, dann wahrscheinlich noch am ehesten an die Götter der Autobahn. Denn während ich im Schatten sitze, kommt eine Frau ganz von sich aus auf mich zu gelaufen.

»Hello«, sagt sie.

Sie trägt eine wirklich sehr kurze Hotpants, aus der zwei wirklich sehr braune Beine gucken, und ein enges bauchfreies Top aus Leder. Um den Hals hat sie ein Band, an dem ein Tierzahn hängt. Ihre Haare sind schwarz und sehen fast so aus wie meine, als hätte sie selbst eine Schere genommen und wahllos Strähnen in verschiedenen Längen abgeschnitten.

»Hallo«, sage ich.

»Do you speak English?«, fragt sie.

»Äh, a little«, sage ich. »Do you drive South?«

»Yeah, I do actually!«

Sie holt ihr Handy raus und zeigt mir, dass sie nach Südfrankreich fährt, aber die Route geht von hier aus schon direkt über den Rhein und nach Frankreich, nicht nach Freiburg.

»You know what, that shouldn't be a problem, gimme a sec. Ah, that's it.« Plötzlich hat sie die Route umprogrammiert, so, dass sie jetzt über Freiburg fährt und von dort erst über die Grenze.

»Look, it's just a five minute difference.«

Sie strahlt mich an.

Ich nicke und kann es eigentlich nicht ganz glauben, dass jemand für mich einen Umweg machen will, selbst wenn es nur fünf Minuten sind. Wir gehen zum Auto, einem kleinen Pick-up, der vollbepackt ist mit Tierfellen und Leder und seltsam aussehenden Holzinstrumenten.

Fern – so heißt sie – nimmt ein paar Körbe voller Knochen vom Beifahrersitz und versucht, sie im Rückraum zu stapeln. Der Rücken ihres Tops ist nur mit Lederschnüren festgehalten, unter denen ein Tattoo mit zwei Farnen auf ihren Schultern prangt.

»All done!«

Im Auto riecht es auch nach Fellen und nach Feuer, und ein paar Geweihstücke klimpern auf dem Armaturenbrett, als Fern aufs Gaspedal tritt.

Also, was machst du so, fragt sie mich und reicht mir eine Cola, die ich sogar annehme, in der Hoffnung, dass meine Kopfschmerzen davon weggehen. Ich wollte sie eigentlich das Gleiche fragen.

Fern lacht und erklärt, dass sie gerade vom »European Stone Age Gathering« kommt, was ich als so eine Art historisches Nachstellen der Steinzeit verstehe.

Ich bin Wildnistrainerin, sagt sie. Ich bringe Menschen bei, wie man Feuer macht, wie man Steinwerkzeuge herstellt, solche Dinge. Und was machst du?

Ich sage ihr, dass ich noch zur Schule gehe.

Ihr Lachen ist ein kehliges, lautes, wie bei einem Papageien oder Paradiesvogel.

»No way! You've got the eyes of the forest. What the hell are you going to school for?«

Ich habe die Augen des Waldes? Was soll das denn heißen?

Sie fragt mich, wo ich gerade herkomme und ich erzähle ihr vom Klimacamp, und dass ich gerade die Schule schwänze.

Ah, da ist dann doch die Verbindung zur Natur, sagt sie und dann fragt sie mich, warum ich mir das denn antue, Kohle zu blockieren, wenn ich alles tun kann was ich will, wie zum Beispiel ein Haus im Wald bauen.

»What do you mean?«, frage ich verwirrt.

Na ja, sagt sie. Wieso die Menschheit nicht sterben lassen? Sich ein schönes Leben machen? Verdient die Menschheit es denn, weiter zu leben? Und wird die Menschheit nicht eh irgendwann ausgelöscht, spätestens, wenn die Sonne explodiert? Dann ist es doch egal.

Ich nehme noch einen Schluck von der Cola und mustere Fern von der Seite, habe irgendwie das Gefühl, dass sie mich provozieren oder testen will.

Ich sage, das ist eine Entscheidung, die man nicht für andere treffen darf. Wenn man denkt, dass das eigene Leben egal ist, dann ist das eine Sache, aber anderen Menschen ihr Leben und eine gute Lebensgrundlage absprechen? Das ist noch mal was ganz anderes. Und es sind ja nicht nur die ungeborenen Kinder der Zukunft, die wir mit unserer Lebensweise ins Feuer werfen, es sind ja auch jetzt und heute Milliarden von Menschen, die von Klimawandel und Ausbeutung betroffen sind. Es ist ja nicht so, als könnte man die Menschheit schmerzlos abtreiben, bevor sie geboren wird. Wir sind ja schon hier, und alles was lebt verdient das Recht, über das eigene Leben zu entscheiden.

Fern schmunzelt.

Wie meine ideale Welt aussehen würde, fragt sie. Zurück zur Steinzeit? Sie könnte so zwar leben, aber man, hat sie diese Cola vermisst. Sie lacht über ihren eigenen Witz und ich gebe ihr, auch schmunzelnd, die Cola zurück.

Na ja, so, dass jeder halt lebt, wie er oder sie mag, sage ich. Ohne dabei jemand anderen auszubeuten oder einzuschränken. Das weiß ich doch nicht, was die Menschen sich dazu so ausdenken. Wenn wir diese Freiheit hätten, dann würde es niemals nur ein einziges Lebensmodell für die ganze Welt geben, sondern viele kleine Gesellschaften, die sich zusammen finden, weil sie ähnliche Vorstellungen vom Leben haben. Zum Glück muss ich nicht entscheiden, wie die Welt aussehen soll! Das will ich gar nicht. Dann wäre ich ja auch nur ein Diktator. Zurück zur Steinzeit können wir jedenfalls nicht, dafür sind wir zu viele und die Tiere zum Jagen zu wenige, und die Landwirtschaft zu ausgebreitet.

Fern seufzt und sagt, dass die Tiere, die sie verarbeitet und deren Felle sie gerbt, dafür natürlich auch getötet wurden. Aber sie rechtfertigt das damit, den Menschen wieder einen Bezug zur Natur und ihren eigenen Händen zu geben. Wenn man mal von Grund auf ein Lederkleid genäht hat, sagt sie, oder sich eine Axt gemacht hat oder ein Feuerzeug, dann geht man nicht mehr in den Laden, um sich billige Turnschuhe zu kaufen. Dann weiß man, wie viel Material und Arbeit in einem Objekt stecken. Vor ein paar Hundert Jahren noch, da hat man Kindern ja nicht mal Schuhe gekauft, weil sie einfach zu teuer waren und die Kinderfüße eh noch wachsen. Das ist doch absurd, dass man so was jetzt für 20€ bekommt.

Ob ich schon mal ein Feuer von Hand gemacht habe, fragt sie mich. Eine Hütte aus Weidenzweigen gebaut?

Ich schüttle den Kopf.

Fern schreibt mir ihre E-Mail-Adresse und Website auf. Ein Telefon hat sie nicht, die nächsten Monate wird sie in einer Höhle in Südfrankreich wohnen.

Wenn du mal nach Frankreich kommst, dann komm mich ruhig besuchen, sagt sie und fährt mich noch ganz bis in die Stadt.

Als ich die Autotür zufallen lasse, fällt mir auf, dass ich gar keine Kopfschmerzen mehr habe.

Fern kurbelt noch mal das Fenster runter.

»Mika, right?«

»Yeah.«

»I almost forgot, here, have a little present.«

Sie reicht mir eine kleine Pfeilspitze aus Stein durchs Fenster, hupt zweimal und brettert zurück auf den Autobahnzubringer. Ich stecke die Pfeilspitze in meine Hosentasche und setze meinen Rucksack wieder auf.

Ich bin da. Es hat wirklich geklappt. Ich kann kaum glauben, wie einfach es war.

Es ist einer dieser warmen Freiburger Sommerabende, der mich dazu bringt, meine Schuhe auszuziehen und von meinem Rucksack baumeln zu lassen, während ich mit dreckigen Füßen über den warmen Asphalt der Eschholzstraße nach Hause laufe, über die Dreisam, die unter der Brücke sprudelt.

Ich bin fast ein bisschen high von allem. Von diesem Tag, vom Trampen, vom Klimacamp, von Aaron, von der Neugier auf die ganze weite Welt da draußen und was es noch alles zu entdecken gibt. Um ehrlich zu sein hat mein Leben seit der Hausdurchsuchung erst so richtig angefangen.

Die Wohnung ist angenehm kühl, als ich nach Hause komme. Die Tür zum Hinterhof steht offen und meine Eltern sitzen draußen im Garten und trinken Wein.

»Mika!«, sagt mein Vater, als ich den Rucksack im Wohnzimmer absetze.

»Da bist du ja endlich«, sagt Karo. »Wir haben das Klimacamp gestern im Fernsehen gesehen.«

»Oh, echt?«

Ich laufe kurz rüber zur Spüle, um mein Gesicht zu waschen, und nehme mir eine Birne aus der Obstschale, bevor ich in den Garten gehe und mich von meinen Eltern umarmen lasse.

»Achje, du stinkst aber«, sagt Karo. »Wie bist du denn hergekommen?«

Ich halte den Daumen raus und grinse.

»Du bist getrampt?«, fragt Karo. »Nicht ehrlich, oder?«

Mein Vater lacht.

»Ach, Karo.«

»Weißt du, was da alles passieren kann?«

Karo kippt den Rest ihres Weines in einem runter und kneift die Lippen zusammen.

»Kopfschmerzen, Dehydrierung, Erkältung, langes Warten«, zähle ich auf.

»Ich hab das früher auch gemacht«, sagt mein Vater.

»Echt?«, frage ich.

»*Evet*, durch die Türkei, das war super. Aber lange her.«

Karo verschränkt die Arme.

»Morgen gehst du aber wieder zur Schule.«

»Ja, Mama«, sage ich und Karo verdreht die Augen.

»Ich will, dass du dein Abi bestehst«, sagt sie. »Danach kannst du dann trampen, wohin du willst.«

»Ich geh jetzt erst mal Duschen«, sage ich.

»Gute Idee«, sagt Karo, immer noch sauer, aber das kratzt mich gerade nicht. Ich bin viel zu glücklich.

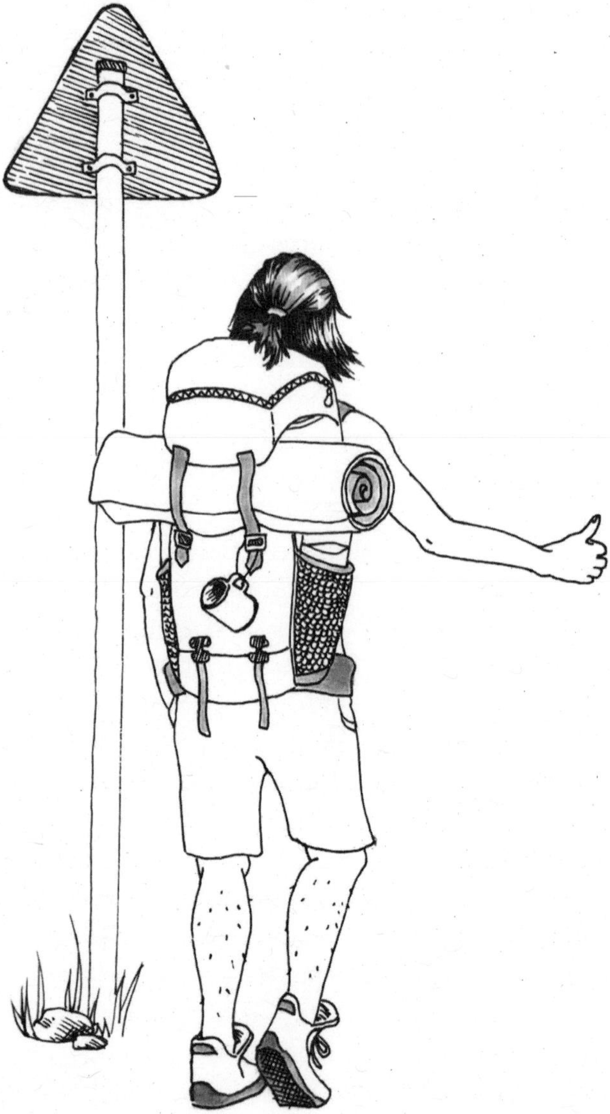

22

FEINE SAHNE FISCHFILET – MIT DIR

Mein High trägt mich noch den ganzen Abend und den nächsten Morgen, so, dass ich fast in die Schule schwebe, statt zu laufen. Jedenfalls fühlt es sich so an. Ich kann mich auf absolut nichts konzentrieren, muss die ganze Zeit ans Klimacamp und an Aaron und Luca denken, und wie zum Teufel wir Anfang August das Kerogreen Gelände besetzen wollen. Wir brauchen mehr Leute. Dringend. Aber wo kriegen wir die her? Und dann bekommen wir auch schon wieder so viele Hausaufgaben, dass ich unter einem Berg von Aufgabenblättern versinke.

»Denken Sie daran: Nächste Woche sind die Matheklausur und die Bioklausur«, sagt Frau Kressemann, während sie mit ihren Knöcheln auf das Pult hämmert. »Das ist jetzt die wichtigste Phase des Halbjahres, da müssen Sie sich noch mal ordentlich ins Zeug legen. Ist ja schön, dass Frau Özgül, Frau Rahmani und Herr Marquard so aussehen, als kämen sie frisch aus dem Urlaub und Herr Marquard sich unterdessen anscheinend auch noch mit Frau Yevchenko geprügelt hat. Aber den Urlaub und die Prügeleien müssen Sie auf den August verschieben.«

Henri schnaubt. »Wenn ich mich mit Nova geprügelt hätte, dann hätte ich ja wohl mehr als ein blaues Auge.«

Der Rest der Klasse dreht sich kollektiv zu ihm um. Man sieht fast die Zahnrädchen in ihren Köpfen arbeiten.

»Was?«, fragt Henri. »Die kann Krav Maga!«

Die Verwirrung wird nicht weniger. Ich nehme eine Hand vor den Mund, um mein Grinsen zu verstecken.

»Wenn Sie meinem Attest nicht glauben, können Sie halt meinen Arzt anrufen. Die Nummer steht drauf. Fahrradunfall, steht auch drauf. Lesen können Sie ja, ge? Und Nova hat sich beim Sport den Fuß verletzt. Wenn die Schule barrierefrei wäre, hätte sie ja vielleicht mit dem Rollstuhl kommen können.«

Sanas Mund macht ein kleines O. Warum nimmt Henri jetzt Nova in Schutz? Sie ist ja noch nicht einmal hier. Das muss ich ihr später auf jeden Fall erzählen.

»Und Frau Özgül und Frau Rahmani?«, fragt Frau Kressemann zähneknirschend.

Henri zuckt mit den Schultern. »Was weiß ich? Bin ich jetzt Ihr Sekretär, oder was?"

Sana kann sich das Lachen kaum verkneifen und ich kicke sie unterm Tisch gegens Schienbein. Frau Kressemanns beugt sich zu uns herunter.

»Na?«, fragt sie. »Warum waren Sie beide die letzte Woche nicht hier?«

»Todesfall in der Familie«, sagt Sana und reibt sich mit der Miene eines getretenen Hundes eine Lachträne vom Gesicht.

»Schreckliche Magen-Darm-Grippe«, sage ich. »Wirklich hochansteckend.«

»Nun ja.« Frau Kressemann dreht sich wieder um, um an der Tafel entlang zu schreiten. »Eigentlich kann es mir auch egal sein, was Sie Besseres zu tun haben, als meinen Unterricht zu besuchen. Ob Sie damit durchkommen, das werden schließlich die Klausurergebnisse zeigen. Ich muss sagen, Frau Özgül, Herr Marquard, ich habe Sie nicht vermisst.«

»Was ist mit mir?«, fragt Sana. »Haben Sie mich vermisst?«

Frau Kressemann ignoriert sie und macht mit dem Unterricht weiter.

Nach der Stunde fange ich Henri beim Rausgehen ab.

»Jetzt so nach letzter Woche, wie viel Bock hast du, was Ähnliches noch mal zu machen?«

Henri runzelt die Stirn. »Du meinst, das andere Auge auch noch blau zu kriegen?«

»Dann ist es wenigstens symmetrisch«, sage ich. »Symmetrie ist doch attraktiv.«

»Ha-ha«, sagt Henri.

Seine Freunde stehen an den Spinden und beobachten uns misstrauisch. Ich frage mich, wie lange es wohl dauert, bis alles beim Alten ist und jemand einen Filzstift nach mir wirft. Sana lauert an meiner Seite und starrt sie in Grund und Boden.

»Was habt ihr vor?«, fragt Henri und kratzt sich am Ohr.

»Am ersten August wird die Klage gegen Kerogreen entschieden«, sage ich.

»Und?«

»Sie werden argumentieren, dass Fracking dem allgemeinen öffentlichen Interesse oder so was Bescheuertem entspricht. Wir könnten es ja hinkriegen, dass alle wissen, dass die Öffentlichkeit absolut kein Interesse hat.«

»Ich check's nicht«, sagt Henri.

»Block-a-de«, sage ich.

Henri lacht. »Wollt ihr, dass ich enterbt werde, oder so?«

»Überleg's dir.«

Sana zieht mich am Arm und wir gehen den Gang hinunter nach draußen, auf den Schulhof. Als wir außer Hörweite sind, guckt Sana mich stirnrunzelnd an.

»War das 'ne gute Idee?«, fragt sie. »Was, wenn er uns jetzt verpetzt?«

»Tut er nicht«, sage ich.

»Ah, ja? Und das weißt du woher?«

»Wenn seine Eltern was dagegen haben, dass er ihre Bohrung sabotiert, dann werden sie auch nicht gerne hören, dass er auf dem Klimacamp war. Das ist doch fast genauso schlimm.«

Mein Handy vibriert, es ist eine Nachricht von Aaron.

Wann sehen wir uns?

Vermisst du mich schon? :P

Öh, ja? Wenn wir nur einen monat haben ist das schon so ein vor-vermissen.

Erinner mich nicht dran bitte.

Ja ok sorry.

Also wann sehen wir uns?

Jetzt? Ich hab grad frei.

:O Ich bin noch als affe verkleidet und nicht zuhause und stinken tu ich wahrscheinlich auch.

Als affe?

»Und, seid ihr jetzt zusammen?«, fragt Sana, die mir über die Schulter schielt.

Mottowochen. Frag nicht.

Aber wenn du nix zu tun hast, ich hab einen text geschrieben und für dich versteckt.

Oh :D

In der buchtelefonzelle in einem buch.

Bist du blöd? :D Das kann doch jeder mitnehmen!

Ich glaub nicht, ich hab es in adornos dialektik der aufklärung gesteckt, das nimmt allein schon keiner mit weil dialektik im titel steht.

Was heißt eigentlich dialecktik?

*dialektik

Kp, was mit dialog oder so?
ich hab in deutsch nur 10 punkte gekriegt :'(

»*Bismillah*, ich krieg schon Diabetes«, sagt Sana. »So was von zusammen.«

Ich ignoriere sie und fahre, so schnell ich kann, von der Schule Richtung Stadtmitte zum Theater, wo die Buchtelefonzelle steht, eine Art Bücherschrank, nur eben in einer alten Telefonzelle. Wenn man Bücher loswerden will, kann man die hier reinstellen, und auch alle mitnehmen, die einen interessieren.

Die Dialektik der Aufklärung ist wirklich noch da, und als ich es aufklappe, fällt ein gefaltetes Blatt Papier heraus, das ich vorsichtig in meine Tasche stecke und mich damit (und mit einem Eis) an die Dreisam setze.

Aarons Handschrift ist launisch-kringelig und hat eine ganze Seite mit Worten gefüllt, die ich lese, als seien sie geflüstert.

Kennst du dieses Gefühl, dass da noch mehr ist? Dass wir hinter einem Vorhang leben und wir müssten ihn nur zurückziehen und auf der anderen Seite wäre – etwas.

Ein Gefühl, wie durch die Straßen zu gehen und vorbei an der Wohnung von jemandem, der dir einmal sehr wichtig war. Du schaust hoch zum Fenster und überlegst, ob dieser Mensch gerade dort in seinem Zimmer ist. Du wartest darauf, dass sich vielleicht die Gardine ein bisschen bewegt, in diesen paar Momenten wo du hochschaust, und vielleicht ist Licht an im Zimmer und du siehst einen Schatten am Fenster vorbeilaufen. Aber die Gardine bewegt sich nicht und der Schatten kommt nie.

Ein Gefühl, wie im Herbst die Vogelschwärme zu beobachten, wenn alles langsam still wird und die Geräusche aufgefangen werden von den Blättern, die den Boden bedecken. Du hörst die Vögel rufen und sich zusammenfinden, um ihre Reise nach Süden anzutreten. Das Gefühl, wenn die Luft langsam kalt wird, wenn zwischen den Baumkronen vereinzelt Sterne sichtbar sind.

Wer bist du, wenn du nicht weißt, wo du in einem Jahr sein wirst, wo du in ein paar Wochen sein wirst, wie dein Leben dann aussehen wird? Wenn du überlegst, ob du immer noch der gleiche Mensch bist wie vor fünf Jahren, dann musst du doch unweigerlich zu dem Schluss kommen, dass du nicht mehr der gleiche Mensch bist. Dass du niemals hättest erahnen können, wer du heute bist – und wie sollst du dann ahnen können, wer du morgen bist? Du spürst ein leises Verlangen nach diesem Menschen, der du sein wirst, diesem Menschen, den du vielleicht entdecken würdest, wenn du auch nach Süden ziehst. Wenn der Herbst und der Winter vorbeigehen und der Frühling anfängt, wenn die Bäume wieder neue grüne Triebe tragen.

Wenn ich dieses Gefühl einfangen könnte, es festhalten, auf Papier, auf Film, auf Leinwand, in Musik ... Wenn ich es festhalten könnte, dann könnte ich es dir zeigen, und wir könnten es von Hand zu Hand weiterreichen und einander verstehen. Aber man kann nichts festhalten und man kann nichts verstehen. Und wenn ich dich festhalten will, in Worten oder Bildern, dann bist das auf dem Papier nicht du. Dann ist das nur ein Gefühl von einem Moment.

Das ist alles, was ich habe. Ist das genug?

Ich muss den Text zwei Mal lesen und habe immer noch nicht das Gefühl, ihn verstanden zu haben, auch wenn er irgendwie schön klingt, ein bisschen melancholisch, ein bisschen nach Aaron eben. Ich rieche am Papier. Dann mache ich mich auf den Weg.

Aaron ist auch gerade erst angekommen, als ich mein Fahrrad an die Hauswand anlehne und abschließe. Er trägt einen Rucksack auf dem Rücken, aus dem eine Affenmaske herausguckt, und er hat grünen Glitzer im Gesicht.

»Hey«, sagt er und schließt die Tür auf. »Stört es dich, wenn ich noch schnell dusche?«

»Ja, stört total«, sage ich. »Geht gar nicht.«

Aaron rollt die Augen.

»Hier ist mein Zimmer, fühl dich wie zuhause.«

Er lässt mich im Hausflur allein, während er den Rucksack in sein Zimmer schmeißt und im Bad verschwindet. Es ist eine schöne Wohnung, irgendwie, hell und mit viel Holz, auch wenn die Straße unten etwas laut ist. Das Fenster in Aarons Zimmer ist gekippt, die Jalousie oben, sodass ein Streifen Sonne über die Dielen kriecht. Aaron hat ein Hochbett, so eine große Plattform, die in die Ecke des Raumes gezimmert ist und zu der eine Leiter nach oben führt. Darunter steht ein kleiner Schreibtisch, auf dem sich mehrere Bücher stapeln. Oben auf liegt der Steppenwolf von Hermann Hesse und daneben an der

Wand kleben mehrere Abziehstreifen aus Fotoautomaten, auf denen sich Aaron mit mehreren Menschen, die ich nicht kenne, zusammen ins Bild quetscht und Grimassen schneidet.

Es ist ein bisschen staubig, auf der Gummipflanze in der Ecke klebt ein grauer Pelz, und die Fenster sind länger nicht geputzt worden, sodass man im Gegenlicht noch den vergangenen Regen auf der Scheibe sieht. Auf der Fensterbank steht eine Legofigur mit einem Flammenschwert in der Hand. Draußen zwitschern ein paar Vögel und die Müllabfuhr fährt piepend vorbei.

Ich bin barfuß, vergrabe meine Zehen in den Fasern des bunten Teppichs und frage mich, wie lange Aaron wohl noch im Bad braucht.

Ich mag es, allein in fremden Zimmern zu sein und ein bisschen Detektivin zu spielen.

Im Regal steht ganz hinten die Sams-Quatrologie. Im Schrank hängen ein paar Klettergurte und ein schwarzer, in Folie gewickelter Anzug. Die Schubladen quellen über mit alten Schulheften, auf dem Schrank verstauben ein paar Brettspiele: Siedler von Catan, Carcassonne und das Verrückte Labyrinth. Ich finde ein kleines, aus Holz geschnitztes Kästchen, in dem ein paar Ohrringe sind.

»Ist das schon wieder eine Hausdurchsuchung?«

Aaron steht plötzlich im Türrahmen, ein Handtuch um den Kopf gewickelt. Sein Shirt hat ein paar Wassertropfen abbekommen.

»Nicht wirklich, ich lern dich nur ein bisschen kennen.«

»Aaaha«, sagt Aaron und nimmt mir das Kästchen aus der Hand. »Und wenn du jetzt ganz zufällig mein Sexspielzeug gefunden hättest, was dann?«

»Ähm. Du hast Sexspielzeug?«

»Seile, Peitschen, Nippelklemmen«, sagt Aaron.

Ich schlucke und bin mir ziemlich sicher, dass ich gerade entweder sehr rot oder sehr weiß werde. Aaron bricht in Gelächter aus.

»Mika, ich bin noch Jungfrau. Das Einzige, was du vielleicht finden würdest, wären Taschentuchboxen und Gleitcreme.«

»Oh, ok«, sage ich und versuche, mir *nicht* vorzustellen, wie Aaron masturbiert.

»Du hättest dein Gesicht sehen sollen.«

Er lacht immer noch und ich klicke der Legofigur das Schwert von einer Hand in die andere.

»Vielleicht hätte ich mich ja auch über Nippelklemmen gefreut«, sage ich, nur damit Aaron auch mal dumm guckt, aber ich hab ihn falsch eingeschätzt.

»Wenn du daran Interesse hast, dann können wir auch ... also, ich hab nichts dagegen das auszuprobieren. Aber meinst du nicht, das tut voll weh?«

Ich huste in meinen Handrücken.

»Das war doch nicht ernst gemeint. Also. Glaube ich. Weiß ja nicht wie ... keine Ahnung. Ich meine ... man!«

Ich gebe auf und schubse Aaron ein Stück.

»Wie kannst du bitte so locker über Sex reden?«

Aaron zuckt mit den Schultern.

»Wieso nicht? Ich hab zwar keine Ahnung davon, aber das hält andere Menschen ja auch nicht davon ab.«

Ich muss lachen. Lachen hilft beim Stressabbau. Okay. Einmal tief durchatmen.

»Ich wusste gar nicht, dass du Ohrringe trägst«, sage ich und zeige auf das Kästchen.

»Manchmal«, sagt Aaron.

Mir sind die kleinen Löcher in seinen Ohrläppchen noch nie aufgefallen.

Er schaut in das Kästchen. »Die meisten sind von meiner Mutter, die sie nicht mehr trägt.«

Ich nehme einen kleinen Goldenen heraus, der aussieht wie die Hälfte von einem Hirschgeweih.

»Der ist schön.«

»Soll ich den mal reinmachen?«

Aaron wickelt das Handtuch ab und seine nassen Haare fallen

dunkel auf seine Schultern. Er streicht sich eine Strähne hinters Ohr und schiebt den filigranen Ohrring durch sein Ohrläppchen.

»Du bist so krass schön«, sage ich. Es rutscht mir einfach so raus, weil so in dem Licht und mit den Haaren, und diesem Ohrring, und den Augen, und aaah. Scheiße.

Aaron grinst verlegen. »Hmm. Wenn ich gewusst hätte, dass *das* der Effekt ist, hätte ich die schon öfter getragen.«

»Hey, missbrauch deine Superkräfte nicht.«

»Du deine auch nicht.«

»Ich? Was sind denn meine Superkräfte? Und sag jetzt nicht Klugscheißen.«

Aaron lacht.

»Ha, daran hab ich gar nicht gedacht. Aber das auch!«

»Können wir über den Text reden?«, frage ich.

»Hast du ihn gelesen?«

»Ja, und ich hab ihn nicht verstanden«, gebe ich zu.

Aaron öffnet das Fenster und wir setzen uns auf die Fensterbank, lassen die Beine baumeln und beobachten den Verkehr unten in der Straße.

»Was hast du nicht verstanden?«, fragt Aaron und stößt meinen Fuß mit seinem an.

»Geht's in dem Text jetzt ums Reisen oder um uns oder um was anderes?«

Aaron kaut auf einem seiner Fingernägel.

»Alles, eigentlich.«

»Und was meinst du damit, dass es nur ein Gefühl ist?«

»Hm. Na ja, also, dass ich dich auch nicht einfangen kann. Und dass ich dich vielleicht nur in Momenten sehe, aber dass du ja eigentlich viel mehr bist als das, was ich sehe.«

»Hey, ich bin nicht so mysteriös«, sage ich. »Echt nicht. Frag mich irgendwas und ich geb dir 'ne ehrliche Antwort.«

»Ich weiß«, murmelt Aaron. »Es geht dabei auch weniger um dich, irgendwie. Vielleicht klingt das blöd. Aber das sind halt meine

Gefühle. Und ich projiziere bestimmt einen Haufen Dinge auf dich, und ja, vielleicht ist das unfair. Also, ich bin mir nicht sicher, was davon wirklich du bist, aber ich merk halt, dass ich mir oft vorstelle, dass du keine Fehler machst, keine Angst hast, alles kannst. Und das ist eigentlich nicht realistisch.«

Ich muss an Hannes denken. Vielleicht war Hannes auch nie so, wie ich ihn mir vorgestellt hab. Vielleicht hatte all das, was ich für ihn gefühlt habe, auch weniger mit ihm zu tun als mit mir.

»Nein, ich glaub, ich weiß, was du meinst«, sage ich. »Andere Menschen sind wie Leuchttürme, oder? Was du von weit weg siehst, ist nicht der Turm, sondern das Licht, das in deine Richtung scheint. Sie zeigen dir manchmal, wo du sein möchtest.«

Und das Licht kann halt auch blenden. Vielleicht so sehr, dass du das Licht mit dem Turm verwechselst.

»Kann man vielleicht so sagen«, sagt Aaron.

Wenn ich jetzt an Hannes denke, dann ist da nicht mehr so viel von dieser brennenden Eifersucht. Dann fühle ich mich nicht mehr so klein und uncool. Vielleicht, weil ich jetzt weiß, dass ich alles, was ich an ihm so toll fand, genauso gut selbst sein kann. Ich kann trampen und auf Klimacamps gehen und hübsche Menschen küssen.

»Aber du willst nicht so sein wie ich, oder?«, frage ich und stupse seinen Fuß an. »Das wär nämlich irgendwie beunruhigend.«

»Nein, also, nicht komplett«, sagt Aaron. »Aber ich hab das Gefühl, dass du hinter den Vorhang guckst. Weil du weißt, dass da was ist. Das will ich halt auch glauben. Du bist so optimistisch, gibst nie auf. Bei dir hat man das Gefühl, dass wir eine bessere Welt wirklich bekommen. Das finde ich ziemlich beeindruckend.«

»Andere Leute nennen das naiv«, sage ich.

»Aber du bist nicht naiv«, sagt Aaron. »Du bist der weiseste Mensch, den ich kenne.«

Ich kaue auf meiner Unterlippe, irgendwie unzufrieden, irgendwie aufgerieben. Hin- und hergerissen zwischen geschmeichelt sein und einem Anfall von Hochstapler-Syndrom. Wie hab ich Aaron bitte dazu gekriegt, so nette Dinge über mich zu denken, die gar nicht stimmen?

Ich erinnere mich an die ganzen schlaflosen Nächte, die ich mich gefragt habe, wozu ich das alles mache. In ein paar Tausend Jahren sind wir alle tot und dann interessiert es doch sowieso keinen mehr, ob wir Anarchist*innen, Kapitalist*innen oder Faschos waren.

Wozu irgendwas ändern? Irgendwer wird doch immer oben sein und sich bereichern. Wenn nicht ich, dann jemand anderes. Dann vielleicht doch lieber versuchen, das größte Stück vom Kuchen zu nehmen, das ich kriegen kann, mein Leben so angenehm machen, wie es geht?

Aber fuck, das wäre ein verdammt deprimierendes Leben ohne jeden Sinn.

»Wenn du jetzt anfängst, mich zu idealisieren, oder so, dann werde ich dich aber ziemlich schnell enttäuschen«, sage ich und schaue den Autos dabei zu, wie sie im Schneckentempo von Ampel zu Ampel kriechen, weil überall jemand einen Kinderwagen oder ein Fahrrad über die Straße schieben muss. »Ich glaub, ich hätte das lieber, wenn du mich als komplexen Menschen siehst, der auch mal schlechte Momente hat.«

Aaron lächelt mich an.

»Das krieg ich schon hin. Und du kannst mir das ja auch immer wieder beweisen, wie komplex du bist.«

»Indem ich immer mal wieder total verkacke?«

»Ich glaub, so weit musst du jetzt auch nicht gehen. Wie du dich bei Henri entschuldigt hast, das war schon cool. Also, dass du deine Fehler einsiehst, und dass du dann damit umgehst. Ich glaub, das ist gut, wenn ich das sehe. Dass du halt menschlich bist.«

Ich lege den Kopf schief. »Okay, das klingt jetzt aber auch wieder ziemlich romantisierend.«

Aaron grinst. »Was soll ich machen, du bist halt echt cool?«

»Du bist so ein Spinner.«

»Aber du magst mich.«

»Vielleicht.«

»Vielleicht?«

Ich strecke Aaron die Zunge raus. Ich bin nicht bereit für solche Gespräche, wie gern ich ihn jetzt genau mag. Will nicht drüber nachdenken und am Ende diejenige sein, die sich total reinsteigert, während er schon seine Reise plant.

»Warum hast du eigentlich einen Anzug im Schrank? Ist jemand gestorben?«

Aaron stöhnt.

»Gott, du bist ja echt neugierig. Ja, meine Seele ist ein bisschen gestorben. Meine Mutter hat den ausgeliehen, für den Abiball am Samstag, und ich wollte dich eigentlich noch fragen, ob du mitkommen willst.«

»Auf deinen Abiball?«

»Ja«, sagt Aaron

Ich habe eine kurze Horrorvision davon, wie Aaron-im-Anzug mich auf eine Tanzfläche führt, Ich-in-einem-Kleid-und-High-Heels. High Heels auf denen ich innerhalb von Sekunden mit dem Gesicht auf den Boden klatsche.

»Ah, vergiss es«, sagt Aaron. »War ’ne dumme Idee.«

»Ich trag keine Kleider«, sage ich.

»Das wär mir echt egal«, sagt Aaron. »Ich trag auch eigentlich keine Anzüge.«

»Deal?«

»Was, Deal?«

»Ich geh nicht im Kleid und du gehst nicht im Anzug«, schlage ich vor.

»Provokant«, sagt Aaron. »Aber hey, dann hab ich eine gute Ausrede vor meiner Mutter, dass ich es nicht bringen kann, im Anzug zu gehen, wenn du dich damit unwohl fühlst.«

»Ey«, sage ich und schnipse gegen Aarons Ohr. »Schieb es nicht auf mich.«

»Sie wird dich sowieso mögen«, sagt Aaron.

»Sind wir jetzt schon so weit, dass wir einander unseren Eltern vorstellen?«

Aaron zuckt mit den Schultern.

»Was soll man machen, wir haben ja nur einen Monat.«

»Okay, lass uns morgen heiraten und nächste Woche ein Kind kriegen«, sage ich.

»Mikaaaa.« Aaron verzieht das Gesicht. »Bitte nicht, ich krieg Albträume.«

»Das hast du verdient.«

»Ja, okay. Hast recht. Wie kann ich es wieder gut machen?«

»Mit einem Kuss. Nein, zwei. Nein, drei.«

Gut, dass Sana nicht hier ist. Ich habe gehört, dass man an Diabetes auch sterben kann, denke ich noch kurz, bevor Aaron mich küsst und ich gar nichts mehr denke.

23

AGAINST ME! – I WAS A TEENAGE ANARCHIST

Den Rest der Woche stecken Nova, Sana, Maria, Joe, Aaron und ich die Köpfe zusammen. Wir treffen uns in der KTS, im Jos Fritz, beim Späti oder ganz einfach draußen an der Dreisam. In der Dreisam ist wegen der Hitze so wenig Wasser, dass ein paar Leute schon Sofas mitten ins Flussbett gestellt haben, auf denen man sitzen und Bier trinken kann. Wir suchen uns einen Platz neben der Baustelle, wo außer uns niemand abhängen will. Bei jedem Treffen werden zuerst die Akkus aus den Handys genommen, und alle, bei denen Razzien stattgefunden haben, achten darauf, bei sich zu Hause kein Wort über die Aktion zu verlieren. Nur für den Fall, dass die Zimmer verwanzt wurden.

Ich liege nachts oft wach und schreibe mit Luca, habe zehntausend Fragen, wie man am besten eine Aktion organisiert.

Ihr würdet es wahrscheinlich easier haben wenn ihr nur ne kleine aktion macht, mit wenig menschen, das ist weniger verantwortung …

Irgendwo hat er ja recht. Wenn es nur um unsere Gruppe gehen würde, dann könnten wir auf das Gelände, ein Banner aufhängen oder uns anketten, wie es die Leute auf den Schienen gemacht haben.

Wir würden wahrscheinlich festgenommen werden und eine Geldstrafe zahlen müssen. Aber wir sind uns alle einig, dass wir mit mehr Menschen ankommen müssen, um Kerogreen zu stoppen. Also müssen wir uns Gedanken machen über Verpflegung, Sanitäter*innen, Anwält*innen und Übernachtungsmöglichkeiten für Menschen, die anreisen. Wie wir überhaupt auf das Gelände kommen. Und woher wir genug Menschen kriegen, um eine wirksame Massenaktion zu starten.

»Ich sag ja, wir brauchen ein Netzwerk«, stellt Maria fest.

»Das wird aber auch nicht einfacher dadurch, dass die Hälfte von uns soziale Netzwerke boykottiert«, wirft Aaron ein.

»Wir brauchen halt ein asoziales Netzwerk«, sagt Joe. »Wie bei den Känguru Chroniken, mit Anti-Terror-Anschlägen.«

Maria schnaubt. Nova grinst. Ich ignoriere ihn.

»Wollen wir auch Leute mitnehmen, die sonst eigentlich nichts mit Klima und Aktivismus zu tun haben?«, frage ich.

»Wär schon geil, oder?«, sagt Aaron. »Wie sollen wir auch sonst tausend Menschen zusammenkriegen?«

Maria rollt die Augen.

»Und wie wollt ihr solche Leute dazu kriegen, was Illegales zu machen? Ich hab echt keinen Bock, mich mit Schulkindern rumzuschlagen, die keinen Schimmer von linker Kultur haben. Ich komm darauf nicht klar.«

Sie zieht ihre olivgrüne Cap tiefer in ihre Stirn, um sich vor der Sonne zu schützen.

»Außer dir und Joe gehen wir alle noch zur Schule«, sage ich. »Das sollte ja wohl kein Problem sein.«

»Ja, das nicht. Aber wenn ihr 'ne Aktion machen wollt, die die Massen konsumieren können, dann ist das whack.«

»Wieso denn?«, frage ich.

Sie schneidet eine Grimasse.

»Denkt doch mal nach. Wieso sollten wir um die Aufmerksamkeit von Menschen und von Medien kämpfen, die nach kapitalistischer

Logik agieren? Das führt doch im Endeffekt nur dazu, dass wir uns selbst verwässern und verkaufen. Aktivismus ist nun mal kein Spaß-Event.«

»Wieso darf es denn keinen Spaß machen?«, fragt Nova. »Können wir bitte nicht schon anfangen, uns zu spalten, bevor wir richtig angefangen haben?«

Maria verschränkt die Arme, aber sie sagt erst mal nichts mehr. Was ist ihr Problem? Warum muss sie sich wieder so aufspielen?

»Ich bin dafür, dass man auch mitmachen kann, wenn man legal bleiben möchte«, sagt Sana. »Das ist mir wichtig und es ist mir egal, ob ihr das lame findet, aber wenn es nicht geht, legal mitzumachen, dann ohne mich.«

»Wär für mich auch besser«, sagt Joe. »Also, wegen der Unterlassungserklärung. Ich krieg halt keinen Fuß auf das Gelände. Und noch mal Knast muss erst mal nicht.«

Maria schmollt. Wie kann es mit sechs Leuten denn bitte schon so schwer sein, einen Konsens zu finden?

»Was sind denn deine Bedenken?«, frage ich Maria, weil ich echt nicht will, dass sie sich jetzt überstimmt fühlt und wir einfach über sie hinweg entscheiden.

»Ist egal jetzt«, sagt sie. »Ich will euch nich' blockieren.«

Toll. Das läuft ja super mit der Konsensfindung.

Aaron schlägt vor, dass wir vielleicht zusätzlich so was wie eine Menschenkette um die Bohrung herum organisieren können, für alle, die nicht auf das Gelände gehen möchten. Komplett legal. Sana strahlt.

»Das ist perfekt«, sagt sie. »Dann können wir auch alle Leute von der Bürger*innen-Initiative einladen. Oh, und was ist mit dem Kleingartenverein, der für die Büros platt gemacht wurde?«

Maria stöhnt, hält sich sonst aber zurück.

»Das löst aber immer noch nicht unser Problem, wo wir tausend Leute für eine Blockade herkriegen«, sagt Nova.

»Ich bin mit Luca in Kontakt«, sage ich. »Er meinte, er kommt auf jeden Fall her und hilft. Er kann erst kurz bevor es losgeht, aber wenn wir einen Aufruf haben, wird er das noch über die Klimacamp-Verteiler schicken, und wir können auch alle autonomen Zentren in BaWü anschreiben.«

»Nice«, sagt Joe.

»Mit so einem Aufruf erreichen wir dann trotzdem nur Leute, die eh in der Szene sind«, sagt Nova.

»Ich sag doch, ich sollte Influencer werden«, meint Sana. »Dann hätten wir jetzt 'ne halbe Million Minions am Start, die alles tun, was ich sage.«

»So wie Camille?«, schnaubt Nova.

»Camille!«, sage ich. »Wir fragen Camille, ob sie uns beim Mobilisieren hilft.«

»Camille«, wiederholt Nova. »Du willst Camille fragen?«

»Wer ist Camille?«, fragt Aaron.

»Oh, nur die größte Bitch der Schule«, sagt Nova und stürzt den Rest ihrer Mate.

»Nova!«, sagt Sana.

»Ja, sorry. Ist halt so. Ich kenn sie länger als du.«

»Sie wollte Nova auf der Klassenreise in der Sechsten die Haare abschneiden«, erkläre ich Aaron. »Weil ein Typ, auf den sie stand, Novas Haare mochte.«

»Aber sie hat es nicht geschafft«, sagt Nova. »Ich bin vorher aufgewacht, da stand diese Psychobitch mit einer Schere über mir wie im Horrorfilm.«

»Ja, okay, das war kacke«, gebe ich zu. »Aber wir nennen trotzdem niemanden eine Bitch, außer wir meinen es nett.«

»Wie kann man das bitte nett meinen?«, fragt Aaron.

»Na ja, so ›Bye, Bitches!‹«, sagt Sana. »Das ist okay.«

»Aaaaaha«, sagt Aaron.

»Jedenfalls fragen wir ganz bestimmt nicht Camille?«, wiederholt Nova augenrollend.

»Du musst auch nicht mitkommen«, sage ich. »Ich find's auch

nicht geil, sie um irgendwas bitten zu müssen. Aber die Aktion ist mir wichtiger als dieser Stress.«

Nova und Maria werfen sich einen langen Blick zu und ich frage mich, ob Nova jetzt doch so denkt, wie Maria. Aber dann zuckt sie mit den Schultern.

»Versuch es, sie wird eh ›Nein‹ sagen.«

Ⓐ

Wir treffen Camille am Freitag in der Pausenhalle. Sie steht mit drei Freundinnen und Frederik auf dem *Kreis* vor dem Stundenplan, auf dem die Vertretungen angesagt werden, oder wenn ein Kurs ausfällt. Der Kreis, das ist ein Mosaik auf dem Boden, in dem nur die »coolen« Leute stehen dürfen. Ich habe keine Ahnung, wer sich diese bescheuerte Regel ausgedacht hat, und ich laufe trotzdem regelmäßig drüber, wenn ich zum Stundenplan will. Ich mach doch keinen Bogen um das Ding, nur weil irgendjemand mich nicht »cool« findet.

Egal, jedenfalls steht Camille in diesem Kreis und gibt Nathalie, die auch gerade angekommen ist, ein Küsschen links und ein Küsschen rechts, und würdigt uns keines Blickes. Ihr Lipgloss sitzt perfekt, auch noch nach den Küsschen. Ich check's nicht, um ehrlich zu sein. Wir sind hier doch nicht in Frankreich, noch nicht ganz jedenfalls, und wer will schon die Sabber von zwanzig verschiedenen Leuten pro Tag im Gesicht kleben haben.

»Hey, Camille«, sage ich vorsichtig.

Sie tut so, als hätte sie mich nicht gehört.

»Camille.«

»Was?«

»Könnten wir mal kurz mit dir reden?«

»Sorry, bin busy«, sagt Camille. »Muss mich langweilen.«

Geil, denke ich. Das läuft super. Wirklich gut.

»Ich weiß, du findest uns sooo uncool. Sorry, kann ich gerade nicht ändern. Können wir trotzdem kurz mit dir reden?«

»Und über was wollt ihr bitte reden? Sana, Füße raus aus dem Kreis.«

Ich atme einmal tief durch. Vielleicht hatte Nova recht und es ist unmöglich, Camille zu irgendwas zu überreden, was nicht mit Likes und Beauty-Tutorials zu tun hat. Nicht einfach so. Ich packe Sana am Arm und gehe.

»Was soll das denn jetzt?«, fragt Sana. »Ich dachte, die Aktion ist wichtiger.«

»Ist sie auch«, sage ich, als wir draußen auf dem Hof sind. »Aber so wird das nichts. Wir müssen irgendwie einen Hebel finden, den wir bei ihr ansetzen können.«

»Was?«

»Manchmal vergesse ich, dass du nicht zockst. Pass auf, es ist wie in jedem Computerspiel. Wenn du was von den NPCs willst, dann musst du erst mal rausfinden, was du ihnen anbieten kannst. Ihre Schwachstellen rausfinden.«

»Meinst du Erpressung?«, fragt Sana. »Boah, wenn wir nach Hogwarts gehen würden, wärst du echt in Slytherin.«

»Nein, doch nicht Erpressung. Ich mein nur, was können wir Camille versprechen, was sie haben will?«

»Ist das nicht hart kapitalistisch?«, fragt Sana.

»Ja? Du kennst Camille. Die macht so was doch nicht aus Nächstenliebe. Also, was wissen wir über sie?«

Sana zuckt mit den Schultern.

»Du kennst sie länger.«

Wir setzen uns auf eine der Tischtennisplatten auf dem Schulhof, zu Nova, die lautstark den Rest aus einer Capri-Sonne saugt. Wenn es den Capri-Sonnen-Automaten in der Pausenhalle nicht geben würde, dann müsste sie wohl die Schule wechseln. Oder vielleicht ist sie dadurch auch erst abhängig geworden, ich erinnere mich nicht. Das in den Dingern mal Schimmel gefunden wurde, scheint sie auch nicht zu stören.

»Und?«, fragt Nova voller Ironie. »Lief gut?«

»Ach, halt die Fresse«, sage ich, so nett ich kann, und schnipse gegen Novas Capri-Sonne. Nova grinst selbstzufrieden.

»Mit so Leuten wie Camille würde das eh nie klappen.«

»Aber mit Maria …?«, frage ich.

Nova rollt die Augen.

»Ihr versteht sie halt nicht.«

»Und du verstehst sie?«, sagt Sana.

Nova knüllt die leere Packung Capri-Sonne und wirft sie in den Mülleimer hinter der Tischtennisplatte.

»Sie ist halt ein bisschen kompliziert«, sagt Nova. »Soll nicht heißen, dass ich alles gut finde, was sie macht, aber, ihr geht's halt nicht so gut, und, na ja.«

»Na ja?«, hake ich nach.

»Es ist so, wie als du krasser Fan von Candy Shock warst, bevor sie bekannt geworden sind«, sagt Nova zu mir. »Das hat dich auch angepisst, dass die Band dann plötzlich alle geil fanden und ein Film dazu rausgekommen ist, nur um Kohle zu scheffeln.«

»Ja, aber da war ich vierzehn und hab mich selbst über Bands und Bücher definiert. Maria ist was? Neunzehn? Vor allem, wenn mehr Menschen mitmachen und politisch aktiv werden, dann sollte sie das doch gut finden, oder?«

»Zwanzig«, sagt Nova. »Keine Ahnung, sie hat halt ihre Nische gefunden, wo sie klar kommt, und sie will nicht, dass der Rest der Gesellschaft dahin mitkommt, weil sie den Rest der Gesellschaft halt asozial findet.«

»Check ich nicht«, sag ich.

»Läuft da eigentlich was?«, fragt Sana und grinst.

»Was?«, fragt Nova.

»Bei dir und Maria.«

»Äh«, sagt Nova und streicht sich eine Haarsträhne aus der Stirn. »Nein.«

»Du kannst es uns ruhig sagen«, sage ich. »Ich muss wissen, wie viel Mühe ich mir geben muss, sie zu mögen.«

Nova schneidet eine Grimasse.

»Okay, vielleicht ein bisschen. Bin mir nicht sicher.«

»Wie kann man sich da nicht sicher sein?«, fragt Sana. »Entweder du stehst auf sie, oder halt nicht?«

Nova schaut auf ihre Füße, dann zu Sana.

»Du hast da so viel Erfahrung mit, oder was?«

Sana grinst. »Ist ja nicht so, als wär ich blind, nur weil ich jetzt noch keinen Sex will. Ich kann schon gucken und genießen.«

»Oh Gott, Sana«, sagt Nova.

»Wieso willst du denn eigentlich keinen Sex vor der Ehe?«, frage ich Sana.

»Wenn ich Sex habe, dann will ich, dass das mit jemandem ist, dem ich absolut vertrauen kann, wo ich weiß, dass wir uns lieben, dass es für immer ist«, sagt Sana.

»Und dafür musst du heiraten, um das zu wissen?«

»Check ich nicht«, sagt Nova. »Ich dachte, du findest, dass die Ehe zur Unterdrückung der Frau gehört oder so.«

»Wenn ich heirate, dann such ich mir das ja selber aus«, sagt Sana. »Und nur weil ich heirate, heißt das nicht, dass ich irgendwas für meinen Mann tun muss, was ich sonst nicht tun würde. Der kann ja auch putzen, egal ob wir verheiratet sind oder nicht. Das ist ja nur das Versprechen, dass wir zusammen sind, und mit sonst keinem, und den Rest unseres Lebens miteinander verbringen.«

»Muss das denn sein? Dass es für immer ist?«, frage ich.

Ich hab heiraten nie verstanden. Während die anderen Mädchen in der Grundschule angefangen haben, ihre Traumhochzeit zu planen, wie viele Kinder sie kriegen wollen und wie diese Kinder heißen werden, haben Nova und ich unsere Turnbeutel gegeneinander geschlagen und getestet, wer mehr Marshmallows auf einmal in seinen Mund stecken kann.

»Für mich ist das wichtig«, sagt Sana.

»Okay«, sage ich.

»Mika will mit Aaron schlafen«, erklärt Nova.

Ich drehe mich entsetzt zu ihr um.

»Ist doch so, oder?«, sagt sie.

Bin ich echt so leicht zu durchschauen?

»Bist du dir da sicher?«, fragt Sana.

Ich denke einen Moment nach.

»Ja«, sage ich. »Ich weiß, dass es nicht für immer ist. Also, ich mein, er geht in einem Monat Reisen. Und wir sind siebzehn. Wenn es für immer wäre, das wär doch komisch. Stellt euch mal vor, das ganze Leben nur mit einem Menschen geschlafen zu haben.«

»Äh, ja?«, sagt Sana. »Ist doch voll schön.«

»Nee, ich glaub, das will ich nicht. Aber ist auch egal. Das bringt nichts, jetzt darüber nachzudenken. Ich weiß nur, dass er der beste Mensch ist, den ich mir vorstellen könnte, um mit ihm Sex zu haben.«

»Erzählst du mir dann, wie es war?«, fragt Sana.

»Oh, Gott, Sana«, sage ich. »Hab doch selber Sex!«

Sana grinst.

»Wenn ich so einen Menschen finde und er mich heiratet, mach ich das auch. Aber das kann halt noch dauern.«

Nova schüttelt den Kopf.

»Ihr spinnt doch beide.«

»Wann macht ihr es?«, fragt Sana.

»Ich geh morgen Abend mit ihm auf seinen Abiball. Vielleicht danach?«

Sana klatscht aufgeregt die Hände zusammen.

»Jedes Detail!«, sagt sie.

»Nein«, sage ich. »Auf gar keinen Fall.«

»Mika, Schatz, bist du sicher, dass du wirklich kein Kleid anziehen willst?«, fragt Karo bestimmt zum vierten Mal, als ich vor dem Spiegel stehe und mich begutachte. In Jeans, die an den Knien zerrissen sind, roten Turnschuhen und einem lockeren schwarzen Shirt, das ein paar kleine Löcher hat. Vorne auf dem Shirt ist ein weißer Siebdruck von einem Mutternschlüssel, der zwischen zwei Zahnräder geworfen wird, so für die Militanz-Ästhetik.

»Ich hab doch ein kleines Schwarzes an«, sage ich.

Karo seufzt. »Na ja, wenigstens ist es nicht dein eigener Abiball. Bis dahin finden wir noch ein Kleid, das du magst.«

Ich schicke Aaron ein Bild von meinem Outfit.

Geht durch? 

 Umwerfend :*

»Aaron findet es gut«, sage ich und sehe zu, wie Karo kopfschüttelnd aus dem Zimmer geht.

Aarons Mutter dagegen ist eher amüsiert, als sie mich zum ersten Mal sieht. Sie ist ein bisschen mollig und hat ein Sommerkleid mit roten Blumen drauf angezogen, ihre langen braunen Haare hat sie hochgesteckt.

»Ich habe vorhin schon zu Aaron gesagt, es muss doch nicht alles ein politisches Statement sein«, sagt sie, nachdem wir uns vorgestellt haben und ich von Karos Meinung zu meinem Outfit erzählt habe. »Manchmal darf man auch einfach mal das Leben genießen.«

»Ich genieße das Leben!«, ruft Aaron aus dem Badezimmer. »Auf jeden Fall mehr, als wenn ich einen stickigen Anzug tragen würde. Oh, hey Mika.«

Er drückt mir einen Kuss auf die Wange und ich werfe einen Blick an ihm herunter. Grün.

»Das ist mein Lieblingsshirt«, bemerke ich.

»Ich weiß«, sagt Aaron.

Seine ältere Schwester, die gerade aus der Küche kommt, kriegt einen Lachanfall, als sie uns sieht.

»Okay«, sagt sie, immer noch lachend. »Ich verstehe schon, warum ihr zusammen seid.«

Der Abiball selbst ist eine relativ zähe Veranstaltung. Ein paar Leute aus dem Jahrgang halten anekdotische, sentimentale Reden, es wird gegessen, es wird getanzt, und relativ schnell finden Aaron und ich uns auf dem Parkplatz der Veranstaltungshalle wieder.

Wir mixen uns heimlich Cocktails mit Zutaten aus dem Kofferraum von Timos Auto, der, wie die meisten aus dem Jahrgang, schon achtzehn ist und einen Führerschein hat.

Aarons Schwester Anouk kommt irgendwann aus Langeweile dazu, unterhält sich mit mir über ihr Ethnologie Studium in Berlin und kippt ein Bier nach dem anderen, ohne auch nur im geringsten betrunken zu wirken, während ich schon ein bisschen wackelig auf den Beinen bin. Um Punkt zwölf sammelt Aarons Mutter uns ein und fährt mich nach Hause.

»Kann ich nicht bei dir übernachten?«, flüstere ich Aaron auf dem Rücksitz zu und falte unsere Hände ineinander.

»Mhh«, sagt Aaron. »Das wär schön, aber wir fahren morgen relativ früh meine Oma besuchen. Vielleicht nächste Woche?«

Verdammt. Und ich hatte meinen Eltern sogar schon gesagt, dass ich wahrscheinlich nicht nach Hause komme.

»Bist du enttäuscht?«, flüstert Aaron und hält meine Hand ein bisschen fester.

Der Schein der Straßenlaternen zieht am Autofenster vorbei und wirft abwechselnd Licht und Schatten auf sein Gesicht. Mir ist etwas schwindelig und ich bin müde, aber ich will mich noch nicht verabschieden.

»Ja«, murmele ich. »Wir haben nur so wenig Zeit und …«

»Wir haben noch ganz viel Zeit«, sagt Aaron und »Mika« und »Danke fürs Mitkommen, das war echt richtig schön, dich dabei zu haben.«

Er bringt mich noch zur Tür und wir küssen uns, hinter der Hecke, außer Sichtweite des Autos, so eng umschlungen wie auf dem

Klimacamp. Irgendwie landet eins von Aarons Beinen zwischen meinen, und die Welt gerät ein bisschen aus den Fugen, weil ich plötzlich nichts so sehr will, wie meine Beine um ihn wickeln, und spüren, wie er langsam in mich hinein gleitet, und dieses Bild ist jetzt da und geht nicht weg.

»Fuck«, sage ich.

»Alles okay?«, fragt Aaron verwirrt.

»Ja«, lüge ich. »Alles okay, muss nur dringend schlafen.«

Mit dir, denke ich. Ich muss dringend *mit dir* schlafen. Aber Aaron lächelt mich nur unschuldig an, gibt mir einen Abschiedskuss und geht zurück zum Auto.

24

AIR – SEXY BOY

Wenn ich gerade nicht darüber nachdenke, wie es wäre mit Aaron zu schlafen (und zugegeben, ich denke 90 % meiner Zeit darüber nach), dann darüber, wie wir Camille dazu bringen, uns zu helfen. Und anstatt für Mathe zu lernen, schreibe ich an einem Aufruf.

Wir haben uns aufgeteilt, verschiedene Aufgaben übernommen: Joe kümmert sich darum, uns rechtliche Hilfe zu beschaffen, Nova erstellt eine Website mit einer Vermittlung für Schlafgelegenheiten und besorgt uns alte Nokias mit anonymen SIM-Karten aus den Niederlanden. Sana stellt Kontakt zu den Leuten von der KüfA her, damit wir Essen bekommen, und zeichnet ein paar Sachen für die Flyer. Maria sucht nach Sanis. Ich versuche zu mobilisieren und mit Aaron zusammen einen konkreten Aktionsplan zu skizzieren.

In Renates Schuppen in Meisenheim können wir Material für die Aktion lagern, wenn wir es schaffen, das Zeug unbemerkt dort hinzubringen.

Ein Problem bleibt offen: Wir kennen das Gelände nicht. Und es wäre sehr, sehr auffällig, wenn wir einfach dort hinfahren und herumschnüffeln würden.

»Ich hab eine Idee«, schreibe ich Aaron am Sonntag, als er wahrscheinlich gerade am Kuchen essen mit seiner Oma ist. Aber ich sage ihm nicht welche, falls es eine dumme Idee ist und nicht klappt. Dafür muss ich auf Montag warten und darauf, dass ich mir Henri schnappen kann. In Deutsch schreibe ich einen Zettel, falte einen kleinen Papierflieger daraus und werfe ihn in Henris Nacken.

»Ey«, mault Henri.

Ich rollte die Augen und bewege meine Lippen: Mach ihn auf, du Vollidiot.

Er runzelt die Stirn.

16:00 hinter der Sporthalle.

Henri zuckt mit den Schultern und dreht sich zurück nach vorn, wo eine Hand wie aus dem Nichts auftaucht und das Stück Papier konfisziert.

Frau Oder schnalzt mit der Zunge. »Ihr zwei wart erträglicher, als ihr noch Feinde wart und euch keine Liebesbriefchen geschrieben habt«, sagt sie.

Die Klasse kichert. Kleinkinder.

»Was gibt's?«, fragt Henri später, den Betonplattenweg zur Sporthalle herunter schlendernd, die Hände demonstrativ lässig in den Hosentaschen.

»Ich hab einen Plan«, sage ich.

Es ist Dienstag, als der Plan auf die Probe gestellt wird. In drei Wochen muss die Aktion stehen und wir sitzen im Geschichtsunterricht bei Frau Kressemann. Alle drei, Henri, Sana und ich, sehen dem Zeiger der Uhr beim Kriechen zu, warten auf das Läuten der Schulglocke, schieben unser Sitzfleisch auf den Kanten unserer Stühle hin und her.

Dann, endlich, ist es vorbei, alle packen ihr Zeug ein und Henri geht nach vorne zum Pult.

Sana und ich zögern, tun so, als wären wir nicht sicher, welches Buch wir mit nach Hause nehmen müssen, und verstreuen ganz aus Versehen ein paar Stifte auf dem Boden, die wir erst mal einsammeln müssen.

»Ich wollte mich noch mal bei Ihnen entschuldigen, für letzte Woche«, sagt Henri. »Und dass ich so lange nicht da war.«

»Ihrem Auge scheint's ja zum Glück besser zu gehen«, schleimt Frau Kressemann zurück.

»Ich hatte da noch eine Frage, also, ein Angebot, weil es ja in der Berufsorientierungswoche so viel Interesse an der Firma meiner Eltern gab, ob wir nicht einen Ausflug zu der Bohrung machen wollen, mit Führung natürlich.«

»Haben Ihre Eltern das angeboten?«, fragt Frau Kressemann, nimmt ihre Brille ab, putzt sie, und setzt sie wieder auf.

»Meine Mutter würde das bestimmt machen, es müsste nur jemand von der Schule offiziell anmelden«, sagt Henri.

»Also, nett wäre es ja, aber mit den ganzen Klausuren, die Sie noch schreiben müssen ... Vielleicht in der letzten Woche vor den Ferien, wenn alles durch ist?«, fragt Frau Kressemann.

Henri kratzt sich am Ohr.

»Ich glaube, das ist zu spät. Aber nächste Woche Dienstag, wenn wir das einfach während Ihrem Unterricht machen könnten? In Geschichte schreiben wir ja nichts mehr.«

Frau Kressemann kräuselt die Lippen. Das findet sie gar nicht geil, wenn ihre wertvolle Unterrichtszeit verloren geht, in der sie uns so gerne volllabert.

»Überlegen Sie es sich«, sagt Henri und setzt seine beste Business Miene auf. »Das ist eine einmalige Chance, einen Einblick in die lokale Berufswelt zu bekommen. Hier ist die Nummer meiner Mutter, und Sie wissen ja, wie das mit den Formularen funktioniert.«

Frau Kressemann steckt die Visitenkarte ein und nickt.

»Ich kann nichts versprechen, aber vielen Dank für das Angebot. Und jetzt aber raus hier, ich brauch meinen Kaffee.«

Sobald wir draußen sind, und sie außer Sichtweite, klopfe ich Henri auf die Schulter.

»Ich hab was gut bei euch«, sagt er. »Muss mir erst mal den Schleim abwischen, ey.«

»Ich geb dir ein Eis aus«, sage ich. »Und chill. Niemand wird checken, dass du uns geholfen hast.«

»Hast du eigentlich gar keinen Schiss wegen Geld?«, fragt Sana. »Also, wenn Kerogreen den Prozess verliert, dass deine Eltern dann weniger verdienen?«

»Würden sie nicht«, sagt Henri, »dafür sind sie zu weit oben. Verlieren tun immer nur die normalen Arbeiter. Darüber solltet ihr mal nachdenken.«

Er will schon gehen, aber ich halte ihn am Arm fest.

»Du weißt nicht zufällig, wie ich Camille dazu kriege, mitzumachen, oder?«

»Camille«, sagt Henri. »Wa-rum?«

Ich zucke mit den Schultern.

»Sie hat Reichweite. Wir könnten das gebrauchen.«

»Never«, sagt Henri. »Camille interessiert sich für genau eine Sache.«

»Und zwar?«

»Aufmerksamkeit«, sagt Henri. »Und nicht eure.«

»Seid ihr noch befreundet?«, frage ich.

»Sie hat mit mir Schluss gemacht, also, nein«, sagt Henri und geht. Aua, das sitzt anscheinend.

»Apropos Schluss machen, wie läuft's eigentlich mit Aaron?«, fragt Sana, als wir uns auf den Weg zu den Fahrrädern machen.

»Wieso denkst du bei Schluss machen jetzt an Aaron?«

»Na ja, ich dachte, du wolltest Sex mit ihm und er hat dich abgewiesen?«

»Er hat mich nicht abgewiesen. Er wusste nicht, dass ich Sex mit ihm will, er hat mich nur nach Hause gebracht, und ich war eh betrunken. Vielleicht war es ganz gut so, ich glaub, ich will dabei eigentlich lieber nüchtern sein.«

»Gute Entscheidung«, sagt Sana. »Vielleicht wird doch noch eine richtige Muslima aus dir.«

Ich lache.

»Bist du gar nicht nervös?«, fragt sie. »Ich wär ja nervös.«

Wenn ich sagen würde, dass ich nicht nervös bin, wär das wohl die größte Lüge ever. Jeden Tag, den es nicht passiert, denke ich mindestens zwanzig Mal daran, und jedes Mal läuft ein aufgekratztes Kribbeln durch meinen Körper. Es muss endlich passieren.

In dieser Woche sehe ich Aaron nur, wenn die anderen dabei sind, versuche sonst, für Mathe zu lernen, versage spektakulär, sitze Freitag stundenlang mit Sana und Nova im Jos Fritz, und lasse mir Gleichungen erklären, und weiß nicht mal mehr, ob das Kribbeln in meinem Bauch ein Mate Overload ist, Panik wegen Mathe, oder wegen Aaron. Es ist ein bisschen zu viel.

Hey, eigentlich kann ich mir grad echt nicht leisten verliebt zu sein.

Ich schiebe mein Fahrrad über die blaue Brücke. Unten fährt grad ein ICE ein. Normalerweise bekomm ich dabei immer ein bisschen Fernweh und male mir aus, wie es wär, einfach in den nächsten Zug zu springen, nie wieder zur Schule zu gehen und irgendwo in Spanien auf einem Feld zu arbeiten. Aber der Zug fährt, glaub ich, nach Norden. Brr, kalt.

Ich koste aber nichts ;)

Außer meine aufmerksamkeit.

:/ Gestresst?

Ich hab nen mathetest nächste woche und ich kann mich nicht konzentrieren und bin komplett verspannt.

Ich könnte dich massieren.

!!! Das macht es nicht besser!

?

Oh mein Gott. Allein bei dem Gedanken, dass Aaron vorsichtig seine Hände auf meine (wahrscheinlich nackten) Schultern legt, läuft mir schon ein Schauer den Rücken runter. Dann würde er wahrscheinlich sanft mit seinen Lippen mein Ohr berühren und meinen Nacken küssen, und –

»Ey, guck, wo du hinläufst!«

Ich werde fast von einem Fahrradfahrer überfahren, der mich wild anklingelt und noch weiter pöbelt, bis er außer Hörweite ist, und ich merke, dass ich mitten auf der Fahrradstraße stehe. Jetzt ist echt genug. Ich schiebe mein Rad zurück an die Seite, parke es, und lehne mich gegen die Mauer.

Bist du zuhause? Hast du zeit?

Ja :) aber wolltest du nicht lernen?

Nicht, dass ich mich beschwere oder so.

Willst du mit mir schlafen?

Auf meinen Lippen kauend starre ich auf das Display.

Das ...*tippt* Symbol taucht mehrmals auf und verschwindet dann wieder.

Fuck. »Schlafen« war keine gute Wortwahl. Wär »Sex haben« vielleicht besser gewesen?« Oder »Hey, wollen wir uns gegenseitig entjungfern?«

Nee, okay, das wär noch schlimmer. Oh man.

Was, wenn er Nein sagt?

Was wenn er *Ja* sagt?

Er hat bestimmt keine Kondome zuhause und dann müsste ich bei dm vorbei, und die Kassiererin würde mich komisch angucken, und jeder, der auch was kauft, würde sehen, dass ich richtig verzweifelt nur eine Packung Kondome kaufe.

Ich kann ja noch 'ne Gurke dazunehmen, haha.

Rasiere ich mich jetzt vorher? Was, wenn er das gar nicht cool findet? Meine Mutter sagt immer, rasierte Intimbereiche sehen aus wie die von Kindern, nur Pädophile würden drauf stehen. Ich glaube das nicht, aber ich will auch nicht wie ein Kind aussehen.

Ich zwinge mich, einmal tief durchzuatmen. Auf jeden Fall will ich es hinter mich bringen und nicht die ganze Zeit daran denken müssen.

Verdammt, tippt er mir gerade einen Roman oder was?

Oh.

Echt? Das zu schreiben hat fünf minuten gedauert?!

Ja, sorry. Hab sachen wieder gelöscht. Willst du erstmal herkommen? Und dann können wir ja drüber reden.

Bin in 8 min da. 

 Bis gleich <3

Ich schwinge mich wieder aufs Rad und stecke mir Kopfhörer in meine Ohren. Shuffle spielt »Sexy Boy« von Air. Miststück.

Als Aaron mir die Tür aufmacht, bin ich etwas außer Atem, was nicht besser dadurch wird, dass er mich breit angrinst und das grüne Shirt anhat.

»Hey«, sagt er und kratzt sich am Hinterkopf.

»Hey«, sage ich, mache einen Schritt über die Fußmatte auf ihn zu und grinse herausfordernd zurück.

»Darf ich dich küssen?«, fragt Aaron.

»M-hm.«

Ich weiß nicht, warum er immer noch fragt, aber jedes Mal breitet sich ein sicheres, warmes Gefühl in meiner Körpermitte aus. Vielleicht weiß er das und fragt deswegen.

Aarons Lippen sind weich und schmecken nach Popcorn Lippenbalsam. Seine Haare riechen nach Zitrone, sein Shirt riecht nach Waschmittel, und mir wird schon wieder schwindelig von so vielen Gefühlen.

»Popcorn? Du bist so extra«, sage ich.

»You love it«, sagt er.

»Stimmt.«

»Möchtest du Tee?«

»Alles außer Grün, Schwarz, und Früchte«, sage ich, folge Aaron in die Wohnung und werfe meinen Rucksack neben die Kommode im Flur.

»Also Kräuter«, lacht Aaron.

Es scheint niemand sonst zuhause zu sein und es riecht ein bisschen nach frischen Brötchen von der Bäckerei unten. Ich schau Aaron dabei zu, wie er den Wasserkocher auffüllt und zwei Tassen auf den Küchentisch stellt.

»Wieso so formell?«, frage ich und ziehe das Holzmuster der Tischplatte nach.

»Formell?«

»Ja, wieso müssen wir denn drüber reden? Können wir es nicht einfach hinter uns bringen und dann mit unserem Leben weitermachen?«

Aaron runzelt die Stirn. »Hinter uns bringen? Is' jetzt nicht so romantisch, oder?«

Ich schnaube. »Jungfräulichkeit ist eh ein soziales Konstrukt, da muss man doch nicht so ein riesen Ding draus machen.«

»Hm. Ich brauch auch keine Kerzen und Rosenblüten, aber ich will auch, dass es uns gut dabei geht und sich niemand unter Druck gesetzt fühlt. Das ist doch voll wichtig, dass man über so was reden kann. Was man mag, was man nicht mag.«

»Ich bin nicht so gut im darüber reden«, sage ich und kratze an einem Astloch im Tisch.

»Hey, nicht schlimm.«

Aaron zieht mich zu sich und legt seine Wange an meine. Ich kann ein paar flaumige Bartstoppeln spüren.

»Wir gehen gleich in mein Zimmer, ok? Und dann verbinden wir uns die Augen und du kannst mir alle deine geheimsten Geheimnisse erzählen.«

Das Wasser kocht. Aaron nimmt zwei Teebeutel aus dem Schrank und gießt den Tee auf.

»Wir verbinden uns die Augen?«, frage ich. »Hast du am Ende doch Nippelklemmen hier?«

Aaron hustet.

»Nein, ich meinte, also, ich dachte, damit es vielleicht einfacher ist, darüber zu reden.« Er drückt mir meine Tasse in die Hand. »Weil du mir dann nicht in die Augen gucken musst.«

Ich lache.

»Bist du sicher? Das klang jetzt schon ein bisschen sexy.«

»Hm. Ja, vielleicht.«

Aaron grinst.

Ich klettere die Treppe zur Bettplattform rauf, lass mir von Aaron die Tassen hochreichen und stelle sie neben die Matratze, bevor er dazukommt. Wir kriechen unter die Decke und ich muss ein bisschen an früher denken, als ich mit Nova zusammen Deckenburgen gebaut habe und wir dort heimlich alle Süßigkeiten aus der Süßigkeitenschublade gegessen haben.

Aaron schwenkt ein schwarzes Bandana vor meinen Augen.

»Willst du?«

»Aber nur wenn wir beide nichts sehen, ok?«

»Ja, ich hab zwei.«

»Wie viele Finger zeige ich?«, frage ich, nachdem ich Aaron die Augen verbunden hab.

»Den Mittelfinger?«

Ich rolle die Augen, was er natürlich nicht sehen kann.

»Gar keine Finger, ich mache ein Herz, du Pappnase«, sage ich, während ich mir selbst die Augen verbinde. »Aber gut zu wissen, was du von mir denkst.«

»Wie hast du mich genannt? Vorsicht, ich kann dich immer noch durchkitzeln.«

»Wehe!«

Zu spät. Ich quietsche, als sich ein Paar Hände auf mich stürzt und Aaron trotz Augenbinde zielsicher meine Rippen findet.

»Pappnase! Pappnase!«

Ich kann auch zurückkitzeln.

»Du hast bestimmt die Augen offen, das ist nicht fair«, lacht Aaron und windet sich, bis ich es schaffe, seine Handgelenke festzuhalten.

»Frieden?«, frage ich.

»Ich fordere einen Kuss als Tribut«, sagt Aaron.

»Ich glaub, du bist grad nicht in der Position um Forderungen zu stellen«, lache ich, aber Aaron spielt dreckig und dreht mich einfach unter sich.

Ich kann das Gewicht seines Körpers spüren, seine Haare, die in mein Gesicht fallen, seine Hüften zwischen meinen Beinen. Wenn wir jetzt nackt wären, dann würde nicht mehr viel fehlen, um Sex zu haben. Vielleicht passiert es ja doch jetzt, denke ich. Mein Herz schlägt ein bisschen zu doll, und ich versuche, mich krampfhaft daran zu erinnern, welche Unterwäsche ich anhabe. Hoffentlich nicht die mit den lachenden Avocados drauf. Aber wenn wir einfach die Augen zu behalten – dann fallen wir wahrscheinlich vom Bett.

»Jetzt muss ich nur deinen Mund finden«, sagt Aaron und vergräbt sein Gesicht in meinem Hals.

Fuck, denke ich. Weich. Atem. Warm. Er drückt einen Kuss auf mein Schlüsselbein. Ein Zittern läuft durch meinen Körper.

»Das ist schon mal nicht mein Mund«, murmele ich.

Mein Körper macht währenddessen ganz andere Sachen, die er mit meinem Kopf nicht abgesprochen hat, biegt sich nach oben, um noch näher an Aaron zu sein. Ich kann sein Grinsen auf meiner Haut spüren. Dann ist sein Gewicht plötzlich weg und er legt sich hinter mich, wickelt sich um meinen Rücken und legt sein Kinn auf meine Schulter.

»Magst du jetzt mit mir reden?«, fragt er. »Niemand sonst hört zu, ich sag nichts weiter und ich lach dich auch nicht aus. Und sehen tut auch keiner was.«

»Hm, jetzt bin ich einfach nur mega horny«, sage ich.

»Von dem bisschen Hals küssen?«

»Ja? Weißt du, wie heiß das ist?«

Aaron lacht. »Ok. Gut. Ist notiert. Gibt's sonst noch Sachen, die du gern magst?«

»Woher soll ich das wissen?«

Soweit ich weiß, sind wir schließlich beide auf diesem Gebiet ziemlich unerfahren. Das wär ja auch das Gute am Sex haben, dass wir es dann rausfinden würden.

»Masturbierst du?«

Oh Gott.

»Ist das ein Verhör?« frage ich.

Aaron kuschelt mich ein bisschen fester und ich erinnere mich daran, dass er mich nicht ärgern will, dass er ja echt nur will, dass es mir gut geht.

»Okay. Ja. Manchmal.«

»Und wie masturbierst du?«

Will er das jetzt echt wissen? Ich rede nicht mal wirklich mit Nova und Sana darüber. Und wenn ich so drüber nachdenke, hab ich nur einmal ein anderes Mädchen darüber reden hören, dass sie es mit Duschköpfen macht. Die Jungs in unserer Klasse reden ständig darüber, die wichsen sogar manchmal zusammen, das weiß jeder. Okay, vielleicht nicht alle Jungs, aber die, die zu LAN-Partys gehen. Das hat Henri jedenfalls mal gesagt. Ich glaube nicht, dass Aaron auf LAN-Partys geht.

»Masturbierst du?«, frage ich.

»Ja«, sagt Aaron.

»Und wie? Guckst du Pornos dazu?«

»Hm. Also 'ne Zeit lang ja, und ich kann auch zu Pornos masturbieren, aber ich fühl mich nicht so gut danach«, sagt Aaron.

»Wieso nicht?«

Es fühlt sich schön an, hier zu liegen. Ein bisschen gefährlich, aber gleichzeitig so, so sicher. Es ist, als würden wir uns in einem dunklen Raum treffen, der nicht existiert, in einem Raum, wo all unsere verletzlichen Seiten irgendwie aufgehoben sind, wo kein Wort, das wir sagen, den Raum wieder verlässt, weil er alles aufsaugt wie ein schwarzes Loch.

»Hast du schon mal Pornos gesehen?«, fragt Aaron. »Die meisten sind schon ziemlich krass. Also, so mit Herabwürdigung und alles ist irgendwie künstlich. Ich mag das irgendwie mehr, wenn man merkt, dass die echt Gefühle für einander haben.«

»Ja, ich hab schon mal Pornos gesehen«, sage ich grinsend und hab einen kurzen Aaron-Moment. So einen Moment, wo ich einfach kurz nicht drauf klarkomme, wie krass dieser Mensch ist. Wie schön, sogar in seinem verdammten Porno-Geschmack.

»Und wie machst du es dann? Also, wie fasst du dich dann an und so?«

Ich spüre, wie Aaron seine Nase in meinen Nacken drückt und tief einatmet, und ich frage mich, ob er gerade doch schüchtern wird, oder ob ich einfach nur gut rieche. Dann kann ich das Lächeln aus seiner Stimme heraushören.

»Das klingt jetzt vielleicht ein bisschen unsexy, aber ich nehm halt meinen Schwanz in die Hand, manchmal nehm ich Gleitgel dazu, und dann beweg ich halt die Vorhaut, also mit dieser Auf- und Abbewegung.«

»Okay, das überrascht mich jetzt doch nicht so sehr«, lache ich. Ich hab immerhin auch schon mal Pornos gesehen.

»Und du?«, fragt Aaron.

»Ich stell mir meistens nur Sachen vor«, sage ich.

»Was stellst du dir vor? Zum Beispiel?«

Ich bekomme wieder ein Kribbeln im Bauch, als ich daran denken muss, was im Moment meine Lieblingsvorstellung ist, das Bild, was ich nicht aus meinem Kopf bekomme. Die Worte liegen mir auf der Zunge, aber ich brauch ein paar Minuten, bis ich sie über die Lippen bekomme. Minuten, in denen Aaron mit seinen Fingern kleine Kreise in meinen Arm reibt.

»Ich stelle mir vor«, fange ich an und kaue auf meinen Lippen, »ich stell mir vor, wie du hier liegst, unter mir, nackt, und ich deinen ganzen Körper küsse, und wie ich – ganz langsam auf dich runter sinke, und dich in mir aufnehme, und dich reite.«

Mein ganzer Körper brennt ein bisschen, als ich es ausspreche, mir ist viel zu warm.

»Fuck«, flüstert Aaron. »Fuck, das ist heiß. Und dann? Fasst du dich an?«

»Mh.«

»Wie?«

Ich schlucke. Es ist viel zu viel Spucke in meinem Mund.

»Ich reibe mich einfach, also, die Klitoris und alles drum rum, bis ich komme.«

»Hm«, sagt Aaron.

»Sana und Nova haben mir mal einen Vibrator geschenkt«, füge ich hinzu. »Also, es war ziemlich sicher Sanas Idee. Aber das Teil summt dermaßen laut, dass ich das nie benutze.«

»Steckst du auch Finger in dich?«

»Nee, selten. Die Klitoris ist halt am wichtigsten.«

Aarons Finger streichen über meine Hüftknochen und hinterlassen ein warmes Prickeln.

»Magst du mir zeigen wie?«, fragt Aaron.

»Jetzt?«

»Wenn du willst. Wir machen nichts, was wir nicht beide wollen, ok? Und du kannst jederzeit Stopp sagen.«

»Du auch«, sage ich, ein bisschen benebelt und schwindelig vor Gefühlen.

Es ist ein bisschen wie betrunken sein, nur ohne Alkohol. Und die Punkte, an denen wir uns berühren, fühlen sich nicht stumpf an, sondern so gestochen scharf, dass ich es bis in die Zehenspitzen merke.

»Willst du deine Hose ausziehen?«, fragt Aaron und gemeinsam schieben wir sie von meinen Hüften. Ich streife sie von meinen Beinen, bis sie sich an meinen Füßen verheddert. Egal, soll sie halt da bleiben. Aaron legt seine Hand über meine und folgt ihr von meinem Bauch über meinen Venushügel unter das Elastikband meiner Unterhose.

»Oh«, sage ich.

»Hm?«

»Ich bin voll feucht.«

»Hast du das nicht gemerkt?«

»Nein.«

»Darf ich fühlen?«

Ich nicke, erinnere mich dann, dass Aaron mich ja gar nicht sehen kann, und führe einfach seine Hand dorthin, wo ich nass bin. Er berührt mich ganz vorsichtig, aber allein das macht schon, dass ich zittern muss.

»Fuck«, sagt Aaron wieder. »Mika. So feucht.«

Er reibt mich ein bisschen stärker und ich muss die Zähne zusammen beißen, um nicht zu stöhnen.

»Wie fühlt sich das an?«, fragt er.

»Gut«, sage ich. »Sehr gut.«

Alles in mir fühlt sich gespannt an, wie eine Feder, die losgelassen werden will. Aaron küsst meinen Hals und knabbert an meinem Ohrläppchen, und ich glaube, ich sterbe ein bisschen.

»Ist das so, wie du es auch machst?«, fragt Aaron leise.

»Hm. Ein bisschen weiter – rechts.»

Ich korrigiere die Position seiner Hand, so, dass er näher an der Klitoris ist.

»Und die Bewegung? Ist das ok so?«

»Kannst du ... kannst du Kreisbewegungen machen?«

»So?«

»Ah. Ein bisschen weniger doll?«

»Ist das ok?«

»Noch weniger doll?«

»Sorry.«

»Noch weniger? Ja, ok. Das ist – fuck. Ok, ja.«

Mein ganzer Körper wölbt sich und zuckt, ohne dass ich es ihm erlaubt hätte.

»Aaron«, flüstere ich.

»Mika. Du fühlst dich so gut an. So feucht.«

»Bitte hör nicht auf.«

»Habe ich nicht vor.«

»Mh. Gut.«

»Wie du zitterst ... Ich wünschte, ich könnte dich sehen.«

»Du kannst, wenn du willst.«

»Echt?«

»Ja«, sage ich.

Ich höre, wie Aaron mit seiner freien Hand das Bandana abmacht und spüre, wie er meins auch runterziehen will.

»Nein, lass es dran«, sage ich.

Aaron lacht. »Aha? Also doch kinky.«

»Pft«, sag ich. »Nicht aufhören.«

»Mmh. Mika. Du bist so, so schön. So, so, so schön. Wenn du wüsstest, wie du gerade aussiehst. Wie du daliegst.«

»Mmh, weniger reden«, murmele ich. »Außer es ist sexy. Weniger über mich.«

Ich will nicht drüber nachdenken, wie ich aussehe, will nur spüren, mich nicht von außen angucken.

»Aber du bist sexy. So, so sexy.«

Aarons Mund wandert meinen Hals entlang, seine Zähne streifen meinen Nacken, und er beißt ein bisschen zu. Ich stöhne, drücke mich gegen seine Hand, und spüre, wie sich alles in mir immer mehr zusammen zieht.

»Mika, ich will dich kommen sehen.«

»Ich weiß nicht, ob das so schnell geht.«

»Mh, ich hab Zeit. Gar kein Stress, ok?«

»Ein bisschen Stress?«, sage ich.

»Nein, echt. Ich mach das gern. Ich glaub, ich hab voll Spaß, solange ich merke, dass du Spaß hast.«

»Vielleicht komm ich auch nicht«, flüstere ich. »Ich will auch nicht, dass du dich stresst, dass du mich jetzt zum Orgasmus bringen musst.«

Aaron lacht.

»Okay. Keiner stresst sich, es passiert, was passiert?«

»Okay«, murmele ich.

»Du kannst dich einfach entspannen und mir sagen, wenn ich was anders machen soll«, sagt Aaron und reibt mit einer Hand weiter kleine Kreise zwischen meinen Beinen, während er mit der anderen die Fingerspitzen über meinen Bauch zieht, auf diese Art, die irgendwo zwischen Kitzeln und Streicheln ist, die sich auf der Haut anfühlt wie Brausepulver auf der Zunge.

»Aaron.«

»Ja?«, fragt er.

»Äh. Was?«

»Soll ich was anders machen?«

»Nein. Ich stöhne nur deinen Namen.«

»Oh. Okay.«

Ich presse die Lippen zusammen, die schon ganz trocken sind, weil ich die ganze Zeit den Mund offen hab.

»Du musst dich nicht zurückhalten«, sagt Aaron. »Ich hör dich gern.«

Ich spüre seine Körperwärme an meinem Gesicht, dann seinen Mund auf meinem, und wie mein Mund sich ganz automatisch wieder öffnet, um ihn zu küssen.

Aarons freie Hand wandert weiter meinen Körper hoch, findet meine Brüste, streichelt, löst noch mehr Brausepulvergefühl bei mir aus, das durch die Haut sickert, bis in mein Innerstes.

Mittlerweile kann ich selbst spüren, wie feucht ich bin, ab und zu, wenn Aarons Hand zwischen meinen Beinen ein bisschen weiter runter gleitet, ein Finger meine Schamlippen entlangfährt und für einen Moment eintaucht, nur um die Feuchtigkeit überall zu verteilen.

Ich muss daran denken, warum ich so feucht bin, und dieses Bild kommt zu mir zurück, die Vorstellung, wie ich langsam auf ihn herabsinke, bis er ganz in mich gleitet.

Fuck. Das wars. Ich kann gar nicht mehr anders. Meine Zehen verkrampfen, mein ganzer Körper hebt sich halb vom Bett und ich taumele über den Gipfel und falle, falle, falle.

Meine Sexualkundelehrerin hat Orgasmen mal wie Feuerwerk beschrieben, aber ich finde, das passt nicht. Es ist vielmehr, als würde ich mich auflösen, in einem dunklen, warmen Raum. Es ist, wie ich mir Sterben vorstelle, im besten Sinne. Alles ist einfach kurz komplett weg, und alles was bleibt, ist Rausch.

Aaron wickelt mir die Augenbinde ab und ich blinzele verwirrt ins Sonnenlicht, das durch das Fenster fällt.

»Alles okay?«, fragt er.

»Hmmmm«, seufze ich.

»Ist das ein ja?«

»Ja«, murmele ich.

»Du warst ganz schön laut.«

Aarons Hand ist immer noch zwischen meinen Beinen.

»Ah, stopp!«, sage ich, greife seine Hand und ziehe sie weg.

»Du wirst auch überempfindlich danach?«

»Ja, du nicht? Dauert paar Minuten, dann geht's wieder.«

»Doch.«

»Hmm, das war mega schön«, sage ich und drehe mich zu Aaron, um ihn anzulächeln. »Sind wir jetzt eigentlich noch Jungfrauen, oder nicht?«

Aaron zuckt mit den Schultern.

»Du hast gesagt, das ist ein soziales Konstrukt. Vielleicht – halbe Jungfrau? Vielleicht so wie Meerjungfrauen, oben Mensch und unten Fisch.«

Wir hören, wie die Wohnungstür ins Schloss fällt, und schauen uns alarmiert an.

»Deine Mutter?«, flüstere ich.

»Muss ja. Wer sonst?«

»Aaron?«, ruft sie aus dem Flur.

Wir hatten sogar die Tür offen. Oh Gott.

»Ja, bin hier. Äh. Komm nicht rein!«

»Masturbierst du?«, ruft seine Mutter.

»Noch nicht«, flüstert Aaron lachend. Etwas lauter ruft er: »Nein, zieh mir grad 'ne Line Koks.«

Ich ziehe schnell meine Unterhose wieder hoch.

»Avocados?«, flüstert Aaron und zeigt auf meine Unterhose. »Du weißt schon, dass die voll klimaschädlich sind, oder?«

Der Tee ist kalt.

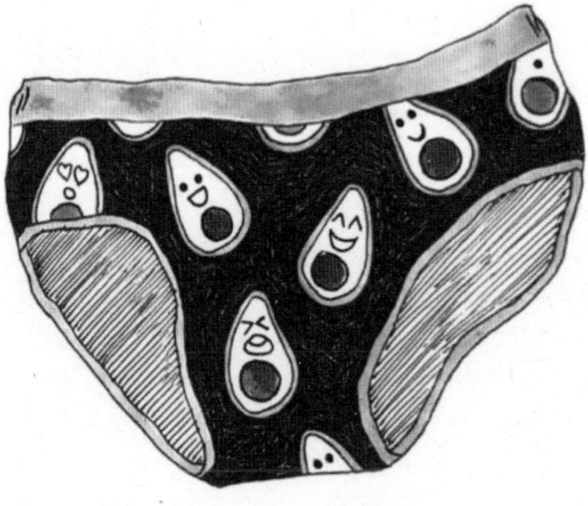

25

KÄPT'N PENG – GELERNT

Noch zwei Wochen. Langsam drehe ich durch. Zwischen Zeit mit Aaron verbringen, Flyer in der Stadt verteilen und E-Mails an alle möglichen Vereine schicken, kommt die Schule zu kurz. Die Matheklausur am Montag verkacke ich spektakulär. Keine der Aufgaben kommt mir bekannt vor, obwohl ich so viel dafür gelernt habe. In dem Moment, wo wir die Zettel umdrehen dürfen, verschwimmt der Text vor meinen Augen und meine Eingeweide verknoten sich zu einem wirren Knäuel.

Du bist wohl doch nicht so schlau, flüstert eine Stimme in meinem Hinterkopf, die verdächtig nach Frau Kressemann klingt.

Und dann Karos Stimme: »Lass dir niemals einreden, du seist nicht intelligent genug.«

Karo glaubt nicht, dass ich dumm bin. Aber wenn ich diese Klausur nicht bestehe und nächstes Jahr mein Abi nicht schaffe, was denkt sie dann? Ich will es, ehrlich gesagt, gar nicht wissen, und tu, was ich kann, um noch auf fünf Punkte zu kommen.

Und dann ist am Freitag auch noch mein Geburtstag, den ich in der Aufregung komplett vergessen habe und mich erst dran erinnere, als Karo am Dienstag beim Frühstück fragt, was ich denn gerne machen würde und ob ich einen veganen Kuchen haben mag.

»Mensch, Mika, achtzehn Jahre«, sagt sie. »Die Zeit geht so schnell.«

Und alles, was ich denke, ist dass ich mir dann endlich meine Entschuldigungen selber schreiben kann.

»Ich hab Schule«, sage ich. »Und abends geh ich wahrscheinlich zu Aaron.«

»Aber Kaffee trinken können wir doch wenigstens zusammen«, sagt Karo, und mein Vater brummt irgendwas Zustimmendes.

Ist das komisch? Ich weiß, andere Menschen würden an ihrem Achtzehnten vielleicht feiern gehen, und sich freuen, endlich in die Clubs reinzukommen. Aber ich brauche nicht achtzehn sein, um Alkohol zu trinken, und mit wem sollte ich, als die Älteste von uns dreien, schon feiern gehen? Mit Joe? Der hört doch bestimmt nur Punk und Goa.

Sana hat mir gesagt du hast freitag geburtstag? :O

Wieso hat sana dir das gesagt? D:

Weil sie nett ist und wusste dass du es mir nicht sagen wirst? Wie blöd wär das wenn ich es nicht gewusst hätte?

Ich hab es nur vergessen.

Was wünschst du dir?

Nichts :P

Come on …

Zeit halt.

Das ist alles?

Und vielleicht können wir etwas weiter gehen als letztes mal?

:D Du bist schlimm, ey.
Können wir da noch mal drüber reden?

»Okay«, sagt Nova, als wir den Ausflug zur Bohrung machen, vom Bus mit dem Rest der Klasse Richtung Meisenheim laufen und ich ihr die Aaron-Situation erklärt habe.

Sana liegt mit einer Erkältung im Bett und hat mich morgens am Handy mit einem Schwall von Flüchen begrüßt. Sie hat sich bestimmt dreißig Mal dafür entschuldigt, dass sie beim Ausflug nicht dabei sein kann. Dafür schwänzt Nova jetzt Informatik und kommt mit. Wir gehen ein Stück hinter allen, damit wir reden können.

»Er hat Angst vor Sex, weil er dir nicht wehtun will, und jetzt stresst du dich, dass es vielleicht wehtut, aber nur weil er so viel Angst davor hat?«, fragt Nova.

Ich stoße ein bisschen Luft durch meine Zähne.

»Nee, also, mir wär es auch lieber, wenn es nicht wehtut? Aber ich hab mir gedacht, seine Tage zu haben tut auch manchmal weh. Wir haben eben die Arschkarte gezogen, was Körper angeht.«

Nova seufzt. »Ich will nicht mal Kinder und muss mir den Stress jeden Monat geben.«

»Ich dachte, du hast 'ne Idee, damit es nicht wehtut.«

»Ibuprofen?«

»Alter. Ich werd mir doch keine Schmerzmittel reinballern, nur um Sex zu haben.«

»Mikaaa. Ich glaub, ich bin asexuell. Was weiß ich.«

»Du bist was-sexuell?«

Ich brauche einen Moment, um das Wort zu verstehen, und das dann irgendwie mit meinem Bild von Nova zu vereinbaren.

»Also, heißt das, du willst keinen Sex haben? Gar keinen?«

Wieso sagt sie das erst jetzt?

»Nein. Glaub nicht.«

»Nicht mal wenn jemand kommt, den du magst?«

Kommt. Hehe.

»Nein.«

»Nicht mal mit Maria?«

»Nein. Also vielleicht. Ich weiß nicht. Ich würde es vielleicht ausprobieren, nur um mir sicher zu sein, dass ich es nicht mag, aber ich bin mir schon ziemlich sicher. Und deswegen ist es auch voll schwierig, zu wissen, wenn ich auf jemanden stehe. Weil ich solche Gefühle wie du und Sana einfach nicht hab.«

»Wie lange weißt du das schon? Warum hast du denn nie was gesagt?«

»Keine Ahnung, muss man so was sagen? Nicht so lange. Ungefähr, als du und Sana angefangen haben, über Sex zu reden. Da hab ich halt gemerkt, dass ich das nicht so geil finde wie ihr. Und erst dachte ich, es ist, weil ich einfach nicht auf Jungs stehe, aber jetzt glaube ich, es ist eher so ein generelles Ding. Aber man, es ist auch irgendwie doppelt schwierig, lesbisch und asexuell zu sein. Also wenn ich das denn bin, keine Ahnung.«

Ich bin einen Moment still, um das Ganze zu verarbeiten und mich an die Gespräche zu erinnern, wo Sana und ich aufgeregt diskutiert haben, ob Frauen wirklich multiple Orgasmen haben können, und Nova still daneben saß.

»Das tut mir voll leid«, sage ich. »Wir wollten dich echt nicht ausschließen. Aber haben wir wahrscheinlich.«

»Mika, kein Stress«, unterbricht Nova mich, »ihr könnt echt über Sex reden, das ist ok. Solang ihr nicht erwartet, dass ich viel dazu beitragen kann.«

»Okay«, sage ich. »Aber du kannst auch mit uns reden, ok? Wir fühlen das vielleicht anders, aber das heißt ja nicht, dass wir dich nicht verstehen können, oder? Und Sana und ich sind ja auch nie der gleichen Meinung.«

»Na ja, wenn ich sage, dass ich Penisse und Vaginen komisch finde, könnt ihr das dann verstehen?«

»Ja! Auf jeden Fall! Jeder findet die komisch. Ich mein, denk mal drüber nach. Das eine ist eine schleimige Körperöffnung mit so Lappen dran, auf denen Haare wachsen, und das andere ist ein Schlauch mit Adern drauf, der sich mit Blut vollpumpt, und Hautsäcken drunter, in denen Organe baumeln.«

Nova prustet vor Lachen.

»Boah, Mika. Lecker. Bist du sicher, dass du nicht auch asexuell bist?«

Ich denke an Aarons Bett und an seine Finger, wie er mich berührt hat und wie richtig sich alles angefühlt hat.

»Ganz sicher«, sage ich grinsend.

»Okay, vielleicht komm ich irgendwann mal drauf zurück«, sagt Nova. »Wenn du rausgefunden hast, ob es echt so wehtut. Und falls ich mal mit einem Typen schlafen will, was ich nicht glaube, weil ... üah, Typen. Aber ich lerne dann lieber aus deinen Fehlern, als aus meinen eigenen.«

»Smart«, sage ich.

Wir kommen bei der Bohrung an, und ich erinnere mich, wie wir im April hier waren. Da war es noch nicht so unerträglich heiß. Jetzt hängen die Blätter schlapp von den Bäumen und das Gras ist fast durchgehend gelb und voller Zecken.

Frau Kressemann plustert sich vor der Klasse auf. Wir haben die Umzäunung der Bohrstätte erreicht, und da kommen uns auch schon zwei Kerogreen Mitarbeitende in ihren grünen Anzügen entgegen, die ihr die Hand schütteln.

Nova und ich werden still, machen uns heimlich Notizen zu allen Ein- und Ausgängen und haben wohl noch nie bei einer Führung so gut aufgepasst. Am Ende haben wir mehrere Seiten beschrieben und müssen fünf Zecken (ich zwei, Nova drei) von unseren Beinen sammeln.

Am Mittwoch starte ich einen zweiten Versuch, mit Camille zu reden, diesmal ohne Sana, die immer noch krank im Bett liegt, und ohne Nova, die keinen Bock hat. Diesmal erwische ich Camille auf dem Gang, ohne ihre Freundinnen, und schaffe es, sie in ein Gespräch zu verwickeln.

Camille lässt eine Kaugummiblase platzen und hört stirnrunzelnd meinem Plan zu.

»Ihr wollt meinen Channel, um meine Follower zu einer illegalen Aktion gegen Klimawandel zu bringen?«, fragt sie. »Okay, Mika. Sei von mir aus naiv und in deiner kleinen Heile-Welt-Blase am chillen, aber deine Blase wird auch irgendwann platzen und dann wirst du hart auf die Nase fallen. Wenn ich anfange, solchen Mitleidsscheiß hochzuladen, weißt du, wie viele Follower ich an einem Tag verlieren würde? Das ist Fame Selbstmord. Keiner interessiert sich für deine Eisbären-Klima-Kacke. Sorry. Ist nicht böse gemeint, aber ist nun mal so.«

Es geht schon lange nicht mehr um Eisbären, aber okay.

Camille verzieht das Gesicht, als würde ich ihr echt leidtun.

»Beliebt zu sein ist verdammt harte Arbeit. Da kann ich mir keine Charity leisten«, sagt sie.

Das Ding ist, ich glaube Camille jedes Wort. Was sie macht, *ist* harte Arbeit.

Ich versuche, mir vorzustellen, wie ein Tag in ihrem Leben aussieht. Wie früh sie aufstehen muss, um ihre Haare zu waschen, mit Shampoo und Conditioner, sie zu föhnen, sie zu glätten. Wie lange es dauert, ihre Beine zu rasieren oder zu epilieren oder zu wachsen. Ob die Haut danach gereizt ist, ob ihr auch jedes Mal ein paar Haare einwachsen, wie das bei mir passiert ist, als ich versucht habe, mir die Beine zu rasieren? Ob sie die dann auch einzeln mit der Pinzette wieder aus den oberen Hautschichten rausziehen muss?

Wie viele Peelings und Cremes sie auf ihre Haut schmiert, wie lange es dauert, sich ihre Augenbrauen so zu zupfen und nachzuziehen, Make-up aufzutragen, sich die Wimpern zu verlängern, Mascara aufzutragen, und ob sie den Eyeliner jedes Mal beim ersten Versuch perfekt gezogen bekommt, oder ob sie manchmal abrutscht, ihn abwischen und von vorne anfangen muss?

Ich frage mich, wie viel Zeit sie pro Tag verwendet, um ihre Outfits zusammen zu stellen, wie viel Zeit pro Woche, um Kleidung und Make-up zu kaufen. Im Internet mit einem Auge nach Inspiration zu suchen und mit dem anderen immer einen Blick auf ihre Online Präsenz zu haben, damit sie täglich genug Bilder hochlädt. Damit ihre Follower wissen, dass sie jeden Tag perfekt aussieht.

Nova würde vielleicht sagen: Sie gibt sich diesen Stress ja freiwillig. Ich glaube aber, dass sich niemand, nicht mal Camille, diesen Stress freiwillig geben würde, wenn sie nicht glauben würde, dass sie es müsste.

Sie weiß, was der Preis ist, den Nova, Sana und ich dafür bezahlen, dass wir nicht mitmachen. Dass wir Haare an Orten haben, wo die sexy Frauen in der Werbung und in Filmen keine Haare haben. Kleidung tragen, die entweder zu viel oder zu wenig von dem zeigt, was »die Männer« angeblich attraktiv finden. Dass wir Meinungen haben, die nicht nett und nicht angepasst sind.

Nachdem ich mir nicht mehr die Beine rasiert habe und das erste Mal eine kurze Hose getragen habe, da bin ich keine zehn Schritte durch die Schule gekommen, ohne dass ein Typ, den ich noch nicht mal kannte, auf mich zu kam und mich darauf hingewiesen hat, dass meine Beine Haare haben – wie eklig.

Und Camille? Camille will halt nicht eklig sein. Camille will geliebt werden, so wie wir alle. Mit Liebe kriegen sie dich.

Dass 5.000 Likes für ein Erdbeer-Smoothie-Foto, im *Kreis* und auf Platz Eins der Wichsvorlagenliste stehen keine echte Liebe sind, das weiß Camille bestimmt auch. Aber dass es relativ uncool ist, eklig, fett und hässlich genannt zu werden, kann ich auch nicht wirklich bestreiten. Und jetzt stehen wir uns gegenüber. Camille und Mika. Mika und Camille, und wir denken beide, dass wir niemals tauschen würden.

Ich will niemals mit jemandem zusammen sein, der von mir verlangt, dass ich mir eingewachsene Haare aus den Beinen rauspule, mein Gesicht mit einer Schicht Schminke zukleistere und in Schuhen rumlaufe, die meine Füße kaputtmachen. Ich will mit jemandem zusammen sein, der mich mag, wie ich bin.

Und Camille denkt vielleicht, so jemanden gibt es nicht. Bis vor ein paar Monaten hätte ich ihr vielleicht recht gegeben, da kannte ich diesen Menschen auch noch nicht. Da hätte ich vielleicht gedacht: dann eben ohne Beziehung. Ich habe Eltern, die mich lieben und Freund*innen. Das ist auch okay.

Aber wer wär ich, Camille dafür zu verurteilen, wenn das für sie nicht okay ist?

»Was soll dieser Blick?«, fragt Camille.

Ich zucke mit den Schultern.

»Es muss nicht illegal sein. Wir machen noch was Legales nebenher. Und ich würde dich nicht fragen, wenn ich nicht glauben würde, dass du mitmachst.«

Camille verschränkt die Arme.

»Wieso sollte ich da bitte mitmachen?«

»Es wird ziemlich krass«, sage ich und fange an, mir Dinge auszudenken, die ich gerne hätte: »Es wird die Top-Nachricht sein. Die halbe Stadt wird die Bohrung besetzen.«

Camille zieht eine Augenbraue hoch. »Willst du mir jetzt echt erzählen, dass Klimaschutz voll IN ist?«

»Brigitte Bardot setzt sich auch für Tierrechte ein. Ist die nicht irgendwie dein Vorbild?«

»Woher weißt du das?«, fragt Camille.

Ich rolle die Augen.

»Du postest jeden dritten Tag Bilder von ihr?«

»Ich wusste nicht, dass du mir folgst«, sagt Camille.

Tu ich auch nicht, aber das muss sie ja jetzt nicht wissen.

»Weiß Henri eigentlich, was ihr vorhabt?«, fragt Camille und betrachtet ihre perfekt manikürten Fingernägel, so, als würde sie sich nicht im Geringsten dafür interessieren.

»Ja«, sage ich. »Ich weiß nicht, was da bei euch schief gegangen ist, aber ich glaub, Henri ist vielleicht auch nicht mehr der, den du kennst.«

»Wie meinst du das?«, fragt Camille, ohne von ihren Fingernägeln aufzusehen.

Ich lege den Kopf schief. »Nee, ich glaub, das geht mich nichts an«, sage ich. »Du kannst ja noch mal drüber nachdenken.«

»Slytherin«, zischt Nova, als ich ihr davon erzähle. »Du verdammte Slytherin.«

Langsam wird mir etwas schwindelig vor Zeitdruck. Joe schreibt, dass es nicht klappen wird, Busse nach Meisenheim zu organisieren und dass wir vielleicht auf Fahrräder umsteigen müssen. Andererseits sind wir in Freiburg, die Stadt quillt über mit Fahrrädern und es sollte doch nicht so schwierig sein, einen freiwilligen Fahrradverleih zu eröffnen. Nachhaltiger ist es auch. Auf Novas Bettenbörse haben sich mittlerweile schon 252 Leute angemeldet und Maria hat für uns ein Sani-Team gefunden, das eine Woche früher auch noch Workshops zu Erste Hilfe in der KTS anbietet.

Und dann ist plötzlich Freitag und ich bin achtzehn, und werde beim Frühstück mit Kerzen, Pfannkuchen und frischen Blaubeeren empfangen.

Karo und mein Vater drücken mich, dann überreichen sie mir ein kleines Päckchen mit grünem Geschenkpapier.

»Das richtige Geschenk bekommst du später«, sagt mein Vater.

»Aber wir wollten dir schon mal eine Kleinigkeit mit in den Tag geben.«

Es ist ein Messer, ein ziemlich schönes, mit Holzgriff und geschwungener Klinge, die man in den Griff klappen kann.

»Danke«, sage ich. »Das ist voll lieb.«

»Mit achtzehn sollte jeder ein Messer haben«, sagt mein Vater. »Damit kannst du später den Kuchen schneiden.«

»Pass nur auf, dass du es auf keine Demo mitnimmst«, sagt Karo und zwinkert.

Aber das beste Geschenk ist Aaron. Der Abend, als wir uns auf seinem Bett im Schneidersitz gegenüber sitzen und versuchen, uns in die Augen zu schauen, ohne weggucken zu müssen. Es ist ein bisschen windig draußen und auf dem Weg hierher bin ich einmal fast vom Fahrrad gefallen. Aber das war vielleicht auch eher, weil ich so verdammt nervös bin.

Die Sonne ist gerade untergegangen und Aaron hat eine Lichterkette über seinem Bett aufgehängt, die seine Haut in einen warmen Schimmer taucht, und meine wahrscheinlich auch.

»Hast du die für mich aufgehängt?«, frage ich. »Ich hab doch gesagt, es muss nicht so was Besonderes sein.«

Und ich beiß mir gleich wieder auf die Lippen, weil – eigentlich finde ich es ja schön, ich will nur nicht wie eine verdammte Prinzessin behandelt werden. Aaron schaut zur Seite.

»Vielleicht hab ich sie auch für mich aufgehängt.«

Mist. Okay, ich hab ihn verletzt. Manchmal kommt es für mich so rüber, als würde er alles so locker nehmen, dass ich gar nicht daran denke, dass er auch verletzlich ist.

»Sorry, bist du nervös?«, frage ich und streichle seinen Arm.

Er nickt.

»Wovor hast du denn noch Angst?«

Aaron legt seine Stirn auf meine Schulter. Seine Nase ist etwas kalt. Er riecht frisch geduscht und hat das weiche Shirt an.

»Hmm«, summt er. »Dass es nicht gut für dich ist. Dass ich zu schnell komme. Also ich komm ziemlich sicher super schnell. Dass du meinen Körper nicht magst.«

»Deinen Körper? Du weißt, dass ich deinen Körper mag.«

»Okay, meinen Penis dann halt.«

»Wieso sollte ich den nicht mögen?«

»Na ja, weil du Nova gesagt hast, dass Geschlechtsorgane komisch sind.«

»Findest du nicht?«

Aaron hebt den Kopf. »Nein. Ich finde deine Scheide nicht komisch. Also, so genau hab ich sie noch nicht angeguckt, aber sie fühlt sich sehr gut an.«

»Scheide?«, frage ich. In diesem Licht sieht man hoffentlich nicht, dass ich rot werde.

»Ja, hast du ein besseres Wort?« Aaron grinst mich an. »Scheide«, sagt er noch mal. »Scheide«, flüstert er in mein Ohr.

Ich schiebe ihn lachend von mir weg.

»Ist das jetzt die weibliche Variante vom Penisspiel?«

»Scheide!«, schreit Aaron.

Ich halte ihm den Mund zu.

»Entspann dich«, nuschelt er. »Es ist eh keiner zuhause und das Fenster ist auch zu.«

»Spinner«, murmele ich. »Ich glaub nicht, dass ich deinen Penis komisch finde. Es ist bestimmt ungewohnt, aber hey, ich kann mich ja dran gewöhnen. Und ich mag dich, und darum ist eh alles anders. Du könntest zum Beispiel auch einen Kartoffelsack anziehen und ich würde dich schön finden. Weißt du, was ich meine? Kann sein, dass ich Penisse generell komisch finde, aber wenn es deiner ist, finde ich ihn bestimmt schön.«

»Hmm, danke«, sagt Aaron und schenkt mir ein Lächeln, so ein schüchternes Lächeln, dass mein Herz gleich explodiert.

»Und wegen dem zu schnell kommen«, sage ich und streiche ihm eine Haarsträhne aus dem Gesicht, »musst du dir auch keinen Stress machen.«

»Wieso?«

»Weil erstens, wir die ganze Nacht Zeit haben, und zweitens, wir ja schon rausgefunden haben, dass es mit Fingern ziemlich heiß ist. Und dass du was falsch machst, glaub ich auch nicht. Aaron? Du bist so vorsichtig, und liebevoll, und du bist auch nicht alleine verantwortlich, dass es mir gut geht.«

»Was meinst du?«

Ich grinse. »Ich hab ein bisschen überlegt, wie wir das machen, dass es nicht wehtut, und ich glaub, ich weiß wie.«

Aaron hebt die Augenbrauen. »Okay?«

»Du hast Gleitgel, oder? Und Kondome?«

Aaron zieht beides hinter der Matratze hervor. Ich werfe einen Blick auf die Kondomverpackung, die in Lila und Rosa und mit silbernen Herzchen designed ist.

»Extra soft, ultra intense?«

»Das waren die Normalsten!«, verteidigt sich Aaron. »Hättest du lieber welche mit Kirschgeschmack gehabt?«

»Man kann in der Scheide doch nichts schmecken!«

»Die sind für Oralsex«, sagt Aaron.

»Oh.«

Okay. Gut, dass er die Kondome besorgt hat, und nicht ich, sonst hätte ich vielleicht aus Versehen Gummihandschuhe gekauft. Und Aaron hat drauf bestanden, weil er »derjenige mit der organischen Wunderwaffe ist, die Menschen schwanger machen kann«.

»Benutzt man für Oralsex denn Kondome?«, frage ich.

Aaron zuckt mit den Schultern.

»Kann man. Aber da wir beide noch keinen Sex hatten, ist die Chance, dass wir uns mit irgendwas anstecken, glaub ich, relativ gering.«

»Okay«, sage ich, etwas erleichtert.

Kirschgeschmack hin oder her, ich würde lieber Haut in meinem Mund haben als Gummi.

»Also, ich hab mir gedacht, ich sollte wahrscheinlich sehr feucht sein, damit es nicht wehtut, darum können wir das Gleitgel dazu nehmen. Und Vorspiel halt.«

»Okay«, sagt Aaron und schaut mich erwartungsvoll an. »Bist du nervös?«

»Ein bisschen.«

Meine Lippen sind ziemlich zerkaut, als ich mit der Zunge über sie gehe. »Aber nicht so doll, wie ich Sex mit dir will.«

Aaron legt seine Stirn an meine und für einen Moment atmen wir einander nur ein, reiben unsere Nasen aneinander, streicheln uns gegenseitig. Aarons Nacken ist ganz warm, ich glaube, er hat auch nur das Shirt an und nichts drunter. Als ich mit meiner Hand seinen Rücken hinunter fahre und meine Finger unter den Saum schiebe, zittert er ein bisschen.

»Wir machen alles ganz langsam, ok?«, sage ich.

»Ja«, murmelt Aaron und streichelt meine Schlüsselbeine. Es ist jedes Mal so, als würde er einen freigelegten Nerv finden, mein Körper reagiert auf jede seiner Berührungen, als würden sie Elektrizität durch meine Haut jagen. Sein Mund ist so nah, seine Unterlippe streicht über meine. Es ist dieser Zeitraum vor einem Kuss, in dem sich alles auflädt, alles knistert. Und dann küssen wir uns, langsam und warm und ein bisschen verzweifelt.

Die ganze sexuelle Spannung, die wir in den letzten Wochen aufgebaut haben, schreit danach, sich zu entladen, und ich habe einen Teich geschmolzenes Gold in meinem Bauch, der sich immer weiter ausbreitet und zwischen meine Beine läuft.

»Darf ich dich ausziehen?«, frage ich zwischen Küssen.

»Bitte«, sagt Aaron. »Darf ich dich auch ausziehen?«

Ich nicke und ziehe das Shirt über Aarons Schultern. Wir werfen alles bis auf unsere Unterwäsche an den Rand vom Bett, und dann ist plötzlich Haut auf Haut, Brust auf Brust, Bein an Bein, Bauch an

Bauch, und ich spüre, wie Aarons Erektion gegen meinen Venushügel drückt.

»Aaron«, flüstere ich. »Darf ich dich ganz ausziehen?«

»Okay.«

Ich drücke ihn sanft auf die Matratze und versuche, ihm die Boxershorts auszuziehen, aber das Elastikband bleibt an seinem Penis hängen.

»Sorry«, sage ich und Aaron hilft mir, ihn von diesem letzten Stück Stoff zu befreien.

Und dann ist er nackt. Komplett nackt, vor mir ausgebreitet, seine Haare in alle Richtungen über die Kissen verteilt, sein Mund rot vom Küssen und sein Penis geschwollen und feucht.

»Komisch?«, fragt Aaron.

Ich schüttle den Kopf.

»Nicht komisch. Heiß. Heiß, heiß, heiß.«

Aaron wirft schüchtern einen Arm über sein Gesicht, aber ich kann ihn lächeln sehen. Ich winde mich selbst aus BH und Unterhose, was Aaron dazu bringt, den Arm wieder wegzunehmen und mich anzugucken.

»Krass«, sagt er. »Mika. Mika, Mika, Mika. Komm her.«

Er zieht mich zu sich, streichelt meine Haut, meine Brüste, küsst meine Brüste, als ob sie heilig wären.

Wenn ich das Gefühl beschreiben sollte, wie es ist, komplett nackt auf- und nebeneinanderzuliegen, sich zu küssen und überall warme, weiche Haut zu spüren, dann würde ich sagen, es ist wie in eine warme Badewanne zu sinken. Nur, dass diese Badewanne ein anderer Mensch ist, und das ist ja irgendwie das Unglaubliche daran: dass Aaron ein Mensch ist, mit Geschichte, Gedanken und Gefühlen. Gefühlen für mich. Und dass ich diese Gefühle spüre, in jedem Blick, den er mit mir teilt, in jeder Bewegung, in jedem Kuss.

»Aaron«, flüstere ich. »Darf ich dich anfassen?«

»Ja«, sagt er.

Ich lasse meine Hand von seinen Schultern runter wandern, über seine Nippel streichen, über seinen Bauch gleiten, bis ich seinen Penis finde. Oh Gott, ist die Haut weich. Ich hätte nicht gedacht, dass sich das so samtig anfühlt.

Aaron gibt einen kehligen Laut von sich und lässt seinen Kopf zurück in die Kissen fallen. Ganz vorsichtig bewege ich meine Hand auf und ab, spüre, wie die Haut sich mit meiner Hand bewegt, wie Aaron zuckt, jedes Mal, wenn ich an die Eichel komme.

»Du darfst das ruhig fester machen«, flüstert er.

Ich greife etwas fester zu.

»Noch fester.«

»Noch fester?«, frage ich. Jetzt versteh ich langsam, warum er es bei mir viel zu doll gemacht hat.

»Oh fuck. Stopp.«

Ich lasse los.

»Zu fest?«

Aaron lacht.

»Nee, warte. Okay. Okay.« Er atmet schwer. »Ich wär nur fast gekommen.«

»Du könntest ruhig kommen. Wir haben Zeit, oder?«

Er schüttelt den Kopf.

»Will aber nicht. Ich will in dir kommen.«

Wow. Fuck.

»Wenn ich darf.«

Ich atme einmal tief ein, versuche, ruhig zu bleiben, auch wenn alles in mir gerade überheizt und meinen Kopf ausschaltet. Doch, bei Frauen ist es definitiv auch so, dass das Blut woanders sein kann. Ich merke sogar, wie es zwischen meinen Beinen pulsiert, wie jeder Zentimeter meines Körpers sich danach sehnt, Aaron endlich in mir zu haben.

»Finger«, sage ich und klettere über ihn. »Kannst du das Gleiche machen wie letztes Mal?«

Aaron nickt, setzt sich ein bisschen auf, so, dass ich quasi auf seinem Schoß sitze, und küsst mich, küsst meinen Hals, küsst meine

Brüste und lässt dann eine Hand zwischen meine Beine gleiten. Ich bin schon feucht, seit ich zur Tür rein bin, und fange an zu zittern, sobald Aaron auch nur ein bisschen meine Klitoris berührt. Die Lichterkette spiegelt sich in seinen Augen, und er schaut mich fast ein bisschen ehrfürchtig an, als wäre das gerade ein spirituelles Erlebnis, mich berühren zu dürfen, oder so. In dem Moment weiß ich, wie schön er mich findet, kann mich durch seine Augen sehen, wie ich mich auf ihm sitzend biege. Wie meine Muskeln sich strecken, wie mein Oberkörper in meine Hüften läuft, und sich bei jedem Atemzug eine kleine Eingebung zwischen meinen Rippen zeigt. Ich fühl mich sexy und stark und aufgehoben, alles zugleich.

»Ich will deine Finger in mir«, sage ich.

»Erst mal einen, oder?«, flüstert Aaron und ich nicke. Es fühlt sich ganz anders an, als ich dachte. Ungewohnt, ein bisschen seltsam und sehr fokussiert, als würden 90 % meiner Sinneseindrücke gerade von dort unten empfangen. Und klar, ich hab selbst schon mal meine Finger da drin gehabt, aber das ist anders.

»Noch einen?«, fragt Aaron.

»Kannst du Gleitgel dazu nehmen?«

Die Tube gibt ein obszönes Pop-Geräusch von sich, als Aaron den Deckel öffnet, und ich zucke etwas zusammen, als er das kalte Gel zwischen meinen Beinen verteilt.

»Sorry. Hätte ich das anwärmen sollen?«

»Ist ok«, sage ich. Jetzt sind zwei Finger in mir, dann drei, und ich spüre, wie ich mich langsam entspanne, anfange, das streckende Gefühl zu genießen, und wie meine Hüften sich automatisch auf und ab bewegen. Aaron legt sich zurück und hält seine Hand für mich hin, so, dass ich mich selbst auf seinen Fingern bewegen kann. Sein Arm ist überzogen von ein paar Adern, die wie ein Wurzelgeflecht zusammen- und auseinanderlaufen, und er sieht absolut kaputt aus, sein Mund ein erstauntes O, seine Augenbrauen zusammengezogen und seine Augen weit offen, während er beobachtet, wie ich seine Finger reite.

»Mika.« Aaron klingt ein bisschen heiser. Er schüttelt den Kopf. »Wie bist du so heiß? Wie machst du das?«

Ich höre kurz auf, mich zu bewegen. »Das ist eine rhetorische Frage, oder?«

»Ich weiß nicht? Hast du eine Antwort?«

»Ich weiß nicht?« Ich grinse ihn an. »Ich glaub, ich bin feucht genug.«

Er lässt seine Finger langsam aus mir gleiten und ich öffne die Kondompackung. Ein Streifen kleiner bunter Plastikvierecke fällt auf das Bett.

»Nicht in der Mitte einreißen«, sagt Aaron.

»Ich weiß.« Ich schaue das ausgepackte Ding verzweifelt an. »Welche Seite ist jetzt die Richtige?«

Ich gebe das Kondom an Aaron weiter, der es sich relativ souverän überstreift.

»Sexualkunde war doch zumindest für eine Sache gut«, sagt er selbstzufrieden.

»Musstet ihr auch Kondome über Bananen ziehen?«

»Bananen?«, fragt Aaron. »Man, eure Schule hat echt kein Geld, oder? Wir hatten richtige Modelle.«

Er streckt mir die Zunge raus.

»Bla, bla, bla«, sage ich und küsse ihn. »Vielleicht hatten wir ja auch mal welche, aber sie sind alle zum Experimentieren eingesteckt worden.«

»Was, echt?«

»Es war mal eine reine Mädchenschule. Aber das war wahrscheinlich noch, bevor es überhaupt Sexualkundeunterricht gab.«

»Mmh«, sagt Aaron und knabbert an meinem Hals.

»Wie geht es dir?«, frage ich.

»Gut. Dir auch?«

»Super, super horny«, sage ich.

»Okay«, sagt Aaron, und streicht sich durch die Haare. »Okay. Wie, ähm, wie willst du – willst du dich hinlegen?«

»Nein, bleib so«, sage ich, schiebe ihn sanft zurück auf die Matratze und setze mich auf seine Hüften.

Sein Penis fühlt sich komisch an mit dem Gummi drüber, nicht mehr so samtig, aber das Kondom ist zumindest mit einem Feuchtigkeitsfilm beschichtet. Ich hebe meine Hüften und klettere direkt über ihn, reibe ihn zwischen meinen Beinen, und lass mich dann ganz vorsichtig, ganz langsam, auf ihn runter sinken. Erst denke ich, er wird nicht in mich reinpassen, ich bin viel zu eng. Aber ich lasse mir Zeit, versuche mich zu entspannen und dann ist er plötzlich ganz in mir.

»Aaron?«, frage ich. »Alles okay?«

Er liegt unter mir, die Augen zugekniffen und beißt sich auf die Lippen.

»Gehts dir gut?«

»Ja, mir geht's gut«, lacht er. »Fuck, das fühlt sich – das fühlt sich so gut an.« Er macht die Augen vorsichtig wieder auf. »Hat es wehgetan?«

»Nein, gar nicht«, sage ich. »Es fühlt sich ein bisschen ungewohnt an, aber gut.«

»Willst du dich ein bisschen bewegen?«

»Mmh.«

Mit jeder Bewegung fühlt es sich besser an, mit jedem Stoß spüre ich, wie das Feuer in meinem Bauch wächst.

»Mika?«, sagt Aaron. »Mika, stopp, ich komm sonst.«

»Aaron, ist ok, hör auf, dich zu stressen, wir machen das nicht nur einmal.«

»Mika —«

Ich ignoriere Aaron und mache einfach weiter, beobachte ihn dabei, wie er den Kopf nach hinten wirft, höre ihm zu, wie er stöhnt, wie er einfach absolut dahinschmilzt, in den Kissen. Spüre, wie seine Hüften mir entgegen kommen, wie er seine Hände in meine Hüften krallt und in mir anschwillt, und wie er sich in mich hinein presst. Das ist vielleicht das Heißeste, was ich je gesehen habe.

»Mika«, summt er und lässt mich los.

»Hm?«, frage ich, immer noch auf ihm sitzend.

»Das war ... krass.«

»Ja?«, frage ich.

»Ja. Und sorry, dass ich ...«

»Keine Entschuldigungen. Okay?«

»Okay«, sagt Aaron und blinzelt zu mir hoch. »Ich werd bestimmt besser darin. Wenn du mir mehr Gelegenheiten gibst.«

»Auf jeden Fall. Auf jeden, jeden Fall«, lache ich, und beuge mich runter, um ihn zu küssen.

»Ah, pass auf, ich fall aus dir raus«, sagt Aaron und hält das Kondom fest, bevor es in mir stecken bleibt.

Ich gucke skeptisch das Gummi an. »So wenig Sperma ist das nur?«

»Was dachtest du denn, wie viel das ist? Ein Liter?«

»Keine Ahnung.«

»Du hast überhaupt nicht geblutet, oder?«, fragt Aaron, während er das Kondom verknotet. »Also, hier ist auf jeden Fall kein Blut dran.«

»Hat ja auch nicht wehgetan«, sage ich. »Vielleicht haben wir das Jungfernhäutchen so gedehnt, dass es nicht gerissen ist.«

»Gedehnt? Aber das ist doch zu gewesen?«

»Nein? Weißt du nicht, wie ein Jungfernhäutchen aussieht? Das ist nicht zu. Wie soll sonst das Blut rauskommen, wenn man seine Tage hat?«

»Stimmt, das macht gar keinen Sinn. Na ja. Voll gut, dass es nicht wehgetan hat.«

»Du hattest echt Angst, dass es mir wehtut, oder?«

»Ja«, sagt Aaron. »Ich wollte einfach, dass es dir gut geht.« Er wirft das Kondom in den Mülleimer unterm Bett. »Übrigens. Darf ich dich lecken?«

»Oh, willst du?«, frage ich. »Du musst das nicht tun. Du weißt schon, dass du mir nichts schuldest oder?«

»Ja, weiß ich, und ja, will ich. Wenn du willst. Sonst nicht.« Er zwinkert mir zu.

»Ich weiß nicht, ob ich es mag, aber wir können es ja einfach ausprobieren.«

»Wir müssen nicht.«

»Doch, jetzt bin ich neugierig«, sage ich. »Und wenn ich es nicht mag, sag ich dir Bescheid, ok?«

Und dann tun wir es, und ich mag es nicht so sehr wie mit den Fingern, aber das macht nichts, ich will fast alles mal ausprobieren. Und ich glaube, Aaron weiß, dass ich ihn mag, dass ich Sex mit ihm mag, und dass Sex weitaus mehr ist, als einen Penis in eine Scheide zu stoßen. Zur Sicherheit sage ich ihm all das auch noch mal.

Aaron blinzelt mich müde an.

»Weiß ich«, murmelt er, schon im Halbschlaf. »Aber danke. War auch so ziemlich das schönste erste Mal, was ich mir hätte vorstellen können.«

»Für mich auch«, flüstere ich, dann fallen mir die Augen zu.

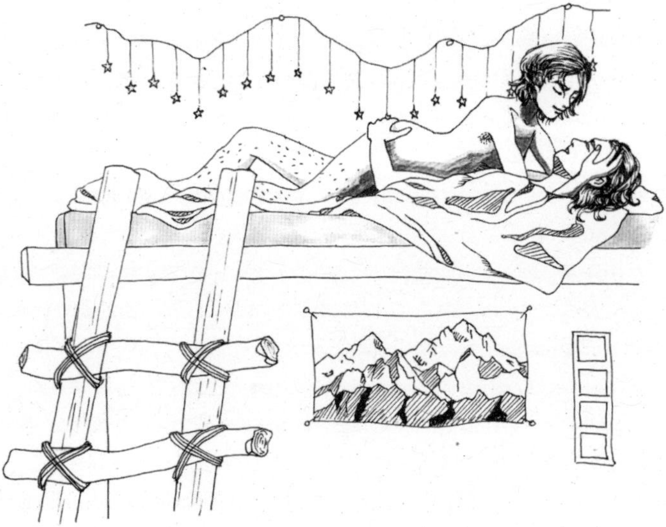

26

VON WEGEN LISBETH – UNTERM SCHRANK

Aaron und ich liegen an der Dreisam, dort, wo die neue Brücke ist. Wir sind eingekuschelt zwischen den Wurzeln eines Baumes, der am Ufer wächst, und schauen hinauf in die Krone, wo ein paar Vögel nisten. Es ist heiß, kurz vor Gewitter. Die Luft wartet darauf, sich zu entladen, und es fallen schon die ersten Regentropfen, von denen einer die Innenseite meines Beins hinunterläuft. Warm. Feucht. Verdammt erotisches Wetter irgendwie. Aber ich will keines dieser Pärchen sein, das in der Öffentlichkeit übereinander herfällt.

»Was ist dein Lieblingsbuch?«, frage ich Aaron, um mich abzulenken.

Aaron muss nicht nachdenken.

»Der Vorleser.«

»Echt? Ist das nicht das mit dem Typen, der sich in die Nazi-Frau verliebt?«

Aaron grinst.

»Also für diese Zusammenfassung würdest du im Abi keine fünf Punkte kriegen.«

»Ich hab's ja nicht gelesen.«

»Ja, also es beschäftigt sich halt viel damit, wie mit Nazis nach dem Zweiten Weltkrieg umgegangen werden sollte. Wer wusste was, wer trägt Schuld, wer trägt Verantwortung. Finde ich immer interessant, dass alle behauptet haben, sie hätten von nichts gewusst, oder sie hätten nur Befehle befolgt, nur ihren Job gemacht. Ich mein, du musst dir vorstellen, überall sind Juden total sichtbar diskriminiert worden und dann verschwunden.

Wenn deine Nachbarn und deine Ärzte Juden sind, und eines Tages sind sie nicht mehr da, also, dann fragst du dich doch, was mit denen passiert ist. Und du musst dir doch sicher sein, dass es nichts Gutes ist. Dass da kaum jemand was gesagt oder getan hat, das ist halt das Krasse. Und in dem Buch geht's dann halt um diesen Fünfzehnjährigen, der sich in diese Frau verliebt, der er immer vorliest, bevor sie Sex haben. Später studiert er dann Jura und findet raus, dass die Frau Wärterin im KZ war, weil sein Kurs an den Schauprozessen teilnimmt, wo sie verurteilt wird. Und du siehst ihr auch zu, wie sie versucht, ihre Handlungen zu rechtfertigen, in dem Kontext der Zeit, und dass es halt ihr Job war.«

»Erinnert mich daran, dass auch niemand wissen will, wo seine Klamotten herkommen«, sage ich. »Wenn du wem erzählst, dass die Schuhe, die er an den Füßen trägt oder die Klamotten mit Kinderarbeit gemacht wurden, dann hat auch keiner von irgendwas gewusst. Aber wir wissen es, oder haben es zumindest schon mal gehört, und wir kaufen trotzdem Nikes und recherchieren lieber nicht. So, als ob es nicht wahr wäre, wenn wir uns nicht damit beschäftigen. Verdrängung eben. War bei mir auch lange so. Und ist immer noch so, manchmal. Wenn ich ein Shirt wirklich haben will, dann frag ich nicht, wo es herkommt. Und Polizistis sagen auch immer, dass sie nur ihren Job machen, als ob sie das komplett von der Verantwortung befreit.«

»Willst du damit sagen, dass wir alle Nazis sind?«

Ich zucke mit den Schultern. »Vielleicht? Ist das nicht das Ding? Das alle immer sagen ›Im Dritten Reich wär ich niemals Nazi gewesen‹? Aber woher sollst du das wissen? Wie soll man erklären, dass fast alle mitgemacht haben, wenn normale Menschen niemals zu so was fähig wären?«

»Was ist dein Lieblingsbuch? Die Welle?«, fragt Aaron.

Ich lache. »Nein. Ich glaub, ich hab kein Lieblingsbuch? Mir fallen ganz viele ein.«

»Irgendeins von denen.«

»Hm. Jetzt setzt du mich aber auch ein bisschen unter Druck, dass ich auch so was Elitäres sage, und nicht Harry Potter.«

Aaron steckt mir die Zunge raus.

»Hey, Harry Potter ist doch okay, und um ganz ehrlich zu sein, feier ich den Vorleser auch hauptsächlich, weil Vorlesen so verdammt heiß ist.«

Ich lache. »Okay. Aber es ist nicht Harry Potter. Nicht mehr. Ich glaub, ich suche noch nach meinem Buch. Also, ich wünsche mir manchmal, es gäbe ein Buch, das mir so ein ganz bestimmtes Gefühl gibt.«

»Was für eins?«

»So ein bisschen, wie wenn du etwas träumst und beim Aufwachen bist du verwirrt, dass es das nicht wirklich gibt. So fühlt sich das an, wenn ich an dieses Buch denke.«

»Aber das Buch gibt es nicht?«

»Nein. Aber wenn es das Buch gäbe, dann hätte es so einen schwarzen Stoffeinband, auf dem kleine, silberne Punkte sind, weißt du? Und wenn du anfängst zu lesen, dann klingt es wie eine Playlist, und es geht um all die Dinge, die ein Leben lebenswert machen. Manuelle Kaffeemühlen, frisches Papier, Lagerfeuer, Wanderstiefel, Sonne in den Augen von Menschen, die man mag, zu süße kalte Getränke, nackte Zehen ins Wasser halten, Maisfelder, die Struktur von Baumrinde, wenn die Bäume über hundert Jahre alt sind, und wie man irgendwie das Leben in ihnen summen spüren kann, wenn man seine Hand auf den Stamm legt. Und es geht um ein Geheimnis.«

»Ein Geheimnis?«, fragt Aaron.

»Ja«, sage ich.

»Was ist das Geheimnis?«

»Das kann ich dir nicht sagen. Es ist ein Geheimnis.«

»Komm schon.«

Ich lache. »Ich weiß es nicht. Ich hab das Buch ja noch nicht gefunden.«

Aaron schmunzelt mich an. »Ich schreib dir so ein Buch.«

»Du schreibst mir ein Buch?«

Er grinst. »Es könnte ein paar Jahre dauern.«

»Und was ist das Geheimnis?«

»Du willst das Geheimnis wissen, obwohl es noch gar keine Charaktere gibt, die das Geheimnis haben?«

»Doch, gibt es!«, sage ich. »Es gibt eine Frau, die ungewöhnliche Kräfte hat. Sie kann spüren, wie alles miteinander verbunden ist. Wie das Wurzelwerk im Wald sich durch den ganzen Boden erstreckt, wie das Internet eigentlich. Und sie kann sich an dieses Netzwerk anschließen und alles hören, was der Wald sagt.«

»Okay, ein Buch über Superkräfte.«

»Aber kein Comic.«

»Lass mich raten, sie verliebt sich in einen Baum.«

Ich lache. »Vielleicht? Vielleicht ist die Seele ihres Geliebten von vor tausend Jahren in dem Baum, und der Wald ist von der Rodung bedroht.«

»Und das wäre dein Lieblingsbuch?«, fragt Aaron.

»Na ja, wenn ich es mir so genau ausdenke, dann ist es nicht mehr so spannend. Darum schreibe ich auch nicht so gern. Dann wüsste ich ja schon das Ende.«

»Man kann auch schreiben, ohne das Ende zu wissen.«

Ich rücke etwas näher zu Aaron. Er liegt auf der Seite und hat das Kinn auf die Hände gestützt und ich kann all seine Wimpern einzeln sehen. Den kleinen Leberfleck neben seinem linken Auge. Die Pickel an seinem Haaransatz. Die Narbe am Kinn.

»Liest du mir was vor? Hast du ein Buch dabei?«

Aaron schaut, als hätte ich gefragt, ob Enten schwimmen können, und zieht ein kleines Taschenbuch aus seinem Rucksack.

»Wo wir's grad von Bäumen hatten«, sagt er.

Das Buch ist eine Gedichtsammlung von Hermann Hesse und

Aaron liest mir ein Gedicht vor, das »Gestutzte Eiche« heißt, und so traurig-schön ist, dass mir eine Träne die Wange runter läuft.

Wie haben sie dich, Baum, verschnitten
Wie stehst du fremd und sonderbar!
Wie hast du hundertmal gelitten,
Bis nichts in dir als Trotz und Wille war!
Ich bin wie du, mit dem verschnittnen,
Gequälten Leben brach ich nicht
Und tauche täglich aus durchlittnen
Roheiten neu die Stirn ins Licht.
Was in mir weich und zart gewesen,
Hat mir die Welt zu Tod gehöhnt,
Doch unzerstörbar ist mein Wesen,
Ich bin zufrieden, bin versöhnt,
Geduldig neue Blätter treib ich
Aus Ästen hundertmal zerspellt,
Und allem Weh zu Trotze bleib ich
Verliebt in die verrückte Welt.

Diese Momente fühlen sich gestohlen an, wie ein heimlicher Griff in die Süßigkeitenschublade. Ich will Aaron all diese Zeit geben, die ich eigentlich nicht habe, und wünsche mir, es gäbe eine Zeitbank, bei der ich einen Kredit aufnehmen könnte, den ich nie vorhätte zurückzuzahlen.

So fühlt sich das also an, denke ich. Verliebt sein. Glücklich verliebt sein. Morgens aufwachen und Aarons Haare im Gesicht kleben haben. Die Wärme spüren, die von seinem Körper strahlt. Näher an ihn dran rücken, eine Hand unter sein T-Shirt schieben und die weiche, verschlafene Haut streicheln. Sein zufriedenes Summen hören. Und dann, wenn er sich zu mir umdreht, froh sein, dass ich schon liege, weil ich sonst einfach umfallen würde, weil da zu viel ist, viel zu viel, Wimpern und Grübchen und Eckzähne. Aber vielleicht ist das alles auch nur so krass, weil wir wissen, dass es vorbei geht? Memento mori oder so. Auf die gleiche Art, wie auch das Leben irgendwie intensiver wird, wenn man weiß, dass man eines Tages stirbt. Wir reden nicht darüber, wann genau Aaron geht. Irgendwann Anfang August, kurz nach der Aktion jedenfalls, vielleicht schon in zwei Wochen.

»Ich find es nicht fair, dass er dich da reinzieht«, hat Nova letzte Woche gesagt. »Er weiß doch, dass das scheiße für dich wird? Ist das nicht ein bisschen egoistisch?«

Aber ich bin unglaublich froh, dass Aaron mich das selbst entscheiden lässt. Dass er sich nicht rausgenommen hat, mich vor meinen eigenen Gefühlen schützen zu wollen, und damit verhindert hätte, dass ich all diese Erfahrungen mache, die sich auf eine ganz besondere Art und Weise wichtig anfühlen.

Ⓐ

Eine Woche vor der Aktion gehen mir dann die Nerven durch und die böse Stimme in meinem Hinterkopf nennt die gestohlenen Momente mit Aaron eine egoistische Zeitverschwendung.

»Das ist doch totaler Größenwahnsinn«, sage ich am Montag zu Sana und Nova, die zu zweit auf der Tischtennisplatte Tischtennis spielen.

»Mika, du *bist* größenwahnsinnig«, sagt Nova. »Ich dachte, das weißt du?«

Ich laufe im Kreis um den Tisch und bin kurz davor, mir die Haare auszureißen. »Wie sollen wir das denn stemmen?«, frage ich. »Wir haben nur so wenig Erfahrung, wir haben eigentlich gar keine Ahnung. Es kann so viel schief gehen.«

»Mika. Mikesh. Mickey. Hallo? Halt die Klappe.«

Nova fängt den Ball und wischt ihn an ihrem T-Shirt ab.

»Du hast es doch selber gesagt. Der Klimawandel wartet nicht und die Maschinen warten auch nicht. Was? Willst du sagen: ›Moment, alles mal kurz anhalten, ich muss mich noch mehr informieren.‹ Und dich dann hinsetzen, erst mal fünf Grundwerke über Anarchismus lesen, ein Semester Politik studieren, für Greenpeace arbeiten und in der Fußgängerzone Leute dazu überreden, ihr Gewissen mit ein paar Spenden zu erleichtern, bevor wir wirklich mal was starten und was verändern?«

»Nova hat recht«, sagt Sana. »Du hast doch im April die ganze Zeit so getan, als wärst du Ché Guevara. Außerdem sind wir ja nicht alleine, und Luca kommt auch Mittwoch. Spiel lieber und hör auf, Stress zu schieben.«

»Ich mein nur, wir werden einfach nicht genug Leute sein.«

»Kein Erfolg mit Camille?«, fragt Nova, und blitzt spöttisch mit den Zähnen.

Wie wenn man vom Teufel spricht, kommt Camille die Treppe vom Schultor herunter und steuert geradewegs auf uns zu.

»Na, lästert ihr über mich?« Sie wirft ihre Haare zurück.

»Wäre das gut oder schlecht?«, fragt Sana.

»Jede Werbung ist gute Werbung«, sagt Camille.

Ich stimme nicht zu, aber habe gerade keinen Bock, mich mit ihr zu streiten.

»Also«, sagt Camille, und dreht einen Tischtennisschläger in ihrer Hand. »Spielen wir?«

»Wusste nicht, dass du Tischtennis spielst«, sage ich.

»Sorry, aber ihr wisst ziemlich wenig über mich«, sagt Camille, nimmt den Ball von Nova und macht den Aufschlag.

Nova rümpft die Nase, aber scheint das Ganze als Herausforderung zu nehmen, Camille so schlecht aussehen zu lassen wie nur möglich. Doch da hat sie sich irgendwie geschnitten – Camille ist gut. Verdammt gut. So gut, dass man sich fragt, wo sie die Übung her hat, wenn man sie sonst nie in den Pausen spielen sieht.

»Ich hab drüber nachgedacht, was du gesagt hast, Mika«, sagt

Camille, während sie elegant einen Ball nach dem anderen zu Nova schmettert.

»Was hab ich gesagt?«

»Über Brigitte Bardot. Angelina Jolie, Emma Watson.«

»Hä? Hab ich was über Angelina Jolie und Emma Watson gesagt?«

Camille rollt die Augen. »Nein, aber, es ist das gleiche Prinzip. Ich sollte mich für was einsetzen. Damit die Leute mich nicht nur für eine dumme Style Queen halten, so was hat nämlich auch wieder keinen Style.«

»Aha?«, sagt Nova, aber ich werfe ihr einen giftigen Blick zu: Sag jetzt bloß nichts.

»Ich hab eine Bedingung«, sagt Camille. »Wenn irgendwelche Interviews geführt werden, dann will ich eure Sprecherin sein.«

»Auf gar keinen Fall«, sagt Nova.

»Weißt du überhaupt, was du denen sagen würdest?«, fragt Sana. »Weißt du irgendwelche Fakten?«

»Ich seh gut aus«, sagt Camille. »Und wir leben eh in einer Welt, wo man sich Fakten einfach ausdenken kann.«

Ich schüttle den Kopf.

»Sorry, aber wenn du dir vor laufender Kamera ›Fakten‹ ausdenkst, dann können wir die ganze Aktion vergessen. Dann werden wir zerfetzt.«

Camille seufzt. »Okay, egal, dann gebe ich mir halt vorher die Fakten.«

»Die Aktion ist nächste Woche«, sagt Sana. »Und du hast keine Ahnung von Klimawandel. Wie willst du das alles noch auswendig lernen?«

Camille lacht, ein fast hämisches Lachen, wie Nova, wenn sie in einem Computerspiel mehrere Gegner auf einmal besiegt hat.

»Wozu bin ich denn bitte zwölf Jahre zur Schule gegangen? Bulimielernen, hallo. Zerbrecht euch mal lieber eure Köpfchen darüber, mir ein schickes Werbevideo zu schneiden.«

Sie gibt Nova den Tischtennisball zurück und dreht sich auf den Absätzen.

»Bye Bitches.«

Wir sind einen Moment sprachlos.

»Wieso hat sie jetzt ihre Meinung geändert?«, frage ich.

Sana scrollt irgendwas auf ihrem Handy und schmunzelt. »Sie hat ein Foto von Henri geliked, dass sechs Monate alt ist.«

Drei Paar hochgezogene Augenbrauen. Wir wissen ja wohl alle, was das bedeutet.

Ich rufe Aaron an, um zu fragen, ob er Lust hat, noch mal ein Video mit mir zu schneiden. Wir kleistern ein paar Szenen aus der Doku zusammen mit Videos von den Blockaden beim Klimacamp, und ich fahre abends zu Camille, um ihr den Text zu zeigen, den wir alle zusammen geschrieben haben.

Das Haus, in dem Camille wohnt, ist nicht, was ich erwartet hätte. Es ist ein kleines, unscheinbares Reihenhaus beim Mooswald, links und rechts eingequetscht zwischen zwei Häuserfronten, identisch bis zu den Blumenkästen vor den Fenstern. Drinnen ist es dunkel, nur Camilles Zimmer ist hell, dank der vier Lampen, die in den Zimmerecken stehen, wie Scheinwerfer in einem Fußballstadion. Über ihrem Bett hängt eine Lichterkette und ein Print von Marilyn Monroe in mehreren grellen Farben. Die Aussicht kommt mir bekannt vor, aus ihren Videos. Was man sonst nicht sieht, ist ein Stapel Hochglanzmagazine auf der Fensterbank, der Plüschhase im Regal, und der Schrank mit den Tischtennis Pokalen.

Camilles Eltern sind nicht zuhause.

Ich setze mich neben sie an den Schreibtisch und gebe ihr den USB-Stick mit dem Videomaterial und dem Aufruf, den wir geschrieben haben.

»Wir haben alles so geschrieben, dass du dich nicht strafbar machst.

Also, dass es vor Gericht nicht standhalten würde, wenn sie sagen, du hast zu Straftaten aufgerufen.«

An Camilles Gesicht kann ich ablesen, dass sie daran gar nicht gedacht hat.

»Okay«, sagt sie und kaut auf ihrer Unterlippe, so wie ich das auch zu oft mache, und ich fühle mich ein bisschen komisch.

»Du musst das nicht machen, das weißt du, oder?«

Vielleicht wäre es besser, wenn sie kneifen würde. Ich muss an die heftige Diskussion denken, die ich noch mit Nova und Sana hatte, nachdem sie gegangen ist. Ob wir uns wirklich einen Gefallen damit tun, Camille als Sprecherin dazu zu holen. Oder ob es uns todesunglaubwürdig macht, wenn jemand, der nie einen konsumkritischen Gedanken gedacht hat und Geld mit Product Placement verdient, für unsere Sache mobilisiert. Vielleicht hat Maria doch recht.

Aber Camille schnalzt nur mit der Zunge und sagt, dass mir inkonsequent sein nicht stehen würde. Und zwei Stunden später ist das Video draußen und die Klicks kommen rein, und ich muss mich vom Handy losreißen, um überhaupt schlafen zu können.

Es klingelt an der Tür. Ich drehe mich zur Seite und schaue auf den Wecker. Es ist erst fünf Uhr dreißig. Wer zum Teufel klingelt um diese Uhrzeit? Ich mache die Augen wieder zu. Es klingelt noch mal lang – aber sollen Karo oder Papa sich doch darum kümmern. Ich bin viel zu müde.

Es klingelt wieder.

Verdammt. Was soll die Scheiße? Wenn es für mich wär, wenn es Nova oder Sana wären, dann hätten sie mir ja wohl eine Nachricht geschrieben.

Ich höre, wie jemand die Treppe runter geht, unten durch den Hausflur schlurft und die Tür öffnet. Dann höre ich Stimmen, Papas Stimme und noch zwei andere. Die Tür zum Schlafzimmer meiner

Eltern geht noch mal auf, und das muss jetzt Karo sein, die auch nach unten geht. Sie sind wild am Diskutieren. Was ist denn bitte da los? Ich schwinge die Beine aus dem Bett und ziehe mir eine Hose an, da klopft es schon an meiner Tür.

»Mika, Schatz?«, sagt Karo. »Wir haben schon wieder eine Hausdurchsuchung.«

Boah, denke ich. Okay.

Ich lasse meine Augen durch mein Zimmer schweifen. Wenigstens hab ich diesmal damit gerechnet. Seit der letzten Razzia ist alles tipp top clean, wir haben alle feinsäuberlich darauf geachtet, kein Aktionsmaterial bei uns zuhause aufzubewahren, und auch nichts in der KTS, sondern alles in Renates Garage zu lagern. Was insofern cool ist, dass wir den Großteil der Sachen, die wir brauchen, schon ganz in der Nähe der Bohrung haben. Ich atme auf. Sie sollten diesmal wirklich nichts finden.

Da geht die Tür auf und der Trupp kommt hereinmarschiert. Diesmal sind es ganz andere Leute als letztes Mal. Sie sehen sich kurz um, sichten sofort meinen Laptop, der zentral platziert auf meinem Schreibtisch liegt, und packen ihn ein. Dann schnüffeln sie noch ein bisschen herum, nehmen aber nichts anderes mit. Klar, denke ich. Sie wollten nur den Keylogger abholen, damit sie jetzt schauen können, was ich seit der letzten Durchsuchung so getrieben habe. Da werden sie aber nichts finden. Nicht mal ein Passwort. Tja.

Ich muss mich fast ein bisschen zurückhalten, nicht zu grinsen. Aber das erledigt Karo dann schon für mich, denn sie ist stinksauer. Noch mal ins Bett geht von uns jetzt keiner mehr, stattdessen sitzen wir alle drei nach der Durchsuchung müde am Küchentisch und schlürfen jeder eine Tasse Kaffee.

Ich kritzele ein Gedächtnisprotokoll auf eine DIN-A-4 Seite und merke, dass Karo und Papa beide noch am Verdauen sind.

Lange Zeit ist nichts bis auf das Ticken der Uhr über der Spüle zu hören.

»Mika«, sagt Karo irgendwann.

»Was?«

»Was ist los mit dir?«

»Was ist los mit mir?«

»Du bist gar nicht schockiert.«

Ich schnaube. »Wieso sollte ich schockiert sein? Das war ja klar, dass die wiederkommen.«

»Ach, ja?«, fragt Karo zähneknirschend. »Und wieso war das klar?«

»Na, weil sie nicht in meinen Laptop reingekommen sind und einen Keylogger angebracht haben, um mich zu überwachen, aber den mussten sie halt auch wieder abholen«, sage ich und schwenke meine Kaffeetasse.

»Sie haben dich überwacht«, sagt Karo und es klingt mehr wie ein Vorwurf als eine Frage.

Ich zucke mit den Schultern.

»Sie haben es zumindest versucht.«

»Stimmt«, sagt mein Vater jetzt und kratzt sich am Bart. »Ich erinnere mich, nachdem du den Laptop wiederbekommen hast, da hast du etwas von Wanzen gesagt.«

»Ja, aber du hast mir ja nicht geglaubt.«

Mein Vater schüttelt den Kopf. »Wieso hätte ich das auch glauben sollen? Du hast ja nichts getan. Die Polizei überwacht ja niemanden einfach so.«

»Tun sie nicht?«, frage ich. »Was war mit den ganzen Klimaaktivistis in Frankreich, die während der Klima-Verhandlungen 2015 unter Hausarrest gestellt wurden? Die haben auch nichts Illegales gemacht und die wurden trotzdem überwacht, nur weil sie öffentlich gegen den Klimawandel sind. Und darum hat die Polizei sie einfach eingesperrt.«

»Das war vielleicht so in Frankreich, wir sind hier zum Glück in Deutschland.«

»Mika. Was hast du gemacht?«, fragt Karo.

»Gar nichts.«

»Hat es was mit dem Klimacamp zu tun?«, fragt sie und *fuck*, wenn hier doch irgendwo Abhörgeräte angebracht sind ...

Ich haue auf den Tisch und lege einen Finger vor die Lippen. Karo wird etwas bleich im Gesicht.

Ich stehe auf, nehme einen Notizzettel von der Theke und schreibe: *Redet bitte nicht laut über so was. Bitte. Nächste Woche erzähle ich euch alles.*

Karo starrt mich an, ihre Augen so durchdringend, als wollte sie mich röntgen. Sie nimmt den Post-it Block aus meiner Hand.

Ich will nicht, dass du illegale Sachen machst.

Der Stift dringt viel tiefer in das Papier als nötig.

Du verbaust dir deine ganze Zukunft!

»Ich muss noch duschen und zur Schule«, sage ich, obwohl es erst halb sieben ist und ich eigentlich noch Zeit habe.

Mein Vater hat das Gesicht in den Händen vergraben und sagt nichts, Karo schaut so, als hätte sie ein Glas Zitronensaft getrunken. Irgendwie tun die beiden mir leid, dass sie ausgerechnet mich als Tochter haben, aber wenn ich mit solchen Gedanken anfange, dann werde ich wieder traurig. So bin ich halt. Ich mache Dinge, die mich glücklich machen. Wenn ihr das nicht wollt, was wollt ihr dann für mich? Ein Leben in stumpfer Sicherheit?

Außer mir gab es auch noch bei Joe eine Hausdurchsuchung, bei allen anderen zum Glück nicht. Und auch bei Joe haben sie nichts mitgenommen bis auf den Laptop. Aarons Laptop war nie verschlüsselt, deswegen hat er ihn damals wahrscheinlich auch so schnell zurückbekommen.

Trotzdem kann es sein, dass sie bei seiner Hausdurchsuchung im April Abhörgeräte angebracht haben und jetzt, wo ich sicher sein kann, dass einige von uns überwacht wurden, bekomme ich ein ganz flaues Gefühl im Magen, wenn ich daran denke, dass uns vielleicht jemand beim Sex belauscht hat. Das war unser erstes Mal und es geht niemanden etwas an, außer uns. Dinge, die wir zueinander sagen, unsere Ängste, unsere Verletzlichkeit. Mir wird ein bisschen schlecht.

Ich frage mich, wie viel die Polizei weiß, ob sie das Video von Camille gesehen haben, ob sie wissen, dass wir eine Aktion planen oder ob die Hausdurchsuchung von Anfang an auf genau dieses Datum festgelegt war.

Aber dann passiert etwas noch viel Merkwürdigeres, noch viel Gruseligeres. Ich bekomme einen Anruf. Am Abend klingelt das Festnetztelefon und mein Vater geht ran. Dann reicht er mir schweigend den Hörer.

»Hallo?«, sage ich.

»Mika Özgül, richtig?«, sagt eine Männerstimme, die mir irgendwie bekannt vorkommt.

»Ja«, sage ich. »Wer ist das?«

Der Mann lacht leise in sich hinein. Durch den Telefonhörer klingt es, als würde jemand mit Schmirgelpapier auf einer Blechdose reiben, als wäre der Anruf von sehr weit weg.

»Milan Ast.«

27

TON STEINE SCHERBEN – KEINE MACHT FÜR NIEMAND

»Ich habe leider nur wenig Zeit«, sagt Milan Ast. »Einen Termin darfst du gleich mit meiner Sekretärin ausmachen, aber ich wollte gerne persönlich anrufen.«

Mir läuft ein kalter Schauer den Rücken herunter. Einen Termin ausmachen? Wozu?

»Woher haben Sie diese Nummer?«, frage ich, schon halb darauf eingestellt, dass er mir mit irgendwas drohen wird. So etwas sagen wird wie: Ich weiß alles über dich. Ich kann dich spurlos verschwinden lassen.

»Ach, das weiß ich gar nicht so genau, da müsstest du meine Sekretärin fragen, die hat ein Händchen für so was. Jedenfalls würde ich mich sehr freuen, wenn du mir im Laufe der Woche noch einen Besuch abstatten könntest. Ich bezahle dir natürlich den Flieger, gar keine Frage.«

»Den Flieger?«

»Ja. Natürlich.« Milan Ast lacht. »Irgendwie musst du ja nach New York kommen.«

Muss ich das?

»Ich fliege nicht«, sage ich fast aus Reflex.

»Oh.« Jetzt lacht er etwas verlegen. »Der Umwelt zuliebe, natürlich, daran hätte ich denken können.«

»Was wollen Sie?«

»Über deine geplante Aktion reden.«

Also, erst mal ist das nicht meine Aktion und zweitens werde ich ganz bestimmt nicht darüber reden. Aber ich sage lieber gar nichts, bevor ich etwas Dummes sage.

»Ich weiß nicht, was Sie meinen.«

»Also gut, ich komme nach Freiburg ins Büro, das wird sich schon irgendwie einrichten lassen«, murmelt Milan Ast und ich höre, wie er sich am Bart kratzt. »Hm. Ja, doch, das sollte gehen. Ich stell dich mal zu meiner Sekretärin durch. Einen Moment.«

In der Leitung dudelt eine Minute lang irgendeine klassische Musik, dann meldet sich eine Frauenstimme.

»Entschuldigung, aber –«, sage ich.

»Würde es Ihnen am Donnerstag passen?«, fragt sie.

Ich lege auf, als ob das Telefon ein heißer Ziegel wäre.

»*Ne oldu*, Mika?«, fragt mein Vater, der immer noch im dunklen Hausflur lehnt. »Wer war das?«

»Milan Ast«, sage ich.

Mein Vater runzelt die Stirn. Er hat wenig übrig für Milliardäre und Anzugträger, aber immun gegen Einschüchterungsversuche ist er nicht.

»Was will er?«

Ich zucke mit den Schultern.

»Mit mir reden.«

»Warum?«

»Das wüsste ich auch gern«, lüge ich und beobachte meinen Vater dabei, wie er kopfschüttelnd seinen Bart krault.

»*Aman allahım*! Du sagst es uns doch, wenn es Probleme gibt? Karo und ich waren auch mal jung, ob du es glaubst oder nicht. Und ich weiß, dass man, wenn man jung ist, auch mal was Dummes macht.«

»Was hast du denn gemacht?«, frage ich ungläubig.

Mein Vater schnauft. »Erinnerst du dich noch an die Gezi Park Proteste?«

Ich schüttle den Kopf. Nicht wirklich.

»Da warst du noch sehr klein. Ich glaube, du wurdest gerade eingeschult.«

»Das war ziemlich groß oder?«, frage ich. »So Proteste gegen die türkische Regierung, weil es keine Pressefreiheit mehr gab? Gegen die Erdoğan Regierung?«

»Ja, so in etwa«, sagt mein Vater. »Der Park war eine der letzten Grünflächen in Istanbul und die wollten sie bebauen. Daraus sind diese riesigen Proteste gegen die Regierung geworden, mit drei Millionen Menschen. Ich weiß nicht, ob du dich daran erinnerst, aber ich war den Frühling für zwei Wochen Oma und Opa besuchen, als Opa so krank war, bevor er gestorben ist.«

Ich erinnere mich nicht, aber ich höre zu.

»Ich hatte nie vor, zu den Protesten zu gehen, aber sie waren plötzlich überall, verstehst du? Mir ging es nicht gut und ich war wütend auf meinen Vater. Du hast ihn nie so erlebt, aber er hat nur noch Sachen gesagt wie ›Erdoğan räumt auf‹, und die ganze Zeit nur auf die Kurden geschimpft.«

»Und was hatte das mit den Protesten zu tun?«, frage ich.

»Wir haben uns gestritten und ich bin aus dem Haus gegangen, um mich den Protesten anzuschließen. Aus Protest sozusagen. Aber auch, weil ich es richtig fand. Da hat eins zum anderen geführt und sie haben mich festgenommen.«

Ich merke, dass mein Mund offen steht, und mache ihn wieder zu. Ich habe meinen Vater sonst noch nicht mal auf eine Demo gehen sehen.

»Und was dann?«, frage ich.

»Sie haben mich wieder nach Deutschland ausgewiesen, weil ich ja zum Glück einen deutschen Pass habe, aber ich darf nie wieder in die Türkei einreisen«, murmelt mein Vater.

Darum besuchen wir Oma nicht mehr? Weil mein Vater es gar nicht darf?

»Elf Menschen sind gestorben«, fügt er hinzu. »Ich bin jeden

Tag froh, dass wir in Deutschland nicht solche Zustände haben. Wir können dafür wirklich dankbar sein. Wir leben hier im Rechtsstaat und das ist auch gut so.«

Dafür haben wir hier Nazis, denke ich, mit einem bitteren Geschmack im Mund. Nazis, die türkische Menschen ermorden, während Verfassungsschutz und Polizei die Beweise verschwinden lassen. Hat mein Vater das etwa vergessen?

»Ich will damit nur sagen: Man kann natürlich immer etwas verbessern, aber du musst aufpassen, dass der Preis nicht zu hoch ist, Mika. Und wenn wir dir irgendwie helfen können, dann musst du uns das sagen. Wir sind auf deiner Seite.«

Ich nicke, bin irgendwie aufgewühlt, weil ich weiß, dass er es gut meint, aber auch, dass er mir gerade nicht helfen kann. Und dass er sich vielleicht nur noch mehr Sorgen machen würde, wenn er wüsste, was los ist.

»Okay.«

Mein Vater nimmt mich in den Arm.

»Wir wollen nur nicht, dass dir was passiert, Mika-*canım*.«

»Okay«, sage ich erneut und beiße mir auf die Unterlippe.

Da geht plötzlich ein Ruck durch das Haus, das Telefon fällt aus der Halterung und mein Vater und ich geraten kurz aus dem Gleichgewicht. Ich stütze mich an der Wand ab, aber so schnell, wie es gekommen ist, ist es auch schon wieder vorbei. Nur eins der Bilder hängt schief.

»*Allah korusun ...*«

Ich hebe das Telefon auf und hänge es wieder zurück.

»Was war das?«

»Ein Erdbeben?«, überlegt mein Vater.

»Ein Erdbeben«, wiederhole ich. »In Freiburg?«

Tatsächlich berichten die Nachrichten später am Tag von einem Erdbeben der Stärke 4,5 auf der Richterskala. Und als ich mich mit den anderen – Nova, Sana, Aaron und Maria – bei der Eisdiele treffe, wollen sie über nichts anderes reden, als dass das Erdbeben vom

Fracking verursacht worden sein muss, wie das in den Niederlanden auch schon oft passiert ist.

»Wisst ihr, wie krass das ist?«, sagt Nova. »Das Atomkraftwerk in Fessenheim ist nur auf eine Stärke von 6 ausgelegt. Das ist nur zwanzig Kilometer Luftlinie von der Bohrung!«

Das Atomkraftwerk steht auf der anderen Seite des Rheins, in Frankreich, weil Frankreich gar nicht daran denkt, aus der Atomenergie auszusteigen. Wenn wir hier jetzt Erdbeben haben, sagt Nova, ist es nur eine Frage der Zeit, bis ein Beben mal eine 6 auf der Richterskala erreicht. Bum. Nukleare Verseuchung.

»Okay«, sage ich. »Aber ich hab wirklich noch was Wichtiges, was ich euch sagen muss.«

Und dann erzähle ich von dem Anruf.

Die anderen sind platt wie die Münzen, die Nova und ich früher immer auf die Tram Schienen gelegt und gewartet haben, bis die Tram drüber fährt, um für einander Freundschaftsanhänger daraus zu machen.

»Wahrscheinlich hängt das mit der Hausdurchsuchung zusammen«, sagt Aaron. »Sie haben nichts gefunden, mit dem sie dich hätten kriegen können, jetzt muss der Typ dich halt selbst davon abbringen, seine Bohrung zu besetzen.«

»Mich«, sage ich.

»Das wissen die ja nicht, dass es bei uns keine Chefs gibt«, sagt Sana, beißt ihre Waffel von unten ab und saugt das Eis raus.

»Und du meinst, Kerogreen und die Polizei arbeiten zusammen?«, frage ich Aaron. »Bist du jetzt Verschwörungstheoretiker?«

»Ähm, ja?«, sagt Maria. »Der Bullenchef ist bei Kerogreen im Vorstand.«

»Was?«

Wir drehen uns alle vier zu ihr um und auch Nova, die einen Kopf auf Marias Schulter gelegt hat, setzt sich auf.

»Das wusstet ihr nicht?«, fragt Maria.

»Wir haben uns beim Recherchieren irgendwie mehr auf die Firma und die Umweltauswirkungen konzentriert«, gebe ich zu. »Wir kämpfen ja eigentlich nicht gegen die Polizei.«

Maria lacht verbittert. »Das sehen die Bullen wohl anders. Und ich will schon gegen die kämpfen. Die sind ein Apparat der Unterdrückung, der den Staat stützt. Was auch immer wir verändern wollen, wer stellt sich uns jedes Mal in den Weg? Die. Verdammt, kapiert ihr das nicht? Das sind nicht unsere Freunde.«

Ich weiß, dass sie irgendwo recht hat, aber ich habe trotzdem das Gefühl, dass es uns vom Ziel ablenken würde, jetzt näher darauf einzugehen.

»Ist das überhaupt legal?«, fragt Nova. »Das kann doch nicht legal sein.«

»Doch«, sagt Maria. »Sollte euch doch mittlerweile klar sein, dass nicht alles, was legal ist, auch richtig ist, und umgekehrt.«

»Die Frage ist doch, was wir wegen dem Anruf machen«, sagt Aaron.

»Nichts«, sagt Maria. »Ignorieren. Er versucht halt, uns einzuschüchtern.«

»Vielleicht sollten wir aber mit ihm reden«, sagt Sana.

Alle Köpfe drehen sich zu ihr und ich bekomme ein flaues Gefühl im Magen, bei der Vorstellung, diesem Stalker auch noch gegenüber sitzen zu müssen.

»Was soll das bringen?«, fragt Maria.

»Guten Willen zeigen. Dialogbereitschaft. Damit die Medien uns nicht wieder Ökoterroristen nennen.«

»Das tun sie sowieso«, sagt Nova.

»Ja, vielleicht«, sage Sana. »Aber sogar RTL hat mal einen Beitrag gemacht, wo die beim Klimacamp die ganze Polizeigewalt gegen einen Finger gezeigt haben. Das hat auch nur geklappt, weil die Leute super friedlich waren.«

»Hm«, sagt Aaron. »Die hatten aber auch ein Filmteam dabei. Ich glaub nicht, dass er uns mit einem Filmteam ankommen lässt. Und was bringt das Ganze, wenn keiner davon weiß?«

»Nichts, außer die Aktion zu gefährden«, sagt Maria. »Und uns. Mit solchen Typen redet man nicht. Du wirst den nicht überzeugt bekommen, plötzlich Umweltfreund zu werden. Das ist der Christian Lindner der Gaskonzerne. Für den sind wir dumme Kinder und nichts weiter.«

»Ich finde, wenn jemand Bedenken dagegen hat, sollten wir einfach nicht mit ihm reden«, sagt Nova. »Und der Typ hat Mikas Telefonnummer rausgefunden. Der weiß bestimmt auch, wo sie wohnt. Wenn jemand von uns in Gefahr ist, dann sie.«

Ich vergrabe das Gesicht in den Händen. Daran hatte ich noch überhaupt nicht gedacht. Nein, daran will ich auch gar nicht denken. Ich darf nicht zulassen, dass mich so ein blöder Anruf aus der Bahn wirft, das ist doch genau das, was er will.

Aaron scheint zu spüren, wie es mir geht, und streichelt unauffällig meinen Fuß. Ich konzentriere mich darauf, wie sich seine rauen Fingerspitzen anfühlen.

»Okay«, murmele ich. »Wenn er sich darauf einlässt, dass wir das Ganze filmen, dann bin ich dabei«, sage ich. »Aber an einem öffentlichen Ort, öffentlich angekündigt und nicht alleine.«

Ich schaue zu Maria rüber. Sie nickt.

»Wenn, dann so. Ich glaub ja nicht, dass er sich drauf einlässt, aber wenn doch, kann er sich halt zum Affen machen.« Sie lächelt verbissen. Es ist vielleicht das erste Mal, dass ich sie in meine Richtung lächeln sehe.

Luca wartet am Mittwoch nach der Schule am Hauptbahnhof auf mich. Zwischen all den Punks und Reisenden fällt er mit dem großen Rucksack und den Tattoos gar nicht richtig auf. Hab ich schon mal erwähnt, dass die meisten Menschen noch schöner sind, wenn sie einen großen Rucksack aufhaben? Wir gehen über die blaue Brücke, am Kirchpark vorbei, und holen uns Falafel von Amara.

»Es sieht aus, als wär Herbst hier«, bemerkt Luca und zeigt auf die braunen Blätter, die überall an den Straßenrändern liegen. Auch das Gras im Park ist komplett vertrocknet und gelb. Wenn man sich darauf legt, ist es nicht mehr kühl und sanft, sondern pikst am Rücken.

In den Nachrichten berichten sie jetzt auch darüber: metertiefe Risse im Boden. Die Dreisam erreicht den Rhein nicht mehr und versickert vorher. Das Gemüse vertrocknet. Ein Wirbelsturm in Nordrhein-Westfahlen hat mehrere Menschen getötet. Und das geht jetzt schon ein paar Sommer lang so.

Ich schüttle die Traurigkeit ab, die sich schon wieder in mir breitmachen will.

Zumindest tut es gut, Luca zu sehen, auch wenn Karo gar nicht begeistert ist, dass ich schon wieder jemanden mit nach Hause bringe, der aussieht, als würde er mit mir eine Bank ausrauben. Ich hab meinen Eltern vorher erklärt, welche Pronomen sie für Luca benutzen sollten, aber ich merke trotzdem, dass mein Vater ihn beim Abendessen öfter etwas schräg anschaut.

»Also, nur damit ich das verstehe, du bist eigentlich eine Frau?«, fragt er.

Luca stochert in seinen Bratkartoffeln herum.

»Äh. Nein. Also. Nein, bin ich nicht. Nur biologisch.«

»Wie muss ich mir das vorstellen?«, fragt mein Vater. »Ist gar nicht böse gemeint, ich höre das nur zum ersten Mal.«

Oh mein Gott, denke ich. Du musst dir das überhaupt nicht vorstellen!

»Ist schon okay«, sagt Luca und vergräbt die nackten Zehen im Teppich unter dem Tisch, als wäre es eben nicht okay. »Ich glaube halt nicht an Geschlechter. Ich mag das nicht, wie Menschen mich behandeln, wenn sie mich als Frau sehen.«

»Aber das mag ja kaum eine Frau«, sagt Karo. »Das ist ja der generelle Sexismus.«

»Bei mir ist das mehr als das«, sagt Luca. Dann sind plötzlich alle leise und keiner weiß mehr so richtig, was er sagen soll und keiner will fragen, was »mehr als das« bedeutet. Nur ich weiß, dass es wahrscheinlich diese *Dysphorie* ist, von der Luca erzählt hat. Dass er sich in seinem Körper nicht wohl fühlt. Wie es ihm jetzt wohl geht? Bestimmt nicht gut.

»Ist ja auch egal, oder?«, sage ich. »Luca fragt euch auch nicht, was ihr zwischen den Beinen habt. Gibt auch echt interessantere Themen.«

Ich nehme heimlich Lucas Hand unter dem Tisch, drücke einmal sanft zu, und hoffe, dass er es als Entschuldigung versteht.

»Sorry deswegen«, sage ich später, als wir die Klappmatratze unter meinem Bett rausziehen und uns die Zähne putzen.

»Bin ich gewohnt«, sagt Luca.

Solltest du aber nicht sein, denke ich, und mache das Deckenlicht aus und das Nachtlicht an. Du solltest dich nicht ständig erklären und super intime Fragen über deine Identität beantworten müssen. Ich kann mir vorstellen, wie anstrengend das sein muss. Aber von selbst darüber informieren werden sich wohl die wenigsten Menschen, die nicht davon betroffen sind. Ich selbst eingeschlossen. Ich nehme mir vor, das zu ändern.

»Magst du kurz wegschauen?«, fragt Luca. »Ich soll nicht mit Binder schlafen, weil das ungesund ist.«

»Was ist ein Binder?«, frage ich.

»Äh. Das Ding was meine Brüste flach drückt.«

»Oh, ok«, sage ich und drehe mich um, bis Luca sich umgezogen hat und in seinen Schlafsack gekrochen ist.

»Ist das ok, wenn ich solche Fragen stelle? Ich kann auch jederzeit den Mund halten.«

Luca lächelt. »Ja, das ist ok. Ich fühl mich von dir nicht beurteilt oder so. Hab das Gefühl, du bist sehr rücksichtsvoll.«

Es ist fast ein bisschen wie damals, als Hannes hier geschlafen hat, nur dass ich jetzt drei Jahre älter bin und mir zumindest einbilde, ein besseres Gespür entwickelt zu haben, auf wen ich mich verlassen kann, und auf wen nicht. Luca dreht sich in seinem Schlafsack und schaut mich an.

»Hey«, sage ich.

»Hey«, sagt Luca.

»Ist das bequem da unten? Ich weiß, die Matratze ist ein bisschen scheiße.«

Luca lacht. »Geht so. Aber ich hab's auch schon öfter hingekriegt, auf dem Boden zu pennen.«

»Wir können auch tauschen, oder du kommst hoch, mein Bett ist groß genug.«

»Bist du sicher?«, fragt Luca.

»Ja«, sage ich.

Was ist schon dabei? Mit Sana und Nova hab ich schließlich auch schon in einem Bett geschlafen.

In Sana und Nova bist du auch nicht verknallt, sagt eine Stimme in meinem Kopf.

Stimmt das? Bin ich in Luca verknallt?

Nee, das ist doch Quatsch, oder? Ich bin doch mit Aaron zusammen. Und ich hab ihm das zwar nicht so direkt gesagt, aber ich bin ziemlich sicher, dass ich Aaron auch liebe. Jedenfalls wüsste ich nicht, was dieses Gefühl sonst sein soll, wenn das keine Liebe ist. Ich bin verdammt abnormal glücklich, jedes Mal, wenn wir uns sehen und auch, wenn wir uns nicht sehen, und ich nur an ihn denke.

Das Nachtlicht fängt sich in Lucas Haarstoppeln, als er zu mir unter die Decke geklettert kommt.

Meinem Herzschlag nach zu urteilen hatte die Stimme doch recht. Kann doch nicht wahr sein?

»Gute Nacht, Mika«, flüstert Luca und streicht mir eine Haarsträhne aus der Stirn. Es ist gut, dass ich schon liege, weil ich gerade ein bisschen zu Wackelpudding werde. Ich kann doch nicht in zwei Menschen gleichzeitig verknallt sein.

»Gute Nacht«, flüstere ich zurück.

Unsere nackten Beine berühren sich ganz leicht und ich habe

plötzlich den Drang, mich an Luca anzukuscheln, einen Arm unter seinem Hals durch zu schieben und die andere Hand auf seine Hüften zu legen, ihn zu mir zu ziehen und seinen Herzschlag zu spüren.

»Was ist?«, fragt Luca.

»Was ist was?«, frage ich.

»Du guckst mich so an.«

»Wie guck ich dich an?«

Luca streicht sich über den Kopf. »Verwirrt irgendwie.«

»Ich bin ein bisschen verwirrt«, gebe ich zu.

»Wegen was?«

»Ich würd irgendwie gern mit dir kuscheln«, sage ich, Herzschlag in meinem Hals.

Ich will wissen, wie sich das anfühlt. Ob es irgendwas daran ändert, was ich für Aaron fühle.

»Ich würde auch gern mit dir kuscheln«, sagt Luca und rückt ein bisschen näher, aber nicht komplett, sondern lässt ein paar Zentimeter zwischen uns.

Er lässt mich ihm ein Stück entgegenkommen, bis wir ganz aneinander liegen. Lucas Kopf an meinem Hals, meine Hand auf Lucas spitzen Hüftknochen, da, wo sein Shirt ein Stück nach oben gerutscht ist und ich aus Versehen seine Haut berühre. Luca zittert ein bisschen und mir wird für einen Augenblick schwindelig.

Ist das eigentlich gerade okay? Aaron und ich haben nie darüber geredet, und ich hab nie damit gerechnet, dass so was passiert, schon gar nicht in diesem einen Monat. Ich versteh das nicht. Das ist hier doch keine blöde Rom-Com mit Dreiecksbeziehung, wo ich mich irgendwann für einen von beiden entscheiden muss. Ich bekomme plötzlich Angst, dass ich gerade alles kaputtmache, und rücke wieder ein Stück zurück.

»Sorry«, sage ich. »Ich – ich bin gerade extrem verwirrt.«

»Wegen Aaron?«, fragt Luca und nimmt meine Hand, streichelt mit dem Daumen über meinen Handrücken.

»Ja«, sage ich.

»Seid ihr eigentlich zusammen?«

Ich nicke.

»Monogam?«, fragt Luca.

»Was?«

»Na, ob ihr monogam seid, oder nicht.«

»Oder ob wir 'ne offene Beziehung haben?«

»Ja, wenn du das so nennen willst.«

Ich kaue verzweifelt auf meiner Unterlippe herum.

»Wir haben nicht drüber geredet. Also, ich geh davon aus, dass wir eine ganz normale Beziehung haben.« So normal das eben sein kann, wenn eine Beziehung ein Ablaufdatum hat.

»Was ist denn eine normale Beziehung?«, fragt Luca.

Ich verdrehe die Augen. »Na ja, eine wo man nicht mit anderen Menschen knutscht halt.«

Luca lacht. »Das soll normal sein? Hast du schon mal Statistiken angeguckt, wie oft Leute fremdgehen?«

Ich schüttle den Kopf. »Ich will aber nicht fremdgehen.«

»Nein, das will ich ja auch nicht«, sagt Luca, »dass du das tust. Tut mir leid. Ich wusste nicht, dass ihr zusammen seid und wie eure Beziehung aussieht.«

»Was willst du denn?«, frage ich.

»Na ja, ich mag dich«, murmelt Luca und lächelt mich an. Mir wird total warm im Gesicht.

»Und ich hab mir ein bisschen eingebildet, dass du mich auch magst.«

»Ich mag dich auch«, sage ich schnell. »Deswegen bin ich ja auch so verwirrt gerade.«

»Wieso?«

»Weil ich Aaron doch schon so mag. Ich hab nicht gedacht, dass es nicht genug ist.«

Luca runzelt die Stirn. »Wieso sollte das nicht genug sein?« Er schiebt eine Hand unter seinen Kopf. »Nur weil du mich magst, heißt das ja nicht, dass irgendwas mit ihm oder eurer Beziehung nicht stimmt. Und befreundet bist du ja normalerweise auch mit mehr als einem Menschen.«

Hm, da habe ich so noch nie drüber nachgedacht.

»Soll ich jetzt mit Aaron und mit dir zusammen sein, oder was?«, frage ich.

»Du sollst gar nichts«, sagt Luca und gähnt. »Aber ich hätte nichts dagegen. Solange alle davon wissen, alle damit okay sind und Rücksicht aufeinander nehmen.«

»Du hättest nichts dagegen? Du wärst dann kein bisschen eifersüchtig?«

Luca streckt mir dir Zunge raus. »Vielleicht schon, manchmal. Das kommt immer drauf an, wie mensch mit so was umgeht.«

Ich starre ihn ungläubig an. »Hast du so was denn schon mal gemacht?«

»Ja«, sagt Luca. »Ich verlieb mich öfter in mehrere Menschen gleichzeitig. Ich war letztes Jahr mit Olivers Freundin Klara zusammen und hab mich ab und zu noch mit anderen getroffen. Das war zwar nichts super festes, aber es hat funktioniert.«

»Okay«, sage ich vorsichtig. »Und warum seid ihr nicht mehr zusammen?«

»Ach so, das hatte nichts mit Polyamorie zu tun. Wir haben einfach komplett verschiedene Vorlieben im Bett und irgendwie war es dann doch besser, nur befreundet zu sein.«

Wir müssen beide darüber lachen, was für ein Pech das ist.

»Okay«, sage ich noch mal. »Ich glaub, ich muss das alles erst mal verdauen.«

»Kein Stress«, sagt Luca. »Ich kann auch unten schlafen?«

Ich schüttle den Kopf. »Kein Stress.«

Wir lächeln uns an.

Als ich Donnerstag auf dem Weg nach Hause bin, geht mein Fahrrad kaputt. Einfach so. Ich fahre an der Dreisam entlang, das plätschernde Wasser rechts von mir, an der Brücke mit der Schaukel vorbei.

Klack. Die Pedale treten nicht mehr. Ich trete im Fahren mit dem linken Fuß dagegen, aber sie bewegen sich nicht. Vorsichtig rolle ich an die Seite, knie mich hin und untersuche das Rad. Ich versuche, die Pedale mit der Hand zu drehen, die Gänge zu schalten. Nichts. Und ich habe gar keinen Bock, von hier zu schieben. Ich kette das Rad am nächsten Zaun an und laufe Richtung Tram.

Wenn eine Sache in Freiburg scheiße ist, dann ist es, kein Fahrrad zu haben. Das letzte Mal, dass ich beim Schwarzfahren erwischt wurde, haben die Kontrollettis gleich mit der Polizei gedroht, nur weil ich meinen Perso nicht dabei hatte. Und nicht beweisen konnte, wer ich bin und wo ich wohne. Dann musste ich denen echt 60€ in bar geben, nur damit sie mich in Ruhe lassen. Ich hatte natürlich keine 60€ dabei und musste mit den Kontrollettis aussteigen und zur Bank gehen, wo noch mal 5€ Abhebegebühren drauf kamen, weil's nicht meine Bank war. Alter. Was für ein Scheißtag.

Diesmal kauf ich mir lieber eine Fahrkarte. Auf dem Weg zur Tram klebe ich noch ein paar *Burn Borders Not Coal* Aufkleber vom Klimacamp an die Stromkästen und die Ampeln und fühle mich schon etwas besser.

»Was sind denn das für Aufkleber, wenn ich fragen darf?«, sagt eine Frau, die hinter mir in die Tram einsteigt.

Sie ist klein und rundlich, trägt eine rosa Bluse und eine dünnes Halstuch.

»Das sind Aufkleber gegen Grenzen und den Braunkohleabbau«, sage ich. »Weil Braunkohle den Klimawandel mitverursacht und der ja auch eine der Fluchtursachen ist.« Ich mache mich schon darauf gefasst, dass ihr das nicht gefallen wird.

»Also, da hab ich andere Theorien gelesen«, sagt sie, als sich die Tram in Bewegung setzt und ich keine Möglichkeit mehr habe, zu fliehen. »Es gibt da im Netz diese *Truther*-Bewegung, hast du davon schon mal gehört? Da geht es darum, die Wahrheit hinter diesen Verschwörungen herauszufinden.«

Oh je. Verschwörungen. Bei mir klingeln alle Alarmglocken.

»Der Klimawandel, das ist doch nur eine Lüge, um uns dazu zu bringen, noch mehr effiziente Autos und Kühlschränke zu kaufen«, sagt die Frau.

Ich seufze. Das Problem mit diesen Verschwörungstheorien ist ja, dass sie verdammt noch mal zu einfach sind. Oft kommt es mir so vor, als würden die Menschen, die sich so was ausdenken, einfach nur versuchen, alle Verantwortung loszuwerden. Wenn wir von einer ganz anderen Spezies von Reptilien regiert werden, zum Beispiel, dann müssen wir auch nicht überlegen, was Menschen dazu treibt, zu macht- und geldgeilen Monstern zu werden.

Ja, Regierungen sind korrupt und egoistisch. Aber nicht, weil sie von Eidechsen besetzt sind. Wer kommt überhaupt auf solche Ideen und meint die dann auch noch ernst?

Und ja klar, Firmen versuchen aus dem Klimawandel auch noch Profit zu schlagen und uns alle zu verarschen, indem sie uns »grünere« Autos verkaufen. Aber das heißt doch nicht, dass es den Klimawandel nicht gibt.

»Und die Regierung, die will uns destabilisieren, mit den ganzen Flüchtlingen, die die ins Land lassen«, legt die vermutliche AfD-Wählerin los. »Wenn die die Grenzen wieder aufmachen, das geht ganz schnell, in zwei drei Jahren müssen hier alle Frauen ein Kopftuch tragen. Du auch.«

Anscheinend gehe ich heute mal wieder als weiß durch, sonst hätte sie mich schon lange gefragt, wo ich denn herkomme. Das passiert irgendwie öfter, dass Leute den Migrationshintergrund der Menschen in ihrem persönlichen Umfeld voll übersehen. Wenn's um die bösen Ausländer geht, die »uns« die Arbeitsplätze wegnehmen, sind solche Leute ganz vorne beim Meckern dabei, aber wenn's um den netten Friseur um die Ecke geht, oder die nette Bäckerin, dann ignorieren sie einfach mal, dass das Türk*innen und Russ*innen und

Pol*innen sind, die ihnen die Haare schneiden und Brötchen backen und mit denen sie sich immer so nett unterhalten.

»Da machen Sie sich mal keine Sorgen«, sage ich. »Das wird nicht passieren.«

»Doch, das wirst du noch sehen, wenn die die ganzen Islamisten reinlassen.«

Ich frag mich, was Sana dazu sagen würde. Wenn sie hier wäre, würde sie wahrscheinlich entweder ihr zuckersüßes Lächeln aufsetzen und in ihrem wunderschönsten akzentfreien Hochdeutsch erzählen, dass Deutschland ganz schön aufgeschmissen wäre, wenn plötzlich alle hoch qualifizierten Ärzt*innen und Ingenieur*innen wieder in ihre Herkunftsländer zurückkehren würden und alle Pfleger*innen, alle Reinigungskräfte auch – die genau die Jobs machen, die Bio-Kartoffeln nicht machen wollen. Oder sie würde ihre Faust durch ein Fenster schlagen und aus der fahrenden Tram springen.

»Islamist*innen sind eine Minderheit«, merke ich an. »Die meisten Muslime wollen niemanden zwingen, ein Kopftuch zu tragen. Nicht alle Muslima tragen Kopftücher und außerdem sind auch nicht alle Geflüchteten Muslime, sondern auch Christ*innen oder gar nicht gläubig.«

»Da wär ich mal nicht so naiv«, sagt die Frau. »Da haben die Politiker sich schon was dabei gedacht. Das steht alles in diesem Geheimvertrag da, der Vertrag von Lissabon. Da hat Merkel in Deutschland die Todesstrafe wieder legalisiert. Das kann man alles im Internet nachlesen.«

Äh. Was?

»Da steht auch, dass die Kriminalität um tausend Prozent gestiegen ist, seit der Flüchtlingskrise.«

»Wo das denn?«, frage ich.

»In Schweden.«

»In Schweden ist die Kriminalität um tausend Prozent gestiegen«, wiederhole ich.

»Ja«, sagt die Frau.

»Und das sagt wer?«

»Da gibt es öffentliche Statistiken drüber«, sagt die Frau. »Das musst du einfach mal auf Google eingeben. Und auch den Vertrag von Lissabon.«

Ich bin mir tausend Prozent sicher, dass sie sich diese Statistiken gerade ausgedacht hat, und merke schon, dass dieses Gespräch nicht weit führen wird, wenn ich auf so was eingehe.

»Ich bin auch kein Fan von der Politik«, sage ich stattdessen. »Da sind wir, glaub ich, einer Meinung, dass die Regierung nicht im Sinne der Bevölkerung handelt. So naiv bin ich nicht.«

»Ja, das ist gut so.«

»Aber die Flüchtlingskrise so zu instrumentalisieren, das ist doch Ablenkung.«

»Ja, das ist Ablenkung.«

»Schauen Sie mal, dann sind wir da auch einer Meinung. Das sind Menschen, die aus ihrer Heimat fliehen müssen und die hier in Containerburgen gesteckt werden. Und die Container werden von Nazis angezündet. Und dann sollen wir den Geflüchteten auch noch die Schuld daran geben, wenn es uns schlecht geht?«

»Nee, das ist ja auch nicht richtig. Die Heime anzünden, dass soll man nicht. Gar nicht erst ins Land lassen sollte man die.«

Ich unterdrücke ein Stöhnen. »Wo sollen die dann hin?«

»Zuhause bleiben«, sagt die AfD-Wählerin.

»Das würden die Menschen ja auch am liebsten. Aber da ist Krieg.«

»Da können wir ja nichts für«, sagt die AfD-Wählerin.

Doch, denke ich. DOCH. Können wir. Mit unserem Lebensstil, der den Klimawandel vorantreibt und in vielen Regionen für Dürre und fehlgeschlagene Ernten sorgt.

Mit unseren Waffenexporten, die unsere Industrie reich machen und dort Kriege füttern.

Mit unserer Politik, die korrupte und kontrollierbare Politiker in diesen Regionen unterstützt.

Mit unserer Armee, die »präventiv« außerhalb Deutschlands eingesetzt wird, um unseren Zugang zu ausländischen Ressourcen zu verteidigen.

Mit dem Kolonialismus damals und heute, von dem wir immer noch profitieren.

Aber ich weiß nicht, wie ich der Frau diese komplexen Zusammenhänge kurz und knapp erklären soll, wenn sie doch so gern eine einfache Antwort möchte. Und wie ich verhindern soll, dass sie sich persönlich angegriffen fühlt, wenn ich ihr sage, dass sie für den Krieg im Nahen Osten mitverantwortlich ist.

»Ich glaube«, sage ich vorsichtig, »wir sollten die Schuld nicht bei Minderheiten suchen, sondern das System, in dem es reich und arm gibt, infrage stellen. Es geht darum, ob wir in einer kalten, egoistischen Welt leben wollen, oder in einer, wo wir einander helfen und füreinander da sind, egal welches Geschlecht jemand hat, welche Hautfarbe, wo er oder sie geboren ist. Ich zumindest will viel lieber in so einer Welt leben.«

»Das kann aber noch lange dauern«, sagt die Frau.

»Nein. Das gibt es schon. Es gibt so viele Orte, wo Menschen so leben und sich selbst organisieren. Ohne Regierungen. Manchmal auch ohne Geld. Wo alle gleichberechtigt sind, auch wenn sie verschieden sind.«

Sie runzelt die Stirn. Davon hat sie wohl noch nichts im Internet gelesen.

»Wir sind ja auch verschieden«, sage ich. »Und trotzdem reden wir grad miteinander.«

»Ja. Find ich auch gut. Viele Leute wollen ja erst gar nicht mit mir reden.«

Ich fraaaage mich wieso, bin aber gleichzeitig froh, es geschafft zu haben das Gespräch in eine andere Richtung zu lenken. Ob sie was daraus gelernt hat? Wahrscheinlich nicht. Ich mache das hauptsächlich, um ihren rassistischen Müll nicht unkommentiert stehen zu lassen.

»Ich muss hier aussteigen«, sage ich. »Einen schönen Tag wünsche ich Ihnen noch.«

»Ebenso«, sagt sie.

Dann drücke ich ihr noch einen Sticker in die Hand. »Ich bin übrigens Deutschtürkin«, sage ich grinsend und steige aus.

Jetzt habe ich doch ganz vergessen, mir eine Fahrkarte zu kaufen. Wenn ich den Kontrolettis erzählt hätte, dass ich leider kurz die AfD bekämpfen musste, hätten die das durchgehen lassen? Na ja, noch mal gut gegangen. Von der Haltestelle sind es zum Glück nur ein paar Minuten bis nach Hause, denn ich habe verdammt Hunger. So viel Hunger, dass ich den dunklen Mercedes erst bemerke, als er neben mir hält und die Türen aufgehen.

»Frau Özgül«, sagt der Typ, der aussteigt. »Wir müssen Sie bitten, mitzukommen.«

28

COCHISE – RAUCHZEICHEN

»Wer sagt das?«, frage ich.

Der Typ schaut genervt. »Steigen Sie ein.«

»Sind Sie von der Polizei?«

Ich mustere den Mann kritisch. Er sieht eigentlich nicht so aus wie ein Cop, höchstens wie ein Zivi – schwarze Jacke, graue Cap, dunkle Jeans.

Am Steuer sitzt noch einer, der aussieht wie ein Klon von dem, der mit mir redet, nur, dass der dazu noch eine Sonnenbrille trägt. Vielleicht der Verfassungsschutz?

Ich hab schon davon gehört, dass es in der Szene immer wieder zu Anquatschversuchen kommt. Da kommt ein V-Mann oder eine V-Frau auf einen zu und versucht, einen dazu zu bringen, Informationen weiterzugeben.

Oft fängt es mit etwas scheinbar Harmlosem an. So was wie »Hast du ein paar Flyer für uns?«. Manchmal bieten sie einem Geld an, oder, falls man schon Stress mit dem Gesetz hat, mildere Strafen. Joe hat gesagt, die wissen genau, bei wem sie es versuchen. Und wenn man darauf eingeht, wissen sie, dass sie einen so lange unter Druck setzen können, bis man seine Freund*innen verrät.

Typ eins hält die Tür für mich auf. Das ist aber alles andere als harmlos.

»Jetzt machen Sie kein Theater«, brummt er.

»Und wenn ich nicht mitkomme?«

Er trommelt mit den Fingern auf dem Rahmen der Autotür. Dann greift er meine Schulter und drückt mich unsanft auf die Rückbank. Mein Puls springt durch die Decke.

Was passiert hier? Ich bin mir sicher, dass das gerade gegen das Gesetz verstößt. Dass die das auf keinen Fall dürfen. Dass ich, wenn man das genau betrachtet, gerade entführt werde.

Er knallt die Tür zu und geht nach vorne. Die Sicherung klickt durch das Auto. Ich komm hier nicht raus. Mein Handy. Mein Handy ist noch im Rucksack, vielleicht kann ich jemanden anrufen. Ich fummle nach dem Reißverschluss der kleinen Tasche.

»Machen Sie keinen Unfug«, sagt Typ eins und ich erstarre.

Seine Jacke hat keine Logos. Er hat ein Allerweltsgesicht und ich erinnere mich nicht, welches Kennzeichen das Auto hat. Nur, dass es ein dunkler Mercedes ist.

»Ich widerspreche allem, was Sie gerade tun.« Meine Stimme zittert. »Ich will wissen, warum Sie mich mitnehmen.«

Die beiden sagen gar nichts. Ignorieren mich einfach. Ich beiße die Zähne zusammen. Versuche, mir nicht auszumalen, was jetzt mit mir passiert. Ob ich im Gefängnis landen werde, oder in einem verlassenen Waldstück, unter einer Laubschicht vergraben, mit einer Kugel zwischen den Augen.

Okay, das war nicht hilfreich.

Sie wissen von der Aktion, denke ich. Klar wissen sie davon, wir waren schließlich die letzten Wochen nicht umsonst dabei, überall Flyer zu verteilen. Camilles Video ist online und hat mehr als 300.000 Klicks. Und daran, dass ich überwacht wurde oder *werde*, ist eigentlich auch kein Zweifel mehr.

Mir ist schlecht. So schlecht, dass ich Angst bekomme, den Typen vor mir in den Nacken zu kotzen.

Ich fühle mich hin und her geworfen zwischen Schule, Polizei und Bürokratie, überall unfrei, überall kontrolliert und bewertet und als falsch befunden.

Mit mir stimmt etwas nicht. Ich bin ein Fehler. Ein Fehler im System, der beseitigt werden muss.

Es ist ganz anders, als bei der Kohleblockade. Da wusste ich ungefähr, auf was ich mich einlasse, habe mich selbst dazu entschieden und mich auf die Konsequenzen vorbereitet. Da habe ich mich stark gefühlt, und selbstsicher. Jetzt fühle ich mich wie ein Kaninchen, das auf der Autobahn sitzt und es nicht schafft, wegzurennen.

Plötzlich hält der Wagen, keine fünf Minuten von dem Punkt entfernt, wo sie mich aufgegabelt haben. Eigentlich sollten sie doch mit mir reden, oder? Versuchen, mich auszuquetschen. Aber die beiden schweigen. Wenn sie nicht vom Verfassungsschutz sind, was wollen sie dann?

Die Sicherung klickt aus den Türen.

Da sehe ich, wo wir sind. Der Bürokomplex von Kerogreen strahlt im Sonnenlicht, das von den vielen gläsernen Winkeln und Stahlbalken springt und in alle Richtungen zerstreut wird.

Die zwei Typen steigen aus und zerren mich aus dem Auto. Sie halten mich nicht fest, sondern flankieren mich links und rechts. Ich weiß trotzdem, dass ich nicht weglaufen kann. Und es ist weit und breit kein Mensch in Sicht, der mir helfen könnte.

Sie bringen mich zum Eingang des Gebäudes, wo eine Frau mich durchsucht und mir meinen Rucksack abnimmt, samt Handy.

Tu doch irgendwas, sagt eine Stimme in meinem Kopf. *Du kannst dir das doch nicht einfach gefallen lassen! Mach eine Szene! Fang an zu schreien! Notwehr!*

Aber mein Körper tut nichts, als den türkisen Stöckelschuhen der Rezeptionsdame zu folgen, durch den Flur, der vom Eingangsbereich wegführt.

Ich muss kleiner anfangen, denke ich. Meinen Puls unter Kontrolle kriegen. Raus aus dem Tunnelblick. Okay. Wo bin ich?

Es ist nur ein Büro. Kein Knast. Keine Polizeistation. Ich war schon mal hier. Dieser Gedanke schafft es, mich ein kleines bisschen zu beruhigen.

Wenn man genau hinschaut, wirkt das Gebäude wie ein übergroßes Pappe-Modell eines Büros. Unfertig. Als könnte es jeden Augenblick in sich zusammenfallen wie ein Kartenhaus.

Die Stöckelschuhe machen vor einer milchigen Glastür halt.

Milan Ast, CEO, steht in kleinen, silbern glänzenden Buchstaben darauf.

Das Büro von Milan Ast ist zwar bestimmt das größte, aber ich gehe davon aus, dass er in New York noch ein viel schickeres hat. Er steht von seinem Ledersessel auf, als ich hereinkomme, glättet sein hellblaues Hemd, und will mir die Hand geben.

Ich starre seine ausgestreckte Hand an und nehme sie nicht.

Als wäre nichts gewesen, bietet er mir den etwas weniger spektakulären Sessel gegenüber an.

»Sooo«, sagt er, als die Tür hinter mir zufällt.

»So?«, wiederhole ich und lasse meinen Blick durch den Raum wandern. »Ich hab keine Lust, zu reden, und Sie lassen mich kidnappen? Haben Sie jetzt eine private Söldnerarmee, oder was?«

Vor dem Fenster stehen ein paar Bonsai, die in ihren Töpfen sitzen wie Bäume, die mit der Schrumpfkanone eines Superschurken beschossen wurden. Alles ist im Farbschema blau-grau gehalten. Auf dem Tisch steht ein silberner Bilderrahmen, aber von dieser Seite kann ich nicht sehen, was drin ist.

»Schön, dass du noch Zeit gefunden hast«, sagt Milan Ast und zentriert sein Handy, das schief auf dem Tisch lag. Als ob ich ganz freiwillig hergekommen wäre. Vor der Tür steht jetzt bestimmt auch so ein Security Typ.

Widerwillig setze ich mich.

»Bei den ganzen Aktionsvorbereitungen kann ich mir vorstellen, dass du gerade viel zu tun hast«, sagt Ast.

Es riecht nach Leder-Duftkerze. Oder vielleicht sind das auch nur die Sessel. Oder ein besonders »männliches« Parfüm. Ich schaue ihm ins Gesicht. Er hat sich heute frisch rasiert, an der linken Wange ist ein ganz kleiner Schnitt, kaum sichtbar. Ich frage mich, ob er sich darüber geärgert hat. Von so nah sieht er fast wie ein ganz normaler Mensch aus.

»Meinen Sie die Proteste gegen Fracking?«, frage ich.

Milan Ast lächelt aufmunternd.

»Ich weiß, dass Sie denken, ich sei so was wie ein Drahtzieher. Aber da liegen Sie falsch. Und Sie liegen auch falsch, wenn Sie denken, dass ich das Ganze aufhalten könnte. Egal wie oft Sie mich kidnappen oder mir drohen.«

Er faltet die Hände über dem Bauch. »Okay? Dann erklär es mir. Wer ist der echte Drahtzieher? Hat dich ein Erwachsener dazu angestiftet?«

Jetzt muss ich lachen. »Nein. Kapieren Sie das nicht? Mich hat niemand dazu angestiftet. Die Bevölkerung will einfach nicht, dass Sie hier fracken, oder irgendwo sonst. Wir wollen keine fossilen Energien mehr.«

Milan Ast seufzt. »Ihr seid jung, ihr seid idealistisch, ich verstehe das. Ich war auch mal jung und idealistisch. Aber was Energie betrifft, da gibt es keine perfekten Lösungen, da muss man immer Kompromisse finden. Solarenergie ist auch nicht ohne ihre Probleme, wenn man beachtet, was alles in die Herstellung dieser Panels fließt.«

Milan Ast wippt ein bisschen auf seinem Sessel hin und her.

»Die Metalle und seltenen Erden müssen auch irgendwo herkommen, müssen transportiert werden, müssen zusammengesetzt werden. Da kommt schon was an Treibhausgasen zusammen. Und es ist nun mal so, dass wir einiges an Energiebedarf decken müssen. Wenn eines Tages der Strom im Krankenhaus ausfällt, das wäre auch keine gute Idee. Du musst mir schon glauben, wenn ich sage, dass ich das Beste im Sinne habe.«

»Sie reden, als hätten Sie keine Kontrolle darüber«, sage ich.

Milan Ast lacht. »Mika, ich mag zwar reich und mächtig aussehen, aber ich bin immer noch Geschäftsführer einer Firma. Und was mit uns passiert, der Rahmen in dem wir agieren können, den diktiert der Markt.«

Ach ja, der heilige, freie Sankt Markt schon wieder. Lasst uns nun beten.

»Und in diesem Rahmen versuche ich alles, was mir möglich ist, um Lösungen für das Energieproblem zu finden. Das ist schließlich mein Job.«

Er lehnt sich in seinem Sessel zurück und ich kann mir nicht verkneifen, ihn eindringlich zu mustern. Mich zu fragen, ob er einfach nur dreist lügt oder ob er das echt glaubt, was er sagt.

Mit einer eleganten Geste knöpft er sein Sakko wieder zu, dort wo einer der Knöpfe aus dem Knopfloch gerutscht ist.

»Ich bin Optimist«, sagt er. »Ich glaube, dass wir mit neuen Technologien dieses Problem bewältigen können. Das sehe ich auch als meine Lebensaufgabe.«

Ich muss an meinen Vater denken, der ähnliche Dinge auch schon gesagt hat. Dass die Technologie uns retten wird, dass die Wissenschaft schon nach Lösungen sucht und sie finden wird. Und ich muss an den Tag denken, als das Auto nicht mehr angesprungen ist. Wo er sich acht Stunden damit beschäftigt hat, unter dem verdammten Auto zu liegen und über der Motorhaube zu hängen, überzeugt, dass er es reparieren könnte, und dass Karo ihm danach dankbar zu Füßen fallen würde. Mein Vater hat keine Ahnung von Autos und Milan Ast hat keine Ahnung von Ökosystemen.

Ich zweifle nicht daran, dass er Experte darin ist, wie man im Kapitalismus Profit machen kann. Oder wie verschiedene Bohroperationen durchgeführt werden können und wie ein Unternehmen so zu organisieren ist, dass es schwarze Zahlen schreibt. Genauso wenig, wie ich daran zweifle, dass mein Vater Autofahren kann und weiß, wie man einen Schraubenschlüssel benutzt. Aber das ist nicht das Gleiche, wie zu wissen, wie ein Auto funktioniert, ist nicht das Gleiche, wie es reparieren zu können.

Nein, ich glaube, Milan Ast lügt nicht, jedenfalls nicht mit Absicht. Wenn er lügt, dann belügt er sich selbst.

Aber warum?

Aus dem gleichen Grund, aus dem es für meinen Vater unmöglich war zuzugeben, dass er überfragt war?

»Sie sind der Alles-im-Griff-Mann«, stelle ich fest.

»Exakt, der bin ich«, sagt Milan Ast, zwinkert mir zu und hat nicht verstanden, dass das nicht als Kompliment gemeint war. Alles im Griff eben. Immerhin hat er zugegeben, dass er keine perfekte Lösung hat, aber das liegt ja nicht an ihm, sondern an den Energieträgern an sich.

Aber wenn das stimmt, und es keine gute Lösung gibt, dann müsste die Lösung doch eigentlich sein, unseren Lebensstil und die Wirtschaft, die so auf diese schädliche Energie angewiesen ist, herunterzufahren, oder?

Aber wie überzeugt man jemanden, der sein ganzes Selbstwertgefühl darauf aufgebaut hat, Profit zu machen, das alles aufzugeben? Wenn Milan Ast nicht harder, better, faster, stronger ist, was bleibt dann noch übrig? Wenn mein Vater weder der Brotverdiener ist, noch das Auto reparieren kann, wer ist er dann? Warum sollten wir ihn überhaupt lieben?

Ich denke an Aaron und an seinen Text von der Lesebühne. Und was wohl in diesem mit einem Anzug bemalten Sarg steckt, der vor mir sitzt. Welche Erwartungen ihn da drin gefangen halten, wie oft ihm gesagt wurde: Heul nicht, streng dich an, du musst es zu was bringen, sei ein Mann, sei besser als die anderen.

»Mika?«, fragt Milan Ast.

Ich habe sehr lange nichts gesagt.

»Sie müssen das nicht sein«, sage ich.

»Was?«

»Der Alles-im-Griff-Mann. Besser, reicher, erfolgreicher als die anderen.«

»Ich bin mir nicht sicher, worauf du hinaus willst.«

»Haben Sie Familie?«, frage ich.

Ast blinzelt mich an.

»Ja«, sagt er. »Geschieden. Zwei Kinder.«

Er dreht den silbernen Bilderrahmen zu mir, in dem ein Foto von zwei spielenden Kindern zu sehen ist.

»Lieben Sie Ihre Kinder?«, frage ich.

»Natürlich. Aber ich kenne diese Geschichte schon. Ja, natürlich will ich, dass meine Kinder in zwanzig Jahren auch noch wissen, was Eisbären sind.«

Das werden sie auch, denke ich bitter. Weil die Superreichen sich auch einfach einen Zoo kaufen können, wo sie die letzten Eisbären am Leben erhalten, nur für sich. Wenn der Klimawandel richtig übel wird, dann können sie sich in ihren kühlen, eingezäunten Villen aufhalten, die beste Medizin kaufen, Lachs aus Aquakulturen essen und Ausflüge in die letzten Quadratmeter Regenwald machen. Nur alle anderen sind am Arsch.

»Nein, das meinte ich gar nicht.«

Ich muss mich zurückhalten, um nicht die Augen zu verdrehen. »Ich weiß, dass Sie diese Geschichte kennen. Aber glauben Sie denn, dass Ihre Kinder Sie auch lieben?«

Er runzelt die Stirn, kratzt sich am Kinn, lacht nervös. »Das will ich hoffen.«

»Und wenn Sie nicht der Chef wären, nicht viel Geld hätten und niemand wüsste, wer Sie sind?« Und er kein Geld für einen Privat-Zoo mit Eisbären hätte ...

»Das wäre ziemlich schade, oder?«, sagt Ast. »Immerhin war es viel Arbeit, es hierhin zu schaffen.«

»Meinen Sie, Ihre Kinder interessiert das?«

Milan Ast brummt. »Was meinst du, was das für ein Theater ist, wenn an Weihnachten keine neue Playstation unterm Baum ist? Aber das tut ja auch nichts zur Sache.«

Und wer hat diese Kinder großgezogen? Die Schlange beißt sich in den Schwanz. Ich frage mich, ob es stimmt, dass man entweder so wird wie seine Eltern oder das genaue Gegenteil. Gibt es nicht einen anderen Weg? Einen Weg, nur das Gute mitzunehmen, das Schlechte zu verarbeiten und besser zu machen?

»Ich bin ja gern der Chef. Jeder Mensch braucht eine Aufgabe und ich habe sehr viel zu geben. Auch Arbeitsplätze. Wenn es Kerogreen nicht gäbe, was würde dann mit meinen Angestellten passieren? Wie wird das denn bei dir sein, nach der Schule? Weißt du denn schon, wie du dein Geld verdienst?«

Ich schaue ihn verständnislos an. Was soll das denn jetzt?

»Wir können ja schlaue junge Menschen wie dich immer gebrauchen.«

Milan Ast ist nicht zu helfen. Nicht von mir.

»Bieten Sie mir gerade einen Job an?«, frage ich.

»Da würde sich sicherlich etwas finden lassen«, sagt Ast.

Ich bin irgendwas zwischen wütend und amüsiert, was sich dann wieder einpendelt zu einer neutralen Maske, die ich mir über das Gesicht ziehen kann, während ich sage:

»Vielen Dank für das Gespräch. Aber ich muss jetzt gehen.« Ich stehe auf. Lass mich gehen, denke ich. Lass mich einfach gehen.

Er verzieht das Gesicht. »Ich hatte sehr gehofft, dass wir uns noch einigen können.«

»Ich hab doch schon gesagt, ich kann daran nichts ändern. Diese Aktion ist keine Firma, da gibt es keine Drahtzieher. Die Menschen haben entschieden, dass die Zeit der fossilen Energien vorbei ist. Dass die Zeit der Ausbeutung von Natur und Mensch vorbei ist.«

Ich schiebe ordentlich den Stuhl an den Tisch zurück. Versuche, mir meine Angst nicht anmerken zu lassen. Die Angst, dass ein Typ mit Stiernacken mich aufhalten wird, dass ich diesen Raum nicht verlassen darf, bis ich verrate, wer alles bei der Aktion mitmacht, bis ich aufgebe, bis ich anfange zu heulen.

»Aber die Menschen hören ja auf dich«, sagt Ast.

Tun sie das? Wär mir neu.

»Wenn das stimmt, dann nur, wenn ich das sage, was sie sowieso denken«, sage ich.

Milan Ast schnaubt. »Als ob ihr in meiner Position nicht das Gleiche tun würdet. Oder ihr würdet die Wirtschaft gegen die Wand fahren. Und dann wärt ihr auch nicht glücklich, ohne eure Smartphones.«

»Lassen wir es drauf ankommen«, sage ich. »Glücklich sehen Sie nämlich auch nicht aus.«

Ich gehe. Werde von der Tür wieder auf Schritt und Tritt von der gleichen Frau wie vorher zum Ausgang begleitet. Keine Securitys. Nur Augen im Nacken. Mein Rucksack am Empfang. Ich klammere mich an ihm fest, während ich durch die Glastür gehe. Mein ganzer Bauch voller Angst und Entschlossenheit.

Karo wartet zuhause schon auf mich, und meine Entschlossenheit wackelt ein bisschen, weil sie wieder diese Falte zwischen den Augenbrauen hat. Augenbrauen, die aussehen wie tief fliegende Schwalben, bevor es ein Unwetter gibt. Luca ist zum Glück noch in der KTS. Falls es Streit gibt, kriegt er davon nichts mit. Nichts ist unangenehmer, als sich vor Freunden mit seinen Eltern zu streiten.

»Na, was gibt's Neues?«, fragt Karo und klopft auf den Platz neben ihr auf dem Sofa. Ich zucke mit den Schultern, setze mich dazu und ziehe die Knie an.

»Du hast uns noch gar nicht dein Zeugnis gezeigt.«

Ah, darum geht es.

»Kriegen wir doch erst morgen«, sage ich.

»Heute war doch letzter Schultag?«, sagt Karo.

»Heute ist Donnerstag«, sage ich.

Karo fasst sich an den Kopf. »Stimmt ja. Ich bin ganz durcheinander. Aber morgen zeigst du es uns dann.«

Oh man.

Karo streicht mir durch die Haare. »Nur noch ein Jahr«, sagt sie. »Dann hast du dein Abi. Mika, ich bin richtig stolz auf dich.«

Wird sie noch stolz sein, wenn sie die sechs Punkte in Mathe sieht? Und die neun Punkte in Deutsch?

Stolz ist so was Dummes, denke ich. Was hat es mit ihr zu tun, ob ich mein Abi mache oder nicht? Wieso sind Menschen mit Abi die besseren Menschen, auf die man stolz sein kann? Wieso messen wir alles in Erfolg? Und Erfolg in Zahlen? Ich muss wieder an Milan Ast denken. Daran, dass wir alle geliebt werden wollen, und daran, was passiert, wenn wir nur unter Bedingungen geliebt werden. In Erfolg und Zahlen geliebt werden.

»Karo, warum liebst du Papa?«, frage ich.

»Oh. Was ist das denn für eine Frage?«

»Eine Frage halt. Sag doch.«

»Hm. Ich weiß nicht. Ich liebe Işik eben.«

Sie dreht unbewusst an dem Ring um ihren Finger herum.

»Aber du musst doch Gründe haben! Was magst du denn an ihm?«

»Also, er ist sehr zärtlich, wenn wir zu zweit sind. Ich fühle mich sehr wertgeschätzt von ihm, weißt du? Oh, kennst du die Geschichte, wo wir uns zum Hochzeitstag zufällig beide das gleiche Buch geschenkt haben? Wir hatten es beide noch nicht gelesen und dann haben wir zwei Wochen damit verbracht, einander vorzulesen, bevor wir ins Bett gegangen sind.«

Karo blinzelt verträumt in die Luft. »Wenn er da ist, dann fühle ich mich einfach viel entspannter. Das ist das Schöne am Zusammensein, dass man die Aufgaben, die kommen, als Team bewältigt.«

»Sagst du ihm das auch?«, frage ich.

»Was meinst du, Schatz?«

»Warum du ihn liebst.«

»Ich glaube, das weiß er.«

»Bist du dir da sicher?«, frage ich. »Weil, stell dir vor, dass du morgen stirbst, oder so was. Dann würdest du doch auch ganz sicher sein wollen, dass er es weiß, oder?«

»Du bist süß, Mika.«

»Ich bin nicht süß!«

»Machst du dir Sorgen um unsere Ehe?«

Ich schüttle den Kopf und schneide eine Grimasse.

»Nein, also, nicht mehr als um die Ehe an sich.«

»Ach, Mika«, sagt Karo. »Du musst ja nicht heiraten.«

»Ja, zum Glück«, sage ich. Aber Abi machen ...

Irgendwie läuft jetzt doch eine Träne über meine Wange und dann noch eine und noch eine.

»Oh, was ist denn los, Schatz?«, fragt Karo. »Ist es wegen Papa und mir?«

Ich schüttle den Kopf. »So zwei Typen haben mich mitgenommen«, sage ich und dann muss ich richtig heulen, wie ein Platzregen, und kriege kaum hervor, was wirklich passiert ist.

Karo streichelt einfach meinen Kopf, nimmt mich in den Arm und hört zu, aber ich merke, wie aufgewühlt sie selbst ist. »Oh Gott«, sagt sie immer wieder. Und »Was?« und »Wie bitte?«.

»Er hat mir nicht mal was zu Trinken angeboten«, fällt mir auf, zwischen zwei Heulattacken.

»Mika, Schatz. Ich würd dir gern sagen, dass wir dagegen vorgehen. Aber wenn es niemand gesehen hat ... Ich weiß nicht, ob wir da was machen können. Da steht Aussage gegen Aussage. Und das macht es ja auch nicht ungeschehen.«

»Ich weiß«, schluchze ich.

Karo reibt meinen Rücken. »Meinst du nicht, es ist genug jetzt? Du hast so viel Energie da rein gesteckt, das weiß ich. Aber du gehst ja noch kaputt daran. Schau mal, wenn du so viel Energie in die Schule stecken würdest, und da hat niemand was dagegen ...«

»Man!«, sage ich und stehe auf. »Kannst du vielleicht einmal nicht über die scheiß Schule reden? Mir geht's verdammt kacke, und gegen den Klimawandel kämpfen ist das Einzige, wo ich mich fühle, als wär mein Leben auch nur im Geringsten sinnvoll.«

Ich geh die Treppe zu meinem Zimmer rauf, knall die Tür hinter mir zu und verkrieche mich im Bett, heule weiter, bis Luca nach Hause kommt, zu mir krabbelt, sich über meinen Rücken wickelt und meine Haare streichelt.

»Soll ich irgendwem Bescheid sagen?«, fragt er. »Willst du mit Aaron reden?«

»Nein«, murmele ich, zu müde, um alles, was passiert ist, noch mal zu erklären. »Kannst du einfach hierbleiben?«

»Ja«, sagt Luca und nimmt meine Hand. »Ruh dich aus.«

Luca kuschelt mich, summt irgendeine Melodie und erlaubt mir, klein zu sein, und mal nicht alles im Griff zu haben.

Später, als Karo schon schlafen gegangen ist und Luca unter der Dusche, sitze ich noch an Karos Laptop und schaue mir Bilder von der Anti-Kohle-Aktion an. Ich finde eines, wo Nova und ich vor einem der stillgelegten Bagger stehen. Wenn man weiß, dass wir es sind, dann erkennt man es auch. Ich drucke das Bild aus.

Auf die andere Seite schreibe ich:

Mama, ich werde nie Journalistin werden, einen Literaturnobelpreis gewinnen, oder einen Doktortitel machen. Aber wenn du unbedingt stolz auf mich sein musst, für irgendwas, dass ich getan habe, dann darfst dir dieses Bild von mir einrahmen, wo ich einen Kohlebagger blockiere. Das ist wenigstens etwas Vernünftiges.

29

DIE ÄRZTE – REBELL

Es ist der letzte Schultag. Noch drei Tage bis zur Aktion. Ich wiederhole »Noch drei Tage« in meinem Kopf wie ein Mantra und fange schon fast an, die Stunden zu zählen. In der KTS sind Luca, Joe, Maria, Aaron und die anderen, die keine Schule mehr haben, damit beschäftigt, Banner zu malen und die letzten Details zu planen. Nur Sana, Nova und ich müssen immer noch hier sitzen und darauf warten, dass man uns ein Blatt Papier in die Hand drückt. Und das erst ganz am Ende. Wozu eigentlich? Wir gucken eh nur noch Filme im Unterricht und essen Kekse. Es ist zum Heulen. Und ich habe gestern echt schon genug geheult.

Die Entführung hängt mir noch in den Knochen wie eine dicke Erkältung, wenn alles irgendwie wehtut und schwer ist. Ja, ich habe angefangen, es eine Entführung zu nennen. War es ja auch. Bringt ja nix, es irgendwie zu verharmlosen, auch wenn ich mir vielleicht gern einreden würde, dass es nicht so schlimm war, damit ich normal mit meinem Leben weitermachen kann. Aber es war schlimm.

Die anderen sind auch aus allen Wolken gefallen, als ich es ihnen erzählt habe. Ich hätte nie gedacht, dass Maria irgendetwas für mich übrig hat, oder, dass ich es nett finden würde, wenn jemand sagt, dass sie für mich ein Büro anzünden will. Ich glaube, anstatt uns zu demotivieren, hatte die ganze Scheiße genau den gegenteiligen Effekt auf die Gruppe.

»Jetzt erst recht«, hat Sana mit zusammengebissenen Zähnen gesagt. »Lasst uns den Typen fertigmachen.«

Es hat sich gut angefühlt, dass die anderen für mich da waren, aber am meisten rede ich mit Luca darüber. Weil er mich versteht. Weil er weiß, wie es sich anfühlt, wenn deine Grenzen übertreten werden, und du einfach nichts dagegen machen kannst. Einen Moment haben wir überlegt, ob wir die ganze Sache publik machen sollten, doch dann hat Sana bemerkt, dass uns eh keiner glauben würde.

Jetzt erst recht, denke ich. Und ich denke auch, dass ich die Aktion echt brauchen werde, um mich wieder stark zu fühlen.

»Mika, du hast Resting-Bitchface-Syndrom«, sagt Sana in der ersten Pause.

»Nein, ich hab wirklich schlechte Laune.«

»Also, ich hab die Zeit genutzt, um noch drei Leute dazu zu holen«, sagt Nova.

»Wen?«, fragt Sana.

»Frederik, Jessica, Gökçe«, sagt Nova. »Vielleicht kriegen wir noch die ganze Schule dazu.«

Ich schaue auf die Uhr. »Wir haben nur noch vier Stunden. Wie soll das gehen?«

Novas Augen leuchten auf. »Ich hab eine Idee.«

Immer, wenn Nova so was sagt, erinnert sie mich irgendwie an einen verrückten Professor, der gleich eine Zeitmaschine auspackt und uns in eine andere Dimension schießen wird. Nicht wirklich vertrauenswürdig.

»Was ist die größte Stärke unserer Generation?«, fragt Nova.

»Schlafen?«, schlägt Sana vor und gähnt.

»Das Internet?«, sage ich.

»Memes!«, ruft Nova.

Ich runzle die Stirn. »Memes?«

»Kommt schon. Was sind gerade die Beliebtesten?«

»Das mit dem Panda«, sage ich.

»Das mit dem Typ im Biergarten«, sagt Sana.

Nova zückt ihr Handy. »Ich mach da gleich mal welche für die Aktion draus.«

»Und das soll uns helfen, noch mehr Leute zu mobilisieren?«, frage ich.

»Wenn sie witzig sind? Ja?«

»Okay«, sage ich. »Aber wie viele Infos passen in ein Meme? Wär es nicht besser, wenn wir genau erklären, was wir vorhaben?«

»Willst du jetzt in vier Stunden zu allen einzeln rennen?«, fragt Nova. »Ich hab immerhin ’nen Chat nur für Memes, wo fünfzig Leute aus der Schule drin sind.«

»Du hast die ganzen Handynummern?«, fragt Sana.

»Ja, sind ja in dem Chat.«

Sana lacht. »Ey, wir machen das wie diese komischen Wahlroboter, die Leute anrufen! Mika! Kannst du nicht ’ne Sprachnachricht aufnehmen und wir schicken das an die ganze Schule? Und alle schicken es weiter?«

»Aber was soll ich denn sagen?«, frage ich.

Nova und Sana schauen sich an.

»Was?«, frage ich.

»Mika«, sagt Nova. »Wenn du eine Sache kannst, dann ist es reden.«

Wir verschwinden mit einem Stuhl im Mädchenklo, den wir unter die Türklinke klemmen. Noch zehn Minuten Pause.

Sana kramt einen zerknitterten Zettel aus den Untiefen ihres Rucksacks und drückt ihn mir in die Hand.

»Was ist das?« Ich versuche, das Papier glatt zu streichen.

»Die Stichpunkte vom Text, den wir für Camilles Video geschrieben haben.«

»Den solltest du doch verbrennen!«, sage ich.

»Aber ich fand ihn so schön ...«

Ich stöhne, bin aber insgeheim dankbar, dass ich ein paar Dinge ablesen kann.

Da hält Nova mir schon ihr Handy unter die Nase. Egal was die beiden über mich denken, ich bin mir nicht sicher, wie ich den Rest der Schule dazu bringen soll, plötzlich politisch aktiv zu werden. In meinem Kopf läuft immer noch die Entführung rauf und runter, und alles, was Milan Ast zu mir gesagt hat, spielt sich in einer Schleife ab. Dazu noch das Gespräch mit Luca und mein ganzer Haufen komischer Gefühle. Wie soll ich denn da einen klaren Gedanken formulieren?

Ich versuche, die Angst abzuschütteln. Mich daran zu erinnern, wie ich mich gefühlt habe, bevor ich politisch aktiv war. Ich atme einmal tief durch. Überfliege die Stichpunkte. Dann nicke ich. Mein Herz klopft wie verrückt, aber in der Mitte meines Körpers spüre ich die gleiche Entschlossenheit, die ich auch während der Sitzblockade in der Kohlegrube gespürt habe.

Nova nimmt auf.

»Hey«, sage ich. Fange einfach an zu reden und hoffe, dass die richtigen Worte schon kommen werden.

»Du bekommst diese Nachricht über Freunde. Über Menschen, die dir vertrauen. Zusammen haben wir etwas Großes vor, und du bekommst diese Nachricht, weil du dabei helfen kannst.

Vielleicht hast du aufgegeben, okay.

Du glaubst nicht mehr dran, dass du irgendwas ändern kannst. Vielleicht denkst du, Veränderung ist Aufgabe der Politik, und Politik machen nur irgendwelche Politiker. Die unterstützen dann die Firmen, die ihnen die meisten Geschenke machen, wo sie später, wenn sie ihr Amt verlassen, schicke, überbezahlte Jobangebote bekommen. Und Fortschritt bitte nur, solange Fortschritt bedeutet, dass die Reichen noch reicher werden.

Stimmt alles.

Aber eine Sache stimmt nicht: dass du nichts ändern kannst!

Wenn du diese Nachricht kriegst, dann weißt du, dass du nicht allein bist.

Wir sind viele. Und zusammen erkämpfen wir eine bessere Welt. Klingt das unmöglich? Kann sein. Aber das war am Anfang bei allen

Bewegungen so – bei der Abschaffung der Sklaverei, bei der Frauenrechtsbewegung, verdammt, bis zu den 90ern war Homosexualität noch als Krankheit eingetragen. Wenn wir uns zusammen tun, dann können wir auch etwas bewegen.

Ich habe vor ein paar Wochen mit einem Polizisten geredet und ihn gefragt, warum er Polizist geworden ist. Wie es sich anfühlt, wenn er den Befehl bekommt, Menschen, die in Sitzblockaden gegen fossile Energien demonstrieren, Pfefferspray in die Augen zu sprühen.

Er hat gesagt ›Man muss ja irgendwie sein Brot verdienen. Das lässt sich nicht ändern.‹ Und ich habe mir gedacht, wenn dieser Polizist eine ganz bestimmte Sache wüsste, dann müsste er niemanden pfeffern. Wenn er diese Sache wüsste, dann würde er mit uns auf der anderen Seite sitzen.

Wir wissen, dass eine bessere Welt möglich ist. Menschen sind nicht von Natur aus schlecht, ausbeuterisch oder egoistisch. Es ist das System, das sie zu Robotern macht. Es ist die Hoffnungslosigkeit, die uns von Beginn an eingeimpft wird. Die Alternativlosigkeit.

Friss oder stirb. Mach deinen Job oder sei am Ende. Pass dich an oder werde ausgegrenzt. Verschaff dir einen Vorteil gegenüber den anderen oder werde zur Fußmatte. Beute aus oder werde ausgebeutet. Das ist das System.

Aber das System lebt nur mit uns. Wir können uns entscheiden, nicht mehr mitzumachen, etwas Neues zu starten.

Große Firmen wie Kerogreen wollen, dass wir weiter mitspielen, ihre dreckige Energie schlucken und mit der Ausbeutung der Umwelt unsere eigene Zukunft zerstören, um ihre Taschen zu füllen.

Es wurde nachgewiesen, dass die beim Fracking eingesetzten Chemikalien krebserregend sind, ins Grundwasser kommen können und dass bei den Bohrungen oft Methan austritt, das pro Molekül dreißig Mal so klimaschädlich ist wie CO_2.

Das darf nicht legal sein. Aber weil es immer noch legal ist, müssen wir den Ausstieg aus den fossilen Energien selbst in die Hand nehmen.

Der Klimawandel wartet nicht, bis wir unser Abi haben, mit Ausbildung oder Studium fertig sind. Es gibt keine Zukunft ohne Natur. Keine Jobs auf einem toten Planeten. Und darum kämpfen wir Montag nicht nur gegen Kerogreen, sondern auch um unsere Zukunft. Mit Hunderten von Menschen werden wir den Betrieb lahmlegen und unsere Vision einer gerechteren, nachhaltigen Welt durchsetzen. Das ist auch deine Welt. Das ist dein Leben. Du entscheidest, wie es sein soll.«

Ich erkläre, wo es mehr Details zur Aktion gibt, und dass alle die Nachricht an vertrauenswürdige Menschen weiterleiten sollen. Dann gebe ich Nova mit zitternden Händen ein Zeichen.

Nova stoppt die Aufnahme. Ich bin ganz außer Atem, aber wir drei grinsen uns an. Es ist ein bisschen wie nachdem wir es durch die Polizeikette geschafft haben.

Nova drückt auf *Senden* und über fünfzig Menschen bekommen unsere Nachricht und über fünfzig Menschen leiten sie an ihre Freund*innen weiter und die Freund*innen leiten sie an ihre weiter.

Als wir zur letzten Stunde in den Klassenraum kommen, bleiben alle Blicke an uns hängen, werden stille Blicke untereinander ausgetauscht, wissen schon alle Bescheid. Nur die Lehrerin vorne, die hat keine Ahnung. Und das fühlt sich verdammt gut an. Wir packen das, ich weiß es. Wir ziehen es durch. Das können mir auch sechs Punkte in Mathe nicht mehr vermiesen.

Aber dann, zeitgleich mit der Schulglocke, klingelt mein Handy und es ist Aaron.

»Wir haben ein Problem«, sagt er atemlos. »Ein richtig fettes Problem.«

Und es hat nichts mit der Sprachnachricht zu tun.

»Die haben einen Zaun um die ganze Bohrung gezogen. Gestern oder gestern Nacht.«

»Fuck«, sage ich.

Eine Kohlegrube zu besetzen ist relativ easy, weil sie viel zu groß ist, um einen Zaun drum herum zu bauen. Deswegen werden meistens nur Schilder und Absperrband benutzt. Aber wenn man die Schilder nie gesehen hat und praktischerweise auch keine mehr auffindbar sind, dann kann man eigentlich nicht einmal Hausfriedensbruch vorgeworfen bekommen, wenn man dort reinmarschiert. Jedenfalls, solange die Besitzerin einen nicht auffordert, sich zu entfernen. Was sie dann meistens tut, wenn sie davon Wind bekommt.

Aber wenn die Bohrung jetzt umzäunt ist, wie sollen wir es dann überhaupt schaffen, aufs Gelände zu kommen, ohne etwas kaputtzumachen? Und uns bei der Aktion zusätzlich zu Hausfriedensbruch auch noch Sachbeschädigung einzufangen?

»Fuck«, sage ich noch mal. »Was jetzt?«

»Krisenplenum in der KTS«, sagt Aaron.

Auf dem Schulhof stehen schon dreißig Leute, die Bier trinken und laute Musik hören, um das Schuljahr zu verabschieden. Wir drängen uns zwischen ihnen hindurch, werden immer wieder aufgehalten, denn alle wollen etwas über die Aktion wissen. Aber wenn wir nicht zur KTS kommen, dann gibt es vielleicht keine Aktion und in der KTS gibt's auch Bier und Musik.

Wir schwingen uns auf die Fahrräder. Kurz vor der Johanneskirche holt Henri uns auf seinem Mountainbike ein.

»Dafür, dass eure Räder so scheiße billig sind, seid ihr ganz schön schnell«, sagt er schwer atmend.

»Was machst du denn hier?«, fragt Nova.

»Wonach sieht's denn aus?«, sagt Henri. »Ich komm mit.«

»Wenn du eh weißt, wo wir hinwollen, wieso gehst du dann nicht selbst?«, frage ich.

Henri rollt die Augen. »Hab kein Bock, von den komischen Antifas da angepöbelt zu werden.«

Die anderen sitzen schon draußen vor dem Gebäude und obwohl Henri von mehreren Seiten neugierig beobachtet wird, sagt niemand was dagegen, dass er da ist.

»Ich vertrau ihm«, sage ich, was mir ein Grinsen von Nova einbringt.

Aaron und Luca umarmen mich extra lange und als alle da sind, ziehen wir in der Gruppe los an die Dreisam. Am Ufer des Flusses halten wir unser Plenum ab, erzählen einander, wie der Stand der Vorbereitungen ist.

Wir sind jetzt über zwanzig Menschen im Kern der Gruppe. Nova, Sana, Aaron, Joe, Luca, Maria, Henri, ein paar Kletterfreunde von Aaron, Ingrids Enkel Ali, drei Leute vom linken Zentrum, mit denen wir sonst weniger zu tun haben, zwei aus der Bürger*innen-Initiative, die mit uns die Menschenkette planen, und ich. Und all diese Menschen sind mit noch mal mehr Menschen verbunden, die sich um verschiedene Teile der Aktion kümmern.

Es ist krass zu hören, was alles so passiert ist, ohne dass ich etwas dafür getan habe oder davon wusste. In Hessen hat ein autonomes Zentrum eine Soli-Party für uns gemacht und Geld gesammelt, Maria hat ein Legal Team für uns auf die Beine gestellt, das uns unterstützen wird, aus Bayern will eine ganze Gruppe von Leuten anreisen, um bei der Aktion mitzumachen. Fast der gesamte Kleingartenverein hat sich für die Menschenkette angemeldet und wir bekommen immer mehr E-Mails von Menschen, die fragen, wie man uns helfen kann. Ich hatte recht, der Stein ist im Rollen und selbst wenn ich wollte, könnte ich ihn wahrscheinlich nicht mehr aufhalten.

Aber dann kommen wir zu der Frage, an der alles hängt: Wie gehen wir mit dem Zaun um? Wenn wir ihn während der Aktion durchbrechen, wird uns ganz bestimmt wieder der Gewaltstempel aufgedrückt. Und »gewaltbereiten Autonomen« hört ja niemand zu. Es ist Henri, der den gewagtesten Vorschlag macht.

»Ist doch klar, oder? Wir müssen den Zaun vorher wegboxen. Am besten die Nacht vor der Aktion. Nur ein paar Leute, damit wir nicht auffallen und sie keine Zeit haben, es zu merken. Am besten an mehreren Stellen, falls sie es doch merken.«

Joe schneidet eine Grimasse. »Ich mach jetzt mal den Spielverderber«, sagt er. »Aber du weißt, was letztes Mal passiert ist, von wegen Sachbeschädigung und so?«

Henri guckt gleichgültig. »Ich würd's machen. Wenn sie mich erwischen, war's halt ein Familienstreit. Hat nichts mit der Aktion zu tun.«

Ich greife ihn am Arm. »Kann ich mit dir reden? Alleine?«

Er rollt die Augen, aber lässt sich von mir ein paar Meter weiter hinter ein Gebüsch zerren.

»Was soll das?«, zische ich leise. »Du musst dich hier nicht beweisen oder so.«

»Kannst mir ruhig zutrauen, dass ich meine eigenen Entscheidungen treffen kann.«

»Ach, ja?«

»Boah, Mika«, sagt er. »Ich hab schon eine nervige Schwester, du musst mich jetzt nich' auch noch wie deinen kleinen Bruder behandeln.«

»Tu ich gar nicht!«

»Tust du doch.«

»Tu ich nicht!«

Henri hebt die Hände, als hätte er gerade irgendwas bewiesen, und ich würde ihn am liebsten in den Fluss schubsen.

»Du machst mich wahnsinnig!«, sage ich.

»Du mich auch!«

»Whatever. Jedenfalls check ich nicht, was du davon hast. Willst du, dass deine Eltern dich wirklich verstoßen?«

Henri sagt nichts. Vielleicht hab ich einen Nerv getroffen. Vielleicht ist es wirklich das, was er will. Vielleicht war sein Zeugnis heute genauso mittelmäßig wie meins.

»Boah, Henri«, sage ich. »Das ist 'ne beschissene Motivation. Das ist kein nachhaltiger Aktivismus.«

»Scheiß auf nachhaltig«, sagt Henri. »Nimm es oder lass es. Aber sag mir nicht, wie ich mein Leben zu leben habe. Was willst du sonst machen? Die Aktion absagen? Ich hab deine Nachricht auch gekriegt. ›Du entscheidest, wie es sein soll‹? Wenn du das ernst gemeint hast, dann hör auf, mich vollzulabern.«

Ich fixiere einen Punkt über Henris Schulter, beobachte, wie das Wasser über die Steine fließt und ein Paar Enten sich von der Strömung mitreißen lässt.

»Wenn du gehst, dann geh ich mit«, sage ich.

Henri grinst ein Alice-im-Wunderland-Grinsen, ein Pferdestehlen-Grinsen, und ich hasse ihn fast so sehr, wie ich ihn vermisse.

»Hast du schwarze Klamotten, die du nicht mehr brauchst?«, fragt Henri.

Ich muss lachen. Vielleicht kommen die Go-Kart Masken, die die Polizei damals mitgenommen hat, jetzt doch noch illegal zum Einsatz.

Es ist Sonntagabend, die Nacht vor der Aktion. Keine zehn Stunden mehr, dann werden wir uns in Meisenheim versammeln. Henri und ich sitzen vermummt und ganz in Schwarz im Schatten eines kleinen Wäldchens. In meinem Rucksack ist nichts bis auf einen großen Bolzenschneider und ein paar Wechselklamotten. Unsere Fahrräder liegen außerhalb des Ortes in einem Gebüsch, wo weder Häuser noch Straßenlaternen leuchten und wo hoffentlich niemand gesehen hat, wie wir durch die Landschaft geschlichen sind.

Mein Magen dreht sich wie ein Hamsterrad, sodass es sich anfühlt, als müssten meine Eingeweide schon ganz verknotet sein. Mir geht immer wieder durch den Kopf, was Aaron mir vor ein paar Stunden gesagt hat: dass ich nicht vorbereitet bin, dass ich das nur machen würde, weil ich mit Henri einen komischen Wettkampf habe, weil ich mich immer provozieren lasse. Dass er schon fast Angst hat, ich würde irgendwie auf Henri stehen.

Und was hab ich gemacht? Ich habe Aaron ausgelacht.

Ja, das war natürlich super verletzend und dann haben wir beide heulen müssen. Es tat mir sofort leid, dass ich gelacht habe, aber das macht es auch nicht rückgängig.

»Es ist nur so absurd«, habe ich gesagt. »Ich steh doch nicht auf Henri. Darum hab ich gelacht.«

»Aber er ist dir schon wichtig«, hat Aaron festgestellt. Ich habe meine Lippen fast komplett zerkaut bei diesem Streit, wenn man das denn einen Streit nennen kann.

»Schon«, habe ich zugegeben. »Aber nicht so. Nicht so, wie du denkst. Und das hat mit dem Zaun nichts zu tun.«

»Okay«, hat Aaron gesagt.

»Bist du echt eifersüchtig?«, habe ich gefragt.

»Ich bin nicht eifersüchtig«, hat Aaron gesagt, »ich hatte nur Angst, dass du mir Sachen verheimlichst. Ich dachte, wir reden über alles. Und dann sind du und Henri plötzlich wieder best friends und du riskierst 'ne fette Strafe, um mit ihm einen dummen Zaun kaputtzumachen.«

»Das mach ich nicht wegen ihm. Hab ich doch gesagt. Das mach ich für die Aktion. Das ist mir wichtiger als alles andere gerade.« Ich habe gleichzeitig ein unglaublich schlechtes Gewissen bekommen, wegen Luca. Weil ich Aaron immer noch nicht gesagt habe, dass ich irgendwie doch Gefühle für Luca habe.

»Weiß nicht, ob das besser ist«, hat Aaron gemurmelt. »Ich will auch nicht, dass du dich für die Aktion kaputtmachst.«

»Sind wir eigentlich monogam?«, hab ich gefragt.

»Was?«

»Na ja, wir haben nicht wirklich drüber geredet, wie das ist, wenn wir andere Menschen attraktiv finden.«

»Du hast doch gerade gesagt, du stehst nicht auf Henri.«

»Nein, nicht Henri. Luca.«

»Oh.«

»Oh? Das ist alles?«

»Ja, keine Ahnung. Was soll ich dazu jetzt sagen?«

»Bei Henri hast du Angst, und bei Luca sagst du ›Oh‹?«

Aaron hat einen Moment überlegt, hat das Gesicht so verzogen, wie wenn man sich den großen Zeh am Türrahmen stößt.

»Ich weiß, das ist mega dumm, aber irgendwie fühl ich mich von Luca jetzt nicht so bedroht wie von Henri. Vielleicht, weil ich Luca immer noch irgendwie als Frau sehe, und das so bescheuert in mir drin ist.«

»In dir drin?«

»Dass zwei Frauen zusammen irgendwie nicht so schlimm sind. Also das nervt mich auch, eigentlich will ich das nicht denken«

Ich hab bestimmt auch so geguckt, als hätte ich mir den Zeh gestoßen.

»Du meinst, du nimmst Luca nicht als Konkurrenz wahr, weil du Liebe zwischen zwei Frauen nicht richtig ernst nimmst? Und obwohl Luca gar nicht als Frau gesehen werden will?«

»Nein, also ... ja. Also, nein. Ich weiß, dass das dumm ist.«

»Hm. Das fühlt sich schon scheiße an.«

»Tut mir leid«, hat Aaron gemurmelt. »Ich arbeite dran.«

»Aber, also – das heißt, du hast prinzipiell nichts dagegen?«

»Puh. Mika. Ich weiß es nicht? Müssen wir echt darüber nachdenken, wenn ich bald sowieso gehe? Willst du in der Zeit jetzt echt noch was mit Luca anfangen?«

»Wir haben gar nicht drüber geredet«, habe ich festgestellt. »Was passiert. Wenn du gehst.«

Oder wann er geht. An welchem Tag. Um wie viel Uhr. Jedes Mal, wenn ich frage, sagt Aaron nur, er muss es mit seinem Onkel abklären. Anfang August irgendwann.

»Mika, hallo?!« Henri schnipst mit den Fingern vor meinem Gesicht. »Ist jemand zuhause?«

»Sorry«, sage ich und setze mir die Stirnlampe auf, die er mir, wer weiß wie lange schon, hingehalten hat. Von diesem Gebüsch aus haben wir einen relativ guten Blick auf die Bohrung. Am Eingang sitzt ein Wachmann mit einer Taschenlampe, die so groß und schwer wie ein Knüppel aussieht.

Ich hole die zerknitterte Karte aus der Hosentasche, die Nova und ich auf dem Ausflug gezeichnet haben, und zeige Henri, von welchen Seiten wir auf das Gelände wollen. Wir setzen uns die Kart-Masken auf und schleichen auf die Nordseite des Geländes, weit genug weg, dass der Wachmann uns nicht sehen kann. Ein paar Container stehen zwischen uns, der Bohrung und seinem kleinen Häuschen am Eingang.

Hier ist der Boden schlammig und weich. Es hat endlich mal geregnet, aber jetzt müssen wir bei jedem Schritt aufpassen, nicht auszurutschen. Und es ist dunkel, viel dunkler als irgendwo in der Stadt. Der Himmel ist voller Sterne, aber man kann trotzdem kaum sehen, wo man hintritt.

Ich mache die Kopflampe an, das rote Licht, das von allen Einstellungen am schwächsten und unauffälligsten ist.

»Bereit?«, flüstert Henri.

Ich nicke.

Von oben nach unten fangen wir an, die Maschen des Zaunes mit dem Bolzenschneider durchzuknipsen.

Klick. Klick. Klick.

Fuck, ich hätte nicht gedacht, dass es so laut sein würde. Aber mit uns hält die ganze Welt den Atem an: kein Verkehr, keine Maschinen, kein Wind. Nur die Grillen zirpen leise in der Sommernacht. Der Wachmann schaut Videos auf seinem Handy, von dem die Musik leise zu uns herüber treibt.

Wenn wir ihn hören können, dann kann er uns bestimmt auch hören.

Klick. Klick. Klick.

Wir haben es fast geschafft, den Zaun auf einer Seite durchzuschneiden. Es fehlen nur noch vier Maschen.

Henri hat die Zunge angestrengt zwischen die Zähne geklemmt, ist kurz davor, noch eine Masche durchzuschneiden, da bricht die Musik plötzlich ab.

Ich halte Henri am Arm fest, schüttle den Kopf, knipse meine Lampe aus. Da hören wir auch schon Schritte näher kommen.

Wir versteinern wie zwei Gargoyles an der Fassade des Freiburger

Münsters, wahrscheinlich mit genauso grotesken Gesichtern. Der Strahl der Taschenlampe wandert über das Gelände, bricht sich an den Containern und trifft uns nicht. Gott oder wem auch immer sei Dank.

Wir bleiben im Dunkeln und im Dreck knien. Die Schritte wandern noch ein bisschen über den Platz und kehren dann zum Eingang zurück. Henri und ich schauen uns an, ich kann eigentlich nur das Weiße seiner Augen erkennen.

Er zuckt mit den Schultern und knipst die letzten vier Maschen durch.

Klick. Klick. Klick. Klick.

Die Musik geht wieder aus, aber diesmal steht der Wachmann nicht auf, lauscht nur gebannt der Dunkelheit und macht die Musik nach ein paar Sekunden wieder an.

Was jetzt? Wir haben erst eine Seite geschafft.

»Vielleicht können wir den Zaun zur anderen Seite aufrollen«, flüstert Henri.

»Viel zu laut«, flüstere ich zurück.

»Nein, morgen«, sagt Henri.

»Es darf aber nicht so aussehen, als würden wir den Zaun in der Aktion kaputtmachen«, sage ich. »Und das dauert zu lange.«

»Es darf auch niemand merken, dass der Zaun kaputt ist«, zischt Henri. »Sonst hätte ich gesagt, wir eskalieren die andere Seite in ein paar Sekunden und laufen.«

Hinter uns raschelt es, als wäre dort ein Kaninchen oder ein Fuchs im Gebüsch. Ich fühle mich wie in einem dieser Stealth-Shooter, in denen ich schon immer so schlecht war, wenn es darum geht, unbemerkt irgendwo einzubrechen. Ich verkacke das immer, indem ich irgendwas umschmeiße, oder gegen eine Mülltonne laufe, und muss dann doch alle Feinde über den Haufen ballern.

»Gib mir mal«, flüstere ich, und nehme den Bolzenschneider von Henri.

Ganz, ganz langsam erhöhe ich den Druck auf den Zaun, sodass das Metall eher zerquetscht als durchgeschnitten wird, und der nervige Klicklaut wegbleibt. Es ist eine Höllenarbeit, bei jeder Masche halte ich den Atem an – nur ein bisschen zu schnell drücken und es wird zu laut sein. Ich will den Zaun doch nur zermalmen. Noch drei Maschen. Noch zwei. Noch eine. Jetzt bloß nicht ungeduldig werden. Der Griff des Bolzenschneiders rutscht in meinen schwitzigen Händen hin und her.

Klick.

Wir erstarren, aber nichts passiert. Der Zaun ist durch. Henri wischt sich den Schweiß von der Stirn und grinst.

»Lass uns abhauen«, flüstert er.

Ich lasse mich von ihm auf die Beine ziehen.

»Mika?«, sagt Henri, als wir uns zu unseren Fahrrädern zurückgeschlichen haben.

Ich wische ein paar Tropfen Tau von meinem Sattel und trockne meine Hand am Futter meiner Jacke ab.

»Ja?«, frage ich.

Henri schließt sein Mountainbike auf, das Klimpern der Kette schreckt einen Vogel auf, der hektisch in die Krone des nächsten Baumes flattert.

»Glaubst du echt, dass Anarchie funktioniert?«

»Klar.«

»Ist das nicht …«

»Naiv?«

»Ja. Also. Boah.« Henri schneidet eine Grimasse. »Du kannst doch nicht echt glauben, dass wir nicht sofort verrecken würden, wenn es keinen Staat gibt.«

Wir schwingen uns auf die Räder und strampeln die Straße entlang des kleinen Waldstücks runter. Es ist totenstill und dunkel hier, keine Autos, keine Lichter in den wenigen Häusern.

Über den Feldern liegt eine dünne Schicht Nebel.

»Wenn du ein Ticket für ein überfülltes Konzert kaufen willst, drängelst du dich dann vor? Oder stellst du dich hinten in der Schlange an, auch wenn kein Polizist in der Nähe ist?«

»Ich hol die Karten online«, sagt Henri.

Ich verdrehe die Augen. »Du weißt, was ich meine. Es gibt so viele Situationen und Gruppen von Menschen, für die der Staat keine Rolle spielt. Und die kriegen das alle hin, sich selbst zu organisieren. Jedes Mal, wenn du dich mit anderen Menschen einigst, ohne ihnen drohen oder sie bestechen zu müssen, dann ist das funktionierender Anarchismus.«

»Wenn alle mitspielen vielleicht. Aber was machst du mit den Vollidioten, die keinen Bock drauf haben?«, sagt Henri. »Die zu faul zum Arbeiten sind? Muss der Rest der Gesellschaft die einfach durchfüttern, oder was?«

Ich spüre die ersten Anzeichen von Muskelkater in meinen Beinen und die ersten Anzeichen von Irritation im Bauch. Wir fahren am Opfinger See vorbei, wo man im Mondschein die Mücken über dem Wasser schwirren sehen kann.

»Ist doch ok, oder?«, sage ich. »Man muss ja nicht immer arbeiten. Wenn du krank bist, darfst du auch im Bett bleiben und jemand kümmert sich um dich.«

»Und wenn dann niemand mehr arbeitet?«, fragt Henri.

Ich frage mich, wo das alles gerade her kommt. Eigentlich kann es Henri doch egal sein. Testet er mich? So, wie er es im Unterricht ständig macht? Einfach mal dagegen argumentieren, egal welcher Meinung er ist?

»Du denkst gerade, dass in einer anarchistischen Welt alle ihren Job genauso hassen werden wie jetzt. Und klar, dann würde wahrscheinlich auch keiner arbeiten wollen. Aber wenn es keine Chefs gibt, die Arbeit auch wirklich sinnvoll ist, und du dich mit deiner Gruppe identifizierst, hast du wahrscheinlich auch Lust, zu arbeiten. Und mit irgendwas musst du ja deine Zeit füllen.«

Eigentlich kann Arbeit ja voll Spaß machen. Karo zum Beispiel. Die liebt es, Journalistin zu sein, und das bestimmt auch, weil es ein sinnvoller Beruf ist. Ich muss ans Klimacamp denken und daran, wie es dort sogar mit den Kloschichten funktioniert hat. Kloputzen war da kein mieser Job, über den man sich lustig macht, sondern etwas Heldenhaftes, das Respekt verdient – und das Recht, zuerst was zu essen zu bekommen.

»Und was machst du mit Mördern und Vergewaltigern?«, fragt Henri. »Lässt du die einfach frei rumlaufen? Oder steckst du die doch in den Knast?«

Ich seufze, wünsche mir ein bisschen, meine Debattierprofis Sana oder Aaron wären hier, würden mir den Rücken decken und auch mal ein Argument bringen, während Henri mich mit Fragen bombardiert. Es sind ja auch keine schlechten Fragen. Aber ich bin auch nicht allwissend und es ist ganz schön stressig, das Gefühl zu haben, plötzlich eine ganze politische Strömung repräsentieren zu müssen. Wenn ich nicht alle Antworten habe, wird Henri es dann als Beweis sehen, dass Anarchismus nicht klappen kann?

»Puh, na ja«, sage ich, um mir mehr Zeit zum Denken zu geben. »Also, im Idealfall haben Menschen ja Beziehungen zueinander, kennen ihr Umfeld, können aufeinander achten und sich gegenseitig in die Verantwortung ziehen, wenn so was passiert.«

Jetzt können wir die kleinen Lichtpunkte sehen, die sich im Nordosten über die Hänge der Berge ziehen, und als wir oben auf der Brücke über den Gleisen angekommen sind, auch den Kirchturm der St. Michael Kirche, der heute pink beleuchtet wird.

»Was meinst du?«

Mittlerweile ist auch Henri aus der Puste.

»Weißt du noch, als du dich mit Frederik geprügelt hast? Da wurdest du auch nicht ins Gefängnis gebracht, oder von der Schule geschmissen, sondern wir haben einen Sitzkreis gemacht und über eure Aggressionsprobleme geredet. Die Polizei verhindert ja auch keine Morde, oder nur sehr selten. Wenn Staaten gut darin wären, Gewalt zu verhindern, dann würde der Fakt, dass es Polizei und Knäste gibt dazu führen, dass so was nicht passiert. Tut es aber.«

Ich nehme die Hände vom Lenker und lasse mich freihändig die Brücke runterrollen, es zieht im Bauch.

Henri lacht.

»Du meinst, man muss mit den Mördern einfach einen Sitzkreis machen?«

»Nee. Aber eine Gesellschaft kann doch direkt so aufgebaut sein, dass es wenig Gründe gibt, aufeinander loszugehen. Dass die Bedürfnisse von allen gedeckt werden. Jemand, der andere Menschen umbringt, tut das ja nicht einfach so. Wenn man nicht total entfremdet lebt, dann merkt man ja schon vorher, dass dem irgendwas fehlt. Und wenn man darauf eingeht, wenn alle aufeinander achten, keiner hungrig ist, keiner viel mehr hat als alle anderen, dann gibt es bestimmt immer noch Morde und Vergewaltigungen, aber viel, viel weniger. Und wenn's gar nicht geht, kann man die immer noch aus der Gruppe ausschließen.«

»Und was ist mit Krieg?«, fragt Henri. »Was, wenn es zwei Anarchokommunen gibt, die einander abmetzeln?

»Bestimmt passiert so was mal«, sage ich. »Aber Krieg ist das nicht.«

»Bürgerkrieg dann halt«, sagt Henri.

»Ich behaupte doch gar nicht, dass wir im Anarchismus die perfekte Welt hätten, wo niemand mehr leidet«, sage ich genervt. »Aber wahrscheinlich gäbe es sehr viel weniger Leiden, und schon gar nicht so großflächig wie in Kriegen.«

»Wieso nicht?«

»Für Krieg braucht es Menschen, die Befehlen gehorchen, die sich unterordnen, die Dinge tun, die sie selbst für falsch halten. Das tun Anarchos nicht«, sage ich. »In einer anarchistischen Welt würden wir keine Macht anerkennen. Dann wäre es nicht möglich, sich im großen Stil Ressourcen oder Land anzueignen oder sich in die Politik anderer Länder einzumischen und sie so zu beeinflussen, dass die eigene Wirtschaft profitiert. So was gibt es in einer anarchistischen Welt wahrscheinlich nicht.«

Meine Bremsen quietschen, als wir an der Kreuzung anhalten. Hier muss Henri rechts abbiegen und ich weiter gerade aus. Die Ampel wird grün, aber er fährt nicht. Stattdessen sagt er:

»Weil in einer anarchistischen Welt alle lieb zueinander sind? Menschen sind scheiße gierig und egoistisch. In dem Moment, wo du Hunger hast, hört die Nächstenliebe halt auf.«

»Glaubst du das wirklich?«, frage ich.

»Ja? Vergiss es, du musst nicht mal Hunger haben. Meine Eltern haben null Geldsorgen. Aber sind sie deswegen nett zu den Pennern vorm Edeka? Meinst du, die geben denen was ab?«

»Weil deine Eltern denken, dass alle Menschen egoistisch sind und dass die Obdachlosen ihnen auch nichts geben würden, wenn die Rollen vertauscht wären.«

»Hä?«

»Dein Menschenbild beeinflusst doch dein Verhalten! Wenn du denkst, dass Menschen von Natur aus gierig sind, dann denkst du in einer Welt ohne Staaten würden wir einander ausnutzen und ausrauben und du versuchst dich davor zu schützen, indem du einfach der Beste darin wirst, alle anderen auszunutzen und auszurauben. Aber wenn du denkst, dass Menschen kooperative, gemeinschaftliche Wesen sind, dann gibt's keinen Grund dazu.«

Obwohl es Hochsommer ist, geht ein leises Frösteln über meine Rippen. Wahrscheinlich der Höllentäler Wind, der nachts von den Bergen runterkommt, gemischt mit meinen verschwitzten Klamotten. Ich mache meine Jacke weiter zu.

»Hm«, sagt Henri.

»Hm? Das ist alles? Gibst du zu, dass ich gewonnen hab?«

»Gewonnen?«, fragt Henri.

»Ging's nicht darum? Wer besser argumentiert?«

Henri rümpft die Nase. »Nee. War ja klar, dass das für dich wieder 'n Schwanzvergleich wird. Na ja, ich fahr dann mal.«

»Schwanzvergleich?«, frage ich in die Luft hinein, denn Henri ist schon abgebogen. Ich grübele noch ein paar Sekunden darüber nach, was zum Teufel er damit meint.

Dann trete ich in die Pedale und denke mir, dass er vielleicht doch nicht alles nur macht, um seinen Eltern eins auszuwischen.

30

DISHLICKER – DAS KONFISZIERTE LIED

Ich bin nicht müde und das, obwohl ich geschlafen habe wie eine Soldatin. Bei jedem Geräusch, bei jeder Bewegung von Luca bin ich kurz aufgewacht, hochgeschreckt und dann wieder eingeschlafen. Trotzdem fühle ich mich, als hätte ich Kaffee statt Blut in den Adern. Meine Uhr zeigt 5:30. Drei Stunden unruhiger Schlaf, das muss jetzt reichen. Ich schwinge die Beine aus dem Bett.

Luca murmelt etwas und schlägt dann die Augen auf. Kurz verwirrt schaut er mich an, als ob er mich nicht erkennen würde.

Dann sagt er: »Die Aktion.«

»M-hm.«

»Hat es geklappt?«

Ich nicke. »Nicht so, wie wir wollten. Aber es wird reichen.«

Es muss reichen.

In der Küche stehen noch die Reste vom Abendessen, ein paar Fruchtfliegen steigen hoch, als ich die Teller zur Seite schiebe und Müsli und Hafermilch auf den Tisch stelle.

»Mika?«

Karo steckt den Kopf durch die Tür, ihre Haare sehen aus wie ein Vogelnest.

»Wieso seid ihr denn schon wach? Es sind doch Ferien? Mein Gott, wie spät ist es?«

»Sechs«, sagt Luca und stochert im Müsli herum.

Mein Blick fällt auf das Foto, dass ich Karo ausgedruckt habe, und das an der Blumenvase lehnt, zusammen mit meinem Zeugnis. Hat sie es schon gesehen? Wahrscheinlich nicht. Ich lege einen Flyer von der Aktion dazu. Besser sie erfährt es so, als in den Nachrichten oder von der Polizei.

»Wir sind verabredet«, sage ich.

Karo runzelt die Stirn. »Seid bitte leise«, sagt sie und »räumt wenigstens die Spülmaschine ein«, bevor sie wieder im Schlafzimmer verschwindet.

Mit den anderen aus dem Kern treffen wir die letzten Vorbereitungen. Wir telefonieren herum, bringen Material von A nach B und melden die Mahnwache in Meisenheim an. Sobald es dort eine legale Mahnwache gibt, darf uns niemand davon abhalten, zur Mahnwache zu gehen, egal ob wir alleine rumlaufen oder mit Hunderten von Menschen.

Um elf Uhr werden wir uns alle auf dem Platz der Synagoge versammeln, von wo um zwölf der Demonstrationszug nach Meisenheim losgeht. Etwa zwei Stunden Fußweg, nicht ganz ohne. Aber gleichzeitig wird es auch eine Radtour zur Bohrung geben und ein paar Leute haben Shuttles für diejenigen organisiert, die weder Fahrrad fahren noch laufen können.

Alle sind am Start: Sana, mit einem grün-schwarzen Kopftuch, und Nova, die aussieht, als hätte sie noch weniger geschlafen als ich. Maria, Joe, Ingrid, Ali, Frederik. Und Aaron natürlich auch. Es fühlt sich an, als hätte ich ihn eine Ewigkeit nicht gesehen und als er mir zur Begrüßung nur ein müdes Lächeln schenkt, könnte er genauso gut schon abgereist sein. Meine Frage hat er nicht beantwortet.

Was passiert mit uns, wenn er reisen geht? Ist dann alles vorbei? Ist es ihm dann egal, was ich mache? Ob ich was mit Luca anfange, oder nicht?

Müssen wir da jetzt echt drüber nachdenken, wenn ich sowieso bald weg bin?

Ist er so verletzt, dass es jetzt schon vorbei ist? Einfach so? Ich versuche, die Gedanken in die hinterste Ecke meines Kopfes zu fegen, kann sie gerade nicht gebrauchen und konzentriere mich stattdessen darauf, drei Megafone zu besorgen und mit Nova die Banner für die Demo aus der KTS zu holen.

Nova wirkt genauso geistesabwesend wie ich. Ihre Augen haben kleine rote Äderchen und sie lässt drei Mal hintereinander ihre Fahrradschlüssel fallen.

»Was geht eigentlich mit dir?«, frage ich, als wir den Kram auf einen Fahrradanhänger laden.

Der Himmel ist mittlerweile klar und zeigt sich von seiner hitzigsten Juliseite, so, dass ich schon anfange, ein bisschen zu schwitzen. Wir müssen aufpassen, dass alle genug trinken.

»Maria und ich sind over«, sagt Nova und hievt einen Wasserkanister auf den Fahrradanhänger.

»Was, wieso?«

Nova zuckt mit den Schultern. »Hat nich' gepasst. Zwei Depris, die beide nicht so richtig klar kommen. Eigentlich könnte man ja denken, dass wir uns dann besser verstehen, aber nope. Sie ist doch ganz anders als ich.«

»Inwiefern?«, frage ich.

»Na ja«, sagt Nova, »sie hasst ihre Eltern und sie checkt nicht, warum ich meine Mom nicht hasse, nach allem, was sie falsch gemacht hat. Aber mich macht das einfach nur traurig, weißt du? Ich glaub, Maria sucht halt die Verantwortung immer bei allen anderen und ich immer nur bei mir selbst. Und das ist wahrscheinlich beides scheiße, aber auf jeden Fall passt es nicht zusammen.«

»Oh«, sage ich. »Tut mir leid. Ich wusste nicht, dass es gerade so schlimm ist.«

»Was heißt schlimm?«, fragt Nova. »Immerhin bin ich nicht so depressiv wie meine Mom. Manchmal fühlt es sich einfach so an, als hätte ich ein großes schwarzes Loch im Bauch, das alle guten Gefühle auffrisst, weißt du? Klar, du und Sana habt auch Stress mit euren Eltern, aber ihr müsst euch wenigstens keine Sorgen machen, dass eure Eltern es irgendwann einfach nicht mehr packen, oder?«

»Also, jedenfalls nicht in absehbarer Zukunft«, sage ich und habe ein paar Gewissensbisse wegen dem Bagger-Foto, das ich Karo ausgedruckt habe.

»Ich hab so Angst, dass sie stirbt«, sagt Nova. »Also, meine Mom. Dass sie stirbt und nie gesund wird. Dass einfach alles so bleibt, wie es jetzt ist, meine Mom im Bett liegt und nicht aufstehen kann, bis sie irgendwann alt ist und sowieso nicht mehr aufstehen kann. Dass es ihr nie wieder gut geht in ihrem Leben.«

»Oh man«, sage ich und lege eine Hand auf Novas Schulter.

Mein Herz zieht sich ein bisschen zusammen.

»Das ist echt kacke. Tut mir leid.«

Nova legt ihren Kopf auf meine Schulter. »Danke, dass du da bist. Und Sana auch.«

»Sag Bescheid, wenn wir irgendwie helfen können, ja? Echt. Wir sind doch für dich da. Also auch, wenn du 'ne Therapeutin willst, oder so. Dann können wir eine für dich suchen.«

Ich wünschte, ich hätte Heilkräfte wie Jesus. Dass ich nur meine Hand auflegen müsste und die Probleme meiner Freunde verschwinden würden. Dass ich die ganze Traurigkeit, die ganze Kaputtheit aus der Welt saugen könnte.

Nova schüttelt den Kopf. »Ich glaub, erst mal nicht. Aber danke. Ich sag Bescheid. Wirklich. Fühlt sich schon gut an, was zu tun heute, und ich freu mich auf die Aktion.«

»Ich auch«, sage ich.

Wir sind fertig mit dem Verladen.

»Weißt du was?«, fragt Nova, als wir den Anhänger an ihrem Fahrrad befestigen.

»Hm?«

»Ich blick langsam, wie alles zusammenhängt. Also auch, dass meine Mom aus den gleichen Gründen so krank ist, wie warum Leute heute noch nach fossilen Brennstoffen bohren, warum wir in der Schule nach Noten bewertet werden, warum Leute vor Züge springen. Es ist alles verdreht. Die wichtigen Sachen sind nichts wert und Geld ist alles. Und wenn ich heute mit auf die Aktion komme, dann fühlt es sich auch ein bisschen an, als würde ich für sie kämpfen.«

Eine einzelne Träne läuft Nova die Wange runter. Wir fallen uns in die Arme, drücken uns fest. Kampfgefährtinnen.

»Widerstand ist Heilung«, sage ich.

»Heilung ist Widerstand«, sagt Nova.

Es ist zwölf Uhr. Der Platz der zerstörten Synagoge platzt langsam aus allen Nähten, so, dass schon Menschen auf den Tram-Schienen und auf der Straße stehen müssen, einfach um sich nicht zu stapeln. Der Kleingartenverein ist hier, Leute von Greenpeace, Renate mit ihrem Gehwagen und die Anti-Fracking Bürger*innen-Initiative. Unsere halbe Schule ist da, auch Herr Lotz, und ein paar Punks und Leute aus den AZs aus Bayern und Köln und einige Menschen, die ich vom Klimacamp wiedererkenne.

Und Camille mit einer Schar von Fans, die sich um einen Stand mit veganen Kosmetikprodukten tummeln, für die Camille jetzt anscheinend Werbung macht. Ein Typ mit falsch herum aufgesetzter Cap filmt Camille dabei, wie sie die Lage erklärt.

»Wir demonstrieren heute zwar nicht gegen Tierversuche, sondern gegen Fracking, aber Fracking macht durch Wasserverschmutzung und Treibhausgase auch die Umwelt kaputt, und das ist schlecht für die Tiere«, sagt Camille in die Kamera. »Es hängt alles zusammen. Deswegen bin ich jetzt auch komplett auf vegane Kosmetik umgestiegen, die möglichst klimaneutral hergestellt wird.«

Ich muss grinsen.

»Perfekt«, sagt der Kameratyp.

Als Camille mich sieht, kommt sie auf mich zugelaufen und drückt mir ein Bussi links und rechts auf die Wangen, beziehungsweise in die Luft, was gut ist, weil ich sonst das ganze Lipgloss im Gesicht kleben hätte.

»Ich hab fast tausend neue Follower in der letzten Woche dazu gekriegt«, sagt sie aufgeregt.

»Nice.«

»Und ich ernähr mich jetzt auch vegan«, sagt sie. »Avocados und Quinoa und Goji-Beeren.«

Ich versuche krampfhaft, nicht das Gesicht zu verziehen. Das sind jetzt echt keine klimaverträglichen und fairen Alternativen. Avocados brauchen Unmengen von Wasser und das alles muss ewig hier her transportiert werden, aber soll ich ihr das jetzt sagen?

»Hast du dich ein bisschen informiert?«, frage ich sie. »Dass du die Nährstoffe bekommst, die du brauchst und so? Ich kann dir ein paar Links schicken, die ich ganz gut fand.«

Dann kann ich ihr ganz dezent auch ein paar Artikel über die Importe von »Superfoods« schicken und über den Mythos, dass man die Welt durch vegane Ernährung schön konsumieren könnte. Dass man die Welt überhaupt schön konsumieren könnte. Camille ist ja nicht dumm. Nur uninformiert.

»Ich bin grad dabei, aber klar, schick es rüber!«, sagt Camille und strahlt mich an. »Meine Haut ist auch viel besser geworden, seit ich keine Milch mehr trinke. Na ja, ich muss weiter drehen. Habe gerade einen Livestream. Die Einnahmen gehen an die Aktion.«

Sie tänzelt zurück zum Kosmetikstand.

Ein Typ mit Kapuze und Sonnenbrille taucht hinter mir auf, viel zu warm eingepackt für das Wetter.

»Was zum Fick ist mit Camille passiert?«, fragt Henri und ein Schweißtropfen läuft seine Stirn runter, unter die Sonnenbrille.

»Tja«, sage ich. »Menschen verändern sich. Was zum Fick ist mit dem Schneeanzug?«

»Ich muss ja nicht rausposaunen, dass ich hier bin«, sagt er. »Wie hast du geschlafen?«

»Geht. Und du?«

»Ich bin komplett im Arsch.«

»Seit wann zitierst du Feine Sahne Fischfilet?«, frage ich.

»Tja«, sagt Henri und taucht wieder in der Menge unter.

Ich schüttle verwirrt den Kopf, suche die anderen und finde Sana am Info-Point, wo Aktionskarten, Wasser und der Aktionskonsens verteilt werden.

Und wo Sana mit meiner Mutter diskutiert.

»Keine Ahnung, wo sie ist«, sagt Sana. »Ich hab sie vor einer Stunde zuletzt gesehen.«

Mein Vater steht auch dort. Dann sehen sie mich.

»Mika!«, ruft Karo.

Ihre Haare sehen wieder ganz normal aus, aber sie wirkt immer noch etwas durch den Wind, mit dem falschen Fuß aufgestanden. Sie kramt in ihrer Tasche und hält mir das Foto vom Kohlebagger vor die Nase.

»Meintest du das ernst?«, fragt sie. »Mika, natürlich bin ich stolz auf dich.«

»Hm«, grummele ich.

»Ich mach mir vielleicht manchmal Sorgen, aber doch nur, weil ich das Beste für dich will.«

»Das fühlt sich trotzdem nicht gut an«, sage ich. »Weil ja eigentlich ich entscheiden sollte, was das Beste für mich ist, oder?«

Stolz ist so etwas Seltsames. So viele Menschen sind auf Dinge stolz, die gar nichts mit ihnen zu tun haben. Wenn die deutsche Fußball Nationalmannschaft die WM gewinnt, oder überhaupt, weil sie zufällig in diesem Land geboren wurden. Da kann man doch nicht stolz drauf sein. Und auf die eigenen Kinder? Kann man stolz auf die sein? Oder schließt das ein, dass man stolz ist, weil man die Kinder »gemacht« hat, so wie eine Figur aus Lehm, und sie deswegen weniger eigenständige, unabhängige Lebewesen sind?

»Okay«, sagt Karo. »Das verstehe ich. Ich bin aber auch stolz auf dich, dass du es geschafft hast, dass so viele Menschen hier sind. Damit hätte ich nicht gerechnet.«

Ich verziehe das Gesicht.

»Das war ich nicht alleine«, sage ich. »Und das haben die Menschen, die hier sind, auch alle selbst entschieden.«

Karo seufzt, streicht sich die Haare aus dem Gesicht.

»Mika, du weißt doch, was Karo meint«, sagt mein Vater.

Ich ignoriere ihn. »Ich fänd's besser, wenn du dich für mich *freust*, als wenn du stolz auf mich bist«, sage ich. »Wenn du dich freust, weil es mir gut geht. Und nicht, weil du meinst, dass ich irgendwas erreicht habe.«

»Okay, ich versuche es«, sagt Karo.

»Was macht ihr eigentlich hier?«

Da klingelt mein Handy. Es ist Joe und ich soll zum Lautsprecherwagen kommen.

»Lauft ihr mit?«, frage ich meine Eltern.

Die beiden schauen sich etwas unschlüssig an, aber nicken dann und ich umarme sie kurz, erkläre, dass ich gebraucht werde, und laufe los. Im Umdrehen sehe ich noch, wie sie sich vorsichtig in die Demo einreihen und ich kann gar nicht sagen, was ich dabei fühle. Es passiert so viel auf einmal und die Demo setzt sich schon in Bewegung.

Vorne tragen Nova und Joe das große Banner. Aarons Hand kommt aus dem Nichts und rutscht in meine, und wir gehen Seite an Seite die Straße runter.

»Hey«, sagt Aaron. »Ich hab dich vermisst.«

»Ich dich auch«, murmele ich, und dann schreien wir die Slogans mit, die ab und zu durch das Megafon, oder zufällig von Leuten aus der Menge gerufen werden.

»Freiburg hasst Milan Ast. Milan Ast in den Knast.«

»Milan Ast, zwei Grad Ziel verpasst.«

Ich frage mich, ob er wohl zuschaut. Irgendwo in seinem kühlen

Büro sitzt, seine Bonsaibäumchen wässert und das Live-Feed der Polizei gezeigt bekommt. Die ist natürlich auch in Scharen dabei, fährt in Wagen vor uns und hinter uns und läuft an den Seiten in kleinen Trupps mit.

»Milan Ast, voll der Spast«, ruft Henri.

Ich ziehe ihm mit einer gerollten Aktionskarte eins über.

»Ey!«

»Das ist behindertenfeindlich.«

»Milan sägt an dem Ast, auf dem er sitzt«, sagt Aaron.

»Nice«, sagt Henri.

»Aber das hat den falschen Rhythmus«, bemerke ich.

Der Weg nach Meisenheim ist lang, aber wir vertreiben uns die Zeit mit rufen und singen, und Ansagen über den Lautsprecherwagen. Einen Kilometer vor dem Ziel geht es plötzlich nicht mehr weiter. Die Polizei hat die Straße versperrt, links und rechts sind nichts als Felder, und die Menschen, die den Polizei-Kontakt machen, schieben sich nach vorne durch die Demo, um zu fragen, was das verdammte Problem ist.

»Das ist Taktik«, sagt Luca, der mit Olli neben uns aufgetaucht ist. »Sie versuchen, uns zu provozieren, damit sie 'ne Chance haben, zu eskalieren. Wenn jemensch deswegen was wirft oder so.«

Aber das passiert nicht. Wir haben im Vorfeld ziemlich gut darüber aufgeklärt, was unsere Ziele sind. Unter uns sind alte Menschen, Familien mit Kindern, das ganze bunte Spektrum, und ein Haufen Journalistis, der alles fotografiert. Mich macht es trotzdem nervös, ich will endlich ankommen, und habe Angst, dass sie das Loch im Zaun doch noch bemerken und reparieren.

Schließlich dürfen wir weiter, aber nur durch eine Sichtschleuse. Das heißt, dass die Polizei mehrere Wagen auf die Straße stellt, um einen engen Durchgang zu bilden, durch den wir dann, maximal vier Leute in einer Reihe, durchgehen müssen, damit sie »kontrollieren können, ob illegale Gegenstände oder vermummte Personen unter uns sind«.

Ich halte Aarons Hand fester und wir gehen mit Luca und Olli durch die Schleuse, vorbei an den Polizistis, die Maschinengewehre halten, uns filmen, und uns mit grimmigen Blicken mustern. Wir schreien weiter Sprechchöre, um uns Mut zu machen.

»Wir sind friedlich, was seid ihr?«, rufe ich.

Die anderen machen mit, immer weiter, bis wir durch sind, und so tröpfelt die ganze Demonstration langsam durch die Schleuse wie durch eine Sanduhr.

An der Mahnwache in Meisenheim werden wir von den Leuten der Fahrradtour mit lautem Jubeln empfangen. Sie sind über einen anderen Weg gekommen und wurden nicht aufgehalten. Zusammen sind wir locker um die tausend Menschen. Jemand von der Bürger*innen-Initiative nimmt das Mikro vom Lautsprecherwagen in die Hand und kündigt die Menschenkette an, die sich um das ganze Bohrgelände herum schlängeln wird. Aaron stößt mich an.

»Wir müssen auch eine Ansage machen«, sagt er. »Von wo die Aktion losgeht.«

Fuck, er hat recht.

Ich werfe einen Blick auf meine Uhr. Wir sind jetzt schon später dran als geplant.

Ich bahne mir den Weg zum Lautsprecherwagen, bekomme von einer Sprecherin der Initiative das Mikro gereicht und sage mit zitternder Stimme unseren Treffpunkt an.

Wir haben eine schwarz-grüne Fahne dabei, unter der wir uns versammeln. Meine Hände umklammern den langen Holzstab, an dem sie befestigt ist. Für diese Aktion wird es nur einen Finger geben, für mehr sind wir zu wenige Menschen, aber es wird reichen, es muss reichen. In der KTS haben am Wochenende noch Aktionstrainings stattgefunden, die meisten Leute wissen, was sie zu tun haben.

Diesmal sind wir die Fingerspitze: Nova, Aaron und ich, Luca und Olli, Ingrid und Maria. Diesmal sind wir diejenigen, die das Gelände kennen, die Route kennen, diejenigen, denen alle anderen vertrauen, sie nicht in die Scheiße zu reiten.

Wir gehen los, von der Mahnwache in Renates Straße zur Bohrung. Die Teilnehmer*innen der Menschenkette gehen direkt hinter uns. Neben uns marschieren die Trupps der Polizei und machen ihre eigenen Megafon-Durchsagen: dass wir unbefugt sind, das Gelände zu betreten, dass wir uns bei Verstoß strafbar machen, der übliche Kram halt.

Wir wechseln uns damit ab, die Fahne zu tragen. Hinter uns dehnt sich die Menschenkette aus, immer mehr Leute bleiben zurück, um das Gelände zu umstellen, was die Polizei sehr verwirrt. Anfangs versuchen sie noch, immer eine Polizeikette zwischen den Aktivistis und dem Zaun aufrecht zu erhalten, aber jeder aus der Menschenkette könnte potenziell versuchen, auf das Gelände zu stürmen, und bald gibt es nicht mehr genug Polizei, um das Gelände zu sichern.

Gut, denke ich, dass Henri und ich den Zaun auf der anderen Seite aufgeknipst haben. Jetzt sind wir einmal fast um die ganze Bohrung gelaufen und der Einsatzleiter brüllt gestresst in sein Funkgerät, um Verstärkung anzufordern. Da sind wir auch schon beim Loch im Zaun angekommen. Es ist gerade breit genug, dass vier Menschen gleichzeitig durch passen, genau wie bei der Sichtschleuse.

Es ist noch da.

Niemand hat es entdeckt. Niemand kann uns davon abhalten, auf das Gelände zu kommen.

Nova und ich warten mit der Fahne am Eingang, während die anderen durchlaufen und den Rest hinter sich her ziehen. Wie Sekt aus der Flasche sprudeln Menschen auf das Gelände.

Die Polizei holt auf, versucht, zum Loch durchzudringen und sich in den Weg zu stellen, aber wir blockieren die Seiten, bilden ein kleines Tor mit unseren Körpern, einen Gang, durch den der Rest des Fingers fließt.

Ein Pfefferspraystrahl regnet auf uns runter. Ich habe gerade noch genug Zeit, mein Halstuch über Nase und Mund zu ziehen und dann fängt es überall an, zu brennen, als hätte mir jemand Chilischoten in die Nase gesteckt und Seife in die Augen gerieben.

Scheiße.

Ich kann nichts sehen, muss husten, hebe schützend die Arme vor mein Gesicht. Will atmen, um mich zu beruhigen, aber weiß, dass einatmen es nur schlimmer macht.

Jemand zerrt mich nach hinten und ich versuche, mich loszureißen, höre dann aber Nova in mein Ohr schreien:

»Ich bin's, keine Panik, komm mit.«

Ich lasse mich von ihr weiter ziehen.

Sie sagt, ich soll mich hinknien.

Wo sind wir? Ich kann immer noch nicht richtig sehen.

»Kopf nach hinten legen. Ich spül dir die Augen aus, ok?«

Wir haben das im Aktionstraining auf dem Klimacamp schon geübt und trotzdem bin ich nicht darauf vorbereitet, als plötzlich kaltes Wasser in mein Gesicht klatscht. Es brennt, es brennt immer noch wie sau. Scheiße.

»Zieh die Sachen aus«, sagt Nova.

Sie hilft mir, mein Halstuch und T-Shirt auszuziehen und in eine Außentasche meines Rucksacks zu stopfen. Die Klamotten sind jetzt voll mit Pfefferspray und unbrauchbar, bis sie das nächste Mal aus der Waschmaschine kommen. Ich versuche zu blinzeln, aber das tut nur noch mehr weh.

»Mehr Wasser«, sage ich. Nova wiederholt das Ausspülen.

Sobald ich wieder etwas sehen kann, merke ich, dass wir jetzt auf der anderen Seite vom Zaun sind. Die Polizei hat, nachdem schon fast alle auf dem Gelände waren, aufgegeben und einen Rückzieher gemacht – sie beraten sich über Funk.

»Alles okay?«, fragt Nova.

»Na ja.«

»Wird gleich besser. Da vorne sind auch Sanis.«

»Hast du nichts abgekriegt?«, frage ich Nova. Sie war doch genau neben mir.

»Doch. Aber irgendwie flasht mich das grad nicht so hart. Entweder, weil ich jahrelang trainiert habe, um die Currywurst mit

Habaneros zu essen, oder du hast einfach das meiste von dem Zeug abbekommen.«

Ich erinnere mich, dass Nova in der Sechsten eine Wette mit Frederik eingegangen ist, wer die schärfste Currywurst runterbekommt, ohne zu heulen. Sie haben sich drei Jahre später verabredet und der Verlierer musste nicht nur die Gewinnerin einladen, sondern auch noch eine Woche ihre Hausaufgaben machen.

»Alles okay?«, fragt auch Luca, als wir unterm Bohrturm ankommen, wo sich der Rest des Fingers versammelt hat.

Aaron und die anderen Kletter-Aktivistis haben schon angefangen, den Turm zu erklimmen, um unser Banner aufzuhängen.

»Dort drüben ist 'ne Klokabine, da ist auch ein Waschbecken«, sagt Luca. »Warte, ich zeig's euch.«

Nachdem ich meinen Kopf unter Wasser gehalten habe wird es langsam besser, aber mir kullern immer noch Tränen die Augen runter. Ein paar andere hat's auch böse erwischt und ich überlasse ihnen das Waschbecken, um mich unterm Bohrturm auf dem Boden auszustrecken.

»Es ist jetzt fünfzehn Uhr fünfundzwanzig«, sagt Nova durch das Megafon an. »Wir haben unser Ziel erreicht und unsere Blockade beginnt. Einen Gruß auch an die Menschenkette!«

Alle Jubeln, auch die Menschen, die hinterm Zaun stehen und die Menschenkette bilden, indem sie sich an den Händen halten.

In unserer Gruppe packt jemand eine Ukulele aus, Sonnencreme wird verteilt, Wasser, Müsliriegel und bunte Regenschirme, um Schatten zu spenden.

Ich kann wieder atmen.

Wir sind drin, wir haben es geschafft. Die Sonne scheint, kribbelt auf meiner Haut, und jemand bringt mir ein nasses Tuch um mein Gesicht zu kühlen.

Für einen Moment liege ich nur da, atme und sauge die Geräuschkulisse auf: Das fröhliche Summen der Gespräche, die Ukulele, die Vögel, die auf dem Zaun sitzen, der Polizeihelikopter, der über uns fliegt, das Knacken der Funkgeräte, die Blockadenlieder, die ein paar Menschen hinter mir singen, das Lachen, die Megafon-Durchsage, die zu einem Delegiertenplenum in zehn Minuten aufruft. Ich habe plötzlich das Bedürfnis zu schreiben. Einzufangen, was hier gerade passiert. Dieser Ausnahmezustand, die Utopie in der Apokalypse: die Bohrung nach fossilen Brennstoffen kurzzeitig zur autonomen Zone erklärt. Wir, hier, zusammen.

Ich nehme das Tuch vom Gesicht und krame in meinem Rucksack nach einem Notizbuch und einem Stift, fange an, hineinzukritzeln, aufzuschreiben, warum wir hier sind, bis Aaron sich dazu setzt, ich den letzten Satz schreibe und seine rauen Lippen meine finden. Flüssige Wärme breitet sich in meinem Bauch aus, in meiner Brust, prickelt in meinen Zehenspitzen. Ja, definitiv immer noch total verknallt. Daran ändert sich irgendwie nichts.

»Würzig«, sagt er und verzieht das Gesicht.

»Wurde gepfeffert, sorry«, sage ich. Vielleicht hätte ich ihn warnen sollen.

»Was schreibst du da?«

»Bin mir nicht sicher. Ist so passiert.«

Er legt seinen Kopf auf meine Schulter. »Zeigst du es mir?«

Ich? Aaron etwas zeigen? Was ich geschrieben habe? Aaron, der selbst schreibt, der definitiv mehr Ahnung davon hat?

»Hm«, mache ich.

»Mach ich dich nervös?«, fragt Aaron.

»Sowieso.« Ich lache. »Na ja, vielleicht ist der Text nicht gut, definitiv nicht so, wie das, was du schreibst, vielleicht –.«

»Pst.« Aaron legt mir einen Finger auf die Lippen. »Man entschuldigt sich nie für das, was man schreibt.«

»Okay. Aber sei vorsichtig, es ist mein erstes Mal.«

Wir lachen. Und dann gebe ich Aaron mein Notizheft und er liest. Seine Augen leuchten in der Sonne und er lächelt. Mein Herz explodiert so *Kawumm*.

»Es ist gut, Mika. Es ist echt gut. Du sollest es vorlesen.«

»Was?«

»Hier, jetzt. Du solltest es hier vorlesen.«

»Oh, nee. Meinst du? Nee.«

»Doch. Mika, glaub mir.«

Ich schaue auf den Text, sage nichts. Aaron verschwindet kurz, taucht dann mit dem Megafon wieder auf.

»Darf ich fragen, ob die anderen den Text hören wollen?«

Aaron reibt seine Nase an meiner Wange und ich nicke. Überwinde mich selbst ein bisschen. Wir haben eine Bohrung besetzt. Wieso sollte ich Angst haben, einen Text vorzulesen?

Das Megafon quietscht schrecklich, als Aaron es anschaltet.

»Sorry, sorry«, sagt er. »Okay, sorry dafür. Ich wollte nur fragen, ob ihr vielleicht Lust habt, einen Text zu hören, der gerade auf dieser Blockade verfasst wurde.«

»Ja!«, schreien etwa neunzig Prozent der Menschen.

Ich streiche mir durch die Haare.

»Aber nicht über Megafon«, sage ich zu Aaron.

»Okay, dann rücken vielleicht alle ein bisschen näher zusammen«, sagt Aaron an.

Die anderen bilden einen Kreis und setzen sich in mehreren Reihen um uns herum. Ein Reporter hat es auch mit auf die Bohrung geschafft und filmt, wie ich in meinem Notizbuch an den Anfang blättere.

»Das ist ein Text über Klimawandel«, sage ich.

Und dann lese ich.

»Wie sieht Klimawandel aus? Wonach schmeckt er? Wie fühlt er sich an? Wenn ich in Deutschland die Haustür aufmache, wo ist er dann? Sieht er vielleicht aus wie das grüne McDonalds Logo und grüne Etiketten auf den Waschmittelpackungen? Schmeckt er vielleicht nach Eiscreme einen Monat früher im Jahr? Riecht er nach Abgasen?

Fühlt er sich an wie das schlechte Gewissen beim Fliegen oder das gute Gewissen beim Kaufen einer Biowurst?

Wonach klingt er? Klingt er wie das Klingeln der Kassen, wenn noch mehr effiziente Kühlschränke verkauft werden, Hybridautos und fair gehandelte Biobananen? Vielleicht klingt er auch wie ein kurzes, schweres Schweigen, das sich bei einem Blick auf die CO_2 Emissionen des Landes ausbreitet, bevor das Radio wieder angemacht wird und die Werbung mit sexy Stimme flüstert, dass dieses Wochenende verkaufsoffener Sonntag ist.

Klimawandel ist so leise wie die Zweifel, dass dieses Leben noch lange so weitergehen kann. Klimawandel schleicht auf Socken, mit der Sense in der Hand. Wenn du ihn bemerken willst, dann musst du Detektivin sein. Dir muss auffallen, wenn die Sommer wärmer und die Winter kälter werden. Du musst zuhören, wenn es einen Aufschrei gibt. Ganz leise, ganz weit weg.

Dort, wo der Klimawandel anders klingt als hier. Wo er nach Bomben und Maschinengewehren klingt, weil das Wasser knapp wird, weil das Öl knapp wird, von dem wir schon so viel verbrannt haben. Dort, wo der Klimawandel anders schmeckt als hier, wo er nach Salz schmeckt, wo der Boden vom ansteigenden Meeresspiegel verdorben ist.

Manchmal sieht Klimawandel nach nichts aus. Nach gar nichts. Nichts breitet sich aus und wer nicht weiß, was hier mal war, weiß nichts. Wenn die Fischerinnen ihre Netze einholen, ist Nichts drin. Wenn die Bauern ernten wollen, gibt's Nichts auf den Feldern. Nichts auf den Tellern.

Du musst die Verbindungen machen und wie eine Detektivin rote Fäden spannen, zwischen der Profitgier der Unternehmen, den Gesetzen und den Instanzen, die sie schützen. Zwischen den Werten, nach denen wir handeln, zwischen der Ausbeutung der Natur, der Tiere und der Menschen. Zwischen der Unterdrückung der Arbeiterinnen und der Unterdrückung der Geschlechter. Zwischen Besitz und Bereicherung.

Du musst dich mit der Lupe über die Landkarte beugen und die Orte ausfindig machen, wo Utopien leben. Musst weitersuchen, nach

Lösungen. Denn es gibt keine da oben, die das schon regeln, die sich schon Lösungen ausdenken werden. Und wenn dir das alles wie ein Berg erscheint, dessen Spitze du nie erreichen wirst, dann schau auf die Menschen, die mit dir gehen, und wie weit ihr schon gekommen seid. Mach nicht mehr als einen Schritt auf einmal, du hast ja auch nur zwei Füße. Aber geh weiter. Bleib nicht stehen. Jeder Schritt ist Widerstand, wir gewinnen schon, solange wir nur kämpfen. Wir gewinnen so viel.

Manchmal sieht Klimawandel auch so aus: Tausende Menschen, die sich erheben, die eine Pipeline blockieren, ein Kraftwerk, eine Kohlegrube. Die verschiedene Sprachen sprechen, aus verschiedenen Ecken der Erde kommen und doch durch ein Ziel vereint sind. Die experimentieren, ausprobieren, auf neue Arten zu leben, miteinander zu reden, Entscheidungen zu treffen. Neu definieren, was ein gutes Leben ist.

Und ja, wir verlieren viel. Wir verlieren Abertausende Arten, Ökosysteme, sensible Gleichgewichte, unsere Überlebensgrundlage und unsere Gesundheit, unsere Mitmenschen in noch benachteiligteren Regionen. Wir verlieren den Überblick.

Aber was wir gewinnen, wird uns Freiheit geben. Klimawandel ist die Erkenntnis, dass es so nicht weiter gehen kann. Wie der Ausbruch einer Krankheit, die man so lange verdrängt hat: weiter geraucht hat, obwohl die Ärztin Bronchitis diagnostiziert. Weiter in einem beschissenen Job gearbeitet hat, obwohl der Job depressiv macht. Weiter in einer Beziehung geblieben ist, die nicht funktioniert.

Jetzt wissen wir, dass es nicht funktioniert. Jetzt haben wir die Freiheit, es zu ändern.

Jetzt haben wir eine Chance, alles zu gewinnen.«

LIEBER
ÖKOTERRORISTIN
ALS
KAPITALISTIN.
POLIZEI

31

EGAL – ERINNER DICH

Ich habe einen ziemlichen Aktionskater. Den gesamten Dienstag liege ich im Bett, höre mir das Vogelgezwitscher durch das offene Fenster an. Lasse den deutschen Sommer draußen, der nach Grillwürstchen und Rauch aus den Hinterhöfen riecht. Der nach Fußballkommentatoren klingt, weil immer irgendwo WM oder EM ist.

Am Morgen um sechs haben sie uns wieder frei gelassen, nachdem sie Fotos und Fingerabdrücke genommen haben. Bei den meisten waren sie trotzdem unbrauchbar, weil sie eine fette Schicht Sekundenkleber auf den Fingern hatten und die Polizei keine Lust oder Zeit, den Kleber zu entfernen.

Sie wussten natürlich, wer ich bin, von dem Moment, wo sie mit mir ins Revier spaziert sind. Meinen Perso hatte ich auch dabei, wie viele von uns, die entschieden haben, dass Personalienverweigerung in der eigenen Stadt wahrscheinlich nicht so gut funktioniert.

Ich werde mit Sicherheit noch Post von Kerogreen bekommen. Eine Schadensersatzforderung vielleicht, hoffentlich nicht mehr, aber jetzt ist es mir gerade auch egal.

Jetzt bin ich einfach nur glücklich, dass wir es überstanden haben. Glücklich, dass niemand schwer verletzt wurde, dass es allen gut geht, Nova und Sana und Joe und Maria. Und Olli und Luca, die zurück nach Köln gefahren sind. Glücklich und erschöpft, als hätte ich keine Knochen, als wär ich ganz aus Wackelpudding gemacht, und als wär mein Gehirn ein schleimiger Klumpen, der nicht richtig denken kann.

Meine Eltern haben nichts gesagt. Sie haben mich nur in den Arm genommen, ganz lange festgehalten, gefragt, ob ich Hunger habe und eine vegane Lasagne gemacht. Sie haben auch nichts gesagt, als Aaron um zwölf Uhr mittags an der Tür geklingelt hat und sich zu mir gelegt hat.

Er ist immer noch hier, schläft wie ein Stein, die Haare noch nass vom Duschen, die Nase noch rot mit Sonnenbrand, die Telefonnummer vom Legal Team noch blass mit Edding auf dem Unterarm, der über seinem Kopf gestreckt auf den Kissen liegt, und die Streifen Sonne, die durch das Rollo kriechen wie ein Zebramuster, auf dem Gesicht.

Ich spüre die Wärme, die von seinem Körper strahlt, rücke ein Stück näher, schiebe eine Hand unter sein T-Shirt. Ich wickle mich in seine Anwesenheit wie in eine Decke, in sein gleichmäßiges Atmen, seinen Geruch, Wimpern und Grübchen und die kleine Narbe am Kinn. Ich bin sicher.

»Du bist sicher«, flüstere ich, für den Fall, dass er mich hört.

Aaron summt zufrieden.

Es ist Freitag der erste August, als wir uns treffen, um auf das Ergebnis der Klage zu warten.

Ein paar Leute sind schon im Urlaub: Camille hat diesmal den Bus nach Barcelona genommen, statt zu fliegen. Henri wird von seiner Mutter nach England geschleppt, um sich verschiedene Elite Unis anzuschauen. Joe hilft den ganzen Sommer bei der No-Border-Kitchen in Calais.

Mit allen, die noch in Freiburg sind, versammeln wir uns vor dem Verwaltungsgericht, wo die Anwält*innen der Bürger*innen-Initiative für den Fracking-Stopp kämpfen. Wir haben die Banner der Aktion wieder mitgebracht und singen und schreien uns heiser, damit die da drinnen hören, dass wir immer noch da sind.

»Was machen wir, wenn der Klage nicht stattgegeben wird?«, fragt Nova, die nervös eine Haarsträhne um ihre Finger wickelt, immer und immer wieder.

»Wieder besetzen«, sage ich. Wenn nicht mehr dieses Jahr, dann nächstes. Immer und immer wieder.

»Und irgendwann ein Burnout haben?«, fragt Aaron und zieht eine Augenbraue hoch.

»Nee. Dazu kommt es ja wohl hoffentlich nicht.«

»Egal, was die jetzt entscheiden«, sagt Nova, »ich glaub, wir sollten das trotzdem als Erfolg sehen.«

»Ich weiß nicht, ob ich das kann«, bemerke ich. »Klar, es war super cool, dass wir so viele Menschen mobilisiert haben. Aber wenn es am Ende doch gar nichts bringt?«

»Was heißt denn bitte nichts bringt?«, schnaubt Sana. »Hast du doch selber gesagt, dass wir experimentieren, uns die Freiheit nehmen und so. Für ein besseres Leben lernen.«

Ich habe einfach Angst. Ich habe Angst, den anderen zu viel versprochen zu haben. Angst, dass die ganze Hoffnung und die ganze Euphorie der Aktion wieder verfliegt, wenn wir sehen, dass es dem Gericht egal ist, mit wie vielen Menschen wir auf die Straße gehen, dass es der Politik egal ist, wenn die Mehrheit der Bevölkerung keinen Bock auf Fracking hat, auf Gas, auf Braunkohle, keinen Bock auf Klimawandel.

»Ich glaube, das ist was, das ich von Depressionen gelernt hab«, sagt Nova. »Wenn du Depressionen hast, dann lernst du halt auch, Erfolge zu sehen. Dann lernst du, es als Erfolg zu sehen, wenn du aus dem Bett kommst. Wenn du Zähne putzt, wenn du was Richtiges isst, wenn du nach draußen gehst. Entweder du lernst das oder du kommst nicht wieder raus. Wenn du lernst, das zu schätzen, dann kannst du irgendwie auch langsam Kraft darauf aufbauen, und jeden Tag ein bisschen stärker werden.«

»Wie meinst du?«, fragt Sana.

»Na ja. Am ersten Tag stehst du auf, am zweiten Tag stehst du auf und isst was, am dritten Tag stehst du auf, isst was und gehst raus. Am vierten Tag gehst du nicht raus, aber du verzeihst dir, weil du weißt, dass du dein Bestes gibst und das genug ist, dass es nicht jeden Tag klappt. Aber am fünften Tag stehst du auf und du isst was, du gehst raus, du redest mit deinen Freunden und du bringst den Müll raus.«

»Okay«, sage ich.

»Wenn du nicht lernst, das als Erfolg zu sehen, dann stehst du am ersten Tag zwar auf, aber am Ende des Tages machst du dich dafür fertig, dass du nicht geduscht hast, den Müll nicht rausgebracht hast und mit niemandem geredet hast. Und am nächsten Tag stehst du dann gar nicht mehr auf.«

»Ja, eben. Genau das macht mir Angst«, sage ich. »Das wir aufgeben, wenn es nicht funktioniert.«

»Was heißt denn funktionieren?«, fragt Aaron. »Hat es funktioniert, wenn ganz Deutschland Fracking wieder verbietet, die ganze Welt auch und gar nicht mehr nach Gas gebohrt wird? Oder reicht es, wenn Kerogreen ein Verbot bekommt? Oder reicht es, dass wir ein verdammt gutes Zeichen gesetzt haben? Dass wir einander gezeigt haben, dass wir zusammen so eine Aktion packen?«

»Hm«, grummele ich. »Also ein Fracking Verbot wär schon cool.«

Aaron stöhnt.

»Sag ich doch. Burnout.«

Da gehen die Türen zum Verwaltungsgericht auf und ein paar Leute kommen raus.

»Was sagen sie?«, frage ich, recke meinen Hals und sehe, dass sie schon mit ein paar Journalistis reden. Aber die anderen hören und sehen genauso wenig wie ich. Dann hält jemand, der näher dran steht, die Daumen hoch.

»Hat es geklappt?«, fragt Sana aufgeregt.

»Hat denn niemand ein Megafon?«, frage ich.

Die ersten Menschen fangen an zu jubeln, da rollt Renate mit dem Gehwagen auf uns zu, ein breites Lächeln auf dem Gesicht.

»Es gibt einen Fracking-Stopp!«, verkündet sie. »Die Genehmigung für Kerogreen wurde zurückgezogen. Jetzt geht es weiter ans Landesamt und vielleicht erreichen wir dann ein Verbot für ganz Baden-Württemberg!«

Krass, denke ich.

Die Nachricht hat jetzt fast alle Menschen erreicht, ein paar fangen an zu singen und ich bekomme eine Gänsehaut.

»Der Rechtsspruch war: Fracking ist nicht im öffentlichen Interesse dieser Stadt«, sagt Renate.

Ich lege einen Arm um Aaron, mit dem anderen high-five ich Nova und Sana. Wir haben es geschafft. Kein Fracking mehr.

Im Fernsehen wird davon berichtet, auch in den Zeitungen. Das ganze Wochenende wollen meine Eltern über nichts anderes reden, kommen immer wieder mit neuen Beiträgen und Artikeln in mein Zimmer, denn anscheinend ist jetzt auch die Politik aufmerksam geworden und will wieder über ein landesweites Fracking-Verbot diskutieren. Ich erwische mich dabei, wie das alles fast einen sauren Beigeschmack hat.

»Was ist?«, fragt Aaron am Sonntag, als wir zu zweit am Ufer der Dreisam entlang laufen. Jetzt, wo er bald geht, kletten wir fast ein bisschen aneinander fest. Aber das ist normal, oder?

»Freust du dich gar nicht?«

»Ich bin grad auf ’ne total komische Denkschiene gekommen«, sage ich.

Ein bisschen so wie die Genugtuung, die ich gespürt habe, als wir herausgefunden haben, dass das Grundwasser wirklich durch die Bohrungen belastet war, nur andersherum. Keine Genugtuung sondern Genervtheit. Abgefuckt.

»Wie meinst du?«

Ich denke kurz nach.

»So, als könnte ich es nicht annehmen, wenn es von der Politik kommt. Das passt nicht in mein Weltbild, wo alles, was die machen, immer falsch ist. Es gibt kein Richtiges im Falschen und so.«

»Oh«, sagt Aaron und kratzt sich am Kiefer. »Na ja, auch ein blindes Huhn findet mal ein Korn.«

»Es ist ja immer noch von oben herab. Es ist ja immer noch 'ne Entscheidung, die über unsere Köpfe hinweg getroffen wird. Es ist ja immer noch kacke, dass jemand die Macht hat, zu sagen: Jetzt bohren wir und jetzt nicht.«

»Aber in dem Fall kann es dich doch freuen?«, sagt Aaron. »Ist ja schon der Wille der Bevölkerung, der da durchgesetzt wird.«

»Ja, und ich hab mich grad irgendwie dabei erwischt zu denken, dass es das ganze System nur noch länger am Leben halten wird«, gebe ich zu. »Dass ein Sieg nichts wert ist, wenn er von der Politik angeeignet wird und sie sich das jetzt auf die Fahnen schreiben können, weißt du? Dann werden sie vielleicht wieder gewählt und die Leute denken: Oh, so schlecht machen die das ja gar nicht. Das Huhn bleibt ja blind, ob es mal ein Korn findet oder nicht.«

»Puh«, sagt Aaron.

»Ich will auch nicht so denken«, sage ich. »Das ist 'ne beschissene Art zu denken. Ich will mich ja auch freuen darüber.«

»Ich glaube, du hast grad den besten Weg gefunden, um dich selbst super zynisch und unglücklich zu machen«, sagt Aaron.

Sag ich ja. Abgefuckt. Ich kaue auf meiner Unterlippe herum, bis ich Blut schmecke.

»Weißt du, was das Problem ist?«, frage ich Aaron.

»Hm?«

»Ich glaube, bei mir ist dieses Bild von der Revolution immer noch drin, irgendwie. Das ich alles umstürzen und kaputtmachen will, damit was Neues aufgebaut werden kann. Aber ich weiß ja auch eigentlich, dass das 'nen Jo-Jo-Effekt gibt.«

»Ein Macht-Vakuum?«, fragt Aaron.

»Ja, wie bei Animal Farm von George Orwell. Wenn Menschen

vorher nicht gelernt haben, anders zu leben, dann wiederholen sie wieder das alte System. Weiß ich ja alles.«

Aber das Bild ist schon verlockend, irgendwie. Dass die Menschen alle gleichzeitig aufstehen, sich weigern zur Arbeit zu gehen, die Gefängnisse abschaffen, die Reichen enteignen.

Und dann? Wissen wir wirklich, wie wir danach leben? Kann eine Bevölkerung, die in einem ausbeuterischen Wirtschaftssystem aufgewachsen ist und nie aktive politische Selbstbestimmung gelernt hat, sich anarchistisch organisieren?

»So was muss wachsen«, sagt Aaron und streichelt meinen Arm. »Langsam und mit viel Liebe. Dafür gibt es ja die ganzen Projekte. Die Anarcho-Kommunen, die alternativen Währungen, die Klimacamps, die solidarischen Landwirtschaften. Die Graswurzeln, die durch das System hindurchwachsen, die irgendwann stark genug sind, es zu ersetzen.«

»Also gibt es ein richtiges Leben im falschen«, bemerke ich.

»Vielleicht?«

Vielleicht. Vielleicht gibt es sie auch, die Politiker*innen, die mal eine richtige Entscheidung treffen. Wenn ein Polizist sich seiner Macht bewusst werden und sie nutzen würde, um innerhalb der Polizei Strukturen zu verändern, die zu weniger Gewalt und Einmischung der Polizei führen, dann würde ich das wahrscheinlich auch gut finden, selbst wenn ich seine Entscheidung, zur Polizei zu gehen, generell ablehne. Einfach, weil dadurch Leiden verringert wird. Anarchismus will keine Dogmen, heißt es doch. Wäre es nicht auch ein Dogma, jede Entscheidung der Politik als falsch abzustempeln?

Ich muss lachen.

»Was ist so lustig?«, fragt Aaron.

»Ich habe gerade überlegt, wie es wäre, wenn die Bundesregierung morgen den Anarchismus ausrufen würde. Ob ich dann sagen würde, nein, das könnt ihr nicht für uns entscheiden.«

Aaron grinst. »Ja, das wäre lustig.«

Andererseits weiß ich, dass das nicht passieren wird.

Der Anarchismus kann nicht einfach so ausgerufen werden. Er kann nicht von oben durchgedrückt werden. Freiheit kann nicht erlaubt werden, sie existiert nur jenseits des Erlaubens und Verbietens, weil das Erlauben ja auch eine Art von Herrschaft ist und Verbote vorraussetzt.

Und ich weiß, dass die meisten Menschen, die in der Politik landen, genau die kalten Narzisst*innen sind, die es braucht, um sich nach oben zu arbeiten. Dass die meisten Menschen, die mit guten Vorsätzen den Gang durch die Institutionen antreten, immer noch über andere Menschen entscheiden wollen, und zu diesen Narzisst*innen werden oder zum Scheitern verurteilt sind. Dafür sind die Grünen doch das beste Beispiel. Und wenn es dann doch einmal klappt, dann ist das ja kein Beweis dafür, dass das System ein gutes ist.

Egal. Die Bohrung ist gestoppt. Und ich glaube nicht, dass es das Grundwasser, die Pflanzen und Tiere, die Zellen in meinem Körper und den Klimawandel auch nur im Geringsten interessiert, wer die Bohrung gestoppt hat.

»Hey«, sage ich.

»Hey?«, fragt Aaron.

»Lass uns das irgendwie feiern.«

»An was denkst du?«

»Hm. Wie wäre es mit einem Mangoeis?«

Ⓐ

Am Montag fährt Sana mit ihrer Familie in den Urlaub und Nova und ich überlegen, auf ein Klimacamp in Schweden zu gehen. Da ist es wenigstens nicht so heiß wie hier.

August. Sommerferien. Puh.

Ich kette mein Fahrrad beim Stühlinger Park an und klettere auf einen der mittleren Bögen der blauen Brücke.

Gestern wäre es wahnsinnig gewesen, hier zu sitzen, da wäre ich einfach auf dem Metall verbrannt und zerschmolzen. Aber heute ist der Himmel angenehm bewölkt, so, dass die Temperatur gerade aushaltbar ist.

Aaron kommt barfuß von der anderen Seite hochgeklettert, eine Mate in der Hand, und setzt sich rittlings mir gegenüber.

»Hier, für dich.«

Die Flasche ist kalt und mit Wassertropfen benetzt.

»Ich liebe dich«, sage ich.

Aaron lacht.

»Du bist echt leicht glücklich zu machen.«

»Wie meinst du das?«

»Na ja, du willst keine teuren Geschenke, dir ist es egal, was ich anziehe. Ich muss mir nicht mal Mühe geben.«

Ich verziehe das Gesicht. »Ich finde schon, dass du dir Mühe gibst. Also, ich merke jedenfalls, dass ich dir wichtig bin.«

»Woran?«

Ich lege meinen Kopf auf Aarons Schulter, vergrabe meine Nase an seinem Hals.

»Wie du mit mir umgehst. Dass du fragst, wie es mir geht. Wie aufmerksam du bist.«

»Mh«, sagt Aaron. »Wie geht es dir?«

Ja, wie geht es mir eigentlich?

»Wie ein Sack Kartoffeln.«

Ich lehne mich mit meinem ganzen Gewicht an Aaron, so, dass er nach hinten überkippt, und ich auf ihm liege. Für einen Moment liegen wir nur da, auf dem Bogen der Brücke, atmen und hören unserem Herzschlag zu.

Wir wissen beide, was jetzt kommt, aber ich will es nicht wahrhaben. Ich will noch ein paar Stunden, ein paar Tage, ein paar Monate so tun, als wäre alles normal, so normal wie es eben sein kann, wenn man gerade eine Bohrung besetzt hat und jemand, den man liebt, mindestens ein Jahr Reisen geht.

»Hey, das ist ziemlich unbequem«, sagt Aaron.

»Sorry«, sage ich und setze mich auf.

»Weinst du?«, fragt Aaron.

»Nein«, sage ich weinend.

»Hey.«

Aaron zieht mich wieder zu sich, legt seine Arme um mich und streichelt meinen Kopf.

»Ich liebe dich, das weißt du oder?«

»Ja«, schniefe ich. »Das macht alles nur noch schlimmer.«

Fuck. Es fühlt sich an, als würde mir jemand langsam mit einem Brecheisen den Brustkorb aufbrechen.

Man sollte sich verdammt noch mal nicht vor zwanzig verlieben. Das ist doch der dümmste Scheiß, den man machen kann. Das klappt nie. Aber ich würde es auch nicht zurücknehmen, keinen Moment, den wir zusammen verbracht haben, nur um mein brechendes Herz zusammen zu kitten.

Ich befreie mich aus Aarons Umarmung, um nach einem Taschentuch zu suchen. Dann merke ich, dass er auch weint, wie zwei Tränen seine Wangen runterlaufen und von seinem Kinn tropfen.

»Fuck, ey.« Ich schüttle den Kopf. »Wieso tun wir uns das eigentlich an?«

Aaron lacht. »Ich weiß nicht. Weil wir müssen?«

Ich fahre mit den Fingern über die Nieten der Brücke. »Wieso müssen wir das? Wieso kannst du nicht einfach hierbleiben?«

Aaron wischt sein Gesicht ab und schaut den Gleisen entlang in die Ferne, Richtung Schönberg, der grün und sommerlich da liegt. Richtung Süden.

»Du weißt warum. Wir passen viel, viel zu gut zusammen. Wenn ich bleiben würde, dann hätte ich voll Angst, dass wir aus Versehen irgendwann heiraten oder so.«

Ich pruste.

»Keine Sorge. Ich hab nicht vor dich zu heiraten.«

Aaron schaut mich an.

»Du weißt, was ich meine. Es wär so einfach, genau die gleichen Fehler zu machen. Ich würde jetzt irgendeine Ausbildung machen, du würdest Abi machen und dann studieren, wir würden zusammen ziehen, dann würdest du schwanger werden …«

»Boah, Aaron. Ich werde ganz bestimmt nicht schwanger.«

»Wie stellst du dir dein Leben vor, dann?«

Ich zucke die Schultern.

Aaron kaut auf seinen Fingernägeln.

»Wir reden immer davon, es anders zu machen als unsere Eltern, 'ne neue Welt aufzubauen. Aber wenn's dann ums Konkrete geht, dann wissen echt die wenigsten, was sie machen sollen, oder? Ich glaub halt, dass ich da voll reinrutschen würde, in so ein konventionelles Leben, wenn ich nichts anderes kenne. Wenn ich jetzt nicht Reisen gehe und keine Ideen sammle, wie es auch anders geht.«

Ich weiß. Ich weiß das. Ich weiß, dass er wahrscheinlich recht hat. Aber ich hasse es, ich hasse, hasse, hasse es.

»Und deswegen machst du mit mir Schluss?«, frage ich.

Aaron sieht aus, als hätte ich ihn getreten.

»Ich mach nicht mit dir Schluss.«

»Aber du gehst.«

»Ich komm wieder.«

»Und du willst, dass ich hier sitze und auf dich warte, bis du mit deinen Abenteuern fertig bist?«

»Mika.«

»Wie lange willst du reisen? Ein Jahr? Und ich soll ein Jahr auf dich warten?«

Wenn ich mir vorstelle, noch ein ganzes Jahr zur Schule zu gehen, während Aaron irgendwo in Italien auf anarchistischen Bauernhöfen chillt, bei Portugal surfen geht und in Spanien Bäume pflanzt, wird mir ein bisschen schlecht. Es ist die ganze Hannes Situation noch hundert Mal schlimmer, weil, diesmal ist es nicht nur Neid.

Diesmal bin ich verliebt, diesmal wird mein Leben definitiv messbar weniger glücklich, wenn Aaron geht. Wie soll man sich da nicht zurückgelassen fühlen? Wie soll man da nicht das Gefühl haben, dass man einfach nur verliert?

»Du sollst nicht auf mich warten. Du kannst echt ... mit deinem Leben machen, was du willst. Wirklich. Und wenn du willst, bleiben wir in Kontakt. Und wenn du nicht willst, dann nicht.«

»Ich will dir auch nicht im Weg stehen«, murmele ich. »Tut mir leid. Was ist das überhaupt für'n bescheuertes Bild von Liebe, wenn ich sofort verletzt bin, wenn du ein eigenes Leben hast?«

»Hey, ist okay«, sagt Aaron. »Kann ich verstehen, dass sich das nicht gut anfühlt. Ist halt auch wieder diese Geschichte, oder? Dass, wenn man verliebt ist, man alles füreinander tun wird, alles füreinander aufgeben. Sonst ist es keine echte Liebe. Bullshit, okay? Es ist echt.«

Ich schnaube. »Ja. Das will ich ja gar nicht. Ich will nicht, dass wir unsere Träume für einander aufgeben. Ich weiß nur nicht – ich weiß nicht, wie ich das packen soll, wenn du weg bist, mit meinem Leben okay zu sein.«

Jetzt, wo ich weiß, wie schön es sein kann.

Aaron legt seine Stirn an meine und streichelt vorsichtig meinen Rücken.

»Hey. Du bist so stark. Du kriegst das hin. Du hast Nova und Sana, und deinen ganzen Kopf voller verrückter Ideen.«

Ich nicke. »Tut mir leid. Ich wollte nicht – ich wollte nicht sagen, dass es deine Aufgabe ist, mich glücklich zu machen, oder so was. Ich werd nur ...« Dieses Gefühl schnürt mir ein bisschen die Kehle zu, ich kann fast nicht sprechen. »Ich werd dich so vermissen.«

Aaron drückt sein nasses Gesicht an meinen Hals.

Ich spüre, wie seine Muskeln verkrampfen, wie er sich ein bisschen zusammenrollt und seine Hände in meine Schultern krallt.

»Es ist so schwierig«, schluchzt er. »Fuck.«

Und dann sind wir beide einfach nur am Heulen und am Küssen. Es ist salzig und kaputt und es ist mir scheißegal, was die Leute denken, die vorbeigehen.

»Ich glaub«, fange ich an. »Ich muss ein bisschen allein sein. Sonst beruhige ich mich nicht.«

»Okay«, flüstert Aaron und atmet, als wäre er einen Berg hochgelaufen. »Okay. Meldest du dich bei mir? Später?«

Ich nicke, küsse ihn noch einmal und stehe auf, klettere den Bogen herunter.

Dreh dich nicht um, denke ich. Geh einfach. Geh. Einen Fuß vor den anderen. Okay. Da ist dein Fahrrad. Schließ es auf. Fahr los. Fahr nach Hause.

Ich kann vor lauter Tränen kaum was sehen – wie tragisch wär das eigentlich, wenn ich jetzt noch vom Auto überfahren werde? Aber ich schaffe es irgendwie nach Hause, in mein Bett, unter die Decke, zusammengerollt, so klein wie es geht.

»Mika?«, fragt mein Vater, im Türrahmen stehend. »Ist alles okay? Ist was passiert?«

Ja, denke ich. Die Welt ist untergegangen.

»Nein«, sage ich leise. »Nichts Schlimmes. Ich muss gerade nur alleine sein.«

»Okay. Ich bin im Wohnzimmer.«

Er macht vorsichtig die Tür zu.

Ich lasse mich von der Dunkelheit meines Bettes verschlucken. Erlaube mir, zu trauern, alle meine Lieblingsmomente noch mal durchzuspielen, bis ich einschlafe: Aaron im Kunstpelzmantel. Aaron beim Klettern. Aaron und ich im KTS Garten. Aaron mit Zuckerwatte. Aarons Haare auf der Wiese beim Klimacamp. Aaron im Wald, verknallt, Lippen kaputt geküsst. Zusammen einschlafen, zusammen aufwachen.

Hey.

Wie geht es dir?

Ich schaue auf die Uhrzeit. Vier Uhr nachts. Hab ich wirklich bis jetzt geschlafen?

Meine Augen brennen noch vom Heulen. Ich trinke einen Schluck aus meiner Wasserflasche neben dem Bett, dann blinzle ich angestrengt den Bildschirm an.

Hey.

Nicht so gut.

Und dir?

Auch nicht.

Und mich verunsichert das ein bisschen nicht zu wissen was du denkst.

Worüber?

Was jetzt mit uns ist.

Wann gehst du los?

Dienstag.

Verabschieden wir uns noch?

Ich glaub ich pack das nicht dich noch mal zu sehen.

Ich weiß das ist scheiße, aber es ist so schon schwer.

Feigling. Du verdammter Feigling, denke ich.

Ich hab Angst dass wenn ich dich noch mal sehe ich nicht gehe.

Du sollst auch nicht gehen, denkt der besitzergreifende egoistische Teil von mir, der in Kauf nehmen würde, dass wir einander für den Rest unseres Lebens unglücklich machen, alles füreinander opfern, bis nichts übrig ist außer grauer, zermürbender Alltag.

Der Teil, der mir einreden will, dass ich nicht gut genug bin und das hier der Beweis ist. Aaron will mich nicht.

Doch, du sollst gehen, denkt der bessere Teil von mir. Ich weiß, warum du es tust. Es ist sinnvoll. Es ist gut so. Kein Mensch kann für das Glück eines anderen verantwortlich sein, egal wie sehr sie sich lieben.

Hey.

Das muss nicht das ende sein, weißt du?

Wir sehen uns wieder und wenn du mich dann noch magst ...

Wenn du MICH dann noch magst.

Bestimmt.

Das kannst du nicht wissen.

Nein. Aber glauben.

Ich habe keine Tränen mehr übrig.

Du musst das nicht sagen.

Ok.

Mika?

Hm?

Danke.

Ich liege noch eine Stunde wach. Kann nicht schlafen. Hole mein Handy wieder raus und schreibe Aaron.

Und allem weh zu trotze bleib ich verliebt in die verrückte welt.

32

THE BEATLES – REVOLUTION

Das letzte Schuljahr hat angefangen. Ich würde gern behaupten, dass jetzt alles anders ist. Dass keiner mehr gemobbt wird, dass die Lehrer*innen uns nicht mehr stressen können, dass keiner mehr nach der Schule für einen Klimakiller arbeiten will.

Ich treffe Henri im Gang, braun gebrannt, in einem seiner Tank-Tops, und er sagt »Hey, Mika«, und klopft mir auf die Schulter, als wären wir nie verfeindet gewesen. Camille steht an ihrem Spind und nickt mir kurz zu. Frederik salutiert im Vorbeigehen. Sana und Nova warten vorm Klassenraum auf mich.

»Welcome back«, sagt Nova und wir gehen zusammen rein.

Zwanzig Gesichter, frisch aus dem Urlaub. Auf in ein weiteres Jahr in der Hölle.

Ich würde gern behaupten, dass sich alles verändert hat.

Und für mindestens zwei Wochen spürt man auch, dass wir eine Bohrung besetzt und gestoppt haben. Für mindestens zwei Wochen gibt es Widerworte, wenn jemand ungerecht behandelt wird. Für mindestens zwei Wochen wird sogar die Mülltrennung eingehalten (Hurra!). Zwei Wochen gibt es niemanden, der sich auf dem Mädchenklo einschließt, um zu heulen. Zwei Wochen haben wir alle noch frische Erinnerungen an einen Sommer voller Bewegung und Ungehorsam, haben wir die Erfahrung gemacht, dass wir sehr wohl etwas verändern können.

Und dann? Saugt uns der Schulalltag wieder ein. Zehntausend Infoblätter fürs Abi. Hausaufgaben. Referate. Bewerbungen.

Und wir vergessen. Wir sind zu beschäftigt.

Sana vergisst.

Nova vergisst.

Ich vergesse es nicht. Kann es nicht vergessen.

Kein Tag vergeht, ohne dass ich an die Aktion denke oder ans Klimacamp. Oder an Aaron und wie ich mich bei all dem zum ersten Mal richtig zuhause gefühlt habe. Was sich am meisten verändert hat, bin ich.

Ich schicke Aaron eine Nachricht zum Achtzehnten, frag ihn, wie es ihm geht, und er schickt mir ein Bild vom Neuenburger See zurück. Dann von einer Permakultur-Kommune in Südfrankreich. Dann vom Meer.

Ich sitze in Mathe und starre auf mein Aufgabenblatt. Ich kann die Zahlen nicht mehr sehen, sie verschwimmen vor meinen Augen, als würde ich abtauchen.

Wie sinnlos, denke ich. Was mache ich eigentlich hier?

Am nächsten Tag kann ich nicht aufstehen. So richtig körperlich, als wäre ich festgebunden. Es geht einfach nicht.

»Burnout«, sagt der Hausarzt, nachdem Karo mich in die Praxis gefahren hat.

»Das ist doch lächerlich«, sagt Karo. »Achtzehnjährige kriegen doch kein Burnout.«

»Doch«, sagt der Arzt. »Das ist sogar leider in den letzten zwanzig Jahren relativ normal geworden.«

Karo schüttelt den Kopf. »So viel machst du doch gar nicht für die Schule.«

Der Arzt schmeißt sie raus und will mit mir alleine reden. Er ist ein älterer Mann mit grauen Haaren und einem silbernen Ohrring, was ihn auf Anhieb sympathischer macht, als wenn der Ohrring nicht da wär. Ja, ich bin oberflächlich. Meine Hand wandert zu meinem eigenen Ohrring mit dem kleinen blauen Auge dran.

»Okay, Mika. Jetzt erzähl doch mal. Du darfst mich Hermann nennen, übrigens.«

»Was soll ich denn erzählen?«, frage ich.

»Was dich so stresst.«

»Alles!?«

Und dann bricht es aus mir heraus: meine ganze Unzufriedenheit, meine Angst, mich selbst zu verlieren, jetzt wo ich mich endlich ein bisschen mag.

Meine Angst, nicht gut genug zu sein und meine Eltern zu enttäuschen. Meine Angst, keinen Job zu finden.

Meine Angst, einen Job zu finden und ihn zu machen, fünfzig Jahre lang.

Hermann hört aufmerksam zu, nickt und brummt, und reicht mir eine Packung Taschentücher mit Blümchenmuster.

»Danke.«

»Hast du schon mal drüber nachgedacht, die Schule abzubrechen?«, fragt Hermann, als ich mir lautstark die Nase putze.

»Was?«

»So wie ich das gehört habe, willst du nicht studieren, bei keiner Firma arbeiten, bei keiner Behörde, keine Karriere machen. Wofür brauchst du Abitur?«

»Ohne Abi ist man nichts in Deutschland«, sage ich und merke dabei selbst, wie ich Sachen nachplappere, die ich eigentlich gar nicht glaube.

»Hör mal zu«, sagt Hermann. »Ich hatte auch kein Abitur. Und jetzt bin ich Arzt. Wenn du später doch noch in einen Beruf möchtest, wo du Abitur brauchst, kannst du es jederzeit nachholen. Lass dir da keine Angst machen. Abitur und ein abgeschlossenes Studium sind auch keine Garantie auf einen sicheren Arbeitsplatz.«

Ich runzle die Stirn. »Okay? Aber, wenn ich die Schule abbreche, was wird dann aus mir?«

»Überleg mal. Wenn du alle Freiheit der Welt hättest, was würdest du jetzt tun?«

»Ich weiß es nicht.«

»Sag das Erste, was dir einfällt. Nicht drüber nachdenken. Egal ob es verrückt ist. Egal wie unwahrscheinlich.«

»Reisen«, sage ich. »Häuser besetzen. Permakultur lernen. Einen Film drehen. Straßenmusik machen.«

Hermann lehnt sich zufrieden zurück und hebt die Hände, als hätte er gerade etwas bewiesen.

»Das ist doch absurd!«, rufe ich.

»Ist es das?«

»Es ist nur noch ein Jahr. Wie blöd ist das denn, ein Jahr vorm Abi abzubrechen?«

»Wenn du dich dafür kaputtmachen müsstest, nicht im Geringsten blöd. Ich kann dir auch ein Attest für zwei Wochen schreiben, damit du dich ein bisschen ausruhen kannst, aber den Stoff wirst du ja trotzdem irgendwie nachholen müssen.«

Ich schüttle den Kopf.

»Nee, danke.«

»Aber eine Sache mache ich nicht«, sagt Hermann. »Ich verschreibe dir keine Pillen, damit du dich abstumpfen kannst. Wenn du ein klares Ziel hättest, das du nur mit dem Abi erreichst, dann könnte man darüber reden. Aber nicht einfach so.«

»Was sind Sie eigentlich für ein Arzt?«, frage ich.

»Ein dufter Arzt.«

»Dufte?«

»Wie sagt ihr dazu? Knorke?«

»Nein.«

»Oberaffengeil?«

»Nein.«

»Okay, du weißt, was ich meine.«

»Aber ich weiß nicht, wie ich das meiner Mutter erklären soll«, sage ich leise und schaue auf meine Füße.

»Mit der kann ich gerne gleich noch reden.«

Und das tut er dann auch.

Als Karo wieder aus dem Sprechzimmer kommt, nimmt sie schweigend ihre Jacke von der Garderobe, geht schweigend zum Auto, schweigt, während wir uns anschnallen, und lässt den Schlüssel in der Zündung stecken.

Ich spüre, wie ganz vorsichtig wieder Hoffnung in mir keimt. Dass ich es vielleicht wirklich tun könnte, wirklich raus, wirklich mein Ding machen. Vielleicht brauchte ich das auch, einen Erwachsenen, der mir sagt, dass es okay ist, auch wenn ich mir das schon lange selbst gesagt habe. Ich hatte nicht den Mut. Und jetzt wächst da diese kleine Pflanze namens Selbstbestimmung und will beschützt werden. Und ich habe Angst, dass Karo mit dem, was sie mir sagen wird, einfach auf die Pflanze drauf tritt. Wieso haben Eltern eigentlich so viel Macht über das, was wir denken?

Aber Karo sagt nichts. Karo fährt uns einfach nach Hause.

Ⓐ

Ich hätte nicht erwartet, dass Sana und Nova beide anfangen zu weinen, als ich das letzte Mal zur Schule komme, das letzte Mal meine Hausaufgaben nicht gemacht habe und das letzte Mal mit den beiden zusammen auf dem Schulhof gammle.

»Du lässt uns echt alleine?«, fragt Sana.

»Ich lass euch nicht alleine. Ich mach nur kein Abi. Hey, ihr habt doch auch einander, oder?«

»Ja, aber ohne dich wird doch alles anders sein«, sagt Sana und wirft Nova einen auffordernden Blick zu. »Nova, sag was.«

Nova schüttelt den Kopf.

Ich drücke Sana.

»Ich find's voll cool, dass ihr es durchzieht. Sana, du wirst später bestimmt mal ein Heilmittel für Krebs finden oder 'ne super Anwältin für Geflüchtete werden. Und Nova, wenn du nicht Hacker wirst, weiß ich auch nicht.«

»Um Hacker zu werden braucht man auch kein Abi«, sagt Nova

trocken. »Aber ich will vielleicht trotzdem Informatik studieren. Erst mal alle Optionen offenlassen.«

»Ihr packt das«, sage ich und wische mir eine Träne weg.

»Wohin willst du zuerst?«, fragt Sana. »Triffst du dich jetzt mit Aaron?«

Ich seufze. »Ich glaub nicht. Also, jedenfalls, erst mal nicht. Ich will auch ein bisschen die Welt alleine entdecken.«

Ich habe Aaron noch gar nichts gesagt. Ich will irgendwie nicht, dass er denkt, ich würde ihm nachmachen oder ihm hinterherlaufen. Er macht sein Ding, ich mache meins.

Aber wo ich dann zuerst hin will, das ist echt so eine Frage. Während ich alles zusammen suche, was ich brauche, ändere ich bestimmt zehn Mal meine Meinung. Ich miste meinen Kleiderschrank aus, packe Sonnencreme und einen Wassersack und Seife in den großen grünen Rucksack. Überlege, was ich zum Anziehen brauche, als ein kleiner Stein aus der Hosentasche der Hose fällt, die ich gerade zusammenlege. Ich bücke mich, um ihn aufzuheben. Es ist die Pfeilspitze aus Feuerstein, die ich beim Trampen geschenkt bekommen habe. Ich streiche mit der Fingerkuppe entlang der Kanten, den winzigen Zacken, wo der Stein in Form gearbeitet wurde. Er ist scharf, so scharf, dass er einen kleinen Schnitt in meinen Finger macht.

Hektisch suche ich auf meinem Schreibtisch den Zettel, auf den Fern ihre E-Mail-Adresse und Telefonnummer geschrieben hat.

Frankreich. Ich gehe nach Frankreich. Und alles andere plane ich auf dem Weg. Was sagen die Zapatisten noch mal? »Fragend schreiten wir voran.«

Bevor ich gehe, fahre ich noch einmal alleine nach Meisenheim, in der brütenden Sommerhitze, mit der Sonne im Nacken, der schon halb verbrannt ist, als ich mein Fahrrad in der Nähe des Bohrgeländes abstelle. Ich wandere den kleinen Weinberg hinauf, der auf das Gelände schaut, und setze mich auf eine alte Steinmauer, von der aus ich beim Abbau zuschauen kann. LKWs fahren durch das Tor im Stacheldrahtzaun und kommen beladen mit Bauteilen wieder heraus.

Vom Turm steht nur noch das untere Gerüst. Bald wird hier gar nichts mehr sein, die Abwassergrube leer gepumpt und zugeschüttet, das giftige Wasser irgendwo tief unter die Erde verpresst. Und es wird Gras über die Sache wachsen. Dann wird hier nur noch eine Wiese sein. Wie oft bin ich schon an solchen Wiesen vorbei gekommen, ohne zu wissen, dass unter ihnen ein unsichtbarer Sieg gegen die Ausbeutung ruht? Wie oft bin ich schon durch Wälder gelaufen, die nur stehen, weil eine Gruppe von Menschen um ihre Existenz gekämpft hat?

Die Revolution ist unsichtbar, so unsichtbar wie der Klimawandel, und in zehn Jahren wird vielleicht niemand mehr die Geschichte dieser Wiese erzählen. Dann wird es neue Kämpfe geben und neue unsichtbare Siege.

Ich lasse meine nackten Füße von der Mauer baumeln, beobachte eine Eidechse, die in die Ritze zwischen zwei Steinen kriecht.

Ich glaube, ich bin okay mit meiner Unsichtbarkeit. Ich bin keine Heldin und will es auch nie sein. Ich will nicht für andere Menschen sprechen oder mein Gesicht auf T-Shirts sehen, oder mich auf Postern an den Wänden der Studi-WGs wiederfinden. Ich will nur ich selbst sein und zusammen mit den Menschen, die ich mag, in kleinen, leisen, unsichtbaren Schritten die Welt verändern.

Und wenn ihr mich sucht, bin ich etwas zu weit gegangen.

:P

NACHWORT

Vieles, was die Protagonistinnen dieser Geschichte erleben, ist wirklich passiert. Wenn nicht mir, dann Freund*innen und Bekannten. Und wenn es nicht passiert ist, dann könnte es vielleicht so ähnlich passieren.

Diese Geschichte spielt nicht in der Zukunft. Sie denkt darüber nach, was schon ist und wie die Welt sein könnte, wenn wir morgen früh aufwachen und es so weiter geht wie immer.

Das ist keine Zukunfts-Dystopie wie *Die Tribute von Panem*, weil das Schreiben über eine dystopische Zukunft überflüssig geworden ist. Wenn George Orwell heute *1984* geschrieben hätte, dann wäre es keine Warnung vor einer schrecklichen Zukunftsvision mehr, sondern eine Gegenwartsanalyse.

Wir leben in der Dystopie. Wir kennen die Bilder giftiger Landstriche, die Berichte von einstürzenden Textilfabriken, die Nachrichten über Kriege, die immer mehr Menschen aus ihrer Heimat vertreiben. Wir beobachten einen erneut aufkeimenden Faschismus, hier, direkt vor unseren Augen. Wir demonstrieren seit Monaten gegen den Klimawandel, und spüren doch, dass unsere Stimmen kaum ein Gewicht haben, dass es die großen Unternehmen sind, die die Politik in der Tasche haben.

Wir brauchen keine Bücher und Filme mehr, die uns warnen, und uns die Aussichtslosigkeit einer Zukunft vor Augen halten, in der wir landen werden, wenn sich nichts ändert. Wir sind schon da. Die Dystopie ist jetzt.

Vielleicht waren alle Warnungen umsonst. Vielleicht war ihr Problem, dass sie es versäumt haben, uns Hoffnung zu geben, dass es auch nur anders kommen könnte. Das wir auch nur eine Chance hätten, den Kurs zu ändern.

Ich wollte nicht über Superheld*innen schreiben. Nicht über Auserwählte. Nicht über Einzelgänger*innen, nicht über Heilige. Es wird niemand kommen, um uns zu retten, und es braucht auch niemanden. Es wird kein Brief von Hogwarts mehr kommen, kein Zauberer, der uns auf ein Abenteuer schickt – ob er jetzt Dumbledore oder Gandalf oder Obi-Wan heißt. Aber das heißt nicht, dass es keine Lehrer*innen für uns gibt, und damit meine ich richtige Lehrer*innen, nicht solche, die man an Schulen findet, auch wenn es dort ein paar gibt, denen ich sehr viel zu verdanken habe.

Zauberer begegnen uns nicht als alte, bärtige Männer. Sie können jünger sein als wir, oder sie können bereits tot sein und uns durch ihre Texte immer noch berühren und verändern. Sie können unsere Freund*innen sein und unsere Partner*innen, oder unsere Bekanntschaften im Internet. Sie sind die Menschen, die uns inspirieren, Dinge zu tun, die wir nur zu träumen gewagt haben. Die Zauberer, auf die wir warten, sind wir selbst. Wir sind ganz normale Menschen, und wir haben die Kraft, uns selbst zu retten.

Als ich die Entscheidung getroffen habe, dieses Buch zu schreiben, war ich auf dem Rückweg von einem Treffen zur Organisation des Klimacamps im Rheinland 2017. Ich wusste, dass ich dieses Jahr, weil ich reisen würde, nichts Organisatorisches beitragen konnte (und ich bin bei weitem auch kein Organisationstalent).

Aber die Klimabewegung hat mich gelehrt, dass jeder Mensch aktiv sein kann: wenn nicht in der Kohlegrube, dann für Infrastruktur, Legal Support, Out of Action, Logistik, Presse, und so weiter. Indem sie Workshops anbietet, indem sie Kinder betreut, indem sie ... ja, ein Buch schreibt.

Es gibt Aktivistis, die Petitionen organisieren, Aktivistis die sich an Industriefahrzeuge oder Schienen ketten, Aktivistis, die Theater machen, die sich in der »Clownsarmee« organisieren, Aktivistis, die sich mit Recht beschäftigen, um anderen die Beteiligung an direkten Aktionen zu ermöglichen und die rechtlichen Konsequenzen zu mindern.

Was uns verbindet ist eine gemeinsame Vision, die Utopie die wir teilen, an deren Verwirklichung wir arbeiten. Das Streben nach einem

Leben, in dem die Existenz und Freiheit aller Menschen gesichert ist. Ohne Angst, ohne Hass, ohne Krieg, ohne Kapitalismus, und deswegen ohne Staat.

Ich weiß, dass es leicht ist, zu verzweifeln und sich zu fühlen, als könnte man rein gar nichts ausrichten. Aber es gibt auch die unzähligen Beispiele von Menschen, die Dinge verändert haben.

Als ich im Herbst 2018 begann, das Manuskript an Verlage zu schicken, kam der erste Artikel über Greta Thunberg in der Zeitung. In Windeseile wuchs daraus die Fridays For Future Bewegung. Ein Jahr später gingen allein in Deutschland 1.4 Millionen auf die Straße. Dieses Buch ist auch für euch.

Vielleicht sagen jetzt einige, dass sich trotz FFF noch gar nichts geändert hat. Und das trifft vielleicht auf konkrete Maßnahmen der Politik zu, die wir noch immer vermissen, nicht aber auf die Präsenz des Thema Klimawandels, den Einfluss auf die Gesellschaft, und die Netzwerke und Freundschaften, die aus der Bewegung entstehen, sowie die Kraft, die wir aus unserem Widerstand schöpfen.

Ob wir in unserem eigenen Leben messbare Ergebnisse unserer Arbeit sehen ist nicht sicher, aber ich habe für mich entschieden, dass ich trotzdem kämpfen werde, auf eine Vielzahl von Arten. Dieses Buch ist eine davon. Wenn es auch nur einen Menschen erreicht, der es braucht, dann ist das auch ein Ergebnis. Ein Ergebnis, das nicht messbar ist.

Ich habe lange auf Antworten von etwa dreißig deutschen Jugendbuchverlagen gewartet. Von fast einem Drittel bekam ich Absagen, vom Rest kam gar nichts. Mittlerweile bin ich froh, dass mein Buch den Klauen des Buchmarktes entgangen ist. Ich hatte die Chance, das Projekt völlig ohne Profitorientierung aufzuziehen, durch ein Crowdfunding auf startnext.com/klimajugendbuch. Ich durfte den provozierenden Titel behalten, und die Sexsszenen konnten ebenfalls drin bleiben. Ich durfte alles selbst machen und dabei verdammt viel lernen: Schreiben, Illustrieren, Designen, Setzen, Siebdrucken, Buttons basteln, Lesungen organisieren, ein Gewerbe anmelden und anderen Steuerkram, auf den ich gerne verzichtet hätte. Und ich durfte Hilfe annehmen, von meinen Freund*innen, von anderen Aktivistis, die für mich z. B. Flyer in ganz Deutschland (und der Schweiz) verteilt haben – und auch von Menschen, die ich vorher noch nicht kannte, die sich für dieses Projekt begeistert haben.

Was habe ich dabei noch gelernt? Der Klimawandel wartet nicht, bis dein Buch verlegt wird.

Und das Leben ist zu kurz, um zynisch zu sein. Es macht viel mehr Spaß, Alternativen zu leben und der Dystopie mit ihrer gespielten Alternativlosigkeit die Zunge herauszustrecken.

Wenn es gar nicht anders geht, woher kommen dann all die Menschen, die es anders machen?

Wir sind hier.

LEXIKON DES WIDERSTANDES

Anarchie: Ein Zustand ohne Herrschaft. Alle sind frei zu tun, was sie wollen, solange es nicht die Freiheit der anderen einschränkt. Ohne Staat, König oder anderen Herrscher, der Dinge erlauben und verbieten kann.
Anarchist*in: Mensch, der für eine Welt ohne Herrschaft kämpft.
Anthropozän: Das Zeitalter der Erde, in dem die Menschheit einen größeren Einfluss auf den Planeten hat, als alles andere.
Antifa (Antifaschistische Aktion): Gruppen und Organisationen, die Neonazismus, Antisemitismus, Rassismus etc. bekämpfen. Es gibt nicht »Die Antifa«.
Aktivist*in: Mensch, der außerhalb politischer Institutionen für gesellschaftlichen Wandel arbeitet.
autonom: Eigenständig, selbstorganisiert.
Bezugsgruppe: Passt in Aktionen aufeinander auf und hat sich vorher auf Ziele und Mittel geeinigt.
Blockade: Eine Form des politischen Protestes – z. B. Sitzblockade: Die Beteiligten setzen sich auf den Boden und verhindern so den regulären Betrieb, beispielsweise auf einer Straße oder vor einer Zufahrt.
body-positivity (engl.): Soziale Bewegung für die Akzeptanz aller Körperformen.
Commons: Ressourcen, die allen gehören und von allen nutzbar sind, ohne dafür bezahlen zu müssen, z. B. Luft – es sollten noch viel mehr Sachen Commons sein!
CO_2: Kohlendioxid, ein Treibhausgas.
Degrowth: Soziale Bewegung gegen die Wachstumslogik: Unbegrenztes Wachstum bei begrenzten Ressourcen ist nicht möglich. Die Wirtschaft der Länder im globalen Norden muss schrumpfen, statt zu wachsen, um Umweltschäden zu begrenzen.

Demokratie (wörtl. Herrschaft des Volkes):
Repräsentative Demokratie: Form der Demokratie, bei der einige Vertreter*innen ausgewählt werden, die für den Rest der Bevölkerung entscheiden.
Direkte Demokratie: Form der Demokratie ohne Repräsentant*innen, in der Entscheidungen direkt von der Bevölkerung getroffen werden, z. B. beim Volksentscheid.
Direkte Aktion: Eine Aktion, die auf direktem Wege ein Problem löst, z. B. Hausbesetzung: Bei akuter Wohnungsnot ist es eine direkte Lösung, leerstehende Gebäude zu öffnen und zu nutzen.
Dysphorie (engl. gender dysphoria): Unwohlsein oder ein Gefühl der Verzweiflung, das bei trans*Menschen durch Unstimmigkeiten zwischen Geschlechtsidentität (z. B. männlich) und Körper (z. B. weiblich) entsteht, bzw. dadurch, dass sie nicht als das Geschlecht behandelt werden, mit dem sie sich identifizieren.
ED (Erkennungsdienstliche Behandlung): Die Sicherstellung von Fotos und Fingerabdrücken zur Identitätsfeststellung durch die Polizei.
Emissionen: Der Ausstoß von Treibhausgasen.
Emissionsausgleich: Handel mit Zertifikaten, die für Projekte ausgestellt werden, die zur Emissionsminderung beitragen sollen. Firmen und Länder die CO_2 ausstoßen, können diese Zertifikate kaufen, um damit ihre Emissionen »auszugleichen«. Der CO_2 Ausstoß bleibt dabei gleich.
Ende Gelände: Ein Aktionsbündnis und eine Massenaktion zivilen Ungehorsams gegen Braunkohle.
Extraktivismus: Wirtschaftsform, die auf Abbau von Stoffen wie Kohle, Gas, Öl und Mineralien aus der Erde beruht.
Extremismus: Der Begriff wird von den Behörden verwendet, um Feinde der »freiheitlich demokratischen Grundordnung« zu beschreiben. Darunter fallen sowohl Nazis (weil sie keine Demokratie wollen) als auch Anarchist*innen (weil sie keinen Staat/Herrschaft wollen).

Feminismus: 1. Die verrückte Idee, dass Frauen Menschen sind und gleiche Rechte wie Männer haben sollten 2. Auch die Idee, dass auch Männer Menschen sind, die nicht in eine Geschlechterrolle gezwungen werden sollten 3. Soziale Bewegung, die die Abschaffung des Patriarchats zum Ziel hat (ganz grob gesagt).
Fingertaktik: Bei einer Aktion sich in verschiedene Gruppen aufzuteilen und verschiedene Punkte anzuvisieren.
Fracking (engl. Hydraulic Fracturing): Das Aufsprengen von Gestein mittels Wasserdruck, um Öl oder Gas freizusetzen.
Fossile Brennstoffe: Kohle, Öl und Gas: Brennstoffe, die vor sehr langer Zeit entstanden sind, und die CO_2 gespeichert haben, das schon lange nicht mehr im natürlichen Kreislauf ist.
Gesellschaftsvertrag: Eine Idee, um die Macht des Staates moralisch zu begründen: dass ohne Herrschaft alle Menschen im Krieg miteinander seien, und dieser Zustand so unerträglich sei, dass man sich freiwillig unter eine Herrschaft stelle, die für Ordnung sorgen soll (Thomas Hobbes).
Greenwashing: So tun, als sei ein Produkt oder eine Firma umweltfreundlich, oft durch grüne Etiketten.
Hambacher Forst, eig. Hambacher Wald: Einer der ältesten Wälder Deutschlands, der von der Rodung durch den Braunkohleabbau bedroht und zu großen Teilen zerstört ist.
Imperialismus: Das Bestreben eines Staates, in anderen Ländern oder bei anderen Völkern wirtschaftlichen und politischen Einfluss zu erlangen, bis hin zu deren Unterwerfung.
Indymedia: Eine linke unabhängige Nachrichtenplattform, deren Ableger »linksunten« 2017 verboten wurde, woraufhin in der KTS eine Hausdurchsuchung mit Beschlagnahmung mehrerer Datenträger stattfand, da die KTS verdächtigt wurde Hauptsitz von linksunten zu sein.
intersektional: Die Überschneidung von verschiedenen Kämpfen und Benachteiligungen wie Geschlecht, Hautfarbe & Klasse, und die daraus entstehenden Probleme (z. B. bei Lesben of Colour).

Jos Fritz: 1. Ein früher Anarchist, der einen Bauernaufstand angezettelt hat. 2. Ein Café und eine Buchhandlung in Freiburg.
JVA: Justizvollzugsanstalt (Gefängnis)
Kapitalismus: Ein Wirtschaftsmodell, in welchem Gruppen oder Einzelpersonen »Kapital« (d. h. Geld und Ressourcen) anhäufen und über diese bestimmen und sie z. B. verleihen können. In welchem aufgrund von Krediten und anfallenden Zinsen Profit erzielt werden muss, um Kredite zurückzuzahlen, was u.a. dazu führt, dass billig produziert werden muss und Profit (im Kontrast zu Nachhaltigkeit oder Ethik) die größte Rolle spielt. Dieses erzwungene Wachstum bedeutet auch, dass immer mehr Bereiche des Lebens, die einmal Commons waren, plötzlich käuflich werden, wie z. B. Wälder, aus denen Holz gemacht wird, Wasser, das in Flaschen abgefüllt wird, Musik, die zum Produkt gemacht wird, Ideen, die zu geistigem Eigentum werden, die soziale Pflege etwa von Alten oder Kranken, die zur Lohnarbeit wird (wir nennen das Kommodifizierung).
Kessel: Umstellen von Demonstrierenden durch die Polizei.
Klimagerechtigkeit: Forderung nach einer Klimapolitik, die berücksichtigt, dass Länder des globalen Nordens mit ihrer Entwicklung und ihrem Lebensstil am meisten zum Klimawandel beigetragen haben und beitragen, während Länder des globalen Südens am wenigsten für den Klimawandel verantwortlich sind, aber am meisten unter dessen Folgen leiden.
Kolonialismus: Meist staatlich geförderte Inbesitznahme von Territorien anderer Länder und die Unterwerfung, Vertreibung oder Ermordung der ansässigen Bevölkerung.
Kommunismus: 1. Utopie der sozialen Gleichheit und Freiheit aller auf der Basis von Gemeineigentum und kollektiver Problemlösung 2. Bewegungen und Parteien, die das Ziel einer klassenlosen Gesellschaft verfolgen 3. Daraus hervorgegangene Herrschaftssysteme (z. B. Sowjetunion), die u. a. Diktaturen waren und die man auch als »Staatskapitalismus« bezeichnen kann, da das »Kapital« statt privaten Firmen dem Staat gehörte.

Konsens: Im Unterschied zu Mehrheitsentscheidungen wird im Konsens-Modell niemand übergangen, alle Teilnehmenden müssen die Entscheidung für tragbar halten, um Konsens zu erreichen.
Kropotkin, Pjotr: Ein russischer Anarchist, der »Die Eroberung des Brotes« (1892) geschrieben hat.
Kulturelle Aneignung: Unreflektierte und nicht einvernehmliche Übernahme von Elementen der Kulturen unterdrückter Gruppen durch privilegierte weiße Menschen (z. B. »Indianer«kostüme).
KüfA: Küche für Alle (auch Volxküche/VoKü).
Linksextrem: Verschiedene Strömungen innerhalb der Linken, die den Staat ablehnen und durch eine egalitäre Gesellschaft (auch durch Mittel der »Gewalt«) ersetzen wollen.
Linksradikal: Verschiedene Strömungen innerhalb der Linken, die die Ursachen von Unfreiheit, Ungleichheit, Unterdrückung und Ausbeutung durch eine grundlegende, revolutionäre Veränderung der kapitalistischen Gesellschaftsordnung beseitigen will.
Lobby: Politische Interessengruppe, die versucht Politiker*innen & Parteien zu beeinflussen.
Lohnarbeit: Arbeit in einer Marktwirtschaft gegen einen Geldlohn. Unterscheidet sich von Hausarbeit, ehrenamtlicher Arbeit, Sklavenarbeit und selbstständiger Arbeit.
LGBTQIA+: Lesbian, Gay, Bi, Trans, Queer, Inter, Asexual = Lesbisch, Schwul, Bisexuell, Trans(gender), Queer, Inter, Asexuell.
Maoismus: Bewegung, die sich auf die Ideen des kommunistischen Führers der Volksrepublik China Mao Zedong stützt, inspiriert von Marx und Lenin. Mao löste zu seiner Herrschaftszeit eine schwere Hungersnot aus und ließ seine politischen Gegner*innen in Arbeitslager stecken und hinrichten.
Methan: Das Gas, was die Kühe furzen – ein Gas, das auch im Boden enthalten und etwa 30x so klimaschädlich wie CO_2 ist.
Non-binary (engl.): Die »gender-binary« (m/w) ablehnend, der Überzeugung, dass es mehr als zwei Geschlechter gibt, weder völlig als Mann noch als Frau identifizierend.

Outsourcing (engl.): Abgabe von Aufgaben an externe Dienstleister*innen.
Patriarchat (wörtl. Väterherrschaft): 1. Eine männlich geprägte Gesellschaft, in der Werte, Politik und Wirtschaft vorrangig durch Männer bestimmt werden 2. Eine Gesellschaft, die durch »männliche« Werte bestimmt wird, die auch von Frauen verinnerlicht und weitergetragen werden.
Plenum: Versammlung möglichst aller Mitglieder einer Gruppe.
Polyamorie: Ein Beziehungsmodell, bei dem Menschen Beziehungen mit mehr als einer Partner*in eingehen.
Queer: schwul, lesbisch, bi, trans, nicht der »Norm« entsprechend.
Radikal (wörtl. an der Wurzel): siehe »linksradikal«.
Repression: Unterdrückung polit. Gruppen und Menschen durch Organe des Staates mit Gewalt, finanziellen- u. Freiheitsstrafen.
Riot (engl.): Aufstand, bei dem z. B. Fensterscheiben eingeschlagen, Läden geplündert, und brennende Barrikaden auf Straßen errichtet werden. »You only gave us rights because we gave you riots.«
Sacrifice Zones (engl.): Gebiete, die zwar besiedelt sind, aber im Namen des Kapitalismus geopfert werden, und weit genug weg sind, dass diejenigen, die von der Zerstörung profitieren, sie nicht angucken oder miterleben müssen.
Schwarzer Block: Eine Taktik, die vor allem bei Demonstrationen eingesetzt wird: dabei wird eine Gruppe gebildet, in der sich Menschen überwiegend schwarz anziehen und sich möglicherweise vermummen, um unerkannt zu bleiben. Es gibt keine »Mitgliedschaft« im »Schwarzen Block«.
Solastalgia (engl.): Sehnsucht nach einer Vergangenheit, in der die Umwelt/Heimat intakter war bzw. noch existierte.
Solidarität: Verbundenheit mit und Unterstützung von Ideen, Aktivitäten und Zielen anderer.
Speziesismus: Weltvorstellung, in der die menschliche Spezies mehr wert ist als z. B. Tiere, wodurch gerechtfertigt wird, diese zu essen und zu verarbeiten.

Squat (engl.): Besetztes Haus; ein Haus, das einem nicht gehört, in dem man illegal wohnt ohne Miete zu bezahlen, oft weil es sowieso leer steht und Wohnungsnot herrscht.
Techno-Fix (engl.): Versuch, ein Problem mit technischen Mitteln zu lösen.
trans, transgender: Menschen, die sich mit dem Geschlecht, das ihnen bei der Geburt zugewiesen wird, nicht identifizieren können: Es gibt z. B. trans Männer (Männer, denen bei der Geburt »weiblich« zugewiesen wurde), trans Frauen (Frauen, denen bei der Geburt »männlich« zugewiesen wurde, und nicht-binäre Menschen (die sich weder als Mann noch als Frau fühlen).
Treibhausgase: Gase, die sich in der Atmosphäre sammeln und das Entweichen von Sonnenstrahlen verhindern, und somit für globale Erwärmung, insbesondere in den Ozeanen, sorgen.
Untersuchungshaft: Eine Haft, die in der Regel höchstens sechs Monate dauern darf und der Ermittlung einer Straftat dienen soll.
Utopie: Eine Idee von einer besseren Welt.
Vegan: Ohne Tierprodukte (die Massentierhaltung ist für etwa 50% der Treibhausgase weltweit verantwortlich).
Verunglimpfung (des Staates und seiner Symbole): Ein Straftatbestand, der unter anderem greift, wenn Menschen die Nationalhymne umdichten, deutsche Flaggen verbrennen oder verändern, oder abwertende Aussagen über den deutschen Staat machen (kann mit Geldstrafen oder bis zu fünf Jahren Haft bestraft werden).
Wanne: Ein größerer Polizeiwagen.
Ziviler Ungehorsam: Eine politische Aktionsform, bei der bewusst Gesetzes- oder Regelübertretungen gewählt werden (z. B. Rosa Parks in der Amerikanischen Bürgerrechtsbewegung, die sich weigerte, ihren Platz im Bus für eine weiße Amerikanerin aufzugeben).

DANKSAGUNG

Liel, Love. Danke, dass es dich gibt, dass du von Anfang an dabei warst, deine Ideen und deine Liebe beigesteuert hast, dass du mir Mut gemacht hast und auf jedes »Ich hab ein Problem« mit einem »Hau raus!« geantwortet hast.

Danke an Sara für die Idee, Fracking zu bekämpfen. Für den wunderbaren Namen Milan Ast, und dafür, dass du mit mir Reisen gegangen bist, mit mir besetzte Häuser und alternative Projekte besucht hast, dass wir abseits der Uni unseren kleinen anarcha-feministischen nomadischen zwei-Mensch Lesekreis gegründet haben. Danke, dass du mit mir zehn radikale Bücher durch Europa geschleppt hast.

Danke an meine Eltern, die mich von Beginn zum Schreiben ermutigt haben. Danke an meinen Vater, für all die Gute-Nacht-Geschichten und die Regale voller Bücher, und das ehrliche Interesse an allem, was ich mit dir teile.

Danke an meine wunderbare Lektorin Daniela Seiler.

Danke an Anne Jonsson, eine der wenigen guten Lehrerinnen, die ich hatte, für das Halbjahr kreatives Schreiben und das Teambuilding, das wir so dringend gebraucht haben. Frederike & René, meine Mitgefangenen in der Bildungsfabrik, danke, dass ihr immer noch irgendwie Teil meines Lebens seid. Danke Leon, dass du an diesem einen Tag nicht mit mir Schach spielen konntest und mir ganz zufällig eine Tür geöffnet hast, die ich ganz lange gesucht habe.

Danke an die Aktivist*innen im Hambacher Wald, das Klimacamp im Rheinland, das Bündnis Ende Gelände. Danke an alle Klima-Aktivist*innen und Anarchist*innen dieser Welt. Danke an all meine Bezugsgruppen.

Danke an die heilige Hackertrinität: Cory Doctorow, für »Little Brother« & »Homeland«, und die Inspiration, aktiv zu werden und dieses Buch zu schreiben. Aaron Swartz, für den Mut zur Veränderung. Und Edward Snowden, für die Wahrheit.

Danke an das Jos Fritz Café & Café POW für die gute Atmosphäre und die Liter an Mate, die mich durch dieses Buch gebracht haben. Mischa & das iz3w für die Unterstützung bei der Verlagssuche.

Die Menschen, die gegengelesen haben:

Heiko, Liel, Sara, Frederike, Kylan.

Danke an Luna & Gandalf vom Hambi EA, für den Faktencheck zu allem Rechtlichen. Unya, für den Vokabelcheck zu allem Türkischen. Die Zarten Piraten(*innen) für eure Liebe und Ruhe: Natascha, Hanna, Fabian, Johanna, Lars, Lotte, Mukki, Deia, Simone, Susann, Sarah. Das Jos & die KTS für die Lesungen, die ich halten durfte. Danke an Radio Dreyeckland für das Interview! An Karl-Heinz Zimmer für das kostenlose Buchsatz-Programm »SPBuchsatz«, dessen Ideale perfekt zu diesem Buch passen.

Danke an alle, die das Crowdfunding unterstützt haben:

Paola Ramos, Julia Böhler, Niclas Langer, Simone Mastroianni, f Heinrichs, Susann Floren, Meike Söker, Ylva Ahrens, Michael Meißer, Thorsten Wiersberg, Stephie Wiechers, Jannick Roller, Milena Strenge, Julia Peters-Klopp, Tanja Stein, Mischa Homlicher, Rieke Goetz, Moritz Müllender, Caroline Günther, Eva-Maria Waltner, Annette Klietz, Dagmar Berger, Hildegard Rieger, Shiva Darabi, Ute, Erika Wiedmer, Mechthild Marquardt, Lilly Joschko, Alexander Schmitt, Tanja Montag, Linda Egloff, hastin, Fabian Kern, Silke Steinert-Berndt, Ruth Vollmer, Rüdiger Tonojan, Bettina Steinbusch, Walli Lang, Daniela Seidel, Andreas Wagner, lea raatz, E. Schwerdtfeger, Monika Fertig, Jonas Zinner, Sarah Stumböck, Johanna Nölle, Nicole Berwanger, Barbara Schnell, Raphael Buntrock, Stefan Böther, Ansgar Friedrich, Luisa Mohme, Veronika Mühlbauer, Sara Hanfler, Marc Baco, Markus M, Astrid Mittelstaedt, Stefan E, Monika Pütz, Antonia Stahl, käthe thurm, Christian Zissel, Markus Hertle, Lotte Roessler, Leonie Tils, Kornelia Metzing, Johannes Speißer, annkristinumlauf, Stina Greving, Birgit Steinberg, Stella Friede, Jonas Obermann, Winfried Nacke, ctrantow, Michael Will, Barbara Moser, Martin Bender, Karsten Halbhuber, Sarah Oelschlegel, riwal couix, Juli Jaworski, Lars Hülsmann, Dörte Geisler, Michael Neuhaus, Ludwig Dubick, SimonC Schill, Regina Kursch, T Brn, Eva Kimmig, Stefanie Best, Hanna Baaß, Max Konek, Günter Kursawe, Eleni Siakkou, Ralf Heuser-Lindner, Leonor Nicolas, Matthias Hauer, katschi, Nicole Weber F. Santos, Constantin Peter, Katharina Largé, Jennifer Backes, Max Schmit, Fabian Biesgen, Selina Enderle, Cindy Arndt, Katharina Franke, Werner Pfeifer, Leon Schleep, John-Henry Marquardt, Jenny Siebentaler, Tim Budde, Ulrich Leonhardt, Anja Schumm & die Anonymen

EMPFEHLUNGEN

Weil es so viele Dinge aus diesem Buch wirklich gibt, und so viele Möglichkeiten, das was Mika & Co. erleben, selbst auszuprobieren, habe ich eine Liste mit Infos und Empfehlungen erstellt:

KLIMACAMPS

Es gibt noch mehr Camps als diese. Haltet die Augen offen, recherchiert, organisiert selbst!

Deutschland:
Klimacamp im Rheinland – klimacamp-im-rheinland.de
Lausitzcamp – lausitzcamp.de
Klimacamp Leipziger Land – klimacamp-leipzigerland.de
Klimacamp München – klimacamp-muenchen.org
Camp for Future – www.campforfuture.de
Schweiz:
Climate Games Basel – climategames.ch
Österreich:
Klimacamp Wien – klimacamp.at/
Tschechien:
Limity Jsme My – limityjsmemy.cz/en/

AKTIONEN

Ende Gelände – ende-gelaende.org
Aktionsbündnis für Massenaktionen zivilen Ungehorsams, hauptsächlich gegen Braunkohle, oft aufs Rheinland fokussiert.
Hambi Bleibt! – hambacherforst.org
Der von der Rodung zur Erweiterung des Braunkohleabbaus bedrohte Hambacher Wald im Rheinland wird seit 2012 besetzt.
Ausgeco2hlt – ausgeco2hlt.de

Zucker im Tank – zuckerimtank.net
Unterstützung für Kleingruppen-Aktionen.
KOHLE erSETZEN – kohle-ersetzen.de
Sitzblockaden gegen Braunkohle
Code Rood – code-rood.org
Massenaktionen gegen Fracking in den Niederlanden

ORGANISATIONEN

350.org – globales Netzwerk für Aktionen gegen Klimawandel
Fossil Free – eine Kampagne von 350.org für »Divestment« (überzeugen Investor*innen, ihre Aktien nicht in Fossile Energiekonzerne zu investieren)
Robin Wood – Gewaltfreie Aktionsgemeinschaft für Natur und Umwelt mit vielen Kletter-Aktionen
Degrowth Sommerschule – degrowth.info/de
bietet Kurse zur Postwachstumsgesellschaft an
Klimareporter – klimareporter.de
Ein Nachrichtenportal zum Klimawandel
Rote Hilfe – rote-hilfe.de
Out of Action: Emotional First Aid – outofaction.blackblogs.org
Wenn du während Aktionen Situationen erlebst, die dich belasten, kannst du dich an Out of Action wenden.

FILME

Beyond the Red Lines (2016) – beyondtheredlines.org
Ein Film von CineRebelde über die Klimabewegung in Europa
The True Cost (2015) – Doku über die Modeindustrie
Chasing Ice (2013) – Doku über das Gletscherschmelzen
Chasing Coral (2017) – Doku über das Korallensterben
The Mask You Live in (2015) – Doku über »Männlichkeit« und darüber, wie wir Jungs erziehen

Miss Representation (2011)– Doku über »Weiblichkeit« und wie wir Mädchen erziehen
graswurzel.tv – Videoclips zu verschiedenen Aktionen
Auf Youtube: Tilo Jung (Jung&Naiv) – naive Fragen an die Politik, Joul (Energiewende & Nachhaltigkeit), Our Changing Climate

BÜCHER

Jetzt Retten wir die Welt! (2016) – Kosmos
Ein Handbuch, um das eigene Leben nachhaltiger zu gestalten. In mehreren Schritten, damit man sich nicht überfordert :)

Beautiful Trouble. (2016) – Orange Press
Ein Handbuch für kreativen Widerstand mit coolen Fallbeispielen.

Pfade durch Utopia. (2011) – John Jordan & Isabelle Fremeaux
Zwei Menschen reisen durch Europa und machen Inseln der Utopie ausfindig. Von Klimacamps in England zu einer anarchistischen Schule in Spanien, zu Permakultur-Projekten, zu besetzen Fabriken in Osteuropa.

Anarchie! (2007) – Horst Stowasser
Ein ziemlich fetter Wälzer über eine wunderschöne Idee. Dauert, aber lohnt sich. Arbeitet auch alle Argumente ab, die man immer zu hören bekommt, wenn man das Wort »Anarchie« in den Mund nimmt. »Aber das würde doch nie funktionieren! Was macht man mit den gewalttätigen Menschen? Was macht man mit den faulen Menschen? Wie soll das organisiert werden?« Horst hat Antworten.

Die Entscheidung: Kapitalismus vs. Klima. (2015) – Naomi Klein
Originaltitel: This Changes Everything
Ein sehr gutes Buch, wenn es um Fakten über den Klimawandel geht.

Mit Baumhäusern gegen Bagger. (2015)
Das Buch zur Waldbesetzung des Hambacher Waldes.

Hope in the Dark. (2005) – Rebecca Solnit
Dieses Buch hat mir sehr geholfen, mich von der Erwartung an die »Revolution« zu lösen, und trotzdem gute Gründe fürs aktiv sein zu finden und ein gesundes Verständnis davon, was Aktivismus bedeutet.

Little Brother. Rowohlt (2010) – Cory Doctorow
Cory Doctorow verdanke ich zu großen Teilen sowohl meinen Aktivismus als auch die Idee, ein Jugendbuch gegen den Klimawandel zu schreiben.
Little Brother ist ein Manifest gegen Überwachungsstaaten – aber in Form einer Geschichte. Der siebzehnjährige Marcus ist zur falschen Zeit am falschen Ort – als ein Terroranschlag auf San Francisco verübt wird, gerät er in Verdacht beteiligt zu sein und wird in ein Hochsicherheitsgefängnis gebracht, verhört und gefoltert. Als er zurückkommt, hat sich seine Stadt in einen Überwachungsapparat verwandelt. Weil Marcus in seiner Freizeit Hacker ist, findet er immer neue Wege, sich gegen die Überwachung zu wehren.
Das Tolle an diesem Buch ist, dass es nicht wirklich in der Zukunft spielt, und alle Technologien in der Realität existieren – weil es so real ist, ist es auch so inspirierend.

Walkaway. (2017) – Cory Doctorow
Man, ich liebe diesen Typen. In Walkaway geht es um das massenhafte Aussteigen aus dem System, als eine Menge Menschen entscheiden, dass sie keine Lust mehr haben, im Kapitalismus zu Arbeiten und stattdessen eine neue anarchistische Parallelgesellschaft aufbauen, in der jeder nach seinen Bedürfnissen und Fähigkeiten lebt. In dieser Zukunftsvision gibt es für die Lohnarbeit keinen Grund mehr – alle Dinge, die man braucht, kann man mit 3D-Druckern drucken.

Aber die Superreichen lassen sich das natürlich nicht gefallen und versuchen, die Parallelgesellschaft zu zerstören. Und dann ist da noch irgendwas mit einem Wettrennen um die Unsterblichkeit …

Unsagbare Dinge. Nautilus (2015) – Laurie Penny
Laurie Penny ist wahrscheinlich gerade eine der wichtigsten jüngeren Feministinnen. Ich mag, wie sie die Ausbeutung der Geschlechter mit dem Kapitalismus verbindet. Das macht bell hooks schon seit Ewigkeiten, aber die wird leider nie auf Deutsch übersetzt (was vielleicht daran liegt, dass bell hooks schwarz ist?).

Work (2017) – CrimethInc.
Wie funktioniert eigentlich der Kapitalismus, und was macht er mit uns? Wie spaltet er unsere Gesellschaft? Ist überhaupt jemand damit glücklich? CrimethInc. schaffen es, auf verständliche Art, komplexe Themen zu erklären. Deprimiert und macht trotzdem Spaß.

After Work. Oekom (2018) – Tobi Rosswog
Tobi Rosswog ist ein deutscher Aktivist, der die Lohnarbeit abschaffen will und sich für ein bedingungsloses Grundeinkommen einsetzt. After Work ist das deutsche Gegenstück zu David Graebers »Bullshit Jobs« und lässt sich viel inspirieren, ist dafür aber deutlich dünner und einfacher zu lesen.

Das Gute Leben für Alle. Oekom (2019) – I.L.A. Kollektiv
Was ist die Imperiale Lebensweise, wieso leben wir auf Kosten anderer, und wie schaffen wir es, damit aufzuhören? Dieses wunderbar illustrierte Heft führt durch einige Lebensbereiche und zeigt Alternativen zur kapitalistischen Konsumgesellschaft.

Kämpfe zusammen_führen. (2019) – Zucker im Tank
(PDF auf: zuckerimtank.net)
Warum Klimawandel kein Ökothema ist: Eine Broschüre.

QUELLEN

Dieses Buch wurde natürlich auch nicht ohne Recherche geschrieben. Wenn du wissenschaftliches Interesse an den Themen Fracking, Braunkohle oder Klimawandel hast, findest du hier einen Überblick meiner Quellen:

Kapitel 1:
Hintergründe zum Schulsystem der USA und Streiks in Textilfabriken aus:
The Boy Who Could Change the World – Aaron Swartz – Seite 287

Kapitel 2:
Was tun bei Hausdurchsuchungen? (2018) – Ein Hörspiel auf: freie-radios.net/90656

Kapitel 9:
Bill Gates Projekt zur Verdunkelung der Sonne aus:
Die Entscheidung: Kapitalismus vs. Klima. (2015) – Naomi Klein

Kapitel 11:
Die Szene mit dem Frac-Fluid habe ich quasi Wort für Wort aus einer Panorama-Doku übernommen. Wer ein krasses Stück Pro-Fracking Propaganda sehen möchte, kann sich diese Doku anschauen: Angst vor Fracking – Panorama – Die Reporter – NDR

Kapitel 16:
Kohle Atlas 2015 – Heinrich Böll Stiftung
Raus aus der Kohle! (2015) – AusgeCO2hlt (PDF auf: ausgeco2hlt.de)

Fracking allgemein:
Fracking – Werner Zittel (2016)

KONTAKT

Du hast Fragen? Möchtest mit mir reden? Rechtschreibfehler und fehlende Kommata melden?
Schreib mir eine E-Mail an ronan.winter@posteo.de, am besten verschlüsselt mit meinem PGP-Key (Fingerprint: 6DAF 0562 998E 7093 7815 5E0D 860D F960 399D B88A).

WOHIN DIE REISE GEHT?
ERFAHRE ES IM ZWEITEN TEIL:
KRAWALLTOURISTIN.

@WINTERRONAN

OEKO_TERRORISTIN

OEKOTERRORISTIN.
WORDPRESS.COM

CREATIVE COMMONS?

Ich wollte für dieses Buch kein Copyright. Ich verwende stattdessen eine Creative Commons Lizenz.

Das heißt du darfst das Buch:
Teilen – das Material in jedem Format oder Medium vervielfältigen und weiterverbreiten
Bearbeiten – das Material remixen, verändern und darauf aufbauen
Unter folgenden Bedingungen:
Namensnennung – Du musst angeben, wer die Urheber*in des Originals ist, und ob Änderungen vorgenommen wurden.
Nicht kommerziell – Du darfst das Material nicht für kommerzielle Zwecke nutzen, also kein Geld damit verdienen.
Weitergabe unter gleichen Bedingungen – Wenn du das Material veränderst oder anderweitig direkt darauf aufbaust, darfst du deine Beiträge nur unter derselben Lizenz wie das Original verbreiten.

Warum?
Weil es hier um Ideen geht, nicht um Geld. Alle Menschen, die möchten, sollen Zugang zu diesen Ideen haben, ohne dafür bezahlen zu müssen. Ich schenke euch dieses Buch. Macht mit ihm, was ihr wollt (solange ihr keine profitgeilen Kapitalist*innen seid). Schickt es an Freund*innen, schreibt es um, macht es zu einem Drehbuch und dreht einen Kurzfilm, zerschneidet es und setzt es in anderer Reihenfolge wieder zusammen, macht ein Hörbuch daraus, verbreitet es so weit ihr wollt.

PDF oder eBook Download auf: oekoterroristin.wordpress.com.